RAINER WETZL

Das goldene Mosaik

tredition®

Das Buch:

Tom Raumoser ist Redakteur in der alten Herzogstadt Burghausen. In seiner Jugend hat er ein altes Stück Papier mit einer seltsamen Schrift in einem Neuöttinger Patrizierhaus gefunden, das durch Entdeckungen auf der Burg eine ganz neue Bedeutung gewinnt. Zusammen mit seinem Freund Frank und der Geschichtsstudentin Eva versucht Tom Raumoser zu ergründen, welche Wahrheit sich hinter den Funden und dem Vermächtnis eines Regensburger Pfarrers aus dem 16. Jahrhundert verbergen könnte. Bald wird den Dreien klar, es könnte einen verborgenen Schatz geben. Den zu finden, erweist sich aber als äußerst schwierig. Denn auch andere gehen auf die Jagd nach Reichtümern, und diese Leute wollen Kasse machen und kämpfen mit harten Bandagen. In der Burg findet Raumoser ein eingemauertes Skelett, in Raitenhaslach werden Aufzeichnungen über Bodenschätze im Kaukasus aus der Kriegszeit entdeckt. Wo aber ist der Schatz des Pfarrers? Raumoser wird zudem von seinem Chef ausgebremst, auch die Polizei sitzt ihm im Nacken. Doch er ist wild entschlossen, die Mosaiksteine zu finden und zum großen Ganzen zusammenzusetzen. Viele Überraschungen und Wendungen begleiten die Handlung, Gedanken über das Wesen von Wahrheit und Welt, aber auch humorvolle Begebenheiten. Die Handlung selbst spielt in den Nuller Jahren des neuen Jahrtausends.

Die Schatzsuche ist zugleich eine Suche nach der Wahrheit, nach historischen Wurzeln, nach dem, woraus die Welt besteht und was Wissenschaftler und Religionen aus ihr gemacht haben. Gute und böse Charaktere belauern sich. Fakten und Fantasie verbinden sich zu einer spannenden Melange. Und mit dieser Mischung will der Autor vor allem eines: Ihnen beim Lesen Freude bereiten.

Rainer Wetzl

Der Autor:

Rainer Wetzl stammt aus Neuötting und war über Jahrzehnte Lokalredakteur der Passauer Neuen Presse, unter anderem in Simbach am Inn, Eggenfelden und zuletzt in Burghausen. Ein Leben lang genaue Recherche und Wiedergabe der Realität. Als Ruheständler hat er nun endlich die Muße, auch seine „fantastische Seite“ zur Geltung zu bringen und seinen Gedanken freien Lauf lassen zu können. In dem Buch verknüpft er historische Fakten mit einer frei erfundenen Handlung, die wiederum auf einer Reihe realer Wurzeln fußt. Fantasie und Realität vermengen sich so zu einer spannenden Geschichte. Die handelnden Personen sind frei erfunden.

RAINER WETZL

Das goldene Mosaik

Die Suche nach einem vergessenen Schatz

ROMAN

tredition®

Gewidmet allen,

die nach der Wahrheit suchen,

auf dass sie fündig werden.

Herausgeber, Autor:	Rainer Wetzl
Lektorat, Fotos:	Benilda Wetzl
Coverdesign, Satz & Layout:	Werbestudio Schmitzberger, 84489 Burghausen
Hardcover: Paperback: e-Book:	ISBN: 978-3-384-34514-1 ISBN: 978-3-384-34513-4 ISBN: 978-3-384-34515-8
Titelseite: Rückseite:	Burghauser Burg Klosterkirche Raitenhaslach

Druck und Distribution im Auftrag des Autors:
tredition GmbH, Heinz-Beusen-Stieg 5, 22926 Ahrensburg, Germany

Prolog

Das Licht im Kreisel

Hochsommer in einem Hinterhof einer norditalienischen Kleinstadt: An einer Wäscheleine hängen Handtücher, von einer fleißigen Hand aneinandergereiht wie Zinnsoldaten, die in eine Schlacht ziehen. Die Sonne hat ihren höchsten Punkt verlassen. Die Mittagsruhe geht zu Ende, aus den umliegenden Häusern dringen Geräusche, die eine zunehmende Geschäftigkeit verraten. Die Männer der nahegelegenen Baustelle haben ihre Schaufeln wieder zur Hand genommen. Aus dem Gewirr von Mauervorsprüngen und verbauten Giebeln dringen helle Kinderstimmen, die innerhalb weniger Augenblicke auch auf dem Hof den Ton angeben. Während die Sonne langsam dem Horizont zustrebt, ist die Luft in Bewegung geraten. Vom Tor, das zur Straße hinführt, dringt eine sanfte Brise zwischen die Häuserreihen. Die Handtücher an der Leine fangen an zu baumeln. Der Wind treibt sein Spiel mit ihnen, lässt sie sanft hin- und zurückschwingen. Der Luftzug ist angenehm erfrischend. Ich spüre ihn durch mein Leinensacko dringen. Es ist der Hauch des Lebens. Nach all den schlimmen Erfahrungen der letzten Wochen erwacht in mir zum ersten Mal wieder ein angenehmes Lebensgefühl.

Eine füllige Mama hat soeben das Haus unmittelbar vor mir verlassen. Mit einem Wäschekorb unter ihrem fleischigen Arm tritt sie behäbig zu den Handtüchern und nimmt sie noch langsamer von der Leine. Es scheint sie sichtlich anzustrengen. Indes gilt ihr nur mein zweiter Blick. Aus meinen Gedanken haben mich zwei kleine Jungen gerissen, die laut schreiend unmittelbar hinter der Madrone aus dem Haus gerannt sind. Sie stürmen mit etwas Farbigem in der Hand zu einer kleinen Betonfläche seitlich von mir. Schon kniet einer auf dem Beton und bringt seinen Kreisel in Bewegung. Es gelingt ihm aber nur im Ansatz, den Fingern des Kleinen fehlt noch das dafür nötige Feingefühl. Sein Spielkamerad stellt sich noch ungeschickter an. Tollpatschig gleiten seine Finger über den Holzgriff. Dennoch lacht er, freut sich über jeden Versuch und schreit dabei seinem Freund zu: Guarda Enrico.

Nun haben die beiden mich ins Visier genommen. Schon haben sie ihre anfängliche Schüchternheit dem Fremden gegenüber verloren und sprechen mich an. Ich verstehe nur Brocken. Aber Kinder haben bekanntlich ihre eigene Sprache. Der, den der andere Knirps Enrico nannte, kommt zu mir her und nimmt meine Hand. An seinen Gesten erkenne ich, was er will. Warum nicht? denke ich und stehe von der Bank auf, wo ich lange genug gesessen bin. Der kleine Mann führt mich zu seinem Gefährten und drückt mir seinen Kreisel in die Hand. An dem Holzgriff befindet sich eine hölzerne Scheibe, die in grellen Farben bemalt ist. Da ist ein himmelblaues Dreieck in der Mitte zu sehen, umringt von roten Linien. Gelbe Segmente und grüne Vierecke gruppieren sich am Außenrand. Jeder Pinselstrich ist zu erkennen, feinsäuberlich getrennt liegen Farben und Muster vor dem Auge. Schon zupft mich Enrico am Arm. Ich folge der Aufforderung, nehme den Griff zwischen Daumen und Mittelfinger der rechten Hand und lasse nach einem schnellen Ruck los. Und schon rotiert der Kreisel am Boden, vermengen sich die ursprünglich getrennten Linien und Schattierungen zu einem neuen Farbenmuster. Gebannt verfolgen die beiden Kinder, wie ihr Spielzeug über den Boden wirbelt und sich dabei verändert. Als der Kreisel ausgelaufen ist, bringe ich ihn erneut zum Rotieren. Irgendetwas scheint auch mich zu faszinieren. Plötzlich schießt es mir durch den Kopf. Der Kreisel wird für das Auge ein anderer, wenn er sich bewegt - er bekommt eine neue Identität, obwohl er im Grund der Gleiche geblieben ist. Und ist es mit dem Leben nicht ebenso. Die Einzelheiten, die Wünsche und Sorgen eines Menschen, gleichen sie nicht den Mustern auf dem Kreisel in meiner Hand. Wenn alles schön vor einem liegt, kommt der Wind des Lebens und verändert alles. Oder übertragen ausgedrückt: Wenn man eine Stadt und ihre Bewohner oberflächlich betrachtet, sieht man sie nur verfälscht – genau wie den sich bewegenden Kreisel. Um den Dingen auf den Grund zu kommen, muss man genau hinsehen, sezieren und die einzelnen Muster bloßlegen, die in ihrer Gesamtheit ein ineinanderfließendes und mitunter verwirrendes Bild ergeben.

Dieser Gedanke war es, der mich in Italien darauf brachte, dieses Buch zu schreiben. Es soll Ihnen neben der Lesefreude auch eine Hilfe sein, die Zeit und ihre Menschen besser zu verstehen. Die Handlung ist frei erfunden, sie spielt in den Nuller Jahren des neuen Jahrtausends. Dabei werden geschichtliche Fakten oder der Fund von Kartenmaterial aus der Kriegszeit fantasievoll ergänzt. Ein nicht realer Pfarrer des 16. Jahrhunderts wird im Nachhinein zum Leben erweckt. Ebenso der Fantasie entsprungen sind die handelnden Personen und deren Charaktereigenschaften. Aber gewesen sein könnte das alles schon so.

Kapitel 1

Schmerzhaftes Erwachen

Ein luzides Grün – das ist das erste, was ich zu sehen glaube. Transparent wie das Türkis des Meeres an Stellen, wo das Wasser in seichten Buchten zwischen Felsen hin und her treibt. Ich öffne meine halbgeschlossenen Augen etwas mehr. Der Blaucharakter der Farbe nimmt zu und zugleich der Druck im Schädel. Aber trotz dieses Drucks steigt Freude in mir hoch, denn dieses Blau ist mir vertraut. Nun kommt es auf mich zu, ich spüre feuchte Lippen auf meiner linken Wange. Instinktiv hebe ich den linken Arm, um dieser Zuneigung zu begegnen. Aber ich komme nicht weit. Der Arm steckt in einer Hülle und ist mit einer Schlinge an den Körper fixiert, was den Bewegungsradius erheblich einschränkt. Wo bin ich nur? Habe offenbar geschlafen. Das Erwachen ist wie aus einem Nichts. Denn ich habe weder gut noch schlecht geträumt, rein gar nichts. Jetzt liege ich in einem Bett, die Gedanken suchen noch einander, hüpfen isoliert für sich umher, finden einfach nicht zusammen. Alles ist verworren, ich bin gefangen in einem mosaikartigen Labyrinth, in dem die Steine nicht zusammenwollen. In diesem Chaos geben mir Noras wasserblaue Augen Halt, ja sind geradezu eine Wohltat. Und ihre Lippen zu spüren ist schön. Sie fragt mich irgendetwas, ich höre sie, verstehe aber nichts. Nora gibt auf, quält mich nicht länger, drückt mir einen weiteren Kuss auf die Wange und streicht mit einer Hand zärtlich über mein Gesicht. Ein Gefühl der Wärme steigt in mir auf. Nora erfasst die Hand meines rechten und frei beweglichen Arms. Ich spüre meinen Puls schlagen, geborgen in ihren Händen, das ist so schön. Alle anderen Gedanken werden unwichtig. Ich weiß ohnehin nicht, warum ich hier liege, was passiert ist. Mein Körper entspannt sich, Müdigkeit überkommt mich. Die eben noch scharfen Konturen verwischen, ich gleite in ein flirrendes Nichts.

Als ich eine gefühlte Minute später wach werde, ist Nora weg. Durchs Fenster sehe ich, es ist bereits dunkel geworden. Dabei bin ich doch am Morgen losgegangen. Wo sind die Stunden dazwischen?

„Sie haben Glück gehabt", sagt die Krankenschwester am nächsten Morgen und blickt mich mitfühlend an. „Wie ist es mit dem Schmerz?", fragt sie.

„Ich gebe Ihnen gerne noch etwas mehr vom Mittel."

Ich nicke und sie drückt eine Spritze in den Infusionsbeutel.

„Ihr linker Unterarm ist gebrochen und Sie haben eine Kopfverletzung. Die Polizei möchte Sie möglichst bald befragen. Sind sie dazu schon in der Lage, denn melde ich das in der Ettstraße?"

Wieder nicke ich, weil mich Sprechen einfach anstrengt. Ein zweifelnder Blick streift über mich hinweg.

„Ich denke, morgen reicht auch noch" höre ich sie sagen.

Nach und nach nehme ich mein Umfeld wahr. Ich bin der einzige im Raum, den Luxus eines Einzelzimmers hatte ich noch nie. Erste Erinnerungen tauchen aus der Versenkung. Ich war doch eben noch im Staatsarchiv an der Ludwigstraße, um mehr über diesen Michael Bräu zu erfahren. Ach nein, das war ja schon gestern. Ein ganzer Tag ist seither vergangen. Viel habe ich nicht herausbekommen über den Pfarrer aus Regensburg. Aber ein paar Aufzeichnungen konnte ich machen und durfte zudem ein Schriftstück kopieren, aus dem hervorging, dass Michael Bräu nicht nur Seelsorger in der alten bayerischen Hauptstadt an der Donau war, sondern auch in Kontakt zu den Zisterziensern stand, die in Raitenhaslach an der Salzach ein majestätisches Kloster betrieben. Ich muss wissen, was ihn mit den Kuttenträgern von der Salzach verband und mehr über seinen Tod herausfinden. Es ist noch nichts Konkretes, das mir durch den Kopf gehen würde. Dazu ist mein ramponiertes Gehirn noch nicht in der Lage. Aber eine Ahnung steigt in mir hoch. Die Welt beginnt sich leicht zu drehen, Farbbänder geraten ineinander, das Bett scheint mit mir hin- und herzuschwingen. Ein dunkler Schatten nähert sich mit hoher Geschwindigkeit. Ich kann nicht ausweichen. Ein Windstoß wirft mich um. Aus dem Schatten treten zwei dunkle Augen. Hände grapschen an mir herum. Dann sehe ich weitere Gesichter über mir.

Ein rot gekleideter Mann spricht mit einem anderen in Weiß und schon schwingt das Bett wieder mit mir. Ja es scheint sogar zu fahren, biegt um Kurven, wird langsamer und wieder schneller. Dann sehe ich erneut Noras blaue Augen, aber jetzt weniger mitfühlend als bohrend. Endlich entspannt sich die Lage. Das Blau ihrer Augen wird zum weiten Meer, über dem ich auf einem Felsen sitze und der Brandung zuschaue. Sirenen stimmen verführerische Gesänge an, ein Tümmler bäumt sich im Wasser auf und taucht dann mit einer eleganten Drehung in die Tiefe.

„Haben Sie gut geschlafen?" reißt mich eine wenig nach einer Frage klingende durchdringende Frauenstimme aus meinen Träumen. Die Krankenschwester hat keinen Sinn für mein Schlafbedürfnis. Mit einem feuchtkalten Lappen tupft sie in meinem Gesicht herum, reicht mir wortlos eine Flasche zum Pinkeln. Ich werde geblutdruckt und thermometerisiert.

„Vielleicht dürfen Sie heute schon aufstehen, das entscheidet dann der Arzt", ruft mir die Schwester noch zu, und schon bin ich wieder allein, und der Brummschädel von gestern meldet sich zurück. Aber wenn ich ruhig liege, sind die Schmerzen erträglich. Weniger erträglich ist die allmähliche Rückkehr der Erinnerung. Dieser Typ mit der auffälligen Sonnenbrille hat mich niedergeschlagen. Es ging alles so schnell. Er hatte etwas in der Hand und holte damit aus. Den Schlag konnte ich halbwegs abwehren, dabei ist wohl der Arm zu Bruch gegangen. Danach machte es Bumm und meine Erinnerung reißt ab. Sie setzt erst wieder ein, als ich umringt bin von Leuten, die auf mich blicken. Ich lag also am Boden. Dann kamen Sanitäter und packten mich ein. Jetzt bin ich in einer Klinik, weiß noch nicht mal wo.

Das ändert sich, als der Klinikbetrieb anläuft und der Pfleger kommt. Ich liege im Klinikum München-Großhadern, erfahre ich. Zudem kündigt mir der Pfleger für heute Nachmittag den Besuch von Polizeibeamten an.

Davor sucht mich noch der Oberarzt auf oder eher heim.

„Was machen sie nur für Sachen", fährt er mich an und lässt seinen Kopf vom Boden zur Decke und wieder zurück kreisen.

„Ich habe doch gar nichts gemacht, vielmehr war ich der Leidtragende, mit dem etwas gemacht wurde“, antworte ich ihm und versuche dem Kreisverkehr seines Kopfes zu folgen.

Meine Antwort scheint er überhört zu haben, beginnt zu dozieren: „Der Radius ist gebrochen, aber der ist nicht so wichtig.“ Er grinst: „Da hängt ja nur die Hand dran. Die Elle ist heil geblieben, die Bänder sind es wohl auch. Die Bruchkanten haben sich allerdings etwas verschoben, das ist nicht schön.“

Dann klärt er mich mit der Miene des versierten Kenners auf: „Wir machen uns Sorgen um Ihren Kopf. Denn bei Nerven und noch dazu empfindsamen Menschen weiß man nie.“

Woher will der Weißkittel wissen, ob ich empfindsam bin. Hat er das aus meinen Blutwerten gelesen?

„Ich bin ein harter Brocken“, antworte ich ihm trocken auf die Frage, wie es mir gehe. Ärzte fragen das immer gern und überhören ebenso gern die Antworten.

Dann das wirklich Wichtige: „Der Arm muss noch operiert werden, die Bruchkanten werden mit einem Draht gesichert, damit der Knochen richtig zusammenwächst. Wenn der Kopf mitspielt, können Sie voraussichtlich ein oder zwei Tage danach die Klinik wieder verlassen. Sie haben eine Gehirnerschütterung, sollten noch zwei Wochen liegen bleiben und nicht arbeiten.“

Das wird den Schuster freuen. Er ist mein Chef und wird wenig erbaut sein, zwei Wochen auf mich verzichten zu müssen. Weil er nicht gern selbst mit dem Fußvolk spricht, kann ich mir sein Gelaber ersparen und rufe die Fuchs an. Die Sekretärin der Chefredaktion hat ein großes Herz.

„O je, Sie haben eine Gehirnerschütterung. Hängen Sie lieber noch eine Woche dran und kurieren sich richtig aus“, rät sie mir. „Herr Schuster wird schon einen Ersatz finden, ich sondiere gleich, wer für Sie einspringen könnte“.

Das wäre geschafft. Ich muss unbedingt auch Frank und Eva Bescheid geben. Frank ist ein alter Freund aus Jugendzeiten, der mir bei unserer Schatzsuche hilft. Ihm kann ich voll vertrauen, bei Eva dagegen bin ich mir nicht ganz sicher.

„Sie sind Herr Raumoser?“, fragt mich ein etwa 40-jähriger Mann. Er sieht gar nicht aus wie ein typischer Polizeibeamter. Aber seine Dienstmarke weist ihn als solchen aus. Er ist lässig gekleidet, mit Cord-Jeans und Fleece-Pulli und setzt sich auf einen Stuhl, den er an mein Bett schiebt. Auffällig an ihm ist eine riesige mit einem veritablen Höcker gesegnete Nase. Ein guter Riecher kann ihm vielleicht bei der Arbeit helfen, denke ich, als der Mann schon seine erste Frage stellt.

„Haben Sie den Täter gesehen?“ will er zunächst wissen.

„Gesehen trifft es nicht so recht, es ging ja so schnell. Ich erinnere mich nur an ein Gesicht mit verspiegelter Sonnenbrille und an dunkle Haare. Flink wie er war, dürfte der Mann höchstens 30 Jahre alt sein. Er hatte etwas in der Hand und schlug auf mich ein. Ich versuchte noch, den Schlag abzuwehren. Dann hat er mich aber anscheinend doch erwischt, denn ab da setzt meine Erinnerung aus.“ „Das deckt sich mit unseren Erkenntnissen“, sagt der Kripomann und teilt mir mit, was die Überwachungskameras in der U-Bahnhaltestelle am Marienplatz aufgezeichnet haben.

„Es waren zwei Täter. Der eine kam schräg von hinten auf Sie zu. Vermutlich hatte er einen Schlagstock in seinem Mantel versteckt. Die Aufzeichnung zeigt nicht, wie er ihn herauszog. Aber mit zwei, drei Schritten war er bei Ihnen und holte aus. Man sieht Ihre Abwehrbewegung. Dann verpasste Ihnen der Mann einen zweiten Schlag auf den Kopf und rannte davon. Die Verwirrung, das Durcheinander nutzte ein zweiter Täter. Er trat wie ein Helfer auf Sie zu, durchsuchte Sie kurz. Das dauerte allenfalls zehn Sekunden. Dann lief auch er weg, noch bevor Umstehende Verdacht schöpfen konnten. Wir gehen davon aus, dass Sie Opfer einer Bande aus Südosteuropa geworden sind. Was ist Ihnen gestohlen worden, was haben die Täter erbeutet?“

„Das ist ja der Hammer, es waren also zwei Leute, die mich überfallen haben“, sage ich und liege mit offenem Mund im Bett.

„Ja und was ist ihnen gestohlen worden?“, fragt der Beamte nochmals nach.

Mein Hirn ist noch durcheinander, jetzt ja keinen Fehler machen, sonst sitzt mir auch noch die Polizei im Genick.

„Mir fehlen zwei Fünfziger Scheine, die ich in meiner Innentasche im Jackett hatte", antworte ich, nachdem mir der Mann die Jacke ans Bett gebracht hat.

Das Gesicht mit der markanten Nase entspannt sich.

„Bei Journalisten weiß man ja nie. Aber ich dachte gleich, dass es sich um einen Raubüberfall handelt", gibt er mir zu verstehen.

Der Fall wird also für die Polizei zwar kaum aufzuklären, aber relativ einfach abzuarbeiten sein. Täter vom Balkan sind nur begrenzte Zeit im Land, danach zumeist unauffindbar. Und ein Raubüberfall wirft keine weiteren Fragen auf. Der Kripobeamte schreibt meine Angaben auf, ich unterzeichne das Protokoll, und damit kann die Strafverfolgung beginnen. Spätestens in einigen Monaten wird dann der Fall zu den Akten gelegt und alles hat wieder seine schöne Ordnung.

Ich bin wieder allein. Der Kripomann hat meine Erinnerung aktiviert. Es waren also zwei Täter. Und ich kann mir keinen Reim darauf machen, warum sie mich niedergeschlagen und durchsucht haben. Wenn ich ruhig liege, habe ich nur geringe Schmerzen, der Denkapparat funktioniert schon wieder einigermaßen. Ein klassischer Raubüberfall war das ganz sicher nicht, sonst wäre meine Geldbörse weg. Auch Uhr und Handy sind noch da. In meinem Jackett hatte ich kein Geld, dafür aber die Kopie aus dem Staatsarchiv und dazu einige von mir angefügte Anmerkungen und ein paar Zettel mit unwichtigen Notizen. Andererseits verstehe ich nicht, warum sie mein Handy nicht gemopst haben. Aber vielleicht fehlte ihnen dazu wirklich die Zeit. Und noch ein Gedanke kommt aus der Versenkung nach oben. Warum haben mich die beiden ausgerechnet in der U-Bahn-Haltestelle am Marienplatz überfallen, wo es dort doch Überwachungsgeräte und viele Leute gibt. Irgendwo auf der Straße wäre die Gefahr erkannt und vielleicht sogar gefasst zu werden, viel geringer gewesen.

„Die haben Dich sicher beobachtet und verfolgt und wollten Dir vielleicht einen Denkzettel verpassen oder eine Warnung zukommen lassen", ist Frank überzeugt.

Drei Stunden später ist mein alter Freund in der Klinik. Die dunkle Schokolade, die er mitgebracht hat, vertilgen wir beide gleich bis auf einen kleinen Rest. Frank weiß eben, was ich mag und nebenbei profitiert er auch, weil wir in Sachen Schokoladen denselben Geschmack haben: Je dunkler und bitterer, umso lieber.

„Ist Dir denn vorher überhaupt nichts aufgefallen. Wenn es Ihnen tatsächlich um das Papier ging, dann waren die mit Sicherheit schon hinter Dir her, als Du ins Staatsarchiv bist. Du bist beschattet worden und hast offenbar nichts gemerkt. Du bist immer noch der verträumte Einfaltspinsel, der den Mädels die Sternbilder erklärt. Vielleicht haben sie es aber auch sehr geschickt angestellt. Dann waren das Profis. In beiden Fällen ist das keine gute Perspektive", kommentiert Frank.

Nun wären für mein Ego die Profis natürlich die bessere Variante. Aber ich verdächtige auch meinen einstigen Arbeitskollegen Chris Malevsky als Drahtzieher hinter dem Anschlag. Er hat mitbekommen, dass ich an einer heißen Geschichte dran bin. Doch es geht mir nicht in meinen malträtierten Kopf, warum dieser zwei Schläger beauftragen sollte. So viel Aufwand, um einem anderen eine Geschichte abzujagen, das erkennt selbst mein angeschlagenes Gehirn als absurd. Wie auch immer, ich finde keine Antwort. So bitte ich meinen Freund Frank Kreiker, er solle Malevsky auf die Finger sehen, zumindest so lange, bis ich auch aus der Klinik entlassen bin.

Am nächsten Tag hat sich der Nebel in meinem Kopf noch mehr gelichtet. Der Magen knurrt, aber ich bekomme nichts zu essen, da heute der Arm operiert wird. Im OP-Vorraum rede ich wie ein Wasserfall, erzähle kuriose Dinge und mache Witzchen. Jeder hat halt so seine Art, wenn er aufgeregt ist. Dann kommt der Schlaf. Als ich wieder erwache, ist zwar der Kopf noch einige Zeit matschig, aber sonst fühle ich mich ganz gut. Der Arm ist geschient, zwickt ein bisschen, aber Schmerzen sind das nicht. Die folgende Nacht schlafe ich besonders lang und überraschend gut.

Am Morgen schmeckt mir selbst der hochgetunte Krankenhaus-Muckefuck und sogar dem Blutdruckmessen kann ich mit einem Lächeln begegnen. Alles bestens, ich möchte bloß schnell wieder hier raus. Vielleicht ist meine Stimmung auch deshalb so gut, weil sich Nora angekündigt hat. Ich sehe so gern in ihre türkisblauen Augen, in dieses Meer von Empfindsamkeit und Wärme. Nora ist eine Traumfrau. Aber sie wirkt auch hilfsbedürftig. Am liebsten würde ich sie gleich in den Arm nehmen. Aber das geht ja nicht, weil einer kaputt ist - reißt mich die logische linke Gehirnhälfte aus den Träumen ihres rechten Pendants. Ich bleibe deshalb auch im Bett liegen, als meine Traumfrau eintrifft, oder vielmehr einschwebt. Ihr Gang ist weich und federnd, sie wäre sicher auch eine gute Tänzerin. Und schon beugt sie sich, das Blau ihrer Augen kommt auf mich zu, ich spüre ihre feuchten Lippen auf meinem Gesicht. Gekleidet in ein weinrotes Kleid sieht sie umwerfend aus. Ihre Brüste drängen nach vorn, berühren meinem Körper, und schon fängt der kleine Tom unter der Bettdecke zu wachsen an. Wie peinlich, hoffentlich bemerkt sie nicht, wie sich die Bettdecke hebt.

Aber es war ohnehin nur ein Intermezzo, die linke Gehirnhälfte meldet sich zurück und unterbricht. „Nora, pass bitte auf Dich auf. Ich bin überfallen worden. Wenn Unbekannte an Deiner Tür klingeln, mach besser nicht auf."

„Das wäre in der Tat blöd", antwortet sie. Aber richtig erschrocken, wie ich befürchtete, ist sie zum Glück nicht. Vermutlich ist ihr die Gefahr nicht wirklich bewusst. Sie zwingt sich sogar zu einem Lächeln.

„Ich kann ja nicht gleich die Polizei rufen, wenn ein Unbekannter an meiner Tür steht."

„Aber Du darfst auf keinen Fall die Tür öffnen, wenn einer Fremder draußen ist."

„Ja gut, das kann ich schon versprechen."

„Es waren südländisch aussehende Täter, aber keine normalen Ganoven, wie ich die Polizei habe glauben lassen. Sei vorsichtig und ruf mich sofort an, sollte so ein Typ an Deiner Wohnung klingeln."

„Hast Du im Staatsarchiv etwas herausgefunden?" will Nora wissen.

„Michael Bräu hat die Inquisition überstanden, weil er schlau und lieber kein Held war und widerrufen hat, was ihm die Dominikaner als Ketzerei ausgelegt hatten. So bissen die Hunde des Herrn bei ihm auf Granit. Aber einige Fragen in dem Verfahren gingen auch in eine andere Richtung. Im Verhör wurde Michael Bräu offensichtlich nach

Dingen gefragt, die der Herrlichkeit Gottes dienen und die er der Mutter Kirche nicht vorenthalten dürfe. Ich bin zwar kein Historiker und nicht so bewandert, damalige Formulierungen richtig zu verstehen. Aber eines ist schon klar: Da ging es um Wertgegenstände, auf die die Kirche scharf war. Kurzum: Ich glaube, Michael Bräu ist deshalb 1559 in einer Seitengasse nicht weit weg vom Regensburger Dom ermordet worden."

Nicht zu viel reden, mahnt mich die linke Gehirnhälfte erneut und die rechte steuert die Erkenntnis bei, dass ich damit Nora in Gefahr bringen könnte.

„Ich will Dir helfen, so gut ich kann, aber wir brauchen dazu einen Ansatz, worum es bei den Wertgegenständen geht und vor allem, wo wir sie suchen müssen", betont Nora und drückt ihre Brüste erneut gegen meinen Körper.

„Halte mich bitte auf dem Laufenden, ich sorge mich um Dich", sagt sie, nachdem ihre Hand mitfühlend sanft über meinen geschienten Arm geglitten ist und ihre Lippen einmal mehr meine Haut elektrisiert haben.

Wieder allein. Aber nicht lange. Frank ruft an und hat Neuigkeiten. Malevsky war an dem Tag des Überfalls tatsächlich in München. Einige Tage vorher hatte er einige seiner ehemaligen und meiner jetzigen Kollegen zu einer Sause zu sich nach Schliersee geladen.

„Deine Kollegin Martina Schönlein war dort. Sie erinnert sich auch an einen Typen mit schwarzem Haar, auf den die Täterbeschreibung passen könnte. Malevsky sei kein einziges böses Wort über Dich oder andere Redakteure über die Lippen gekommen."

„Er versucht, ein neues Netzwerk oder sollte ich besser sagen neue Seilschaften aufzubauen", kommentiere ich und füge glich meine Schlussfolgerung hinzu: „Wird ihm aber nicht gelingen. Denn Malevsky kann sich nicht beherrschen, hat sich nicht im Griff. Auf Dauer verprellt er jeden Informanten."

Zwei Tage später erteilen mir die Ärzte den Passierschein aus ihrem Reich. Frank holt mich ab. In diesen beiden Tagen hat er noch einiges zusammengetragen und sein Oberstübchen angestrengt.

„Wir kommen hier nicht weiter", so seine Schlussfolgerung. „Wir müssen an die Quellen und herausfinden, wonach genau die Dominikaner im Inquisitionsprozess gefragt haben. Vielleicht finden wir eine Spur, die uns zu dem Schatz führt“, so die Hoffnung Franks. Der Prozess war in Trient, wo gleichzeitig das Konzil tagte.

„Denkst Du, es gibt dazu Unterlagen“, frage ich.

Die Antwort: „Ganz sicher“.

„Und wo?“

„Im Vatikan, mein Freund. Wir müssen nach Rom.“

Kapitel 2

Erste Spuren des Labyrinths

Vier Monate vor dem Überfall:

Zur Zeit ihrer Erbauung galt sie als die stärkste Festung der Welt. Herzog Georg, genannt der Reiche, konnte sich Ende des 15. Jahrhunderts den Ausbau der ein Kilometer langen Burganlage auf dem von der Salzach gegrabenen Höhenrücken leisten, weil der Salzhandel die Städte an Inn und Salzach wohlhabend machte und damit auch den Herzog. Nicht ohne Grund blickte die weniger betuchte Münchner Verwandtschaft innerhalb der bayerischen Wittelsbacher neidvoll auf den Herzog von Landshut und Burghausen. Als der in jungen Jahren die polnische Königstocher Hedwig heiratete und es mit ihr bei der Landshuter Hochzeit so richtig krachen ließ, gratulierten zwar auch die Münchner Vettern wie es sich gehört, wünschten ihm indes insgeheim den Bankrott. Doch nichts davon geschah: Das Land blühte unter seiner Herrschaft noch mehr als vorher, der Reichtum wuchs weiter. Doch nicht nur wegen der Gier der Verwandtschaft hatte Georg Angst um sein Geld. Die aus dem Morgenland eindringenden Türken hatten das Abendland in Bedrängnis gebracht. Der Untergang Konstantinopels im Jahr 1453 erschütterte die Herrscherhäuser vom Atlantik bis in die Weiten Russlands. Georg fürchtete vor allem die Mauer brechenden Kanonen der Türken. Seine Antwort auf diese Bedrohung war der Ausbau der Burghauser Burg. Die Vorhöfe der eigentlichen Hauptburg ließ er stark befestigen. Denn von drei steil abfallenden Seiten war die Burg ohnehin gut geschützt. Die offene Flanke war die Nordseite. Die Burg wurde mit diesen Vorbauten schon unter Georgs Vorgängern immer länger und wuchs zu ihrer heutigen Größe von 1051 Metern heran.

Und nun, 500 Jahre später, lädt die Bayerische Schlösserverwaltung zu einer herbstlichen Pressekonferenz in den Dürnitz genannten

Festsaal der Hauptburg. Dabei geht es nicht um den Reichtum unter Georgs Zeiten und auch nicht darum, dass die Stadt es tunlichst vermeidet, von der längsten Burg der Welt zu sprechen, obwohl das im Guinness-Buch so festgehalten ist. Ein schlauer Hotelier hat den Eintrag veranlasst und sich vertraglich die Namensrechte gesichert. Seither preist die Stadt ihre „weltlängste" Burg an: verquere Sprache – dafür kostenfrei. Die Pressekonferenz indes hat ein ganz anderes Thema. Schon in der Einladung dazu stand etwas von einem außergewöhnlichen Fund, der die Fachwelt begeistert. Gerade als ich die Treppe zur Dürnitz hochsteige, stupst mich von hinten jemand an, und eine bekannte Stimme stichelt.

„Der neugierige Lokalreporter auch vor Ort."

Blitzschnell drehe ich mich um und sehe in die wachen Augen einer jungen Frau, die mir bestens bekannt ist. Sie ist leger in einen weiten Mantel gehüllt und trägt eine Wollmütze auf dem Kopf, die sie im nächsten Moment abnimmt und ihren dunkelbraunen Locken den Freiraum gibt, den sie sich selbst ebenso gern nimmt. Eva Plum hat vor einem halben Jahr ein Praktikum in meiner Redaktion abgeleistet. Sie arbeitet genau, analysiert bestens und ist eine Perfektionistin. Aber sie hat auch einen Dickkopf. Eva studiert an der Uni München Geschichte.

„Was machst Du hier, was treibt Dich in die Provinz?" frage ich.

„Ich bin jetzt im fünften Semester und habe als Schwerpunkt Geschichte des Mittelalters gewählt. Der Fund hier fällt genau in mein Wissensgebiet. Außerdem ist der Weg kurz. Ich wohne ja weiter hier, kann ich mir eine Wohnung in der Großstadt nicht leisten, pendle deshalb" antwortet Eva.

„Dann könnten wir uns ja öfter mal sehen und Du könntest auch Aufträge für die Redaktion übernehmen".

Eva geht darauf nicht ein, belässt es bei einem freundlichen Nicken. Seit an Seit gehen wir rein in die Dürnitz. Die mächtigen Mauern des Saals fordern Ehrfurcht ein, durch die gotischen Spitzbogenfenster dringt gerade so viel Licht, dass man ausreichend sehen kann und die Halle in ein mythisches Flair getaucht scheint, gerade so, als ob hinter einem Pfeiler Herzogin Hedwig höchstpersönlich jeden Moment hervortreten könnte.

Der Präsident der Schlösserverwaltung scheint dieses Ambiente zu genießen. Als er die Pressekonferenz eröffnet, spricht er wie ein herzoglicher Herold betont langsam und in getragenem Ton:

„Wie Sie alle wissen, bereiten wir die Burg für die Teilnahme an der Landesgartenschau vor. Neben den Arbeiten in den Burghöfen haben wir zudem ein Forschungsprogramm zur Geschichte dieser Burganlage gestartet. Die jetzige Burg ist ja ein Werk des ausgehenden Mittelalters. Die Anlage selbst ist älter. Schon im 11. Jahrhundert haben Grafen von Burghausen hier eine Burg aus Stein errichtet, davor gab es vermutlich Bauten aus Holz. Bei Grabungen in diesem Gebäude haben sich die geschichtlichen Quellen nun auch im Stein bestätigt. Genau unter uns, in den Räumen unter dem Saal haben wir Mauerreste gefunden, die aufgrund ihrer Bauweise ins 11. und frühe 12. Jahrhundert datiert werden. Wir gehen gleich gemeinsam dorthin, sie können gerne Fotos machen. Diese alten Mauern werden wir konservieren und unseren Besuchern zugänglich machen."

Der Präsident macht eine Pause, trinkt einen Schluck Wasser. Aller Augen sind auf ihn gerichtet. Er scheint diesen Moment zu genießen, nimmt sich Zeit. Endlich spricht er weiter und lässt die Katze aus dem Sack:

„Das besonders Schöne: Die Mauern waren über Jahrhunderte von Luft und Feuchtigkeit abgeschnitten. Wir konnten an einer Stelle Fresken aus dem Mittelalter sichern. Turnierreiter und andere Ritter sind darauf zu sehen. Das ist ein kultureller Schatz, dessen Bedeutung derzeit noch gar nicht abzuschätzen ist. Wir brauchen dazu noch weitere Untersuchungen. Aber dieser besondere Fund ist noch gar nicht alles. Wie Sie zudem schon wissen, wollen wir auch den Zwinger der Hauptburg den Besuchern zugänglich machen. Der Zwinger war die letzte Sicherheit zur Verteidigung der Burg. Hätten Feinde jemals die Mauern gestürmt, was ja nie geschah, so wären sie, eingekeilt zwischen Mauer und Burg in diesem Zwinger den Geschossen der Verteidiger schutzlos ausgesetzt gewesen. In diesem Zwinger haben wir ebenfalls für eine Burg Besonderes entdeckt. Sie kennen von Domen wie Regensburg die vielen kleinen Ungeheuer und Dämonen, die an den Dächern angebracht sind und die bauliche Funktion haben, Regenwasser weg von den Mauern nach unten abfließen zu lassen. Was sie genau bedeuten, darüber ist sich die Forschung nicht ganz einig. Aber Konsens ist, dass die schrecklichen Figuren Dämonen und böse Geister abhalten und die Kirche vor ihnen schützen sollen. Solche Figuren sind typisch für gotische Kathedralen. Auf weltlichen Bauten kommen sie eigentlich nicht vor. Eigentlich deshalb, weil wir bei den zum Zwinger hin entwässernden Rinnen der Burg nun ebenfalls solche Figuren, wenn auch in kleinerer Form, gefunden haben. Sie sind wohl einst in Vergessenheit geraten, danach stark verwittert und nicht mehr als solche erkannt worden."

Der Präsident zeigt Bilder von den Mauerfunden und den Wasserspeiern und erläutert Details. Eva notiert aufmerksam mit. Und ich habe die Aufmachergeschichte für morgen nun quasi schon im Kopf. Fotos der Wasserspeier habe ich auf CD bekommen. Aber ich brauche noch ein Foto mit dem Präsidenten am besten vor dem Mauerfund mit den Fresken und muss deshalb auf die Führung warten. Endlich ist es so weit. Wir steigen über Steinstufen nach unten. Hinter einer abgerissenen Wand aus dem 20. Jahrhundert ist eine Vormauerung und dahinter wiederum altes Mauerwerk zu Tage getreten. Ganz zart sind darauf einige Fresken zu erkennen. Wie der Präsident erläutert, werden hier nun die Restauratoren Arbeit bekommen. Ich knipse den Präsidenten vor zwei Turnierreitern, die mit gesenkten Lanzen aufeinander zureiten. Danach mache ich noch einige weitere Bilder und eile zurück in die Redaktion, um die Geschichte zu schreiben. Für danach habe ich mich noch mit Eva auf ein Bier verabredet.

Schnell hacke ich den Artikel in die Tasten, nach einer halben Stunde stehen die gut hundert Zeilen. Mindestens ebenso lang dauert es, bis das Drumherum fertig ist – die Bilder auswählen, die Beschriftungen vornehmen und den Feinschliff am Layout mit Titel und Zwischentiteln. Auf meinem Foto sind die Fresken leider nur vage zu erkennen. Die Schlösserverwaltung hat dagegen zwecks optischer Verbesserung den Restauratoren schon vorweggegriffen und die Farben per Computer verstärkt. Ein solches Foto muss unbedingt mit ins Blatt, ebenso eine trotz Verwitterung eindrucksvolle Chimäre vom Burgdach. Das Mischwesen, ein wenig Panther, etwas Hund und Schuppen wie ein Drache ist real zwar nur ein Zwerg, im Bild aber wirkt es imposant wie ein Riese. Längst bin ich auch mit den

Online-Meldungen und der Seitenkorrektur fertig.

Bis Eva kommt, sehe ich mir einige Bilder der CD noch genauer an. Ein Fresko fällt mir auf. Zunächst weiß ich nicht warum. Es zeigt ein Pferd, auf dem zwei Ritter mit langen Schilden sitzen und Lanzen in der Rechten halten. Gerade als Eva eintritt, fällt mir ein, warum mir dieses Fresko so vertraut erscheint. Ein solches Bild in Öl hängt bei meinem Vater. Er war einst der Liebling der kinderlosen Thilde Bellmann, in deren Haus die Familie meines Vaters lebte. Frau Bellmann schenkte meinem Vater dieses Bild, als die Familie das Haus verließ. Als Kind hatte er die Ritter immer mit großer Neugier betrachtet. Das Geschenk sollte für ihn eine Erinnerung an eine unbeschwerte Kindheit und eine liebe alte Dame sein.

„Gehen wir doch einfach ins Kino-Cafe rüber", schlage ich Eva vor. Dort erzählt sie mir mehr über das Studium.

„Ich arbeite mich gerade in Heraldik und in die Genealogie wichtiger Adelsgeschlechter ein und lerne, mit direkten Quellen, also Urkunden und anderen Schriftstücken, zu arbeiten."

„Das mag im Einzelfall ja spannend sein, aber mir erscheint das etwas blutleer, ich würde schnell ungeduldig", unterbreche ich sie und komme auf die Ungeheuer und Fresken der Burg zu sprechen. „Die sind doch viel anschaulicher. Ich muss immer ein Bild vor mir haben. Wenn ich die Turnierreiter sehe, dann entsteht in meinem Gehirn ein Bild vom Mittelalter, von hart gesottenen Recken, die weder Feind noch Teufel fürchten und dann doch dem Minnegesang verfallen und sich für die Dame ihres Herzens schlagen."

Eva schmunzelt:

„Du bist halt ein Träumer. Ein solches Mittelalter hat es nie gegeben, das ist nur Poesie. Die Welt damals war sozial streng gegliedert. Jeder hatte seinen Stand auszufüllen. Der Bauer musste Geistlichkeit und Adel ernähren. Der Adel hatte die Aufgabe, Land und Leute zu schützen. Tatsächlich aber ging es vor allem darum, den Besitz zu mehren. Viele blutige Fehden entstanden, weil eine solche Vermehrung immer auf Kosten eines anderen ging. Und die Kirche lieferte die Ideologie, dass eine Welt mit dem Adel oben und den leibeigenen Bauern unten die gottgewollte Ordnung sei. Nebenbei profitierte der Klerus auch ganz direkt. Die auf den Armutsprediger Jesus von Nazareth zurückgehende Religion wurde reich und Eckstein der Macht. Die Kirche ließ sich gern von großen und kleinen Herrschern beschenken, entwickelte sich zum größten Grundbesitzer im Reich."

„Aber die Kirche hatte auch gute Seiten", werfe ich ein. „Ohne sie und die Religion wären Kriege und Kampf um materielle Vorteile noch viel blutiger verlaufen. Und vor allem: Die Kirche bot dem einfachen Volk die Möglichkeit zum sozialen Aufstieg. Sie förderte junge kluge Köpfe und gab ihnen Stellen als Priester. Nur so konnten Bauernkinder der harten Fronarbeit entkommen."

„Das stimmt nicht ganz", unterbricht mich Eva.

„Bischöfe und Äbte waren immer adelig. Aufstiegsmöglichkeiten boten zudem auch die Städte."

„Kehren wir zurück zum Bild, das ich mir so gern mache", beende ich unseren kleinen geschichtlichen Diskurs:

„Wie findest Du die Fresken?"

Eva lacht auf.

„Die haben ja reichlich nachgeholfen. An den Mauern sind doch nur Umrisse und vage Farbreste zu sehen. Auf der CD gibt es zwar den Hinweis, die Bilder seien ‚zwecks besserer Anschaulichkeit' bearbeitet. Aber ganz koscher erscheint mir das nicht. Die Schlösserverwaltung hätte besser das Ergebnis der Restaurierung abgewartet als zwecks besserer Vermarktung eine virtuelle Realität zu schaffen, die am Ende vielleicht anders aussieht und vor allem bewertet wird."

„Das mag schon sein" antworte ich, „aber ich seh' das nicht so eng, bin froh um diese aufgepeppten Bilder. Sonst hätte ich dem Leser optisch außer den von Wind und Regen zerfressenen Dämonen am Dach nichts bieten können. Diese Fotos aber wecken Interesse und Neugier. Und die Schlösserverwaltung ist ja auch ein staatliches Unternehmen, das Besucher anlocken und Einnahmen generieren will. Da leistet die optische Nachhilfe einen guten Zweck."

„Du meinst, der Zweck heiligt die Mittel."

Evas Züge werden strenger, sie starrt mich an, ihre Stimme wird lauter:

„Du hörst Dich schon an wie ein Politiker. Genau das ist doch der große Irrtum. Der Zweck kann nie die Mittel heiligen. Unrecht bleibt Unrecht, egal wie man es kaschiert oder rechtfertigen will. Überleg nur, wie viele Menschen ihr Leben lassen mussten, weil sie zufällig oder ungewollt zwischen die Fronten geraten sind."

„Das schon, aber Gewalt richtig eingesetzt kann auch Gutes bewirken. Stell Dir nur vor, die Franzosen hätten auf Hitlers Rheinlandbesetzung militärisch geantwortet. Zu dieser Zeit bestanden die deutschen Armeen erst auf dem Papier. Die Nazis hätten eine Niederlage kassiert, vielleicht wäre sogar Hitler gestürzt worden und so der Welt viel erspart geblieben."

Eva lässt diesen Vergleich nicht gelten.

„Da ging es doch um einen Vertragsbruch. England und Frankreich wollten den Frieden retten, was nicht gelingen kann, wenn die andere Seite auf Krieg setzt. Ich sag Dir ein anderes Beispiel, an dem besser klar wird, was ich meine. Nach der Zerstörung des Dorfes My Lai im Vietnamkrieg mit Ermordung der Bewohner sagte ein US-Soldat: ‚Wir mussten sie töten, um sie zu retten.' Mit Retten meinte er vor dem Kommunismus. Das ist die absolute Perversion des Denkens. Und wenn ich überlege, wozu Menschen fähig sind, ich sage nur Srebrenica mit den 8000 Ermordeten, dann gilt meine Aussage, der Zweck dürfe nie die Mittel heiligen, umso mehr."

Evas Gesicht hat eine leicht gerötete Farbe angenommen, sie hat sich in Rage geredet. Ihr Blick richtet sich erneut auf mich:

„Gerade weil wir Menschen zur Gewalt neigen, muss diese begrenzt und kontrolliert werden. Und da seid Ihr Journalisten in der Pflicht. Ihr müsst für die Wahrheit kämpfen, für Transparenz und für mündige Bürger, die resistent sind gegenüber Lug und Trug in den sozialen Medien. Und ihr müsst die Narzissten und Diktatoren und all die anderen Scharlatane dieser Welt entlarven, damit ihnen die Leute nicht auf den Leim gehen."

Ich schüttle den Kopf:

„Eva, komm wieder runter. Du hast ja grundsätzlich Recht, aber wenn ich auf den Ausgangspunkt unserer Diskussion zurückkomme, dann hast Du aus einer Mücke einen Elefanten gemacht. Es ging doch nur darum, ob die Schlösserverwaltung ihre Fotos aufpeppen soll oder nicht. Da hast du jetzt doch deutlich überzogen."

Eva bemüht sich um ein Lächeln, gibt aber nicht klein bei:

„Wie heißt es so schön: Wehret den Anfängen."

Kapitel 3

Ein schwarzes Loch

Beim abendlichen Rotwein läuft Frank immer zu großer Form auf. Vor allem dann, wenn es sich um ein gelungenes Cuvée der Trauben Cabernet und Shiraz handelt. Franks Fantasie bekommt dann geradezu einen Kick. In Verbindung mit dunkler Schokolade haben wir schon zig Mal die Welt und unser Dasein diskutiert und dabei immer wieder neue Aspekte gesucht und gefunden. Unsere Freundschaft besteht ja schon seit der Jugend, als wir gemeinsam mit Kumpels Fußball gespielt haben. Zu Studienzeiten hatten wir eine gemeinsame Wohnung. Ich schmökerte damals gern in seinen medizinischen Büchern und er las gern in meiner Sammlung aus Literatur und Sprachwissenschaft. Diesem wechselseitigen Gedankenaustausch zwischen wissenschaftlicher und sprachlicher Logik haben wir bis heute die Treue gehalten. Frank arbeitet als Neurologe in einer Klinik, hat viele Querschnittsgelähmte betreut und ihnen neuen Lebensmut vermittelt. Das kostet ihn aber enorm Kraft, und deshalb genießt er die Auszeit von Beruf und Familie, in denen er die Gedanken schweifen lassen kann. An diesem nebligen Herbstabend will er mit mir einmal mehr über das Grundsätzliche sprechen, über das, was wir unter Realität und Fiktion verstehen. Und er haut mir gleich einen Satz hin, der eine finale Erkenntnis beinhaltet, der zu widersprechen schwerfällt. „Wir haben Atommodelle, wissen aus Beobachtung und Erfahrung wie Atome mit anderen reagieren, haben es sogar fertiggebracht, mit der Spaltung und Fusion von Atomkernen Bomben zu bauen, mit denen wir uns ausrotten können – aber noch immer kann keiner die Frage beantworten, was ein Atom wirklich ist."

„Das ist unfair", antworte ich, Du weißt genau, ich kann Dir nicht widersprechen. Atomkerne sind so klein, bilden ja selbst das Licht, deshalb kann es kein Mikroskop, keine Vergrößerung geben, um sie jemals sehen zu können. Sie werden immer nur indirekt erkennbar gemacht. Und was wir nicht wirklich sehen können, können wir auch nicht verstehen."

„Das ist richtig", räumt Frank ein und lässt einen Schluck Wein lange im Munde kreisen, ehe er genussvoll schluckt. „Aber wir tun so, als wäre uns völlig klar, was Materie ist und was sie im Innersten zusammenhält. Genau das ist eine Illusion. Atome nehmen Raum ein, aber ob sie selbst räumlich sind, das bezweifle ich. Wie könnte es sonst sein, dass gemäß der Theorie der Schwarzen Löcher die Materie hinter dem Ereignishorizont in eine Singularität fällt, die keinerlei Ausdehnung mehr hat, quasi punktförmig ist. Die Kosmologen gehen ja sogar davon aus, dass die gesamte Materie des Universums einst in einem solch punktförmigen Gebilde konzentriert war und daraus Raum und Zeit entstanden und die Existenz der Welt begann."

„Ach Frank", sag' ich, „die Wissenschaftler rechnen aus der jetzigen Ausdehnung des Weltalls zurück und schließen daraus auf einen explosionsartigen Beginn. Sie rechnen dir sogar vor, wie in der ersten Sekunde der Welt alle wesentlichen Entscheidungen eigentlich schon gelaufen sind und unsere Erde, das Leben und wir als denkende Wesen dann eine zwangsläufige Folge dieser ersten Sekunde sind. Das ist mir gelinde gesagt zu gewagt. Klarer ausgedrückt, halte ich derlei Aussagen für Unfug."

„Nein, nein", unterbricht mich Frank. Die Welt lässt sich genau aus dem Zusammenwirken der vier Grundkräfte erklären. Und die Spekulation der Kosmologen ist doch, dass die Welt entstanden ist, als sich diese zunächst in einer Einheit verbundenen Kräfte aufspalteten, mit abnehmender Temperatur sozusagen die Symmetrie zu Bruch ging, Kräfte wie die Elektrizität entstanden und damit Protonen, Neutronen und Elektronen, quasi als Kondenswasser des abkühlenden Superdampfs. Realität ist nur die Energie, die Teilchen selbst sind eine menschliche Fiktion, die wir brauchen, um das Geschehen verstehen zu können."

„Frank, Du steigerst Dich da in etwas rein, ich glaube genau andersrum wird ein Schuh daraus. Die Energie mag ja die wahre Realität sein. Aber was aus ihr entsteht ist für mich mehr als Fiktion. Das große Wunder ist doch, was daraus geworden ist – zunächst nur Wasserstoff und Helium, dann in den Sternen die übrige Materie und damit die Voraussetzung zur Entstehung von Wesen wie wir, die hier bei einem Glas Wein über ihre eigene Existenz reden können. Und ich halte mich schon für sehr existent und nicht nur für eine Fiktion."

„Da hast du ja Recht", gesteht mir Frank zu und schiebt sich ein Stück Schokolade in den Mund. Ich genieße diese Schokolade ja auch und betrachte sie als durchaus existent. Aber wir müssen auch hinter das Offensichtliche blicken, den Dingen auf den Grund gehen. Und da sagt mir der Verstand: Schokolade ist eine der schönsten Fiktionen, die uns die Natur geschenkt hat. Der wahre Kern dahinter ist aber ebenfalls nichts anderes als Energie, die bewirkt, dass Teilchen, also kondensierte Energie, miteinander reagieren und mir meine Nervenzellen sagen: Das schmeckt verdammt gut."

Dann wechseln wir das Thema. Ich erzähle Frank von den Fresken und Monstern auf der Burg. Er ist etwas skeptisch.

„Ist das alles schon fachlich untersucht worden. Heute nimmt sich doch keiner mehr die Zeit, erst einen Sachverhalt zu prüfen."

„Die Leute wollen halt informiert werden. Du kannst solche Funde nicht zurückhalten, bis alles untersucht ist. Das sickert durch, die Schlösserverwaltung würde als inkompetent erscheinen, würde sie nicht sofort reagieren und informieren."

Franks Sicht der Dinge ist auch hier eine andere. Dass Menschen neugierig sind und diese Neugier bedient sein will, das mag er nicht wahrhaben. Was wir aber beide unisono wahrnehmen: die Flasche Wein und damit auch unser Nachtgespräch neigt sich ihrem Ende zu.

Ein gerüsteter Ritter sprengt auf mich zu. Ich sehe doch, er ist real, senkt beim Näherkommen bedrohlich seine Lanze in Richtung meiner Brust. Wie angewurzelt stehe ich frei nahe einem Baum, kann mich nur mühsam bewegen. Dann gelingt mir doch noch ein schneller Schritt zur Seite hinter den Baum, der mir Schutz vor der drohenden eisernen Spitze der ritterlichen Lanze bietet. Der Reiter wendet und galoppiert nun von der anderen Seite auf mich zu. Ich schaffe es nicht mehr hinter den Baum. Aber im letzten Moment erkenne ich einen langen Schild auf dem Boden vor mir. Ich reiße ihn hoch und kann den Lanzenstoß damit abfangen.

Dann reibe ich mir die Augen, sehe mich in ein Halbdunkel getaucht. Ganz dunkel ist es nicht, weil der Vollmond hinter Wolken hervorgetreten ist. Sein Licht dringt durch die Vorhänge. War alles nur Illusion. Ein Traum und doch wirkte der sehr real. Unser Gehirn schafft sich ja seine eigene Realität. Zu der gehört, dass ich mir ein Glas Wasser einschenke, weil das Gehirn Durst meldet. Nach ein paar Schluck ist der gestillt, schon taucht der rettende Schild aus dem Traum noch einmal vor meinem geistigen Auge auf. Ich erinnere mich an das Ölbild, das mein Vater aus dem Bellmann-Haus hat und mir wird nach diesem Traum bewusst, wie ähnlich es einem der Fresken auf der Burg ist.

Der Traum hat zudem die Erinnerung an eine alte Begebenheit wachgerufen, die auch mich mit dem Bellmann-Haus verbindet. Dieses alte Patrizierhaus am Stadtplatz Neuötting hat eine große Geschichte. Hier lebte eine einflussreiche Händlerfamilie. Thilde Bellmann war die Letzte ihres Geschlechts. Vom einträglichen Handel früherer Jahrhunderte war nur noch ein Großhandel mit Kohlen und Brennstoffen geblieben, der wiederum immer mehr an Bedeutung einbüßte, weil dafür erstens ein Haus am Stadtplatz ein zunehmend ungünstiger Standort war und zweitens die agilere Konkurrenz Thilde Bellmann schwer zusetzte. Thilde Bellmann wurde von der Zeit überrollt, sie war eine Patrizierin, aber keine Geschäftsfrau. Die alte Dame verkaufte das Haus weit unter Wert, lebte danach in bescheidenen Verhältnissen und starb wenig später. Einige Jahre nach ihrem Tod betrat ich dieses Gebäude. Als ich zu studieren anfing, wollte ich vorab erst ein bisschen Geld verdienen. Da kam es gerade recht, als mein Onkel nicht genügend Mitarbeiter für seinen Malerbetrieb finden konnte. Ich heuerte an und arbeitete mich ein. Als Ungelernter durfte ich zwar nur die Arbeiten machen, die keiner gern tun wollte. Alte Fensterstöcke abschleifen, Lackreste entfernen und alte Tapeten von Wänden kratzen - das war meine wenig erbauliche Welt, die mir aber ein erstes Einkommen sicherte und das Studium ermöglichte. Als ich bei meinem Onkel die ersten Erfahrungen in Farbenkunde sammelte, kam ich wie bereits erwähnt auch ins Bellmann-

Haus, und konnte der Versuchung nicht widerstehen. Eines Abends blieb ich unter dem Vorwand, eine Arbeit unbedingt noch fertig zu machen etwas länger. Als ich dann allein war, ging ich die Treppe zum zweiten Stock nach oben. In der Tat: eine Trittstufe knarzte. Jetzt wo alles still im leeren Haus war, hörte ich es ganz deutlich. Der Puls stieg, ich spürte mein Herz schlagen. Mein Vater hatte mir von einer alten Geschichte erzählt, die er für eine Fantasiegeburt hielt, die aber einen wahren Kern haben könnte. Demnach war in der Treppe ein Schatz aus alten bayerischen Dukaten versteckt und zwar unter einer knarzenden Stufe.

Noch gut erinnere ich mich an das damals folgende Geschehen im Bellmann-Haus: Ich taste das Holz ab. Von außen unterscheidet sich diese Stufe nicht von den anderen. Wenn es hier tatsächlich einen Hohlraum mit einem Versteck darunter gibt, dann muss es auch einen Zugang geben, der es ermöglicht, die Trittstufe zu entfernen. Ich kann doch nicht mit der Axt loslegen, das gäbe am nächsten Morgen einen riesen Wirbel und vermutlich eine Befragung durch die Polizei. Aber die Stufe sitzt fest. Ich ziehe und drücke in alle Richtungen, ohne Erfolg. Allmählich schwindet mir der Glaube, hier etwas bewegen zu können, ich bin nahe am Aufgeben. Da fällt mir auf: eine Stufe hat ja zwei Teile, die waagrechte Trittstufe, auf der man geht und ein senkrecht stehendes Brett, das die jeweilige Stufe nach hinten zur nächsthöheren abschließt. Und als ich an diesem Brett herumfummle, glaube ich eine leichte Beweglichkeit zu erkennen. Es sitzt nicht ganz stramm, scheint, wie der Handwerker sagt, ein kleines Spiel zu haben. Ich drücke und ziehe erneut, ohne Ergebnis. Das wäre denn auch zu einfach. Ginge es so leicht, hätte doch die Putzfrau schon längst ein solches Versteck gefunden. Nein, es muss einen Trick geben, geht es mir durch den Kopf. Aber den kenne ich leider nicht. Meine Augen helfen mir weiter. Eine kleine kaum sichtbare Abschabung ist am Treppengeländer zu sehen und zwar genau an der Innenseite der Sprosse in Höhe des Bretts. Wenn ich hier einen Hebel ansetze, könnte ich Kraft auf das senkrechte Stufenbrett ausüben. Da liegt doch unten in einem Zimmer ein Geißfuß, den andere Handwerker gestern gebraucht haben, fällt es mir ein.

Ich hole das Teil und kann das Brett damit in der Tat etwas bewegen. Doch noch sperrt es sich. Erst als ich auf der anderen Seite unten das Brett nach innen drücke und es gleichzeitig über den Hebel und damit ziemlicher Kraft zur Wand hin schiebe, hakt mit einem Ruck eine Versperrung aus. Das Brett schnappt an der Wandseite nach innen und ich kann es dann an der Geländersprosse vorbei wegziehen. Mein Herz schlägt bis zum Hals.

Doch die Aufregung ist umsonst. Es gibt hier zwar einen Hohlraum, aber da ist nur Luft. Auch die eigens mitgebrachte Taschenlampe bestätigt bei besserem Licht: das Nest ist leer. Nicht eine einzige Goldmünze liegt hier. Aber mein Gehirn sagt mir auch: Dieses Versteck ist real, hier hat sicher einmal etwas gelegen.

Enttäuscht sehe ich mir den Mechanismus an. Es ist eine raffinierte Konstruktion. Ich muss das Brett nur wieder gerade einschieben und über den Hebel Druck ausüben, dann muss es wieder einrasten. Aber damit warte ich noch ein wenig. Ich habe mich fast zwei Stunden damit gequält, das Versteck zu öffnen. Es einfach gleich wieder zuzumachen, das fällt mir schwer. Denn ich bin schon stolz auf mein Geschick und möchte ein Zeichen hinterlassen. Also schreibe ich auf ein Stück Papier die Ordensregel der Benediktiner „ora et labora" also „bete und arbeite" und rate damit gleichsam künftigen Schatzsuchern, es doch besser mit einträglicher Arbeit zu versuchen. Den Zettel einfach reinlegen will ich auch nicht. Ich nehme etwas Malerfarbe und will ihn damit von unten an die Trittstufe ankleben. Aber Moment – da befindet sich doch schon Papier, da ist etwas angeheftet, oder vielmehr in einen kleinen Holzspalt eingeschoben. Vorsichtig ziehe ich daran. Ein vergilbtes Blatt. Es ist zusammengefaltet. Ich klappe es auf. Eine Schrift, die ich kaum lesen kann. Sie erinnert mich an Urkunden, als die Schreiber mit vielen Rundungen eine heute nur schwer lesbare Schrift formten. Ich beginne zu lesen: Et ego dico vobis: Petite et dabitur vobis.... Weiter komme ich nicht. Ein Geräusch hat mich aufgeschreckt. Vielleicht ist es ja nur eine Katze. Aber besser ich gehe jetzt, möchte nicht mit geöffneter Treppe im Haus entdeckt werden. Ich stecke das Papier ein, zögere einen Moment. Doch dann klebe ich doch mein „ora et labora" innen unter die Treppe. Das Verschließen der Stufe geht ganz einfach, jetzt, wo ich den Mechanismus verstanden habe. Niemand hat mich bemerkt. Erleichtert trete ich ins Freie. Nach dem leicht modrigen Geruch der alten Wände genieße ich die frische Luft.

Der Traum mit dem aggressiven Ritter hat mir diese Jugenderinnerung wieder ganz nach oben ins Bewusstsein gespült. Ganz deutlich sehe ich den langen Schild vor mir, der mich vor seiner Lanze schützte. Am Morgen krame ich einmal mehr das Papier hervor, das ich damals in der Treppe gefunden habe. Längst sind wichtige Dinge geklärt. Geholfen hat mir dabei vor allem ein pensionierter Lateinlehrer. Alle möglichen Leute bringen ihm alte Schriften, die sie nicht entziffern können oder die Sprache nicht verstehen. Aber sogar er, der alte Handschriften zumeist fließend lesen kann, braucht einige Zeit, um das Gekritzel zu entziffern. „Das war kein professioneller Schreiber", so seine erste Einschätzung. Auf das „Petite et dabitur vobis", folgt: „Quaerite et invenietis, pulsate et aperietur vobis, omnis enim, qui petit accipit: Et qui quaerit, invenit, et pu'santi aperietur." Der Lateinlehrer übersetzt das so: „Ich sage euch: Begehret und es wird euch gegeben werden, suchet und ihr werdet finden, klopfet an und es wird euch aufsperrt werden, dann alle so begehren, empfangen, welche suchen und finden und dem Anklopfenden wird aufgesperrt werden. Seine Einschätzung:

„Das ist der Text eines religiös denkenden und gebildeten Menschen, der anderen die Gnade Gottes mitteilen will. So etwas bekomme ich öfter in die Hände. Das ist aber noch nicht alles, was auf dem Papier geschrieben ist. Leider sind einige Zeilen danach so ausgebleicht, dass die Schrift nicht mehr zu erkennen ist. In der Folge geht es um ein ‚septem secret', auf das die ‚fratres' stets achten sollten. Sonst ist leider nicht mehr viel lesbar, außer, dass der Verfasser das Schreiben vielleicht unterzeichnet hat. Aber auch hier bricht die Schrift ab, sind nur die Buchstaben ‚MBP' zu erkennen."

Als ich nun Jahre später erneut dieses vergilbte Blatt Papier betrachte, schießt mir ein Gedanke durch den Kopf: Könnte nicht das Ritter-Bild im Bellmann-Haus ein klarer Hinweis auf die Burg in Burghausen sein, in der ja nun ebenfalls ein Fresko dieser Art gefunden wurde. Und vielleicht hat ein Kaplan oder sonstiger Geistlicher hier für seine Gemeinde etwas niedergeschrieben, was ihm wichtig war. Und nun fällt mir ein: Vor drei Monaten erst habe ich eine Reportage über einen Feldgeschworenen geschrieben und dabei ging es um ein „Siebener-Geheimnis", auf das „septem secret" eventuell anspielt. Nur der Feldgeschworene war in das Siebener-Geheimnis eingeweiht, setzte einen Grenzstein nach nur den Geheimnisträgern bekannten Regeln, so dass andere sie nicht einfach versetzen konnten, wenn ihnen der Sinn nach dem Land des Nachbarn war und die eigenen Ländereien wachsen sollten. Vielleicht haben die Reichen Herzöge von Burghausen auch einmal Steine versetzen lassen oder sie mussten sich umgekehrt gegen solchen Frevel durch den südlich angrenzenden Erzbischof von Salzburg zur Wehr setzen.

Kapitel 4

Der Gröschaz lässt bitten

Ich soll also zum Gröschaz. Die Überraschung verkündet mir meine Sekretärin Cora Gerber, als ich ein Liedchen pfeifend am Morgen die Redaktion betrete. Der Gröschaz heißt eigentlich Schuster und ist mein Chefredakteur in der Verlagszentrale. Ob ich morgen Vormittag Zeit habe, dann könnte sie das Ok geben, will Cora wissen.

„Hast Du eine Ahnung, was der will?“, frage ich Cora. Sie zuckt mit den Schultern. Das kann ja lustig werden. Eigentlich hat Schuster ja bisher so gut wie nie mit uns, dem Fußvolk, gesprochen, sondern uns immer nur über die Ressortleiter wissen lassen, was er von uns und unserer Arbeit hält. Er will Abstand nach unten wahren. Sein Spitzname Gröschaz steht für „größter Chefredakteur aller Zeiten“ in böser Anlehnung an den Gröfaz „größten Feldherrn aller Zeiten“, wie Hitlers Generäle hinter vorgehaltener Hand gern die militärischen Künste des Diktators ins Lächerliche zogen. Und zu dem Kotzbrocken muss ich jetzt – er ist halt mein Chef.

Als ich am nächsten Tag mit mulmigem Gefühl im Magen sein Vorzimmer betrete, kann ich den Kaffee gut vertragen, den mir Chefsekretärin Rosa Fuchs anbietet. Ihre warmherzige und liebenswürdige Art hat sicher schon viel von Schusters cholerischen Anwandlungen abgemildert. Der Smalltalk mit Frau Fuchs dauert nicht lang, der Chef hat mich etwas warten lassen, um so deutlich zu machen, wer hier die wichtige Person ist. Jetzt lässt er bitten. Ich trete ein und gehe auf Schuster zu. Er bleibt an seinem Schreibtisch sitzen, streckt mir nur die Hand entgegen und bedeutet mir, mich zu setzen. Direkt vor mir hat er ein Schild mit Namen und Titel aufgestellt. Die Leute sollen schließlich wissen, wen sie vor sich haben. Natürlich gibt es auch am Türeingang ein solches Schild. Als ich genauer hinsehe, erkenne ich auch: Er hat seinen Stuhl höhergestellt. So thront er vor einem, und der Gästestuhl ist eher einer der niedrigsten, auf dem ich bisher gesessen bin. Da schau her - Schuster ist auch noch Psychologe, geht es mir durch den Kopf. Und im gleichen Moment hat sich meine anfängliche Anspannung gelegt. Wenn er das so nötig hat, ist er doch eigentlich ein armes kleines Würstchen. Das Schreibtisch-Arrangement, mit dem er sein Gegenüber einschüchtern will, wirkt bei mir genau andersrum. Ich lache Schuster treuherzig an und innerlich aus.

„Sie wissen, wir wollen mehr bewegte Bilder im Blatt haben", beginnt er zu sprechen und fährt fort: „Wie können wir das unseren Mitarbeitern besser vermitteln, was halten Sie von einem Infoschreiben?"

Ich bin erstaunt. Der große Meister, der bisher nur Anordnungen gegeben hat, will von mir wissen, was er machen soll. Ganz verwunderlich ist das allerdings nicht. Schuster hat das schon vor einigen Wochen angestoßen, aber ganz falsch angepackt. Er informierte die Ressortleiter, diese dann wieder die Chefs vor Ort und die wiederum ihre Mitarbeiter. Das „bewegte Bild" blieb auf dem Weg durch die Instanzen auf der Strecke, Schusters Wunsch wurde ins Gegenteil pervertiert. Beim Mitarbeiter kam lediglich die Botschaft an: „Niemand darf mehr in die Kamera blicken". Da entstanden plötzlich ganz eigenartige Porträts. Leute wurden von der Seite fotografiert, mussten in ein Buch oder noch besser in die Zeitung blicken – Blödsinn pur.

Ich atme einmal tief durch.

„Ein Infoschreiben finde ich gut, Sie könnten auch einmal direkt alle Redakteure zu einem Gespräch und Meinungsaustausch einladen", sage ich zu Schuster und beuge mich dabei etwas zu ihm vor.

„Nun sprechen Sie mir doch nicht so ins Gesicht", fährt er mich an. Ich lehne mich wieder zurück und lass besser den Meister sprechen. Im nächsten Moment erfahre ich auch, weshalb ich eigentlich hier sitze.

„Sie kennen doch die Mitarbeiter und ihre Denk- und Sichtweisen bestens. Mit Ihren Formulierungen kommen die Leute klar, das verstehen sie. Deshalb verfassen Sie dieses Schreiben und mailen mir den Text bis Ende der Woche zu. Dann können wir das rausgeben.

Sie dürfen sich entfernen. Machen im Übrigen gute Arbeit da draußen, Sie wissen ja, wie wichtig uns die Provinz ist." So ein Affe, denke ich, als ich die Tür hinter mir schließe. „Sie lächeln ja, es war sicher nicht so schlimm", kommentiert Rosa Fuchs, als ich mich auf den Heimweg mache.

Ärger kommt tags darauf aus einer ganz anderen und völlig unerwarteten Richtung. Chris Malevsky ruft mich in der Redaktion an. Was will denn der alte Intrigant nur von mir. Malevsky erzählt erst einmal, wie gut es ihm an seinem neuen Wohnort am Schliersee gefällt. Dann macht er mir sogar ein Kompliment:

„Na, aller Junggeselle, Dein Artikel über die Fresken in der Burg hat mir sehr gefallen. Den musst Du mir mailen, den will ich für mein Archiv."

Dieser Süßholzraspler – jetzt bin ich höchst alarmiert, Gefahr scheint im Verzug. Malevsky fragt mich regelrecht aus über die Funde in der Burg. Seltsam, dass er sich deswegen meldet. Er braucht sich doch nur die Pressemappe der Schlösserverwaltung zuschicken zu lassen. Ich hüte mich auch, ihm darüber hinaus noch mehr zu sagen.

Und schon leitet Malevsky auf ein anderes Thema über, und ich bin bass erstaunt, wie gut er informiert ist:

„Hab gehört, der Schuster will jetzt von seinem hohen Ross runter und mit den Mitarbeitern sprechen. Weißt Du schon davon und was will er damit bezwecken?"

Ich hoffe, Malevsky hat mich nicht schlucken gehört. Vielleicht ist sein Anruf einen Tag nachdem ich beim Alten war auch nur Zufall. Aber ich fürchte, er hat noch immer einen heißen Draht in die Chefetage des Hauses. Und ich denke, genau deshalb ruft er mich jetzt an. Die Fresken waren nur ein Vorwand.

So antworte ich vage und lapidar.

„Vielleicht hat Schuster gemerkt, dass es besser ist mit den Leuten zu reden und ihnen auch zuzuhören."

Malevskys Vermutung, der Verleger habe sich eingeschaltet, überhöre ich geflissentlich. Ich lass mich von dem Intriganten nichts aufs Glatteis führen. Am Ende schneidet er das Gespräch mit, um sich an mir rächen zu können. Ich bleibe ruhig und höflich, sage kein böses Wort, gebe mich liebenswürdig. Als das Gespräch endet, habe ich viel geredet, aber nichts gesagt. Diese Fähigkeit lernt ein Redakteur zwangsläufig von Politikern, mit denen er ja täglich in Kontakt ist und deren Redeschwall er ständig zu hören bekommt.

Ich sitze erneut mit Eva beisammen, diesmal beim Griechen und einem Salat mit reichlich Öl und dunklem Balsamico.

„Die Fresken in der Burg finde ich total interessant. Beim Betrachten ging es mir so, als würde ich einen Hauch von Mittelalter einsaugen", sagt sie.

Die Studentin ist voller Begeisterung. Wenn sie spricht, nehmen auch ihre Hände Anteil, mit Gesten verstärkt sie dort, wo Worte knapp werden, ihre Meinung. Zu Fäusten geballt schlägt sie ihre Hände gegeneinander, um zum Ausdruck zu bringen, wie Ritter beim Turnier aufeinander losgestürmt sind. Aber im nächsten Moment gewinnt der Kopf wieder die Aufsicht über die Emotionen.

„Im ritterlichen Leben war vieles nur Schaulaufen, bewusst zelebriert, um das Gerangel um die tatsächlichen Interessen zu übertünchen. Dabei ging es immer um Besitz. Die Herzöge von Burghausen standen dabei im Wettbewerb mit dem Erstbistum Salzburg. Die Grenze verlief nur etwa 15 Kilometer südlich der Burg, die Stadt Tittmoning im Süden war fest in Salzburger Hand. Als der Wittelsbacher Ludwig der Bayer Kaiser des Heiligen Römischen Reiches wurde, fiel damit dem bayerischen Adelsgeschlecht nach damaligem Verständnis die Weltherrschaft zu. Doch schon damals stimmte diese Selbsteinschätzung nicht, denn weder der französische noch der englische König mochte die Lehnsoberhoheit des Kaisers aus dem Bayerland anerkennen."

„Nicht zu vergessen, der Papst sah sich ja als Stellvertreter Christi als der eigentliche Oberherr über allen Grund und Boden auf dieser Welt", unterbreche ich Eva. Damit liefere ich ihr offenbar ein neues Stichwort.

Erneut legt Eva los: „War es nicht so, dass sich im Hochmittelalter im Streit, wer Bischöfe einsetzen darf, schon Papst Gregor VII als Sonne sah, die den Kaiser, den er mit dem Mond verglich, weit überstrahlt. Dieser Streit um die Weltherrschaft schwächte das Reich und führte zum Aufstieg von Frankreich und England."

„Und mittendrin in dem ewigen Geschiebe zwischen weltlicher Macht und Kirche um Besitztümer lagen Burghausen und das nur wenige Kilometer entfernte Raitenhaslach" beende ich erst einmal Evas Ausschweifen in die Weltgeschichte und komme wieder auf das zurück, was uns beide verbindet.

„Die Zisterzienser hier hielten dem Herzog die Treue, sahen sich aber auch dem Erzbischof von Salzburg gegenüber in der Pflicht. Das hinzubekommen, gleicht der sprichwörtlichen Quadratur des Kreises."

Eva beginnt zu lächeln: „Gut erkannt. Habe mich gestern noch ein bisschen in die Thematik eingearbeitet. „Die Mönche hatten großen Einfluss. Aber nie wirkliche Macht. So bestellte die Kurie im Jahr 1240 den Raitenhaslacher Abt Dietmar zum Beichtvater von Herzog Otto dem Erlauchten. Papst Gregor IX hatte den Herzog zuvor exkommuniziert, also aus der Gemeinschaft der Gläubigen ausgeschlossen. Der Papst kämpfte für die Vorherrschaft der Kurie über den Kaiser. Zu Zeiten, als der Glaube das gesamte Leben bestimmte, war dieser Ausschluss aus der Christenheit mit dem Verbot am Gottesdienst teilzunehmen eine mächtige Waffe. Mit wiederholtem Gebrauch stumpfte dieses Schwert Christi allerdings ab. Im 14. und 15. Jahrhundert wurde der Raitenhaslacher Konvent selbst dreimal exkommuniziert, ohne größere Konsequenzen. Grund war: Die Mönche hatten sich auf die Seite des Kaisers geschlagen. Im Wittelsbacher Kaiser sahen sie das Hemd, das ihnen näher lag als die Hose, die Kirche."

Ich hab mein Glas Wasser bereits geleert, kann und will dem Redeschwall von Eva nicht mehr viel entgegensetzen. Sie ist in Fahrt gekommen und legt noch einmal nach:

„Du solltest dich einmal mit Grundstücksdingen beschäftigen. In den Archiven der Stadt gibt es sicher interessante Hinweise, warum und unter welchen Umständen Grund und Boden neue Herren bekamen. Da steckt so mancher Krimi in alten Unterlagen", ist sich Eva sicher. Ich bin mir im Moment nur eines sicher – mir reicht es für heute. Habe am nächsten Abend drei Termine, da will ich wenigstens heute früher ins Bett und ausschlafen.

Kapitel 5

Urkunde und blaue Träume

Tags darauf geht mir Evas Aufforderung, frühere Grundstücksgeschäfte zu recherchieren, noch einmal durch den Kopf. Was denkt die sich eigentlich, ich hab nicht die Zeit, in Archiven rumzustöbern, dafür wäre sie besser geeignet. Aber ihre forsche Bemerkung hat mich neugierig gemacht. Die Fresken der Burg und das Ritterbild meines Vaters – da muss es eine Verbindung geben. Ich denke an das Papier aus der hohlen Treppenstufe im Bellmann-Haus. Hier mehr herauszufinden, das gäbe eine gute Geschichte für die Zeitung. Und ich habe auch eine Idee, wer mir helfen könnte, einen möglichen Zusammenhang der Bellmanns mit der längsten Burg der Welt aufzudecken. Bevor ich in Burghausen arbeitete, war ich in einer Nachbarstadt Redakteur. Aus dieser Zeit kenne ich Jost Scharoth. Er handelt seit jeher mit Grundstücken und was weiß ich noch allem. Auch wenn er ein etwas glitschiger Typ ist, den man nie packen und ihm vor allem nicht trauen kann, er soll mir in diesem Fall weiterhelfen. Denn keiner hat ein so großes Wissen über den Grundstücksmarkt hierzulande wie er. Scharoth kennt auch die Geschichte, vor allem unter dem Gesichtspunkt, wem wann was gehört hat. Denn von meinem Vater weiß ich: Der Verkauf des Bellmann-Hauses war eines seiner ersten Geschäfte, als er sein Maklerbüro eröffnet hatte. Vielleicht gab es damals noch weitere Gegenstände, die zur Burg hindeuten. Und ich könnte von ihm auch erfahren, ob er damals etwas von einem Goldschatz in der Treppe wusste. Da muss ich allerdings sehr dezent vorgehen. Denn wenn Scharoth von dem Versteck wusste und es war noch etwas drin, dann hat er dort ausgeräumt. Das würde er natürlich nie zugeben.

Einige Tage später: Der Herr erwartet mich jetzt. Das Treffen mit Scharoth zu vereinbaren, war leichter als ich befürchtete. Nicht ins Büro, sondern zu sich nach Hause hat er mich eingeladen – welche Ehre. Seine Villa schmiegt sich sanft an einen leicht abfallenden Südhang. Das Grundstück hat er einst billig gekauft, und wenig später ist das Areal als Bauland ausgewiesen worden. Die Villa ist von außen nicht einsehbar. Eine Mauer und dichte Hecken versperren Neugierigen die Sicht. Der Hausherr selbst empfängt mich an der doppelflügigen Eingangstür. Seine blauen Augen scheinen mich zu durchbohren, gleichzeitig umspielt ein etwas gekünstelt wirkendes Lächeln seinen Mund. Seine Schläfen sind über die Jahre hin grauer geworden. Aber Scharoth ist nach wie vor eine imposante Erscheinung, die vermutlich noch immer bei der Damenwelt hoch im Kurs steht. Ein leicht herber Duft nach Sandelholz und Tabak weht mir entgegen. Der Mann trägt ein lässiges Leinensakko und dazu in scheinbarem Kontrast eine etwas abgegriffene Jeans. Durch ein großzügig bemessenes Entrée geht es über einen kurzen Flur in einen Raum, der wie eine Mischung aus Arbeitszimmer und Empfangssalon auf mich wirkt. Edles Mobiliar und großflächige Bilder an der Wand. Keine Ahnung, ob das tatsächlich Originale sind. Zuerst das übliche Abtasten mit Banalitäten. Was ich trinken möchte, die Arbeit der Presse sei sehr wichtig und er lese regelmäßig meine Kommentare. Nach dieser Einleitung komme ich sehr direkt auf mein Anliegen. Die Erfahrung hat mich gelehrt, das überraschende Moment hilft oft am meisten. Dann haben die Leute keine Zeit zu überlegen und sagen Dinge, die sie ansonsten verschweigen und wenn nicht, verraten sie durch ihre Verlegenheit, dass sie lügen. Ich spreche also die Fresken auf der Burg an und frage Scharoth direkt, ob er etwas über eine Verbindung des Bellmann-Hauses mit Burghausen und der Burg wisse. Mein Gegenüber blickt mich ziemlich gleichgültig an. Nichts in seinem Gesicht verrät irgendeine Regung. Als er antwortet, hat er den Blick zwar auf mich gerichtet, aber er sucht keinerlei Augenkontakt, scheint durch mich hindurchzublicken wie durch eine Glastür. Seine rechte Hand gleitet über den Kopf, verweilt einen kurzen Moment am Ohr und Scharoth sagt: „Wenn ich mich recht erinnere, habe ich eine alte Urkunde aus dem Bellmann-Nachlass. Ich weiß nicht, ob Ihnen das weiterhelfen könnte. Die Schrift ist allerdings nur schwer lesbar, der Wortlaut mir deshalb nicht bekannt. Ich gehe mal nachsehen."

Scharoth steht auf, lässt mich einen Moment allein mit den Bildern. Auf einem grasen Kühe auf einer Weide, durch viele Farbschichten in einer plastischen Tiefe dargestellt, wie es nur wenige Maler können. Meine Vermutung bestätigt sich, ein kleines Schild daneben weist es als Werk von Anton Braith aus. Dass hier Schilder an den Bildern angebracht sind wie in einer Galerie verwundert mich. Aber Scharoth empfängt hier sicher regelmäßig Besucher, will repräsentieren. Schließlich verkauft er keine Gummibärchen, sondern handelt mit Immobilien und Grundstücken. Da wird das eigene häusliche Umfeld Teil der Geschäftsgrundlage. Ein anderes Gemälde spricht mich noch mehr an als die Kühe. Es ist ein Frauenbildnis, als Maler ist der Wiener Hans Makart genannt. Zwei Frauen sitzen in einem Garten. Die eine trägt einen mit Blumen geschmückten Hut, die andere Federn im Haar. Die Damen des Großbürgertums genießen im weißen Kleid die Idylle im Grünen. Ehe ich zwei weitere Bilder im Raum in Augenschein nehmen kann, ist Scharoth schon wieder zurück, hält ein etwa Din-A4-großes Stück Papier in der Hand. Er reicht es mir. Es ist einmal gefaltet. Ich klappe es auf. Drei Seiten sind beschrieben. Am Ende ist ein Siegel des Stadtmagistrats Neuötting angebracht.

„Können Sie was lesen", fragt mich Scharoth. Ich seh mir die Zeilen genauer an, kann aber kaum etwas entziffern.

„Es ist eine städtische Abschrift einer Anordnung des Landrichters Freyer von Armansperg aus dem Jahr 1806 zum Bellmann-Haus. Das Original gebe ich nicht aus dem Haus, aber ich lass Ihnen eine Kopie zukommen. Sie als Journalist kennen sicher jemanden, der die Schrift entziffern kann und ich wäre Ihnen sehr verbunden, wenn sie mir dann Ihre Erkenntnisse weitergeben."

Ich drücke Scharoth eine Visitenkarte mit der Redaktionsanschrift in die Hand, er soll denken, dass ich rein berufliches Interesse am Bellmann-Haus habe.

„Wissen Sie sonst nach etwas über dieses Haus? So ein altes Gebäude hat ja oft viele Geheimnisse", frage ich.

Denn wir beide wissen ja: Die Fassade zum Stadtplatz hin lässt nicht erkennen, dass dieses Gebäude weit in die Tiefe reicht und riesig ist. Eigentlich sind es ja zwei Gebäude, die mit einem Innenhof verbunden sind. Und dahinter schließt sich noch ein kleiner Garten an. In so einem Komplex gibt es viele Korridore, Treppen und Verbindungen. Scharoth kneift die Augen etwas zusammen, bleibt ansonsten aber absolut souverän als er antwortet:

„Sie kennen ja die alten Häuser. Es hat einige Zeit gedauert, bis wir das viele Gerümpel im Innern beseitigt hatten. Das meiste davon war Sperrmüll. Persönliche Dinge und Wertgegenstände hat ja Frau Bellmann, ich glaube Mathilde hieß sie, mitgenommen. Gute Möbelstücke, das meiste Biedermeier und Empire, habe ich für sie verkauft."

„War sonst gar nichts Verwertbares dabei?" frage ich nach und versuche ein treudoofes Gesicht zu machen. Scharoth bringe ich damit nicht in Verlegenheit.

„Es waren einige barocke Fayencekrüge im Dachgeschoss. Wir fanden dort auch zwei alte Steinschloss-Gewehre. Ich hab dieses Zeug an einen Händler weiterverkauft, für so etwas gibt es ja Sammler. Aber wie gesagt, der Rest war Gerümpel. Das Haus frei zu machen hat mich mehr gekostet als ich für diese Restteile einnehmen konnte. Dabei lebte Frau Bellmann in dem Glauben, ihre Einrichtung sei noch viel mehr wert. Ich habe dann zwar einen guten Käufer für das Gebäude gefunden, aber der wollte nichts von den Restposten haben. Die guten Möbel und Antiquitäten waren ja bereits verkauft, Frau Bellmann hatte die Jahre davor selbst mehrfach schöne Stücke weggegeben, um ihren Lebensstil finanzieren zu können. Sie musste ja ihr Personal bezahlen. Am Ende habe ich dem Käufer deshalb ein praktisch leeres Gebäude übergeben."

Vier Tage später: Ich bekomme einen Brief mit Überformat. In ihm steckt die Kopie der Urkunde, die mir Scharoth in seinem Haus gezeigt hat. Überformat deshalb, weil Urkunden früher etwa um vier Zentimeter länger waren als die heutige Blattgröße. Scharoth hat sich mit der Kopie zudem Mühe gegeben, die Schrift ist ebenso deutlich wiedergegeben, wie ich sie vom Original in Erinnerung habe. Wie nun vorgehen: Am besten ich frage Eva um Rat. Vielleicht kann sie jemand auftreiben, der die in der Tat sehr verschnörkelte Schrift entziffern kann. Ich selbst bin zwar einigermaßen bewandert, die noch von unseren Großeltern gepflegte Sütterlin-Schrift zu lesen und auch die deutsche Schrift davor ist eigentlich kein Problem. Hier aber kann ich kaum etwas erkennen außer der Überschrift: „Vom königlich bayerischen Landgericht Burghausen".

Einige Tage später treffe ich mich mit Eva, zeig ihr das Papier und bitte sie um Hilfe. Sie scheint sehr interessiert zu sein, versucht sich auch selbst an dem Text, scheitert aber schon nach wenigen Minuten.

„Ich kann das nicht lesen, aber ich habe eine Idee. Ich belege derzeit ein Seminar bei Prof. Alfred Durer, bei dem wir alte Urkunden erschließen und lernen, mit ihnen richtig umzugehen. Durer ist eine Kapazität, wenn einer, dann kann er das entziffern."

Ich mach mir noch schnell eine Sicherheitskopie, die leider nicht so gut ist, Scharoth kann sich halt bessere Technik leisten. Schon zwei Tage später kommt von Eva die gute Nachricht.

„Mein Prof wird sich das ansehen. Aber Du musst Geduld haben. Es wird etwa zwei Wochen dauern. Der Prof ist halt ein viel beschäftigter Mann."

Vernissage im Liebenweinturm auf der Burg: Die akademischen Maler der Region haben sich zu einer Künstlergilde zusammengeschlossen, um sich gegenseitig auszutauschen und die Vermarktung ihrer Werke zu fördern. Der Liebenweinturm ist ihre Heimat, die Stadt hat ihnen das Gebäude überlassen. Bei der heutigen Jahresausstellung darf jedes Mitglied einige Werke ausstellen. Neidische Blicke gelten dem, der mehr beachtet wird oder am Ende sogar mehr Werke verkaufen kann. Kunst ist ein hartes Geschäft. Nur die Hälfte der knapp 50 Mitglieder beteiligt sich an dieser Jahresschau. Noch ist etwas Zeit bis Weihnachten. Die große Hoffnung der Künstler ist, viele Leute könnten hier ein passendes Geschenk für ihre Lieben finden. Einer der treusten Aussteller ist Rene Altvogel, der mit seinen Collagen im Laufe vieler Jahre ein beeindruckendes Gesamtwerk geschaffen hat. Mit dabei ist auch Manfred Staller mit einem seiner

Schirmbilder. Es zeigt eine alte Frau mit Tasche und Regenschirm, die damit Tag für Tag unterwegs war und schon lange gestorben ist. Der tragische Hintergrund: Die Frau war im Bombenhagel des Zweiten Weltkriegs in einem Luftschutzbunker verschüttet worden und konnte dieses Trauma nie mehr bewältigen. Der Bogen der Ausstellung spannt sich diesmal noch viel weiter. Sogar Fotos sind dabei – eine Spezialität von Adele Haven, die hier dem Ambiente eines Komposthaufens zu barocker Pracht verhilft. Sekt und Häppchen werden gereicht, der Bürgermeister spricht ein paar Worte. Schnell habe ich einige Stimmen der Aussteller und des Publikums notiert, ein paar Fotos sind ebenso unkompliziert. Jetzt kommt der Schampus an die Reihe.

Als ich ein Glas vom Tablett der Servierdame nehmen will, schnappt mir das eine junge Frau weg. Ich greife nach einem anderen Glas. Die Frau lächelt mich an und flötet „Entschuldigung". Eigentlich bin ich nie um einen kessen Spruch verlegen, aber jetzt fällt mir partout nichts ein. Instinktiv lächle ich zurück und stammle irgendwas Holpriges zusammen. Das scheint die Dame zu amüsieren. Sie tritt einen Schritt auf mich zu, hebt ihr Glas.

„Genießen wir doch beide einen Schluck."

Etwas verlegen nestle ich mit der freien Hand an meinem Jackett, während meine rechte Hand wie mechanisch nach vorn geht, um mein Glas dem ihren zu nähern. Erst später wird mir klar: Es sind die Augen, die mich aus der Fassung gebracht haben und wie einen Schulbuben aussehen lassen. Grün oder blau, ich kann es nicht sagen und starre die Frau vermutlich etwas perplex an. Dabei ist es weniger die Farbe an sich, die mich gefangen nimmt. Es ist vielmehr die Tiefe ihres Blickes. Ihre Augen sind so offen, wirken verletzlich und wunderschön. Und als ich sicher auffällig – oh wie peinlich – ihren Körper mustere, fällt mir auf: Die hat auch eine klasse Figur. Ihre Oberweite ist zwar für mein Empfinden etwas zu üppig ausgefallen. Ansonsten ist alles perfekt – eine schlanke Taille und heiße Kurven, bei denen ein Mann schnell ins Schleudern kommt.

„Ich heiße Nora", spricht sie mich an und mir fällt nichts Blöderes ein, als analog dazu mich als „Tom" vorzustellen. Nora trägt ein figurbetontes grünes Kleid, das ihre feminine Ausstrahlung noch betont.

„Wie gefallen Ihnen die Fotos von Adele Haven?“, höre ich sie sagen.

Dabei sind meine Gedanken gerade ganz woanders als bei der Ästhetik eines Misthaufens. Ich sehe ein feines Goldkettchen um Noras Hals mit einem großen grünen Stein, offenbar einem Turmalin. Der dunkelgrüne Stein liefert sich ein harmonisierendes Farbenspiel mit ihrem Kleid und diesen türkisblauen Augen. Diese Frau ist für sich ein Kunstwerk und diesem soll ich nun meine Meinung zu der barocken Üppigkeit der Haven'schen Fotos sagen. Doch Noras Frage hat auch ihr Gutes. Zurück im vertrauten Metier sprachlicher Ausdrucksformen gewinne ich wieder an Selbstsicherheit.

„Adele Haven ist in der Tat eine Bereicherung für den Liebenweinturm. Sie bringt frische Ideen mit. In dem doch etwas ergrauten Künstlerkreis – ich meine das gerade auch im geistigen Bereich – sind neue Ideen das Salz in der Suppe, die ansonsten von immer wieder gleichen Rezepten bestimmt wird“, sage ich.

Die Frau geht darauf nicht ein, greift nach meiner linken Hand und zieht mich zu der Fotografie der Künstlerin.

„Mir gefällt der Ansatz, Dinge die uns täglich umgeben und denen wir keinerlei Aufmerksamkeit schenken, einmal zu thematisieren und uns bewusst zu machen, wie vielfältig Ästhetik zum Ausdruck kommen kann“, gibt mir Nora zu verstehen und geht ins Detail.

„Die zwei Teile einer Bananenschale korrespondieren hier mit den abgeschälten Resten einer Kartoffel. Dazwischen ragen Kürbiskerne hervor, und die Tomatenstückchen geben dem Ensemble die Krönung. Das sieht aus wie ein Festmahl, dabei ist es der Abfall aus der Küche. Wir leben täglich damit, sehen es uns aber nie an. Hier wird uns diese verleugnete Welt vor Augen geführt.“

Diese Frau ist nicht nur schön, sie kann auch ihre Gedanken schön in Worte fassen, geht es mir durch den Kopf. Und nun fragt sie mich noch, warum ich hier sei.

„Ich gehöre zu der Sorte Leute, die eigentlich von nichts Ahnung haben, aber alles erklären können“, lächle ich verschmitzt und schiebe nach: „Bin Redakteur hier in dieser Stadt und für das Tagblatt zuständig“.

„Sie haben Humor, das gefällt mir. So sind Sie ja immer hautnah am Geschehen, kennen Stadt und Leute bestens und wissen, was läuft. Das ist sicher sehr interessant."

„Das schon", sage ich, „es gibt aber auch einige Nachteile. Alle möglichen Leute reden mich auf der Straße an, wollen das oder jenes wissen. Das kann auf die Dauer auch ganz schön nerven."

„Das kann ich sehr gut nachvollziehen, mir ergeht es ja ähnlich. Ich bin im Kunstbereich tätig und stets auf der Suche nach frischen Ideen und jungen Talenten. Die sind rar gesät. Aber viele andere bombardieren mich mit ihren aus der Zeit gefallenen Arbeiten, möchten unbedingt in der Münchner Galerie ausstellen, für die ich tätig bin", gibt mir diese Nora zu verstehen.

„Ich möchte unbedingt Ihren Artikel lesen. Hier haben Sie meine Maildresse'", sagt sie und drückt mir ein Kärtchen in die Hand, auf dem sich ihre Kontaktdaten befinden. Dabei lächelt sie mich an und blickt mir tief in die Augen.

Ich spüre, wie mir heiß wird, ich schon wieder ins Schwimmen geraten könnte. Doch Nora scheint meine Unsicherheit nicht zu bemerken, hält mich offensichtlich für wichtig.

Denn sie fährt fort: „Ich habe hier schon meine Gespräche mit mehreren Künstlern geführt, würde mich ganz gern noch mit einer Person unterhalten, die diese Kunstszene gut kennt und ihr neutral gegenübersteht – das sind genau Sie. Wir könnten uns noch in einem Lokal bei einem Gläschen Wein entspannt darüber unterhalten."

Eigentlich wollte ich heute zwar einen ruhigen Abend verbringen. Aber ein solches Angebot ablehnen geht nicht. „Ja gern", höre ich mich deshalb sagen. Wenig später sitze ich mit dieser Frau bei einem Shiraz zusammen....

Es wurde ein wunderschöner Abend.

Kapitel 6

Lukrativer Geschmeidehandel

„Hallo alter Schwerenöter, die Kröte ist da".

Frank steht vor meiner Wohnungstür. Habe ganz vergessen, dass heute wieder unser monatlicher Jour fixe ist. Dabei ist mir im Moment gar nicht nach Analysen, was die Welt im Kern zusammenhält. Der Abend mit Nora hat mir deutlich gemacht, es gibt Wichtigeres und vor allem Schöneres als Physik und Philosophie. Ich spüre mein Herz schlagen, mein Schritt ist beschwingter geworden, ich fühle mich wieder am Puls der Zeit. Trotzdem freue ich mich über Frank.

„Komm rein, Kröterich", höre ich mich und winke den knapp Zweimeter-Mann herein. Den Wein hat er mitgebracht, und kaum hat er Platz genommen, ist die Flasche auch schon auf.

„Die letzten Tage waren für mich nicht leicht", sagt Frank und macht ein trauriges Gesicht:

„Ein 19-jähriger Mann ist nach einem Motorradunfall zu uns gebracht worden. Drei Wirbel sind gebrochen, das Rückenmark ist durchtrennt. Er wird sein restliches Leben im Rollstuhl sitzen. Sag das einem jungen Menschen. So was macht mich ganz fertig. Und es sind in diesem Fall ja nicht nur die Beine, die nicht mehr ihre Funktion erfüllen. Der Nervenstrang ist weiter oben durchtrennt worden. Sag einem 19-Jährigen auch noch, dass er keinen mehr hochkriegen wird. Und dazu Blase und Darm nicht mehr unter Kontrolle hat und regelmäßig der Bauch massiert werden muss, um überhaupt den Darm entleeren zu können. Natürlich besteht immer noch etwas Resthoffnung und alle Verletzten klammern sich an jeden Strohhalm. Aber von mir wäre es unredlich, falsche Erwartungen zu wecken. Ich muss den Patienten die Wahrheit sagen. Solch tragische Schicksale kannst du nicht einfach an einen Nagel in der Klinik hängen, die begleiten dich nach Hause und verfolgen dich in Deinen Träumen."

„Frank heute bist du der Schwerenöter. Du kannst das Schicksal nicht ändern. Ohne Dich, ohne Dein Zutun, hätte der junge Mann vermutlich nicht überlebt und Du hilfst ihm, von ganz unten wieder zu einem halbwegs normalen Leben zu gelangen. Deine Arbeit ist gut und macht Sinn, auch für Dich, vergiss das nicht."

„Ich weiß es ja, der Verstand sagt mir das auch, aber es ist eben nicht immer einfach. Und deshalb treffe ich mich ja auch gern mit Dir, um in eine andere Welt einzutauchen. Jetzt wirf endlich die Schokolade auf den Tisch, wo hast Du heute nur Deinen Kopf", fährt mich der Freund an.

„Entschuldige", sage ich und hol die Tafel. Auch wenn Frank mein bester Freund ist - dass ich derzeit ein wenig desorientiert bin, braucht er gar nicht zu wissen. Es soll lieber etwas anderes wissen, Frank kann mit seinem kühl abwägenden Urteilsvermögen eine Hilfe sein. Ich habe ohnehin längst beschlossen, ihn einzuweihen. Und so erzähle ich ihm vom Bellmann-Haus, von Scharoths Urkunde und wie ich vor Jahren im Haus den Hohlraum in der Treppe gefunden habe.

„Er war leer, sozusagen ein schwarzes Loch", sage ich.

Dann zeige ich dem Freund das seltsame Stück Papier, das ich dort gefunden habe. Frank kann mit den Buchstaben darauf nichts anfangen, ich erkläre ihm den Inhalt.

„Es sind die Worte eines religiös Denkenden, vermutlich eines Priesters, der sich an seine Mitmenschen oder im Falle eines Mönchs an seine Mitbrüder wendet. Für mich ist das eine Formelsprache und mir ist leider nicht klar, was genau der Schreiber ausdrücken will. Vordergründig geht es um Banalitäten, wenn der Verfasser betont: ‚Begehret und es wird euch gegeben werden, suchet und ihr werdet finden und dem Anklopfenden wird aufgesperrt werden.' Hinter diesen Zeilen könnte sich ein Geheimcode verbergen, eine Botschaft, die nur diejenigen verstehen, an die sich der Text richtet. Wie denkst du darüber, Frank?"

„Sprache ist immer ein Code, mit dem wir andere an unseren Gedanken teilhaben lassen. Es könnte auch nur eine ganz einfache Aufforderung sein, mit dem Leben zufrieden zu sein und nicht immer anderes zu wollen, als einem gegeben ist", antwortet Frank, um dann doch diesen Ansatz gleich wieder in Frage zu stellen.

„Wie aber kommt dann dieses Papier in die Treppe? Sollte dort tatsächlich ein kleiner Goldschatz versteckt worden sein, dann musst Du nach einem Zusammenhang damit suchen und dann könnten die Zeilen einen anderen Sinn ergeben – nämlich einen Hinweis darauf, wo..“

Frank bricht ab und fasst sich an die Stirn.

„Was wo?“ frage ich.

Frank fährt fort: „Das ergibt keinen Sinn. Die Worte könnten ein Hinweis darauf sein, wo sich der Goldschatz befindet. Aber das wiederum ist unsinnig, wenn das Dokument bei dem Schatz liegt.“ „Es sei denn“, sage ich, „in der Treppenstufe befand sich nur ein Teil, sagen wir mal der kleinere. Ich konstruiere mal eine Möglichkeit: Der Verfasser der Zeilen hinterließ ihm vertrauten Menschen einen Hinweis. Er hatte ihnen auf eine zweite Weise oder auch mündlich weitere Ratschläge gegeben. Beides zusammen ergibt den Code.“

„Deine Fantasie geht mit Dir durch“ kommentiert Frank. Viel naheliegender ist es doch, dass das Papier zu dem Gold geführt hat, das in der Treppe versteckt war – sofern überhaupt etwas versteckt war. Der Schatz wurde hier versteckt, dieses Stück Papier kam eher versehentlich mit rein und hat keine Bedeutung mehr. Ich glaube nicht an einen Schatz, aber danach zu suchen, ist aufregend.“

Frank greift sich ein großes Stück Schokolade. Die Sache scheint ihm jetzt zu gefallen.

„Merkwürdig wäre dann allerdings, dass dieses Papier bewusst in eine Ritze des Holzes geschoben wurde“, widerspreche ich dem Freund. Doch damit kann ich ihn nicht überzeugen.

„Faktisch hast Du nur ein schwarzes Loch gefunden mit einem orakelhaften Schrieb, der niemandem weiterhilft. Ich habe vor wenigen Tagen übrigens ein Buch aus den 1980er Jahren über Schwarze Löcher wieder ausgegraben.“

„Sind das nicht die bei Science-Fiction-Autoren beliebten Masse-Monster, die aufgrund ihrer ungeheuren Anziehungskraft alles verschlucken: In die Quere kommende Planeten ebenso wie etwa Matchbox-Autos oder leichtsinnige Astronauten, aber auch jegliche sonstige Materie und Energie einschließlich des Lichts?“ „Genau“, sagt Frank, „und deshalb heißen solche Massekonzentrationen ja auch Schwarze Löcher. Wenn selbst alles Licht aufgesaugt wird und nichts mehr entweichen kann, sind die Objekte mit Teleskopen nicht zu sehen – diese Welt ist stockdunkel. Dabei gibt es einen so genannten Ereignishorizont. Er bildet die Grenze des noch Sichtbaren zu der geheimnisvollen Welt dahinter, die im physikalischen Sinn nicht mehr definiert werden kann, eine Singularität ausbildet."

„Ist das ein halber Plural?" unterbreche ich Frank und mir wird klar, warum er gut gelaunt ist. Mein schwarzes Loch in der Treppe war für ihn der Zünder für die Übertragung ins Kosmologische, und darüber spricht er doch so gern. Schon belehrt mich Frank.

„Singularitäten sind für mich das Interessanteste in der Wissenschaft. Es sind Definitionslücken in unserer Logik bzw. in den Naturgesetzen. Die einfachste Singularität lernt man schon an der Schule, teile nie durch die Zahl Null. Ob ich die Zahl Eins durch Null dividieren möchte oder eine Trillion oder noch mehr– in jedem Fall käme ein unendlicher Wert heraus. Und es widerspricht unserer Logik, bei unterschiedlichen Gleichungen ein gleiches Ergebnis zu bekommen. Interessant ist dabei folgender Gedankengang. Je mehr ich mich beim Dividieren zu der Zahl Null als Nenner hinbewege, umso größer wird das Ergebnis. Ich nähere mich damit dem Unendlichen, kann es aber nie erreichen."

„Das ist mir noch von der Schule her bekannt, ich hasste diese Grenzwertberechnungen. Das waren nette Überlegungen, aber für den Alltag völlig untauglich, da nehme ich lieber einen Schluck Wein, der ist konkret", sage ich, greife zu meinem Glas.

„Wie real sind denn Deine dunklen Löcher im Universum?"

„Dass Schwarze Löcher tastsächlich existieren, gilt mittlerweile als erwiesen", sagt Frank „und ich glaube, sie haben auch eine wichtige Funktion. In der Mitte unserer Galaxis gibt es ein solches Loch, also faktisch das Gegenteil von einem Loch, eine unendlich dichte Materie, die hier punktförmig konzentriert ist. Um es Dir vorzustellen, denk an einen Stecknadelkopf. In dem komprimierst Du die Materie von Abermillionen Sonnen."

„Das ist doch total durchgeknallt", werfe ich ein.

„Ist es aber nicht, das scheint Realität zu sein."

Ich schüttle den Kopf.

„Nein Frank, Du sagtest vorhin, die Fantasie würde mit mir durchgehen. Das Gleiche muss ich jetzt Dir sagen. Du hast vorhin von einem Ereignishorizont gesprochen, der die Grenze eines Schwarzen Lochs bildet. Dahinter liegt doch diese, wie sagtest Du, ich glaube Singularität. Und wenn ich Dich richtig verstanden habe, so ist sie gerade dadurch gekennzeichnet, dass sie nicht definierbar ist. Also kein Mensch wirklich wissen kann, was sich hier verbirgt. Die Mathematik führt bisweilen in die Irre. Denk an den Nordpol. Auch der ist nur ein gedachter Punkt. Wenn du dort bist, siehst Du nichts als Meer und Eisschollen, die Welt sieht genauso aus wie anderswo."

„Dein Einwand ist berechtigt und doch falsch. Die Physik der Schwarzen Löcher ist mit einer unendlich dichten Masse noch nicht abgetan, es ist noch bizarrer. Dazu muss ich allerdings etwas ausholen", schmunzelt Frank.

Jetzt hat er den querschnittsgelähmten jungen Mann endgültig vergessen, in seinem Gesicht spiegelt sich eine selbstgewisse Zuversicht.

„Es kommt nämlich die Relativität noch hinzu. Materie lässt sich nur mit unendlicher Energie auf Lichtgeschwindigkeit beschleunigen. Unsere Physik bleibt stimmig, so lange man sich der Lichtgeschwindigkeit nicht nähert. Sagen wir, bei Energien bis zu 50 Prozent der Lichtgeschwindigkeit passiert noch nicht viel. Danach aber nimmt ein Faktor immer mehr zu, der die uns gewohnte Vorstellung von Zeit und Raum gehörig durcheinanderwirbelt. Die Zeit verläuft unterschiedlich schnell. Einige Physiker bestreiten deshalb auch, dass Schwarze Löcher so sind, wie wir sie uns vorstellen. Die von solchen Massen angezogene Materie fällt zwar hinter dem Ereignishorizont offenbar weiter mit Lichtgeschwindigkeit in sich zusammen. Aber für einen Beobachter von außen – was natürlich nur im theoretischen Denkmodell funktioniert – würde die Materie sozusagen am Ereignishorizont kleben bleiben. Aus Sicht des Außenstehenden müssten ewige Zeiten vergehen, bis die Materie tatsächlich in der Singularität ankommt. Dabei stürzt am Ereignishorizont selbst alles mit Lichtgeschwindigkeit in sich zusammen."

„Das klingt ja noch verrückter, Frank, da setzt unser Vorstellungsvermögen ganz aus", schüttle ich den Kopf. Franks Gedankengänge scheinen mir im Moment einfach zu weit hergeholt. Ich muss ihn wieder etwas erden und provoziere ihn: „Ich möchte einen Vergleich anstellen. Wenn Dein Stern sozusagen ewig in sich zusammenfällt, dann könnte ich mich ja auch auf den Weg machen und ewig nach Norden gehen. Stünde ich dann am Nordpol, ist aber Schluss, die Bewegung Richtung Norden zwangsläufig zu Ende. Sobald ich weitermarschiere, ändere ich die Richtung und der Weg führt nach Süden."

Frank wäre nicht Frank, würde ihn so etwas vom einmal eingeschlagenen Pfad abbringen.

„Du willst, dass ich aufhöre, das merk ich schon, Du bis heute etwas denkfaul. Sonst gefällt Dir unsere Hirnakrobatik doch immer gut. Du hast mich aber mit Deiner Polwanderung auf etwas gebracht. Vielleicht ist unser Universum tatsächlich so aufgebaut, dass nach unendlicher Zeit alle Materie über Schwarze Löcher in ein neues Universum übergeht. Aus der Innensicht der Singularität würden ja alle Schwarzen Löcher mit Lichtgeschwindigkeit hier zusammenfallen. Wer weiß, was aus unserer Sicht wie ein Ende aussieht, ist auf der anderen Seite der Symmetrie eventuell das genaue Gegenteil. Dort wird ein die gesamte Materie einsaugendes Schwarzes Loch zu einem Weißen Loch, das heißt zu einer Singularität, in die nichts hineingelangen kann, die umgekehrt alles ausspuckt. Äonen von uns weg in der Zukunft würden vielleicht Wesen ähnlich wie wir auf die Idee kommen, diese ihre Welt sei in einer Art Urknall entstanden. Und sie würden entdecken, dass es in ihrer Welt Schwarze Löcher gibt."

„Hallo Eva, Du kommst genau richtig."

Das Schwarze Loch ist längst wieder geschlossen, der Alltag hat mich eingeholt und ich habe soeben einen weiteren Bericht über die Burg verfasst. Eine fachkundige Geschichtsstudentin kommt da wie gerufen. Ich bitte Eva, den Text zu lesen und mache ihr Platz. Wie selbstverständlich setzt sich die junge Frau auf meinen Stuhl und geht den Artikel durch, der in Zusammenarbeit mit dem Stadtarchiv entstanden ist. Parallel zum Ausbau der Burg wurde auch die Stadt immer stärker befestigt. Die Bürger suchten hinter Mauern Sicherheit. Von der oben auf dem Bergrücken liegenden Burg reichten die

Mauern zur Burg herunter, waren durch Tore gesichert. Die kleine Stadt hatte sieben solcher Eingangstore. Abends wurden die Tore geschlossen, Landstreicher lauerten ja überall. Die sollten gefälligst draußen bleiben. Wehe dem braven Bürger, der sich verspätete. Der geriet dann leicht in Torschlusspanik. Die half ihm dann aber auch nicht, er musste draußen bleiben. Eva liest aufmerksam, Punkt für Punkt geht sie die Zeilen durch, arbeitet wie ein Räderwerk. Immer wieder fällt ihr etwas auf, hier ein Wort, dort eine Formulierung und anderswo der eine oder andere Tippfehler. Ich bin froh, dass sie das macht. Eva hilft mir im Anschluss noch bei der Endkontrolle der Seiten und liest auch die übrigen Texte Korrektur. Genüsslich trinkt sie dazu einen Espresso, den ich ihr gern mache. Die Kaffeemaschine ist ja immer eingeschaltet, ohne die schwarze Brühe läuft hier nichts.

„Ich hab eine Überraschung für Dich", blickt Eva mich an, als sie die letzte Zeile gelesen hat.

„Hast Du schon eine Antwort von Deinem Prof wegen der Urkunde?" frage ich.

„Nicht nur das, ich habe sogar schon eine Übersetzung und stell Dir vor, ich habe sie auch dabei".

„Ja dann raus damit, ich bin total neugierig."

Eva kramt in ihrer Handtasche, zieht ein Blatt Papier heraus, wartet noch einen Moment, um die Spannung zu steigern und beginnt endlich zu lesen.

„Vom Königlich bayerischen Landgericht Burghausen wird der Stadtmagistrat Neuötting an jene allergnädigste Resolution der Königlichen Landesdirektion von 18. März 1805 erinnert, vermög welcher die Bellmannsche Geschmeidehandelsgesellschaft ihre Warenniederlage nicht mehr im Haus des Bellmanns haben darf, sondern solche in einem andern Haus in Aufbewahrung haben muss und zwar unter obrigkeitlicher Obsignation, damit alle Gefährde wegen minuto Verschleiß außer den Amtszeiten vermieden werde".

Eva liest weiter und überträgt dann die alten Formulierungen in moderne Sprache. Am Ende fasst sie für mich zusammen.

„Das Geschäft mit Geschmeide, also Gold, Silber und Juwelen betrieben die Bellmanns offensichtlich sehr erfolgreich, zu erfolgreich. Das Landgericht vermutete, dass die Bellmanns einiges an Schmuck beiseiteschafften, um diesen dann schwarz zu verkaufen, wie man heute sagen würde. Die Stadt wurde deshalb vom Landrichter Armansperg angewiesen, den Geschmeideverkauf aus dem Bellmann-Haus auszulagern und städtischerseits zu überwachen, um ein Beiseiteschaffen zu unterbinden und somit kein ‚Verschleiß' mehr eintreten könne. Die Stadt hatte ja die erste behördliche Anordnung, die Resolution der Landesdirektion, einfach nicht befolgt. Bellmann hatte sicher Freunde im Magistrat der Stadt."

„Vermutlich gekaufte", schiebe ich ein.

Eva weiter: „Dass es um nicht wenige Preziosen und damit um hohe Summen ging, ergibt sich aus einem Passus der Urkunde, demzufolge die Verlegung der Waren in ein anderes Gewölbe kaum an einem Tag vollführt werden kann und dazu zwei Mann vom Bürgermilitär gebraucht werden."

„Welch eine Wendung", sage ich und denke an die große Vergangenheit der Bellmanns. Diesem Patriziergeschäft gehörten zwei der wertvollsten Häuser am Stadtplatz. Von hier aus betrieben sie einen lukrativen Großhandel, das wusste ich schon. Aber dass dazu auch Edelmetalle und Juwelen gehörten, das war mir neu. Die Treppenstufe in einem der Bellmann-Häuser mit ihrem verborgenen Hohlraum gewinnt damit an Plausibilität. Was war von dieser Größe übrig geblieben? Nichts. Als Thilde Bellmann als letzte ihres Geschlechts das Unternehmen leitete, war dieses auf einen Handel mit Kohlen und anderen lapidaren Gütern zusammengeschrumpft. Nur die Dame selbst lebte noch den Stil ihrer Vorfahren. Mein Vater beschreibt sie gern so:

„Sie war eine Grande Dame, fest in ihren Entschlüssen und charakterstark, aber den neuen Anforderungen der Wirtschaft nicht mehr gewachsen. Die Bauernschläue, die kaltschnäuzige Geschmeidigkeit, mit der moderne Parvenüs egozentrisch ihre Geschäfte betreiben und in ihrer Gier selbst vor Betrügereien nicht halt machen, das wäre für Thilde Bellmann undenkbar gewesen. Zudem war sie in ihrer Welt stehen geblieben, erkannte Entwicklungen und damit neue Chancen nicht mehr. Das war letzten Endes das Todesurteil für ihr Handelsunternehmen, das dann ebenso verschwand wie das Geschlecht der Bellmanns."

„Was denkst Du gerade?“, holt mich Eva aus derlei Überlegungen zurück ins Geschehen.

Ich frage sie: „Glaubst Du, die Bellmanns könnten schon zu Zeiten von Herzogin Hedwig mit dieser Handel getrieben haben? Für einen Geschmeidehandel bedarf es ja vor allem betuchter Kunden. So etwas verkauft man nicht einer Magd. Ich weiß von meinem Vater, dass die Geschichte dieses Patriziergeschlechts bis ins 14. Jahrhundert zurückreicht.“

Eva überlegt kurz.

„Wenn die Bellmanns eine so lange Familientradition haben, dann ist es für mich nahezu sicher, dass sie bereits mit Herzog Georg und seiner Frau Hedwig geschäftlich zu tun hatten. Georg förderte Handel und Städte, wo er nur konnte. Die Wirtschaft und der erwirtschaftete Wohlstand waren ja die Basis der Macht der Reichen Herzöge.“

Eva blickt kurz aus dem Fenster, lässt dann einmal ihre Augen kreisen, fasst sich abrupt an den Kopf und lässt einen Gedankenblitz los:

„Am Ende waren diese Patrizier mit maßgeblich dafür, dass das Goldene Rössl von der Burghauser Burg nach Altötting kam. Das wäre ja der Hammer.“

„Das Goldene Rössl frage ich?“

„Ja du weißt doch, dieses Werk aus Gold, Silber und Email, das heute in der Altöttinger Schatzkammer aufbewahrt wird. Es ist ein Meisterwerk der Pariser Goldschmiede- und Emailkunst und zählt heute zu den kostbarsten Schätzen Europas. Die französische Königin Isabeau war eine Wittelsbacherin und hat es 1404 für ihren Gemahl, König Karl VI anfertigen lassen. Es zeigt eine Muttergottes mit Kind oben thronend und darunter einen Mann, der ein Pferd am Zügel führt.“

„Und was haben die französischen Könige mit Burghausen und Altötting zu tun?“

„Der Bruder Isabeaus war Ludwig, Herzog von Ingolstadt. Er erhielt das Kunstwerk vom Königshaus als Pfand, das die finanzklammen Franzosen dann nicht mehr auslösen konnten. Die Ingolstädter hatten aber ebenso wenig Glück mit dem Kunstwerk wie nach ihnen die Burghauser. Die Ingolstädter Linie der Wittelsbacher starb aus, die Reichen Herzöge sackten das Erbe ein. So gelangte das Rössl in die Schatzkammer der Burghauser Burg. Aber auch hier blieb es nicht lang. Die Reichen Herzöge ereilte dasselbe Schicksal, das vorher der Ingolstädter Linie beschieden war. Georg und Hedwig hatten ja keine Söhne. Das Erbrecht von Töchtern war zu damaliger Zeit noch nicht anerkannt, zumindest umstritten. Ein Passus im Wittelsbacher Hausrecht schloss weibliche Nachkommen von der Erbfolge sogar aus. Die Töchter Georgs des Reichen verkauften das Rössl im Jahr 1506 an den Altöttinger Klerus, um damit den Krieg gegen die Münchner Verwandtschaft zu finanzieren, die aber trotzdem siegte und das Herzogtum übernahm. Seither steht das Kunstwerk in Altötting. Die Kirche sammelte beständig. Sie führte ja keine Kriege um Erbschaften, was ihr gehörte, blieb über Jahrhunderte."

„Das verstehe ich. Adelsfamilien kommen und gehen, häufen Reichtümer an und verlieren sie ebenso wieder. Aber bei der Kirche ist das anders. Was ihr einmal in den Schoß gefallen ist, wird nicht mehr ausgeschieden, das bleibt. Aber warum wären für diesen Handel die Bellmanns nötig gewesen?"

„Die Altöttinger Kleriker waren zwar gut betucht. Aber das große Geschäft mit der Marienwallfahrt entwickelte sich erst im Barock. Im Jahr 1506 dürften die Geistlichen Herren der Wallfahrtsstadt kaum in der Lage gewesen sein, so ein Kunstwerk aus dem Stand heraus zu kaufen. Ein Mittelsmann, der Geld zuschoss und als stiller Teilhaber fungierte – ich glaube, dass der Verkauf nur auf diese Weise funktionieren konnte. Die Bellmanns hätten für ihre Investition über die Jahre am Zins verdient. Dass wir darüber keine Unterlagen oder Urkunden haben, ist auch verständlich. Denn das Zinsgeschäft galt ja als anrüchig. Ein Christenmensch durfte so etwas eigentlich nicht machen und der Altöttinger Klerus schon gar nicht. Falls die Bellmanns hier involviert waren, so war das eine sehr vertrauliche Angelegenheit, für die Stillschweigen vereinbart wurde."

Eva gibt mir die Übersetzung und macht große Augen.

„Noch etwas?" frage ich.

„Mein Prof hat das vor allem entziffert, weil er ein zutiefst menschliches Faible für mich hat. Das sehe ich sehr zwiespältig. Fachlich freut es mich, für meine Zukunft ist es ebenfalls gut, aber ansonsten will ich von dem Mann eher nichts und deshalb bewusst eine Grenze ziehen. Verstehe bitte - ich will ihm gegenüber zu nichts verpflichtet sein. Du wirst also etwas Geld locker machen müssen, damit ich ihm etwas schenken kann. Durer liebt Whisky. 100 Euro werde ich schon ausgeben müssen, um die Kategorie des für ihn Trinkbaren zu erreichen.

„Umsonst ist nur der Tod", sage ich missmutig und zieh zwei Fünfziger aus meiner Geldbörse.

„Aber nicht selbst den Whisky saufen", schmunzle ich, als ich ihr die Scheine in die Hand drücke.

Dabei überkommt mich spontan eine Idee. Wenn ich schon zahle, dann nur einmal. Ich bitte Eva deshalb, mich nach Hause zu begleiten, der Weg ist ja nicht weit. Dort angekommen, kopiere ich schnell noch das vor Jahren in der Treppe des Bellmann-Hauses gefundene Papier und gebe Eva die Kopie.

„Ich hab davon zwar schon eine Übersetzung. Aber Dein Prof könnte auf das auch noch einen Blick werfen. Vielleicht ergibt sich ja noch ein neuer Aspekt."

„Was ist das?" fragt Eva.

„Ein Stück Papier, das einmal im Bellmann-Haus war", sage ich. Damit habe ich nicht gelogen. Nur die ganze Wahrheit braucht Eva nicht zu wissen, zumindest so lange nicht, bis ich mir sicher bin, ihr ganz vertrauen zu können. In Gedanken bin ich ohnehin schon an einem anderen Punkt. Ich muss mit Vater sprechen.

Kapitel 7

Künstler und Selbstdarsteller

Seine Augen beginnen zu leuchten. Wenn mein Vater Rasmus von seiner Kindheit im Bellmann-Haus spricht, dann gerät er leicht ins Schwärmen.

„Die Zimmer waren hoch, die Decken überall mit Stuck verziert. Es gab mehrere Kronleuchter, die tausendfach funkelten. Wir hatten ja den zweiten Stock gemietet, dort war es etwas schlichter. Aber ich war oft bei Frau Bellmann im ersten Stockwerk und liebte diese ganz andere Welt, die sich mir auftat. Es gab zwei Zimmer mit alten Tapisserien an der Wand. Überall standen aufwendig gearbeitete Schränke mit Intarsien. In ihrem Boudoir hatte Frau Bellmann auch einen Tisch mit solchen Einlegearbeiten. In dessen Mitte war ein Schachbrett eingefügt, umrahmt von geometrischen Ornamenten, die wiederum die zwölf Tierkreiszeichen umschlossen. Wenn ich dort saß, dann immer am Wassermann, meinem Tierkreiszeichen. Frau Bellmann saß mir gegenüber. Sie spielte gern Schach und brachte mir in diesem edlen Umfeld die Grundzüge des Spiels bei. Dazu trank sie immer ein oder zwei Tässchen Tee und stellte Gebäck auf den Tisch, von dem sie nur ein oder zwei Stück aß. Sie drapierte aber stets einen kleinen Teller voll. Der Rest war für mich gedacht. Und ich liebte dieses Gebäck, denn einen Stock höher bei meinen Eltern gab es nur einfachere Kost, nicht diese Köstlichkeiten. Der Luxus gehörte bei Frau Bellmann einfach dazu, er war ihr selbstverständlich. Deshalb war es für sie auch so schwer, nach dem Verkauf des Hauses wieder Fuß zu fassen. Der Käufer und sicher auch der Makler haben sie über den Tisch gezogen. Allein schon das Mobiliar musste bei Auktionen so viel einbringen, dass ein Lebensabend gesichert war. Die Frau hat sicher nur einen Bruchteil des tatsächlichen Werts erhalten, abgesahnt haben andere. Die Frau musste sich erheblich einschränken. Um den Schein aufrecht zu erhalten, hat sie nach außen weiter die Dame gespielt. Aber sie musste sogar am Essen sparen. Ich habe sie ja öfter besucht und ihr Lebensmittel gebracht. Sie brauche das nicht, sagte sie, aber genommen hat sie es doch. Ich glaube, sie ist an gebrochenem Herzen gestorben, hat sich selbst aufgegeben und aufgehört genügend zu essen. Bei ihrem Tod soll die einst stattliche Frau nur noch gute 40 Kilo gewogen haben." Ich unterbreche Vater, weil ich diese Geschichte erstens schon kenne und zweitens mehr über den Geschmeidehandel erfahren will.

„Papa, was weißt Du über frühere Tätigkeiten des Unternehmens. Eine alte Urkunde aus der napoleonischen Zeit belegt, dass die Bellmanns damals auch mit Schmuck gehandelt haben. Und du hast mir ja einst von der Treppe mit dem Hohlraum erzählt. So ein Versteck hätte gerade damals Sinn ergeben, um sich die gefräßigen Steuerbehörden des Staats vom Leibe zu halten."

„Ach Bub, was soll ich Dich mit alten Geschichten belasten. Frau Bellmann ist gestorben und mit ihr gleichsam eine alte Kultur, die der Patrizier, der Geschäftsleute alten Stils, für die Tugenden wie Anstand und Ehrenwort noch Bedeutung hatten."

„Ich bin kein kleiner Bub mehr, ich bin an einer interessanten Geschichte dran, also bitte sag mir, was du weißt, ich will keine Ausflüchte mehr hören."

Der alte Herr holt tief Luft, muss sich gleichsam aufpumpen, um daraus die Kraft zu schöpfen, tief liegende Erinnerungen aus der Versenkung auftauchen zu lassen. Endlich redet er.

„Die Bellmanns haben früher in der Tat mit Gold gehandelt. Im Inn wurde ja vor allem in der Barockzeit Gold gewonnen. Die Goldwäscher waren arme Teufel, die sich mühsam abplagen mussten. Viel Gold gab der Fluss nach Jahrhunderten der Ausbeute nicht mehr her. Was sie fanden, mussten die Wäscher an die Kurfürsten und späteren Könige abliefern zu einem vom Herrscher festgelegten Kurs, der knapp der Hälfte des eigentlichen Werts entsprach. Die Bellmanns fungierten hier als Zwischenhändler, kauften den Goldstaub auf, aus dem dann Inngold-Dukaten geprägt wurden. Mit diesem Gold wurden Kriege finanziert und Auslandschulden getilgt. Im Alltag der Leute gab es kein Gold. Hier galt die Silberwährung und gerechnet wurde in Gulden. Die alltäglichen Kleinmünzen bestanden ohnehin nur aus Kupfer und minderwertigen Legierungen. Frau Bellmann hat mir in der Tat einmal anvertraut, dass die Familie bereits vor der Barockzeit einen edlen Handel betrieb. Über den Goldenen Steig wurde Böhmen mit dem Salz aus Berchtesgaden versorgt, im Gegenzug kamen Edelsteine aus den böhmischen Bergwerken nach Bayern. Die Bellmanns spielten in diesem Handel offensichtlich in der ersten Liga mit. Ich bin überzeugt, dass noch heute irgendwo von diesen einstigen Schätzen etwas vorhanden sein muss, vielleicht irgendwo vergraben, ich weiß es nicht. Aber die Bellmanns waren einmal sehr reich."

Mehr kann Vater nicht dazu erzählen, so leite ich einen Themenwechsel ein.

„Ich möchte das Ritterbild genauer betrachten, das Dir einst Frau Bellmann geschenkt hat."

Wir gehen in Vaters Arbeitszimmer, wo dieses Ölbild über seinem Schreibtisch hängt. Ihn verbindet noch immer viel mit dem Bellmann-Haus. Wie sonst sollte ein von der Moderne geprägter Mann ein solch düsteres und martialisches Bildnis so zentral in seinem Arbeitsbereich postieren.

„Hier ist es, es hat doch Würde und Stil" sagt er, nachdem wir in den Raum getreten sind und er mit seiner Rechten auf das Bild an der Wand deutet.

Würde und Stil, da kann ich nicht widersprechen. Ich trete näher. Es ist keine 30 Zentimeter groß und nahezu quadratisch. Düster wirkt es nach wie vor auf mich. Aber die beiden Ritter auf dem Pferd empfinde ich nicht als sehr kriegerisch, eher wie zwei Schutzgeister. Sie sind zwar in voller Rüstung, ihre langen Schilde verdecken nahezu den gesamten Körper. Aber die Lanzen zeigen anders als bei den Fresken in der Burg nicht nach vorn, sondern nach oben in die Luft. Das Bild hat keinerlei Perspektive, wirkt auf mich etwas naiv, so wie Kinder Bilder malen. Doch die Konturen selbst sind von einem Könner geschaffen worden, die schwungvollen Linien beschränken sich auf das Wesentliche, alles andere ist weggelassen. Mit wenigen Strichen viel ausdrücken, nach diesem Grundsatz scheint der Maler vorgegangen zu sein.

„Was weißt Du über das Bild?“ frage ich Vater. Er zuckt mit den Schultern.

„Eigentlich nicht viel. Frau Bellmann hat es mir geschenkt. Sie wollte mir eine Freude machen, weil ich als Kind so für Ritter geschwärmt habe. Meine Mutter bestickte sogar einmal ein Hemd mit Turnierreitern, das ich dann zu meinem sechsten Geburtstag bekam.“

„Papa, es geht um dieses Bild, nicht um Deine Kindheit“, unterbreche ich ihn erneut, um das Gespräch nicht in eine völlig falsche Richtung laufen zu lassen.

„Ja, ja das Bild. Ich wollte nur sagen, Frau Bellmann hat mir das Bild gegeben, weil ich als Kind oft davorgestanden bin. Aber sie selbst hat sich, denke ich heute, ganz gern davon getrennt, konnte mit dieser Art Kunst nichts anfangen. Das Bild ist kein Aushängeschild, es hing bei ihr im hinteren Bereich des Flurs. Als sie es mir später gegeben hat, fragte ich natürlich, was sie über das Gemälde wisse. Das sei schon ewig im Haus, antwortete sie mir. Eine Signatur des Künstlers gibt es nicht. Frau Bellmann vermutete, es sei im 15. Jahrhundert gefertigt worden. Damals war es hierzulande noch unüblich, dass Maler ihre Namen auf ein Bild setzten. Sie waren Handwerker, die Aufträge ausführten. Wie es in den Besitz der Bellmanns kam, ist nicht bekannt.“

Als wir das Arbeitszimmer wieder verlassen, überlegt Vater einen Moment, spricht dann einen Gedanken aus.

„Du kennst doch mit dem Maler Mathias Brass. Mit dem solltest Du einmal sprechen. Die Brass’ haben eine lange Familiengeschichte. Einer ihrer Vorfahren hieß Michael Bräu. Er war Pfarrer in Regensburg und stand in geschäftlichen Verbindungen mit dem Hause Bellmann. Regensburg war eine Freie Reichsstadt, die aufgrund ihrer Lage im Handel mit Böhmen eine herausragende Rolle spielte. Ich denke, Mathias Brass kann Dir sicher weiterhelfen. Sprich mit ihm, dieser Michael Bräu war offensichtlich eine schillernde Figur, die mehrere Fäden in diesem lukrativen Handel in den Händen hielt. Und was Deiner Spürnase gefallen wird – er soll unter etwas mysteriösen Umständen gestorben sein. Brass kennt sich mit Malerei bestens aus. Du könntest ihm einmal das Bild zeigen.“

Mitgeben will mir Vater das Rittergemälde allerdings nicht. Jetzt gehe ich nochmals ins Zimmer und fotografiere das Bild. Damit ist wenigstens der erste Schritt getan.

Bevor ich mich mit Mathias Brass treffe, muss ich noch einen weniger erfreulichen Termin einigermaßen gut über die Bühne bringen. Ich stehe ja bei Jost Scharoth im Wort und sehe mich allein deshalb schon verpflichtet, ihm den Text der Bellmann-Urkunde mitzuteilen. Immerhin hat er mir ja auch die Urkunde gegeben. Ihm den Inhalt mitzuteilen sehe ich da eher als die kleinere Gegenleistung an. Dennoch umschleicht mich ein unbestimmtes Gefühl des Unwohlseins. Als ich Scharoth anrufe, gibt er sich äußerst nett und höflich. Er will es mir nicht zumuten, ihn wegen einer solchen Nebensächlichkeit noch einmal aufsuchen zu müssen. „Ich bin gerade in der Nähe von Burghausen. In einer halben Stunde bin ich bei Ihnen. Dann kann ich mir die Unterlagen holen", sagt er in einem Tonfall, der verdeutlicht, dass er ein Mann ist, der anderen gern erklärt, wo es langgeht.

„Ich habe den Text nicht hier in der Redaktion, sondern bei mir zu Hause", bremse ich ihn deshalb bewusst aus.

Denn ich lass mich nicht gern von anderen dirigieren. In Wirklichkeit liegt Evas Papier in der Redaktion und die Kopie für Scharoth ist auch bereits gemacht.

„Dann komme ich morgen Vormittag zu Ihnen in die Redaktion, da können Sie die Unterlagen bequem mitbringen und wir haben keinerlei Stress. Ist Ihnen 10 Uhr recht?"

Was ließe sich dagegen noch einwenden. Ich habe ja ohnehin entschieden, ihm die Übersetzung geben.

„Das geht klar", antworte ich deshalb.

Als ich den Telefonhörer wieder auflege, meldet sich dieses unangenehme Gefühl zurück. Ich kann es nicht konkretisieren, kann auch keinerlei Bedenken in Worte fassen. Aber dieses zielorientierte, keinen Widerspruch duldende Gebaren des Mannes stößt mir sauer auf. So ein Typ kommandiert und manipuliert gern, geht es mir durch den Kopf. Als Scharoth dann analog einem Räderwerk am nächsten Tag auf die Minute genau an meinen Schreibtisch tritt, lasse ich ihn erst einmal etwas baumeln. Er will ja jetzt etwas von mir, so soll er auch nach meiner Pfeife tanzen. Mal sehen, wie dem Macher das bekommt. Mit aufmerksamer Höflichkeit begrüße ich den Mann, der mit einem leichten Schal um den Hals so elegant in mein Büro eilt wie ein feiner Windhauch in die sich wiegenden Zweige eines Haselnussstrauches fährt. Ich biete ihm auch gleich einen Stuhl an – und lasse ihn erst einmal sitzen und warten.

„Sie verstehen ja, muss dringend noch zwei Telefonate führen."

Nichts in seinem Gesicht verrät seine Gedanken, es gibt kein Mienenspiel. Scharoths Blick richtet sich auf ein Frauenbildnis hinter mir an der Wand, aber seine Augen stehen in krassem Kontrast zu der gewohnten Zielgenauigkeit seiner Worte. Sie gleiten ins Leere, schwimmen sozusagen, ich bin mir nicht sicher, ob Scharoth das Bild überhaupt wahrnimmt. Es scheint ihn auch nicht zu stören, als ich ihn noch einmal kurz vertröste und das Zimmer verlasse, um mit Kollegin Martina und unserem Volo den heutigen Tagesplan durchzugehen. Er hüstelt einmal kurz und fasst sich an den Kopf – das ist alles. Entweder habe ich mich in Jost Scharoth getäuscht und er ist doch weit handlicher als sein Ruf oder der Mann hat sich derart im Griff wie kaum ein anderer. Also werde ich ihm noch ein bisschen Feuer machen, um ihn aus der Reserve zu locken, vielleicht verliert er die Beherrschung und zeigt sein wahres Gesicht. Lächelnd gehe ich auf ihn zu mit der Übersetzung in meiner Linken, die ich aber noch nicht herausrücke.

„Es war nicht ganz einfach, jemanden aufzutreiben, der die Urkunde lesen kann. Musste meine Beziehungen spielen lassen. Ich brauchte dafür sogar einen Uniprofessor und da reichten Beziehungen allein nicht aus. Musste 200 Euro hinblättern, um ein Ergebnis zu erhalten. Ich habe natürlich auch insofern profitiert, als sich daraus eine interessante Geschichte ergeben könnte. Aber für derlei Eskapaden kommt mein Verleger nicht auf, so was kann ich nicht auf die Spesenrechnung setzen. Deshalb erwarte ich von ihnen die Kostenübernahme, zumindest eine Beteilung."

„Dann geben Sie das Ding mal her", sagt Scharoth völlig ungerührt.

„Ich will erst eine Zusage, dass sie dafür zahlen."

Jetzt gleitet ein Lächeln über Scharoths Gesicht.

„Sie bekommen Ihr Geld, vorausgesetzt, Sie sagen die Wahrheit und haben tatsächlich einen fachkundigen Professor damit beauftragt. Wie heißt der Mann und haben Sie auch eine Rechnung?"

Jetzt lächle ich Scharoth an und versuche, naiv dreinzuschauen.

„Sie haben mein Wort. Aber es gibt keinen Namen, geschweige eine Rechnung. Mit Rechnung hätte es mindestens das Doppelte gekostet."

„Also gut", sagt Scharoth, zückt seine Brieftasche und drückt mir einen Hunderter in die Hand. Den Rest gibt es, wenn ich den Text gelesen habe."

Dagegen kann und will ich nun nichts mehr einwenden und gebe ihm das Papier mit der Übersetzung. Scharoth beginnt zu lesen. Seine Augen zucken ein paar Mal. Er ist ja nicht mehr der Jüngste, hätte besser eine Lesebrille aufgesetzt. Hat aber offensichtlich keine dabei. Ist eben ein eitler Tropf. Wie er schon beim Betreten der Redaktion mit Cora Blickkontakt gehalten hat, war bezeichnend. Cora wollte ihm auch gleich einen Kaffee kredenzen, war etwas enttäuscht, als er dankend ablehnte. Aber ganz der Gentleman, verband er sein Nein gleich mit einem Kompliment, lobte Coras Professionalität, während er gleichzeitig auf ihre Titten sah. Auf derlei imaginäre Entkleidungslüste der Männer reagiert Cora eigentlich stets sehr reserviert, wenn nicht gar verärgert. Aber davon war hier nichts zu erkennen.

Jetzt ist Scharoth mit dem Text durch.

„Ich will nicht kleinlich sein", sagt er mit sonorer Stimme, gibt mir einen zweiten Hunderter und zudem noch einen Fünfziger.

„Nehmen Sie das zusätzlich als meine Wertschätzung. Damit können Sie ihre Mitarbeiter einmal ins Cafe einladen. Ihre Sekretärin hat das sicher schon lange verdient." Coras Augen nehmen einen nahezu ehrfürchtigen Ausdruck an. Wenn Scharoth ihr jetzt anbieten würde, sie für sein Büro einzustellen, sie würde auf der Stelle zusagen. Dazu kommt es natürlich ebenso wenig wie zu weiteren Nettigkeiten, denn Scharoth plagen nach eigenen Worten dringende Geschäfte.

Als er weg ist, schreibe ich Eva eine kurze Nachricht.

„Konnte die Übersetzung gut zweitvermarkten. Wir sollten Essen gehen, ich lad dich ein."

Zufrieden mache ich mich an meine Arbeit. Nicht nur der Whisky für den Prof ist bezahlt, es ist auch noch ein Essen herausgesprungen, das ich gern mit Eva teilen werde – sie hatte ja die Arbeit. Und Scharoth hat auch unser Betriebsklima aufgehübscht. Vor allem Cora ist jetzt bester Laune.

Ich bin mit Mathias Brass verabredet. Kurz vorher rufe ich noch einmal bei ihm an – Mathias ist schließlich Künstler. Er hat unser Gespräch diesmal aber nicht vergessen. Die Fahrt ist kein Vergnügen, es hat geschneit, die Straße ist glatt. Mathias lebt in einer eigenen Welt aus Farben und Formen. Schon als Kind hatte er eine Schwäche für schöne Dinge, fing mit einem Kescher Schmetterlinge auf der Wiese, um sie dann mit Hilfe von Cyan und Äther ins Jenseits zu befördern. Von dort holte er sie wieder ins Diesseits, spannte die farbenprächtigen Tiere auf Brettchen und fügte sie seiner Sammlung hinzu. Als Maler und Restaurator muss er sich zudem in einem schwierigen Umfeld zurechtfinden. Mit den Niederungen des Alltags käme Mathias nie zurecht. Dass er trotzdem gut im Geschäft ist, verdankt er Gigi, seiner Lebensgefährtin. Sie hat zwar ebenso ein Faible für die schönen Dinge auf dieser Welt, aber das ist eingebettet in sehr pragmatisches Handeln. Die beiden ergänzen einander bestens. Gigi ist zwar ein bisschen schusselig, aber nur, wenn es den Geldbeutel anderer Leute betrifft. Sie benimmt sich dann völlig ungeniert und befreit sich mit galanter Liebenswürdigkeit aus allen Fettnäpfchen, in denen sie vorher kräftig gerührt hat.

Ihr alter Peugeot hatte einen durchaus charmanten Dachgepäckständer, der allerdings insofern richtige Bedienung erforderte, als er einige äußerst scharfkantige Profile aufwies. Man musste halt aufpassen, um sich nicht zu verletzen. Dafür war die Funktion dieses Dachträgers wunderbar. Er nahm nichts krumm, man konnte ihn auch kräftig überladen. Der Gepäckträger war im Laufe der Jahre etwas vergilbt, hatte an Regentagen Schmutztiraden überholender Benze und BMW über sich ergehen lassen müssen. Eine Wäsche konnte auch ihm nicht schaden, dachte sich Gigi eines Tages, als sie in die Waschanlage fuhr – nicht in die für Gepäckträger, die gab es zu ihrem Bedauern leider nicht – sondern in eine für Autos. Instinktiv achtete sie beim Einfahren darauf, dezent im Hintergrund zu bleiben. Musste ja nicht jeder mitbekommen. Die Waschanlage arbeitete ganz ordentlich. Die bunten Bürsten wirbelten ums Auto, dass es eine Freude war zuzusehen, wie der Schmutz abfiel und der Lack in vollem Glanz wieder hervortrat. Und das Schönste: das Auto wurde auch noch dekoriert. Die messerscharfen Kanten des Gepäckträgers sorgten dafür, dass die Putzbürsten Teile ihrer rotierenden Fäden herausrücken mussten. Wie eine nette kleine Girlande hingen diese fein herausgeschnittenen Teile des Putzapparats über dem Eisenträger, hüllten ihn ein und verwandelten den tristen Stahl in ein schmuckes Kunstwerk. Über das konnte sich Gigi leider nicht so recht freuen. Sie versuchte also kurz einmal, die Bürstenfäden abzunehmen. Aber keine Chance. Sie waren so verheddert, dass sie mit Schrecken daran dachte, wie lange es wohl dauern würde, bis sie diesen ungewollten Zierrat wieder entfernt hatte. Einen weit größeren Schrecken hätte indes der Betreiber der Waschanlage bekommen, hätte er das Kunstwerk aus seinen abgetrennten Betriebsteilen sehen können. Hat er aber nicht. Gigi setzte sich sofort ins Auto und schlich sich von der Tankstelle. In solchen Situationen war sie die gelebte Unaufmerksamkeit. Kein Mensch hatte sie wahrgenommen. Worüber hätten sich die Leute auch aufregen sollen? Sie hatte wieder ein sauberes Auto und einen gründlich gewaschenen Gepäckständer, den sie nur noch von der Prozessionsgirlande befreien musste. Der Betreiber der Anlage hatte jetzt ein Argument mehr, in eine neue Waschstraße zu investieren. Das nutzte sogar der örtlichen Volksbank, die dafür einen Kredit ausgeben konnte, der mit dazu beitrug, das Weihnachtsgeld der Mitarbeiter zu sichern. Inwieweit dadurch ein gesamtwirtschaftlicher Impuls entstand, sei dahingestellt. Aber die Investition sicherte beim Hersteller von Bürstenwaschanlagen Arbeitsplätze, und in die Tankstelle kamen mit der Investition neue Kunden, die ebenfalls hier ihre Autos waschen lassen wollten. Ob sie Gepäckträger aufmontiert hatten, ist nicht dokumentiert. Doch eines ist bekannt. Der Tankstellenbetreiber entwickelte sich zu seinem sehr aufmerksamen und hilfsbereiten Mann. Er sah immer wieder nach dem Rechten, wenn Leute ihre Autos einfuhren, erinnerte daran, Antennen und dergleichen abzubauen. Das ersparte allen Ärger.

Mathias hat Tee für uns gekocht, einen Pfefferminztee. Seit er in Tunesien dieses in Gläschen oder Mokkatassen servierte intensive Gebräu kennengelernt hat, trinkt er es auch zu Hause regelmäßig. Die anregende Wirkung verpufft nicht so schnell wie bei einem Mokka und ist zudem stärker. Voller Stolz führt er mich zu einem seiner neuesten Werke. Es ist mit vier Meter Breite ein sehr großes Bild und zeigt Pferde, die über die Steppe donnern, im Hintergrund gesäumt von einer Bergkette. Die vielen Hufe der Tiere im Vordergrund erzeugen ganz bewusst einen Wirrwarr, der verstärkt wird durch den aufgewirbelten Sand, unter dem der Boden zu verschwinden scheint. Die Tiere laufen sozusagen im Imaginären. Alles ist im Fluss, Bewegung dominiert das Bild. Mathias hat es exzellent geschafft, die Schönheit der galoppierenden Herde auf Leinwand festzuhalten. Die im Wirbel von Sand und bewegter Luft verschwimmenden Konturen geben dem Geschehen ein nahezu mystisches Flair, das Laufen wird auf eine höhere Ebene der Wahrnehmung gehoben. Dieses Bild hat Ausdruck und Kraft.

„Es hat mich auch viel Kraft gekostet", betont Mathias, als er mir das Tässchen Tee reicht.

„Ich habe es für eine Ausstellung in Wien gemalt. Wien ist dabei für mich vor allem auch ein Sprungbrett. Denn im Anschluss sollen die Bilder in London gezeigt werden. Der angloamerikanische Markt ist der kaufkräftigste. Bisher konnte ich dort noch nicht Fuß fassen. Aber London könnte der Einstieg in lukrative Aufträge für mich werden. Gigi hat das für mich arrangiert. Stell Dir vor, sie hat einfach die Kuratorin der Ausstellung angerufen. Und dann hat sie mit der ihr doch völlig unbekannten Frau fast eine halbe Stunde geskypt und ihr dabei sogar ein Kuchenrezept angedient. Was Frauen immer alles reden können. Danach hat Gigi ihr noch ein Exposé des noch gar nicht vorhandenen Bildes geschickt und ich habe mich ans Malen gemacht. Ich denke, es ist gut geworden."

„Das sehe ich auch so, und das würde Nora Busse sehr gefallen. Mit der muss ich Dich unbedingt bekannt machen. Sie ist eine tolle Frau und arbeitet für eine Münchner Galerie. Zu ihren Kunden zählen kaufkräftige Leute. London und Deinen Hang zum Angelsächsischen in Ehren, aber es könnte sicher nicht schaden, auch in München

Deine Arbeiten zu zeigen. Wenn Nora Dir eine Chance gibt, dann musst Du zugreifen."

Mathias grinst und verdreht zugleich die Augen.

„Sag bloß Gigi nichts davon, sonst komm ich hier gar nicht mehr zum Atmen. Momentan reicht es dicke, was sie alles arrangiert. Ich hinke ihrem Tatendrang hinterher, habe Mühe all die Aufträge abzuarbeiten. Für eigene Kreativität und Ideen bleibt mir immer weniger Zeit. So will ich aber nicht mein Leben verbringen. Ich brauche Muße, um mich wieder sammeln zu können. Kunst lebt aus der Kraft der Ruhe, wenn Du immer aufgescheucht bist, kannst Du nur immer in gleicher Weise fliegen, kannst nicht Dein Gefieder pflegen."

„Ich könnte wieder mal eine Geschichte über Dich fürs Feuilleton schreiben."

Mathias nickt zufrieden: „Ja gern. So was ist immer gut, ein Künstler muss im Gespräch bleiben." Ich schalte mein Tablet ein.

„Das machen wir in den nächsten Wochen. Jetzt brauche ich erst mal was von Dir. Sieh Dir bitte einmal dieses Foto an. Es zeigt ein Ritterbild, das vielleicht aus dem 15. Jahrhundert stammt."

Aufmerksam betrachtet Mathias das Bild, vergrößert einzelne Bereiche und nimmt sich Zeit. Dann sagt er umso klarer.

„Da kenn ich mich leider nicht aus. Da redest Du besser mit der Galeristin, die du vorher erwähnt hast. Diese Leute wissen immer viel besser, wer was warum gemacht hat und wie viel es wert ist. Ich kann dazu nur sagen: Es hat noch keine Perspektive, was für ein hohes Alter sprechen könnte. Es sei denn, jemand hat es später bewusst so gemalt. Es ist auch nicht signiert und sicher kein teures Kunstwerk."

„Schade, aber du hast schon Recht, Du bist Maler und kein Kunstgeschichtler. Ich werde darüber mal mit Nora reden. Und nun zum zweiten Thema. Ich nannte Dir doch schon am Telefon Michael Bräu, den Pfarrer aus Regensburg. Er soll zu Deinem Ahnenkreis gehören und auf seltsame Weise gestorben sein."

„Willst ein Bier?" fragt Mathias. Ich kenne seine umständliche Art, Dinge zu benennen, das dürfte länger dauern. Ich hebe die Hand zur Bestätigung. Mathias geht und kehrt mit zwei geöffneten Flaschen zurück, drückt mir eine in die Hand und holt aus.

„Michael Bräu hatte im Gegensatz zu vielen anderen Klerikern seiner Zeit selbst keine Kinder. Er war Pfarrer in Regensburg und Bruder meines direkten Vorfahren Georg Bräu. Meine Ururgroßmutter war ja noch eine geborene Bräu. Von ihr geht es dann in männlicher Linie zurück bis auf Georg. Die Bräus legten schon immer großen Wert auf Familie, deshalb haben sie auch ihren Stammbaum gepflegt. Michael Bräu wurde er am 13. Februar 1505 getauft. Er war offenbar ein schlauer Kopf."

„Wie kommst Du darauf?"

„Michael Bräu kam unter die Fittiche der Kirche, durfte Theologie studieren und war sogar zwei Jahre in Rom. Danach wechselte er nach Regensburg, aus welchen Gründen auch immer, war dort viele Jahre Kaplan, aber insgeheim auch als eine Art Berater für den Bischof tätig. Dazu brauchte er Grips."

„Was passierte dann?"

„1545 wurde er Pfarrer in der Dompfarrei St. Ulrich. Michael Bräu sympathisierte mit den Reformern in der Kirche, hielt zwar wenig von der Ausgabe von Wein in der Eucharistie. Wenn die Hostie schon in den Leib Christi verwandelt werde, könne sie auch das Blut mit übernehmen, sagte er auch deshalb, weil er selbst seiner Zeit voraus war. Der als festen Glaubensbestandteil angesehenen Verwandlung von Brot und Wein in Leib und Blut Christi stand er skeptisch gegenüber und sah darin nur eine symbolische Handlung."

„Das kann ich gut nachvollziehen."

„Aber damit lehnte sich Michael Bräu weit aus dem Fenster. Denn sagen durfte so etwas damals niemand, schon gar nicht ein Priester. Das war Ketzerei. Er wurde dann ja auch wegen Ketzerei angeklagt, musste im Konzil von Trient seine Aussagen zurücknehmen und rettete so noch einmal sein Leben. Die Situation in Regensburg war zudem kompliziert. Der Bischof war römisch katholisch, die vom Bürgertum dominierte Reichsstadt wechselte zum lutherischen Glauben. Michael Bräu mittendrin. Ich glaube, sein Tod könnte sogar vom Bischof angestiftet worden sein."

Mathias nimmt einen kräftigen Schluck Bier aus der Pulle, belohnt sich sozusagen für das, was er mir erzählt hat.

„Ist Dir etwas bekannt, dass Dein Vorfahr geschäftlich mit der Händlerfamilie Bellmann in Neuötting in Verbindung stand oder war er irgendwie in den Handel mit Böhmen eingebunden?“ frage ich Mathias.

„Der Name Bellmann sagt mir nichts. Aber Michael Bräu hat für den Bischof die Finanzen mitverwaltet, er hatte kaufmännisches Geschick. Und er ist auch einige Male nach Böhmen gereist und hatte beste Verbindungen nach Salzburg, zu den Klöstern und zu Kaufleuten. Der Bischof in Regensburg fürchtete um seine Macht, war immer bestrebt, nicht von der Wirtschaftskraft seiner Freien Reichsstadt erdrückt zu werden. Er musste dem etwas entgegensetzen, brauchte dazu fähige Leute, die Ahnung von Geld und Handel hatten. Michael Bräu war hier seine rechte Hand.“

„Und warum ist er dann umgekommen?“

„Ich glaube, mein Vorfahr hat sich nach den Erfahrungen der Inquisition für unentbehrlich gehalten und entsprechend verhalten. Doch der Bischof stand in einem Dilemma, musste sich an die Weisungen Roms halten. Michael Bräu hatte den Bogen überspannt und der Bischof sah keinen anderen Ausweg mehr, als seine Schergen auf ihn zu hetzen. Nach Bräus Tod gab es einige Untersuchungen. Sie galten weniger den Todesumständen als den Schriften und dem Vermächtnis des Mannes. Er hatte ganz offensichtlich ein Geheimnis mit in den Tod genommen, das die bischöflichen Nachforschungen nicht mehr lüften konnten.“

„Und was könnte das gewesen sein?“

„Da habe ich in den Archiven leider nichts gefunden. Aber ich habe eine klare Meinung: Bei der Kirche geht es immer um Geld. Im bischöflichen Untersuchungsbericht heißt es ja nur ganz lapidar, Michael Bräu sei entseelt in der Gasse liegend gefunden worden. Nähere Todesumstände werden nicht genannt. Weit mehr Platz im Bericht wird der Arbeit Bräus für das Bistum eingeräumt, das ist fast ein halber Nachruf. Vielleicht beruhigte der Bischof so sein Gewissen, was dafür sprechen würde, dass er für den Tod zumindest mitverantwortlich war. Und es gibt eine Formulierung, die verdächtig ist. Der Pfarrer habe für die Herrlichkeit Gottes auf Erden gewirkt und der Bischof hoffe, dass noch mehr davon offenkund werden möge, um so den Glanz der Kirche und das Heil der Christenheit zu mehren. Das hört sich doch wie eine Aufforderung an Mitwisser an auszupacken."

„Das riecht in der Tat nach materiellen Werten, die sich die Kirche erhoffte", räume ich ein und frage Mathias:

„Könnte Bräu einen Schatz gefunden und gehütet haben? Das würde ja auch sein selbstsicheres Verhalten erklären."

„Ich weiß nicht so recht", antwortet Mathias und hebt etwas hilflos die Arme.

„Hinterlassen hat er nichts. Das alles ist fast 500 Jahre her. Wir können viel spekulieren, aber letzten Endes stochern wir im Nebel."
„Natürlich. Aber nehmen wir an: Michael Bräu hatte Kenntnis eines Schatzes und der Bischof wusste das. Dann hatte Bräu ein Faustpfand, eine Art Lebensversicherung." „Die ihm am Ende aber nicht half. Eine weltliche Untersuchung hat es nicht gegeben. Die Kirche deckte die Leiche zu und hüllte einen Mantel des Schweigens um das Geschehen. Damit war alles wieder in bester Ordnung."

Die Gespräche mit Mathias und Vater haben meine Neugier weiter angefacht. Es könnte einen Schatz geben, den aufzuspüren es sich lohnt. Ich muss mehr über Michael Bräu herausfinden.

Kapitel 8

Mit Mizzi im Nebel

Wenn der Boden im Februar noch gefroren ist und die Sonne einen ersten Vorgeschmack von Frühling erahnen lässt, sind die Flusstäler von Inn und Salzach zumeist in Nebel getaucht. Aber bisweilen gelingt es der Sonne am Vormittag, die dichten Schwaden zu durchdringen. Dann entsteht eine ganz besondere Stimmung. Das Licht bricht sich an den Nebelfetzen, spielt mit ihnen und lässt sie wie Kristalle funkeln. Besonders beeindruckend ist dieses Schauspiel, wenn der Betrachter über einem Tal steht, etwa auf dem Burgberg über der Salzach. Die Burg selbst leuchtet dann zumeist schon in der Morgensonne, die darunter liegende Altstadt von Burghausen ist noch im Nebel gefangen. Und dann geschieht es: Mit zunehmender Wärme taucht der erste Giebel aus dem Nebelmeer auf, dann ein zweiter, schließlich eine ganze Häuserfront. Nicht klar sind die Gebäude zu sehen, der noch vorhandene restliche Dunst zeichnet die Konturen weich. Das durchdringende Licht wirkt diffus, die Stadt liegt einem zu Füßen wie eine Märchenwelt, die erst nach und nach Realität wird.

„Das hat etwas Verwunschenes wie ein mit Rosen umwachsenes Haus, aber es ist weniger heiter, mehr melancholisch", sagt Nora und lächelt mich mit ihren wunderschönen türkisfarbenen Augen an. Ihre blonden Locken umspielen ihr Gesicht und leuchten in der Sonne golden. Sie sieht hinreißend aus. Es dürfte ein wunderschöner Sonntag werden, den ich mit ihr verbringen möchte und auf den ich mich schon so gefreut habe. Hoffentlich geht alles gut. Denn ich verbinde mit unserem Treffen auch einen kleinen Hintergedanken. Das muss ich ihr noch schonend beibringen. Ich möchte Nora zu meinem Vater mitnehmen, damit sie sich das Ritterbild ansehen kann. Diese klasse Frau ist wegen mir nach Burghausen gefahren und ich nerve sie dann mit so was. Hoffentlich sieht sie sich nicht ausgenutzt und nimmt mir das nicht krumm. Jetzt nur keinen Fehler machen. Nora lehnt sich ans Geländer am Aussichtspunkt der Burg über der Altstadt und blickt angestrengt nach unten.

„Da ist ein blaues Haus mit einem Wappen drauf."

Ich erkläre ihr: „Burghausen war früher Residenzstadt, das war das Regierungsgebäude, wir könnten mal reinschauen."

Nora zeigt sich interessiert. Deshalb deute ich auf ein weiteres Gebäude, das aus dem milchigen Dunst hervortritt. Dabei kann ich ihr zudem näherkommen, drücke mich an sie, damit sie besser meinem Fingerzeig folgen kann. Ich spüre, wie mein Herz schneller schlägt.

„Siehst Du das gelbe Haus da hinten?"

Als sie nickt, erkläre ich: „In diesem Gebäude hat Napoleon geschlafen, als er einst die Stadt aufsuchte. Napoleon war neugierig auf diese ‚ville souterraine', also unterirdische Stadt, die ja von der Hochebene oben nicht zu sehen ist und erst am Steilufer des Flusstals erkennbar wird."

Haus um Haus tritt nun ins Blickfeld.

„Schön anzusehen, aber ich könnte in solch beengenden Mauern nicht leben, ich brauche Luft und Licht", sagt Nora und fügt hinzu: „Wir sind zwar keine Pflanzen, aber auch der Mensch braucht das Licht der Sonne."

Nora deutet auf ein Gebäude auf der anderen Flussseite: „Da steht doch ein moderner geometrischer Bau. Der gefällt mir, aber er stört das Ensemble gewaltig. Warum darf so etwas sein?"

„Auf der anderen Flussseite ist Österreich. Da gelten andere Regeln, da hat die deutsche Bürokratie, EU hin oder her, nichts mehr zu schnabeln. Die Österreicher sehen das alles ein wenig lässiger.

„Ich kann sogar schon den Fluss sehen, das Wasser ist so schön grün", freut sich jetzt Nora und fragt mich nach meiner Lieblingsfarbe.

„Das ist Blau" antworte ich. Nora beginnt zu lächeln.

„Weißt Du, dass es eigentlich keine Farben gibt. Es sind nur unterschiedliche Schwingungen des Lichts, aus denen unser Hirn Farben macht. Vielleicht ist das, was Du blau nennst für einen anderen grün oder rot. Jeder Mensch hat ein individuelles Farbempfinden."

„Ich bin froh darum, möchte nicht in einer Welt ohne Farben leben.“ Nora beugt sich auf mich zu und hebt erklärend die Arme.

„Was haben sich Menschen in früherer Zeit angestrengt, um genau das umzusetzen. Ich denke an den Aufwand, den die Phönizier betrieben, um aus Meeresschnecken den Purpur zu gewinnen. Technischer Fortschritt schuf erst die Voraussetzungen, in der Kunst Farben einzusetzen. Ich denke an das karolingische Grün, und dann vor allem an den Vater der italienischen Malerei, Giotto. Du musst Dir unbedingt einmal die Cappella Scrovegni in Padua ansehen. Das von Giotto erstmals verwendete Blau ist eine Offenbarung. Die Bilder in der Kapelle zeigen biblische Szenen. Aber nicht sie nehmen den Betrachter gefangen, sondern der Hintergrund, das Blau des Himmels. Auf allen Bildern ist es zu sehen und das gibt der Kapelle eine einzigartige Ausdruckskraft.“

„Ich weiß. Ich war überwältigt, als ich diese Bilder erstmals gesehen habe.“

„Und das sind alles Fresken. Der Maler musste also schnell arbeiten, so lange der Putz noch feucht war. In der Kapelle könnte man beinah gläubig werden.“

„Das kann ich gut nachvollziehen, Nora, ich glaube fest an eine psychologische Wirkung von Farben. Wir sprechen doch auch vom grünen Bereich, wenn etwas beruhigend ist und sehen rot, wenn uns was ärgert und das Blut in Wallung gerät.“

„Da habe ich eine andere Sichtweise und die ist beruflich bedingt. Wenn ich ein Bild betrachte, denke ich meist gleich methodisch, welche Technik der Maler verwendet.“ Ich blicke Nora fragend an.

„Aber Du hast doch eben Giotto erwähnt und sein Blau, das Dich so gefangen hat, das war doch auch eine Wirkung auf Deine Psyche.“

„Vielleicht hast ja Recht, Tom, bei den alten Meistern überkommt mich stets ein Gefühl der Ehrfurcht, moderne Kunst, mit der ich ja beruflich zu tun habe, sehe ich nüchterner und analysiere ein Werk sofort. Das muss ich auch, weil es dabei um Geld und letzten Ende um meine Arbeitsstelle geht.“

Das Gespräch mit Nora läuft genau in die richtige Richtung, ich muss die entstandene Chance nutzen. Deshalb schiebe ich nun ein:

„Wenn du von Ehrfurcht sprichst, dann kann ich Dir das Gegenteil beweisen. Im Haus meines Vaters hängt ein altes Ölbild, möglicherweise aus dem 15. Jahrhundert. Nora, das musst Du Dir ansehen, es ist eher düster, das Motiv simpel. Es zeigt lediglich zwei Ritter auf einem Pferd. Auf mich wirkt es beinah naiv."

Sie beißt an: „Das möchte ich mir gern ansehen, Bilder aus dieser Zeit mit einem nichtreligiösen Motiv sind eine absolute Seltenheit."
„Dann sollten wir heute Nachmittag meinen Vater heimsuchen. Ich muss Dich aber vorwarnen. Er erzählt gern ausladend und verliert sich in Nebensächlichkeiten."

„Dann bringen wir ihn halt wieder auf den Punkt", kommentiert Nora, und ich kann elegant gleich ein Kompliment einfügen.

„Wenn er einer so attraktiven Frau wie Dir begegnet, wird er noch wichtiger tun und alles Mögliche erzählen wollen."

„Wir werden sehen", sagt Nora und blickt mich vielsagend an. Ich bin erleichtert. Wenn ich nur jetzt ihre Gedanken lesen könnte.

Als sich der Nebel aufgelöst hat, gehen Nora und ich in ein Café, im Wintergarten herrscht schon frühsommerliche Stimmung. Nora hat ihren Mantel über der Lehne eines Stuhls mit einer lässig eleganten Handbewegung abgelegt. Sie ist heute mit einer Jeans und einer Jacke aus Wildleder bekleidet, die sie nun angesichts des frühlingshaften Flairs ebenfalls abstreift. Darunter trägt sie einen feinen Pullover aus grüner Kaschmirwolle, der ihre Rundungen voll zur Wirkung kommen lässt. Ich sitze ihr gegenüber, habe ihre gefährliche Figur direkt im Blick. Schnittchen, Lachs und Kaffee bringen da keine Entspannung, im Gegenteil. Mit der Gaumenlust scheint auch die tiefer gelegene Lust eng verbunden zu sein. Ich muss mich ablenken. Werde also Nora ein wenig ausfragen. Bin ohnehin neugierig, endlich mehr über sie zu erfahren.

„Ich stamme von der Waterkant, bin in Hamburg zur Welt gekommen", erzählt sie und fährt auf meine Nachfragen fort:

„Ich lebe mittlerweile nahezu ein Jahrzehnt in München. Ich kam in diese Stadt, um Kunstgeschichte zu studieren. Danach gefiel es mir dort so gut, dass ich unbedingt bleiben wollte. Im Studium zählten die Impressionisten zu meinem Schwerpunkt. Das Studium war herrlich, aber ich musste auch an meine Zukunft denken. Schon da suchte ich deshalb Kontakte zu Unternehmen. Nach dem Uniabschluss schlug ich mich zunächst mit diversen befristeten Aufträgen durch, kuratierte Ausstellungen und half bei Messen, was mir interessante Einblicke gab. Als ich dann die Chance bekam, in der arrivierten Galerie Lichtbogen einzusteigen, war das Schlimmste überstanden. In meinem Beruf ist es wichtig, viele Künstler und Professoren auf der einen Seite zu kennen, auf der anderen Seite aber auch die Welt der Kunden, der smarten Manager aus der Wirtschaft und Mäzene. Der Kunsthandel ist ein ganz besonderer Markt und diese Arbeit reizt mich."

„Das kann ich mir sehr gut vorstellen", unterbreche ich und sehe Nora fragend an: „Was hat Dich dann ausgerechnet in die Kleinstadt Burghausen verschlagen, um hier die Ausstellung einer zweitklassigen Künstlergilde besuchen?"

„Das ist eine gute Frage. Ich hatte an dem Tag eine Bekannte in der Nähe besucht. Vom Liebenweinturm hatte ich schon gehört. Ich fahre gern mal in die Provinz, je größer mein Netzwerk ist umso besser. Es könnte ja mal ein Talent dabei sein, das zu fördern es sich lohnt. Und reiche Leute, die Bilder kaufen, gibt es auf dem Land ohnehin mehr als in einer Großstadt."

Als Nora auf die Liebenwein-Künstler zu sprechen kommt, fällt mir plötzlich eine alte Geschichte ein, die ich unbedingt loswerden will. So erzähle ich: „Erinnerst Du Dich an den dicken Künstler mit dem Schnurrbart? Er war mit zwei Frauenbildern im Liebenweinturm vertreten. Waren etwas lasziv und deshalb Gesprächsthema bei der Ausstellung und Ärgernis im konservativen Bürgerkreis."

„Ja darüber wurde gesprochen, aber so doll fand ich seine Bilder nicht."

Ich erzähle weiter: „Der hat sich vor vielen Jahren um einen Studienplatz in der Akademie der Bildenden Künste beworben. Er war handwerklich sehr gut, aber ihm fehlte nach eigenen Worten der Spleen, auf den Professoren gern abfahren. Er wurde nicht genommen. Es war ihm am Ende auch egal. Aber bei der Aufnahmeprüfung ist ihm ein Missgeschick passiert. Er verschüttete Farbe im Eingangsbereich der Akademie. Zwei Jahre später kam er wieder einmal in das Gebäude in der Münchner Akademiestraße. Der Farbfleck am

Boden war noch immer da. Das machte ihn stolz. Zu mir sagte er mal: ‚Genommen haben sie mich nicht, aber meine Farbe auf dem Boden haben sie gern behalten.' Nora, Du musst unbedingt mal dort vorbeischauen. Am Ende ist der dunkellila Fleck noch immer zu sehen."

Nora beginnt zu lachen, zeigt mir ihre blendend weißen Zähne, die eben noch ein Lachsbrötchen zerteilt haben. Da möchte ich ja glatt Zahnarzt sein und Dir auf Deinen Zahn und was sonst noch alles fühlen, geht es mir durch den Kopf.

„Was denkst Du gerade", fragt mich Nora noch immer lachend.

„Wie schön doch das Leben sein kann", antworte ich und verbinde innerlich damit die Hoffnung, dass sich das was ich mir gerade vorgestellt habe, erfüllen könnte.

Für den Nachmittag habe ich uns bei Vater angemeldet. Am Telefon war er zwar nicht gerade begeistert, er würde an diesem schönen Tag lieber einen ausgiebigen Spaziergang unternehmen.

„Du hast mir das Bild nicht mitgeben wollen, die Expertin ist morgen bereits wieder weg. Es geht nicht anders, wir kommen gleich nach dem Brunch vorbei. Du kannst ja hinterher noch etwas lustwandeln", dränge ich Vater meinen Willen auf.

Als er die Tür öffnet, macht er zunächst ein griesgrämiges Gesicht. Aber ich kenn ihn ja: das geht schnell vorbei. In diesem Fall ganz schnell. Als er Nora wahrnimmt, heitert sich seine Miene auf. Ganz der Gentleman, hilft er ihr gleich aus dem Mantel, lobt sogar den Duft ihres Parfums. Das ist doch nur peinlich. Ich blicke ihn scharf an, aber er lässt sich nicht beeindrucken.

„Darf ich der Dame etwas kredenzen?" gockelt er weiter und grinst mir frech ins Gesicht. Die beiden entscheiden sich für einen Gin tonic, ich werde erst gar nicht gefragt. Ins Arbeitszimmer dürfen wir aus verständlichen Gründen nicht. Dort liegen Bücher und aller möglicher Krimskrams kreuz und quer. Vater will das verbergen. Er würde am liebsten Kaffee servieren, gibt sich als ein guter Gastgeber.

„Das Bild", sage ich, „könntest Du das bitte bringen, Du hast ja am Nachmittag noch was vor. Wir möchten Deine Zeit nicht über Gebühr beanspruchen."

Nora hat es sich auf einem Ledersessel bequem gemacht, die Beine übereinandergeschlagen. Endlich kommt Vater mit dem Bild unterm Arm zurück und reicht es Nora mit einer kleinen Verbeugung. Am liebsten hätte er ihr wohl einen Handkuss dazu verabreicht. Mir wird klar: Wir müssen hier so schnell wie möglich wieder weg. Das wird sonst nur noch peinlich. Nora dreht das Bild erst einmal um, betrachtet ausgiebig die Rückseite. Dann zieht sie eine kleine Lupe aus ihrer Handtasche und widmet sich der Vorderseite.

„Was meinst Du?", frage ich in die Begutachtung hinein. Nora scheint das überhört zu haben, tastet das Gemälde wie ein Scanner Stück für Stück ab. Endlich - nach einer gefühlten Ewigkeit von vielleicht zehn Minuten bricht sie ihr Schweigen.

„Strichsetzung und Pinselführung sind handwerklich gut, aber keineswegs meisterhaft. Auf den ersten Blick sind keine Farben enthalten, die es im 15. Jahrhundert noch nicht gegeben hätte. Für Genaueres bräuchten wir eine chemische Analyse. Es könnte folglich durchaus ein Bild des ausgehenden Mittelalters sein. Aber ich hege doch Zweifel. Gemälde wurden zu dieser Zeit nahezu ausschließlich von der Kirche in Auftrag gegeben. Zudem galt es als verwerflich, kostbare Farben für weltliche Motive sozusagen zu vergeuden. Ich glaube deshalb, das Bild stammt aus dem 19. Jahrhundert, als die Gotik wieder in Mode kam und wurde im Stil eines mittelalterlichen Werks gefertigt. So ein Motiv habe ich schon mal gesehen."

„Das kann nicht sein", sagt mein redseliger Vater zu meinem Bedauern und liefert auch gleich die Erklärung: „Bevor ich es bekam, hing es schon einige hundert Jahre im Bellmann-Haus."

Ich hätte die Herkunft gern verschwiegen. Aber nachdem mein Vater geplappert hat, ist es ohnehin egal und ich frage Nora.

„Ein ähnliches Motiv wurde auf einem Fresko des Hochmittelalters in der Burghauser Burg gefunden. Könnte es einen Zusammenhang geben?"

Nora überlegt einen Moment, ihr Blick gleitet dabei über Vaters abgewohnte Wohnzimmermöbel. „Man sieht immer gern das, was man sehen will. Wir haben hier ein Bild, das offensichtlich älter ist als ich es auf den ersten Blick einstufte. Nehmen wir einmal an, es stammt tatsächlich aus dem 14. oder 15. Jahrhundert. Nur weil das

Motiv einem Fresko auf einer Burg gleicht, erscheint mir ein Zusammenhang unwahrscheinlich. Fresken mit Ritterbildern gab es im Hochmittelalter in nahezu allen Burgen, das war fester Bestandteil des Wandschmucks."

„Herr Raumoser", fährt Nora zu meinem Vater gewandt fort, „mit einer materialtechnischen Untersuchung könnten wir das Alter ziemlich genau bestimmen. Eine solche sollten Sie vornehmen lassen, ich würde Ihnen gern dabei helfen. Erst dann können wir den Wert schätzen."

Vater blickt unsicher drein, ich weiß ja, er gibt das Bild nicht gern aus dem Haus. Bevor er etwas sagen kann, übernehme besser ich das: „Mein Vater hängt an diesem Bild. Es hat für ihn ideellen Wert, der Marktwert interessiert nicht, weil er es ohnehin nicht verkaufen würde. So ist das Alter des Bildes zweitrangig." Mein schroffer Ton hängt auch damit zusammen, dass ich mir von Noras Expertise mehr erhofft habe. Substanzielles hat sie nicht ergeben, kein Hinweis worauf ich meine Suche nach einem verborgenen Schatz konzentrieren könnte. Nora schiebt ihre Unterlippe vor, ihre Augen verengen sich etwas, als sie mich von unten heraus anblickt. Doch schon hat sie sich wieder gefangen und sagt zu Vater gewandt: „Wie Sie wollen. Es ist Ihr Bild. Sie entscheiden, was damit geschehen soll."

Zwischenmenschlich habe ich bei ihr Punkte eingebüßt, das wird mir klar. Werde den Rest des Tages besonders nett zu ihr sein, sonst kann ich jede Form von Kurventango gleich vergessen.

In weichem Tonfall sage ich deshalb: „Entschuldige Nora, Du hast ja Recht. Wir sollten uns an Fakten orientieren und die geben halt nicht mehr her. Ich hatte mir mehr erhofft, bin Opfer meiner überzogenen Erwartungen."

„Du und Deine Schmusegeschichten", fällt mir Vater ins Wort. „Es heißt nicht Schmusegeschichten, sondern Schmu und ich red hier keinen Schmu", berichtige ich ihn.

Das hätte ich besser nicht getan. Vater setzt ein Gesicht auf, das ich nur zu gut kenne. Die Mundpartie verspannt sich, die Augenbrauen heben sich. Jetzt wird er unberechenbar.

„Wir gehen besser jetzt, dann hast Du ausreichend Zeit für einen Rundgang in der Sonne", schlage ich deshalb vor. Aber es hilft nicht mehr. Als ich aufstehe und auch Nora dazu bewegen möchte, platzt es aus Vater heraus: „Was bildest Du Dir ein? Kommst in mein Haus zum Bilderschauen und hast keinerlei Benehmen. Du hast eine elegante Frau an Deiner Seite, da könntest Du Dich etwas mehr anstrengen. Ich an Deiner Stelle würde meine Mieze besser behandeln. Du solltest Dich schämen."

Ich spüre, wie mein Kopf rot wird. Aber ich muss und kann mich beherrschen. Am besten nichts mehr sagen und schnell raus. Ich lege den Arm um Nora und ziehe sie mit zur Eingangstür, so dass etwaige andere Möglichkeiten chaotischer Konversation nicht mehr in Frage kommen. Vater kann deshalb nur noch einen Gruß an Nora hinterherschicken, ich werde wie schon beim Gin tonic einfach vergessen.

„Tschüs Pa", rufe ich deshalb demonstrativ in den Flur hinein, als wir bereits die Schwelle zum Haus passiert haben.

Nora ist bei allem gelassen geblieben, blickt mich mehr belustigt denn verärgert an.

„Er hat mich eine Mieze genannt, das ist doch nicht schlimm. Ich finde das eher süß. Selbst wenn es daneben war, er hat es als Wertschätzung verstanden. Du darfst nicht so streng mit Deinem Vater sein."

Der Nachmittag mit ihr wird trotz diesem impulsiven Intermezzo überraschend schön und bringt am Ende sogar eine dauerhafte Veränderung mit sich. Ich darf Nora seither liebevoll Mizzi nennen, wenn wir vertraut unter uns sind. Das klingt geschliffener als Mieze und ist feiner, weil der Zusammenhang zur Schmusekatze nicht so offensichtlich ist, sondern nur angedeutet und somit der Fantasie mehr Raum für Interpretationen lässt.

Kapitel 9

Böser Gruß an die blöde Sau

Neues Jahr, neues Glück. Es hat reichlich gedauert. Aber nun hat sich Franz Schuster doch noch entschieden, mit dem neuen Jahr eine Änderung einzuführen, wenn auch erst Ende Februar. Der Gröschaz lädt alle Mitarbeiter zu einer Konferenz in die Zentrale ein. Dafür müssen wir einen Samstag opfern. Samstage sind die heiligen Tage von Zeitungsredakteuren. Am Sonntag erscheint keine Zeitung, so steht höchstens mal ein Termin an, aber keine Produktion wie an allen anderen Tagen. Nur an einem Samstag ist es überhaupt möglich, alle Mitarbeiter zu einer großen Konferenz zusammenzutrommeln. In der Redaktion warten schon Martina Schönlein und unser Volo auf mich. Gemeinsam starten wir mit besten Vorsätzen und guten Ideen. Ich fahre, die beiden anderen diskutieren schon, was sie bei der Kommentierung gern anders hätten, wie viele Glossen im Blatt sein sollten und ob wir nicht endlich eine Serie über Gesichter aus dem Alltagsleben starten sollten.

„Wenn es schon die Parteien nicht schaffen, so sollten wenigstens wir näher am Bürger sein", stellt der Volo heraus. Martina hält die Idee auch für gut, weiß aber aus Erfahrung auch um die Schwierigkeiten der Umsetzung.

„Machbar ist vieles, aber wir müssen auch sehen, was wir tatsächlich schaffen können", gibt sie zu bedenken. „Was meinst Du?" fragt sie mich.

„Ich meine vorerst noch gar nichts, lass mich erst mal überraschen, was der Alte zu sagen hat. Werde mich danach ausrichten."

In der Zentrale gibt es Kaffee und Schnittchen. „Die Chefität rechnet also mit einer längeren Tagung und will uns erst mal die Kondition dafür anfuttern", bemerke ich trocken. An die hundert Redakteure sind gekommen, darunter die mir bestens bekannten alten

Haudegen, aber auch viele junge Kollegen. Einige kenne ich noch gar nicht, insofern hat dieses Treffen schon etwas Positives bewirkt. Der Saal im Haus füllt sich, Beginn ist auf 10 Uhr angesetzt. Alle warten auf Schuster. Er kommt aber erst zehn Minuten später, hat einen gelben Schal lässig um den Hals gebunden, schwebt ein wie eine Diva, im Schlepptau die üblichen Speichellecker.

„Wir müssen unser Blatt nach vorne bringen", eröffnet er seine Rede, wirft den nach vorn enteilten Teil des Schals mit elegantem Schwung nach hinten und teilt erst mal Lob aus.

„Sie alle stehen täglich an der Front im Kampf um den Leser. Sie haben in den letzten Monaten gute Arbeit geleistet. Dennoch mussten wir Auflagenverluste hinnehmen, die wir nur zum Teil durch unsere Online-Angebote und mehr Klicks parieren konnten. Sie alle wissen, wie schwer es ist, übers Internet eine Leserbindung zu erzielen, ganz abgesehen davon, dass die Werbeeinnahmen hier nicht mit den Erlösen im Print zu vergleichen sind. Wir leben noch gut. Aber der Wind wird rauer, wir müssen uns darauf einstellen. Ich sehe hier viele junge Kolleginnen und Kollegen, die auch in Zukunft einen sicheren Arbeitsplatz haben wollen. Deshalb will ich eine ehrliche Aussprache. Jeder soll sagen, was er denkt. Ich warte auf Ideen."

Schon meldet sich ein junger Kollege und schlägt vor, mindestens einmal in der Woche in jeder Ausgabe eine Kolumne zu bringen.

„Die sollte persönlich und aus dem Alltag gegriffen sein, jeder von uns erlebt doch so viel, so etwas verstärkt die Bindung des Lesers an unser Blatt."

Eine gestandene Kollegin meldet sich:

„Ich denke, wir sollten uns besser auf die eigentlichen Aufgaben konzentrieren, den Politikern und Mächtigen auf die Finder zu sehen. Solche Kolumnen binden viel Energie also Arbeitskraft und wir sind doch eh schon alle am Limit."

Das hätte sie besser nicht gesagt. So etwas hört Schuster nicht gern. Seine Gesichtsfarbe wird kräftiger.

„Ich will hier keine Ausflüchte hören und möchte auch nicht über persönliche Befindlichkeiten reden" beginnt er mit zunächst leiser Stimme, um dann Zug um Zug an Lautstärke und Tempo zuzulegen. Der Ton wird unverkennbar schärfer:

„Der junge Kollege hat eine gute Idee genannt, die wollen wir nicht gleich wieder zerreden. Ich erwarte von Ihnen allen konstruktive Vorschläge, was Sie in den nächsten Wochen an zusätzlichen Vorhaben und Projekten umsetzen wollen. Wenn das nicht klappt oder mit destruktivem Denken gar torpediert wird" – ein giftiger Blick gilt der Bedenken tragenden Kollegin – „dann lass ich Sie so lange jeden Samstag hier antanzen, bis wir eine ausreichende Arbeitsbasis beisammenhaben. Und wenn Sie weiter auf Verweigerung setzen, dann gibt es eine verbindliche Liste von mir, was in jeder Redaktion zusätzlich zu tun ist."

„Das ist eine ganz perfide Nummer", raunt mir Martina Schönlein zu.

Ich hatte so etwas geahnt. Die zusammengestauchte Kollegin hat Tränen in den Augen. Unwillkürlich fällt mir der Menschenschlächter Mao ein. „Lasst tausend Blumen sprechen" leitete dieser nach einer Phase rigoroser Unterdrückung scheinbares Tauwetter ein und forderte die Parteimitglieder zum offenen inneren Dialog auf. Viele gingen ihm auf den Leim und sagten unverblümt ihre Meinung. Mao freute das sehr. Er wusste nun ganz genau, wen er liquidieren lassen musste.

Todesurteile sprechen kann Schuster zum Glück nicht. Aber in dem Moment wird mir einmal mehr bewusst wie wichtig es ist, menschliche Macht zu begrenzen. Ich habe für mich zugleich beschlossen, heute hier nichts zu sagen. Schusters Wutanfall hat Auswirkungen auf alle. Keiner wagt sich mehr aus der Deckung. Nur ein paar Paladine nennen abstruse Vorhaben, reden Schuster nach dem Mund. Das hört er gern, wird ruhiger und spielt wieder den umgänglichen Kumpel. Statt dem angekündigten großen Meinungsaustausch kredenzt er uns nun seine bahnbrechenden Erkenntnisse. Gegenreden gibt es nicht mehr, Schuster sonnt sich im Glanz eines ihm ergeben scheinenden Auditoriums. Das schmeichelt seinem Ego. Martina äußert sich hinterher im Kollegenkreis sehr besorgt.

„Wie sollen wir das alles nur schaffen?", fragt sie in die Runde. Betretendes Schweigen. Auf dem Nachhauseweg sage ich.

„Mach Dir keine Sorgen, nichts wird so heiß gegessen wie gekocht. Ich kenne Schuster schon länger als Du. Er kann anordnen, was er will. Faktisch machen wir nur das, was machbar und gut ist. Denk an einen Vogelschwarm auf einer Stromleitung. Wenn einer klatscht, fliegen sie alle auf. Aber nach ein paar Minuten sitzen alle da wie gehabt. So wird es auch hier sein. Schuster ist ein Schaumschläger. Du darfst nicht alles ernst nehmen, was er sagt. Am Ende ist die Macht des Faktischen immer stärker als das Ego eines Cholerikers."

Ich fahre Martina noch nach Hause. Dabei komme ich an der angesagtesten Pizzeria der Stadt vorbei. So was brauch ich heute, ich lasse mir eine Quattro Stagioni zubereiten. Die werde ich mit einem guten Gläschen Shiraz hinunterspülen. Als ich die Wohnungstür aufschließe, merke ich als erstes: Es ist kalt. Da ist wohl die Heizung ausgefallen, denke ich zunächst. Doch dann sehe ich die Bescherung. Tausend Dinge liegen über den Boden verstreut. Im Wohnzimmer sieht es am schlimmsten aus. Alle Schubladen sind herausgerissen, der Inhalt liegt am Boden verstreut. Ich muss mich erst mal setzen. Auf der Lehne eines Sessels lasse ich mich nieder und mache einen Rundblick.

„O je", höre ich mich sagen.

Es sieht furchtbar aus. Ich gehe ins Schlafzimmer, in die Küche und in mein Arbeitszimmer. Nach und nach erkenne ich: Einbrecher haben meine gesamte Wohnung verwüstet. Hereingekommen sind sie durch die Terrassentür. Die Tür steht mit verschlossenem Griff offen. Deshalb ist es in der Wohnung auch so kalt. Ich lehne die Tür wieder zu, fasse möglichst wenig an, um Spuren nicht zu verwischen. Als nächstes sehe ich nach den Wertsachen. Ich habe zum Glück nie viel Geld zu Hause. Im Schrank lagen offen ungefähr 400 Euro. Die sind weg. Aber eine goldene Uhr meines Großvaters ist noch im Schlafzimmer, ebenso hat der Einbrecher andere kleine Schmuckstücke weitgehend verschmäht. Auf den ersten Blick vermisse ich nur zwei Erbstücke, einen goldenen Ring mit einem schwarzen Onyx und goldene Manschettenknöpfe, die mit einem kleinen Brillanten besetzt waren. Ich denke nach: Der Einbrecher war offensichtlich in Eile, sonst hätte er mehr Schmuck eingesackt.

Zurück im Wohnzimmer wird mir deutlich, was ich im ersten Schreck übersehen habe. Der Einbrecher hat mit roter Farbe „Blöde Sau“ auf eine Wand gesprüht und an der gegenüberliegenden Wand die Worte „Zeitungsschmierer und Lügner“ hinterlassen. Ich revidiere meine erste Schlussfolgerung: Wenn er dafür Zeit hatte, war es ihm doch nicht so eilig. Das deutet auf Rache hin. Feinde habe ich ja genug, das ist berufsbedingt. Aber für so eine Tat kommen dann doch nur ganz wenige in Frage. So etwas macht kein Politiker oder Manager, der seine blauen Flecken nicht vergessen konnte, wenn ich ihm auf die Füße getreten bin. Das ist eine primitive Handschrift, nicht die Tat von Menschen in Führungspositionen.

Jetzt mache ich, was zu tun ist. Ich rufe die Polizei an und teile den Einbruch mit. Der Beamte gibt sich sehr hilfsbereit, verspricht, gleich einen Mitarbeiter vorbeizuschicken. In der Zwischenzeit sehe ich weiter nach dem Rechten. Und da bemerke ich es. In meinem Arbeitszimmer hatte ich auf einer Schreibgarnitur meiner Großmutter mit Gläsern für Tinte und Löschsand das Papier aus dem Versteck im Bellmann-Haus liegen. Es ist nicht mehr da. Ich suche auf dem Boden unter den dort liegenden Gegenständen. Finde aber nichts. Die Schreibgarnitur meiner Urgroßmutter hat den Einbrecher nicht interessiert, obwohl sie fast so aussieht wie die von Kaiser Wilhelm II. Aber die meine ist nicht aus edlem Metall, nur Zierrat aus einfachem Blech. Ich greife mir an die Stirn: Was fängt ein Dieb mit diesem Schrieb an, warum nimmt er gerade den mit? Ich revidiere meine bisherigen Schlussfolgerungen erneut und kann mir gar keinen Reim mehr auf den Täter machen: Er nimmt Geld und ein paar Schmuckstücke mit, lässt anderes aber liegen, hat offenbar eine Wut auf mich und nimmt einen Zettel mit lateinischen Wörtern mit, der nun gar nicht ins Beuteschema passt. Das alles ist mysteriös. In dem Moment läutet es an der Tür, der Polizeibeamte ist da.

„Das sieht nicht gut aus“, ist seine erste Bemerkung. Er zeigt mir seine Dienstmarke und stellt sich vor. Dann folgen die Fragen. Der Polizist will wissen, wie lange ich weg war, wann genau ich den Einbruch entdeckt habe, was gestohlen worden ist und ob mir etwas aufgefallen ist. Ich antworte und führe ihn zur offenstehenden Terrassentür. Der Beamte mustert die Tür kurz und deutet auf eine kleine Delle im Holz.

„Der klassische Fall eines Wohnungseinbruchs. Der Täter hat die Tür aufgehebelt. Dafür bedarf es meist nicht mehr als zwei Schraubendreher. Die Tür ist zudem nicht die beste. Sie sollte besser ausgestattet sein. Es gibt Verriegelungen, die dieses Aufhebeln von Türen und Fenstern verhindern."

„Sagen Sie das meiner Vermieterin, o je die muss ich ja auch noch verständigen", sage ich zu dem Beamten gewandt.

Wir gehen ins Wohnzimmer. Der Polizist blickt mich mit einer Mischung aus Mitleid und Häme an, als er die Schmierereien an der Wand sieht.

„Der Täter scheint Sie zu kennen. Er kann ja nur den hassen, den er auch kennt. Das kann für uns eine erste Spur sein, die wir verfolgen sollten. Ich werde versuchen, Fingerabdrücke an der Terrassentür zu sichern."

Der Beamte öffnet ein Köfferchen und geht zur Tür.

„Kann ich schon mit dem Aufräumen beginnen? So lebt es sich etwas ungemütlich," rufe ich ihm hinterher.

„Warten sie noch etwas damit, ich möchte noch einen Blick auf die Teile werfen, die der Einbrecher am Boden verstreut hat. Vielleicht ergeben sich auch daraus Erkenntnisse", werde ich belehrt. Ich setz mich auf einen Stuhl, öffne die Flasche Shiraz und schenke mir ein Gläschen ein. Dem Beamten biete ich auch eins an. Er lehnt dankend ab.

„Ja, ja der Dienst" grinse ich ihn nun möglichst mitleidvoll an. Aber das ändert nichts an der Tatsache: ich bin hier der Unglücksvogel, der Dumme. Das Chaos zu meinen Füßen ist beträchtlich, aber nach zwei Schluck Wein sieht es schon erträglicher aus. Werde wohl eine Nachtschicht einlegen müssen, bis alles wieder so ist wie vorher. Ich rufe Frank an. Er ist leider nicht erreichbar, ich spreche ihm auf die Mailbox:

„Servus Frank, bei mir ist eingebrochen worden. Stell Dir vor, das war am helllichten Tag. War in der Redakteursversammlung. Jetzt habe ich die Bescherung."

Der Polizist ist mit der Spurensicherung fertig, die Schmierereien hat er fotografiert. Er setzt sich mit einem Notizblock zu mir. Ich biete ihm ein Stück Pizza an. Er entscheidet sich für den Frühling und ich nehm den Sommer der vier Stagioni.

„Es sind ihnen also 400 Euro, ein Ring und Manschettenknöpfe gestohlen worden." Ich nicke.

„Sehen Sie bitte noch in Ruhe alles durch. Sollten weitere Wertsachen fehlen, rufen Sie mich bitte am Montagvormittag in der Inspektion an und nennen mir solch weitere Beutestücke. Dann kann ich meinen Bericht abschließen." Der Beamte kommt auf den roten Lack an der Wand zurück und fragt mich:

„Überlegen Sie, wer könnte Sie hassen." „Da gibt es viele", sage ich. Aber eigentlich fällt mir keiner ein, dem ich das zutrauen würde.

Der Beamte ist abgezogen, die Terrassentür kaum beschädigt und wieder verschlossen, da läutet mein Handy. Frank ist dran.

„Höre gerade Deine Nachricht an, das ist ja der Hammer, ein Einbruch. Ich komm vorbei, Du wirst vielleicht Hilfe brauchen und außerdem muss ich Dir was erzählen. Komme in 20 Minuten."

Ich nutze die Zeit und beginne, meine Wohnung wieder in einen bewohnbaren Zustand zu bringen. Zudem entstehen zwei Stapel, einer mit Müll und ein weiterer mit alten Zeitungen und anderem Papier. Wenn ich schon aufräume, kann ich nicht mehr benötigtes Zeug gleich aussortieren und wegwerfen. Es läutet. Frank steht vor der Tür, in der Hand ein mit Papier umwickeltes Päckchen.

„Hab noch Kuchen und Schokolade mitgebracht, Nervennahrung tut Dir jetzt sicher gut", sagt er mitfühlend.

Neugierig mustert Frank den am Boden verstreuten Krimskams, sieht die Schmierereien im Wohnzimmer.

„Scheinst ja nicht gerade beliebt zu sein".

Ich erkläre dem Freund das Nötigste, erzähle ihm was weg ist einschließlich dem Papier aus dem Bellmannhaus und dass ich mir keinen Reim auf das Motiv des Einbrechers machen kann. Frank schon.

„Überleg mal. Der Täter bricht bei Dir ein und bringt Lackspray mit. Oder hattest Du so was in der Wohnung?"

„Nein, ganz sicher nicht", antworte ich.

„Dein Wohnzimmer zu besprühen, war also von Anfang an geplant", erläutert Frank und fährt fort: „Der Täter wollte Dich ärgern, er hasst Dich. Die Wertsachen waren für ihn eher Beiwerk, eine Gelegenheit, die er sich nicht entgehen ließ. Und auch hier könnte das Motiv darin liegen, sich an Dir zu rächen."

„Aber wie passt dazu das verschwundene Papier aus dem Bellmannhaus? Damit kann der Einbrecher nichts anfangen. Warum nimmt er das mit? Frank, mir fehlt da etwas Wesentliches und ich komm nicht drauf."

Frank grinst. „Ich hab schon eine Idee. Schenk erst mal von Deinem Shiraz aus. Und da sehe ich noch eine halbe Pizza. Die könnten wir uns teilen. Als Nachspeise essen wir den Kuchen. Und ich erzähl Dir, was ich heute erlebt habe."

Während ich die kalte Pizza in die Mikrowelle schiebe, schenkt Frank zwei Gläser Wein ein und nimmt schon mal das Papier vom Kuchen.

„Ich hab uns Trüffeltorte geholt, Dein Lieblingsgebäck", erläutert er. Zurück mit der heißen Pizza will ich weiter aufräumen. Doch Frank fasst mich am Arm: „Setz Dich erst mal und hör mir zu", sagt er und erzählt: „Du weißt doch, im stromer gern durch die Stadt, schau mal hier hin, mal dort hin, beobachte die Leute und häng meinen Gedanken nach. Denn wenn die Beine ruhn, ruht auch der Geist. Eine gute Stunde war ich heute Vormittag unterwegs. Gegen Mittag bin ich ins Stadtcafé und hab mir einen Espresso gegönnt. Ich sitze also und lass den Geist wieder zur Ruhe kommen, als mir plötzlich eine junge Frau auffällt. Die kennst du doch, sag ich mir, ich wusste zunächst nur nicht, woher. Das änderte sich dann aber schnell. Und nun rate mal, wer mir dabei auf die Sprünge geholfen hat?"

Frank macht eine Pause, beißt ein großes Stück vom Winter der Pizza ab, den Herbst hat er mir gelassen. Er genießt den Moment der Spannung.

„Mach's nicht so theatralisch, sag schon", fordere ich ihn auf. Frank lässt die Augen rollen und hebt die Stimme.

„Da kommt doch glatt dieser schnuckelige Kerl und setzt sich zu der Frau an den Tisch. Was macht der denn hier, denke ich. Der lässt sich doch schon am Schliersee von einer Hotelbesitzerin aushalten, der muss doch hier keine Damen anbaggern. Nun mach Deinen Mund wieder zu. Es war tatsächlich Chris Malevsky, der heute in der Stadt war. Seine Visage ist ja unverwechselbar, Du hast sie mir oft genug gezeigt und Dich über diesen Mann beklagt, der Dir seit seinem Rauswurf so inniglich verbunden ist. Verbunden war er heute

Vormittag aber nicht mit Dir, sondern mit dieser Frau. Und wie ich Malevsky sehe, fällt mir sofort ein, woher ich sie kenne. Die war bei Dir Praktikantin."

„Was sagst Du da?" unterbreche ich Frank und schlag mir mit der flachen Hand auf die Stirn. Jetzt wird der Einbruch für mich verständlich. Chris Malevsky hasst mich, zu ihm passt die Handschrift der Tat. Er muss es genossen haben, mich in meinen eigenen Wänden zur blöden Sau machen zu können. Geld und Wertgegenstände hat er ebenfalls eingetütet, um mich zu ärgern. In mir kocht etwas. Wie konnte ich nur so naiv sein. Ich werfe mein Weinglas gegen die Wand, in dem Chaos kommt es auf ein paar Scherben mehr nicht mehr an. Das hilft. Nach und nach werde ich wieder ruhiger, sinniere:

„Malevsky wusste von der Redakteursversammlung, wusste, dass die Wohnung am Nachmittag leer stand. Vielleicht hat er ganz gezielt die Beleidigungen hinterlassen und geht davon aus, dass ich ihn verdächtige. Er trug sicher Handschuhe und hat seine Spuren verwischt. Ich soll schon wissen, dass er es war, so lange ich nichts beweisen kann."

Frank sieht das ähnlich: „Der feiert jetzt sicher zu Hause am Schliersee seinen Coup. Aber was für eine Rolle spielt Deine frühere Praktikantin dabei? Auf welcher Seite steht sie?"

„Das wenn ich wüsste", sage ich zu dem Freund.

In mir brodelt es erneut. Das Weinglas war weniger Malevsky gewidmet, vielmehr Eva, die – ich kann es gar nicht glauben – am Ende ein doppeltes Spiel treibt.

„Die beiden hatten sicher kein Date, sie haben sich nicht wie ein Pärchen verhalten, haben offensichtlich etwas besprochen. Wie lange sie beisammen saßen, weiß ich nicht. Mein Espresso war leer und ich bin gegangen", schließt Frank seinen Bericht ab.

„Für ein doppeltes Spiel spricht, dass auch das Papier aus dem Bellmannhaus weg ist. Eva wusste davon, ich hab ihr eine Kopie gegeben, die sie ihrem Prof zeigen will. Am Ende hat der schon etwas herausgefunden und Eva hat es Malevsky gesteckt. Der nutzt spontan die Gelegenheit und nimmt das Original mit.

„Ich muss unbedingt herausfinden, was Eva mit Malevsky besprochen hat", sage ich zu Frank.

„Sofern sie Dir die Wahrheit sagt."

Betretenes Schweigen. Ich muss etwas tun und beginne wieder mit Aufräumen. Frank hilft mir.

Dann sagt er: „Lass den Rest liegen. Ich komme morgen Vormittag noch mal vorbei, dann sehen wir weiter."

Frank geht. Ich kann noch nicht einschlafen. Mit geht so vieles durch den Kopf. Ich vertraute bisher Eva und hatte den Eindruck, Malevsky sei ihr nicht gerade sympathisch. Warum aber trifft sie sich mit ihm? Das sieht in der Tat konspirativ aus. Sie weiß ja, was Malevsky und ich voneinander halten, sie hätte mich informieren müssen, wenn es um Recherchen zum Bellmannhaus geht. Aber hat Frank wirklich so gut hingesehen. Männer deuten zwischenmenschliche Signale von Frauen oft falsch. Könnte es sich doch um Date gehandelt haben? Dieser Gedanke als Entlastung für Eva verringert meine Wut keineswegs. Dagegen spricht aber der Einbruch. Für den hätte Malevsky dann keine Zeit mehr gehabt.

Warum ist es nur so schwer, die Wahrheit zu ergründen? Warum nur lügen Menschen so oft. Lügen haben kurze Beine, sagt ein Sprichwort. Aber stimmt das wirklich? Ist es nicht eher so, dass die Erfolgreichen bewusst Lügen einsetzen, um ihre Ziele zu erreichen. Irgendwann kommt das dann zwar auch auf, aber dann haben sie längst abgesahnt. Mit Lügen fallen nur die Dummen auf die Schnauze, weil sie es nicht intelligent genug anstellen. Die Welt ist ungerecht und ich bin dafür da, das wenigstens in kleinem Maße auszugleichen. Die Mächtigen kontrollieren und ihre Machenschaften aufdecken, das zu tun ist doch ein schöner Beruf, geht es mir durch den Kopf. Ich fühle mich wieder etwas besser, werde müde und schlafe endlich ein. Doch schon bald holt mich das Geschehen wieder ein. Mehrere Stunden liege ich wach im Bett, erst am Morgen falle ich wieder in Schlaf. Aber nicht lange. Klingeln weckt mich. Ich schleppe mich zur Tür. Frank ist da, in einer Hand frische Brötchen, unter die andere geklemmt Lesestoff. Er fegt in meine Wohnung wie ein neuer Besen. Ich bring die Augen kaum auf, und er ist so voller Energie.

„Ich mach uns erst mal Kaffee und Dir empfehle ich eine kalte Dusche" treibt er mich an.

Meine Bemerkung „Kröterich ich hasse Dich“ quittiert er mit lautem Lachen. Bis ich alltagstauglich bin, hat er schon den Frühstückstisch gedeckt. Nach der ersten Tasse Kaffee werde auch ich allmählich wach und blicke auf die am Boden noch immer verstreuten Teile meines Hab und Guts.

„Um das Chaos kümmern wir uns danach“ sage ich zu dem Freund und gebe ihm damit unfreiwillig ein Stichwort.

„Weißt Du, dass in unserer Kultur das Chaos völlig falsch bewertet wird und leider einen negativen Ruf hat. Das war früher einmal anders. Nahezu alle Schöpfungsmythen starten im Chaos. Aus ihm gehen die Welt und das Leben hervor, nicht aus einer geordneten Funktionalität. Die Babylonier verehrten Tiamat, die Urmutter des Alls. Sie schrieben der gestaltlosen Urmutter verschiedene Ansichten und Aspekte zu, implizierten damit zugleich eine Ordnung in diesem Chaos. Dieses alte Wissen ging verloren, unseren Chaosbegriff prägten die Griechen und gaben ihm das negative Image. Bis in die Moderne wurde alles gemessen und berechnet und die Wissenschaft glaubte, auf diese Weise die Welt komplett erklären zu können.“

„Und damit fielen die Forscher auf die Schnauze‘“, unterbreche ich Frank und nehm einen großen Schluck Kaffee. Auf ihn kann ich mich verlassen, aber er ist manchmal etwas anstrengend, nimmt keinerlei Rücksicht auf meine morgendliche Befindlichkeitsstörung. Ganz im Gegenteil. Frank beißt lustvoll in eine mit Honig bestrichene Brezn und ergreift erneut das Wort.

„Erst in jüngster Vergangenheit haben die Wissenschaftler erkannt, dass sie mit herkömmlichen mathematischen Ableitungen kein Wetter erklären können, geschweige ein Erdbeben oder die Explosion einer Supernova im Weltall. Lineare Gleichungen helfen da nicht mehr. Die Natur verhält sich über lange Zeit vorhersehbar oder sollen wir sagen vernünftig. Bei einem Erdbeben etwa drückt eine Platte immer stärker gegen eine andere und nichts passiert. Doch dann kommt eine klitzekleine zusätzliche Belastung hinzu und es kracht, das System gerät aus der scheinbaren Ordnung und wird chaotisch. Die Babylonier haben bereits erkannt, dass Tiamat und Ordnung zusammengehören, danach haben wir es 3000 Jahre lang getrennt. In der babylonischen Mythologie passiert Folgendes: Tiamat erschafft Gestalten, die Ordnung ins Chaos bringen und zugleich ihr Reich der Unordnung bedrohen. Deshalb will Tiamat alles Entstandene wieder vernichten. Zu Hilfe kommen ihr einige Ungeheuer. Doch am Ende besiegt der spätere Hauptgott Marduk die Urmutter und schafft eine neue Ordnung."

„Fein", sage ich, „dann lass uns beide jetzt auch ein wenig Marduk spielen". Frank macht ein langes Gesicht auf meinen Einwurf und ich helfe ihm gern ein wenig nach: „Ich weiß, Dir fehlt meine Widerrede, Du möchtest gern wieder über Gott und die Welt plaudern, aber mir fehlt dazu nach dem Einbruch erstens die Lust und zweitens nach schlechtem Schlaf die Energie." Frank nimmt das nicht krumm.

„Dann halt ein ander Mal", sagt er.

Zusammen bringen wir die Wohnung wieder auf Vordermann. Frank ist ein wahrer Helfer in der Not. Ein Freund eben.

Kapitel 10

Zwei Damen auf Abwegen

Die neue Woche beginnt: Missmutig schreibe ich an einem Kommentar über einen zu teuer geplanten Aufzug in der Burg. Eigentlich ein Paradethema, aber ich quäle mich durch die Argumente, mir mangelt es an Worten, es fehlt der Biss. Denn im Hinterkopf ist nach wie vor die Frage nach dem Täter des Einbruchs gespeichert und das drückt auf die grauen Zellen und hindert sie an anderweitigem Denken.

„Die kann was erleben.".

Der Ärger auf Eva verstärkt sich. Die Vermieterin habe ich schon angerufen. Sie hat den Einbruch gelassen aufgenommen, aber eine bessere Terrassentür will sie nicht einbauen.

„Das ist mir zu teuer", hat sie mich mit spitzer Zunge wissen lassen. Jetzt entscheide ich: Der Kommentar kann warten. Erst das erledigen, was mich belastet, dann bin ich wieder frei. Deshalb greife ich erneut zum Telefonhörer.

„Hallo Eva, ich werde dich heute besuchen. Muss was mit dir besprechen", sage ich und versuche, möglichst ruhig zu bleiben." „Tom, das ist eine Überraschung, was willst Du denn?"

„Das sage ich Dir besser persönlich, passt es Dir um fünf Uhr."

„Ja das geht, ich fahr erst morgen wieder an die Uni", antwortet sie und fragt neugierig nach: „Du hörst Dich komisch an, ist was mir Dir?"

„Nein nein," wiegle ich ab, „Ich hab nur etwas erlebt, was ich nicht am Telefon besprechen möchte, aber Deine Meinung dazu wissen will."

„Wie Du meinst, dann um fünf."

Die Uhr zeigt schon fast Mittag, als mir siedend heiß einfällt – ich muss ja auch noch den Polizeibeamten anrufen. Ich wähle die Nummer, die er mir gegeben hat. Er meldet sich tatsächlich. „Hallo Herr Raumoser, haben Sie den Schock schon verdaut?", fragt er zunächst. Dann greift die Routine, es geht um die Schadenshöhe.

„Ist Ihnen noch mehr gestohlen worden, und wie hoch schätzen Sie die Kosten für die Instandsetzung?"

„Die Tür hat ja nur eine Delle mehr bekommen. Maler brauche ich keinen, die Wände werde ich selbst überstreichen, das ist billiger. Die Farbe kostet vielleicht 50 Euro. Was den Wert des Gestohlenen angeht: Zu Ring und Manschettenknöpfen kommt noch eine Goldmünze hinzu. Es ist ein 20Mark-Stück aus dem Kaiserreich mit König Ludwig, das mir einst mein Großvater geschenkt hat. Der Goldfuchs war in einer kleinen Schatulle in meinem Schlafzimmer. Für mich ist der ideelle Wert höher als der materielle. Der Polizist notiert sich das und lässt mich wissen:

„Ich schreib heute noch alles zusammen und würde gern morgen Vormittag zu Ihnen in die Redaktion kommen. Dann können Sie das Protokoll unterzeichnen. Passt das?"

„Ja das geht."

Nach dem Gespräch mit dem Polizisten geht es mir besser. Der Kopf ist wieder ein Stück freier, der überteuerte Aufzug in der Burg kommt in Fahrt, Argumente fließen in die Zeilen ein. Ich prangere die hohen Kosten an, bleibe dennoch sachlich und fair. Aber eines ist mir immer bewusst: Um kommentieren zu können, bedarf es vor allem der Bescheidenheit und damit der Einsicht, dass die eigene Person unwichtig ist.

„Hast du dir schon Gedanken gemacht, welchen Vorschlag Du Schuster schicken willst", fragt mich Martina Schönlein am Nachmittag.

„Das müssen wir erst einmal gut ruhen lassen, hab mich noch nicht entschieden, ob ich ihm überhaupt etwas liefere", antworte ich genervt und füge hinzu:

„Ich muss heute eher weg. Mach Du bitte die Endkontrolle, die Seiten sind ansonsten ohnehin fertig."

Endlich geht es auf fünf Uhr. Nahezu auf die Minute stehe ich vor Evas Wohnungstür in einer kleinen Nachbargemeinde. Sie öffnet mit einem neugierig fragenden Blick.

„Komm rein, Du kennst mein Reich ja noch gar nicht. Das Haus ist groß und gehört meinen Eltern. Ich hab eine ihrer Ferienwohnungen bezogen, kann hier umsonst wohnen, das ist konkurrenzlos günstig. Willst Du was trinken?"

Ich nicke und folge Eva in ihr „Alleszimmer", was nicht ganz stimmt, denn ein Bett sehe ich hier nicht. Eva holt mir ein Glas Wasser, ich nutz den Moment für einen Rundumblick. Den Raum dominiert ein riesiges Regal, das sich über zwei Wände erstreckt und das voller Bücher steckt. Ein System ist nicht zu erkennen. Da stehen Klassiker wie Gebhardts Handbuch der Deutschen Geschichte bunt vermischt mit Werken zu Kunst und Kultur und dazwischen einige Fantasybücher wohl aus Jugendtagen und Romane.

„Wusste gar nicht, dass Du Geige spielst" sage ich, als ich einen Geigenkasten und daneben ein Notenpult entdecke.

Eva stellt das Wasser vor mir ab, lässt sich in einen Sessel fallen und macht eine ausladende Handbewegung.

„Wir haben alle unsere Schwächen, ich hab eben eine für Musik und liebe Vivaldi und seine Art zu komponieren. Der Mann war ein Rocker seiner Zeit. Aber nun spuck schon aus, weshalb bist du gekommen, was ist so wichtig, dass Du es mir unbedingt persönlich sagen musst."

Ich setze mich ihr gegenüber, blicke ihr ins Gesicht.

„Das Papier ist weg. Du weißt schon, das Original der Kopie, die ich Dir mitgegeben habe, damit Dein Prof einen fachkundigen Blick drauf werfen kann."

„Wie weg?"

„Ja weg halt. Und ich denke, ein ganz bestimmter Mann könnte sich dafür interessieren. Du kennst ihn. Ich habe erfahren, Du warst am Samstag mit ihm zusammen."

Eva reißt die Augen auf, unterbricht mich.

„Spionierst du mir jetzt nach?"

„Nein, es interessiert mich eigentlich nicht, mit wem Du dich triffst. In diesem Fall aber schon. Du warst am Samstag mit Malevsky im Stadtcafé. Was wollte er?"

„Das geht Dich nichts an."

„Das sehe ich etwas anders. Der Mann hat einst meine Personalakte frisiert. Jahrelang intrigierte er bei Schuster, weil er scharf auf meine Stelle war. Als das alles nichts nutzte, knackte er den Zugangscode der Chefredaktion und schrieb meine Personalakte um. Malevsky stand kurz vor seinem Ziel, die Chefredaktion teilte mir bereits mit, mich zu versetzen, und von der Sekretärin erfuhr ich auch, dass Malevsky meine Stelle bekommen werde. Doch dann kam alles auf, Malevsky musste gehen und gibt mir die Schuld dafür. Dabei hat er sich sein Schicksal allein selbst zuzuschreiben."

„Das kann ich nicht glauben", starrt mich Eva an.

„Ich schon, denn ich weiß es. Er hat Dich sicher ausgehorcht. Deshalb meine Frage: Worüber habt Ihr gesprochen? Hast Du ihm was von dem Papier erzählt? Ich denke, Du bist mir Rechenschaft schuldig."

Eva blickt mich selbstbewusst an: „Was soll das, ich bin Dir doch keine Rechenschaft schuldig, mit wem ich mich treffe. Wenn Dich das beruhigt: Unser Treffen war mehr privater denn beruflicher Natur, und das Private geht Dich nichts an. Nun zu Deiner Frage: Wir haben schon auch über die Fresken auf der Burg gesprochen. Und mehr nebenbei erwähnte ich, dass Du Dich offenbar gerade in eine Geschichte verrennst und ich für Dich den Text einer alten Urkunde recherchierte. Mehr nicht, dieses Papier, von dem Du mir eine Kopie gegeben hast, sprach ich nicht an."

Ich kann nur den Kopf schütteln: „Eva, was bist Du nur für ein leichtsinniger Mensch. Spätestens im Praktikum hast Du doch mitbekommen, wie vorsichtig man sein muss. Nicht selbst plappern, die anderen zum Reden bringen, darauf kommt es an. Was hast Du im Gegenzug von Malevsky erfahren. Vermutlich nichts! Oder hat er Dich mit seinen Heldentaten eingeseift?"

„Jetzt wirst Du unfair", wehrt sich Eva und betont trotzig: „Der Chris ist im Übrigen nicht rausgeworfen worden, er hat selbst gekündigt. Er hat mir davon erzählt."

„Natürlich. Die Chefredaktion sprach damals ein aus ihrer Sicht salomonisches Urteil: Malevsky wurde der Rauswurf erspart, er durfte selbst kündigen, um so seine Chancen am Arbeitsmarkt zu erhalten."

„Chris ist sicher kein Heiliger, aber Du überzeichnest. Aus seiner Sicht hört sich das etwas anders an. Ich glaube eher, er ist leichtfertig in diese Sache reingerutscht, ohne sich der Tragweite seines Tuns bewusst zu werden."

„Wie lange wart Ihr am Samstag beisammen?" Eva blickt mich perplex an, mit dieser Frage hat sie nicht gerechnet.

„Warum willst du das wissen, das ist ja nun wirklich meine Privatangelegenheit."

„Ja gewiss, aber besser Du sagst das mir als der Polizei". Jetzt reißt Eva die Augen einmal mehr groß auf, versteht überhaupt nichts mehr.

„Warum sollte das die Polizei interessieren." Erst jetzt lasse ich die Katze aus dem Sack.

„Bei mir ist am Samstagnachmittag eingebrochen worden, während ich in der Redaktionskonferenz war. Malevsky wusste davon. Er könnte es gewesen sein, denn der Täter hat meine Wohnung nicht nur durchsucht und verwüstet, sondern auch kleine Nettigkeiten an meine Wände gesprüht, was Malevsky verdächtig macht, weil er mich aus tiefem Herzen hasst, auch wenn Du das anders siehst."

Der anfängliche Trotz ist aus Evas Zügen gewichen, sie runzelt die Stirn, denkt nach. Dafür darf sie keine Zeit haben, ich will die Wahrheit wissen und keine Ausflüchte hören.

„Wie lang wart Ihr beisammen?" bohre ich deshalb erneut nach.

Eva geht darauf leider nicht sofort ein.

„Bleibe objektiv, lass Dich nicht vorschnell auf ein Urteil ein, es könnte jemand auch eine falsche Fährte gelegt haben und den Verdacht bewusst auf Chris lenken."

Ich atme heftig durch: „So ein Unsinn, da fällt mir erstens keiner ein und zweitens scheint mir das zu weit hergeholt. Malevsky ahnt, dass ich an einer interessanten Geschichte dran bin. Drum war er hier, fühlte Dir auf den Zahn. Und du hast ihn in Deiner Unbekümmertheit möglicherweise in die Spur gehievt. Sein Motiv erscheint mir klar: Er will mir die Story wegnehmen und damit glänzen. Wenn er zudem erkannt hat, er könnte bei dieser Recherche auf einen Schatz aus der Vergangenheit stoßen, dann wird er alles daransetzen, vor uns ans Ziel zu gelangen. Deshalb ein drittes Mal: Was hat Malevsky am Samstag gemacht, wie lang wart ihr zusammen? Rede endlich!"

„Wenn es denn der Sache dient", sagt Eva mit erstaunlich ruhiger Stimme. „Wir waren bis kurz nach Mittag im Café, danach sind wir noch gemeinsam auf die Burg, spazierten dort eine gute Stunde umher und haben auch über die Fresken in der Dürnitz gesprochen. Chris hat sich aber vor allem für die Dämonen im Zwinger interessiert. Wir sind deshalb einmal um die Burg rum. Er hatte eigens ein Fernglas und ein großes Zoom für seine Kamera mitgebracht, mit der er die Figuren fotografierte. Er wolle sich selbst ein Bild machen, die CD der Schlösserverwaltung reiche ihm nicht, es gehe auch um das Umfeld", betonte er.

„Und wann seid Ihr abgedüst?"

„Es war kurz nach zwei Uhr nachmittags, als Chris aufbrach und ich einkaufen fuhr. Ist der Herr jetzt zufrieden?"

„Dann blieb Malevsky genügend Zeit für den Einbruch."

„Aber er musste doch noch zurück zum Schliersee, sprach von einer Feier am Abend, für die er noch einiges vorbereiten müsse. Er wollte jedenfalls gleich heimfahren."

„Ach Eva, ich kenn Dich bisher als ehrliche Haut und hoffe inständig, dass ich mich nicht irre. Aber selbst Du würdest Malevsky nicht sagen, was Du vorhast. Ich glaube kein Wort von dem, was er gesagt hat." Ich blicke Eva streng an:

„Du versprichst mir jetzt auf der Stelle, nichts mehr vom Bellmann-Haus und dessen mögliche Verbindung mit der Burg und den Herzögen anderen mitzuteilen, insbesondere kein Wort mehr an Malevsky."

„Und wenn nicht!"

„Dann bist Du raus aus der Sache und ich muss sehen, wie ich allein klarkomme, was schade wäre."

Eva blickt mich eine Zeit lang an, ihr Blick wird nach und nach milder.

„Du kannst mir vertrauen, ich werde Dich nicht enttäuschen. Treffe in dieser Woche Durer und werde ihm nun auch die Kopie Deins Papiers zeigen."

„Hast Du diese Kopie überhaupt noch?"

„Ja natürlich".

„Dann mach mir bitte gleich eine Kopie von der Kopie, zur Sicherheit."

Eva steht auf, kramt auf ihrem Schreibtisch und zieht aus einem Stapel zielgenau das Blatt mit der Kopie heraus. Ein paar Sekunden später habe ich die Sicherungskopie in der Hand.

„Vom Einbruch bitte zu niemand auch nur ein Wort. Solltest Du Malevsky nochmals treffen, achte darauf, was er sagt und hüte dich zugleich, ihm etwas anzuvertrauen."

„So schnell werde ich ihn nicht wieder treffen, er ist doch mit einer Hotelbesitzerin liiert. In den kommenden Wochen muss er ihr bei der Vorbereitung der Sommersaison helfen, ist offensichtlich etwas unter Aufsicht gestellt. Seine Partnerin scheint ihn gern unter Kontrolle zu haben, sie misstraut seinem Erlebnishunger. Chris machte ein trauriges Gesicht, als er mir ihre aufseherische Art schilderte. Bin neugierig, wie lang er sich an der kurzen Leine halten lässt."

„Wenn sie ihn durchfüttert, wird er nach ihrer Pfeife tanzen müssen", sage ich trocken. Eva seufzt nur.

„Ach ihr Männer."

Dann schlägt sie ihre Beine übereinander und blickt von der Regalwand weg durchs Fenster in die Weite.

„Werde Ostern in Rom verbringen. Durer hat das eingefädelt, ich darf an einem Austausch teilnehmen und drei Wochen in den Archiven der Ewigen Stadt die Methodik der dortigen Historiker kennenlernen. Das ist doch toll, ich freu mich schon darauf. Und mein Italienisch bedarf auch wieder einer Auffrischung."

Der Tag ist noch jung. Ich hab noch gar nicht zu denken begonnen, da steht der Polizeibeamte schon auf der Matte. Er hat den Schrieb dabei, in dem mehr oder weniger genau das steht, was in meiner Wohnung passiert ist. Penibel unterscheidet der Beamte zwischen Beuteschaden und angerichtetem Schaden an Haus und Mobiliar. Der Text ist korrekt, ich unterschreibe dieses Protokoll. „Mit Finderabdrücken dürfte es nichts werden. Was ich sichern konnte, erscheint kaum brauchbar. Möglicherweise trug der Täter Handschuhe."

„Davon gehe ich auch aus" nicke ich.

„Wer könnte es gewesen sein, haben Sie darüber nachgedacht?", fragt der Beamte weiter.

Natürlich reizt es mich, jetzt Malevsky anzuschwärzen. Aber das wäre unklug. War er der Täter, so hinterließ er mit Sicherheit keine Spuren und damit keinen Beweis. Und er ist auch nicht so dumm, den gestohlenen Schmuck bei sich zu Hause als Trophäe aufzubewahren. Besser Malevsky im Unklaren lassen, was ich denke. Deshalb antworte ich dem Polizisten:

„Ja ich hab darüber nachgedacht, wer der Täter sein könnte, aber ich komme zu keinem Ergebnis. Sie hören von mir, sobald sich etwas ergibt."

„Und Sie hören von mir, sobald die Spuren ausgewertet sind. Aber wie gesagt, viel Hoffnung kann ich Ihnen nicht machen."

Einige Tage später sitze ich mit Nora in einem kleinen und unscheinbaren Lokal, das es aber in sich hat. Die indische Küche ist längst nicht so populär wie die italienische oder französische. Dabei ist sie mit ihren tausenderlei Gewürzen so vielseitig wie keine andere und entsprechend verschieden schmecken Dhal und die ins Curry getunkten Chapati.

„Ich mag es gern scharf", sagt Nora und nimmt mir die Sorge, die ungewohnten Gerichte könnten ihr auf den Magen schlagen.

„Probiere mich gern durch Asiens Kochkünste", betont sie. Ich bin überrascht.

„Hatte Dich konservativer eingestuft und aufgrund Deiner künstlerischen Tätigkeit auch bei den Gaumenfreuden mehr in Europa verortet."

„Was weißt Du schon von meinen Gaumenfreuden" sagt sie und blickt mich gar nicht konservativ an. Einmal mehr sieht sie blendend aus. Ich blicke tief in ihre türkis funkelnden Augen und baggere los:

„Dann weih mich halt in Deine Geheimnisse ein."

Nora öffnet etwas ihren Mund, lässt die Zunge lasziv über die Unterlippe gleiten. In dem Moment läutet mein Handy. Die Nummer kenn ich, also gehe ich wenn auch äußerst lustlos ran.

„Hallo Tom, ich bin's der Mathe. Gigi ist einige Tage bei einer Freundin. Ich habe also die nötige Muße, um mich den schönen und interessanten Dingen widmen zu können. Hab mich bei einem Onkel erkundigt und vielleicht interessante Neuigkeiten für Dich über Michael Bräu. Komm doch einfach vorbei, ich hab heute Zeit zu plaudern."

Verdammt, jetzt hätte es gerade interessant werden können. Nora wirft einen missmutigen Blick auf das Telefon, die Stimmung scheint im Eimer. Am besten die Flucht nach vorn antreten.

„Das ist der Künstler, von dem ich Dir erzählt habe und den ich Dir für Eure Galerie vorstellen wollte."

Sie stochert unschlüssig in ihrem Dhal und schiebt die Reiskörner darin von einer Seite auf die andere und wieder retour. Ihre Wangen sind leicht gerötet, das macht sie noch schöner. Ich versuche so liebenswürdig wie nur möglich zu lächeln, drück Mathias für einen Moment weg und werbe:

„Gehen wir doch auf einen Sprung zu meinem Bekannten, seine Kunst wird Dir gefallen Mizzi. Danach können wir gern da weitermachen, wo wir stehen geblieben sind."

Nora ringt sich zu einem Lächeln durch:

„Also gut, machen wir das halt."

Ich hole Mathias zurück in die Leitung.

„Ich sitze mit der Galeristin, von der ich dir erzählte gerade beim Inder. In einer guten halben Stunde sind wir bei Dir."

Bis wir bei ihm eintrudeln, vergeht dann fast eine Stunde. Nora lässt sich Zeit beim Essen. Die soll sie haben, ich mute ihr ohnehin gerade viel zu. Und auch ich selbst bin innerlich gespalten. Der kleine Tom hätte am liebsten geputscht.

„Wie kannst Du nur so bescheuert sein, jetzt mit Mizzi Mathe zu besuchen", funkt er aus emotionalen Tiefen enttäuscht ans Großhirn.

Mathias Brass empfängt uns schon am Eingang mit einem Drink.

„Kommt einfach rein und fühlt Euch wohl" begrüßt er uns. Der Drink ist ohne Alkohol, schmeckt sehr fruchtig nach Mango und Maracuja und ist mit einer pfiffig-feurigen Note versehen.

„Hast du da Chili drin?" frage ich, bekomme aber als Antwort nur die Bemerkung: „Betriebsgeheimnis."

Mathe führt uns in sein Atelier zu dem Bild mit den über die Steppe donnernden Pferden, das nun für die Ausstellung in Wien fertig ist. Als Nora ihren Blick drauf wirft, verliert sich ihre zunächst demonstrierte Zurückhaltung. Sie geht auf das große Bild zu, mustert Details der Strich- und Pinseltechnik, tritt wieder zurück, um den Gesamteindruck zu erfassen. Dann nähert sie sich erneut, weicht wieder zurück. Das geht ein paar Mal so.

„Hatten Sie ein Foto als Vorlage oder sind Landschaft und Herde allein ein Produkt Ihrer Fantasie?" fragt sie Mathe. Er setzt ein breites Grinsen auf.

„Als Kind begeisterte mich der Wilde Westen und das Leben der Indianer. Ich las viele Bücher mit ebenso vielen Bildern über die Sioux und andere Präriestämme. Ich muss nur die Augen schließen und an eine Prärie denken, dann entsteht vor meinem inneren Auge diese Landschaft wie von selbst. Es waren somit schon Vorlagen, die mich inspirierten, aber konkret entstanden ist dieses Bild in meiner Fantasie."

Was Nora mit dem Bild gemacht hat, überträgt sie nun auf meinen Bekannten. Sie mustert ihn detailliert, hat offenbar Gefallen an seinen malerischen Fähigkeiten gefunden. Das freut Mathe, er zeigt uns noch eine Reihe weiterer Arbeiten, für die er noch Käufer sucht, angefangen von einer kleinen Serie filigraner Tuschezeichnungen von alltäglichen Gewürzpflanzen bis hin zu abstrakten Farbkompositionen. Vor einem Bild mit einem Blick aufs Meer verweilt Nora längere Zeit.

„Ich habe es als Herausforderung gemalt", erläutert Mathe „und wollte damit die Farbstufen zeigen, die das Meer vom flachen Uferbereich zwischen Gischt erzeugenden Klippen bis hin zur dunklen Tiefsee kennzeichnet. „Dieses Blau ist ja beinahe schwarz", sagt Nora und nickt Mathe anerkennend zu.

„Da sind eine Million Lagen Ultramarin übereinander", übertreibt er maßlos und lehnt sich lässig an das große Atelierfenster. Nora notiert sich seine Telefonnummer, händigt ihm zugleich ihre Visitenkarte mit den Daten der Galerie Lichtbogen aus.

„Ich denke schon, ich kann was für Sie tun, Ihre Farbstudien halte ich für gut geeignet. Die fügen sich gut in unser laufendes Programm", sagt sie zu Mathe gewandt. Jetzt wird es Zeit, mich ins Spiel zu bringen.

„Was gibt es Neues über Michael Bräu?" beende ich die Bilderschau. Mathes Gesichtszüge verraten ihn, aber ich komme ihm zuvor.

„Nein Mathe, ich will jetzt kein Bier. Sag mir einfach, was es so aufregend Neues gibt, dass Du mich deshalb gleich angerufen hast." Mathe macht ein etwas enttäuschtes Gesicht.

„Du kannst natürlich gern selbst eins trinken", sage ich deshalb, und Nora hebt eine Hand zum Zeichen, dass sie ebenfalls ein Bier haben möchte. Das läuft ja wieder völlig aus dem Ruder, aber ich bin machtlos. Mathe verschwindet, kehrt aber schon nach ein paar Sekunden mit zwei Flaschen in der Hand zurück. Er hat sein Bier verbrauchernah gelagert.

„Also was ist mit Deinem Vorfahr?" frage ich deshalb erneut.

„Du wolltest doch wissen, wie das mit dem Handel mit Böhmen war. Ich hab mich in der Familie umgehört, da ist noch etwas bekannt. Ein Großonkel hat vor vielen Jahren schon im Diözesanarchiv Regensburg nachgeforscht. Und eine meiner Tanten hat einen Anhänger mit einem großen Rubin. Der Stein stammt ihren Worten zufolge aus dem Riesengebirge und war Teil des Nachlasses von Michael Bräu, den die Familie vor der Kirche retten konnte. Die Familie hat zudem eine ganze Reihe von grünen Steinen, die einst wohl hoch gehandelt wurden, heute aber kaum einen interessieren. Es sind Moldavite. Sie entstanden, als im bayerischen Riesbecken vor 15 Millionen Jahren ein riesiger Meteorit einschlug. Durch die Wucht des Aufschlags wurde Gestein geschmolzen, verglaste und wurde weit geschleudert. Der größte Teil davon ging in Böhmen nieder, reicherte sich in den Ablagerungen der Moldau an und wurde dort abgebaut. Dieser Schmuckstein war im 16. Jahrhundert sehr beliebt. Die Bischöfe von Regensburg handelten damit, verkauften diese Steine weiter nach West- und Südeuropa und machten gute Geschäfte. Und nun halt dich fest: Michael Bräu hat Aufzeichnungen hinterlassen, aus denen hervorgeht, dass ihm bei der Vermarktung dieser Steine Händler aus Ötting halfen."

Mathias fasst in seine Hosentasche und zieht einen etwa fünf Zentimeter großen Stein heraus, der auf den ersten Blick wie Glas aussieht. Aber er zeigt verschiedenfarbige Einschlüsse, die Farbe changiert von milchig trüben Malachittönen über gelbliche Noten und geht an dicken Stellen ins Schwärzliche über. Zudem hat er eine wellenförmige Oberfläche.

„Der sieht aus, wie wenn die See kabbelt" kommentiert Nora, als ihr Mathe den Edelstein in die bierfreie Hand drückt und erläutert:

„Der Stein ist ebenfalls von meiner Tante. Was einst wertvoll war, ist heute aber nicht mehr gefragt. Moldavite sind relativ leicht zu fälschen, der Laie kann den Unterschied zu grünem Glas nicht feststellen. Deshalb sind diese Edelsteine in Misskredit gekommen und aus dem Handel gefallen."

„Weißt Du auch, mit welchen Händlern Michael Bräu in Kontakt stand", will ich wissen. Darauf kann Mathe allerdings keine Antwort geben. Ich überlege einen Moment laut.

„Mit Ötting ist sicher nicht die alte karolingische Pfalz gemeint, sondern die nebenan auf einem Landrücken im Mittelalter entstandene Stadt, des neue Ötting und dort waren die Bellmanns die bedeutendste Händlerfamilie. Für mich ist damit klar, die Bellmanns standen mit Michael Bräu in geschäftlichem Kontakt, sie haben sicher für den Herzog eingekauft, aber womöglich sogar den gesamten italienischen Markt bedient. Die Route ging über Innsbruck und den Brenner nach Mailand."

„Ob Michael Bräu den Herzog tatsächlich belieferte, kann ich nicht sagen", sagt Mathe und fährt fort: „Es gibt noch einen weiteren Kontakt, der für Dich von Interesse sein könnte. Bräu stand in Briefkontakt mit den Äbten von Raitenhaslach. Das Zisterzienserkloster dort hat er mindestens zweimal besucht. Aufgrund seiner Stellung in der Kirche gehe ich davon aus, dass hier nicht nur liturgische Fragen Gesprächsthema waren."

„Sondern?" schiebt sich Nora ins Gespräch ein.

Mathe prostet Nora zu, trinkt einen Schluck Bier und lächelt gönnerhaft, weil sein Wissen so gefragt scheint.

„Michael Bräu war der Finanzmogul des Bistums und mischte auch im Konzil von Trient mit. Er hatte also beste Verbindungen. Und die nutzte er, um Geschäfte zu machen, bei denen es um große Summen ging.

„Und was interessiert uns das heute?" fragt Nora.

„Weil Tom einen Krimi aus der Vergangenheit in die Gegenwart holen und aufklären will", antwortet Mathe.

Leider. Denn ich möchte Nora lieber heraushalten aus der Geschichte, erstens in ihrem eigenen Interesse, und zweitens gemäß dem alten Grundsatz: Je weniger Mitwisser, umso besser. Doch einmal mehr entfaltet sich eine Eigendynamik. Nora blickt Mathe mit einem unwiderstehlichen Lächeln fragend an. Sie braucht gar nichts mehr zu sagen, Mathe hat schon verstanden und gibt ihr bereitwillig Auskunft.

„Einer meiner Vorfahren lebte im 16. Jahrhundert und war die rechte Hand des Bischofs von Regensburg. Er handelte nicht nur mit besagten Edelsteinen aus Böhmen, sondern war offenbar auch auf einen Schatz gestoßen. Den wollte der Bischof haben. Mein Vorfahr wurde in der Stadt niedergestochen. Stellen Sie sich den Skandal vor, er war Pfarrer im Dom. Aber es gab keinen Skandal. Wie er ums Leben kam, das wurde vertuscht, der Bischof war vermutlich selbst Auftraggeber für den Mord. Der Schatz wurde aber nicht gefunden, vielleicht liegt er noch immer irgendwo. Und Ihr Begleiter ist dieser neugierige Journalist, der Licht in dieses Dunkel bringen will."

Vergeblich blicke ich Mathe mit strengem Blick an. Er hat keine Augen für mich, will Nora imponieren. Ich muss Klartext reden.

„Das reicht jetzt Mathe, Du langweilst Nora", unterbreche ich deshalb seinen Redeschwall.

Doch Nora wirkt gar nicht gelangweilt.

„Lass ihn doch, das hört sich spannend an", sagt sie zu mir gewandt.

Ich muss mir was anderes einfallen lassen, bin in drei Schritten an dem Bild mit dem intensiven Ultramarin der Tiefsee.

„Der Schatz ist nur eine Wunschvorstellung, wir müssen die Realität betrachten. Betrachten wir dieses Bild. Das Blau ist wunderschön, aber doch nur eine Fiktion. In Wirklichkeit gibt es gar keine Farben. Die entstehen erst in unserem Gehirn. Das Auge meldet lediglich Licht einer bestimmten Wellenlänge. Daraus macht dann unser Nervensystem eine Farbe, in diesem Fall Blau. War Dir das beim Malen bewusst Mathe?"

Mein Bekannter blickt etwas verwirrt drein, aber es klappt. Er geht tatsächlich auf meinen Einschub ein und folgt so brav dem beabsichtigten Themenwechsel.

„Farben sind eine große Macht. Denn sie wecken Emotionen und nehmen den Betrachter schon in Beschlag, bevor der Verstand sich mit einem Thema auseinandersetzt", sagt er und blickt dabei nicht mich sondern Nora an. „Wenn ich male, dann schalte ich bei der Wahl der Farbe ebenso den Verstand ab und folge meinem Gefühl. Erst so wird ein Werk lebendig, das Schöpferische kommt aus dem tiefen Innern."

„Aber Sie brauchen klare Gedanken über Ihre Motive und wie Sie dargestellt werden sollen", nimmt auch Nora nun das Thema auf.

„Was ist Kunst überhaupt und wie definiert sie sich?" frage ich nach und liefere damit das Stichwort, mit dem sich das Schatzkästlein endgültig schließen lässt. Nora geht auch gleich darauf ein.

„Eine Katze erkennt sich im Spiegel nicht, ein Affe schon. Kunst begann, als der Mensch vom Baum der Erkenntnis aß und sich selbst entdeckte. Hände-Bilder in alten Höhlen der Steinzeit und Tierbilder sind die ersten Zeugnisse menschlicher Kunst."

„Nicht zu vergessen, die kleinen meist aus Elfenbein geschnitzten figürlichen Darstellungen, darunter Frauen mit breiten Hüften und üppigen Brüsten, Fruchtbarkeitssymbole der Steinzeitjäger", fügt Mathe hinzu.

„Und wo beginnt der Kitsch?" hake ich nach.

„Das ist gar nicht so einfach zu beantworten", meint Nora und erklärt: „Kitsch ist eine bewusste Überzeichnung, sozusagen Satire des künstlerischen Ausdrucks, die der Betrachter aber nicht als solche erkennen, sondern für bare Münze nehmen soll."

„Das haben Sie schön gesagt. Ich kann nur hinzufügen: Die Gefühle beim Herstellen eines Kunstwerks müssen authentisch sein", meint Mathe.

„Genau", fügt Nora hinzu und ergänzt: „Sind sie das nicht, geht es immer um etwas anderes, als ein Thema ins Bild zu setzen, es betrifft dann meist kommerzielle Überlegungen."

„Aber geht es nicht immer darum, ein Bild zu verkaufen?" frage ich.

„Da könnten wir ewig diskutieren. Natürlich ist das für einen Künstler wichtig. Aber wirklich Bestand haben in der Welt der Kunst nur die Werke, die Denkanstöße liefern, die diese Welt prägen und Relevanz für Gesellschaft und Politik haben. Im Lauf einiger Jahre trennt sich so die Spreu vom Weizen. Und meine Aufgabe ist es, schon eher als andere zu erkennen, was Weizen und was Spreu sein wird. Davon lebt unsere Galerie, davon lebe ich."

Mathe nickt zustimmend. Die beiden schwimmen künstlerisch auf gleicher Wellenlänge. Damit steigen Mathes Chancen, im Lichtbogen auszustellen und seinen Marktwert zu erhöhen. Und geht Noras Rechnung auf, so hat sie für ihre Galerie ein hoffnungsvolles Talent entdeckt und kann ihre Position im Unternehmen ausbauen.

Kapitel 11

Monogramm mit einem P

Eine Woche später meldet sich Eva.

„Ich konnte nochmals mit Durer sprechen. Wir müssen reden“, sagt sie. Noch am selben Abend sitzen wir beisammen - diesmal in meiner Wohnung. Und weil ich ein guter Gastgeber sein will, habe ich eingekauft und einen Riesling Pur von der Mosel kühl gestellt. Eva ist pünktlich, leider. Denn so ist es mir nicht mehr gelungen, den Kochbereich in einen frauenerträglichen Zustand zu bringen. Doch das nimmt sie zumindest zunächst nicht wahr. Eva ist aufgeregt und drängt zur Tür herein.

„Ich hab so ein komisches Gefühl. Als ich aus dem Auto ausstieg, musterte mich ein Mann, könnte ein Italiener gewesen sein.“

„Du bist halt eine attraktive junge Frau.“

„Nein, eine Frau merkt genau, wenn ein Mann sie deshalb betrachtet. Hier war das anders. Der Typ folgte mit seinen Blicken vor allem meinem kurzen Weg hierher, er wirkte auf mich schmierig und wenig vertrauenswürdig. Er hatte gelackte Lederschuhe an, wo es doch draußen leicht nieselt. Das passt gar nicht.“

Ich schüttle den Kopf: „Eva da bildest Du Dir was ein. Was sollte ein Mann vor meiner Wohnung stehen und Leute beobachten.“

„Hoffentlich hast Du Recht. Aber bitte begleite mich zum Auto, wenn ich wieder aufbreche.“

„Natürlich mach ich das, jetzt setz dich erst mal“, beruhige ich Eva, fahre ein kleines Buffet auf und kredenze dazu den Wein. Sie kramt derweil in ihrer Handtasche und zieht ein Blatt Papier heraus. „Machte mir Notizen, als ich mit Durer über dieses Papier sprach. „Und was sagt Dein Herr Professor?“

„Der lateinische Duktus wirkt fast schon barock, aber Durer hält das Papier für älter, er glaubt 15. oder 16. Jahrhundert. Und das würde zu der Zeit der Reichen Herzöge passen. Du sagtest doch, das Papier sei aus dem Bellmann-Haus. Damit könnte ein Zusammenhang zu dem Geschmeidehandel bestehen. Aber die Worte sind mysteriös. Durer ist überzeugt, dass sich der Text an einen ganz speziellen Kreis richtet, an Menschen, die diese Metaphern verstehen und auf eine andere Ebene übertragen können. Es dürfte folglich eine Art von Handlungsanweisung sein. Leider sind ja Teile der Schrift nicht mehr zu erkennen, hier muss auch Durer passen. Er könnte zwar ein aufwändiges Prüfverfahren machen, aber das wird er nicht tun. Dafür erscheint es ihm einfach zu banal und unbedeutend. Außerdem bräuchte er dafür das Original, und das ist ja weg."

„Banal und unbedeutend", wiederhole ich und schüttle den Kopf. Aber Eva hat ja Recht. Der Text allein sagt nichts aus.

„Ich bin noch nicht ganz fertig", fährt Eva fort. Auch Durer glaubt an eine Signatur am Ende des Schreibens. Die Buchstaben MB sagen ihm nichts. Aber das darauf folgende P ist für ihn eindeutig. Es steht für Pater und drückt aus, dass der Unterzeichnende Pfarrer ist."

Eva greift erst jetzt zu Krabben und Heringssalat, scheint es zu genießen, sich nach getanem Werk etwas zu gönnen. Zugleich hebt sie ihr Glas. Mechanisch folge ich ihren Bewegungen, der Kopf ist woanders. Es gibt so Momente im Leben, da jagt man schier verzweifelt einem Phänomen hinterher, wird blind für andere Dinge. Und dann passiert eine Kleinigkeit und sie verändert auf einmal alles. So einen Moment erleb ich gerade, mich streift ein Pferd, wie Schuppen fällt es mir plötzlich von den Augen. Warum nur bin ich nicht früher draufgekommen. Da fahnde ich ewig nach einem möglichen Zusammenhang der Bellmanns mit der rechten Hand des Regensburger Bischofs und übersehe das Dokument, das genau das aussagt. Wenn die Initialen MB für Michael Bräu stehen, der ja Priester war, wird ein Schuh daraus. Ja so muss es sein, geht es mir durch den Kopf.

„Was blickst Du so entgeistert?" fragt mich Eva und erläutert: „Dass Pfarrer mit dem Zusatz P unterschreiben, liegt doch auf der Hand. Dafür hätte ich auch nicht den Professor gebraucht. Bis in die jüngste Vergangenheit haben Ortspfarrer ihren Unterschriften diesen Zusatz angefügt, das ist eine übliche Gepflogenheit der frommen

Herrschaften. Oder hast Du gar einen Verdacht, wer mit MB gemeint sein könnte?"

„Einen Verdacht habe ich schon, Eva, ich möchte aber vorerst noch nicht darüber sprechen."

Schon sitze ich mitten im Fettnäpfchen. Sie zieht eine Schnute.

„Was bildest Du Dir ein. Ich mach für die Dich die Arbeit, belästige meinen Professor mit Deinen Schriftstücken und dann lässt mich der gnädige Herr wissen, er will nicht mit mir darüber reden. So geht es nicht. Was soll diese Geheimniskrämerei?"

Damit Du im nächsten Moment Malevsky davon erzählst, denke ich. Aber es wäre unklug, das jetzt auszusprechen. Einem gereizten Stier hält man kein rotes Tuch vor die Nase und was ist schon ein plumper Paarhufer gegen den verletzten Stolz einer Frau.

„Bitte Eva, lass mich doch erst klären, ob ich richtig liege, dann weihe ich Dich gern ein", versuche ich abzuwiegeln und gieße frischen Wein in Evas Glas. Besänftigen kann ich sie damit nicht. „Du willst alles von mir wissen, sogar in mein Privatleben dringst Du ein. Ich kann nicht mal mit Chris im Café sitzen, ohne dass Du es erfährst. Aber Du gibst Deine Geheimnisse nicht preis. Das ist unfair."

„Ich weih Dich schon noch ein. Es geht um einen Mann namens Michael Bräu, der Pfarrer war und Anfang des 16. Jahrhunderts lebte. Von ihm könnte dieses Schreiben sein."

Eva ist damit nicht zufrieden. Sie trinkt ihr Glas nicht mehr aus.

„Es ist besser, ich breche jetzt auf, Du kannst dich ja melden, wenn du mir mehr zu sagen hast." Ich begleite sie noch wie versprochen zu ihrem Auto. Die Straße ist leer, kein Mensch zu sehen. Ich denke, ihre Sorge, beobachtet zu werden, war reine Einbildung. Sie steigt in ihr Auto und fährt los, ohne mir zuzuwinken.

Den nächsten Schritt will ich ohnehin allein machen. Ich melde mich im Staatsarchiv in München an in der Hoffnung, hier mehr über Michael Bräu erfahren zu können. Eigentlich wollte ich zunächst in Regensburg nachforschen. Aber dort werde ich kaum mehr Neues lesen, nachdem ja der Großonkel Mathes bereits das Diözesanarchiv durchstöbert hat. Also besser nach München. Ich denke: Hier könnte es insbesondere Informationen über die Herzöge von Burghausen und deren mögliche Zusammenarbeit mit Michael Bräu geben. Den nächsten freien Tag nutze ich und fahre nach München. Ich bin bestens gelaunt, es ist ein schöner Tag heute. Deshalb bin ich auch zu Fuß vom Marienplatz zum Staatsarchiv an der Schönfeldstraße gegangen, vorbei an der Feldherrnhalle mit ihren markanten Löwen, wo bayerische Polizei Hitlers Putsch ein Ende setzte. Der häufige Föhnwind beschert den Münchnern viele extra Sonnenstunden. Längst ist diese Stadt international, Bayrisch spricht hier keiner mehr und die angepriesene bayerische Gemütlichkeit ist von einer großkopferten Mir-san-mir-Geschäftigkeit überrollt worden. Nur der Grant hat sich gehalten, diese urwüchsige Borstigkeit, die Fremde gern mit Unhöflichkeit verwechseln. Dabei ist der Bayer im Grunde seines Herzens ein sehr hilfsbereiter Mensch, er kann es halt nicht so zeigen. Nicht von ungefähr waren noch vor hundert Jahren die Leute hier ganz erpicht darauf, dass auf ihrem Grabstein einmal als Berufsbezeichnung Privatier stehen würde. Von niemandem abhängig sein, so leben wie man will, das war lange das anzustrebende gesellschaftliche Ideal. Dabei merke ich gerade, wie abhängig ich von anderen bin. Zum Glück hat mir Mathe einige Anmerkungen aufgeschrieben, die ich der freundlichen Dame der Archivverwaltung nenne. Und Handschuhe habe ich auch dabei, Mathes Hinweis sei Dank. Ich muss warten. Endlich kommt die Frau mit zwei Mappen zurück.

„Sie dürfen die Papiere nicht mit bloßen Händen anfassen" belehrt sie mich.

Ich zeige ihr meine Handschuhe, sie ist zufrieden. Ich öffne die erste Mappe. Darin sind drei Blätter, in denen der Name Michael Bräu vorkommt. Mehr nicht. Ich kann zwar die Schrift kaum lesen. Aber so viel erkenne ich: Es sind Verzeichnisse mit Namen von Priestern und Ordensleuten, in denen Bräu als Pfarrer und Regens aufgeführt ist. Er war offensichtlich einige Jahre auch Leiter des Priesterseminars. Aber diese Erkenntnis bringt mich nicht weiter. Ich öffne die zweite Mappe. Vor mir liegen die Abschrift einer Urkunde aus der Zeit von Herzog Albrecht IV und dazu einige Anmerkungen über Sekundärliteratur. Nur lesen kann ich noch weniger als bei den Namensverzeichnissen der ersten Mappe. Eine Stunde lange quäle ich mich ab. Ich glaube nur eines richtig verstanden zu haben. Michael

Bräu erhielt vom Herzog einen Auftrag für das Konzil in Trient. Frustriert lege ich das Blatt in die Mappe zurück. Da kommt mir eine Idee. Ich gehe auf die Frau zu, die mir die Mappen übergeben hat, versuche einen treuherzigen Blick aufzusetzen und klage ihr mein Leid.

„Ich bin eigens aus der bayerischen Provinz hergekommen, um etwas über einen Pfarrer aus Regensburg zu erfahren. Aber meine Fähigkeiten sind sehr begrenzt. Ich habe zwar Hemmungen, Sie um Hilfe zu bitten, aber – verzeihen Sie – mir bleibt nichts anders übrig. Würden sie mir zudem Ihr Parfum verraten, es ist grandios."

„Na dann zeigen Sie mir mal, wo es hakt", lächelt die Frau und ich zeige ihr das Papier. „Wir haben leider noch nicht alle Bestände digitalisiert, sonst könnten Sie ja zu Hause am Computer knobeln. Aber Sie sind ja offenbar ein ganz Netter, also geben sie schon her." Die Frau nimmt das Schriftstück und kommt einen Moment später mit einer Kopie davon zurück. „Die dürfen sie mitnehmen", sagt sie mit einem entzückenden Augenaufschlag. Ich bedanke mich herzlich, freu mich. Muss vermutlich wieder Eva oder gar ihren Prof bemühen.

Das Wetter ist zwar noch immer schön. Aber zurück nehme ich doch die U-Bahn, um möglichst noch den Zug um 16.22 Uhr am Hauptbahnhof zu erreichen. Am Marienplatz muss ich in die S-Bahn umsteigen und gehe zur Rolltreppe, um mit ihr einen Stock höher zu fahren. Um mich lauter Leute. Ein Mann mit verspiegelter Sonnenbrille drängt sich neben mich. Der hat es aber eilig, denke ich, als er an mir vorbei will. Aus dem Augenwinkel sehe ich plötzlich eine erhobene Hand. Instinktiv drehe ich mich und hebe den linken Arm reflexartig hoch. Ich höre einen Schlag, die Kraft entweicht meinem Arm und dann wird es schwarz um mich.

Kapitel 12

Leidenschaft im Krankenstand

Als Frank mich aus der Klinik Großhadern abholt, drückt er mir gleich einen Stadtplan von Rom in die Hand.

„Keine Widerrede, ich weiß, Du orientierst Dich lieber per Navi. Aber ich kann mir frei nehmen und werde Dich begleiten. Wollte mir ohnehin endlich mal Rom anschauen, und wir beide können dort ganz konservativ die Ewige Stadt erkunden, gepflegt den ein oder anderen Espresso genießen und ein bisschen den Hauch der Antike schnuppern. Mit dem Plan kannst du Dich schon mal vorbereiten."

Ich zucke angesichts dieser Dynamik mehr oder weniger hilflos mit den Schultern – sogar die des verletzten linken Arms macht brav mit. Aber zugleich geht mir ein Gedanke durch den Kopf und ich sage zu Frank:

„Vielleicht kann uns auch Eva behilflich sein. Sie darf auf Vermittlung ihres Profs ein Praktikum an der Sapienza machen und hat Zugang zu den Archiven der Universität und vor allem: Sie kennt den Wissenschaftsbetrieb und weiß damit umzugehen." Frank grinst: „Das ist ja gut, aber ich habe vielleicht den besseren Schlüssel zum Wissen. Meine Tante ist eine Ordensfrau, lebt in Rom und hat top Verbindungen zum Vatikan. Ich habe mit ihr schon telefoniert. Sie hat mir versprochen, uns den Weg ins Geheimarchiv des Vatikans zu ebnen. Wenn wir in der Ewigen Stadt fündig werden wollen, dann müssen wir dort hinein. Eigentlich ist das Archiv Wissenschaftlern vorbehalten, als Journalist kommst du vermutlich auch rein, ich als Arzt bekäme kaum Zugang. Auf jeden Fall müssten wir uns umständlich anmelden und auf Genehmigungen warten. Meine Tante sagt, das geht auch so. Sie gibt mir Bescheid, sobald sie grünes Licht für uns bekommt."

Als wir München in Richtung Burghausen hinter uns lassen, kommt Wind auf. Er treibt die Wolken vor sich her, reißt sie auseinander, so dass das Blau des Himmels sichtbar wird. Nur wenige Minuten später gibt es einen Regenguss, danach setzt sich wieder die Sonne durch. Ein bunter Wechsel, eigentlich typisch für April. Ein angenehmes Gefühl überkommt mich. Der Frühling kündigt sich schon jetzt im März an. Und ich werde erst in zwei Wochen wieder arbeiten müssen. Ein paar Tage zu Hause das Dolce Vita pflegen, ist doch ein guter Einstieg für eine Reise nach Rom.

Tags darauf kehrt der Winter zurück, aber nur im übertragenen Sinn und auf die denkbar schönste Art. Ich habe endlich wieder einmal lange geschlafen, keine Krankenschwester, die einen aus dem Schlaf reißt. Der Kopf fühlt sich zwar noch etwas schwer an, aber Schmerzen habe ich nicht. Das Frühstück fällt dank Franks Einkäufe auf dem Heimweg opulent aus. Der Muckefuck ist Vergangenheit, endlich wieder den vertrauten Darjeeling mit seiner feinen Note genießen und beim Lesen der Zeitung nicht immer gleich die Blattkritik im Kopf haben, sondern sich der angenehmen Muße widmen. Als Bauch und Kopf voll sind und ich es mir auf dem Sofa gerade bequem mache, läutet es an der Tür. Draußen steht - Eva, mit einem länglichen Koffer in der rechten Hand, in dem eine Schnellfeuerwaffe gut Platz finden würde. In der Linken hat sie ein paar Blümchen.

„Hab in der Redaktion von Deinen Eskapaden erfahren. Cora hörte sich richtig besorgt an. Da habe ich mir gesagt – schau mal vorbei und sieh wie es Dir geht."

Ich bin überrascht und blicke offenbar etwas verdutzt drein.

„Na was ist, darf ich nicht reinkommen?"

„Ja komm, ich hab nur nicht mir Dir gerechnet."

Eva drückt mir den Strauß Tulpen in die Hand und öffnet ihren Koffer. Heraus holt sie ihre Geige und sagt:

„Ich möchte Dich aufheitern und Dir Mut machen."

Und schon stellt sie ein Heft mit Noten auf einen mitgebrachten Ständer, spannt den Bogen am Frosch und streicht über die Saiten, um ihrem einstigen Chef ein Ständchen darzubieten. Es ist eine weiche, dahinfließende Melodie, ein ansprechendes Stück. Eva spielt wunderschön, ihre Phrasierungen lassen die Melodie noch schöner werden. Als sie die Geige wieder absetzt, sagt sie:

„Habe für Dich das Winter-Largo aus Vivaldis Vier Jahreszeiten ausgesucht. Das ist einfühlsam und kann vielleicht sogar Deinen Heilungsprozess fördern."

Ich stehe da wie ein begossener Pudel, stammle irgendwas. Emotional bewegt, fehlen mir die Worte. Noch nie hat mir jemand Musik gewidmet. Die ganze Situation erscheint mir irreal. Da schneit meine einstige Praktikantin bei meiner Wohnungstür herein und spielt für mich. Ich zwicke mich in die Hand. Eva ist noch immer da. Also kein Traum, es ist Realität. Dann sind auch die Augen tatsächlich feucht. Ich wische mit einem Taschentuch drüber, gehe auf Eva zu, umarme sie und drücke sie an mich:

„Das war wunderschön, danke."

Ein feiner Duft umspielt ihr Haar, er erinnert an Palisanderholz, nur nuancierter, nicht so klotzig. Peinlich: Gerührt und deshalb etwas von der Rolle, habe ich die einfachsten Regeln der Höflichkeit missachtet. Aber Eva macht sich nichts daraus. Sie setzt sich einfach auf den Stuhl mir gegenüber, bittet um ein Glas Wasser und beginnt zu reden.

„Tom, die Sache ist heiß. Du wirst am helllichten Tag in München zusammengeschlagen und ausgeraubt. Und als ich ein paar Tage davor bei Dir war, hatte ich doch den Eindruck, von einem zwielichtigen Typen beobachtet worden zu sein. Ich kann mir beim besten Willen keinen Reim darauf machen, warum das alles passiert. Du musst mir sagen, warum bist Du niedergeschlagen worden. Was haben Dir die Leute abgenommen. Hinter was sind sie her?"

„Das wüsste ich selbst auch nur zu gern, Eva. Auch ich tappe im Dunkeln. Ich bin einerseits überzeugt davon, dass der Einbruch in meine Wohnung und der Überfall zusammenhängen. Aber andererseits traue ich Malevsky zwar den Einbruch zu und habe ihn auch als Täter in Verdacht. Aber der Überfall, das ist nicht seine Handschrift."

„Aber warum das Ganze?" hakt Eva nach. Chris hat sicher keine Hemmungen, Dir eine gute Story abzujagen, aber das allein ist zu dünn und liefert keine Erklärung für das Geschehene."

Ich blicke Eva lange und ernst in die Augen, kann keinerlei Hinterlist erkennen und vertraue ihr deshalb nun an:

„Vielleicht denkt auch er an einen Schatzfund, dann wäre der Aufwand schon gerechtfertigt. Aber was ich nicht verstehe. Wir haben ja selbst erst eine ganz vage Vorstellung, es könnte einen Schatz geben."

Ich erzähle Eva nun von Michael Bräu, dem Pfarrer aus Regensburg.

„Ich halte ihn für den Schreiber des beim Einbruch entwendeten Papiers aus dem Bellmann-Haus. Der Pfarrer hat einen Schatz gehütet, der wider alle Wahrscheinlichkeit noch immer irgendwo verborgen sein könnte. Wenn Malevsky dem hinterherjagt, dann muss er mehr wissen als wir. Das ist eine Möglichkeit. Die andere ist und sie macht mir mehr Sorgen: Es steckt ein ganz anderer Täter dahinter und der kämpft mit härteren Bandagen. Vor allem hat er uns das entscheidende Wissen voraus. Er weiß, wonach er sucht. Wir stochern dagegen erst im Nebel. Auf jeden Fall müssen wir auf der Hut sein, so ein Schlag auf den Kopf ist kein Vergnügen."

Im gleichen Moment hat der geschlagene Kopf aber auch eine Idee. Ich habe Eva schon so viel anvertraut, darauf kommt es jetzt auch nicht mehr an. Mit ihrem historischen Wissen kann sie mir sogar mehr nutzen als ich selbst in Erfahrung bringen könnte. Und ich bin ja auch krankgeschrieben, kann nicht einfach in der Gegend rumfahren. Also packe ich den Stier bei den Hörnern und bitte Eva, im Staatsarchiv nochmals eine Kopie des Schriftstücks über Michael Bräu zu machen. Ich hab sogar noch die Urkundennummer und gebe sie ihr.

Eine Woche später sitzt Eva auf demselben Stuhl vor mir und hält die Kopie in der Hand. „Eine Frau verdrehte ein wenig die Augen, als ich Dich erwähnte, hast du sie vielleicht angebaggert?"

„Ich hab nur versucht, charmant zu sein, damit sie mir hilft", antworte ich entrüstet.

„Dann musst Du noch einiges hinzulernen. Höflich und nett sein reicht bei uns Frauen vollkommen aus. Du musst Dich nicht gleich zum Gockel machen."

Evas Worte kommen wie ein gemessertes Staccato, das nervt. „Hat die Geschichtsstudentin über die Befindlichkeiten der weiblichen Psyche hinaus auch noch etwas Wesentliches erfahren können?" frage ich deshalb trocken.

„Nicht gleich eingeschnappt sein, wenn Du mit der Wirklichkeit konfrontiert wirst" sagt sie, und schon wird ihr Ton versöhnlicher. „Die Urkunde aus dem Staatsarchiv besagt, dass Michael Bräu im Jahr 1552 vom Herzogssohn Ernst von Bayern beauftragt worden ist, eine Synode für Bayern vorzubereiten. Er solle dazu Rücksprache mit den übrigen Klerikern halten und eine Zusammenkunft in der Festung Burghausen organisieren. Ernst von Bayern war dritter Sohn von Herzog Albecht IV. Er war Administrator des Erzbistums Salzburg und des Bistums Passau. Die Forschung sieht ihn als liberalen Mann, der auf einen Ausgleich mit den Protestanten drängte. Trotzdem wurde auf seine Veranlassung im Jahr 1527 der Reformator Leonhard Kaiser im heute österreichischen Schärding, das damals zum Rentamt Burghausen zählte, auf dem Scheiterhaufen verbrannt. Als Unternehmer beteiligte sich Ernst an böhmischen Bergwerken und am Handel mit Edelmetallen. Er führte Transaktionen nach Wien, Prag und Antwerpen durch und unterhielt enge Beziehungen zu den süddeutschen Handelsstädten. Zudem war er im Münzhandel aktiv."

Ich bin elektrisiert, denn genau das verbindet den Herzogssohn mit Michael Bräu. Die beiden könnten zum beiderseitigen Vorteil zusammengearbeitet haben.

Eva ist mit ihrer Interpretation der Urkunde noch nicht zu Ende. „Das Dokument allein sagt noch wenig. Was ich aber zugleich recherchiert habe: Von 1545 bis 1563 dauerte das Konzil von Trient. Ernst von Bayern wollte eine eigene Synode der Bischöfe vor allem deshalb, um eine einheitliche Linie des bayerischen Klerus aufzubauen. In Trient waren zunächst ja vor allem Italiener unter sich und bestimmten damit die Richtung der Kirche. Ernst wollte das Gewicht Bayerns aufwerten und den von ihm vertretenen liberalen Thesen zur Religionsausübung mehr Gewicht verschaffen. So hatte er auch nichts einzuwenden gegenüber der damals neuzeitlichen Praxis, neben der Ausgabe der Hostien im Gottesdienst auch den Kelch mit Wein, also dem Blut Christi, herumreichen zu lassen. Er stand der Forderung, den Leib Christi in beiderlei Gestalt den Gläubigen zu geben, aufgeschlossen gegenüber. Zudem hatte er einen Vertrauten beim Konzil in Trient, den Zisterzienser Rene Debelli, der vor einem Erstarken der Hardliner in Rom warnte und vermutlich den Rat gegeben hatte, eine eigene Synode abzuhalten, um so die gemäßigten Kräfte zu stärken. Doch daraus wurde nichts. Ernst von Bayern war ein lebensfroher Mensch und den weltlichen Genüssen zugetan. Er weigerte sich deshalb partout, sich zum Priester weihen zu lassen. Im Machtkampf mit den Konservativen zog er den Kürzeren. Seine Weigerung spielte ihnen in die Hände. So kam, was aus heutiger Sicht nur logisch ist: Zwei Jahre später, 1554, sah Papst Julius III sich gezwungen, den Würdenträger abzusetzen.

Ihm folgte Michael von Kuenburg auf dem Salzburger Stuhl. Mit ihm setzte der große Umschwung ein, die Gegenreformation nahm Fahrt auf. Kuenburg war ein absoluter Gegner der neuen Lehren und generell von Veränderungen. Der Fleischeslust war aber auch er sehr zugetan. Und wenn schon Frauen tabu waren, so musste halt ein Ersatz gefunden werden. Kuenburg ging gerne zur Jagd und war ein großartiger Esser. Der Überlieferung nach war seine Leibesfülle von beeindruckenden Ausmaßen. Gesund war dieses frauenlose und doch so fleischeslüsterne Leben natürlich nicht. Nach sechs Jahren im Amt starb der Feistling. Angeblich traf ihn der Schlag, als er mit Herzog Albrecht V auf die Jagd ging und sich bei der Sauhatz überanstrengte."

„Gut gemacht Eva, bist ein Schatz", kommt es mir über die Lippen und bereue im nächsten Moment meine Worte. Hatte sie mich doch eben noch wissen lassen, ich solle mit Komplimenten gegenüber Damen zurückhaltender sein. Aber ich sag mir, ist doch wurscht, bin halt ein Sponti, kann nicht aus meiner Haut. Ich denke nach: Michael Bräu ist also genau in der Zeit gestorben, als Kuenheim den Grundstein für den Sieg der Gegenreformation in Bayern gelegt hatte. Zu Eva sage ich:

„Ich glaube zudem, dass der Untersuchungsbericht des Regensburger Bischofs einen wesentlichen Punkt nicht oder vielmehr falsch wiedergibt. Bräu lag tot auf dem Boden. Aber wäre er tatsächlich an einem Infarkt oder Schlaganfall gestorben, hätte es kaum eine Untersuchung des Falls gegeben. Ich bin mir sicher, dass Michael Bräu ein Messer oder einen Dolch zwischen den Rippen hatte. Bischof und Würdenträger haben das verschwiegen, wollten kein Aufsehen, sondern lieber herausfinden, was es mit dem Schatz des Pfarrers auf sich hat."

Eva blickt mich lang an. Dann kommt sie spontan auf mich zu, schlingt ihre Arme um mich und gibt mir einen Kuss - auf die Wange.

„Ich helfe Dir. Zusammen werden wir Licht ins Dunkel bringen" verspricht mir Eva. Innerlich schäme ich mich beinah über meine anfängliche Vorsicht ihr gegenüber. Ich bin nun überzeugt, ihr vertrauen zu können.

Die nächsten Tage verlaufen erstaunlich ruhig, ich kann mich optimal erholen. Bin bester Laune, denn: Nora hat sich angekündigt. Zum Glück rechtzeitig und erst für den Abend. Habe also den ganzen Tag Zeit, die Wohnung in Schuss zu bringen. Hab sogar eine Flasche Schampus Brut kaltgestellt. Der passt gut zu Meeresfrüchten und italienischen Antipasti, die Nora mitbringen will. Kann mich also mit ihr gut einstimmen auf Italien, vielleicht fährt sie ja mit. Diese Hoffnung zerstreut sich allerdings schnell: „Ich bin die nächsten Wochen in der Galerie unabkömmlich", lässt sie mich wissen, als wir über Michael Bräu sprechen.

„Das ist echt schade Mizzi, wir hätten in Rom eine schöne Zeit verbringen können", antworte ich ein wenig enttäuscht. Aber erst mal schließe ich diese Frau in meine Arme, da gilt es, jede Gelegenheit zu nutzen. Einmal mehr finde ich sie betörend. Ihr blondes Haar hat sie diesmal zu einer Hochfrisur gesteckt, ihre natürliche Schönheit ist überlagert von der Grandezza einer Dame von Welt, die in Paris, Madrid oder New York ihren Geschäften nachgeht. Und diese Dame ist in meiner bescheidenen Hütte und ich spüre ihre Brüste, als ich sie an mich drücke und ihr Atem meine Sinne elektrisiert. Nora trägt ein enganliegendes auberginefarbiges Strickkleid. Ihr helles Haar und ihr feiner Teint kommen bei diesem dunklen Kontrast umso mehr zur Geltung. Und wie ihre sinnlichen Lippen Krabben und Reisblätter umschließen, um sie sich einzuverleiben, das weckt in mir Feuer und Leidenschaft. Und meine feuchten Gedanken werden vom Brut auch nicht gerade trockener, eher das Gegenteil. Ich kann mich nicht mehr beherrschen, setze meine Sektflöte ab und streiche mit der rechten Hand zart über Noras Wangen. Ihre türkisfarbenen Augen nehmen mich ins Visier, aber sie weist mich nicht zurück. Nein, Nora dreht den Kopf ein wenig zur Seite und ihre Lippen fassen nach meiner Hand. Und jetzt kommt sogar ihre Zunge ins Spiel. Dieses Signal ist eindeutig. Außerstande, jetzt noch ans Essen zu denken. Wir fallen beide übereinander her und in eine Art Rausch der Sinne. Haut an Haut, nass von Schweiß und Ekstase finden wir zueinander, heben ab auf eine höhere Ebene des Bewusstseins, in der Wunsch und Wirklichkeit in Harmonie verschmelzen, in der alle Gedanken auf Null gestellt werden und nur eines zählt – der schier ewig dauernde Moment, der in Wirklichkeit doch nur wenige Sekunden währt. Sind es drei oder vier dieser Momente, ich weiß es nicht. Es gibt keine Zeit mehr, nur noch das Gefühl des Seins und der bedingungslosen Hingabe.

Als ich wieder halbwegs im Jetzt angekommen bin, liegt Nora neben mir, den Kopf in meinen Armen geborgen. Sie kuschelt sich an mich, sucht die Wärme meines Körpers. Aber sie gibt mir auch Wärme zurück, im übertragenen Sinn. Denn wie sie so schutzbedürftig an meiner Seite liegt, strömt ein Gefühl der Wärme durch meine Brust – ich bin verliebt in diese Frau, in ihre Haut, in ihre Augen und in ihren samtenen Geruch nach Vanille. So wie sie hat sich noch keine fallen lassen, um mit mir die Wolke sieben zu erklimmen. Das ist die schöne Erkenntnis dieses Abends.

Danach gewinnt der Schampus wieder an Attraktivität und Nora fragt mich:

„Du willst also in Rom mehr über diesen Michael Bräu erfahren. Warum ausgerechnet in Rom?"

„Weil dort Unterlagen zum Konzil in Trient liegen. Und Bräu musste sich in diesem Konzil wegen Ketzerei verantworten. Da muss es Unterlagen zum Prozess geben."

„Das erscheint mir logisch. Halte mich bitte auf dem Laufenden. Ich mach mir ernste Sorgen um Dich, jetzt nach dem Überfall."

„Musst Dich nicht sorgen, Frank wird mich begleiten, wir passen aufeinander auf." Nora presst ihre Brüste an mich und blickt mir tief in die Augen.

„Leidenschaft ist nicht allen Menschen gegeben, Dir schon. Du musst in Rom unbedingt in die Galleria Borghese. Es klingt zwar widersinnig: Aber gerade dort, wo seit Jahrzehnten der Papst und seine hodenlahme Kardinalsentourage das Sagen haben, dort kannst Du mehr über Leidenschaft erfahren als irgendwo anders auf der Welt. Ich denke vor allem an den Maler Michelangelo Merisi, besser bekannt als Caravaggio. Er ist der Maler, der es wie kein anderer schaffte, seinen Bildern Leben dadurch zu geben, dass er nicht nur Szenen wiedergibt, sondern darin auch all die damit verbundenen Gefühle zum Ausdruck bringt. Caravaggio ist die pure Leidenschaft. Ich komme auf Caravaggio deshalb, weil Du eben das Konzil von Trient erwähntest. In diesem Konzil ging es auch darum, sich von der Renaissance mit ihren durchkomponierten Bildern zu verabschieden und einen neuen Stil zu entwickeln. Die Malerei wurde noch mehr als Instrument der Religion betrachtet. Christliche Kunst, so die Vorgabe der Kirchenväter, soll allgemeinverständlich sein und im Betrachter etwas bewegen, also seine Gefühle ansprechen. Caravaggio hat das wie kein anderer umgesetzt. Die Ausdruckskraft seiner Bilder erschreckte die Menschen, so gut war er. Damals wurden zudem die Jesuitentheater geboren, die ja auch in Deiner Stadt Burghausen erhebliche Bedeutung besaßen. Bei solchen Aufführungen ging es zumeist darum, dass am Ende der Teufel die vom rechten Glauben abgekommenen Protestanten holt und ihr Anführer Luther ewig in den Höllengluten schmoren muss."

„Und so aufgestachelt haben sich die Menschen dann in den Religionskriegen mit Herzblut aufeinander gestürzt und abgeschlachtet. Diese Art Leidenschaft lehne ich ab, Mizzi. Wir haben zum Glück aus dieser Geschichte gelernt und Religion zur Privatsache erklärt."

„Nicht gleich apodiktisch werden. Das ist doch gerade der Reiz der Kunst, dass sie zwiespältig zu sehen ist. Wäre alles klar, wäre es doch nur langweilig."

Kapitel 13

Die göttliche Vorhaut

Rom ruft: Gerade habe ich von der Chefität die Zusage bekommen, an meinen Krankenstand noch einen Erholungsurlaub dranhängen zu können. Und Frank hat auch grünes Licht erhalten und schon diverse Bücher und Kunstführer verschlungen. Und jetzt dieser Bremsklotz: Eigentlich war es ja zu befürchten, aber ich hoffte doch, davon verschont zu bleiben. Bei der Polizei laufen natürlich Nachrichten über Straftaten zusammen. Und deshalb bekomme ich nun etwas unbequemen Besuch von der Kripo. Jakob Bender heißt der Mann, der drei Tage vor unserer Abreise nach Rom in meiner Tür steht. Das erste, was mir an ihm auffällt, sind seine Hände, als er mir seinen Ausweis entgegenhält. Hat der Gicht, denke ich. Jedenfalls sind seine Fingergelenke überdeutlich ausgeprägt. Dabei sind sie ohnehin groß und knochig. Sein Händedruck ist sicher nicht zu verachten. Das Gesicht ist kantig, der Unterkiefer markant, am Hals treten die Muskeln hervor. Unwillkürlich denke ich an eine alte knorrige Eiche. Dabei dürfte Bender höchstens 50 Jahre alt sein. Im Gegensatz dazu scheinen sich seine kleinen grauen Augen hinter dem dicken Glas seiner Brille fast zu verlieren. Doch diese Augen mustern meine Wohnung genau.

„Bei Ihnen ist eingebrochen worden“, sagt Bender. Schon an der Tür, als er sich vorstellte, fiel mir seine Stimme auf. Jetzt wird das noch deutlicher. Bender spricht leise und dazu wie auf einer Linie ohne Tonfall. Das klingt mechanisch, ohne jegliche Anteilnahme oder gar Leidenschaft, fast wie ein Roboter.

„Ja, die Polizei hat den Einbruch aufgenommen und ermittelt“, antworte ich. Bender lächelt zwiespältig.

„Ich kenne das Protokoll, hab es genau gelesen.“

„Das freut mich, gibt es denn schon einen Verdacht? Oder gar schon den Täter?" schiebe ich dazwischen. Jetzt gefriert das Lächeln auf Benders Lippen und seine grauen Augen hinter dem dicken Glas nehmen mich hart ins Visier.

„Unsere Ermittlungen dauern noch an. Nicht alltäglich an dem Einbruch sind die beleidigenden Graffiti an Ihren Wänden. Und ich habe auch ein weiteres Protokoll sehr genau gelesen. Sie sind in München zusammengeschlagen worden. Jetzt frage ich mich als alter Kriminaler natürlich: zwei Taten innerhalb so kurzer Zeit – da könnte es, nein da muss es doch einen Zusammenhang geben. Noch dazu sind Sie Journalist. Das macht das Ganze brisant. Wem haben Sie zuletzt das Leben schwer gemacht? Wer hasst Sie? An welchen Geschichten arbeiten Sie? Ich habe den Verdacht, Sie haben uns nicht alles erzählt. Deshalb bin ich da. Ich will hören, was Sie zu sagen haben. Denn Sie selbst sind der Schlüssel zur Lösung des Falls."

„Ich kann Ihnen aber nicht viel sagen. Sie haben doch die Aufzeichnungen der Überwachungskameras vom Marienplatz. Kommen Sie damit nicht weiter?"

Bender geht auf meine Frage gar nicht ein, bleibt in seiner Spur.

„Ich will von Ihnen wissen, an welchen Themen Sie derzeit arbeiten und mit welchen Leuten sie Kontakt haben?"

Jetzt lasse ich ihn auflaufen: „Das geht gar nicht. Sie kennen ebenso gut wie ich den Informantenschutz, ohne den eine freie Presse nicht leben kann. Ich kann Ihnen nicht meine Zuträger nennen. Ebenso wenig bin ich bereit, über Themen meiner Arbeit mit Ihnen zu reden. Die finden Sie zu gegebener Zeit in unserem Blatt."

Die kleinen grauen Augen hinter Benders dicken Gläsern verengen sich noch mehr, werden zu Sehschlitzen. Unwillkürlich denke ich an Ritter, die beim Turnier ihre Visiere zuklappten. Bender reitet in die Schlacht, das könnte unangenehm werden.

„Wollen Sie sich nicht erst einmal setzen und was wollen Sie trinken", sage ich deshalb, um diesen Haudegen in eine verträglichere Umgangsform zu bringen und weise mit der Hand auf den Sessel vor ihm.

Bender nimmt tatsächlich Platz, bittet um ein Glas Wasser und macht eine Kurve.

„Verzeihen Sie meine Direktheit und damit Sie mich nicht falsch verstehen: Sie sind das Opfer, wir wollen Ihnen ja helfen. Die Täter sind unsere Zielgruppe und damit unsere Gegner.“ Und schon schwenkt er wieder in die alte Richtung ein: „Ich kann Sie nicht zwingen, mir mehr zu sagen. Aber ich bitte Sie schon darum, das zu tun und unsere Ermittlungen zu fördern. Das muss auch in Ihrem Interesse sein. Denn gesetzt den Fall, das wäre nicht so, wäre das höchst verdächtig und wir müssten Ihnen erst einmal ganz genau auf die Finger sehen.“

Da ist sie schon wieder, diese Drohung. Warum in aller Welt hängt sich die Kripo da so rein. Ich verstehe die Welt nicht mehr. Aber ich darf mir diesen Bender auch nicht zum Feind machen. Eher beiläufig erwähne ich Chris Malevsky, den ich ja tatsächlich im Verdacht habe und dazu noch zwei weitere Namen von Leuten, deren Machenschaften ich aufgedeckt habe und die deshalb Rachegefühle hegen könnten.

„Und an welchen Themen arbeiten Sie derzeit“, hakt Bender erneut nach. Das geht zu weit. Darauf gebe ich ihm keine Antwort und sage ihm das auch direkt ins Gesicht mit den dicken Gläsern und den grauen Augen.

„Vielleicht fällt Ihnen ja noch was ein“, antwortet er und drückt mir seine Karte in die Hand. Bender ist schon beim Hinausgehen, als er sich nochmals umdreht und mich wissen lässt: „Ein Angriff auf einen Journalisten ist immer auch ein Politikum. Sogar der Polizeipräsident ist eingeschaltet. Ich bitte Sie vorsichtig zu sein. Vor allem sollten Sie ihre Wohnung nur verlassen, wenn nötig, also zur Arbeit und für Einkäufe. Ansonsten bleiben Sie zu Hause. Und wenn Sie verreisen wollen, informieren Sie uns, wohin und weshalb Sie fahren. Sie machen nichts ohne Absprache.“ Ich nicke Bender wohlwollend zu.

Drei Tage später sitze ich mit Frank im Nachtzug. Wir fahren von Salzburg aus direkt nach Rom und leisten uns den Luxus eines Schlafwagens mit eigenem Abteil.

„Ich hab drei Sonnenbrillen eingepackt“, erklärt mir Frank mit stolzer Miene. Am liebsten hätte er eine wohl schon im Zug aufgesetzt, aber dem steht die Dunkelheit der Nacht entgegen. So trinken wir noch ein Bier – aus Gründen der erhofften Nachtruhe. Dabei hätte es das gar nicht gebraucht, ich schlafe bestens. Nur einmal höre ich Frank leicht schnarchen. Ich geh kurz rüber zu seinem Bett und stupse ihn an. Er nuschelt irgendwas, dreht sich aber brav zur Seite, der gurgelnde Geräuschton ist weg. Dann höre ich erst wieder am Morgen den Schaffner, der brav an unsere Abteiltür klopft und uns rechtzeitig zur Ankunft in Rom aus Morpheus Armen befreit.

Kurz vor 8 Uhr fahren wir in der Stazione Termini ein, zwar nicht frisch rasiert, aber voller Erwartung. Ein quirliger Taxifahrer erklärt uns auf dem Weg zum Hotel am Trevibrunnen mindestens die halbe Stadtgeschichte von Romulus bis zum Duce und wo wir die leckersten Kuchen essen können. Und natürlich wären wir bei ihm in besten Händen, um in den nächsten Tagen Rom erkunden zu können.

„Kommt gar nicht in Frage. Der quasselt wohl immer so, eine wahre Nervensäge", bemerkt Frank trocken und setzt sich eine seiner Sonnenbrillen auf, um so eine gefühlte Distanz zu gewinnen. Seine Tante hat ihn jedenfalls gut beraten. Das Hotel liegt sehr zentral und doch ruhig. Wir genießen ein Frühstück über den Dächern der Stadt. Zwar fällt das in Südeuropa stets etwas karger aus. Doch wir bekommen frisch gepressten Saft und sitzen auf einer wunderbaren Dachterrasse mit Blick auf die Ewige Stadt.

Die Zeit, bis wir ins Zimmer können, nutzen wir für einen ersten Spaziergang. Der Himmel ist zwar wolkenverhangen, aber es ist trocken und die Temperatur angenehm. Wir schlendern über das Pflaster und nehmen am Trevibrunnen Platz, um das Treiben hier zu betrachten. Die ersten Touristen kommen, um Münzen in den Brunnen zu werfen und ihrer Hoffnung auf eine bessere Zukunft Nachdruck zu verleihen.

„Weißt Du, was ich in der Jackentasche trage", reißt mich Frank aus meinen Beobachtungen. „Keine Ahnung", sage ich. Er nimmt ein Taschentusch, greift ganz langsam hinein und zieht ein Teil heraus, das ich noch nie gesehen habe. Es ist ein kleines Stück Holz, in dem rundherum Teile von Rasierklingen stecken.

„Bist du verrückt", frage ich Frank und fasse mir an die Stirn.

„Ganz und gar nicht. Das ist ein Tipp meiner Tante. Viele Nonnen laufen auch mit solchen Sachen in der Tasche herum. Das ist der beste Schutz vor Taschendieben. Stell Dir vor, da greift einer rein und packt zu. Das macht er nie wieder." Ich schüttle den Kopf.

„Man kann auch so auf seine Habseligkeiten achten. Zudem Frank, das ist doch auch gefährlich für Dich. Stell dir nur vor Du stürzt, das kann Dich erheblich verletzen."

„Da pass ich schon auf", grinst er mich an und holt in einer zweiten nun schnellen Bewegung eine Packung Pfefferminz aus der vorübergehend rasiermesserfreien Jackentasche. Gemächlich gehen wir dann vom Brunnen zum Tiber in Richtung Engelsburg, dieser Festung, in der die Päpste des Mittelalters Schutz fanden, wenn sie ihre Untertanen zu sehr gereizt hatten und diese den Stellvertreter Christi am liebsten gleich zu den Freuden des himmlischen Reichs befördern wollten. Erfolgreich war derlei Aufbegehren allenfalls für kurze Zeiträume. Auf Dauer siegte immer die Obrigkeit, was die Päpste in ihrem Glauben bestärkte, dass diese ihre Ordnung tatsächlich gottgewollt und das Volk dazu auserwählt sei, dem Klerus zu dienen.

In einer kleinen Seitenstraße nahe dem Tiber entdecken wir ein reizendes kleines Café und sitzen auch gleich drin. In Italien schmeckt der Espresso einfach anders. Dazu genehmigen wir uns eine so genannte Torta della nonna, also einen Kuchen nach Omas Rezept.

„Eine solche Oma hätte ich auch gern", lässt mich Frank wissen, als er den ersten Bissen im Mund hat und einen genüsslichen Gesichtsausdruck macht. Es ist ein lockerer Biskuit gefüllt mit einer Creme mit viel dunkler Schokolade und einem Hauch Trüffelgeschmack.

„Ich denke, Rom ist genau die richtige Stadt für uns", sage ich zu Frank.

Vom Koffein aufgefrischt, bummeln wir im Anschluss bis in den Nachmittag hinein durch die Gassen Roms, verzaubert vom Charme ihrer Bewohner und beeindruckt von den vielen Winkeln, in denen der Geist des einstigen römischen Imperiums noch immer gefangen scheint. Frank lacht.

„Genießen wir den Tag. Morgen müssen wir zu meiner Tante, um den Einlassschein für das Geheimarchiv des Vatikans zu holen.

Heute gibt es noch das süße Nichtstun. Wie sagen die Römer gleich: Ich glaube dolce far niente."

Strahlender Sonnenschein weckt uns am Morgen. Wir genießen das Frühstück über den Dächern Roms und beschließen, bei diesem herrlichen Wetter zu Fuß in die Via Nomentana zu gehen. Der Weg zieht sich dann doch, bis wir endlich vor dem Eingangstor des Nonnenklosters stehen. Eine Ordensschwester mit auffallend roten Bäckchen sitzt an der Pforte und mustert uns genau. Sie lässt uns erst ins Haus, nachdem sie sich telefonisch rückversichert hat, dass diese zwei Herren tatsächlich angemeldet sind und ins erlauchte Gebäude können. Aber frei bewegen dürfen wir uns nicht. Die rotbackige Dame bugsiert uns ins gute Zimmer, das Besucherzimmer, die Schnittstelle des Ordens mit der Außenwelt. An einer Wand hängt ein großes Bild, das laut Schild daneben die Ordensgründerin zeigt. Streng und dennoch gütig blickt sie auf uns Sünder herab. Ansonsten ist der Raum angefüllt mit Mobiliar, das edel ist oder zumindest diesen Anschein hat. Sogar ein Klavier steht an der Wand.

„Hier hat es sicher schon Konzerte gegeben, aber keine musikalischen", bemerkt Frank mit boshaftem Unterton.

Wir sitzen fast eine Viertelstunde, die Rotbackige hat uns wohlweislich zwei Flaschen Wasser zurückgelassen. Endlich geht die Tür auf und Schwester Clementia tritt ein, mit einer Stofftasche in der linken Hand. Die stellt sie ab, eilt mit ausgebreiteten Armen auf ihren Neffen zu und umarmt ihn überschwänglich. Ich bleibe zum Glück von solcher Vertrautheit verschont, es bleibt beim einfachen Händedruck. Die Frau reicht mir nur bis zur Schulter, wiegt höchstens 50 Kilo, aber sie hat erstaunlich kräftige Hände. Clementia trägt eine Brille mit kleinen runden Gläsern. Viele Jahre unterrichtete sie in der Klosterschule römische Mädchen unter anderem in Deutsch und Englisch. Im Alter, in dem andere Lehrkräfte längst Ruheständler sind, arbeitet sie im Vatikan in einer wichtigen Funktion. Sie kümmert sich um den Verkauf von Euro-Sondermünzen, die dem Kirchenstaat gute Einnahmen bringen. Frank hat mir das auf unserem Weg ins Kloster so erklärt: „Die Auflagen sind gerade so hoch, dass gut betuchte Sammler die Münzen mit dem Konterfei des Papstes kaufen. Die Herstellung ist billigst, Silber oder gar Gold wird nicht verwendet. Die wirklich goldenen Zeiten für den Vatikan sind allerdings vorbei. Als die Leute noch massenweise Briefmarken sammelten und Vatikanmarken in alle Welt gingen, war der Gewinn phänomenal. Der Papierdruck kostete fast nichts, Münzen prägen ist aufwändiger."

Frank hat mir zudem erzählt: „Meine Tante ist die rechte Hand der Generaloberin, hat Freiheiten wie kaum eine andere Nonne und Vorsicht – sie hat Haare auf den Zähnen. Aber uns wird sie gut behandeln, ich bin ihr Lieblingsneffe."

Schon greift Schwester Clementia in ihre Stofftasche. Aber es ist nicht das erwartete Einlasspapier ins Geheimarchiv, das sie herauszieht, sondern eine Haarbürste mit ganz weichen Borsten. „Du hast so empfindliche Kopfhaut, Du warst schon nach der Geburt empfindlich am Kopf, Du brauchst eine weiche Bürste für Dein Haar, das ja auch immer weniger wird", sagt sie zu Frank gewandt, drückt den bei ihrem Eintreten Aufgestandenen auf den Besucherstuhl zurück und streicht zärtlich mit der flachen Hand über seinen Kopf. Dann blickt sie mich auf dem Stuhl daneben scharf an.

„Bitte setzen Sie sich gerade hin. Das hier sind hochwertige Möbel, die leicht Schaden nehmen können, wenn Leute drauf sitzen, die aus einfachen Verhältnissen kommen und es nicht gewohnt sind, schöne Dinge richtig zu nutzen."

Die Tante spricht dabei sehr schnell. Mit offenem Mund sitz ich da, strecke meinen Rücken aber brav durch. Bis ich etwas sagen könnte, hat sie sich längst wieder Frank zugewandt, Clementia hat sicher keine Antwort erwartet. Sie nimmt Franks rechte Hand zwischen ihre Hände, drückt sie liebevoll. Dann wandert eine ihrer Hände wieder in die Stofftasche und kehrt zurück gefüllt mit Münzen, die sie „dem lieben kleinen Frank" mit seinen guten Einsneunzig in die Rechte drückt.

„Wir haben von allen Ausgaben immer auch Muster als kleine Geschenke für wichtige Persönlichkeiten", sagt sie zur Begründung.

Frank eine Persönlichkeit und noch dazu eine wichtige: Ich huste und kann so den plötzlich entstandenen Druck im Zwerchfell abbauen, ohne diese Aussage durch einen Lacher ins Lächerliche zu ziehen. Danach zieht Clementia noch einiges mehr aus der Tasche: Bonbons, einen silbernen Füllfederhalter im Jugendstil und diverse Früchte, weil ja Frank etwas schwächlich und so blass wirkt und unbedingt gesunder Vitamine bedarf. Dazu drückt sie ihm auch noch ein Fläschchen mit der Aufschrift Cocce Med in die Hand. „Das ist zum Gurgeln, das schützt Dich vor Erkältung und Grippe." Dazu der Ratschlag der Tante: „Du arbeitest zu viel. Frank Du brauchst mehr Ruhe, das müssen sie doch in der Klinik einsehen."

Dann rückt sie endlich raus, worauf ich schon sehnsüchtig warte. Es ist keine Eintrittskarte, aber ein Empfehlungsschreiben, abgezeichnet vom Präfekten der Glaubenskongregation. Darauf steht Franks Name plus wissenschaftlicher Begleiter, also ich. Frank bedankt sich bei seiner Tante, umarmt sie nun seinerseits. Wir möchten eigentlich gehen, aber daraus wird nichts.

„Ich muss Dir und Deinem Begleiter doch noch unser Kloster zeigen", sagt Clementia in einem Tonfall, der keinen Widerspruch duldet.

Und schon schiebt sie uns aus der Besucherschleuse durch die Tür, durch die sie in den Raum getreten ist. Jetzt sind auch wir auf der anderen Seite der Symmetrie in der Welt klösterlicher Abgeschiedenheit. Wir gehen durch einen großzügigen und sehr gepflegten Garten, in dem schon so viele Blüten duften und sehen dazwischen Nonnen mit dunkelblauen Arbeitsschürzen in den Beeten knien und den Boden bearbeiten.

„Wir bauen möglichst alles Gemüse, das wir brauchen selbst an", erläutert Clementia und geht auf eine der Frauen mit den blauen Schürzen zu.

„Das hier gefällt mir nicht, spann eine Schnur, damit die Wege gerade verlaufen, es soll doch ordentlich aussehen. Wenn schon die Welt immer ungläubiger wird, dann müssen wenigstens wir die gottgewollte Ordnung pflegen."

„Ich werde in Demut darauf achten Mater", stammelt die gemaßregelte Schwester, während ihr Gesicht rot anläuft.

Schon sind wir ein Stück weiter, nehmen auf einer Bank Platz und genießen die im April bereits kräftige südliche Sonne. Das Tantchen versorgt uns dazu mit einem erfrischenden Fruchtgetränk. Die Klostermauern schirmen den Verkehrslärm weitgehend ab, der Duft der

Blüten breitet sich im gesamten Garten aus. Wir sitzen mitten in Rom in einer grünen Idylle. Aber nicht lange. Die Tante scheucht uns wieder auf und führt uns zum Hausmuseum, eine Ehre, die ihren Worten nach nur wenigen Besuchern zuteil wird. Die mächtigen Schlüssel an ihrem Gürtel reichen hier nicht aus. Der Raum ist modernst elektronisch gesichert. Clementia gibt einen Code ein und muss sich zudem mit einem Daumenabdruck der Maschine zu erkennen geben. Erst dann öffnet sich die Tür.

Wir treten ein ins Sanctuarium. Es ist im Grunde nur ein größerer Raum, in dem ein geschnitzter mittelalterlich anmutender Hausaltar steht. Rundum gruppieren sich die Schätze des Klosters. Einige silberne und goldene Kelche und Monstranzen stehen geschützt in Vitrinen daneben. Zudem liegen hier eine Reihe von Fatschenkindln.

Clementia erläutert: „Früher war es Brauch, dass junge Mädchen für ihre Aufnahme ins Kloster eine Aussteuer mitbringen mussten. Je mehr die Familien zahlen konnten, umso höher war die Stellung der Tochter in der Ordensgemeinschaft. Reiche adelige Jungfrauen brachten herrliche Jesusfiguren mit, die kostbar mit Edelsteinen verziert waren. Weil eine Nonne ja auf eigene Kinder verzichtet, hatte sie mit dieser Gabe zugleich ihr ideelles Jesuskind und konnte dem seine Liebe schenken. Das ist etwas Wunderbares."

„Für mich sieht Liebe etwas anders aus" raune ich Frank zu, der seinen Zeigefinder zum Mund führt und mir so bedeutet, besser den Mund zu halten. Er hat Recht, ich bin hier nur dank ihm geduldet. Mein Blick streift die Wände. Dort hängen kleine Schmuckstücke, die aus Silberdraht in feinster Handarbeit gefertigt sind, aufwändig verziert und mit Edelsteinen bestückt. Darauf stehen Namen.

„Das sind Heilige, von denen wir diese Reliquien besitzen und die unser Haus schützen", erläutert Clementia, als Frank danach fragt. Sie erwecken offenbar sein besonderes Interesse.

„Die Reste dieser Heiligen bieten Euch also Schutz vor bösen Geistern wie auch Unwettern, Blitzschlägen und Hochwassern", sagt er zu seiner Tante gewandt, die ganz Ohr für ihren Neffen ist und dessen ironisch fragenden Ton nicht heraushört oder nicht hören will. Frank hat bei ihr offenbar Narrenfreiheit. Clementia blickt ihn sogar liebevoll an und gesteht:

„Ich bete fast täglich zu Ihnen um ihren Schutz und schließe dabei auch Dich in diese Fürbitten ein."

„Dann bin ich ja gut gegen Gefahren aller Art geschützt", erwidert Frank. Seine Tante lächelt nur. Dann lässt sie uns einen Moment stehen, geht auf und ab, scheint mit sich Ratschlag zu nehmen.

„Ich muss Dir noch etwas Besonderes zeigen" sagt sie dann und zieht Frank zum Altar. Dort öffnet sie ein goldenes Türchen, wie es Priester in der Kirche tun, wenn sie Hostien zur Kommunion verteilen wollen. Aber es sind keine Hostien, die Clementia herausholt, sondern ein weiteres Kästchen. Ganz behutsam stellt sie es auf den Altar, streicht zärtlich mit der rechten Hand darüber und sagt zu Frank:

„Das ist für mich das Wertvollste, was wir haben. Die Echtheit ist zwar umstritten, der Vatikan und unsere Kirchenobern wollen davon nichts wissen und brauchen es auch nicht, sie würden uns nur rügen. Aber ich glaube daran und der Glaube ist doch das Wichtigste. Diese Reliquie hat schon so viel Gutes für uns gebracht."

„Wer ist der Heilige?", fragt Frank.

„Es ist kein Heiliger, es ist er selbst, Jesus Christus unser Herr."

Frank blickt seine Tante entgeistert an. Dann kratzt er sich am Ohr, sinniert einen Moment und meint:

„Das kann nicht sein. Der ist doch in den Himmel aufgefahren und somit ist nichts von ihm auf der Erde zurückgeblieben, was sich in eine Reliquie pressen ließe. Clementia lächelt nur verzückt, ihre Haut bekommt einen rosa Schimmer.

„Das stimmt schon, aber nicht ganz. Jesus wurde doch nach seiner Geburt in den Tempel gebracht, wo er nach jüdischem Brauch beschnitten wurde, ihm also die Vorhaut am göttlichen Glied abgetrennt wurde. Diese Vorhaut, das so genannte Präputium Jesu, hat Maria Magdalena treu verwahrt. Der Legende nach hat ein Engel Karl dem Großen dieses Präputium übergeben, als er im Jahr 800 von Papst Leo III zum Kaiser gekrönt wurde. Der Kaiser hat es dem Papst geschenkt, es wurde im Lateran verwahrt. Ein deutscher Söldner stahl die kostbare Haut, als Rom Anfang des 16. Jahrhunderts beim Sacco di Roma von kaiserlichen Truppen geplündert wurde. Doch der Dieb wurde im nahen Calcata festgenommen. Seine wertvolle

Beute versteckte er heimlich im Kerker. Dort wurde sie 30 Jahre später wieder entdeckt. Immer an Neujahr gab es seither Prozessionen in dem Bergdorf. Bis zum Jahr 1984. Da war auf einmal diese kostbarste aller Reliquien verschwunden, offensichtlich einem Diebstahl zum Opfer gefallen.

So etwas darf nie wieder passieren. Wir müssen dieses Stück Jesu Christi hüten wie unseren Augapfel. Durch glückliche Umstände ist es in unseren Besitz gekommen, wir tragen jetzt Verantwortung dafür. Für mich ist auch gar nicht entscheidend, die Echtheit nachweisen zu können, was ohnehin unmöglich wäre, weil keiner einen Genvergleich mit Gott wagen dürfte. Es geht mir um die Idee dahinter: Der spanische Jesuit Alfonso Salmerón war ein Schüler des Ignatius von Loyola und hat für uns Ordensfrauen die frohe Botschaft so trefflich formuliert. ‚Jesus schickt seinen Bräuten den fleischlichen Ring des höchst kostbaren Präputiums. Der Hersteller ist der Heilige Geist, seine Werkstätte ist Marias reinster Schoß. Das Ringlein ist weich!´"

Clementias Gesichtsausdruck nimmt mystische Züge an, ihre kräftige Hand umschließt fest das juwelenbesetzte Reliquiar mit dem angeblichen göttlichen Penisteil und bewegt sich dabei sanft auf und ab. Kein Zweifel: Sie, die Braut Jesu, liebt ihren Bräutigam und ist bereit, sein abgetrenntes kindliches Ringlein am Finger zu tragen und wenn nötig, mit ihrem Leben zu verteidigen.

Frank blickt seine Tante lang an. Dann legt er seine Rechte auf ihre linke Schulter und sagt ganz ruhig: „Bei Dir ist das Präputium in den besten Händen, du bist die von Gott auserwählte Herrin seines Rings." Mir fehlen die Worte. Meine Augen senden sicher nur Fragezeichen, als ich Frank einen Blick zuwerfe. Aber ich sag nichts, bewahre Ruhe. Clementia öffnet uns schließlich den Weg ins Vatikanarchiv, da darf sie auch ein bisschen gaga sein. Schweigend kehren wir in den Garten zurück, wo bereits ein Tisch für uns gedeckt ist. Es gibt Kaffee und Kuchen. „Die Milch musst Du kosten", sagt Clementia zu Frank, als sie ihm den Espresso in einer größeren Tasse kredenzt und ein Milchkännchen dazustellt.

„Sie stammt von Castel Gandolfo, der Sommerresidenz des Heiligen Vaters. Diese Milch der päpstlichen Kühe ist einzigartig. Weil der Heilige Vater sie nicht allein trinken kann, bleibt auch für uns ein wenig übrig."

Ich muss gestehen: Das ist der beste Milchkaffee, den ich bisher getrunken habe. Und erst der Kuchen: Mit einer Mousse aus dunkler Schokolade belegt und mit feinen Aromen nach Mandeln und Pistazien schmeckt er so gut, dass ich schon fast schwarze Kunst dahinter vermuten würde, wären wir nicht in einem gottgefälligen Kloster.

„Ich muss mich leider auch um die Hausorganisation kümmern und lass Dich und Deinen Begleiter einen Moment allein", sagt Clementia abrupt und geht. Endlich kann ich wieder normal mit Frank reden.

„Gell, der Kuchen ist eine Wucht", sagt er und grinst übers ganze Gesicht. Ich hab Dir nicht grundlos versprochen, dass uns Rom gefallen wird."

„Aber Frank, das mit der Vorhaut von Jesus, das klingt schon reichlich krank."

„Ich wusste schon davon. Die Tante hat mir bereits bei ihrem letzten Besuch in Deutschland etwas erzählt. Es gab im Mittelalter und vor allem in der Barockzeit viele Städte, die sich rühmten, die Vorhaut von Jesus zu besitzen."

„Bei Gott ist kein Ding unmöglich, Jesus hatte demnach viele Vorhäute, wie oft wurde er denn beschnitten?" hake ich beißend ein.

„Die Menschen früherer Jahrhunderte hatten nicht den Zugang zu Wissen wie wir heute, sie kannten nur ihre Umgebung und ahnten deshalb nichts von weiteren wundertätigen Häuten. Was die Kirche verkündete war quasi Gesetz und diese Macht war göttlich legitimiert. Im Lateranpalast horteten die Päpste nicht nur die göttliche Vorhaut, sondern auch die Sandalen des Wanderpredigers Jesus und den Stuhl, auf dem er beim letzten Abendmahl gesessen sein soll. Beim Sacco die Roma ging das dann alles verloren. Und nun stell Dir eine Nonne vor, die ein Leben lang auf einen Mann verzichten muss. Sie ist wie ein Teenager und projiziert ihre Liebe auf einen Unerreichbaren. Schon die hl. Katharina von Siena träumte vor fast 700 Jahren davon, sich die Vorhaut Jesu als Ehering über den Finger zu streifen und wälzte sich dazu vor wollüstiger Entzückung am Boden."

„Ich gönne den Nonnen ja gern diese Freuden."

Frank nickt zustimmend. „Die Kirchenväter allerdings konnten sich mit solch nonnenhafter Begeisterung nie anfreunden, für sie war das Präputium ein theologisches Problem, nicht nur, weil es so viele heilige Häute von dem einen göttlichen Penis gab. Die Theologen mussten begründen, wie es sein konnte, dass bei der Himmelfahrt des Herrn nicht auch seine Vorhaut sich wieder mit ihm verband. Denn es war ja zugleich ein Dogma der Kirche, dass Menschen, die Gliedmaßen verloren haben, im Jenseits wieder über einen vollständigen Körper verfügen dürfen. Die Menschen fragten sich: Wie soll ich im Jenseits meinen fehlenden Arm wieder bekommen, wenn schon Jesus scheiterte und nicht vollständig zum Vater in den Himmel durfte? Die Vorhaut Jesu beschäftigte die Theologen deshalb stark. Dass sie auf der Erde zurückbleiben musste, löste zu ihrem Wohlgefallen aber auch einen Widerspruch. Denn wie sollte die Vorhaut eines Säuglings zu einem erwachsenen Mann passen. Jesus war etwa 30 Jahre alt, als er starb. Die Vorhautfrage trieb zudem absonderliche Blüten: Der vatikanische Gelehrte Leo Allatius spekulierte im 17. Jahrhundert, dass es sich bei den 1610 entdeckten Saturnringen um die Vorhaut des Herrn handeln müsse, die nun doch mit Jesus in den Himmel aufgefahren sei und sich in dieser Gestalt dem irdischen Betrachter zeige."

Ich schüttle nur den Kopf. „Frank, was hältst Du von der Reliquie?"

„Nichts. Ich glaube, dass die Kirche höchstselbst den Vorhaut-Kult in Calcata dadurch beendete, dass sie die Reliquie aus dem Verkehr zog. Diese Hautverehrung war den Kirchenobern inzwischen peinlich geworden, ein Diebstahl wurde initiiert oder vorgetäuscht."

„Und wie kamen die Ordensschwestern zu der Haut?"

„Ich weiß es nicht. Aber ich kann mir vorstellen, dass die Kardinäle vor einer Vernichtung zurückschreckten. Man weiß ja nie. Vielleicht bricht die moderne Kultur zusammen, die Zeiten ändern sich und Menschen glauben wieder an Wunder. Dann muss die Kirche bereit sein und liefern können. Deshalb besser die Reliquie ins Asyl hinter Klostermauern geben und die Schwestern zum Schweigen verdonnern."

„Deine Tante hat aber geredet." „Weil sie mir vertraut und sie natürlich nicht weiß, dass Du Redakteur bist, sondern Dich dank meiner Worte für einen drittklassigen Heimatforscher hält, der macht, was ich ihm sage. Und Du wirst auch nichts darüber schreiben."

„Schön das zu wissen."

Der Moment der Abwesenheit Clementias hat doch etwas länger gedauert. Vermutlich musste sie mehr als nur eine Mitschwester wieder in die richtige Spur bringen. Jetzt kehrt sie zurück, der strenge Blick hinter den runden Gläsern wird mit jedem Schritt milder. Geradezu liebevoll blickt sie Frank an, ihre fahle Gesichtshaut hat im Laufe der Begegnung immer mehr Farbe entwickelt. Frank wirkt auf seine Tante fast so durchblutungsfördernd wie das Jesus-Reliquiar. Jetzt bekommt sie gar feuchte Augen und drückt ihren Neffen zum Abschied noch einmal fest an sich.

„Pass gut auf Dich auf, in Rom gibt es viele Diebe und Gauner, iss ausreichend und halte Dich von der Grippe fern und vor allem – Du brauchst Ruhe, schone Dich."

„Aber ja Tante", sagt Frank und drückt seinerseits die zierliche Frau an sich.

„Wir werden heute Abend noch gut essen gehen, dann sind wir gestärkt für den morgigen Tag im Vatikan".

Kapitel 14

Im Geheimarchiv des Vatikans

Als wir am nächsten Morgen zum Tiber gehen, wird mir richtig deutlich, welchen Wert die Engelsburg für die Päpste in einer Stadt mit immer wieder aufsässiger Bevölkerung hatte. Die Vormittagssonne überschüttet das Bauwerk mit Licht, verstärkt ihren majestätisch drohenden Charakter. Über den Ponte Umberto gehen wir direkt darauf zu. Ein breiter Boulevard führt uns zum Vatikan.

„Geht besser in die Bibliothek und nicht ins Archiv, ich denke Ihr findet eher dort unter den Handschriften etwas zum Konzil in Trient" hat mir Eva geraten, als ich sie gestern nach dem Besuch der göttlichen Vorhaut anrief. Sie ist schon eine Woche in Rom, wir wollen uns bald treffen, spätestens wenn wir fündig werden und ihr geschichtliches Wissen benötigen.

„Spürst Du die Energie?" fragt mich Frank unvermittelt, als wir am Petersplatz ankommen.

Ich blicke ihn völlig überrascht an, diese Frage hätte ich von einem der Logik verhafteten Menschen nicht erwartet. Aber ich muss ihm zustimmen, wenngleich ich das nicht gern zugebe und jeglichem Glauben schon immer mit großem Misstrauen begegnet bin. Es gibt magische Orte.

„Wir stehen inmitten von Millionen Wünschen und Gebeten, die hier schon gesprochen worden sind. Deren Aura scheint uns zu treffen", antworte ich Frank.

Zugleich erinnere ich mich an meine erste Reise nach Indien. Als ich aus dem Flugzeug stieg, wurden mit einem Mal die indischen Götter ganz real, ihre Existenz war um mich wie jetzt hier in Rom die Lebenshoffnungen von Menschen der westlichen Kultur. „Kannst Du Dir vorstellen, dass Gedanken in der Luft liegen und andere Menschen sie aufnehmen können?" frage ich Frank. Er macht einen Seufzer und nimmt den Himmel ins Visier.

„Es gibt Dinge, auf die ich mir keinen Reim machen kann. Wenn ich zum Beispiel unser altes Schulhaus betrete, dann bilde ich mir ein, die Aufregung und Angst der Schüler vor Prüfungen riechen zu können. Aber das wird wohl eine Art Autosuggestion sein", meint Frank.

„Vermutlich", stimme ich ihm zu und spüre doch einen Zweifel in mir.

„Wenngleich", fährt Frank fort, „Gedanken ja auch nichts anderes sind als Energie. Was Atome machen, mit Hilfe von Licht und anderen Teilchen Energien austauschen, das machen unsere Neuronen im Gehirn ja ebenso, nur eben auf einer höheren Ebene. Gängige Meinung ist, jedes Gehirn schütze sich vor äußeren Einflüssen, weil es nur so störungsfrei arbeiten könne. Aber es könnte auch ganz anders sein. Hast Du nicht auch das Gefühl, Kreativität und spontane Einfälle entstehen nicht durch Nachdenken, sondern sie treffen uns, kommen sozusagen von außen. Vielleicht liegen all die Ideen tatsächlich in der Luft und manche Menschen haben die Gabe entwickelt, sie aufzunehmen und daraus dann Neues zu schaffen. Uns umgibt sozusagen ein geistiges Netz, aus dem wir schöpfen können."

„Vielleicht Frank, vielleicht aber auch nicht. Wir jedenfalls halten uns jetzt besser an das, was wir hoffentlich im Archiv finden. Intuition und Ideen helfen uns nicht weiter. Wir brauchen Konkretes.

Konkretes will auch der pittoreske Landsknecht, der mit seiner aufgestellten Lanze den Zugang vom Cortile del Belvedere in die Vatikanische Bibliothek bewacht. Frank zieht aus der rasiermesserfreien Innentasche seiner Jacke das Empfehlungsschreiben seiner Tante. Der Schweizer Gardist nimmt es in die Hand, liest aufmerksam. Im nächsten Moment drückt er den Rücken gerade und verlangt nach unseren Ausweisen. Wir werden registriert, der Zugang steht uns frei. Wir treten ein und stehen wenig später unter einem grandiosen Gewölbe. Imponierende Pracht, aber die hilft uns nicht. Wir geistern durch die Hallen und stoßen zum Glück auf einen hilfsbereiten Angestellten, der uns aufklärt. Wir sind völlig falsch abgebogen, gehen zurück und stehen endlich am Einlass vor einem ältlichen Bibliothekar, der sich unser Anliegen anhört und dabei stetig mit dem Kopf nickt. Dann begutachtet er etwas missmutig unsere Handschuhe. Wir dürfen in den Lesesaal, wo uns nur 20 Minuten später an der Ausgabestelle eine Mappe mit zwei Schriftstücken ausgehändigt wird. Der Puls wird schneller, ich spüre das Blut in meinen Kopf steigen. Vor uns liegen zwei Handschriften aus dem Jahr 1551, geschrieben in Latein. Frank schaltet seinen elektronischen Übersetzer ein. Einzelne Wörter und Teilsätze verstehen wir zwar auch so. Aber ohne Elektronik kämen wir hier nie durch.

Als noch größere Hürde erweist sich das Lesen. Wort für Wort müssen wir regelrecht entziffern, scheitern bei einigen Begriffen ganz, bei einigen weiteren bleiben Unsicherheiten. Mit jedem Wort, das wir mühsam aus der Handschrift herauslesen, legt sich die anfängliche Spannung. Der erste Text ist nichts anderes als eine bessere Gästeliste mit einigen Anmerkungen. Michael Bräu wird genannt, mehr aber auch nicht. Der zweite Text betrifft einen Antrag eines Salzburger Paters Irminbert an das Konzil, in dem es um die reale Präsenz von Jesus in der Eucharistie geht. Michael Bräu ist hier als Mitunterzeichner genannt. Irminbert griff einen Gedanken auf, der offensichtlich schon einmal verworfen worden war – die Kommunion den Gläubigen in beiderlei Gestalten zu reichen, also Hostien und Wein auszugeben. Wir quälen uns durch den Text, knobeln über zwei Stunden daran, können aber nur wenig herausfinden. Eine ganze Passage widmet sich der damaligen theologischen Hauptfrage: Wie werden aus Hostien und Wein bei der Wandlung Leib und Blut Christi? Einen Beschluss fasste das Konzil nicht, die Frage wurde vermutlich vertagt.

Enttäuscht blicke ich Frank an: „Wir sind doch nicht auf der Suche nach dem großen Hokuspokus. Es interessiert mich nicht, wie unter Glockengeläut und dem Spruch ‚Hoc est Corpus Christi' der Wein zu Blut werden soll, zumal er weiterhin nach Wein schmeckt. Ich will nicht diesen Schmu, sondern endlich Unterlagen zur Inquisition, warum Bräu angeklagt wurde und vor allem, wonach ihn die Kirchenoberen fragten. Zudem habe ich mir das Lesen einfacher vorgestellt. Unsere Lateinkenntnisse reichen nicht, Dein Gerät übersetzt nicht alles richtig."

Frank nickt zustimmend: „Diese Papiere können wir zurückgeben." Er legt die Blätter wieder in die Mappe. An der Ausgabestelle beginnt Frank ein Gespräch auf Englisch mit einem jungen Priester, der hier wissenschaftlich arbeitet und dem er unser Leid klagt. Der Mann überlegt nur einen Moment und lächelt uns dann arrogant gönnerhaft an. Unterlagen zu einem Inquisitionsverfahren werden wir hier nicht finden, so sinngemäß seine Worte, da müssten wir ins Archiv im Gebäude nebenan.

„Also doch ins Geheimarchiv. Dann hätte uns Eva einen falschen Rat gegeben", sage ich zu Frank, als wir uns dem Ausgang zuwenden.

Das Archiv hat aber nicht mehr lange auf. Wir beschließen deshalb, für heute abzubrechen und morgen dort unser Glück zu versuchen. Frank hat sich so in die Übersetzungen reingehängt, er wirkt ein wenig erschöpft. So gehen wir zu Fuß zurück, die frische Luft tut gut. Als wir den Tiber hinter uns haben, beschließen wir, den Nachmittag in einem Straßencafé bei einem Secco ausklingen zu lassen und den Frust der vergeblichen Suche runterzuspülen.

Frank hat schnell ausgetrunken, winkt dem Kellner und bestellt ein weiteres Glas. Die Nachmittagssonne wärmt uns, der Frühling am Fluss hat was. Als ich zahlen will, wehrt Frank ab.

„Nein, nein, heute zahle ich" ruft er und greift in seine Tasche. Dann höre ich einen lauten Schrei. Ruckartig zieht Frank seine Hand zurück. O je, die Rasierklingen, schießt es mir durch den Kopf. Frank blutet heftig. Die Finger sind rot, das Blut tropft auf den Boden. Der Kellner eilt herbei, macht sofort kehrt und ist Sekunden später mit einer Handvoll Servietten zurück. Ich tupfe damit auf Franks Hand. „Soll ich eine Ambulanza rufen!", ruft mir der Kellner zu. Frank, der nun sichtlich blass geworden ist, winkt mit seiner gesunden Hand ab.

„Ich bin selbst Arzt, das kriegen wir schon hin.". Dann wendet sich Frank zu mir: „Wir brauchen ein Stück Stoff, um die Blutung zu stoppen." Frank bittet den Kellner um ein frisches Geschirrtuch und eine Schere.

„Wir zahlen das alles", ruft er dem Mann noch hinterher. Sekunden später schneide ich nach Franks Anweisung Streifen von dem Tuch ab, knülle drei oder vier Servietten zusammen und lege das Päckchen auf die Wunde. Eigentlich sind es zwei Wunden, Frank hat je einen Schnitt im Mittel- und Ringfinger seiner rechten Hand. Das Päckchen überdeckt beide Wunden. Drüber wickle ich den Stoff um die beiden Finger.

„Fester", schreit Frank, Einwickeln nützt nichts, Du musst einen Druckverband machen."

Ich gebe mein Bestes. Aber noch immer sickert etwas Blut durch. Auf Franks Anweisung hin spanne ich einen weiteren Stoffstreifen um sein Handgelenk. Nun wird es besser. Ich zahle und gebe dem Kellner ein dickes Trinkgeld – schließlich haben wir ja auch noch den Tisch versaut, und dieser hilfsbereite Mann hat uns ein Taxi gerufen und zudem eine Plastiktüte gebracht. Die kommt über die verletzte Hand. Erst dann dürfen wir einsteigen. Franks Gesicht hat eine aschfahle Farbe angenommen.

Im Hotelzimmer angekommen, legt sich Frank sofort aufs Bett und kommandiert: „Den Stoff am Handgelenk lösen." Er nimmt ein Kissen, legt den Arm hoch und sagt dann seelenruhig: „Ich muss jetzt ausruhen. Danach sehen wir weiter."

Ich setze mich neben den Freund und starre die Decke an. Schöne Bescherung, das Dolce vita hatte ich mir anders vorgestellt. Während ich innerlich aufgewühlt bin, scheint der Verletzte das alles besser zu verkraften. Frank hat eine Schmerztablette genommen, sicher eine starke. Denn er ist eingenickt, mitunter schnarcht er etwas.

„Ich bin hungrig" sagt er völlig unvermittelt nach einer knappen Stunde und richtet sich auf.

„Aber erst müssen wir meine Hand in Ordnung bringen. Mach den Verband ab", fordert er mich auf. Als der Stoff weg ist, beugt Frank vorsichtig die verletzten Finger.

„Ich kann sie gut bewegen, die Sehnen sind also heil geblieben. Ich werde mich selbst behandeln und Du assistierst", sagt er mit ruhiger Stimme.

Er öffnet seinen Koffer und holt einen Beutel heraus, in dem er seine ärztliche Notausrüstung gebunkert hat. Dann geht er ins Bad – wegen der besseren Reinigungsmöglichkeit und bedeutet mir, ihm zu folgen. Ich ziehe ihm einen Handschuh über die unverletzte Hand und zwei Spritzen auf. Jeder der beiden verletzten Finger bekommt eine Dosis.

„Die Betäubung wirkt schnell", sagt Frank und nimmt mit einer Pinzette das Serviettenpapier ab. Die Wunden beginnen wieder zu bluten. Unbeirrt macht Frank weiter, reinigt und desinfiziert die Schnitte.

„Jetzt bist Du dran", sagt er bestimmend. Ich ziehe ebenfalls sterile Handschuhe an, während Frank sein „Nähzeug" zurechtlegt. Dann gibt er mir Anweisungen.

„Steche die Haut seitlich an…"

Mir wird ganz übel. Aber ich konzentriere mich, mache genau, was Frank sagt. Das überdeckt das aus dem Magen kommende flaue Gefühl. Hin und wieder greift Frank mit seiner gesunden Hand selbst ein. Nach einer gefühlten Ewigkeit von vielleicht zehn Minuten sind die Schnitte vernäht.

Frank grinst mich an: „Hast Du so was schon mal gemacht?"

„Natürlich nicht, und ich möchte es nicht gern wiederholen."

Mit einem Taschentuch greife ich in die blutverschmierte Jackentasche, hole vorsichtig den Übeltäter ans zur Neige gehende Tageslicht, wickle das schnittige Teil nochmals gut ein.

„Das werde ich morgen entsorgen oder noch besser Deiner Tante schicken, damit sie sich künftig derlei Ratschläge verkneift. Sie soll ihren Blödsinn besser für sich behalten. Jetzt bist Du verletzt, mal schauen, wann Du wieder einsatzfähig bist."

Den Abend bleiben wir im Hotel. Frank isst ein Carpaccio und einen Teller voller Nudeln, zwar nicht ganz sein Gusto, aber komfortabel mit einer Hand in den Mund zu bringen.

Am nächsten Tag machen wir – nichts. Frank braucht Erholung, will faulenzen. So ziehe ich allein los. Am Abend davor telefonierte ich noch mir Nora. Schade, dass sie nicht hier sein kann. „Kopf hoch, Ihr werdet schon was finden", ermunterte sie mich, nachdem ich ihre Frage nach neuen Erkenntnissen leider nicht beantworten konnte. Zudem erinnerte mich Nora an Caravaggio.

„Die Ausdrucksstärke seiner Bilder prägten Kirche und Glauben stark. Schau Dir die Werke an, dann verstehst Du auch Inquisition und Urkunden im Vatikan besser."

An der Piazza Santa Maria del Populo betrete ich deshalb die Kirche und stehe vor dem Gemälde das zeigt, wie drei Schergen den Apostel Petrus vom Leben zum Tod befördern. Ein schreckliches Bild. Petrus ist mit Händen und Füßen bereits ans Kreuz genagelt, seine drei Henker stemmen und ziehen mit Verve an dem Holz, um es in die Senkrechte zu hieven. Petrus starrt ins Leere, sein Gesicht ist zwar nicht von Schmerz verzerrt. Aber der Apostel, der vorweg noch mutig betonte, er sei nicht würdig wie sein Herr Jesus zu sterben und deshalb noch qualvoller mit dem Kopf nach unten aufgestellt werden soll, ist hier ein verlorener alter Mann, allein in einer dunklen Welt, schier hoffnungslos und nur den Tod vor Augen.

Schnell wieder raus, frische Luft tut gut. Aber es wird noch gewalttätiger In der Villa Borghese lese ich, dass der Maler Caravaggio ganz real auch selbst einen Mann getötet hat. Und dann stehe ich vor dem schmächtigen David, der so unschuldig versonnen dreinblickt und in seiner Linken den abgeschlagenen Kopf des Riesen Goliath hält, in dessen Gesicht sich der Maler selbst porträtiert hat. Die Orgie geht weiter im Palazzo Berberini. Eine junge Frau scheint sich zu fragen, ob sie technisch schon alles richtig macht, als sie einen Mann enthauptet. Das Bild zeigt die Geschichte, wie die biblische Judith den betrunkenen assyrischen Tyrannen Holofernes im Schlaf ermordet. Mit einem Schwert hat sie ihm den Hals schon halb durchtrennt, Blut schießt heraus. Carvaggio stellt den Moment brutal-eindringlich dar, in dem das Augenlicht des Opfers zu brechen beginnt und der letzte Blick seiner Mörderin gilt. Der eigentliche Horror der dargestellten Szene aber liegt im Gesicht dieser jungen Frau. Wie schon zuvor David wirkt auch sie so verletzlich und unschuldig. Hätte sie einen Kuchen in den Händen, würde ihr Gesichtsausdruck bestens dazu passen – eine junge Frau, die sich sorgt, ob ihr Backwerk gelingt. Aber diese Frau backt keinen Kuchen, sie schneidet einen Kopf ab.

Ich muss hinaus ins Freie, das blutige Spektakel reicht. Was mich zudem irritiert: Wie kann Nora nur solche Bilder ansehen und mir noch dazu raten. Im Gehen beruhigt sich die aufgeladene rechte Gehirnhälfte wieder, die analysierende linke meldet sich wieder. Carvaggio war der erfolgreichste Maler seiner Zeit, weil er der Kirche ein Mittel in die Hand gab, Menschen emotional zu packen. In der Gegenreformation kam es darauf an, Gefühle zu vermitteln. Die Leute sollten glauben, nicht verstehen. Wenn Luther die Bibel in die Volkssprache übersetzte und damit der Kirche die alleinige Deutungshoheit streitig machte, so halfen Argumente wenig. Das Volk sollte nicht länger denken, sondern glauben. Inflationär entwickelte die Geistlichkeit ausschweifende Fantasien über Höllenfeuer jeglicher Art, die allen Sündern und Abweichlern, aber natürlich auch Un- und Falschgläubigen drohten. „So denken doch auch heute alle selbsternannten Weltverbesserer und Fanatiker und bringen mit ihrer Dummheit immenses Leid über ihre Mitmenschen", kommentiert Frank ganz gelassen, als ich zurückkehre.

Der eine Tag Pause muss ihm reichen. Sonst verlieren wir zu viel Zeit, denn es geht dem Wochenende entgegen. Ohne Frank komme ich nicht rein. Das Empfehlungsschreiben lautet leider auf ihn persönlich plus Begleiter.

„Hoffentlich werfen sie uns nicht hinaus, wenn Du mit dem Verband antanzt", sage ich zu dem Freund.

Der antwortet scheinbar ungerührt: „Wir werden schon sehen."

Am Cortile wenden wir uns dem anderen Eingang auf der linken Seite zu. Auch hier steht ein Gardist. Franks Verband interessiert ihn nicht. Den Mann mit der Soutane im Archiv schon. Frank muss tatsächlich seinen Verband abwickeln und die genähten Wunden zeigen. Erst als der Priester mit den Wundmalen einen ihm vertrauten Topos erkennt, weicht der misstrauische Blick. Wir dürfen rein. Wenig später haben wir wieder lateinische Handschriften vor uns. Und können einmal mehr kaum etwas damit anfangen. Allein das Entziffern fällt uns hier noch schwerer, der Schreiber hat sich wenig Mühe um die Lesbarkeit gegeben. Und unsere Lateinkenntnisse sind noch schlechter als befürchtet, der elektronische Übersetzer hilft uns nur sehr bedingt, liefert mehr Unsinn als Sinn. Nach und nach gelingt es uns zwar, die Teile aus dem Konvolut herauszufiltern, die für unsere Recherche viel versprechend sind. Der misstrauische Mann in der Soutane erweist sich nun für uns als sehr hilfreich. Er erlaubt uns Kopien von zwei Schriftstücken.

„Mehr geht nicht", sagt er aber ganz bestimmt, als wir sicherheitshalber noch weitere Dokumente vervielfältigen wollen. Frank und ich tauschen einen Blick aus und wissen, was zu tun ist. In einem kleinen Laden fertige ich zur Sicherheit weitere Kopien der Abschriften an.

„Ich werde sie noch heute Eva bringen, dann hat sie übers Wochenende Zeit zum Knobeln", sage ich zu Frank, der die Abschriften einsteckt und zum Hotel aufbricht.

Evas Bleibe ist außerhalb des Zentrums in einem Studentenwohnheim, das der Sapienza angeschlossen ist. Dort ist vom Glanz der einstigen Welthauptstadt nicht viel zu sehen. Als Eva die Tür öffnet, sehe ich zwei müde Augen.

„Gefällt Dir Rom nicht?" frage ich.

„Diese Stadt wirkt im ersten Moment so imponierend und schön. Aber wenn Du einen Blick hinter diese Fassade wirfst, erkennst Du schnell viele dunkle Flecken. In Italien und speziell hier in Rom läuft nichts ohne Beziehungen. Du kannst noch so gut arbeiten, gesehen wird das erst, wenn die richtigen Leute für Dich Partei ergreifen. Ich bemühe mich und arbeite an manchen Tagen bis zu 15 Stunden, sehe mich als nützlichen Idioten, der für andere die Arbeit macht, mit der sie sich dann brüsten."

„Aber ist das nicht im Wissenschaftsbetrieb in Deutschland ähnlich?", werfe ich ein.

„Natürlich nutzen auch bei uns Professoren ihre Hilfskräfte aus. Aber die Leistung wird gesehen und anerkannt."

„Woran arbeitest Du?" frage ich.

„Die Arbeit selbst gefällt mir sehr gut. Es geht um die Zeit der Kreuzzüge. Die Tempelritter eroberten im Mittelalter Jerusalem, wurden eine der mächtigsten Organisationen. Der Papst förderte sie. In einer Forschungsarbeit geht es darum, wie die Zusammenarbeit zwischen Kurie und Templern im Detail aussah. Es gibt zwar Dokumente dazu, aber es ist nicht detailliert bekannt, welche Vorteile sich für den Papst aus dieser Zusammenarbeit ergaben. So etwas ist nirgends aufgelistet, der Einblick ergibt sich erst durch Interpretieren der Schriften. Das untersuchen wir gerade, und ich schnüffle mich durch die Archive der Stadt. Die Arbeitsteilung sieht so aus: Ich liefere die Texte, die Interpretation macht dann der Prof."

„Und jetzt komm ich auch noch daher und versau Dir das sehnsüchtig erwartete freie Wochenende, denn ich brauche Deine Hilfe."

Ich ziehe meine Kopien aus der Jacke. Eva wirft einen Blick darauf, blickt mich keinesfalls missmutig an, sondern beginnt zu lächeln.

„Das dürfte nicht allzu schwer werden. Lass mir die Blätter da, ich melde mich, sobald ich was herausgefunden habe."

Als ich im Hotel zurück bin, ist das Zimmer leer. Frank ist offenbar noch ausgegangen. Hätte auch etwas sagen können. Ich funke ihn an.

„Der Hunger hat mich übermannt. Wollte Dich gerade anrufen. Ich sitze im Da Claudio und hab soeben eine Thunfisch-Bruscetta genossen. Der erste Hunger ist gestillt, komm nach, wir machen uns einen schönen Abend. Das Essen ist köstlich."

Frank beschreibt mir den Weg, es sind nur ein paar Straßen. Wenige Minuten später sitze ich bei ihm.

„Hoffentlich geben nun diese Texte etwas her, damit wir den Geschäften von Michael Bräu näherkommen und vielleicht endlich einen Hinweis, wo wir die Suche nach seinem Vermächtnis beginnen können", sagt er.

„Ich denke, Eva ist die Richtige, aus einem Wust an religiös klingenden Phrasen den wirtschaftlichen Hintergrund herauszulesen. Nach dem Wochenende wissen wir mehr."

Dann lassen wir es uns bei Prosecco, Vitello und Pasta bestens gehen.

Am nächsten Morgen beschließe ich, einen erneuten Knobelversuch zu wagen.

„Frank aufwachen! Gib mir bitte die Kopien, die wir gestern im Archiv angefertigt haben."

Noch ein wenig vom Schlaf benommen, richtet sich Frank etwas im Bett auf und greift in die Schublade seines Nachttischs. Er kramt. Dann steht er auf, sieht erneut nach und geht dann zu seiner Kleidung und auch zum Koffer.

Dann fordert er mich auf: „Bitte sieh auch Du nach. Ich kann die Blätter nicht finden, bin mir nicht mehr sicher, ob ich sie überhaupt eingesteckt habe. Vielleicht sind sie in Deiner Tasche."

Das kann nicht sein. Schlagartig bin ich hellwach und elektrisiert, werde böse erinnert an meine Wohnung, in der ja ebenfalls ein Papier verschwunden ist. Aber hier in Rom. Wer sollte uns da nachstellen? Jeglicher Gedanke daran erscheint absurd. Gemeinsam stellen wir das Zimmer auf den Kopf – und finden nichts.

Franks Schlussfolgerung: „Ich kann mir nicht vorstellen, dass uns hier einer beklaut. Vielleicht habe ich die Blätter nicht in die Schublade, sondern nur so auf den Nachttisch gelegt und der Zimmerdienst hat das als Abfall eingestuft und mitgenommen."

Frank eilt schnurstracks an die Rezeption und kehrt wenig später mit einem großen Fragezeichen im Gesicht zurück.

„Der Zimmerdienst ist strikt angehalten, nur die Abfalleimer auszuleeren, ansonsten alles liegen zu lassen. Es sei unmöglich, dass ein Zimmermädchen Papiere mitgenommen habe."

„Jetzt können wir nur auf Eva und die ihr anvertrauten Kopien hoffen. Frank, das gleiche Spiel hatte ich schon mal mit dem Papier aus dem Bellmann-Haus. Das ist alles höchst seltsam. Wer sollte einen solchen Aufwand betreiben und uns nach Rom folgen in der vagen Hoffnung, hier etwas Nützliches erfahren zu können. Plötzlich fällt mir der Kriminalbeamte Bender mit seinen Worten ein.

„Was sagte er?", fragt mich Frank.

„Dass ich nicht verreisen soll und ihn in einem solchen Fall informieren müsse."

„Hast Du das getan?"

„Natürlich nicht."

Frank beginnt zu schmunzeln: „Das scheint ja richtig spannend zu werden."

Ich kann seine gute Laune nicht teilen und ziehe folgenden Schluss: „Bei logischem Nachdenken kann es nur eigene Schlamperei sein, dass die Blätter weg sind. Dennoch: Wir müssen vorsichtig sein."

Kapitel 15

Diabolische Anklageschrift

Drei Tage später kommt nicht Eva zu uns ins Hotel, sondern wir treffen uns mit ihr in einem Café, nachdem Frank und ich vorher mit einem Taxi durch die Stadt gefahren sind, um mögliche Beobachter abzuschütteln.

„Was spricht die Mutter Kirche über Bräu. Hat er sich dem Teufel hingegeben und musste mit Gewalt in den Schoss der Mutter Kirche zurückgeholt werden", stichelt Frank, als Eva ein bisschen verspätet eintrifft.

Auf mich wirkt sie ganz anders als bei unserer ersten Begegnung in Rom. Keine rotgeränderten Augen aufgrund stundenlangen Arbeitens bei schlechtem Licht. Eva sieht gut aus, trägt ein enges Pepita-Kostüm, ein feiner Palisanderduft umgibt sie. Mit wachem Blick nimmt sie Frank ins Visier und schmunzelt.

„Mein lieber Herr Kreiker, Du solltest Deine Lateinkenntnisse etwas auffrischen, schon allein im Interesse Deines Arztberufs. Der Text war zwar anspruchsvoll, aber es enttäuscht mich, dass Ihr das nicht allein geschafft habt."

Bei diesen Worten wandern Evas Augen weiter zu mir. Ich rutsche auf meinem Stuhl nach hinten, sage aber besser nichts. Sind wir doch gekommen um zu hören, was uns Eva zu sagen hat. Da ist sie psychologisch im Vorteil, da provoziert man nicht, da hält man das Maul.

Deshalb trete ich Frank auf die Zehenspitzen, als dieser zum Sprechen ansetzt und sage versöhnlich: „Schön dass Du kommen konntest, ich danke Dir schon jetzt für die Hilfe und hoffe, Du hast Informationen, die uns weiterhelfen."

Eva setzt sich, bestellt einen Cappuccino, nimmt die Kopien aus ihrer Handtasche und lehnt sich erst einmal zurück, wobei sie uns anlächelt wie eine Gouvernante die ihr anvertrauten Kinder. Sie lässt sich Zeit und uns bewusst etwas schmoren. Endlich beginnt sie.

„Wisst Ihr etwas über ein Buch, das Michael Bräu geschrieben hat?“ Ich bin erstaunt.

„Da ist mir nichts bekannt.“

Eva weiter: „Das wundert mich nicht. Denn es ist ein theologisches Werk, in Zeiten der Reformation aber hoch gefährlich. Bräu hat darin die Übersetzung der Bibel in die Volkssprache unterstützt, worin die Kirche einen Angriff auf ihre uneingeschränkte Souveränität über das Seelenheil sah. Bräu stand da auf einer Linie mit Luther und anderen Abtrünnigen. Zudem muss er in dem Buch theologisch begründet haben, warum die Kommunion in beiderlei Gestalten erfolgen könnte und sollte – auch das ist reformatorisches Gedankengut. In dieser sogenannten zweiten Periode des Konzils waren zwar auch Reformer als Beobachter zugelassen, aber sie hatten einen schweren Stand. Und wenn Bräu als inoffizielles Sprachrohr des bayerischen Klerus auf ihre Linie einschwenkte, sah Papst Paul III offenbar rot. Die harte Linie in der Kurie formierte sich, einflussreiche Kardinäle fürchteten um ihre Pfründe, der Grundstein für die Gegenreformation wurde hier gelegt.“

„Was hast Du über das Inquisitionsverfahren herauslesen können?“ will ich wissen.

„Am 14. September 1551 eröffnete das Konzil die ‚Befragung‘ des Pfarrers – damit stand der Vorwurf der Ketzerei im Raum. Basis dafür war die vom Papst einige Jahre davor eingeführte so genannte Römische Inquisition. Eigentlich war sie gemäßigt, die Strafen meist milde. Deshalb überrascht mich eines. Bräu wich zwar von der Lehre ab, aber er stellte nie die Kirche an sich und ihre Macht in Frage. Eine Ermahnung mit Aufforderung zur Umkehr und Widerruf wäre die angemessene Reaktion gewesen. Aber der Dominikanerpater als Vertreter der Anklage war ein scharfer Hund. Er drohte Bräu mit peinlicher Befragung, also Folter und stellte als Forderung in einem Nebensatz und damit umso bedrohlicher in den Raum, dem Ketzer die Zunge abschneiden zu lassen, auf dass er nie mehr solch frevelhaftes Gedankengut verbreiten könne. Das war natürlich erstens unsinnig, weil Bräu ja kein Prediger war, sondern in Schriftform seine Gedanken darlegte und zweitens war es dumm, weil es einen weiteren Keil zwischen Traditionalisten und Reformer trieb und die Spaltung der Kirche förderte. Der Anklage ging es also um bewusste Provokation, um einen exemplarischen Schlag gegen das aufkommende neue Gedankengut."

„Was hat Bräu dann gemacht?"

„Michael Bräu war kein Held, sondern schlau. Er schwor seinen im Buch genannten Thesen ab, gab sich reumütig. Die Kurie konnte gar nicht anders, sie musste ihm verzeihen. Deshalb irritiert mich eines: Seine Rehabilitierung dauerte, kam nicht sofort. Er wurde trotz des Widerrufs inhaftiert. Bräu verschwieg der Kirche etwas, möglicherweise seine wirtschaftlichen Tätigkeiten. Offenbar war er nicht bereit, der Kurie einen Blick in die von ihm verwalteten Finanzen der Diözese Regensburg zu geben. Da blieb er standhaft. Bräu wusste: Der Papst wollte an sein Geld, zumindest an einen Teil davon. Deshalb widerrief er seine Thesen und brachte sich so aus der Schusslinie."

Ich werfe Frank einen Blick zu und sage zu Eva: „Bist Du auf irgendeinen Hinweis gestoßen, wo das Vermächtnis Bräus heute liegen könnte?"

Eva schüttelt den Kopf: „Da konnte ich nichts herauslesen. Aber gerade deshalb halte ich es für wichtig, wenn wir nochmals ins Vatikanarchiv gehen. Mit wir meine ich vor allem mich. Es könnte noch weitere Aufzeichnungen geben, die wir erkunden sollten, ja ich bin überzeugt, wir finden noch etwas."

Missmutig blicke ich aus dem Fenster des Cafés: „Dann bin ich leider außen vor. Das Empfehlungsschreiben lautet auf Frank plus Begleitperson. Also müsst Ihr beide hingehen."

Zwei Tage später ist es so weit, Eva holt Frank am Hotel ab. Ich mach an dem Tag einen weiteren Stadtbummel durch Rom, sehe mir insbesondere das Forum Romanum an. Die Steine erwecken in mir die Fantasie. Ich sehe mich im klassischen Rom, vor meinem geistigen Auge wird das Marktgeschehen mit dem Treiben der Leute und Händler lebendig. Vor mir schwankt ein Senator über den Platz. Seine Leibesfülle hindert ihn an schnellem Fortkommen, hinter ihm ein Tross, bepackt mit den Einkäufen des edlen Herrn, der lüstern eine am Boden kauernde junge Sklavin ins Visier nimmt. Weil er in dieser Hinsicht aber schon mehrfacher Eigentümer erzwungener sexueller Freuden ist, erspart er sich diesmal den Kauf und malt sich dafür aus, welches seiner Mädchen nach der Heimkehr ihn verwöhnen darf. Der Fleischberg hält sich für attraktiv, ein mächtiger Mann wie er kann gar nicht hässlich sein.

Bei dieser Vorstellung wechsle ich lieber wieder in die Gegenwart, in der es keine Sklaverei mehr gibt, zumindest nicht offiziell und nicht so zur Schau getragen wie im alten Rom. Aber viel geändert hat sich trotz Internet und Atombombe in dieser Hinsicht nicht. Auch heute noch sind viele Menschen keineswegs frei, sondern abhängig von anderen. In diesem Moment kommt mir Nora in den Sinn. Wie schön ist es doch, wenn zwei Menschen ihren Gefühlen folgen können und Zuneigung sie zueinander führt. Ach könnte Nora doch hier sein. Mit ihr durch Rom zu bummeln, da gäbe es so viel zu entdecken. Ein bisschen wehmütig gehe ich zurück ins Hotel. Die beiden lassen sich aber Zeit. Ich warte und warte, bin innerlich schon angespannt und neugierig. Endlich, es dämmert schon, meldet sich Frank.

„Wir sind gerade aus dem Archiv heraus und kommen mit dem Taxi zurück ins Hotel. Haben noch Neuigkeiten, wirst überrascht sein."

Nun wäre es sicher besser gewesen, uns in einem Café zu treffen. Schließlich wollten wir ja vorsichtig sein. Aber weil es schon spät ist, widerspreche ich Frank nicht. Wenige Minuten später sind die beiden da. Sie haben einiges zu erzählen. Eva strahlt übers ganze Gesicht.

„Dieses Archiv ist der Hammer. Ich habe nur eine erste Ahnung davon erhalten, was hier alles liegen dürfte. Ihr müsst wissen, die päpstliche Kanzlei war über Jahrhunderte führend, Kaiser und Könige mussten mit weit bescheideneren Mitteln ihre Herrschaftsbereiche verwalten. Penibel und akkurat sammelte die Kurie Urkunden und konnte damit ihren Anspruch untermauern, in Streitfragen oberste rechtliche Instanz zu sein."

Eva wendet ihren Blick Frank zu: „Da möchte ich nochmals rein. Du versprichst mir, wir gehen ein zweites Mal hin."

Frank sagt erst mal nichts, was Eva bereits als Zustimmung wertet. Ich schlage vor: „Gehen wir in unser Zimmer, um dort ungestört reden zu können."

Frank erhebt Einspruch. „Ich hab mächtigen Hunger. Gehen wir doch ins Hotelrestaurant und unterhalten uns beim Essen, ich übernehm' die Rechnung."

Eva nickt zustimmend, ich bin überstimmt. Und wenig später versöhnt mit der Welt. An diesem Tag bietet das Hotel als Spezialität Meeresfrüchte an und die von mir bestellte Fischsuppe schmeckt exzellent. Auch Eva und Frank machen zufriedene Gesichter bei Dorade und Krabben.

Aber schon vor dem Essen hat mich die Neugier übermannt. „Was habt Ihr rausgefunden?", will ich von den beiden wissen. Eva blickt Frank fragend an. Der nickt nur, überlässt ihr das Wort. Eva spricht.

„Wir wissen ja bereits: Michael Bräu schwor seinen Thesen ab, die Kirche musste ihm vergeben. Deshalb ist eines sehr seltsam. Bräu wurde noch drei Wochen weiter inhaftiert, musste im Anschluss ein gelbes Ketzerkreuz auf sein Gewand nähen lassen und dieses ein halbes Jahr lang tragen, sobald er in der Öffentlichkeit war. Das ist aus zwei Gründen so besonders. Einmal, weil Bräu ja widerrufen hat und zum anderen deshalb, weil er ja eigentlich gar nicht gegen die Kirche aufbegehrt hat, sondern nur ein Teil von vielen im damaligen Diskussionsprozess um die bestmögliche Form des Gottesdienstes war. Das harte Urteil muss andere Gründe haben. Einer könnte sein: Die Kurie wollte ein Exempel statuieren, klare Kante zeigen und die Priesterschaft wieder zum unbedingten Gehorsam zwingen. Und wie ich Euch schon gesagt habe, sollte Bräu ja eine einheitliche bayerische Linie im Klerus schaffen. Das musste der Papst in jedem Fall verhindern, solch Ansinnen beschränkte seine Souveränität.

Dann stießen wir aber noch auf eine Anmerkung in den Prozessunterlagen, die ein Hinweis darauf sein könnte, es ging weniger um die Deutungshoheit in religiösen Fragen, sondern um Materielles, sprich Geld. Solches wurde bei Bräu offenbar in großem Umfang vermutet und darauf könnte es die Kurie abgesehen haben, deshalb die bissige Anklage der Dominikaner. Generell wurde bei verurteilten Ketzern deren Vermögen eingezogen. Der spanische Dominikanermönch Pedro Maria Buenhombre schlug nun vor, Bräus Vermögen so aufzuteilen, dass zwei Drittel dem Bischof von Regensburg und das dritte Drittel dem Stellvertreter Christi in Rom zufließen sollten."

Das irritiert mich. „Warum will der Papst den Bischof mitberücksichtigen und nimmt sich nicht alles selbst?“ unterbreche ich Evas Redefluss.

Sie lächelt mich nur an. „Das ist doch ganz einfach. Der Papst brauchte den Bischof, hoffte auf dessen Wissen um Bräus Vermögen nach dem Motto – besser ein Drittel als gar nichts. Ich bin überzeugt, das war ein ganz übler Vorschlag, ein geradezu diabolisches Werk der Kurie. Für diese Theorie spricht ein Weiteres. Der Bischof war alles andere als begeistert von diesem Vorschlag. Er hätte seinen Finanzfachmann verloren. Und nun nehmen wir an: Er wusste zu diesem Zeitpunkt zwar, dass Bräu einen Schatz hütete, aber er wusste nicht, woraus dieser bestand und wo er suchen musste. Für den Bischof kam es deshalb darauf an, seinen Untergebenen erst einmal aus den Krallen der Kurie zu befreien, um dann selbst nach dem Schatz forschen zu können. Deshalb bürgte er für die Rechtschaffenheit seines Mitarbeiters in Glaubensfragen und bot der Kurie sogar 300 Goldstücke für die Freilassung. Am Ende einigten sich beide Seiten auf 150. Denn als sich auch der Administrator von Salzburg, Ernst von Bayern, für Bräu einsetzte, ruderte der Papst zurück, Bräu wurde freigelassen. Im Prozess wird das insofern deutlich, als der Zisterzienserpater Irminbert vehement die Salzburger und bayerischen Interessen vorbringt und die Kurie Angst bekam, bei einem Affront ihre eigene Machtbasis zu schwächen. Denn es bestand durchaus die Gefahr, auch Bayern an die Reformatoren zu verlieren.“

Ich greife mir an die Stirn. „Michael Bräu war also für den Bischof nicht nur als Finanzfachmann wichtig, sondern auch wegen seines Wissens um Gold und Juwelen, die er irgendwo hütete und die der Bischof vor den Krallen der Kurie retten wollte, natürlich nicht uneigennützig sondern, weil er selbst diesen Schatz in die Finger bekommen wollte.“

Eva lächelt: „Ich denke, Du hast es erfasst. Nicht von ungefähr orakelte Pater Irminbert in seinem Plädoyer für Bräu, die Kirche solle nicht einen ihrer besten Hirten opfern, er werde noch reiche Frucht bringen, und dieser Reichtum werde der Mutter Kirche zugutekommen.“

Den nächsten Tag stromern Frank und ich durch Rom, entdecken viele kleine Seitenstraßen abseits des Touristenrummels mit netten Lokalen und interessanten Geschäften. Frank steht ja auf Antiquitäten und wird zu meinem Leidwesen auch noch fündig. Eine Figur hat es ihm angetan. Gefertigt vermutlich Ende des 19. Jahrhunderts zeigt sie einen Diener mit zwei Schalen in seinen Händen, wobei er eine Hand nach oben hält. Wachsreste zeugen davon, dass darauf einst Kerzen standen. Die andere Hand war dafür bestimmt, Gebäck aufzunehmen, wie uns der Verkäufer erläutert. Die Figur stand wohl über Jahrzehnte im Eingangsbereich eines Hotels, wurde dann ausgemustert.

„Die stell ich mir in meinen Flur", sagt Frank begeistert und fragt nach dem Preis. Der erscheint mir entschieden zu hoch, aber Frank hat sich längst für diese Figur entschieden, und damit hat der Verkäufer beim Feilschen um den Preis die besseren Karten. Frank handelt einen Preis aus, der meiner Meinung nach doppelt so hoch ist wie er sein sollte. Am nächsten Abend will er die Figur abholen und dann bezahlen, so die Vereinbarung. Zuvor erfüllt er noch den Wunsch von Eva und geht mit ihr ein weiteres Mal ins Archiv des Vatikans.

Ich habe somit einen Tag mehr, um mir Rom anzusehen. Es wird eine anspruchsvolle Tour durch Museen und Galerien. Im Gegensatz zu Frank will ich kein Souvenir nach Hause mitnehmen, sondern gute Erinnerungen. Also suche ich gute Restaurants auf und genehmige mir auch das passende Gläschen Wein dazu. So wird der Tag lang. Als ich im Hotel ankomme, sind die beiden schon zurück, und Frank hat seinen geschnitzten und mit Blattgold und Silber verzierten Diener dick in Zeitungen verpackt in eine Ecke unseres Zimmers gestellt. Diesmal setzen wir uns im Hotelfoyer zusammen. Frank hat keinen Hunger mehr.

„Ich bin nur kurz mit rein ins Archiv, dann wieder raus und hab ein exzellentes Menü genossen. Hätte Eva doch eher nur behindert, so hatte jeder seine Freude", erzählt er und ein breites Lachen geht über sein Gesicht.

Schon beginnt Eva zu berichten: „Die Architektur im Archiv ist mir erst jetzt so richtig aufgefallen. Die Einrichtung ist grandios.

Dabei reicht für Urkunden doch eine sichere Verwahrung, Pracht wäre gar nicht nötig. Aber die Kurie zeigt selbst dort, wo der einfache Christ nie Zutritt hat, ihren Glanz. Vermutlich war es den Päpsten eminent wichtig, Gelehrte und Mitbrüder, die hier eintreten zu beeindrucken. Das einfache Volk hat ja ohnehin zu gehorchen und muss nicht mit teurem Prunk gewonnen werden. Bei Entscheidungsträgern sieht das anders aus."

„Hast Du noch etwas herausgefunden?" will ich wissen.

„Nicht mehr viel, aber einen interessanten und zugleich verwirrenden Ansatz gibt es schon. Es geht um eine Urkunde, auf die ich gestoßen bin und die nur am Rand mit der Inquisition zu tun hat und ich mich deshalb gefragt habe, warum sie überhaupt bei den Prozessunterlagen gelandet ist. Darin geht es um Verbindungen der Mönchsorden. Genannt werden die Zisterzienser und der Deutsche Ritterorden, die ja bei der Besiedlung und Christianisierung des einstigen deutschen Ostens eng zusammengearbeitet haben. Was mir neu ist, es scheint auch Verbindungen der Zisterzienser mit den Templern gegeben zu haben."

„Templer?" frage ich nach. „Sind das nicht die Ritter, die im Heiligen Land gekämpft und eine mächtige supranationale Gemeinschaft aufgebaut haben?"

„Genau", sagt Eva und fährt fort: „Einziger Bezug zu Michael Bräu ist die Frage des Gerichts, was er über eine Verbindung dieser Mönchsorden wisse. Bräu antwortete darauf nichts. Und Pater Irminbert, der ja selbst Zisterzienser war und den Regensburger Pfarrer verteidigte, stellte eine solche Zusammenarbeit grundsätzlich in Abrede. Aber wir müssen uns eines vor Augen halten: Anfang des 14. Jahrhunderts hat der französische König Philipp der Schöne den Orden zerschlagen, den letzten Großmeister als Ketzer verbrennen lassen. In seinem Stammland Frankreich war der Orden damit vernichtet, in anderen Ländern schlossen sich die Ordensbrüder anderen Gemeinschaften an. Ich sage Euch jetzt eine gewagte These: Die Templer galten als schier unermesslich reich. Es geht die Sage um, ihre Schätze seien nur in geringem Umfang König Philipp und dem mit ihm paktierenden Papst Clemens V in die Hände gefallen. Die Kurie vermutete deshalb, Ordensbrüder hätten die Reichtümer bei anderen Gemeinschaften in Sicherheit gebracht. Und deshalb fragt noch 200 Jahre nach der Zerschlagung des Templerordens das Gericht den Regensburger Pfarrer, was er über Kooperationen der Mönchsorden wisse."

Evas Augen nehmen eine giftige Farbe an. Mit spöttischem Unterton sagt sie: „Die Kirche war also einmal mehr auf der Suche nach dem Wichtigsten – Gold und Juwelen."

Als Eva gegangen ist, spreche ich mit Frank über ihre kühne These.

„Ihr fachliches Können in Ehren. Aber sie ist nicht objektiv, ist geprägt von Vorurteilen gegenüber der Kirche. Priester waren und sind keine Heiligen, Geldgier findest Du aber in der säkularen Welt noch viel mehr. Ich halte ihre Schlussfolgerung nicht für schlüssig."

„Ich bin da ebenfalls sehr skeptisch", stimme ich Frank zu. „Wir dürfen uns nicht in eine Sache verrennen, wie es schon viele Schatzsucher getan haben. Innerlich Abstand bewahren, darauf kommt es an."

Wenig später klingelt mein Handy. Eva ist dran und ihre Stimme wirkt ein wenig konfus: „Tom ich habe Angst. Als ich das Hotel verlassen habe, sah ich einen schmierigen Mann mit gelackten Schuhen. Das allein sagt noch nichts aus und ich bin mir auch nicht sicher. Aber er sah für mich genau aus wie der, der mich an Deiner Wohnung beobachtet hat.

Kapitel 16

Es gibt keine Hilfe von oben

Der Alltag hat mich wieder in Beschlag genommen. Zurück in Burghausen, sitze ich in der Redaktion und recherchiere für einen Artikel zum Wohnungsangebot in der Stadt. Es ist der zweite Tag nach meinem Urlaub in Rom, als er unvermittelt hereingeschneit kommt. Aber es ist kein weicher Schnee, der Jakob Bender umgibt, eher ein eisiger Wind, wie er von Gletschern herabweht. Sein Auftritt gleicht einem Donnergrollen, wie es heftigen Gewittern vorausgeht. Der Kripomann setzt sich ungefragt auf den Stuhl mir gegenüber und trommelt mit seinen knochigen Fingern auf meinen Schreibtisch. Dazu fixieren mich seine grauen Augen. Aber der Mann sagt nichts, erhöht damit die zwischen uns liegende Spannung noch mehr. Nur nicht provozieren lassen, denke ich und blicke treuherzig in diese hinter der dicken Brille lauernden Augen.

„Der Herr Polizeibeamte, schön dass Sie gekommen sind. Gibt es Neues wegen des Überfalls auf mich?", frage ich und lass nun auch meinerseits die Finger auf der Schreibtischplatte anschlagen, aber nicht in Benders Takt, sondern in meinem eigenen. Dadurch werden seine Trommelschläge diffus, verschwimmen in einem gemeinsamen Rauschen, der theatralische Effekt ist dahin. Bender beendet seine Fingerspiele.

„Sie waren weg", sagt er unvermittelt. Da ist sie wieder, diese eigenartig tonlose Stimme, die mir schon bei Benders erstem Auftritt so aufgefallen ist. Es folgt eine relativ lange Pause, in der nichts geschieht, außer dass mich der Mann schier noch intensiver anstarrt. Dann fängt er erneut an zu reden.

„Sie sind verreist, ohne mich zu informieren, das ist ein Vertrauensbruch." Bender spricht zunächst langsam, wird aber zunehmend schneller, und auch die Tonlage wechselt in eine höhere Lage. Ich habe ihm offensichtlich die Stimmung vermiest, mein Gegentrommeln hat ihn aufgebracht.

„So geht das nicht. Was fällt Ihnen nur ein, meine Anweisungen zu ignorieren. Sie wollen einerseits, dass wir die gegen Sie verübten Straftaten aufklären, tragen andererseits aber nichts dazu bei, unsere Arbeit wirklich zu unterstützen. Merken Sie nicht, wie Sie sich dadurch selbst verdächtig machen. Am liebsten würde ich Sie überwachen lassen."

Benders Stimme ist lauter geworden, die erweckten Emotionen haben ihn aus der Reserve gelockt. Ich lächle ihm dreist ins Gesicht. Auf das Grollen folgt das Gewitter.

Schon poltert Bender los: „Wir wissen, Sie waren in Rom und das nicht zum Privatvergnügen. Wonach suchen Sie? Reden sie endlich, oder ich erwirke einen Durchsuchungsbeschluss. Glauben sie mir, ich kann Ihnen Feuer unterm Hintern machen und das werde ich auch tun, wenn Sie nicht kooperieren."

Ich bin überzeugt: Bender blufft. Eine Überwachung wäre völlig überzogen. Die kriegt er doch nie genehmigt – bei dem Personalmangel, den die Polizei immer beklagt. Und dass er eine Durchsuchung wagt, das bezweifle ich. Eine Redaktion durchsuchen, wäre schnell ein Politikum mit gefährlichen Konsequenzen für die Polizeispitze. Dennoch wäre es unklug, Bender zum Feind zu haben.

„Ich lass mich von Ihnen nicht zum Narren halten", knurrt er und mir wird klar: Ich muss ihm etwas bieten. Am besten eine kleine Geschichte, an der er sich festbeißen kann.

„Ich war in der Tat in Rom, ein Freund begleitete mich. Der Entschluss zu dieser Reise fiel spontan, und in der Eile habe ich vergessen, Sie zu informieren. Zudem dachte ich mir nicht viel dabei, wir wollten vor allem schöne Tage in Rom erleben und das konnten wir auch. Es gibt so viele herrliche Kunstwerke, und nicht nur der Espresso ist dort eine Klasse für sich."

„Wer war der Freund und hatten Sie Kontakte in Rom?" will Bender nun wissen. Der Mann ist penetrant.

„Den Namen des Freundes bekommen Sie erst, wenn ich mit ihm gesprochen habe und er damit einverstanden ist. Getroffen haben wir nur meine ehemalige Praktikantin, die im Rahmen ihres Studiums zufällig zur gleichen Zeit in Rom war."

„Und worum ging es dabei?“

„Worum soll es schon gegangen sein. Wir haben herrliche Pasta gegessen, Wein aus der Toskana und aus Umbrien genossen und ehrlich gesagt – das Olivenöl aus Kalabrien ist ein Geheimtipp, intensiv und fruchtig im Aroma. Die Italiener schaffen das trotz Mafia.“

Benders kleine Augen verengen sich zu Schlitzen. „Wie heißt die Frau und Ihre Adresse bitte oder soll ich mich an Ihren Verlag wenden und mich über Ihre mangelnde Kooperation beklagen?“

Ich hätte das Wort Praktikantin nicht sagen sollen, aber das ist mir so rausgerutscht. Weil Bender es also ohnehin herausbekommen wird, nenne ich ihm Evas Namen und ihre Adresse. Und weil der Mann eine Aufgabe braucht und Eva ihm das vermutlich ohnehin erzählen wird, erwähne ich auch den Mann mit den Lackschuhen, spreche von einem Gamaschen-Antonio, der uns in Rom beobachtet haben könnte und jedenfalls Eva aufgefallen ist. Bender zieht einen Block aus der Tasche und notiert sich jetzt meine Aussagen. Dass wir im Vatikan waren und Kopien von Urkunden auf mysteriöse Weise aus dem Hotelzimmer verschwunden sind, erwähne ich bewusst nicht. Ich will Benders Ermittlungen in eine andere Richtung drängen. Er soll nach den fiesen Typen suchen, die mich überfallen haben und wenn er von sich aus auf Malevsky kommt, ist das auch nicht verkehrt. Aber bei der Suche nach Michael Bräus Vermächtnis will ich keinen Aufpasser an der Seite haben. Der würde nur Steine in den Weg werfen.

Am nächsten Abend bin ich wieder mal an der Reihe. Mit einer Tafel dunkler Schokolade stehe ich vor Franks Tür. Die Narben an seinen zwei Fingern sind kaum noch zu sehen. Umso mehr fällt mir der aus Italien mitgebrachte Diener ins Auge, der wie ein Empfangschef in Franks Flur steht.

„Ich sollte Dir eine Rechnung für chirurgische Hilfe schreiben“, lache ich den Freund an.“

Er deutet süffisant auf die Figur und meint: „Das wickelst Du am besten mit diesem Herrn ab. Alex erledigt alles Unangenehme.“

„Und was meint sein Chef, wie wir nun weiter vorgehen sollten?“ sage ich und füge mit fragendem Unterton hinzu: „Frank wir kommen nicht so richtig weiter. Ich überlege, wo wir noch ansetzen könnten. Vermutlich muss ich erneut bei Jost Scharoth nachbohren. Hoffen wir, dass uns Eva nach ihrer Rückkehr noch Interessantes präsentieren kann. Sie arbeitet ja an einer Forschungsarbeit über die Templer. Vielleicht stößt sie auf etwas Handfestes, was Verbindungen zum Deutschen Ritterorden und den Zisterziensern betrifft."

Frank öffnet eine Flasche Wein, ich breche die Schokolade an und wir lassen uns in die Sessel fallen. Schmunzelnd sage ich zu dem Freund: „Deine Klostertante könnte ganz oben ein gutes Wort für uns einlegen, ein bisschen göttlicher Beistand könnte jetzt nicht schaden."

Frank meint dazu trocken: „Hilf Dir selbst, dann hilft Dir Gott", heißt es doch und das ganz zu Recht. Vielleicht gibt es ja Gott, aber wir sind ihm egal."

Seine Augen nehmen einen glasigen Ausdruck an. Ich kenn das nur zu gut. Er sammelt seine Gedanken und in der Tat – schon legt er los.

„Betrachten wir die Natur. Die Evolution funktioniert doch so, dass aus einfachen Strukturen immer komplexere entstehen. Zu Beginn gab es nur Wasserstoff und Helium. Es bedurfte der Sterne. Sie erbrüteten die schwereren Elemente wie Sauerstoff und Kohlenstoff und die gesamten Metalle. Und erst von da an konnten sich Moleküle bilden, die dann immer vielfältiger wurden und letzten Endes zu dem führten, was wir Leben nennen."

Genüsslich nimmt Frank einen Schluck Rotwein, der ihn zu beflügeln scheint. Denn ohne meine Meinung abzuwarten, fährt er fort: „Was das Leben selbst angehet, so haben wir hier das gleiche Muster. Aus Kohlenstoffverbindungen wurden komplexe Moleküle, die es irgendwann schafften, sich selbst zu reproduzieren. Bakterien entstanden. Über eine weitere Milliarde Jahre dauerte es, bis diese den Sprung zum Mehrzeller schafften. Scheinbar Hand in Hand damit ging der Umbau der Atmosphäre, das Leben schuf sich selbst neue und bessere Bedingungen. Dann vor 500 Millionen Jahren waren die Voraussetzungen gegeben, dass sich höheres Leben entwickeln konnte. Und vor fünf Millionen Jahren passten sich Primaten im südlichen Afrika der trockenen Savanne an, lernten zwecks besserer Übersicht auf zwei Beinen zu laufen. Weil sie den Mumm hatten, den schützenden Wald zu verlassen und den Gefahren wie Raubtieren und Schlangen zu trotzen, sitzen wir hier heute beim Wein und nicht mit einer Mangofrucht auf einem tropischen Baum."

„Gott sei Dank, nichts gegen Mangos, aber ich sitze lieber hier", schiebe ich ein.

Frank lächelt gönnerhaft: „Freut mich, dass Du das auch so siehst. Aber jetzt kommt meine Schlussfolgerung: Vor 14 Milliarden Jahren ist das Universum in einem Blitz freiwerdender Energie entstanden. Viele Milliarden Jahre hat es gedauert, bis die für unsere Welt nötigen Elemente in Sternen entstanden sind. Vor über vier Milliarden Jahren hat sich dann unser Sonnensystem aus dem Sternenstaub längst verglühter Vorläufer gebildet. Und hier dauerte es wiederum knapp vier Milliarden Jahre, bis sich die Erde so weit entwickelt hatte, dass höheres Leben entstehen konnte. Die Natur hat also ewig gebraucht, um Wesen wie uns hervorzubringen, die über sich und die Welt reflektieren können, ansonsten aber doch noch sehr beschränkt sind und zum Beispiel tatsächlich glauben, sie könnten anders als Tiere freie Entscheidungen treffen und wüssten, was schön und was hässlich sei. Ich frage Dich nun: Wie lange glaubst Du, braucht die Natur, um ein so vollendetes Wesen wie Gott zu schaffen?"

„Aber Frank, Du verdrehst alles. Gott war doch laut Religion am Anfang."

Er lacht laut auf. „Das ist doch völliger Unsinn. Ich hab Dir doch ausführlich dargelegt, dass die Entwicklung immer von einfachen zu komplexen Strukturen hin erfolgt. Gott ist also nicht der Beginn, sondern allenfalls der Endpunkt der Evolution. Vielleicht erleben wir ja gerade den Übergang von der begrenzten biologischen Entwicklungsmöglichkeit hin zur technischen. Die Zukunft würde dann der künstlichen Intelligenz gehören, die frei ist von menschlichen Schwächen wir Gier und Sexualität. Und würde sich die künstliche Intelligenz bewähren, könnte sich daraus in einem Selektionsprozess verschiedener Zivilisationen im Weltall in langen Zeiträumen eine uns heute allmächtig erscheinende Mutation herauskristallisieren. Ich gehe noch einen Schritt weiter: Am Ende ist das auch das Ziel von Evolution. Sie muss Wesen hervorbringen, die dazu fähig sind, ein neues Weltall zu erschaffen, einen neuen Urknall auszulösen. Damit wäre auch die Fortpflanzung des Universums gesichert, Reproduktion auf die etwas andere Art."

„Lieber Frank. Wie sagt man so schön: Jetzt beißt sich die Katze in den Schwanz." Ich lasse ein Stück Schokolade im Mund zergehen und lächle Frank herausfordernd an; „Wenn diese Theorie zuträfe, könnte es ja Gott doch schon vorher gegeben haben. Denn dann stellt sich doch die Frage: Der wievielte Urknall war es denn, der diese unsere Welt und uns hervorgebracht hat. Der Gott, der das ausgelöst hat, wäre dann zweifellos selbst ein Produkt einer evolutionären Entwicklung in einem Vorläufer-Universum, aber für uns wäre er der Anfang. Das ist doch die gleiche unsinnige Logik wie die Frage, was eher da war – Henne oder Ei."

Frank starrt mich verwirrt an: „Ich muss mich mal etwas genauer mit Theorien über Multiversen befassen."

„Du meinst die Überlegung, dass es viele Universen gibt, die durch Raum und Zeit voneinander getrennt sind. Die hätten dann alle einen eigenen Gott als Schöpfer."

Frank sinniert: „Diese Universen könnten auch ineinander gehen, sich quasi überlagern. Wenn ihre Energien und damit Elementarteilchen nicht miteinander korrespondieren, ginge das problemlos. Ich wäre dann in unserer Welt ein Mensch, in einer anderen strahlt hier gleichzeitig ein ganzer Stern und in einer dritten größer angelegten Welt wäre nur Platz für ein Elementarteilchen."

Bevor Frank ganz abhebt, muss ich ihn besser wieder erden: „Und wie würden die Götter dieser Universen ihre Kompetenzen abstimmen. Wenn da jeder nach seinem eigenen Gusto handelt, kommt es schnell zum Streit. Aber so was kennen wir ja schon von der Antike. In der griechischen Mythologie stritten sich die Götter doch auch ständig."

„Lass gut sein, Du gleitest ins Banale ab" meint Frank.

Ich nicke, aber der Freund hat nun mich auf einen Gedanken gebracht. „Spaß beiseite, Frank. Aber wir dürfen nie vergessen: Vielleicht nehmen wir Menschen uns nur viel zu wichtig und die Natur ist viel banaler. Die Welt war bei der Entstehung des höheren Lebens vor 500 Millionen Jahren ein sehr warmes Plätzchen. Nach und nach ist es dann kälter geworden, weil Pflanzen das Kohlendioxid aufnahmen und nicht alles wieder über die Verrottung in die Atmosphäre abgaben, sondern ein Teil im Boden dauerhaft eingelagert wurde. In den letzten Jahrmillionen gab es sogar eine Reihe von Eiszeiten, Teile der Welt sind seither von Eis bedeckt. Nun geben Sterne im Lauf ihres Lebens allmählich immer mehr Energie ab, die Strahlung nimmt zu. Doch es dauert noch sehr lange, bis die Strahlung der Sonne sich so verstärkt, dass die Erde wieder heißer wird und in vielleicht schon 500 Millionen Jahren die Ozeane zu verdampfen beginnen. Da ist es also noch sehr lange hin. Vorher aber würde die Natur durch den Aufbau von Strukturen aus Kohlenstoff für immer stärkere Abkühlung sorgen, das Leben käme deshalb in Gefahr. Die Natur hat deshalb einen Zweibeiner hervorgebracht, der mit Feuer umgehen kann und den eingelagerten Kohlenstoff wieder freisetzt und damit eine Erderwärmung bewirkt. Was wir als Klimadebatte haben und was uns umtreibt, wäre dann nur unsere eigentliche Aufgabe, fossile Energien freisetzen und die Erde genügend warm zu halten. Wenn wir das getan haben, ist unsere biologische Aufgabe erfüllt. Dann nehmen Seuchen zu, die Menschheit wird nicht mehr gebraucht, darf ruhig aussterben. Die biologische Funktion ist erfüllt. Das Leben geht weiter, ohne uns."

Franks Gesicht ist ernst geworden: „Sag so was bloß keinem anderen. Das wäre ja die Ideologie für alle, die weiterhin die Erde ausplündern wollen und nicht bereit sind, ihr Leben im Interesse von Umwelt und Nachkommen zu ändern."

„Ja Frank, es ist halt leider so. Es gibt keine Gewissheiten und was richtig oder falsch ist, das weiß man im Vorhinein auch nicht. Erst hinterher sind wir schlauer, und dann ist es leider zu spät, auch wenn es hinterher alle schon vorher gewusst haben wollen.

Kapitel 17

Silberne Grüße von der SS

Ich habe Sehnsucht nach Dir und am Textende ein kleines Herz – mein Puls wird schneller, als ich die Nachricht auf meinem Handy sehe. Wir konnten uns so lange nicht sehen, ich in Italien, sie eingedeckt mit Arbeit. Nora hat harte Tage hinter sich. Erstmals veranstaltete ihre Münchner Galerie zusammen mit einem Partner eine Ausstellung in Noras Heimatstadt Hamburg. Bei diesem Heimspiel war Nora für Auswahl der Künstler und Konzeption verantwortlich, ganz allein. Alles hing an ihr.

„Ich falle jeden Abend hundemüde ins Bett", ließ sie mich mehrfach wissen. Doch nun hat sie wieder etwas Luft. Und sie hat mich erstmals zu sich in ihre Wohnung nach München gebeten.

Von meiner Großmutter habe ich ein kleines silbernes Schmuckmedaillon. In dieses lassen sich zwei kleine Bilder einlegen. Meine Großmutter trug darin ihren Mann und ihren Sohn mit sich. Jetzt habe ich ein Bild von mir eingelegt, der zweite Platz bleibt frei – vorerst. Das Medaillon packe ich in das originale mit Leder bezogene Schächtelchen meiner Oma, wickle dieses in silberfarbenes Papier und binde eine Schleife drum. Sie ist türkisfarben und erinnert an Noras Augen. Das wird sie besonders freuen. Schon sitze ich im Zug. Während die hügelige bayerische Landschaft vorüberzieht, male ich mir bereits aus, wie ich Noras Erhebungen und Täler erkunde und ihr Herz gewinnen kann. Diese ewigen Halts. Ich kann es kaum erwarten, endlich Nora in die Arme nehmen zu können.

In München geht es dann ganz schnell. Es sind nur ein paar Stationen mit der U-Bahn, und schon bin ich am Westpark. Das Gebäude passt zu Nora und ihrem Sinn für Architektur und moderne Kunst. Viel Glas und damit Sonne und dazu eine ruhige Lage mit Blick auf den Park. Als ich in den Fahrstuhl trete, spüre ich mein Herz schlagen. Das steigert sich auf dem Weg nach oben, dabei muss ich doch keine Stufen hochsteigen und mich anstrengen. Nora erwartet mich an der geöffneten Tür. Ich strecke ihr als erstes die Blumen entgegen, die ich noch am Bahnhof gekauft habe. Sie trägt ein rotes Cocktail-Kleid mit tiefem Dekolleté. Mit einem Lächeln legt sie die Blumen zur Seite, schiebt ihre Kurven gegen meinen Körper. Ich nehme Nora in die Arme, drücke sie fest an mich und hauche mehr als ich spreche in ihr rechtes Ohr:

„Mizzi, Du bist wunderschön. Ich möchte Dich am liebsten nicht mehr loslassen."

Das muss ich dann aber doch, denn eng umschlungen könnten wir nicht in die Wohnung gehen.

„Du musst meinen Balkon sehen". Wir gehen durch ein großes Zimmer mit viel Glas am Ende und durch eine Tür hinaus ins Freie. Das mit einem Sichtschutz versehene Geländer erstrahlt in der Sonne. Obwohl noch nicht Mittag, ist es schon angenehm warm. So warm, dass uns die Hitze überkommt. Nora beugt sich nach vorn, öffnet meine Hose und nahezu zeitgleich ich ihr Kleid und ziehe es nach unten. Ihre Brüste wallen mir entgegen, ihre Haut riecht so verführerisch. Wir tauchen ein in die Welt der Liebe und steuern in atemberaubendem Tempo Wolke sieben an. Schiere Wollust treibt uns, Zärtlichkeit und innige Berührungen folgen erst im Nachgang, als wir schweißnass ineinander verschlungen auf dem Balkonboden liegen. Dann spüren wir auch, dass es noch keineswegs Sommer und die Luft noch kalt ist.

In einer spontanen Geste hebe ich Nora hoch und trage sie zurück ins Zimmer. Jetzt erst sehe ich: Sie hat den Tisch gedeckt. Alles hat hier seinen Platz, nicht diese Unordnung wie bei mir. Auf einer Anrichte steht eine überlangbeinige Bronzeskulptur ohne Gesicht, sonst nichts.

Während Nora eine heiße Dusche nimmt, fällt mein Blick auf die Bilder rund um den Tisch. Zwei Werke sprechen mich besonders an: Ein weites Tal liegt vor mir mit blauem Himmel und weißen Wolkenfetzen und einer Landschaft ebenfalls in Blautönen. Aber dazwischen schiebt sich ein markantes gelb-rötliches Band. Was eigentlich verrückt klingt, sieht fantastisch gut aus. Das zweite Bild zeigt blaue Hügelketten, die sich wie eine Märchenlandschaft ausbreiten und den Böhmerwald interpretieren. Beide Werke sind von einem Klaus Grimm signiert.

„Deine Bilder sprechen mich an", sage ich zu Nora, als sie in einen Bademantel gehüllt mit Kaffee in der Hand am Tisch Platz nimmt.

Als ich auf die beiden Werke deute, meint sie:

„Das ist eines der hoffnungsvollen neuen Talente, von denen ich Dir schon berichtete und die zu finden eine meiner Aufgabe ist. Bilder von ihm waren mit dabei in Hamburg, kamen bei meinen Hanseaten hervorragend an. Wir wollen ihn aufbauen und vermarkten. Wenn du übriges Geld hast, solltest Du jetzt kaufen, Du wirst eine gute Rendite erzielen. Die Preise werden bald durch die Decke gehen."

Nora erzählt von ihrer Ausstellung und fragt dann, was wir in Rom herausgefunden haben.

„Ich bin sicher, wir sind auf einer guten Spur. Michael Bräu wurde sogar vom Bischof freigekauft, das belegt, wie wichtig er war. Zudem gibt es aufgrund einer Urkunde das Indiz, es könnte Verbindungen der deutschen Ritterorden mit den Tempelrittern gegeben haben und Bräu wusste davon."

Nora sieht mich fragend an: „Was bedeutet das dann?"

„Die Templer haben viele Reichtümer angehäuft. Als ihnen der französische König an den Kragen ging, könnten die Brüder bei anderen Orden ihre Schätze vor der königlichen Gier in Sicherheit gebracht haben. Michael Bräu wusste davon, war vielleicht gar selbst Treuhänder eines solchen Schatzes."

Als ich die verschwundenen Kopien der Urkunden und Evas Verdacht erwähne, dass wir beobachtet wurden, macht Nora einerseits ein besorgtes Gesicht und blickt mich zugleich liebevoll an.

„Pass bitte gut auf Dich auf, ich brauche Dich doch so sehr."

Nach dem Brunch ziehe ich mein Geschenk aus der Tasche: „Das ist für Dich Mizzi, damit Du mich immer bei Dir hast, auch wenn wir voneinander getrennt sind."

„Das ist ja rührend", sagt sie und lässt das Medaillon mit der Kette an ihrer Hand pendeln.

Sie legt es schließlich auf den Tisch, wird es sicher erst später umhängen. Aber ein Blick auf ihre Einrichtung sagt mir auch: Diese Frau mag nichts Verspieltes, sie liebt klare Formen. Ein Zweifel überkommt mich: Vielleicht hätte ich doch besser einen Diamantring gekauft. Jedenfalls muss ich bei ihr punkten, wenn nicht mit Silber, dann halt mit Worten. So erzähle ich Nora von dem penetranten Polizeibeamten Bender und bringe sie mit etwas schauspielerischem Einsatz bei der Nachahmung seiner Gesten sogar zum Lachen. Ihr Herz ist wieder ganz bei mir.

Der Tag ist noch jung, wir bummeln am Nachmittag durch München. Nora zeigt mir versteckte Plätze und unbekannte Galerien. Natürlich kommen wir auch am Lichtbogen, ihrer Arbeitsstätte, vorbei. Bevor der Tag - wie könnte es anders sein – in einer Liebesnacht endet, setzt sich Nora mir gegenüber und blickt mir lange ins Gesicht.

„Ich muss Dir noch etwas sagen, was mir wichtig erscheint. Du darfst nicht so ruppig mit Deinem Vater umgehen, er sorgt sich um Dich. Sprich mit ihm, versuche auf ihn einzugehen. Ich glaube, er weiß noch mehr über das Bellmann-Haus und die bayerischen Herzöge als er Dir bisher anvertraut hat. Du darfst ihn nicht immer provozieren, Du musst mitfühlend mit ihm sein. Rede mit ihm und sage mir, wenn ich mit meiner Einschätzung richtig liege."

Drei Tage später sitze ich bei Vater. Als Zeichen meines guten Willens komme ich nicht in Jeans, sondern in Bundfaltenhose und hab mir eine Seidenfliege umgebunden – der ordentliche Sohn erweist seinem Erzeuger Reverenz, da kann doch nichts mehr schief gehen. Zumal ich mir zuvor vor dem Spiegel eines eingebläut habe: Nicht provozieren, Vater reden lassen. Lässig sitzt er da, hat sich einen Gin tonic eingeschenkt. Das ist gut, es steigert seine Erzähllaune, die ich nur in die passende Richtung lenken muss.

So spreche ich das Bellmann-Haus mit dem Hohlraum in der Treppe an und frage Vater:

„Glaubst Du, es hat vielleicht noch weitere Verstecke in dem Gebäude gegeben und Scharoth könnte sie gefunden haben?"

Vater blickt mich lange an, nimmt das Glas und lässt den Gin lang im Mund, bis er schließlich schluckt.

„Das kann ich mir nicht vorstellen, Thilde Bellmann hätte sicher davon gewusst. Und wenn nicht, hätte sie danach gesucht, sie brauchte doch Geld, um ihren Lebensstil beibehalten zu können. Aber weil Du gerade Jost Scharoth erwähnt hast. Halte Dich fern von ihm, dem ist nicht zu trauen, er ist radikal und ich halte ihn für gefährlich."

„Warum das?"

„Ich erzähl Dir jetzt eine Geschichte aus der Vergangenheit, die ich eigentlich immer für mich behalten wollte, denn man soll die Vergangenheit auch ruhen lassen und damit nicht die Gegenwart belasten. Aber ich denke nun, es ist doch besser, wenn Du es weißt, um Scharoth besser einstufen zu können. Mein Großvater, also Dein Urgroßvater, war Schreiner. Er stammte aus einem Bauernhof im Umland und das erwies sich in der Zeit des Zweiten Weltkriegs als großer Vorteil. Die Menschen hatten ja wenig zu essen, alles war rationiert. Die Bauern mussten eigentlich alles abliefern. Aber keiner hielt sich genau daran. Ein bisschen Obst zur Seite schaffen, war kein Problem. Schwieriger war es schon, ein Schwein nebenher mitlaufen zu lassen, von dem niemand wissen durfte und das dann schwarz geschlachtet wurde. Aber unsere Vorfahren waren da sehr findig. Und deshalb radelte Großvater immer wieder zum elterlichen Hof und kehrte mit Fleisch wie auch mit Butter beladen zurück. In dem Haus am Stadtplatz, in dem die Familie lebte, gab es einen Kamin und im Speicher eine Vorrichtung zum Räuchern und damit zum Haltbarmachen des Fleisches. Da hing also das Geräucherte in Rankerln, wie der Bayer sagt.

Drei Häuser weiter wohnte der Ortsgruppenleiter der NSDAP. Vielleicht roch der den Braten, vielleicht auch nicht und er war nur bösartig und wollte Großvater ärgern. Jedenfalls stand eines Spätnachmittags der Ortsgruppenleiter mit der Polizei vor der Tür, weil angeblich in der Nacht die Verdunklung zum Schutz vor den Bombardierungen der Städte durch Engländer und Amis eine Lücke gezeigt habe. Großvater hatte gar keine Wahl, er musste die Kontrolleure ins Haus lassen. Die gingen prompt in den Speicher und sahen sofort das dort hängende Fleisch. Großvater versuchte sich herauszureden, aber wie sollte das gehen. Es ging auch nicht. Der Ortsgruppenleiter bekam einen hochroten Kopf - nicht vor Scham, sondern vor Wut und Schadenfreude.

Er machte Meldung beim Kreisleiter Peter Steger. Der galt als scharfer Hund, Großvater musste damit rechnen, ins KZ nach Dachau zu kommen, ein halbes Todesurteil sozusagen. Doch Steger hatte anderes im Sinn. Großvater wurde vorgeladen. Der Kreisleiter polterte zunächst in übler Manier, wollte Großvater einschüchtern, um ihn dann für seine Ziele gefügig zu machen. Er hatte offenbar erfahren, dass Großvater in Kirchen als Handwerker bei Restaurierungen tätig war und sich dort bestens auskannte.

Steger nutzte das für eine Erpressung. Die ging so: Mitten in der Nacht holten zwei SS-ler Großvater ab und brachten ihn nach Altötting. Am Kapellplatz kam Steger hinzu. Die berühmte Wallfahrtskapelle war aber nicht das Ziel. Großvater wusste um einen geheimen Zugang in die nebenstehende Stiftskirche und deren Kreuzgang. Das wiederum muss Steger in Erfahrung gebracht haben und das bewahrte Großvater vor dem KZ. Über diesen Zugang drangen die Männer ein und Großvater wurde nun auch klar, warum er seinen Handwerkerkoffer hatte mitbringen müssen. In einer Seitenkapelle machten sie halt. Irgendwer muss Steger zugetragen haben, in dem Altar seien Schätze versteckt. ‚Brechen sie den Altar auf und zwar so, dass man hinterher möglichst wenig erkennt. Sie müssen an der linken Seite ansetzen, dahinter muss es einen Hohlraum geben. Wir wollen wissen, was drin ist. Es könnte dem Reich nützen.'

Dabei dachte Steger sicher mehr an einen Nutzen für sich, das Reich und die stets propagierte Volksgemeinschaft war ihm da zweitrangig. Mit etwas Geschick gelang es Großvater tatsächlich, zwei Bretter zu entfernen. Er hatte nur an zwei kleinen Stellen zum Stechbeitel greifen müssen und etwas Farbe war abgeplatzt, sonst entstand kein Schaden. Dahinter gab es tatsächlich einen Hohlraum. Darin befand sich aber lediglich ein silberner Kelch mit einem ledernen Mäppchen darin. Steger reagierte enttäuscht. Er hatte sich offenbar mehr erhofft. Steger tastete eigenhändig den gesamten Hohlraum ab, fand aber nichts weiter. Großvater musste den Altar wieder verschließen. In die beschädigten Stellen schmierte er Holzkitt und rieb ein paar Pigmente in die Oberfläche, so dass die Aufbruchspuren weitgehend beseitigt waren. Ob etwas in dem Ledermäppchen war und wenn ja was, das wusste nur Steger.

Ich schüttle den Kopf ob dieser schier unglaublichen Geschichte: „Das klingt ja richtig abenteuerlich, mein Urgroßvater war also ein Kircheneinbrecher. Wie ist das für ihn ausgegangen?"

„Für ihn gut. Die Sache mit dem Fleisch im Kamin wurde niedergeschlagen, Großvater durfte sogar das Geräucherte behalten. „Und was ist aus Steger geworden?"

„Der ist bei Kriegsende ums Leben gekommen, vermutlich durch Selbstmord. Wäre er in die Hände der Amerikaner gefallen, hätten ihn die ohnehin erschossen, vorher aber wie üblich geschlagen und vermutlich gefoltert. Aber ich habe Dir die Sache nicht deshalb erzählt. Steger nahm viele Geheimnisse mit ins Grab, so auch, was aus dem Kelch geworden ist. Vermutlich hat er ihn an Albert Bacher weitergegeben. Dieser Juwelier aus dem bayerischen Oberland handelte in großem Stil mit Silber und Gemmen. Er hatte beste Verbindungen zur SS, kaufte zu günstigsten Preisen den Schmuck auf, der den Juden zuvor abgenommen worden war. Das war für alle Beteiligten ein gutes Geschäft."

„Abgesehen für die Juden, die zahlten dafür. Das muss doch die ganze Stadt gewusst haben, regte sich da kein Widerstand?", werfe ich ein.

Vater hat seinen Gin leer getrunken und blickt aus dem Fenster, seine Augen suchen die Weite. „Einer wird immer geprellt, sonst gäbe es keine Gewinne. Zudem war Krieg, die Leute sorgten sich um ihr Leben, die Juden waren den meisten egal. Zumal das Töten und Ausbeuten in den Lagern ja geheim ablief."

Ich sehe die ausgemergelten Gestalten der Häftlinge vor mir. Diese Unmenschlichkeit war für mich immer abstrakt und deshalb weit weg. Nun wird mir klar, dass sie auch Teil meiner Welt und meiner Familiengeschichte ist. Ich bin erschüttert, meine rechte Gehirnhälfte ist aufgewühlt.

Nach einigen Minuten Schweigen meldet sich die linke Gehirnhälfte zurück und ich frage Vater: „Was Du mir jetzt erzählt hast, ist ernüchternd und ein Stück Heimatgeschichte, aber was hat das mit der Gegenwart und mir zu tun? Du hast mich zu Beginn doch vor Jost Scharoth gewarnt. Weshalb?"

Vater wendet seinen Blick vom Fenster ab, sieht mir intensiv in die Augen und sagt dann ganz langsam: „Scharoth ist der Enkel des damaligen Kreisleiters Peter Steger."

Das sitzt. Meine rechte Gehirnhälfte sprüht Funken. Ich springe vom Stuhl auf.

„Das darf doch nicht wahr sein." Vater beruhigt mich, drückt mich zurück auf den Stuhl.

„Ist es aber. Doch das ist längst nicht alles. Denn was kann der Enkel dafür, dass sein Großvater ein Schwein war. Das kann Scharoth keiner vorwerfen. Doch Du weißt ja: Er hat Thilde Bellmann übers Ohr gehauen. Das nehm ich ihm persönlich übel. Aber auch das wäre noch hinnehmbar. Denn ist es nicht Ziel eines jeden Geschäfts, möglichst hohen Profit zu erzielen? Und der Gewinn des Einen ist immer auch der Verlust des Anderen. Unser gesamtes Wirtschaftssystem basiert doch letzten Endes auf der Gier, der Gier nach Schnäppchen und Gewinn, der Gier nach immer mehr. Jost Scharoth ist da bestens im Geschäft und ich bin überzeugt davon – er hangelt sich haarscharf an der Grenze der Legalität entlang. Ethische Bedenken scheint er keine zu haben, da hat er viel von seinem Großvater mitbekommen."

Vater macht eine kleine Pause, sagt dann: „Ich bin überzeugt: Steger hat der Familie noch jede Menge Schmuck und Wertsachen hinterlassen. Nach dem Krieg liefen jedenfalls die Geschäfte bald bestens, die alte Seilschaft mit der Juwelierfamilie Bacher bewährte sich zum beiderseitigen Vorteil. Scharoths Eltern gelangten zu Wohlstand, das Anfangskapital für den Start als Unternehmer war geschaffen. Jost Scharoth handelt mit allem, was ihm Geld bringt, die Immobilien sind nur der augenfällige Teil. Der Mann scheint auch Münzen und andere Metallgegenstände zu vermarkten, die Sondengänger mit illegalen Grabungen aus der Erde holen. Erst vor zwei Wochen führte mich ein Spaziergang zufällig zu Scharoths Privatanwesen. Dort stiegen mehrere dubiose Personen aus einem Landrover. Vielleicht liege ich ja falsch, aber mein erster Eindruck war: Da sind einige Leute fündig geworden und bringen dem Hehler ihre Ausbeute. Das Ganze erzähle ich dir deshalb, weil ich weiß, wie stur Du bist und wie wenig Du Dich von einem Vorhaben abbringen lässt. Du willst mit Scharoth sprechen, um von ihm etwas für Deine Geschichte über das Bellmann-Haus und seit dem Mittelalter verschollene Schätze zu erfahren. Dazu musst Du wissen, mit wem Du Dich einlässt. Sei auf der Hut, Scharoth hat dem ersten Anschein nach liebenswerte Umgangsformen, aber wenn es um Geld geht, wird er zum Raubtier. Und zum Schluss noch ein kleiner Tipp von mir. Ich habe ja viel mit Frau Bellmann gesprochen und aus diesen vielen Facetten an Wissen sagt mir mein Bauchgefühl: Sollte tatsächlich noch etwas übrig sein von böhmischen Edelsteinen und bayrischen Dukaten, dann wirst Du am ehesten in der Stadt der Herzöge fündig, in Burghausen an der Salzach. Und dort hast Du als Redakteur doch die besten Verbindungen. Nutze sie."

Kapitel 18

Ein Fund hinter Tuffstein

Die sich dem Horizont zuneigende Sonne spiegelt sich an der Wasseroberfläche, von hier oben nimmt der See ein wunderschönes leicht ins Türkis changierendes Grün an. Ich sitze mit Heiner Bliek im Pfistergartl der Burg über dem Wöhrsee, jener ehemaligen Flussschleife, die nach der Eiszeit von der Salzach abgetrennt wurde. Spaziergänger tummeln sich an den Uferwegen, einige Unentwegte schwimmen im vielleicht 15 Grad kalten Wasser. Alles sieht so friedlich aus.

„Dabei befinden wir uns auf der mächtigsten Festungsanlage der beginnenden Neuzeit", rückt Bliek die so friedlich anmutende Idylle ins richtige Licht.

Hinter dem See erhebt sich der Pulverturm, ein vorgelagerter Außenposten, der eine Eroberung der Burg von der sonst offenen Westflanke vereiteln sollte. Heute wirkt dieses trutzige Bauwerk wie ein lieber Kerl aus guten alten Zeiten.

„Als er erbaut wurde, flößte dieser Turm den Menschen Respekt ein", kommentiert Bliek. Er muss es wissen, er ist der Kastellan auf der Burg, also der Hausverwalter. Seine Aufgabe ist es unter anderem, täglich alle Tore und Türen zu öffnen und nach Ende der Besuchszeiten zu schließen. Er arbeitet nicht nur hier, sondern wohnt auch in der Burg und schützt sie vor ungebetenen Gästen. Ich kenne Heiner Bliek schon lange, er ist mein wichtigster Informant, wenn ich etwas über die Burg wissen will. Er hat mir gezeigt, wo Herzogin Hedwig beim Gottesdienst in der Kapelle betete, wo Handwerker ihre Zeichen setzten, wie Armbrustschützen und Kanoniere die Festung verteidigten und wie sie dazu durch einen gemauerten Gang von der Burg zum Pulverturm gelangten. Bliek kennt alle Ecken der Burg, ich war mit ihm sogar schon in geheimen Gängen, die ansonsten aus Sicherheitsgründen gesperrt sind.

„Ich hab den schönsten Beruf der Welt, kann immer wenn ich will hier im Pfistergartl den Tag beenden. Am schönsten ist es an Sommerabenden, wenn die Sonne hinter dem Eggenberg untergeht. Sie hat zuvor das am Hang liegende Gartl aufgeheizt, dann kann man locker bis Mitternacht sitzen und die Stimmung genießen", schwärmt Bliek.

So warm ist es jetzt im Frühjahr noch nicht, aber der Blick auf die erwachende Natur ist schön und erhebend. Ich muss unbedingt mal mit Nora hier die Abendstimmung genießen, geht es mir durch den Kopf. Aber im Moment ist anderes wichtig. Ich hab mich schließlich mit Bliek nicht getroffen, um die Enten auf dem Wöhrsee zu zählen. Deshalb stehen auch zwei Gläser vor uns, in die ich Rotwein aus den Colli Euganei eingeschenkt habe.

„Heiner, ich danke Dir nochmals für die Extraführung nach der Entdeckung der Wasserspeier mit der Pressekonferenz der Schlösserverwaltung. Jetzt bin ich schon wieder hier, weil ich Deine Hilfe brauche."

Ich erzähle Bliek von meiner These einer geschäftlichen Verbindung von Kaufleuten mit dem Herzogspaar, gehe auch kurz auf Michael Bräu und den Handel mit Böhmen ein.

„Das herzogliche bayerische Salz war doch in Böhmen sehr gefragt. Im Gegenzug kamen Edelsteine aus den dortigen Bergwerken nach Bayern. Gibt es denn gar keine Hinweise, dass solche Steine auf der Burg gelagert wurden. Haben die Herzöge gar nichts hinterlassen?"

Heiner Bliek kratzt sich am Ohr. „Das ist eine schwierige Frage. Ich hab Dir doch schon einmal erläutert: Nach dem bayerischen Erbfolgekrieg wurde die Burg nahezu total leergeräumt. Georgs Tochter Elisabeth unterlag ja, die Besitztümer, also Ländereien, übernahmen die Münchner Wittelsbacher. Aber vertraglich festgelegt wurde, dass die entmachtete Tochter alles Inventar der Burg an ihren neuen Wohnsitz in die Pfalz mitnehmen durfte. Somit wurden alle Wertgegenstände ausgeräumt, blieben nur die kahlen Mauern der Burg zurück."

„Und die wurden nie bezwungen, aber vor dem Ausräumen konnten sie die Burg dennoch nicht bewahren ", werfe ich ein.

„Ja unbezwingbar waren diese Mauern", wiederholt Bliek und ein leichtes Lächeln umspielt seinen Mund. Die Flasche Wein ist inzwischen gut zur Hälfte geleert, wir beide verstehen uns prächtig und genießen den Abend. So brauche ich mich gar nicht mehr weiter vorzutasten, Bliek selbst spricht den Gedanken aus, den ich zunächst gar nicht zu formulieren wagte. Dass ich so leichtes Spiel haben würde, hätte ich nicht gedacht, dem Traubengewächs aus den Vulkanbergen bei Padua sei Dank.

„Wir könnten mal nachsehen, ob sich hinter den Mauern nicht doch noch etwas verbirgt", fasst Bliek meine heimliche Hoffnung in Worte, während er den Wein in seinem Glas schwenkt und sich ein kleiner Wirbel bildet, den er genüsslich aufsaugt und im Mund weiter kreisen lässt.

„Aber eins musst Du mir zusichern: Sollten wir fündig werden, schreibst nichts ohne Absprache mit mir. Denn für Dich ist es leicht, einen Blick hinter die Mauern zu werfen. Ich dagegen riskiere mächtigen Ärger mit meinem Arbeitgeber, wenn ich auf eigene Faust Nachforschungen betreibe."

Einige Tage später gehe ich abends mit einer Tasche auf die Burg. In ihr befinden sich neben der obligaten Kamera und dem Notizblock eine Stirnlampe, eine weitere große Taschenlampe, Gummihandschuhe und ein solider Hammer mit einem Meißel sowie ein Handfeger und eine Kehrrichtschaufel. So hat es mir Bliek aufgeschrieben. Er erwartet mich im Besucherzentrum, wo eine seine Mitarbeiterinnen gerade die Tagesabrechnung macht. Ich stelle meine Tasche an die Kasse und begleite Bliek auf seinem letzten Rundgang, an dessen Ende er mehrere Türen verschließt und die Alarmanlage einschaltet. Dann hole ich meine Tasche und wir gehen in seine Wohnung und essen eine Kleinigkeit.

Bliek grinst mich an: „Ich habe einen ganz bestimmten Verdacht und wollte immer schon einmal dort nachsehen. Da kann ich einen Gehilfen wie Dich gut gebrauchen. Alles was wir heute hier machen, muss aber unser Geheimnis bleiben."

Bliek ist ein religiöser Mann, wird nun ganz theatralisch. Aus seinem Schlafzimmer bringt er eine Bibel. Auf die muss ich meine linke

Hand legen und mit der erhobenen rechten schwören, dieses unser Geheimnis nicht ohne seine Erlaubnis auszuplaudern. Das finde ich zwar deutlich überzogen, aber mir bleibt keine andere Wahl.

Bliek ist unerbittlich: „Ohne Eid kommst Du nicht weit", lässt er mich wissen. Danach kratzt er sich am Kopf, zieht die Augenbrauen hoch und blickt mich fragend an. Ganz ruhig und langsam sagt er „So" und dann erst einmal nichts weiter, sondern geht ins Nebenzimmer und kommt ebenfalls mit einer Tasche zurück.

Später werde ich erkennen, wie planvoll er unser Vorhaben vorbereitet hat. Zunächst verschwindet er kurz.

„Du wartest, bis ich zurück bin." Wenige Minuten später ist er wieder da und erklärt: „Ich hab den Alarm wieder ausgeschaltet, wir können jetzt los."

Bepackt mit unseren Taschen überqueren wir den Innenhof. Bliek schließt die Burgkapelle auf. Über die gelangen wir in den Palas und gehen durch mehrere Pforten und unter Gewölben hindurch in einen Trakt, in dem ich noch nie war und den ich an der westlichen Außenseite vermute. In dem Raum gibt es auch kein Licht, nur wenig dringt von der Lampe im Vorraum bis hierher. Bliek stellt seine Tasche ab und bedeutet mir, gleiches zu tun. Er knipst seine Taschenlampe an und deutet auf eine Mauer vor uns.

„Wir müssen hier ein Loch in die Wand schlagen. Dann wissen wir, was dahinter ist. Pack Hammer und Meißel aus."

Bliek deutet mit dem Zeigefinger an eine Mörtelstelle, die ich bearbeiten soll. Er selbst schlägt 40 Zentimeter weiter ebenfalls zu. Das reicht gerade, damit wir uns nicht gegenseitig behindern. Mörtelbrocken fallen auf den Boden, es staubt, aber wir kommen ganz gut voran. Nur ist mir nicht ganz klar, was Bliek eigentlich will. Vor allem wird unser Tun gehörig Spuren hinterlassen und ich frag mich, wie er seinen Mitarbeitern den Einbruch erklären will.

Doch als ich Bliek deswegen anspreche, grinst er nur und meint barsch: „Weitermachen!"

Nun gut, er ist der Chef und wird wissen, was er macht, denke ich und schlage weiter. Die Stirnlampe erweist sich dabei als optimales Hilfsmittel. Denn allmählich erkenne ich, was Bliek will. Er ist geschickter als ich, hat schon viel Mörtel weggeschlagen. Der Tuffstein in der Mitte, um den herum wir unsere Schläge ansetzen, wird zunehmend freigelegt. Bliek zieht nun eine Eisenstange aus seiner Tasche. Sie ist länger als unsere Meißel und mit ihr gelingt es ihm, auch die tief liegenden Mörtelteile zu erreichen. Und nun setzt er bereits die Stange in die Fuge und beginnt zu drücken. Aber noch sitzt der Stein. Bliek zieht eine weitere Stange aus seiner Tasche und reicht sie mir. Gemeinsam setzen wir dem Stein zu.

„Das ist ja richtige Knochenarbeit, mir fallen fast schon die Unterarme ab", werfe ich ein.

„Hättest halt mehr Sport machen müssen", kommentiert Bliek trocken mein handwerkliches Manko.

Wir legen immer wieder Pausen ein. So geht es besser. Und in der Tat: Die Stangen reichen nun schon tief in die Mauer. Endlich knackst es. Bliek drückt die Stange in den oberen Spalt und hängt sich mit seinem beachtlichen Gewicht dran. Dann macht es einen Ruck, das Mauerwerk bricht. Noch aber haben wir nicht gewonnen. Es dauert noch, bis wir verkeilte Mörtelreste beseitigt haben und den Stein in Bewegung bringen können. Mit Hilfe der beiden Eisenstangen drücken wir abwechselnd den Stein nach vorn. Endlich ragt er heraus und wir können ihn mit den Händen fassen und schließlich packen. Gemeinsam ziehen wir den Tuff heraus.

„Gott sei Dank ist hier kein Granit verbaut. Den hätten wir nicht heben können", sage ich zu Bliek gewandt.

Nun stehen wir vor dem Loch in der Wand. Wir leuchten mit der Taschenlampe hinein, sehen aber nichts anderes als eine weitere Wand dahinter. Mehr Einsicht lässt das Loch in der Mauer leider nicht zu.

„Steig rein und sieh nach, was drin ist", fordert mich Bliek auf.

„Was, ich, Du bist doch hier der Fachmann. Außerdem schmerzt mein gebrochener Arm", geht es mir über die Lippen.

„Aber Du bist der Schlankere von uns beiden, mit meinem Bauch komme ich hier nicht durch. Und du bist zudem der Jüngere", wehrt Bliek meine Bedenken ab.

Er hat ja Recht. Zum Einstieg liegt das Loch in Brusthöhe ja ganz günstig. Aber ich muss mich etwas verdrehen, um die breitere Diagonale nutzen und so mit den Schultern hindurch zu können. Als ich halb durch bin, wird mir mit Schrecken bewusst, dass ich drüben ja nicht mit den Beinen, sondern mit dem Kopf voraus landen werde. Die Stirnlampe zeigt mir: Drüben ist der Boden auf der gleichen Ebene. Es kann also gehen und ich schiebe mich weiter vorwärts.

„Heiner, halt meine Beine fest", rufe ich und schon hat Bliek sie im Griff. Ich robbe und Bliek schiebt mich zugleich. Mein ganzer Körper hängt nun schon auf der anderen Seite nach unten, mit den Händen habe ich bereits guten Bodenkontakt.

„Heiner, Du kannst jetzt loslassen", rufe ich Bliek zu.

Im nächsten Moment rolle ich auch dem Boden ab. Fremdes Terrain. Ich blicke umher. Ich befinde mich in einem Raum, der nur wenige Meter groß ist und – er ist leer, zumindest auf den ersten Blick. Doch dann sehe ich im Schein meiner Lampe in einer Ecke etwas Helles. Doch hier leuchten keine Rubine, funkeln keine Diamanten. Es ist ein gruseliger Fund, den ich mache. Da liegen Knochen und als ich näher trete sehe ich, das sind eindeutig menschliche. Genau besehen ist es ein Skelett. Und es liegt so geordnet hier, alle Knochen genau an der Stelle, wo sie im Leben dieses Menschen eine nützliche Funktion hatten. Nichts ist hier durcheinandergebracht.

„Kannst Du was sehen?" ruft Bliek durch das Loch.

„Ja hier liegt ein Toter. Aber die Kripo wird sich kaum mehr für ihn interessieren, ich sehe nur noch ein Skelett, die Weichteile sind allesamt längst vermodert."

„Wenn ich jetzt zumauern würde, wärst Du die nächste Leiche da drin und würdest vielleicht in einigen hundert Jahren ebenso gefunden werden", lässt mich Bliek nun mitfühlend wissen.

Ein schales Gefühl kommt vom Magen hoch, mir wird mulmig.

„War nur Spaß", ruft Bliek durchs Loch und fordert mich auf: „Sieh Dir bitte das Skelett genau an. Findest Du noch Kleidung oder Gegenstände, dann wissen wir wenigstens, ob es ein Mann oder eine Frau war."

„Deine Späße sind nicht lustig, so was brauch ich nicht."

Ich knie nieder und seh mir die Knochen genauer an. An einigen Stellen sind Reste von irgendwas zu erkennen, vielleicht Sehnen, vielleicht verdorrte Hautreste. Aber der Schädel ist total frei, nur noch Knochen. Skelettschädel scheinen immer zu grinsen, hat Frank mich einmal wissen lassen. Wie recht er doch hat. Und nun sehe ich es: Neben dem Schädel liegt ein fahles Stück Stoff. Ich hebe es auf, es fühlt sich alt und brüchig an. Der Stoff stellt mir zugleich eine Frage. Wo ist die übrige Kleidung dieser Person? Ich kann nichts finden, weder eine Jacke, noch Hose oder Kleid oder wenigstens einen Umhang oder dergleichen. Die Person muss folglich nackt gewesen sein, als sie hier abgelegt worden ist. Vermutlich vorher gestorben oder getötet worden und hier begraben. Ich nehme den vergilbten Stoff und reiche ihn durch das Loch in der Mauer Bliek.

„Gib mir ein Messer und die Gummihandschuhe", fordere ich ihn auf.

„Die Handschuhe waren eigentlich für später gedacht", sagt er, reicht sie mir aber dann doch zusammen mit einem kleinen Brotzeitmesser. Ich streife sie mir über und gehe zurück zum Skelett. Die Wirbelsäule hält noch ganz gut. Deshalb das Messer. So gelingt es mir leicht, zwei Wirbel zu lösen. Und von einer Hand nehme ich ein ohnehin abgefallenes Glied des Mittelfingers. Fest sitzen dagegen die Handwurzelknochen noch beisammen. Das Messer hilft mir weiter. Dann zurück zum Loch. Ich reiche die Knochen durch.

„Die kleine Kugel ist von der Hand, verlier sie nicht. Denn damit kann man vielleicht am besten bestimmen, wie alt der Tote zu Lebzeiten geworden ist", sage ich dem verdutzt in meine Stirnlampe glotzenden Bliek.

„Gib mir noch die Taschenlampe", fordere ich ihn weiter auf. Mit der gehe ich nun den gesamten Raum systematisch ab und suche nach Verstecken oder sonstigen Hinweisen. Nichts. Oder doch? An dem gegenüber dem Loch liegenden Mauerstück nahe dem Skelett scheint ein Stein angekratzt zu sein. Ich leuchte genau hin und taste die Spur mit dem Finger nach.

„Heiner, reich mir bitte die Kamera durch."

„Hast du was?" fragt er neugierig.

„Nicht der Rede wert. Aber ich möchte doch ein Foto machen." Mit dem Makro mache ich eine Nahaufnahme von den Einritzungen. Und wenn die Kamera schon da ist, fotografiere ich selbstverständlich auch das Skelett.

„Da ist sonst nichts mehr", sage ich zu Bliek.

„Dann komm raus, es ist inzwischen weit nach Mitternacht", antwortet er.

Das ist gar nicht so einfach. Einmal hat die Arbeit bereits an meinen Kräften gezehrt und zum anderen steht hinter mir jetzt niemand, der mich in die richtige Position drehen könnte. Waagrecht gehen die Schultern nicht durchs Loch.

„Au" schreie ich, denn die scharfen Kanten der Steine ritzen die Haut auf. Nochmals zurück. Bliek schlägt mit dem Meißel noch zwei hervorstehende Erhebungen im Mauerwerk ab. Dann versuch ich es erneut und endlich, es geht. Ich strecke die Arme vor, und Bliek greift ins Loch und dreht meine Schultern in die richtige Position. Als diese durch sind, ist das Schlimmste geschafft. Ich bewege die Hände nach unten und kann mich in kleinen Vertiefungen der Mauer leicht abstützen und so den Körper weiterbewegen. Und schon kann Bliek mit den Händen unter meine Schultern fassen und mich aus dem Loch herausziehen. Hinsetzen und ausruhen. Nach einigen Minuten hat sich der Atem wieder beruhigt.

Bliek geht kurz weg und kommt mit zwei Eimern zurück. In einem ist Wasser. Schon beginnt er, die herausgeschlagenen Mörtelteile durch das Loch auf die andere Seite der Mauer zu werfen. „Hilf mir und mach den Boden sauber, Du hast doch Handfeger und Schaufel dabei."

„Ja natürlich", sage ich und will ebenfalls erst mal noch weitere Steine hinüberwerfen."

„Die nicht, die brauchen wir noch", fällt er mir in den Arm. Also fege ich den Boden sauber, so gut es geht und schütte den Kehricht ebenfalls durch das Loch.

„Jetzt den Stein", fordert mich Bliek auf. Gemeinsam wuchten wir ihn hoch, er kommt mir deutlich schwerer vor als beim Herausheben aus der Mauer. Aber wir können ihn wieder postieren. Mit der Eisenstange hebt Bliek den Stein an. Jetzt verstehe ich, wofür die restlichen Mörtelteile gebraucht werden. Ich schlage einige mit dem Meißel unter den Stein. Denn verkeilen wir die übrigen rundherum. Der Stein sitzt wieder fest. Jetzt fordert Bliek von mir die Gummihandschuhe. Er streift sie über, zieht aus seiner Tasche ein Säckchen und schüttet daraus Pulver in den leeren Eimer und dann Wasser hinzu.

Mit einem feinen Spachtel schmiert er den frischen Mörtel in die Fugen. Dabei begnügt er sich mit den äußeren Zentimetern, nicht die Funktion, das optische Bild muss stimmen. Es dauert nicht lange und dann stimmt es auch. Wenn der Mörtel getrocknet ist, sieht man nichts mehr. Bis auf den Boden. Trotz Kehren sind Staubreste und Abrücke unserer Schuhsohlen zu erkennen.

Bliek hat aber auch dafür vorgesorgt. Er nimmt einen Lappen aus der Tasche, feuchtet ihn an und gibt ihn mir mit den Worten: „Damit wischst Du den Boden." Schon am Morgen dürfte alles trocken und jede Spur beseitigt sein. Kein Mensch wird von unserem Einstieg erfahren.

Kapitel 19

In der Spur bleiben

Ich habe eine Seidenfliege umgebunden. Damit will ich ganz bewusst einen Kontrapunkt setzen. Äußerlich fein ablenken, irritieren und dann derb zupacken, so könnte es gehen. Aber ich weiß natürlich auch, der Mann ist eine harte Nuss. Und das Schlimmste – er weiß das auch. Sein Geschäftsbüro liegt in der Nachbarstadt ein wenig abseits vom Zentrum, es ist dennoch eine gute Lage im Umfeld von florierenden Läden, Kanzleien und einem Ärztehaus. Ich bin ein bisschen früher dran. Während ich im Vorraum warte, kommt ein Typ aus dem Besprechungszimmer, der in dieses Ambiente gar nicht passt. Glatze und einen Arm tätowiert stapft ein Bodybuilder in ausgelatschten Turnschuhen an mir vorbei und reckt die Faust empor.

„Tschüss Nikita", ruft ihm die Sekretärin hinterher, er scheint hier gut bekannt zu sein.

Der Herr des Hauses pflegt andere Umgangsformen. „Ach der Meister der Worte, was kann ich für Sie tun?" fragt Jost Scharoth gönnerhaft und lässt mir gleich mal eine Tasse Kaffee bringen. „Ihr Großvater hat meinen Vorfahren vor dem KZ bewahrt, dafür möchte ich Ihnen danken."

Scharoths stahlblaue Augen verengen sich. „Was wollen Sie?"

Ich blicke haarscharf an ihm vorbei, versuche möglichst gleichgültig auszusehen: „Ich rühre gern im Strudel der Zeit, damit ungeliebte Wahrheiten an die Oberfläche gelangen."

Ein verächtlicher Blick gleitet über mich hinweg. „Wir sollten die Vergangenheit dort belassen, wo sie ist, die Gegenwart fordert uns mehr als genug. Und ich sage Ihnen noch eines: Mein Großvater war kein schlechter Mensch. Er hatte nur das Pech, auf der falschen Seite zu stehen und er musste mit seinem Leben dafür bezahlen. Die

Kriegsverbrechen der Alliierten wurden nirgendwo angeklagt – natürlich, sie waren die Sieger und Sieger schreiben Geschichte und da schreiben sie so was nicht rein."

Ich blicke Scharoth scharf an: „Zur Geschichte gehört aber auch, dass die Nazis und damit maßgeblich Ihr werter Herr Großvater wehrlose Menschen um ihr Hab und Gut gebracht und viele davon ermordet haben."

„Kommen Sie mir nicht mit Moral, am Ende gilt allein das Recht des Stärkeren. Nur ein kleines Beispiel aus der Geschichte: Der römische Imperator Cäsar brüstete sich sogar damit, einen aufmüpfigen gallischen Stamm, die Nervier, ausgerottet zu haben. Er sah das für Rom als eine gute Tat. Und da frage ich Sie: Was unterscheidet ihn von Hitler?"

„Zweierlei. Erstens waren Juden und andere Nichtarier keine Aufmüpfigen oder Rebellen, sondern Mitbürger, die in Frieden leben wollten. Sie wurden systematisch ausgegrenzt, entrechtet und schließlich umgebracht. Und zweitens liegen 2000 Jahre zwischen Cäsar und Hitler. Die Römer hatten weit weniger die Möglichkeit zur Bildung und damit zur Einsicht wie die Menschen im 20. Jahrhundert."

Scharoths Gesichtszüge verhärten sich.

„Das ist mir zu billig. Wir Deutsche waren aufgrund unserer Geografie im Zentrum Europas über Jahrhunderte Opfer von Gewalt. Die meisten Kriege wurden auf deutschem Boden ausgetragen, Deutsche waren die Opfer. Und deshalb sind wir im Grunde auch sehr ängstlich. Jetzt als Verbündete beklagen sich die Amis ja schon über die ‚German Angst', wenn sie militärische Hilfe für weltweite Einsätze einfordern. Der preußische Militarismus war doch vor allem ein Mittel, diese Angst zuzuschütten, zu überdecken und zu verdrängen. Damit machten wir uns sozusagen selbst Mut."

Jetzt blicke ich Scharoth scharf an:

„Sie biegen die Realität so lange, bis sie sich in ihre Gedanken fügt."

Scharoth ist aufgebracht, seine Stimme wird lauter.

„Was wissen Sie schon von der Realität? Sie sind ein noch junger Zeitungsschreiber, ein Produkt dieser Zeit, dem die Reife der Lebenserfahrung fehlt. Der Diktatfrieden nach dem Ersten Weltkrieg war doch für uns Deutsche nicht hinnehmbar. Jedes andere Volk hätte hier ebenso Revanchegelüste entwickelt. Den Franzosen reichte allein schon die Abtrennung der deutschsprachigen Gebiete nach dem verlorenen Krieg 1871 an das damals gegründete Deutsche Reich für den Racheschwur gegen alles Deutsche aus. Dabei war der Friedensvertrag maßvoll, kein Vergleich zu der Härte, die dem Reich 1918 auferlegt worden ist."

„Der Erste Weltkrieg war auch ein anderes Kaliber mit Millionen Toten", werfe ich ein.

„Darunter eine Million Verhungerte in Deutschland aufgrund der englischen Seeblockade. Im Zweiten Weltkrieg verhungerten in Leningrad unter deutscher Blockade etwa ebenso viele Menschen. Diese Grausamkeit ist heute noch Thema der Historiker, von den verhungerten Deutschen redet keiner mehr. Und die Amis haben Indianer abgemurkst und ihre schwarzen Sklaven oft wie ein Stück Vieh behandelt."

Scharoth weicht mir aus, ich muss das Gespräch wieder auf den Punkt bringen.

„Aber planvoll und systematisch mit industrieller Perfektion Menschen umzubringen, das war einmalig unsere Leistung und da stand Ihr Herr Großvater als Befehlshaber vorn."

„Sie sind nicht nur unverschämt, sondern auch voreingenommen, mein Großvater hat selbst nie ein KZ besichtigt."

„Das glaube ich nicht. In jedem Fall hat ein Kreisleiter genau gewusst, was dort geschieht."

Scharoth macht eine abwertende Handbewegung, seine Stimme legt nochmals zu, er ist erregt:

„Glauben Sie doch, was Sie wollen Sie Saubermann, ich lass mir von Ihnen meine Geschäfte nicht kaputt machen. Und was hat Ihnen ihr Ausflug nach Rom schon gebracht außer der Erkenntnis, dass auch die Kirche nach dem Materiellen greift und einen der Ihren anklagt."

Scharoth schiebt die Unterlippe vor und fragt mit giftigem Blick: „Oder war er am Ende gar kein Ketzer?"

Das sitzt. Ich habe mein Gegenüber aus der Reserve gelockt und er hat sich zu einer unbedachten Äußerung hinreißen lassen. Das Resultat ist erschreckend. Woher nur weiß Scharoth, dass ich in Rom war. Nicht nur das, er weiß offenbar auch, was wir dort gemacht haben. Die im Hotelzimmer verschwundenen Kopien der Urkunden fallen mir ein. Sofort nachhaken, rät mir die linke Gehirnhälfte.

„Dann war es einer Ihrer Lakaien, der mich dort beklaut hat?"

Doch Scharoth antwortet nicht sogleich. Er blickt in die Luft, denkt nach. So ein Mist.

„Antworten Sie!" schreie ich ihn an.

Doch es nutzt nichts. Scharoth hat wieder die Kontrolle über sich zurückerlangt. Er lächelt mir spöttisch ins Gesicht:

„Die Fantasie scheint mit Ihnen durchzugehen. So wie Sie die deutsche Geschichte kreativ auslegen, so scheinen Sie auch zu arbeiten – wenig Fakten, aber viel Meinung und Glaube. Und dazu sage ich Ihnen eines: Ich glaube, unser Gespräch sollten wir nun beenden. Oder wollen Sie mir noch Grüße vom Heiligen Vater überbringen?"

„Weniger vom Heiligen Vater, mehr von der anderen Seite der Medaille, die Ihnen mehr vertraut ist – auf gut Deutsch: Grüße vom Teufel."

„Dann scheren Sie sich zum Teufel."

Ich will noch etwas sagen, komme aber nicht mehr dazu. Scharoth schreit: „Raus, verschwinden Sie."

„Hallo Frank, gut dass Du kommst". Mein Freund steht an meiner Wohnungstür, die obligatorische Tafel Schokolade in der Hand. „Komm rein. Aber Schokolade brauche ich heute nicht. Über Gott und die Welt reden wir besser ein ander Mal, ich hab keinen freien Kopf. Stell Dir vor: Jost Scharoth weiß, dass wir in Rom waren und vermutlich auch genau, was wir dort wollten. Am Ende ist uns sogar einer seiner Leute nachgereist und hat uns beobachtet. Das würde auch erklären, warum die Kopien der Urkunden aus unserem Hotelzimmer verschwunden sind."

Frank macht ein erstauntes Gesicht.

„Das ist ja der Hammer. Aber wie soll ein Dieb in unser Zimmer gekommen sein? Das kann ich mir nicht erklären."

„Ich auch nicht Frank und das macht das Ganze noch dubioser." Frank runzelt die Stirn. „Wir müssen logisch überlegen. Wenn einer das Schloss des Hotelzimmers knacken konnte, war das ein Profi. Damit scheidet Malevsky aus. Was wiederum dafür spricht, dass er auch nicht der Täter war, der bei Dir eingebrochen ist und Dich überfallen hat."

„Sachte, sachte Frank, der Schriftzug ‚Blöde Sau' in meiner Wohnung spricht nicht gerade für einen Profi, sondern weist weit mehr auf Malevsky."

„Oder auch nicht, vielleicht wollte der Täter damit nur den Verdacht auf andere lenken. Das würde auch erklären, warum er das Papier aus dem Bellmann-Haus mitgenommen hat. Ein normaler Einbrecher hätte so was doch liegen lassen. Es wäre für ihn nutzlos gewesen."

„Gesetzt den Fall Du hast Recht und Scharoth steckt dahinter. Woher kann er wissen, dass wir in Rom waren und was wir dort wollten?"

Frank überlegt: „Auch hier müssen wir methodisch vorgehen. Wer aller weiß davon. Der Kripomann Bender, vielleicht auch weitere Polizisten, wir beide natürlich, Eva und wer noch?"

„Natürlich weiß auch Nora davon, aber die lebt in München, war zuletzt in Hamburg und kennt hier niemanden. Halt, ich hab sie auch mit Mathe Brass bekannt gemacht, das ist der Künstler und Nachfahre von Michael Bräu."

„Gesetzt, der hat davon erfahren. Scharoth handelt doch auch mit Kunst. Da könnte es eine Verbindung geben."

„Oder es war doch Eva. Möglicherweise hat sie Malevsky etwas erzählt. Malevsky hat einmal über Scharoth ein längeres Porträt für den Wirtschaftsteil geschrieben und ihn bei anderen Artikeln immer wieder mal zitiert. Die beiden stehen folglich in Kontakt."

„Oder aber: Eva steht in direktem Kontakt zu Scharoth. Können wir ihr trauen?" fragt Frank.

„Ich denke schon. Eva hätte doch ganz einfach nochmals eine Kopie der Urkunden vornehmen und diese Scharoth überlassen können. Der Diebstahl im Hotelzimmer wäre dann nicht nötig gewesen, ebenso wenig der Einbruch bei mir, wenn er dem Papier galt. Sie hatte ja eine Kopie davon. Und noch eins. Sie hat sich einmal hier und einmal in Rom beklagt, von einem schmierigen Typen beobachtet worden zu sein."

Frank nickt, aber er steht vom Sessel auf und geht hin und her. Er denkt nach.

„Etwas stört mich, jetzt fällt es mir auf. Dieses Papier in Deiner Wohnung, von dem konnte Scharoth nicht wissen, von dem wussten zu dem Zeitpunkt nur Du selbst und Eva. Vielleicht treibt sie doch ein falsches Spiel und hat den sie beobachtenden schmierigen Typen nur erfunden, um für uns glaubwürdiger zu sein."

Ich schüttle den Kopf: „Ich kann mir nicht vorstellen, dass sie so gerissen ist."

„Ach Tom, Du bist zu gutgläubig, ich kann mir alles vorstellen, so lange es logisch ist. Und eines haben wir dabei noch gar nicht bedacht. Scharoth interessiert sich für uns und unsere Recherchen in Rom. Das deutet darauf hin, dass auch er einen verborgenen Schatz für möglich hält. Wozu sonst dieser Aufwand. Er verfügt zudem über Wissen, das wir nicht haben. Er will diesen Schatz an sich bringen, nicht für die Öffentlichkeit, sondern allein für sich."

Ich fasse mir an die Stirn und erzähle Frank nun von dem Silberkelch, den mein Urgroßvater in der Altöttinger Stiftskirche für Peter Steger aus einem Altar geholt hat.

„Steger war der Großvater Scharoths. Und in dem Kelch befand sich ein Ledermäppchen, das vielleicht einen wichtigen Hinweis lieferte."

„Um den ist uns Scharoth jedenfalls voraus", kommentiert Frank.

„Im Gegenzug habe ich Scharoth aber auch etwas voraus."

Frank blickt mich groß an. Ich hole die in Plastik verpackten Knochen, die ich mit Heiner Bliek in der Burghauser Burg geborgen habe und reiche sie Frank.

„Du kannst mir helfen und wenn nicht, so hast Du beste Verbindungen für eine Analyse dieser Knochen. Sie stammen aus der Burg. Du musst rausfinden, wie alt sie sind und was sonst noch über die Person gesagt werden kann, also Geschlecht und Alter zum Todeszeitpunkt."

„Hallo Tom, Du sollst bitte umgehend Frau Fuchs zurückrufen", eröffnet mir Cora den nächsten Arbeitstag. Das lässt nichts Gutes ahnen, denn da dürfte der Alte dahinterstecken. Ich greife zum Telefon und wähle die Nummer der Chefredaktion.

„Hallo Herr Raumoser, schön dass Sie so schnell zurückrufen. Erst mal einen schönen Gruß von Herrn Schuster. Er lässt fragen, wo Ihre Vorschläge zur Blattverbesserung bleiben."

„Die sind noch in Arbeit."

„Das höre ich nicht zum ersten Mal. Herr Schuster wird langsam ungeduldig. Die Resonanz auf seine Aufforderung war bisher dürftig. Deshalb hat er mich beauftragt, alle Redaktionen anzurufen. Bis Ende der Woche will er Vorschläge auf seinem Tisch sehen. Ich soll insbesondere Ihnen sagen, alle ohne Ausnahme müssen sich daran halten."

Schöne Bescherung. Ich habe überhaupt keine Lust. Wir bringen jede Woche ein Porträt, kommentieren mindestens einmal in der Woche das kommunale Geschehen, haben viele Reportagen im Blatt und sollte tatsächlich einmal Zeit bleiben, nutzen wir die für aufwändigere Hintergrundgeschichten.

„Was wollte der Chef?", fragt mich meine Kollegin Martina Schönlein.

„Das kannst Du Dir doch denken, er übt Druck aus."

Martina macht ein besorgtes Gesicht: „Ich hab schon Bammel. Aber ich schaff einfach nicht mehr. Alle zerren an mir, der Schuster, meine drei Kinder und jetzt auch Du noch. Es nervt mich langsam. Am liebsten würde ich hinschmeißen."

„Jetzt beruhig Dich erst mal, das kriegen wir schon hin."

Am nächsten Tag dann das Außergewöhnliche: Cora wirkt konfus, die Linke am Telefonhörer, fuchtelt sie mit der Rechten wie aufgescheucht durch die Luft.

„Franz Schuster ist in der Leitung, er ganz persönlich." Die Sekretärin stellt mir das Gespräch sofort durch.

„Schönen Tag Herr Schuster, was kann ich für Sie tun?"

„Sind Sie unter die Kriminellen gegangen? Ich hatte eben einen gewissen Herrn Bender zu Besuch, der hat sich über mangelnde Unterstützung seiner polizeilichen Arbeit seitens Ihrer Person beklagt."

„Herr Schuster, gut dass Sie mich angerufen haben. Da brauche ich Ihre Rückendeckung. Dazu muss ich ihnen sagen: Ich bin an einer Geschichte dran, die sehr interessant werden könnte. Herr Bender möchte genau wissen, was ich mache, wer meine Informanten sind.

Das kann und will ich ihm nicht sagen. Das ist eigentlich alles und ich bitte Sie, mich zu unterstützen und die Freiheit der Presse zu verteidigen."

Auffallend, dass mich Schuster so hat reden lassen und mich nicht unterbrochen hat. Er antwortet nicht einmal sofort, macht eine kleine Pause. Der will dich verunsichern, meldet meine rechte Hirnhälfte, die linke mahnt schon vorab: Pass genau auf, was er sagt.

„Jetzt hör mal gut zu, Raumoser", beginnt er mit zunächst leiser Stimme. Dann wird er zunehmend lauter und redet schneller.

„Sie haben also Zeit, aufwändigen Geschichten nachzugehen und wollen dafür meine Rückendeckung. Eines sag ich Dir gleich. Wenn das krumme Dinge sind, die Du machst, dann lass ich Dich nicht nur auflaufen, dann bist Du auch fehl am Platz in unserem ehrenwerten Hause."

„Nein, nichts davon, bei mir ist nur eingebrochen…".

„Sei ruhig, jetzt rede ich", fährt mir Schuster über den Mund.

„Die Pressefreiheit ist ein hohes Gut. So lange Sie nicht gegen Gesetze verstoßen, lassen wir uns von der Polizei nicht dreinreden. Da haben Sie natürlich meine Unterstützung und Rückendeckung. Das werde ich auch diesen Bender wissen lassen. Aber das ist nicht alles, sozusagen nur die eine Seite. Raumoser, ich frag mich andererseits nämlich schon, wie es gehen kann, dass Du offenbar nicht ganz ausgelastet bist und Zeit für derlei Geschichten hast. Seid Ihr da draußen vielleicht überbesetzt? Ich denk besser gar nicht drüber nach. Aber worüber ich schon nachdenke ist, wo die Vorschläge für die Blattverbesserung bleiben und da sage ich Dir eines: In zwei Tagen habe ich das Konzept aus Ihrer Redaktion auf meinem Tisch. Verstanden."

„Ja, aber…"

„Kein Aber Raumoser, Du spurst, sonst fliegst Du aus der Spur."

Kapitel 20

Die Tempelritter grüßen

„Bist Du wahnsinnig, das ist zu dreist", kommentiert Kollegin Martina, nachdem sie mein Konzept zur Blattverbesserung gelesen hat. Sie blickt mich mit geöffnetem Mund an, braucht einige Zeit, um weiterzusprechen.

„Wenn ich das Drumrum über Leser-Blattbindung und bekannte Daten über die Struktur der Region und die Leserschaft einmal beiseitelasse, dann bleibt im Kern nur eines übrig: Du schlägst eine regelmäßige Kommentierung mindestens einmal die Woche vor, willst jede Woche ein Porträt über einen besonderen Menschen aus unserem Verbreitungsgebiet bringen und das Blatt mit Reportagen beleben und dazu eine Reihe über Musikgruppen der Region starten. Aber Tom, abgesehen von den Musikern machen wir doch alles jetzt schon."

Ich blicke Martina treuherzig an. „Das weiß ich, darum schlage ich es ja Schuster vor. Denn so weiß ich: Das können wir stemmen." Martina schüttelt den Kopf: „Aber das muss er doch merken."

Ich winke ab. „Pah, der liest unsere lokale Ausgabe weit weniger als er vorgibt. Ich bin überzeugt, Schuster merkt nichts. Das schieben wir ihm einfach als Neukonzeption unter. Das Alte hat sich doch bestens bewährt, also wird das auch dem Alten gefallen."

„Mir ist nicht wohl dabei", gibt Martina zu bedenken.

„Mir schon. Und Du brauchst Dich ohnehin nicht zu sorgen. Wenn einer in der Schusslinie steht, bin ich es, nicht Du."

Gerade als ich die Mail an Franz Schuster weggeschickt habe, schreibt Frank mir eine Botschaft: Die Knochen, die du mir gegeben hat, stammen von einem Mann, der um die 30 Jahre alt war, als er starb. Er war gesund und gut genährt. Wie alt die Knochen sind, ist schwer zu sagen. Die Radiokarbonmethode ist sehr aufwändig und damit teuer. Wir sollten uns überlegen, ob es das wert ist.

Zwei Tage später ist klar: Das ist es nicht. Denn Heiner Bliek hat auch so eine Antwort darauf gefunden, wer der Tote aus der Burg sein könnte. Ich sitze mit Bliek im Innenhof der Burg auf den dort aufgeschichteten großen Steinkugeln, die im Fall eines Angriffs den Burghang hinabrollen sollten, um feindliche Angriffslinien zu zerschlagen. Er ist bester Laune, ebenso sein Hund, der mich ausgiebig beschnuppert und meine Hände leckt.

„Es gibt eine alte Sage", beginnt Bliek. „Die geht in etwa so: Ein Gespenst geht auf der Burg um, ein Mann mit einer weißen Haube. Es ist der Geist von Dietrich, dem Koch. Die Geschichte dahinter: Einer der Herzöge war viel auswärts unterwegs, vernachlässigte seine Frau, obwohl sie jung und schön war. Doch kein Ritter wagte es, mit der Herzogin anzubandeln. Denn jeder fürchtete die Rache des Herrschers. Nicht so ein einfacher Koch namens Dietrich. Zwischen beiden funkte es denn auch. Und als die Herzogin in der Burg eine geheime Kammer fand, hatten die frisch Verliebten auch den passenden Ort für ihr Abenteuer gefunden. Doch eines Nachts kam der Herzog unerwartet zurück und überraschte das frevelnde Paar. Zunächst wollte er den Koch gleich mit dem Schwert in Stücke hauen, doch dieser Tod wäre zu gnädig gewesen. Dietrich wurde deshalb bei lebendigem Leib eingemauert. Soweit die Sage."

„Aber es ist eine Sage, Heiner" wende ich ein

„in der oft ein wahrer Kern steckt", fällt Bliek mir ins Wort, während sein Hund seine Schnauze auf meinem rechten Oberschenkel ablegt.

Bliek fuchtelt mit den Armen durch die Luft: „Ich hab in der Geschichte der Herzöge nachgelesen und da habe ich etwas gefunden, was zu der Sage passen könnte. Der Erste der drei Herzöge mit dem Beinamen der Reiche hieß Heinrich. Im Jahr 1417 verübte dieser Heinrich einen Mordanschlag auf seinen Vetter Ludwig aus der Ingolstädter Linie der Wittelsbacher. Und jetzt pass auf. Der Grund für diesen Anschlag, der im Übrigen scheiterte, war: Ludwig hatte behauptet, Heinrich sei der Sohn eines Kochs und damit illegitim."

„Heiner, Du hältst es also für möglich, dass wir die Gebeine dieses Kochs und Liebhabers der Herzogin ausgegraben haben."

„Genau. Denn ein weiteres Indiz dafür ergibt sich aus den Umständen. Wir haben nur einen vergilbten Stoff gefunden, sonst keine Kleidung. Um den Koch zusätzlich zu demütigen, wurde er nackt ausgezogen, sicher verspottet und wer weiß was noch alles. Nur seine Kochhaube als Zeichen seines niedrigen Standes hat man ihm belassen, als er eingemauert wurde und die haben wir gefunden. Hinzu kommt: Das Gerippe ist ganz erhalten, der Mann ist nicht in einem Kampf verletzt worden und vermutlich in seinem ewigen Verlies verdurstet."

„Weißt Du auch etwas über die Herzogin, die sich mit dem Koch vergnügt hat?"

„Aber natürlich. Die Mutter Heinrichs war Maddalena Visconti und Tochter eines reichen Mailänder Kaufmanns. Der verheiratete einige seiner Töchter an den Hochadel, was dadurch möglich wurde, dass er jede dieser Verbindungen mit einer stattlichen Mitgift förderte. Angeblich waren es jeweils 100 000 Silbergulden. Maddalena Visconti war die zweite Frau von Heinrichs Vater, übernahm nach dessen Tod als Vormund für Heinrich sogar die Herrschaft. Ihr hat das Abenteuer folglich nicht geschadet, dem Koch schon."

„Auf jeden Fall gab es einen männlichen Nachkommen" werfe ich ein und erinnere: „Frauen waren bei den Wittelsbachern doch von der Erbfolge ausgeschlossen, waren Menschen zweiter Klasse, nützliches Beiwerk. Darum ist es doch nach Georgs Tod zu dem Erbfolgekrieg gekommen. Seine Frau Hedwig hätte sich ebenfalls besser einen solchen Galan suchen sollen. Vielleicht hätte sie dann doch noch einen Sohn bekommen, und die Münchner Linie hätte nicht alles einsacken können." Blieks Augen beginnen zu leuchten. „Dann wäre die Geschichte ganz anders verlaufen."

„Geschichte verläuft nie geradlinig. Es gibt Kurven, Ecken, zahllose Irrtümer und ihre Wiederholungen. Was auf der Welt passiert, ist gleichsam ein Spiegelbild menschlicher Unzulänglichkeiten, unserer Stärken und Schwächen. Da gibt es Ideale und geistige Höhenflüge und auf der anderen Seite Gier, Dummheit und Ignoranz", sagt Eva.

Ich sitze mit ihr in der Klostergaststätte Raitenhaslach, in der wir das Geld in Kalorien verwandeln, das von Scharoths Zahlung für die Bellmannsche Urkundenübersetzung abzüglich dem Whisky für Evas Prof übrig geblieben ist. Ich blicke durch den Wein in meinem Glas, hinter dem Evas Gesichtskonturen zerfließen.

„Aber wenn sich immer wieder die gleichen Muster ergeben, weil Menschen eben Egoisten sind und entsprechend handeln, was kann man dann überhaupt aus der Geschichte lernen?" will ich von meiner einstigen Praktikantin wissen.

„Diese Frage haben sich schon viele Historiker gestellt und dabei häufig einen entscheidenden Fehler begangen: sie haben moralisiert statt analysiert und das ist unwissenschaftlich", antwortet Eva. „Lernen in dem Sinn, Fehler der Vergangenheit zu vermeiden, das funktioniert nicht, das ist ein falscher Ansatz. Aber wenn man vergleicht, wie Handlungsmuster ablaufen, wie Staaten miteinander umgehen, wie Herrscher gehandelt haben und aus welchen Gründen, dann kann man daraus schon Lehren für die Gegenwart ziehen. Wie die römischen Kaiser mit Brot und Spielen die Leute bei Laune gehalten haben, dazu gibt es Parallelen in der modernen Welt, denk nur an Sozialhilfe und den Profifußball. War das Volk ruhiggestellt, konnte die römische Oberschicht umso einträglicher ihren eigentlichen Geschäften nachgehen – und was glaubst Du macht heute die politische und wirtschaftliche Elite?"

Ich nehme einen Schluck Wein und sinniere:

„Aber Eva, wenn sich die Dinge nicht ändern und sich alles wiederholt, was ist dann überhaupt interessant an Geschichte?"

Damit habe ich offenbar den entscheidenden Punkt getroffen. Auch Eva nimmt nun erst mal einen Schluck Wein, setzt dann dieses gönnerhaft wissende Lächeln auf, mit dem Gurus, Lehrer und sonstige von sich Überzeugte den Unwissenden gern die Welt erklären.

„Ein bisschen meschugge musst Du schon sein, um Geschichte zu studieren. Das bin ich auch, da schlagen aschkenasische Gene durch, von denen ich ein paar abgekriegt habe."

„Ich blicke Eva erstaunt an.

„Ja meine Großmutter väterlicherseits war Jüdin", sagt sie scheinbar nebenbei und fährt fort: „Mein Interesse an Geschichte wurde geweckt, als ich etwas von dem Münchner Historiker Karl Bosl in die Finger bekam. Er forschte vor allem über gesellschaftliche Strukturen im Mittelalter. Er gab der Vergangenheit Strukturen, sie war plötzlich mehr als nur eine Abfolge von Ereignissen. Bosl teilte ein in veränderliche und bleibende Strukturen. Bleibende sind zum Beispiel, die Art wie Kriege gemacht werden, wie sie entstehen, die Machtspiele der Herrschenden. Das wiederholt sich immer wieder. Es gibt aber auch Änderungen, so etwas wie Entwicklung. Im alten Ägypten war der Pharao noch Herrscher und Gott zugleich, Glaube und Macht waren identisch. Die Römer hatten bereits ein weit rationaleres Verständnis, wobei aber auch Cäsar noch die priesterliche Funktion eines Pontifex also eines Brückenbauers innehatte. Den brauchte man, um vom Diesseits heil ins Jenseits, dem Reich der Götter zu gelangen. Im Mittelalter hast Du dann den Streit zwischen Kirche und Kaiser um die Macht. Es folgen Aufklärung und Rationalität, die Religion verlor über die Jahrhunderte immer mehr an Macht. Spätestens seit Napoleon sind Kirche und Staat zweierlei. Über 5000 Jahre hin ging die Entwicklung, abgesehen von kurzen Rückschlägen in die gleiche Richtung: Die Religion wurde vom alles Beherrschenden zur Privatsache. Und so wird es langfristig weltweit kommen. Der rückwärtsgewandte Islam hat deshalb keine Zukunft. Das macht gläubigen Moslems Angst. Der IS-Terrorismus ist für mich Zeichen dieser Angst, zeigt diese Schwäche einer in der Vergangenheit verwurzelten Weltsicht. Die Moslems werden sich folglich ändern müssen, oder ihre Religion wird in einigen Generationen verschwunden sein."

„Vorausgesetzt, die Entwicklung geht tatsächlich geradlinig weiter. Aber da bin ich nicht so sicher. Nach dem Untergang der Antike fiel Europa kulturell weit zurück. Es dauerte Jahrhunderte, bis das Niveau der Römer wieder erreicht war. Und nur dank dem Islam und seinen frühen Gelehrten gerieten Platon und Aristoteles nicht in Vergessenheit."

„Was Du sagst, bekräftigt doch meine These. Natürlich gibt es Rückschläge, aber auf lange Sicht entwickelt sich die Zivilisation weiter."

Als die Nachspeise mit Eis und Palatschinken anrollt, beginnen auch Evas Augen zu rollen. Darauf hat sie sich besonders gefreut. Aber es ist nicht nur das, was ihre Augen in Bewegung bringt.

„Ich hab noch eine Information für Dich", sagt sie ganz langsam, um mich neugierig zu machen.

Das bin ich auch, denke an Frank und seinen Verdacht, Eva könnte ein doppeltes Spiel treiben. Aber ich sag erst mal nichts. Es dauert nur wenige Sekunden, bis Eva auch ohne Aufforderung zu sprechen beginnt.

„Ich arbeite doch an einem Forschungsprojekt, das die Beziehungen der Tempelritter zur Kurie zum Schwerpunkt hat, und da bin ich in Rom auf einige interessante Aspekte gestoßen. Die Tempelritter hatten ihren Schwerpunkt in Frankreich, ihre Mission aber sahen sie im Heiligen Land. Die Eroberungen dort bescherten ihnen immense Reichtümer. Dieser Reichtum weckte Begehrlichkeiten, insbesondere beim französischen König Philipp dem Schönen, der notorisch in Geldnöten war. Zudem befürchtete er wohl in den Rittern auch eine Gefahr für seine Herrschaft. Denn die Ritter vom heiligen Tempel in Jerusalem sahen sich nur dem Papst verpflichtet und konnten ein Heer mobilisieren, das an Ausrüstung und Kampferfahrung allen europäischen Gegnern überlegen war. Und sie rekrutierten stetig neue Brüder, etwa im Tempelhof, dem heutigen Stadtteil von Berlin. Dabei begingen sie einen entscheidenden Fehler. Während der Deutsche Ritterorden sich im Baltikum ein eigenes Herrschaftsgebiet sicherte, verzichteten die Templer auf eine solche Basis, vertrauten allein der Rückendeckung des Papstes. Der saß aber längst im französischen Avignon und war in Abhängigkeit vom König geraten. Am 14. September 1307, dem kirchlichen Festtag der Kreuzerhöhung, schlug Philipp zu. Er ordnete an, alle Templer zu verhaften, ihre Besitztümer und bewegliche Habe zu beschlagnahmen. Allein in Paris wurden 138 Brüder festgenommen. Der blitzartige Zugriff verhinderte eine Gegenwehr, der Prozess gegen den Orden dauerte allerdings Jahre. Die Anklage warf den Templern Abweichung von der kirchlichen Lehre vor, aber auch Homosexualität."

Ich unterbreche Evas Redefluss: „Das klingt ganz nach konstruierter Anklage."

„Schon. Aber Du darfst nicht vergessen: In einem so großen Männerbund kam es natürlich auch zu Fällen von Homosexualität. Die wurden nun aufgebauscht. Dem König und seinen Schergen kam dabei zugute, dass ihnen ein Brief eines leitenden Paters aus Südfrankreich an den Großmeister Jacques de Molay in die Hände fiel, in dem sich der Pater über drei schwule Brüder beklagte und wissen wollte, wie er sie bestrafen sollte. Und dem König spielte auch in die Hände, dass die Templer äußerst ungeschickt agiert hatten. Ihr Siegel zeigt zwei Ritter zugleich auf einem Pferd sitzen, in der Linken ihre langen Schilde und in der Rechten nach vorn gerichtete Lanzen. Dieses Bild sollte die Eintracht und den Zusammenhalt bei Gefahr zum Ausdruck bringen, böse Zungen konnten das aber als Anspielung auf homosexuelles Treiben missdeuten. Die Ankläger nutzten das auch schamlos aus, zumal Großmeister Molay unter der Folter zusammenbrach und gestand."

Eva redet weiter, spricht vom Widerruf Molays nach der Folter und dem sich deshalb anschließenden Ermittlungsverfahren. Aber ich höre nur halb hin. In meinem Kopf kreist ein anderer Gedanke, zieht immer engere Bahnen, bis er schließlich in einem Punkt mündet und mir ein Licht aufgeht. Das Bild meines Vaters aus dem Bellmann-Haus ist mit einem Mal deutlich vor meinen Augen. Es zeigt genau zwei solche Ritter und deshalb unterbreche ich Eva erneut.

„Dieses Siegel der Templer, weißt Du noch mehr darüber, wie und wo es genutzt wurde?"

Eva blickt mich verdutzt an: „Das ist nichts Aufregendes. Es war halt das Aushängeschild der Templer und wurde in offiziellen Schreiben verwendet. Sie sahen sich als Soldaten Christi vom Tempel in Jerusalem. Die Umschrift um das Ritterbild lautet denn auch ‚Soldaten Christi'. Erinnerst Du Dich noch an die kürzlich entdeckten Fresken auf der Burg. Schau Dir die CD der Schlösserverwaltung einmal genau an. Da ist ein Fresko dabei, das dem Siegel der Templer sehr nahekommt. Ich bin überzeugt, dass Zisterzienser oder sogar Tempelritter selbst geistige Väter dieser Malerei waren."

Jetzt bin ich es, der offenbar verdutzt dreinschaut, denn Eva macht mit ihren Händen eine ausladende Bewegung und erklärt.

„Das ist an sich nichts Außergewöhnliches. Kommunikation und Austausch gab es auch in früheren Jahrhunderten. Natürlich mutet es etwas seltsam an, ein solches Fresko hier an der Salzach zu finden, fernab der Zentren und Handelsrouten der Templer. Aber eine Schwalbe macht bekanntlich noch keinen Sommer und ein Bild ist noch kein Beweis, dass tatsächlich Tempelritter hier einmal tätig waren."

„Aber wenn ein weiteres Bild mit dem Motiv dieses Siegels gefunden würde, was wäre dann?" hake ich nach.

„Dann wäre das in der Tat anders, dann müsste die Forschung dem nachgehen."

Die Eispalatschinken sind inzwischen längst verspeist. Eva nimmt einen letzten Schluck Wein, als müsse sie Kraft sammeln für weitere Ausführungen und in der Tat, sie spricht weiter, merkt gar nicht, dass mein Interesse an ihren Worten nachgelassen hat, denn mich bewegt jetzt nur eines: Waren Tempelritter einmal auf der Burghauser Burg?

Derweil erfahre ich eher nebenbei von Eva: „Wie so oft in der Geschichte, einigten sich am Ende zwei Starke auf Kosten eines Dritten. Das Kräftemessen zwischen Papst und König ging zu Lasten der Tempelritter, deren führende Köpfe als Ketzer verbrannt wurden. Im Jahr 1312, also viereinhalb Jahre nach dem Polizeicoup gegen die Führungsschicht der Brüder löste Papst Clemens V den Orden schließlich ganz auf. Damit war der weitere Prozess hinfällig geworden. Der französische Königshof war finanziell saniert, und auch die Kurie ging nicht leer aus.

Es gab zudem weitere Nutznießer. Der verbleibende Besitz der Templer in Spanien ging an neu gegründete Orden. Auch die Johanniter und hierzulande der Deutsche Ritterorden sowie die Zisterzienser wurden bedacht. Die blühten dann auf. Vergangenheit war dagegen von nun an der Ritterorden, der wie kein anderer den Gedanken der Christianisierung des Heiligen Landes verfolgte und der sich als Speerspitze im Kampf gegen die in ihren Augen Falschgläubigen sah. Umgekehrt waren die Templer bei den Moslems verhasst und gefürchtet. Die islamischen Heerführer atmeten auf, als diese für sie so gefährliche Vereinigung kampfkräftiger Ritter zerschlagen war. Die Templer bezogen diese ihre Kraft vor allem aus einer hierarchischen Gliederung mit dem Glauben als einigendem Band. Die einfachen Mitglieder durften nur schwarze Mäntel tragen. An der Spitze standen Ordensgeistliche. Ihnen folgten in der Hierarchie die Ritter. Nur diesen beiden Gruppen war es gestattet, über dem meist braunen Gewand einen weißen Mantel tragen. Die Ritter mussten auch selbst ihre Rüstung finanzieren. Das wiederum konnten sich eigentlich nur Adelige leisten. Der weiße Mantel als Erkennungszeichen begleitete die Ritter bis ins Grab. Noch heute gibt es doch den Begriff ‚weißer Ritter'. Wenn einer Aktiengesellschaft eine feindliche Übernahme droht, sucht sie sich einen weißen Ritter, also einen Geldgeber, mit dessen Hilfe sie eine Übernahme verhindern kann. Der weiße Ritter gilt bis heute als der Gute. Den Templern sei Dank."

Kapitel 21

Ein Abend bei Wein und Käse

Die Burg leuchtet in der Abendsonne. Den Himmel über uns hat sie bereits orangerot gefärbt, nach Osten zu verliert sich das Rot in einem Violett-Blau und geht dann in Grau über. Der See zu unseren Füßen hat sein leuchtendes Grün des Tages allmählich gegen das Blau-Grau der nahenden Nacht getauscht. Es ist einer dieser grandiosen Momente, der Gedanken entstehen lässt und die menschliche Fantasie beflügelt.

„An was denkst Du gerade Mizzi", frage ich und lege meinen Arm um Noras Schultern.

„Ach, an was wohl? Ich denke, es ist ein herrlicher Abend, die Natur zeigt sich einmal mehr als vielleicht größte Künstlerin, der wir Menschen mit Respekt begegnen sollten. Da bedarf es nicht vieler Worte."

Ich sitze mit ihr im Türmchen am Eingang zur Hauptburg mit Blick nach Westen auf Wöhrsee und Pulverturm. Sie drückt ihren Kopf gegen meine rechte Wange, ihr schweres Parfum spreizt sich gegen die Leichtigkeit der frühlingshaften Stimmung, sendet erotisierende Signale an den kleinen Tom. Der muss sich aber im Zaum halten und auf spätere Stunden hoffen. Den Vorzug haben jetzt die Farben des Abends mit dem grandiosen Himmel und den Lichtspielen der verlöschenden Sonne. Die Schattierungen dieses Lichts versetzen dennoch unweigerlich Gefühle in Schwingungen, ich drücke Nora noch fester an mich, spüre ihre Wärme. Liebe ist so schön. Ob Nora das auch so empfindet? Ich blicke in ihre Augen, in dieses Meer aus Türkis, in dem ich mich so gerne verliere. Verliere, ja genau das ist es. Ich finde keinen Punkt, keinen Halt in diesem Türkis. Ihre Augen sind wie das Meer. Man blickt hinein, ist fasziniert von diesem Farbenspiel, aber kann doch nichts erkennen. Dabei schwimme ich doch so gerne in diesem Meer.

Allerdings weiß ich auch: Unsere Zweisamkeit an diesem trauten Plätzchen wird nicht lange dauern. Wir warten auf Frank. Ich muss ihm endlich Nora vorstellen und hab deshalb das Treffen vorgeschlagen. Vergeblich suche ich nach dem Silbermedaillon an ihrem Hals. Die linke Hirnhälfte hat kein erkennendes Signal von den Augen erhalten, die rechte kann nur die tröstende Erkenntnis beisteuern, dass wir ja jetzt zusammen sind und Nora mein Geschenk in solchen Momenten nicht braucht. Wenn sie dagegen in München ihrer Arbeit nachgeht und einsame Abende verbringen muss, wird sie es sicher tragen. Frank ist viel misstrauischer. Er unterzieht alles einer unbarmherzigen Logik und sondert als falsch aus, was sich diesem analysierenden Denken widersetzt. Schon sehe ich ihn am Georgstor. Zuerst nur der Kopf, taucht hinter der kleinen Böschung immer mehr von ihm auf. Und wie Frank Zug um Zug immer weiter zum Vorschein kommt, fällt mir auf, was ich bisher kaum wahrgenommen habe. Seine Arme schlenkern beim Gehen, er selbst schwankt mit, fällt von einem Schritt in den anderen. Frank läuft nicht ganz rund, eiert wie ein ausgeleierter Motor. Das müsste er dringend mal analysieren und ausrechnen, was das für seine Gelenke bedeutet. Bevor ich diesen Gedanken vertiefen könnte, steht Frank schon vor uns und seziert Nora von oben bis unten und wieder retour. Wie peinlich. Nora überspielt die Situation mit einem Lächeln, das kleine Grübchen in ihre Mundwinkel formt und sie noch attraktiver macht.

„Das ist mein alter Spezi Frank“ sage ich zu ihr. Eine Hand schnellt fahrig nach vorn. Frank streckt seine Rechte, Nora ergreift sie mit graziler Eleganz, federt seine ruppige Bewegung harmonisch ab. Soeben ist die Sonne unter den Horizont eingetaucht, ihre letzten Strahlen bäumen sich gegen die einsetzende Dämmerung auf und lassen das Abendrot des Himmels in voller Stärke aufleuchten.

„Seht Euch nur diesen Himmel an, dieses Farbspiel ist faszinierend“, beginnt Nora zu sprechen und liefert Frank damit unfreiwillig ein Stichwort: „Farben sind doch nur Geschöpfe unserer Nervenzellen, also Einbildung. Real ist: Licht schwingt mit unterschiedlichen Frequenzen. Um sie zu unterscheiden, machen unsere Nerven daraus Farben. Also alles nur Fiktion.“

„Aber eine wunderbare“, schalte jetzt auch ich mich ein und werfe Frank einen warnenden Blick zu, damit er sein Dozieren beendet.

Nora hat sicher Franks Unbeholfenheit bemerkt. Aber sie geht auf seine Worte ein, baut ihm eine Brücke.

„Rot, Gelb und Blau sind die Grundfarben und bilden zusammen den sichtbaren Teil des Spektrums. Mehr oder weniger sind sie am Himmel präsent. Im Orange des Sonnenuntergangs ist Gelb enthalten, im Osten zur Nacht hin kommt bereits Blau auf. Die Summe dieser Farben ergibt Weiß und uns die Kraft zum Leben. Farben stimulieren unsere Seele und lösen Gefühle aus. Je weniger intensiv, umso grauer wird es, und nimmt man das Licht ganz weg, wird es schwarz.“

Bei diesen Worten Noras haben sich Franks Augen scheinbar vergrößert. Schon wendet er den Blick von uns ab, er bemerkt nichts mehr von meiner abwehrenden Handbewegung, richtet seine Augen auf den Himmel und kratzt sich dann am linken Ohr. „Wenn ich diese Farben so betrachte, kommt mir eine Idee“, sagt er dann abrupt.

O je, denke ich, das wird doch jetzt nicht. - Es wird aber, das spektakuläre Himmelsschauspiel ist für Frank der Strohhalm, der ihn zurückführt ins sichere Reich der Logik und zugleich seine Fantasie zum Wesen der Dinge beflügelt.

„So wie Farben nur eine Fiktion sind, so verhält es sich auch mit Materie. Wenn ich die Mauern dieses Turms berühre, so halte ich das für die Wirklichkeit. Doch alles was wir sicher wissen ist, dass Materie ein Zustand von Energie ist, sagen wir mal eine kondensierte Form, also gebundene Energie im Ruhezustand. Wehe, wenn sie wieder zu Energie wird. In Atombomben etwa wird ja nur ein Bruchteil der Teilchen tatsächlich in Energie verwandelt. Würde die kleine Urankugel vollständig zu Energie, dann wäre die Sprengkraft noch um Potenzen größer. Würde zum Beispiel mein Körper zu reiner Energie, wäre ganz Mitteleuropa verheert. Beamen funktioniert deshalb nur bei Star Trek und anderer Science fiction. Denn dabei müsste Materie ja zu reiner Energie werden und am Zielpunkt wieder in seine ursprüngliche Form zurückverwandelt werden, wobei zudem jedes Atom exakt seinen genauen Platz finden müsste.“

„Sie sind ja ein ganz scharfer Denker", entfährt es jetzt Nora mit spöttischem Unterton.

„Können wir es nicht einfach bei einem malerischen Sonnenuntergang belassen und diesen genießen", schiebe ich nach, um die Wogen zu glätten. Doch Frank lässt sich nicht abbringen. Seine grauen Zellen sind in Bewegung, sind sozusagen Energie im Unruhezustand und damit abgehoben von der Erdung und frei jeglicher Konvention.

„Mir kommt da so eine Idee", labert er ungefragt weiter, und seine Hände geraten in Bewegung. „Die Physiker behaupten doch, das Proton, also der Baustein der Atomkerne, bestehe aus drei Quarks. Das entspricht doch genau den drei Grundfarben. Ordnen wir nun jedem Quark eine Grundfarbe zu. Zusammen ergeben Blau, Gelb und Rot weißes Licht, was auf das Proton umgemünzt bedeuten würde Materie mit positiver Ladung. Das negativ geladene Elektron wiederum könnte man mit Schwarz definieren. Daraus ergäbe sich Materie in Grautönen, was der Wirklichkeit sehr nahekommt. Das erscheint mir beinahe wie ein alternatives Atommodell."

Meine Befürchtung, Nora könnte nun ganz verärgert auf Frank reagieren, tritt überraschender Weise nicht ein. Sie blickt Frank nun sogar interessiert an, wobei sie ihn nun ihrerseits von oben bis unten und wieder zurück mustert, was bei Franks Mundwinkel schnelle Vor- und Zurückbewegungen auslöst. Aber noch schneller als vermutet steckt er diese Form der Begutachtung weg und seine Augen nehmen an Strahlkraft noch zu.

„Ich stelle mir gerade vor, was passieren könnte, wenn wir hochenergetisches Laserlicht zu Ringen formen könnten. Nehmen wir einen roten, einen gelben und einen blauen Laser, deren Ringe um einen gemeinsamen Raum kreisen. Dann treiben wir die Energie ins Unermessliche hoch und lassen die Ringe gegenläufig kreisen wie bei einem Teilchenbeschleuniger. Im Innern könnte dann so etwas wie eine neue Welt entstehen, ein Urknall im Kleinen sozusagen. Dann würde der Mensch Gott spielen."

Nora reißt ihre Augen auf. „Ich kenn mich mit Physik nicht aus, kann Ihnen aber aus künstlerischer Sicht zustimmen. Farben lassen die Welt entstehen, machen sie erst zu der, wie wir sie kennen. Und deshalb dringen Farben auch tief in unser Inneres, steuern unsere Gefühle und die wiederum unser Denken."

Von einem Moment auf den anderen beendet Frank nun dieses Farbenspiel und fixiert Nora einmal mehr. Er starrt sie geradezu an, aufdringlich, penetrant, schon fast wie ein Spanner. Demonstrativ lege ich meinen Arm um Nora. Doch entscheidend dafür, dass Frank wieder einrastet und umgänglicher wird, ist eine sich nähernde Drohne. Sie fliegt vom Süden her an, ihr Ziel scheint die Burg zu sein. Der kleine Motor macht großen Lärm, als das Fluggerät ziemlich genau über uns in Richtung Norden über die Burg hinzieht.

„Vermutlich macht hier jemand einen Werbefilm", sagt Nora und deutet mit der Hand nach oben.

„Und wir sind als belebendes Element des Mauerwerks mit dabei", kommentiere ich und gebe meiner Mizzi demonstrativ einen Kuss. Auch Frank blickt nun nach oben, seine Augen folgen dem entschwindenden Himmelsspion. Unvermittelt meldet sich mein Handy. Heiner Bliek hat mir eine Nachricht geschickt: „Habe soeben einen interessanten Fund gemacht. Bin morgen bei dir in der Redaktion, dann bring ich ihn mit und erzähle Dir Weiteres. Eines kann ich Dir schon vorab verraten. Du kriegst eine gute Story."

Nicht nur wegen dieser guten Aussichten nimmt der Abend noch eine gute Wendung. Auch Frank wird noch richtig umgänglich. Aus einer Umhängetasche, die mir erst jetzt auffällt, zieht er jetzt eine Flasche Rotwein und drei Gläser.

„Wir müssen doch auf diesen Sonnenuntergang mit seiner Farbenpalette anstoßen. Der Cabernet hier ist zwar deutlich dunkler als das letzte Rot der Sonne. Aber in unserer Fantasie kann daraus ein Schluck Sonnengeist werden." Schon füllt Frank die Gläser und reicht sie uns. Zudem legt er vor uns ein Tuch und ein Baguette darauf und stellt einen Teller dazu, auf den er dunkel gereiften Käse drapiert. „Das ist ein Bergkäse aus dem Wallis, ich habe beste Verbindungen dorthin. Diesen Käse gibt es nicht im Handel, nur in einem kleinen Bergdorf – und bei mir", grinst Frank übers ganze Gesicht und schneidet ein paar Stücke ab. Der Käse ist in der Tat ein Gedicht, dazu der Wein und Mizzi im Arm mit der Aussicht auf eine heiße Nacht. Das Leben kann so schön sein.

Kapitel 22

Ein Relikt der Wehrmacht

Heute ist erst mal große Telefonkonferenz. Unser aller Chef Schuster nervt einmal mehr die Mannschaft. Und mich hat er zur Blattkritik aufgefordert. Von wegen offene Aussprache mit dem Ziel der Blattoptimierung. Ich kenn seine Spielchen nur zu gut. Schuster nimmt Kritik gern zum Anlass, den Kollegen, die für die Fehler verantwortlich sind, eine reinzuwürgen. Und mir fällt die ungeliebte Aufgabe zu, dem großen Meister als Adlatus zu dienen. Es gilt folglich genau abzuwägen, was ich sage. Ich bleibe so vage wie nur möglich, bemängle hier die Bildqualität, dort die Aufmachung, sehe eine Überschrift als naiv und an anderer Stelle den Text über einen Promi zu lang. Was ich nicht sage: Unter dem gestiegenen Arbeitsdruck haben Fehler zugenommen, aber das allein ist es nicht. Die Sprache verludert leider immer mehr. Dank Rechtschreibreformen ist die Eindeutigkeit verloren gegangen. Jeder deutet Schreibweise und Grammatik so, wie es ihm gerade im Sinn steht, keiner stört sich mehr daran. Dafür allüberall unnötige Anglizismen und alles brav gendergerecht serviert. Entsprechend schlimm lesen sich manche Artikel. Vielleicht stört mich das alles heute deshalb besonders, weil ich wegen dieser Telefonkonferenz Heiner Bliek erst am späten Nachmittag treffen kann. Wo ich doch schon so neugierig auf seine Entdeckung bin. Vielleicht hat er einen Hinweis gefunden, dass der Tote in der Burg ein Templer war, ein weißer Ritter, der aus welchen Gründen auch immer hier grausam umgebracht worden war. Meine Blattkritik fällt gemäßigt aus, Schuster hakt nicht nach, also alles bestens.

Mittags habe ich mich mit Frank verabredet. Als ich eintreffe, stochert er bereits in einem Teller mit Fritten.

„Ich muss leider eher weg, hab deshalb schon bestellt“, lässt er mich wissen und gabelt munter weiter. Dann blickt er mich direkt an und fragt: „Wie kannst Du Dich nur in so eine verknallen? Dachte immer, Du stehst auf Frauen, die Deine Luftschlösser teilen, die eine romantische Ader und Sinn für Gefühle haben.“

Das ist doch der Gipfel. Ausgerechnet Frank redet über Gefühle. Dabei ist es doch er, der im Umgang mit Frauen wie ein ungehobelter Holzklotz wirkt.

„Was stört Dich an Nora?“, frage ich ihn unumwunden und schnappe mir einige seiner Fritten.

„Diese Frau ist eine Nummer zu groß für Dich, mein Freund. Du wirst bei ihr nur so lange punkten können, bis sie etwas Besseres gefunden hat. Diese Frau will nach oben. Ich habe ihre Blicke genau verfolgt. Den Abendhimmel hat sie sich ja gern angesehen, aber genossen hat sie dieses Abendrot weit weniger als Du. Ihre Augen klebten nicht wie Deine an den Wolken.“

„Was Du nicht alles gesehen haben willst.“

„Pah. Sei besser wachsam Tom. Diese Frau folgt weit weniger ihren Gefühlen als ihrem Verstand. Wie sie mit ihren Augen die über uns schwebende Drohne fixierte, zeigte mir ganz klar: Dein Blondchen taxiert die Welt genau, analysiert sie und zieht daraus ihr logischen Schlüsse.“

„Ach Frank, jetzt sei doch bitte nicht eifersüchtig. Es ist eben nun mal so: Mizzi hat sich in mich verliebt und nicht in Dich, obwohl ich nur ein kleiner Provinzschreiber bin und Du immerhin Oberarzt mit besten Karrierechancen.“

„Mich interessiert Deine Mizzi nicht, sie ist nicht mein Typ.“

„Das würde ich an Deiner Stelle auch behaupten.“

„Wechseln wir besser das Thema. Du wolltest doch Eva noch einmal auf den Zahn fühlen. Können wir ihr trauen oder sind ihre Geschichten von dem Mann mit Lackschuhen nur eine Finte, um uns abzulenken?“

Mein innerer Groll gegen Frank wegen seiner Unverschämtheiten gegenüber Mizzi hat sich mit dem Themenwechsel gelegt, zumal in dem Moment auch die Bedienung mein Gemüse-Carpaccio bringt.

„Wir können ihr trauen, da bin ich jetzt sehr sicher", sage ich und erzähle Frank vom Siegel der Tempelritter.

7„Es gibt also einmal das Fresko in der Burg und zudem das Bild im Haus Deines Vaters als Hinweis auf Verbindungen zu den Tempelrittern."

„Genau. Und deshalb bin ich so gespannt, was mir Bliek heute erzählen wird. Das Skelett in der Burg könnte ebenfalls von einem solchen Ritter stammen. Neben den Knochen lag doch ein weißes Tuch, vielleicht der Mantel des Ordensmannes.

„Du musst mir unbedingt Bescheid geben. Auch ich bin jetzt neugierig" meint Frank und streckt mir seine rechte Hand entgegen.

„Schau, ist doch bestens verheilt, Du hättest Chirurg werden sollen", grinst er und streicht mit der Linken sanft über die Narben der beiden Finger.

„Ich melde mich", verspreche ich dem Freund.

Quälend langsam verstreicht die Zeit am Nachmittag. Bliek kann erst nach Arbeitsende kommen. Der Vorteil: Auch die Zeitung ist bis dahin fertig. So habe ich den Kopf frei, als er endlich kurz nach 17 Uhr hereinschneit. In der rechten Hand hat er eine Rolle, in die anscheinend Papiere eingedreht sind. Mit einer eleganten Handbewegung wirft er die Rolle vor mir auf den Schreibtisch.

„Das musst du Dir ansehen!", fordert er mich auf. Ich wickle die ersten vier Blätter aus der Rolle und bin erst einmal enttäuscht. Nichts von Rittern oder ihren Schätzen zu sehen, dafür technische Zeichnungen von Maschinen und ihren Bauteilen. Mit dem Mittelalter hat das jedenfalls nichts zu tun. Ich schaue Bliek fragend an, der meint lediglich:

„Blättere weiter."

Hinter den Zeichnungen folgen Karten mit farbigen Markierungen. Und jetzt fällt mir auf. Auf allen Blättern sind Stempel mit Hakenkreuzen.

„Was hat das mit der Burg und unserem Gerippe zu tun?"

Bliek lächelt gönnerhaft: „Nichts."

„Und warum zeigst Du mir dann dieses Zeug aus dem Dritten Reich, was ist daran besonders?"

Bliek holt erst mal tief Luft. Er ist bisher stehen geblieben. Jetzt erst setzt er sich.

„Die Papiere waren in einem der schräg gemauerten steinernen Kamine des Prälatenstocks im Kloster Raitenhaslach versteckt. Die Stadt hat doch die Klosteranlage ersteigert. Was damit geschehen soll, ist noch offen. Aber jemand muss sich um die Anlage kümmern. Diese Aufgabe hat Heimatpflegerin Marlis Weder übernommen. Dabei ist sie auf diese Dokumente gestoßen. Und ich bin mit ihr doch befreundet. Deshalb hat sie mich hinzugezogen.

„Und was ist daran so Aufregendes?" will ich wissen. Bliek atmet erneut tief durch.

„Es handelt sich hier um Aufzeichnungen der Wehrmacht aus dem Kaukasus. Dort wurden offensichtlich in der Zeit der deutschen Besetzung geologische Erkundungen gemacht. Und die Karten belegen: Deutsche Bergingenieure sind an einigen Gegenden fündig geworden. Sie haben wichtige Bodenschätze entdeckt. Allerdings blieb keine Zeit mehr für eine Förderung. Nach der Katastrophe von Stalingrad musste die Wehrmacht den Kaukasus aufgeben und den Rückzug antreten. Dabei hätte der Kaukasus der deutschen Kriegswirtschaft die Rohstoffe liefern können, die für die Kampfkraft der Armee so wichtig waren. Kriegsentscheidend war doch, dass die Alliierten in Öl und Rohstoffen schwammen, während die Deutschen überall Mangel litten oder wie Hitler sagte, die Habenichtse waren."

Ich kann Blieks Begeisterung über den Fund nicht nachvollziehen.

„Ich dachte, du hast einen Fund in der Burg gemacht, der uns weiterbringt, einen konkreten Hinweis auf die Templer, ein Bodenrelikt innerhalb der Mauern oder vielleicht sogar ein weiteres Skelett. Und nun dieses Nazizeug."

„Sei nicht so undankbar. Ich liefere Dir gerade eine Spitzenstory und Du erkennst sie nicht, weil Du nicht mehr über unser Skelett hinausblicken willst", entgegnet Bliek und zwinkert mit einem Auge.

„Ich hab sogar schon ein wenig weiter recherchiert. Schau auf dieses Papier", sagt er, blättert ein wenig und zieht eines aus dem Rest. Ich sehe Zahlen und Markierungen und lese „Molybdänvorkommen". Bliek beginnt zu lächeln.

„Dir sind doch sicher die deutschen Tiger-Panzer aus dem Zweiten Weltkrieg ein Begriff. Die sind gebaut worden, um die sowjetischen Stalinpanzer niederzukämpfen. Die Tiger waren ihnen auch tatsächlich überlegen, verfügten über eine exzellente Kanone, aber sie hatten einen entscheidenden Nachteil. Sie waren aufgrund ihrer dicken Panzerung zu langsam und nicht wendig genug. Ihre Panzerung war einfach zu schwer. Und die Panzerung musste so dick sein. Denn der deutsche Stahl war hart, aber brüchig. Um einen besseren Panzerstahl herstellen zu können, fehlte den Deutschen vor allem eines: Molybdän. Dieses Metall macht den Stahl zäh und geschmeidig. Im Kaukasus wurden große Lagerstätten entdeckt. Wäre das Molybdän von dort in die deutsche Rüstungswirtschaft gekommen, hätte das kriegsentscheidend sein können."

„Kannst Du mir die Papiere dalassen?" frage ich Bliek.

„Nein, das geht nicht, ich hab Marlis Weder versprochen, sie gleich wieder zurückzubringen. Du kennst sie doch. Alles will sie stets unter Kontrolle behalten. Aber Du kannst übermorgen zu ihr kommen, das habe ich bereits arrangiert. Dann kannst Du Fotos vom Fundort machen und mit Weder selbst sprechen. Sie wird die Fundstücke wahrscheinlich dem Heimatmuseum überlassen."

„Übermorgen, ja das geht. Danke Heiner."

Ich bin wieder etwas versöhnt. Die im Kamin gefundenen Unterlagen erscheinen mir in der Tat als eine gute Geschichte.

„Da mach ich auch was für die Gesamtausgabe", lasse ich Bliek wissen. Der drängt nun.

„Weder muss um 18 Uhr weg. Ich habe versprochen, ihr bis dahin die Papiere zurückzubringen."

Ich kann noch schnell zwei Fotos von den oberen Blättern schießen. Heiner springt vom Stuhl auf.

„Ich muss jetzt los, den Rest kannst Du ja in Ruhe mit der Weder klären." Als er draußen ist, lasse ich mir das Ganze nochmals durch den Kopf gehen. Das Klostergebäude diente im Krieg offensichtlich als Versteck. Dass Bliek so abrupt wegging, ärgert mich. Ich hätte gern noch ein paar Bilder mehr gemacht. Ein schales Gefühl steigt vom Magen hoch.

Am nächsten Tag meldet sich Vater. Zunächst verstehe ich wenig, Er ist ganz aufgeregt und schreit ins Telefon. Aber eines kann ich unter den vielen Wortfetzen und Verwünschungen heraushören:

„Das Bild ist weg."

Und er stammelt etwas von einer Beule, einem Polizisten mit Schnauzbart und dass der Täter in der Hölle schmoren wird. Wenig später bin ich bei ihm. Die Aufgeregtheit ist nun dahin. Er sitzt wie ein Häufchen Elend in seinem Arbeitszimmer mit stierem Blick auf die Stelle, wo das Ritterbild hing.

„Warum?" fragt er und lässt seine Rechte durch die Luft kreisen.

Ich trete auf ihn zu, lege eine Hand auf seine zum Ausgangspunkt zurückgekehrte Rechte und halte sie. Jetzt sehe ich es: Er hat seitlich am Kopf eine Stelle, an der das Haar weggerubbelt scheint, die Haut darunter tritt deutlich hervor, ist aufgerissen und Blut sickert heraus.

„Bleib ganz ruhig Vater, bist Du gestürzt, tut Dein Kopf weh?"

„Ach was, ich spür nichts, mir geht es gut, aber das Bild ist weg."

„Du wirkst etwas konfus. Bitte der Reihe nach. Was ist passiert?"

„Also ich gehe heute Morgen einkaufen wie immer. Bin nur die Straße rüber in den Lebensmittelladen an der Ecke, Du weißt schon. Meist gehe ich ja noch weiter zur Buchhandlung. Darauf habe ich heute verzichtet. War höchstens 20 Minuten weg. Wie ich zurück war, sehe ich schon, dass etwas nicht stimmt. Das Küchenfenster zur Straßenseite hin stand auf. Ich war mir sicher, es nicht geöffnet zu haben. Ich öffne die Haustür und höre Geräusche. So rufe ich ‚Hallo'. Sofort wird es still. Ich gehe in die Küche, schließe das Fenster, dann ins Wohnzimmer. Und wie ich da raus bin, kommt wie aus dem Nichts ein Schatten auf mich zu. Bis ich überhaupt reagieren kann, bekomme ich einen Stoß und im gleichen Moment schlägt mir der Kerl auf den Kopf. Im Stürzen sehe ich noch, wie er etwas unter den Arm geklemmt hat und damit zur Haustür rennt."

Ich seh mir die Wunde am Kopf genauer an. Die Haut ist aufgerissen, klafft etwas, überall am Boden sind Blutstropfen verschmiert.

„Ich bring Dich ins Krankenhaus, das sollte genäht werden".

„Papperlapapp, ich geh doch deswegen nicht zum Doktor, das wächst auch so wieder zu."

„Hast Du schon die Polizei verständigt?“

Die Frage erübrigt sich, denn im selben Moment treten zwei junge mir unbekannte Polizisten ein und sehen mich unfreundlich an.

„Ich bin der Sohn, Vater hat mich verständigt“, erkläre ich und ihre Mienen werden freundlicher.

„Herr Raumoser“, sagt der eine jetzt an Vater gerichtet: „Wir konnten leider nichts Auffälliges mehr erkennen, der Täter konnte flüchten. Weitere Kollegen sind zwar gleich los, um Straßenkontrollen vorzunehmen. Aber viel Hoffnung will ich ihnen nicht machen.

Wir werden Leute in der Umgebung befragen und einen Aufruf in die Zeitung setzen. Einen Einbruch am helllichten Tag, da muss doch jemand was gesehen haben.“

„Den Aufruf in der Zeitung übernehme ich“, schiebe ich ein. Der Beamte, der eben noch so selbstsicher gesprochen hat, blickt mich ungläubig an.

„Sie sind offenbar noch nicht lange in diesem Revier tätig, sonst würden wir uns kennen. Ich bin der Redakteur vom Tagblatt“, schiebe ich nach.

„Ja, wenn das so ist“, sagt der Beamte.

„Ja das ist so.“ Ich muss ihm meinen Presseausweis zeigen.

„Alles hat auch sein Gutes. Dann können wir uns den Pressebericht sparen“, sagt er daraufhin an den Kollegen gewandt.

Und er fragt Vater: „Was wollte der Einbrecher?

„Er hat das Bild mitgenommen.“

„Welches Bild?“

„Ein mit Ölfarbe gemaltes Ritterbild.“

„Ist es wertvoll?“

„Ich weiß es nicht. Aber es hing wohl über Jahrhunderte im Bellmann-Haus.“ Beide Polizisten blicken mich fragend an. Da sie neu sind, sagt ihnen der Name nichts.

„Das ist ein altes Patrizierhaus am Neuöttinger Stadtplatz“, schalte ich mich ein. „Ich hätte das Bild gern fachmännisch untersuchen lassen, aber Vater wollte es nicht aus dem Haus geben. Es könnte aus dem 14. oder 15. Jahrhundert stammen und dann sehr wertvoll sein.“

„Was zeigt es?“ will der Polizist nun wissen.

„Zwei Ritter mit Schilden und Lanzen auf einem Pferd." Zum Glück habe ich das Bild fotografiert, geht es mir durch den Kopf. Das könnte uns bei der Suche danach sehr helfen.

Schon gibt es weiteren Besuch. Zwei Sanitäter betreten das Haus.

„Ja wir haben sie verständigt", erklärt der Polizist. Vater reißt sofort beide Arme hoch – eine eindeutige Geste.

„Ich brauche niemanden und geh auch nicht in eine Klinik", zetert er.

„Wir sehen uns das trotzdem einmal an", beharrt einer der beiden Sanis, und schon steht er neben Vater und tastet seinen Kopf ab. Der andere überprüft zugleich Puls und Blutdruck.

Dann meint der Sani: „Besser wäre es, wenn die Wunde genäht würde, sie haben vermutlich auch eine Gehirnerschütterung und sollten liegen."

„Ich komme nicht mit", bleibt Vater stur.

„Wenn Sie unbedingt meinen, Sie sind ja nicht allein", sagt jetzt der Sani und dann zu mir gewandt: „Er sollte unter Beobachtung bleiben. Wenn er Kopfschmerzen bekommt, müssen Sie unbedingt in eine Klinik."

Wenig später bin ich mit Vater allein.

„Ich glaube, da steckt Scharoth dahinter", sagt er unvermittelt. Ich schaue ihn fragend an.

„Mehrere Bekannte wissen von dem Bild. Scharoth handelt mit Kunst und hat davon erfahren. Jetzt bin ich überzeugt. Dieses Bild ist wertvoll, denn Scharoth interessiert vor allem eines – Geld."

„Aber Vater, bitte keine voreiligen Schlüsse. Ich traue Scharoth auch vieles zu. Aber er braucht für seine Immobiliengeschäfte einen makellosen Ruf. Da wäre es doch dumm, diesen für ein Bild zu riskieren, von dem er nicht einmal sicher sein kann, ob es nicht eine Kopie ist. Du erinnerst Dich doch an Nora, die Kunstexpertin, der wir das Bild gezeigt haben. Sie glaubte nicht an eine frühe Entstehung, sondern an eine Herstellung in einer Zeit, als die Gotik wieder in Mode kam."

„Dann hätte mich Frau Bellmann belogen, als sie versicherte, das Bild sei seit Jahrhunderten im Haus, und eine Frau Bellmann lügt nicht", sagt Vater trotzig und richtet seinen Blick auf den Boden.

„Hast Du das Gesicht des Einbrechers gesehen?"

„Es ging so schnell. Aber ich erinnere mich an einen Schnauzbart, so ein kleines Hitlerbärtchen. Und der Mann wirkte irgendwie südländisch, ich glaube er hatte dunkle Augen."

Kapitel 23

Das Geheimnis des Kamins

„Grüß Sie Gott Herr Redakteur".

Marlis Weder öffnet den Torflügel unter dem bogenförmigen Durchgang an der Seite des mächtigen Prälatenstocks. Kalte Luft dringt mir entgegen. Die Frau ist etwa 60 Jahre alt, in ein elegantes Kostüm gekleidet und hat darüber ein Nerzbolero um.

„Kommen Sie mit" sagt sie knapp.

Es geht über Steinplatten entlang zu einer hölzernen Treppe.

„In das Wohnzimmer der Alteigentümerin können wir leider nicht. Wir räumen dort gerade um, weil Untersuchungen zur Statik anstehen." Sie öffnet eine Tür und geht voraus.

„Hier kann ich ebenso gut mit Ihnen verhandeln, das ist immerhin das Papstzimmer, obwohl angeblich nie ein Papst hier übernachtet hat. Auf jeden Fall waren die Mönche dafür vorbereitet", erklärt sie.

Trotz der Ehre, hier sozusagen als Papst behandelt zu werden, stößt mir sofort ein Wort sauer auf – verhandeln. Was will sie denn verhandeln, wo ich doch nur Infos brauche und Fotos von den Unterlagen machen will. Den Raum überspannt ein barockes Fresko mit einem goldenen Thron im Mittelpunkt. Darum gruppieren sich fromme Seelen, die ehrfürchtig auf diese vakante heilige Mitte blicken. Und an den Wänden tummeln sich nahezu nackte Kinder aus dem Volke, die scheinbar freudig ihrer Arbeit nachgehen, die hier so spielerisch leicht daherkommt. Die barocke Pracht macht selbst Kinderarbeit schön.

Marlis Weder erzählt: „Das Kloster mit seiner Kirche war die bedeutendste Begräbnisstätte des bayerischen Adels. Und damit im Himmel ein guter Platz gesichert war, schenkten noch zu Lebzeiten viele der hier Bestatteten dem Kloster Land und Güter."

Die Frau bietet mir einen Stuhl an.

„Die Kamine hier sind ein Labyrinth", sagt sie und holt aus. „Im Dachboden laufen sie zusammen und deshalb gibt es dort schräge Mauerteile. Die Mönche haben ihre Öfen dort aufgestellt, wo es Sinn machte, die Technik musste sich danach richten. Das waren pfiffige Herren. Sehen Sie die beiden Kaminöfen in diesem Zimmer?

Ich nicke. Sie lächelt mich überlegen an.

„Nur einer davon ist in Betrieb, der andere reine Attrappe, um dem Raum eine Symmetrie zu geben. Aber die Zisterzienser machten nichts umsonst, auch die Attrappe hatte eine Funktion."

Sie geht hin, drückt einen Hebel. Ein Teil der Front öffnet sich.

„Wenn hier ein höherer Herr übernachtete, dann war ihm ein nächtlicher Gang hinaus zur Latrine nicht zuzumuten. Er ging einfach in diesen Kamin. Darin stand einst ein Holzeimer, um die Verdauungsreste des hohen Gastes aufnehmen zu können. Umsonst ist hier also nichts."

Jetzt lächle ich Weder an. In diesem Moment wird ihr Mienenspiel wieder kühl, um nicht zu sagen eisern.

„Umsonst werden auch Sie hier nichts bekommen. Sie haben Interesse an dem Kartenmaterial, das wir in einem der Kamine ausgegraben haben. Was wollen sie dafür bezahlen?"

Das ist eine klare Ansage. Trotzdem versuche ich es.

„Frau Weder, ich bin hier lediglich der Lokalredakteur, ich habe noch nie für Informationen bezahlt. Unsere Aufgabe ist es, die Öffentlichkeit zu informieren. Und wenn in dem Kamin dieser Klosteranlage Dokumente aus der Kriegszeit gefunden worden sind, so sehe ich es als meine Aufgabe, darüber zu berichten. Das ist kein Geschäft, ich verdiene nichts an einer solchen Veröffentlichung, werde so oder so bezahlt, habe ja ein festes Gehalt."

Marlis Weder kneift die Augen zusammen. „Ach was reden Sie da. Alles ist ein Geschäft und die Stadt kann das Geld gut gebrauchen. Die Erhaltung dieses Gebäudes wird viele Millionen verschlingen."

„Aber ich will ja Ihre Dokumente gar nicht, sondern sie nur in Ruhe ansehen und Fotos davon machen. Vielleicht meldet sich dann ein Interessent, der Ihnen dann sogar mehr bezahlt als Sie gedacht haben."

Weder blickt etwas irritiert, aber höchstens eine Sekunde, dann hat sie ihre Selbstsicherheit wiedergefunden.

„Ich habe meine Grundsätze. Ihr Verlag bekommt eine interessante Geschichte. Was weiß ich, wer aller am Verkauf der Nachricht verdient. So mach ich Ihnen ein Angebot. Sie zahlen 300 Euro, dann können Sie fotografieren, so viel Sie wollen und ich gebe Ihnen Auskünfte über den Fund."

„Und wenn ich nicht zahle?"

„Dann läuft nichts, so einfach ist das."

Die Frau ist eine harte Nuss, da brauche ich den Alten.

„Frau Weder, ich werde noch heute mit meinem Chefredakteur reden, ob wir eine Ausnahme machen und Ihnen sozusagen ein Informationshonorar zahlen können."

„Ja dann, worauf warten Sie." Ich zücke mein Handy. Aber ein Anruf bei Schuster scheitert – es gibt kein Netz hier draußen. Weder deutet auf ein altes Festnetztelefon. Es hat noch eine Wählscheibe.

Rosa Fuchs meldet sich: „Nein, der Chef ist jetzt nicht zu sprechen, ich setz Sie auf die Liste. Frühestens heute Nachmittag melde ich mich."

Es folgen ein paar Floskeln für Frau Weder, um sie nicht zusätzlich zu reizen. Dann fahre ich zurück in die Redaktion. Dort funke ich als erstes Heiner Bliek an.

„Was ist los?" fragt er, und seine Stimme hört sich an wie die eines Schulbuben, der mit einem Streich aufgeflogen ist.

„Die Weder will Geld, und Du hast mir die Unterlagen unter der Nase weggezogen, das war nicht schön."

Bliek wirkt zerknirscht. „Die hat mir doch die Unterlagen ausschließlich unter dem Vorbehalt mitgegeben, dass ich sie Dir nur kurz zeige, aber keine Fotos gemacht werden dürfen."

„Und Du hast Dich einlullen lassen und brav gemacht, was gnä Frau will. Ich sag nur eins: Gar nichts könnte sie machen, wenn ich darüber berichte. Aber ohne ihr Zutun wird es natürlich nur eine dünne Nachricht. Ist Weder dagegen kooperativ, wird das eine super Geschichte. Aber 300 Euro wird sie nicht bekommen. Da muss sie mir schon entgegenkommen."

„Dann versuch Dein Glück."

„Das werde ich Heiner. Weil Du gerade von Glück sprichst. Hattest Du Glück bei Deinen Nachforschungen zu dem weißen Tuch, das wir neben dem Skelett in der Burg gefunden haben?"

Bliek räuspert sich. „Das war nicht ganz leicht. Ich kann doch nicht einfach unseren Fachleuten sagen, ich hab da was gefunden, prüft das mal. Sofort käme ich dann in Erklärungsnot, wie genau ich zu dem Stoff gekommen bin."

„Also weißt Du nichts?"

„Doch, doch, ich konnte schon was rausfinden. Musste halt ein wenig tricksen und eine kleine Geschichte erfinden. Eine meiner Tanten hat demnach den Stoff in ihrem uralten Stadthaus entdeckt und nun wüsste sie gern mehr darüber. Ich hab also eine Ecke abgeschnitten und analysieren lassen. Es ist grob gewirktes Leinen und aufgrund seiner Webart könnte es 400 bis 600 Jahre alt sein. Es ist zwar brüchig, aber erstaunlich gut erhalten."

„Könnte das der Mantel eines Ritters gewesen sein. Die Anführer der Kreuzritter trugen doch weiße Mäntel."

„Aber Tom, Du hattest doch selbst das Stückchen Stoff in der Hand. Dafür erscheint mir der Fetzen viel zu klein. Das könnte dann allenfalls ein Teil davon sein. Aber wo wäre dann der Rest?"

„Heiner, das frag ich mich auch. Könntest Du nochmals nachbohren, ob dieses Leinen einmal Teil eines Mantels gewesen ist, den ein Kreuzritter speziell ein Templer getragen haben könnte?"

„Den Teufel werde ich tun. Hab so schon genug Probleme. Die Fachleute waren gleich hellhörig, jetzt wollen Archäologen den Dachboden meiner Tante erforschen und ich muss mir schon wieder eine gute Geschichte ausdenken, warum das nicht geht."

„Wenn sie Dich in die Enge treiben, sagst Du einfach, der Stoff ist von mir und ich berufe mich dann auf mein Zeugnisverweigerungsrecht als Journalist. Keine Bange Heiner. Es wird nichts passieren. Die lassen wir elegant auflaufen."

Auflaufen lässt mich am Nachmittag auch der große Meister. Es war eigentlich auch zu erwarten. Seit ich Redakteur bin, habe ich noch nie für Informationen bezahlt, abgesehen davon, dass ein Informant mal für ein Gespräch zum Essen eingeladen wird.

„Wen interessieren denn die ollen Kamellen?" fragt er mich und gibt auch gleich selbst die Antwort: „Niemand. Wir müssen unsere Leser emotional packen. Schicksale interessieren die Leute, aber doch keine Metalle im Kaukasus. Und noch dazu geht es um den Krieg und die Nazizeit. Die braune Soße sollten wir besser nicht aufrühren. Wer weiß, was da alles zu Tage treten könnte."

Nach einigem Zureden bringe ich Schuster dennoch so weit, dass ich zumindest 100 Euro dafür locker machen und mit Weder verhandeln kann. Doch das klappt nicht so reibungslos, wie ich es mir gedacht habe. Schuld daran ist aber nicht Marlis Weder, sondern ein völlig unerwarteter Querschläger. Gerade habe ich meine letzte Zeitungsseite zur Belichtung gestellt, als ein Mann in die Redaktion tritt, mit dem nicht gut Kirschen essen ist: Jakob Bender, dieser zähe Kripobeamte, der mir schon nach dem Überfall so penetrant auf den Leib gerückt ist. Jetzt steht er vor mir, in ganzer Größe, wirkt einmal mehr auf mich wie ein drohendes Unwetter, das jeden Moment lospoltern könnte. Und dabei blitzen mich seine Augen hinter der Brille an, während seine knochigen Finger scheinbar spielerisch über ein paar Blätter Papier auf meinem Schreibtisch gleiten.

„Guten Abend Herr Raumoser", beginnt er, und ich kenn ja inzwischen seine Taktik, mit Zuckerbrot und Peitsche sein Gegenüber einzuschüchtern und gefügig zu machen.

„Sei auf der Hut Tom", warnt mich meine rechte Gehirnhälfte, während die linke dem Polizeibeamten höflich einen Stuhl anbietet und sich ganz artig nach dem Grund seines Besuchs erkundigt.

„Ich habe eine gute Nachricht für Sie", sagt Bender ganz leise, so als sei das lediglich eine unwichtige Nebenbemerkung. Dabei blickt er mir neugierig in die Augen, sucht die Gedanken dahinter zu ergründen.

„Das freut mich, sagen Sie mir auch, worum es sich handelt?" antworte ich und bemühe mich, möglichst gleichgültig auszusehen.

Dabei bin ich innerlich angespannt. Wenn Bender eigens zu mir in die Redaktion kommt, muss das eine besondere Bewandtnis haben. Ansonsten hätte er sich den Weg gespart und mich einfach telefonisch verständigt. Noch dazu, wo er nicht wissen konnte, ob ich überhaupt anzutreffen bin. Bender beginnt das mir bereits bekannte

Spiel mit den Fingern auf meiner Schreibtischplatte. Zeige- und Mittelfinger trommeln methodisch darauf, während er mich weiter aufmerksam beäugt. Nur die Ruhe bewahren. Ich hole meine schon belichtete Zeitungsseite auf den Bildschirm zurück und gebe vor, auf Fehlersuche zu gehen.

Ein, zwei Minuten vergehen, dann sagt Bender unvermittelt scharf: „Bei Ihrem Vater hat es einen Einbruch gegeben, ein wertvolles Bild ist verschwunden. Was können Sie mir darüber sagen?"

„Ach, dann wissen Sie also auch von diesem Einbruch. Haben die Beamten hier vor Ort Sie informiert?"

Benders Augen scheinen sich hinter den dicken Brillengläsern noch mehr zu verengen, kein neugieriger Blick soll durch sie hindurch seine Gedanken dahinter erfassen können.

Mit ruhiger Stimme sagt er scheinbar ohne innere Anteilnahme: „Wir wollen es doch besser so halten, dass ich hier die Fragen stelle und Sie antworten einfach wahrheitsgemäß. Dann sind wir auch schneller fertig. Also nochmal: Was hat es mit dem Bild auf sich?"

„Ach das ist ein Ölbild aus einem alten Patrizierhaus und zeigt zwei Ritter zu Pferd. Mein Vater hat es von der Eigentümerin geschenkt bekommen. Er ist überzeugt, das Bild sei Jahrhunderte alt und wertvoll. Aber das glaube ich nicht. Es dürfte im 19. Jahrhundert gemalt worden sein, da lebte das Mittelalter im Kopf der Deutschen neu auf, Ritter und Recken waren angesagt."

„Aber es ist offensichtlich gezielt gestohlen worden, der Einbrecher hat sonst ja nichts mitgenommen."

„Vielleicht nur deshalb, weil ihn Vater bei seiner Rückkehr überrascht hat und er schleunigst flüchten musste. Da blieb keine Zeit mehr, sich weitere Beutestücke zu greifen."

Bender presst seine Fingerspitzen gegen seine Schläfen. „Vielleicht haben Sie Recht. Aber ich frag mich zudem, weshalb in Ihrer Wohnung eingebrochen wird, Sie wenig später in München bei einer wie auch immer gearteten Recherche niedergeschlagen werden und nun bei Ihrem Vater ein Bild gestohlen wird. Gibt es da einen Zusammenhang?"

Ganz ruhig antworte ich: „Man kann immer etwas vermuten. Aber wo sollte da eine Gemeinsamkeit sein. Ich sehe keine."

Bender entgleitet keinerlei Mienenspiel, als er ebenso ruhig festhält: „Also alles nur blöder Zufall." Dann fragt er knapp und scharf: „Haben Sie im Staatsarchiv Erkundungen zu dem Bild eingeholt?" Verdammt, geht es mir durch den Kopf. Bender weiß mehr als ich ahne.

„Aber nein, das hatte nichts mit dem Bild zu tun."

„Warum waren Sie dann im Staatsarchiv?" Ich muss auf der Hut sein. Wenn Bender weiß, dass ich dort war, hat er vielleicht auch herausgefunden, welche Unterlagen ich dort eingesehen habe.

„Wissen Sie, Herr Bender, meine Stadt hat eine interessante Geschichte. Da ist es hin und wieder erforderlich, Schriftstücke aus alten Zeiten zu kennen. Wie Sie vielleicht lesen konnten, sind in der Burg Mauerreste aus dem Hochmittelalter freigelegt worden. Die Schlösserverwaltung gab eine Pressekonferenz, ich habe darüber geschrieben. Die Thematik interessiert mich und so habe ich in München mein Wissen vertieft."

Wenn nur dieser stechend prüfende Blick Benders nicht wäre.

„Hatte Ihre Recherche nicht eher private Gründe?" hakt er nach.

„Nein, das war beruflich bedingt. Ich recherchiere eben gern gründlich."

„Und welche Unterlagen haben Sie sich im Archiv angesehen und was wollten Sie herausfinden.?"

„Das kann ich Ihnen nicht sagen. Ich will es auch nicht. Denn es könnte eine interessante Reportage werden. Vorher ausplaudern, ist da keine Option. Sie verstehen sicher, das würde sonst die Pressefreiheit beschneiden. Aber wenn ich alles zusammen habe, lesen Sie es im Tagblatt. Ich kann Ihnen dann gern ein Exemplar zuschicken." Bender hält seinen Mund geschlossen und dennoch höre ich, wie seine Zähne aufeinander mahlen.

Scheinbar ungerührt sagt er aber nur: „Das will ich doch hoffen. Wir sehen uns sicher wieder, Herr Raumoser."

Das Wiedersehen kommt schneller als erwartet. Zwei Tage später fordert mich eine Frauenstimme auf, in die Polizeidienststelle zu kommen und vereinbart mit mir einen Termin für eine – Vernehmung. Dazu der dezente Hinweis, dass ich diesen Termin unbedingt einhalten müsse, ansonsten mit einem Bußgeld zu rechnen habe.

Am Abend meldet sich Vater. „Ich glaube den Mann erkannt zu haben, der mein Bild gestohlen hat. Die Polizei zeigte mir eine Videoaufnahme, auf der ein Mann zu sehen ist, der es gewesen sein könnte. Du weißt ja, es ging alles so schnell bei mir in der Wohnung, und so konnte ich den Einbrecher kaum erkennen."

„Was war das für ein Video", hake ich nach.

„Keine Ahnung. Die Polizei zeigte mir nur einen Ausschnitt und wollte wissen, ob ich den Mann darauf kenne."

„Und kennst Du ihn".

„Nein, und das sagte ich den Beamten auch. Aber sie zoomten ihn und wie ich genau hinsehe und das Bärtchen erkenne, kommt mir der Gedanke, das könnte der Einbrecher sein. Die Polizisten fanden das sehr interessant und ich bat sie, den Mann ausfindig zu machen und seine Wohnung zu durchsuchen. Das Bild bedeute mir sehr viel. So habe ich auch gleich noch einen Finderlohn über 3000 Euro festgelegt. Das hilft sicher bei den Ermittlungen."

Was Vater da so von sich gibt, gefällt mir gar nicht. Aufmerksam mustere ich die Fotos, die ich von dem Gemälde habe. Ich zieh sie am Computer ganz groß, kann aber nichts Auffälliges erkennen. Ich frage mich: Was daran war für den Dieb interessant? Es gibt nur einen Grund – er muss es für ein Werk der Renaissance halten. Die entscheidende Frage aber erscheint mir: Woher wusste der Einbrecher, dass solch ein Bild in Vaters Haus hängt oder vielmehr hing? Vielleicht denke ich aber auch zu kompliziert. Dann wäre der Diebstahl die Zufallstat eines Einbrechers, der ertappt wird und auf die Schnelle das Nächstbeste nimmt, was er mitnehmen kann. Vielleicht führt mich die Polizei auf eine Spur und nach der Vernehmung weiß ich mehr.

Kapitel 24

Der Herzkönig sahnt ab

„Du sollst bitte einen Herrn Glober aus dem Staatsdienst möglichst sofort zurückrufen. Der Mann sagte, es sei wichtig."

Mit diesen Worten empfängt mich Cora in der Redaktion. Seltsam für eine Behörde - sie gibt mir eine Handynummer. Neugierig wähle ich noch im Stehen die Nummer.

Eine Stimme meldet sich knapp mit „Ja, ich höre".

„Ich bin Herr Raumoser und wer sind Sie und was wollen Sie von mir?"

„Ja der Herr Raumoser. Das ist gut, dass Sie sich so schnell bei mir melden. Ich bin Hans Glober und für den Schutz unserer Republik tätig. Es geht um eine etwas delikate Angelegenheit. Die Eile erscheint mir nötig, damit Sie nicht vorschnell falsche Entschlüsse fassen."

„Welche Entschlüsse?"

„Es geht um den Kartenfund im Kloster Raitenhaslach. In dem Kloster sind ja während des Krieges Kunstgegenstände und andere wichtige Unterlagen eingelagert worden, um sie vor den Bomben der Alliierten zu schützen. Wie Sie wissen, sind dort nun Bodenkartierungen aus dem Kaukasus gefunden worden. Ich bitte Sie darum, zumindest vorerst nichts darüber zu veröffentlichen. Das Wissen um Bodenschätze im Kaukasus könnte für unseren Staat in Verhandlungen mit Russland genutzt werden. Bis zu einem zwischenstaatlichen Gespräch bleibt das ein Staatsgeheimnis. Mein Anruf dient dazu, dass Sie nicht vorschnell eine Meldung lancieren. Mein Mitarbeiter Reiner Gahl wird alle Details mit Ihnen besprechen. Er könnte morgen zu Ihnen kommen. Passt Ihnen das? Bei der Recherche entstandene Kosten vergüten wir Ihnen natürlich."

Jetzt muss ich mich setzen, das sitzt. Es dauert ein wenig, bis ich wieder klar denken kann und Worte finde.

„Herr Glober, das kann doch nicht Ihr Ernst sein. Die Karten sind fast 70 Jahre alt und damit längst überholt. Die Russen brauchen sie sicher nicht mehr. Das ist allenfalls ein Stück Kriegsgeschichte." „Einzustufen, wer was brauchen kann, das überlassen Sie bitte uns. Ich möchte Ihnen auch nicht drohen. Aber ich sage schon klar: Ich habe Sie in Kenntnis gesetzt. Wenn Sie nun dennoch darüber berichten, so ist das rechtlich gesehen ein Geheimnisverrat, für den Sie sich unter Umständen vor Gericht werden verantworten müssen. Aber ich möchte ja nicht zum Angriff blasen, rüsten wir besser ab. Jetzt geht es mir nur darum, dass Sie nicht voreilig tätig werden. Warten Sie zumindest bis morgen auf das Gespräch mit Herrn Gahl. Danach wissen Sie mehr und können die richtige Entscheidung treffen. Versprechen Sie mir, bis dahin zu warten?"

„Da habe ich wohl keine andere Wahl."

Schon hat mein Gegenüber das Gespräch beendet. Die Zusage, bis morgen zu warten, ist mir indes leicht gefallen. Ich hab ja noch gar kein Material, hätte heute noch nichts schreiben können. Doch im Nachhinein wird mir bewusst: Der hat Dich regelrecht überfahren. Ich bin stocksauer. Weiß nicht einmal, für welche Behörde der Mann tätig ist. Einzige Hoffnung ist, vielleicht erfahre ich das von diesem Gahl und dazu noch einiges mehr über den Fund und die Bedeutung der Klosteranlage in der Kriegszeit. Eines ärgert mich besonders: Warum nur habe ich Bliek die Unterlagen so schnell abräumen lassen. Ich hätte ihn hindern und auch gegen seinen Willen mehr Fotos machen müssen. Aber das ist nun leider passé. Ob ich die Unterlagen jemals wiedersehen werde? Lange kann ich dem Gedanken nicht nachhängen. Terminlich wird es jetzt etwas eng. Nora hat Sehnsucht, ich darf sie nicht mehr länger warten lassen. „Möchte Deine Haut und was sonst noch alles liebkosen, muss Dich unbedingt in den nächsten Tagen sehen und spüren", flötet sie mit engelsgleicher Stimme, um dann gleich den praktischen Vorschlag anzuhängen: „Ich komme am besten zu Dir. Dann kann ich das mit einem Arbeitstermin verbinden. Kann Deinen Freund Mathias Brass in einer Ausstellung gut integrieren, die ist hochwertig und könnte für ihn den Durchbruch auf dem Kunstmarkt bedeuten. Das darfst Du ihm vorab auch ruhig so sagen, damit er in die Gänge kommt und diese Chance ernst nimmt."

Nur einen Augenblick später muss ich mir von Frank vorhalten lassen: „Du hast für nichts mehr Zeit. Unser nächster Schokoabend mit Rotwein ist längst überfällig. Oder sind Dir Deine Weibergeschichten wichtiger? Ich warte auf Deinen Rückruf."

Und zu guter Letzt meldet sich noch Eva mit dem Hinweis: „Bin bei meinen Forschungen über die Templer auf etwas Interessantes gestoßen. Würde mich gern mit Dir darüber austauschen."

Weil ich kein Bußgeld riskieren will und mich zudem in der Pflicht sehe, ein loyaler Staatsbürger zu sein, muss ich all diesen Verlockungen erst einmal widerstehen und gebe einem anderen Termin den Vorzug: Ich sitze als erstes in der örtlichen Polizeiinspektion. Die Beamten sind sehr nett, lotsen mich in einen Besprechungsraum. Auf einem in die Jahre gekommenen Stuhl sitzt mit verschränkten Armen - Jakob Bender.

„Schön, dass wir uns so schnell wiedersehen", sagt er, während mich seine Pupillen durch die dicken Brillengläser wie Laserpointer anblitzen. Zumindest empfinde ich es so. Dann wird der Raum etwas abgedunkelt. Ein Monitor läuft, und mir wird sofort klar, was ich zu sehen bekommen werde. Einmal mehr zeigt mir die Polizei, wie ich in München überfallen worden bin. Stück für Stück spielen die Beamten die einzelnen Sequenzen vor, halten hier mal an, zoomen dort das Geschehen ganz nahe und das alles immer verbunden mit der Frage: „Was fällt Ihnen auf, haben Sie einen der beiden Männer schon einmal gesehen?"

Bender nimmt mich ins Visier: „Die beiden haben Sie sicher vorher beobachtet, wenn nicht gar beschattet. Das muss Ihnen doch aufgefallen sein. Der Sie niedergeschlagen hat, bewegt sich nicht gerade geschmeidig, eher etwas ungelenkig. So etwas fällt auf."

Ich schüttle den Kopf. „Nein, nein, wenn ich die Typen vorher bemerkt hätte, wäre ich doch vorgewarnt gewesen und sie hätten mich nicht so leicht überfallen können."

„Sehen Sie sich die Männer noch einmal ganz genau an", fordert mich Bender auf, tritt hinter mich und legt scheinbar väterlich seine rechte Hand auf meine rechte Schulter.

„Sehen Sie sich vor allem den der Sie durchsucht hat genau an. Er scheint mir der Haupttäter zu sein. Der andere, der Sie niederschlug, war meiner Einschätzung nach nur der Gehilfe."

Jetzt fällt mir etwas auf. „Können Sie das noch etwas größer machen, nein nicht das Gesicht mit dem Bärtchen, zeigen Sie mir die Beine." Deutlich ist zu erkennen: Der Mann hat auf Hochglanz polierte Schuhe.

„Seine Schuhe sehen aus wie lackiert", sage ich zu Bender.

Ohne darauf einzugehen bemerkt er: „Sie haben leicht gezuckt." Dann nimmt er seine Hand wieder von meiner Schulter. Bender setzt sich nun wieder so, dass er mir in die Augen blicken kann und genau das macht er ein oder zwei Minuten, sonst nichts. Absolute Stille. Die wollen Dich weichkochen, flüstert mir meine rechte Gehirnhälfte zu und die linke ergänzt: Lass Dich nicht aus der Reserve locken, rede nur, wenn Du gefragt wirst. Doch Bender stellt keine Frage, sondern beginnt wieder mit diesem monotonen Singsang, dieser Stimme ohne Leidenschaft und gibt mir wie beiläufig zu verstehen:

„Ihr Vater hat diesen Mann als den erkannt, der ihm das Bild gestohlen hat. Und ich kann einfach nicht glauben, dass dies das Werk von Kleinkriminellen aus Südosteuropa ist." Bender beugt sich vor, sein Gesicht nähert sich meinem Kopf gefährlich nahe, als er mich wissen lässt: „Ich sage Ihnen eines – dieser Einbruch war geplant und hat von Anfang an auf dieses Bild abgezielt. Der weitere Einbruch in Ihre Wohnung, der Überfall auf Sie stehen damit in Zusammenhang." Im nächsten Moment beugt sich Bender wieder zurück. Die Anspannung in seinem Gesicht fällt ab, er beginnt zu lächeln und spricht ganz sanft: „Wollen Sie mir nicht endlich Ihr Herz ausschütten und mir alles sagen. Wir wollen Ihnen doch nur helfen."

Auf derlei Schalmeienklänge gehe ich zu Benders Leidwesen nicht ein. Aber ich biete ihm einen weiteren Zeugen an, der vielleicht etwas über den Mann mit Bärtchen und Lackschuhen wissen könnte.

Am Abend sitze ich zunächst auf Kohlen, kann Eva nicht erreichen. Endlich nach zwei Stunden meldet sie sich. Durch das lange Warten bin ich etwas ungehalten, was wiederum Eva gehörig nervt.

„Nimm Dich nicht so wichtig, ich verbringe meine Abende wie ich will. Ganz so eilig werden die Tempelritter dann doch nicht sein", sagt sie mit spitzer Zunge.

„Die nicht, aber etwas anderes. Bitte Eva, Du musst möglichst bald zur Polizeidienststelle kommen und Dir die Aufzeichnung der Überwachungskamera vom Überfall auf mich anschauen. Sieh Dir die Täter genau an, vor allem den, der mich ausgeraubt hat, als ich benommen am Boden lag. Ich will von Dir wissen: Kann das der Gleiche gewesen sein, der Dir aufgefallen ist, als Du in Rom unser Hotel verlassen hast und in Deine Unterkunft gefahren bist? Sag bei der Polizei aber bitte so wenig wie möglich. Sonst kann ich mich bald überhaupt nicht mehr frei bewegen. Dieser Kommissar Bender ist ein hartnäckiger Ermittler, der mich am liebsten überwachen würde."

„Vielleicht bist Du ja ins kriminelle Milieu gewechselt und musst Deine dunklen Geheimnisse hüten. Zu mir bist Du ja auch nicht gerade offen, meldest Dich nur, wenn Du was brauchst. Aber eins sag ich Dir jetzt deutlich: Die nützliche Idiotin spiele ich für Dich nicht."

„Aber Eva, das ist doch völliger Quatsch. Bitte hilf mir."

Eine kleine Pause, dann sagt sie: „Warum falle ich nur immer darauf herein. Ist schon gut, ich melde mich morgen bei der Polizei und frag nach einem Termin."

„Danke Eva, ich weiß, ich kann mich auf Dich verlassen." Ein Moment Ruhe in der Leitung.

Dann sagt Eva langsam mit leiser Stimme: „Ich mich hoffentlich auch auf Dich."

Es geht steil hinauf und das klappt tatsächlich, die Eisenräder der Lokomotive drehen nicht durch, sie zieht den kleinen Zug stampfend und mit unerschütterlichem Vorwärtsdrang den Berg hoch. Ich sitze im letzten Abteil, ein Blick durchs rückwärtige Fenster gibt mir die Erklärung für diese enorme Zugkraft. In der Mitte zwischen den Schienen liegt schwerer gezähnter Stahl, in den das Antriebsrad einrastet. Die Zahnradbahn schafft Steigungen, die ein normaler Zug nie hochfahren könnte. Einen Hügel nach dem anderen nimmt der Zug, überwindet jede Hürde und fährt endlich im Bahnhof ein. Jetzt ist plötzlich alles eben, ich steige aus und stehe vor dem Bellmann-Haus. Ein Mann öffnet mir die Tür, er ist dunkel gekleidet und hat kein Gesicht. Ich starre ihn an und sehe - es könnte eine Soutane sein, der Mann ist vermutlich Priester.

„Tritt ein, wir haben schon auf Dich gewartet", lässt er mich wissen und winkt mich ins Innere. Gespenstisches Licht dringt von oben über die Treppe herab. Stufe für Stufe geht es hinauf. Im ersten Stock erkenne ich den Tisch mit den Einlegearbeiten, an dem Vater in seiner Kindheit mit Thilde Bellmann des Öfteren saß und mit exzellentem Gebäck bedacht wurde. Jetzt sitzt ein Mann dort, ich erkenne ihn aber nicht - noch nicht. Erst führt mich der mit der Soutane weiter nach oben. Als er die knarzende Stufe erreicht hat, lacht er laut auf und öffnet mit einer einzigen Handbewegung das geheime Versteck in der Treppe. Er fasst hinein und holt ein kleines Etwas heraus. Schon macht er kehrt, steigt mit mir im Schlepptau wieder hinab und steuert schnurstracks den Tisch mit den Intarsien an. Er wirft das Etwas aus der Treppe auf diesen Tisch.

In diesem Moment erkenne ich den am Tisch Sitzenden: Niemand anderer als Jost Scharoth hat sich hier eingenistet. Sein Körper erscheint nur schemenhaft angedeutet, aber sein Gesicht leuchtet mir entgegen. Es liegt im Lichtkegel einer flackernden Kerze. Dieses Licht spiegelt sich in seinem Gesicht. Teile seiner Haut erstrahlen hell, um im nächsten Moment in Dunkelheit abzutauchen und dann wieder gespenstisch aufzuleuchten. Licht und Schatten werfend, vollführen Kinn, Wangen und Stirn einen diabolischen Tanz, verwandeln das Gesicht des Menschen in eine geisterhafte Fratze. Scharoth greift nach dem Etwas. Jetzt erst erkenne ich: es ist ein Packen Spielkarten. Seine Augen sprühen Funken.

„Setz Dich, wir machen ein Spielchen." Ich kann nicht dagegen an. Schon sitze ich Scharoth gegenüber. Er mischt und schiebt mir fünf Karten zu. Das bayerische Watten ist im Grunde ein ganz einfaches Spiel, das schon Kinder beherrschen und das man zu zweit oder auch zu viert spielen kann. Der Geber bestimmt die Trumpffarbe, der andere gibt mit seiner Ansage vor, welche Karte vom Siebener bis hinauf zum Ass Trumpf sein soll. Dazu kommen noch drei Sondertrümpfe, die alle anderen überbieten. Das sind Eichel- und Schellensiebener und als Krönung der Herzkönig. Jeder Spieler erhält fünf Karten. Legt der erste Spieler eine Karte auf den Tisch, kommt es für den Gegner darauf an, sie zu übertrumpfen oder wie der Bayer sagt, zu stechen. Gewinner ist, wer drei oder mehr Stiche machen kann.

Und jetzt sitze ich mit Scharoth beim Watten und vor uns beiden liegt je ein kleiner Haufen Goldmünzen. Ja es sind altdeutsche Dukaten, venezianische Zecchinen, ein paar Louisdor und spanische Dublonen sind auch dabei, wie ich feststelle und mit Stolz erkenne: Mein Häufchen ist größer als das Scharoths. Ich bekomme vier Zehner in die Hand, ein hervorragendes Blatt. Natürlich sage ich die Zehn als Trumpf an, Scharoth wählt als Farbe Eichel. Aber die Zehner zählen mehr als die Farbtrümpfe. Schon habe ich zwei Stiche gemacht und erhöhe den Einsatz. Scharoth lacht laut auf und erhöht seinerseits. Um jetzt noch zu gewinnen, müsste er alle Stiche machen und dazu bräuchte er die „Maschine" – also mit Eichelsieben, Schellensieben und Herzkönig die drei höchsten Trümpfe. Er sticht mit dem ersten Siebener einen meiner Zehner, spielt dann den zweiten Siebener aus. Mir wird heiß. Dann blitzen seine Augen auf und er schlägt mit der Faust den Herzkönig auf den Tisch. Ich habe verloren. Drei meiner Dukaten wandern über den Tisch.

Das nächste Spiel. Ich habe ein mittelmäßiges Blatt, hätte dennoch fast gewonnen. Aber am Ende zückt Scharoth erneut den Herzkönig. Eine Zecchine wandert zu ihm. Fast immer hat er den höchsten Trumpf, gewinnt nahezu jedes Spiel. Ich sitze wie festgeklebt auf meinem Stuhl, kann nicht aufhören, muss zusehen wie mein goldener Haufen immer kleiner wird und seiner immer weiter anwächst.

„Das ist doch eine schöne Begegnung, auf ein neues Spiel. Die Amis haben unsere Familie ausgeplündert, ich muss wenigstens einen kleinen Teil wieder zurückholen", freut er sich und ruft den mit der Soutane. Der stellt zwei Champagnerflöten auf den Tisch und schenkt ein. Der Schampus perlt und leuchtet unwirklich golden. Scharoth erhebt sein Glas, fordert mich auf, es ihm gleichzutun. Wie unter manischem Zwang folge ich seinen Vorgaben, trinke das perlende Gold und verliere ein weiteres Spiel. Während ich die Karten neu mische, verändert sich nach und nach die Farbe des Schampus im Glas. Blutrot leuchtet es mir nun entgegen.

„Was trinken wir hier eigentlich?" frage ich entsetzt. Scharoth lacht laut auf.

„Hast Du es noch immer nicht begriffen. Blut und Gold gehören zusammen, sind voneinander abhängig. Das eine gibt es nicht ohne das andere. Geschockt schiebe ich das Glas von mir weg. Scharoth hat das seine bereits leer getrunken, greift jetzt nach dem meinen und leert den Rest darin auf einen Zug.

„Köstlich. Blut ist ein ganz besonderer Saft, wusste doch schon Goethes Mephisto. Und Blutsbande halten ein Volk zusammen und machen es stark. Am deutschen Wesen hätt können die Welt genesen. Aber das ist leider alles dahin, unsere Kultur liegt am Boden, wir haben uns aus der Geschichte verabschiedet. Und deshalb ist es doch nur gerecht, wenn ich als Leidtragender dieser so tragischen deutschen Geschichte für all das Blut, das wir vergossen haben, zumindest mit ein wenig Gold entschädigt werde." Scharoth nimmt die eben gewonnene Dublone, führt sie zum Mund und küsst sie. Dann legt er sie zu seinen übrigen Münzen und streicht geradezu liebevoll mit der Hand darüber.

„Dieses Gold bedeutet mir alles", sagt er mit auffallend ruhiger und emotionsloser Stimme und nimmt erneut die Spielkarten, um zu mischen. Ich sollte aufhören, der Verstand sagt mir ganz klar: der nimmt Dich aus. Aber ich kann nicht anders, meine Beine scheinen unbeweglich, ich kann den Platz nicht verlassen, muss weiterspielen. Und das, obwohl ich sicher bin. Scharoth betrügt. Fast bei jedem Spiel hat er den Herzkönig, den höchsten Trumpf. Meine Augen folgen seinen Händen. Aber Scharoth mischt zu schnell, hantiert derart geschickt, dass ich seinen Kartenzauber nicht durchschauen kann. Erst beim letzten Spiel wird mir klar: Er fixiert mit einer Hand den Herzkönig beim Mischen unter dem Talon und zieht die Karte beim Geben geschickt heraus. Eigentlich ein banaler Trick, der nur deshalb so gut funktioniert, weil seine Finger so flink sind. Das letzte Spiel ist es deshalb, weil mein allerletzter Dukat über den Tisch zu ihm gewandert ist, und Scharoth geradezu in gönnerhaftem Tonfall sagt: „Jetzt können wir aufhören. Das Spiel ist aus."

Unbändiger Zorn steigt in mir hoch. Mit einem Mal habe ich wieder Kontrolle über meinen Körper.

„Du Schwein betrügst", schreie ich Scharoth an, schlage erst mit der Faust auf den Tisch und dann in diese vom flackernden Kerzenschein so gespenstisch mich angrinsende Fratze. Scharoth kippt nach hinten vom Stuhl, liegt am Boden. Aber dennoch bringt er die Kraft für ein höhnisches Lachen auf und bittet dann den mit der Soutane:

„Belial, der Herr hat ausgespielt und sollte uns nun verlassen. Bitte geleite ihn aus dem Haus.“

Ich greife nach den Dukaten auf dem Tisch, nehme eine Handvoll. Mehr kann ich nicht mehr packen, weil der Mann mit der Soutane mich wegschiebt und ich gegen ihn nicht ankomme. Dieser Belial scheint übermenschliche Kräfte zu besitzen. Wie eine Feder wischt er mich zur Seite. Er kommt mir vor wie ein Zug, in dessen Abteil ich sitze und - ob ich nun will oder nicht - einfach mitgenommen werde.

Im nächsten Moment stehe ich draußen. Vor der Tür. Ein kalter Wind bläst mir ins Gesicht. Davon werde ich wach. Zudem ist es sehr laut. Draußen tobt ein Gewitter. Schlaftrunken stehe ich auf und schließe das Fenster. Hoffentlich keinen solchen Traum mehr. Der Wunsch erfüllt sich – zumindest an diesem Tag. Ich schlafe lange.

Kapitel 25

Nähmaschine als Lustkiller

„Guten Tag. Ich bin angekündigt, Gahl mein Name. Wo finde ich den Herrn Redakteur?“

Meine Mutter konnte gut nähen. Als Tochter einer Schneiderin hatte sie schon in ihrer Jugend den Umgang mit Nadel und Faden verinnerlicht. Ich liebte dieses monotone Surren der Nähmaschine, denn dann wusste ich – die Welt ist in Ordnung. Unwillkürlich habe ich das Bild meiner Mutter vor mir, wie sie vor der Nähmaschine sitzt. Diese Stimme surrt so mechanisch dahin wie eine Maschine, ohne Betonung und Hebung und das sogar bei einer Frage. Die ist zudem völlig unsinnig. Es gibt nur zwei Zimmer in unserer Redaktion, die Gefahr sich zu verlaufen folglich eine Wahrscheinlichkeit eher minus dritten Grades. Meine Tür steht ohnehin offen. Im nächsten Augenblick steht der Mann mit der mechanischen Stimme in dieser Tür, aber die Welt ist natürlich nicht in Ordnung. Ich winke ihn herein und bedeute ihm, sich zu mir an den Schreibtisch zu setzen. Gahl blickt einmal im Kreis, geht dann zurück und schließt die Tür. Erst dann nimmt er neben mir Platz, legt seine Ledertasche sorgsam auf seinen Oberschenkeln ab.

„Es ist eine meiner Regeln, ein Gespräch auf die Personen zu beschränken, die es betrifft“, sagt er und macht ein übertrieben freundliches Gesicht.

„Sei auf der Hut“, flüstert mir die rechte Gehirnhälfte zu und veranlasst mich, ebenso freundlich zurückzulächeln. Aber der innere Alarm ist eingeschaltet. Gahl ist ein Typ, wie er einem immer wieder begegnet. Das dunkle Kopfhaar ist sehr kurz und akkurat geschnitten, das Gesicht frisch rasiert. Er trägt Anzug und Krawatte, fast schon aufdringlich wirkt der Herrenduft, der ihn umgibt.

„Möchten Sie einen Kaffee?“ frage ich.

„Nein danke, aber ein Glas Wasser wenn Sie hätten."

Ich stelle eine Flasche mit Glas daneben auf den Tisch und nutze diesen Moment, Gahl nach seinem Dienstausweis zu fragen. Er zieht tatsächlich ein Dokument aus der Tasche, ausgestellt vom Innenministerium. Was haben die mit Russland zu schaffen, geht es mir durch den Kopf, entscheide mich aber erst einmal für den Holzhammer.

„Gibt es deutsche Firmen, die auf das Molybdän aus dem Elbrus-Gebiet scharf sind?", frage ich abrupt und treffe damit offenbar ins Schwarze. Gahl hatte sicher in seinem Kopf das Rezept für eine Suppe, die er mir auftischen will. Die habe ich ihm mit dieser unerwarteten Frage gründlich versalzen. Sein Unterkiefer schnappt ein paar Mal nach vorn.

Gleich noch eine Frage nachschieben, um ihn noch mehr zu verwirren, denke ich und sage: „Erze zur Stahlveredelung gibt es doch überall auf der Welt. Geht es nicht eher um Erdöl und Erdgas? Was geben hier die Karten her?"

Gahl greift nach dem Wasserglas und nimmt einen ordentlichen Schluck. Dann blickt er mich wie entgeistert an.

„Was glauben Sie wohl, warum die Russen den Wunsch der Tschetschenen auf Unabhängigkeit so brutal unterdrücken und die Osseten zum Abfall von Georgien bewegt haben? Im Kaukasus liegen große Lagerstätten, und die Russen sind immer bei der Sache, wenn es was zu holen gibt. Ihr riesiges Land mit den ebenso riesigen Ressourcen reicht ihnen nicht. Sie wollen auch die Schätze ihrer Nachbarn und reklamieren sogar den Nordpol als ihren Wirtschaftsraum. Alles was sie nehmen oder ergaunern können, kassieren sie. Da ist ihnen nichts heilig."

„Und deshalb braucht der deutsche Michel alte Aufzeichnungen aus der Kriegszeit, um so im Big Deal um Bodenschätze und Einflusssphären ein bisschen mitmischen zu können?"

„Ach reden Sie keinen Unsinn", blockt Gahl ab. Seine Stimme war zuletzt richtig bewegt geworden, fällt jetzt aber wieder in ihre alte Monotonie zurück. Im Takt der Nähmaschine fährt er fort: „Die Bundesrepublik ist Teil der westlichen Staatengemeinschaft. Uns verbinden gemeinsame Werte."

„Vor allem materielle", unterbreche ich ihn.

Doch Gahl geht darauf nicht ein. Seine Hände greifen nach der Ledertasche auf seinen Beinen, ganz bedächtig, gerade so als wolle er sie streicheln wie eine Katze.

„Ich möchte mit Ihnen nicht über Weltanschauungen reden", sagt er und macht dann doch genau das: „Nun seien Sie doch ein bisschen Patriot. Die Russen können ruhig etwas bezahlen. Natürlich hat die Wehrmacht im Osten große Verbrechen begangen. Deshalb kam die Rote Armee danach als Racheengel über die Deutschen. Zivilisten wurden erschossen, jede greifbare Frau vergewaltigt. Millionen Deutsche wurden aus dem einst blühenden deutschen Osten jenseits der Oder brutal vertrieben, ihrer Heimat beraubt. Das bleibt im kollektiven Gedächtnis der Nation gespeichert. Für Geschenke an die Russen wie auch an andere Nationen sehe ich keinen Platz. Die Karten mögen alt und überholt sein."

Gahl streicht erneut mit seinen Händen über die Tasche auf seinen Beinen.

„Dann sind sie auch längst kein Geheimnis mehr", schiebe ich ein. Mein Gegenüber wehrt ab und nimmt einen kräftigen Schluck Wasser. Die Hand, die eben noch das Wasserglas hielt, greift an die Krawatte, an der sich eine Nadel mit einem kleinen Edelstein befindet.

„Sehen Sie, dies hier ist ein altes Erbstück. Ich erzähle Ihnen dazu eine persönliche Geschichte, dann verstehen Sie besser. Das hier ist das einzige Schmuckstück, das meine Großmutter retten konnte, als sie mit meinem Opa aus ihrer böhmischen Heimat vertrieben wurde. Sie mussten alles zurücklassen, eigene Wertsachen mitzunehmen war bei Todesstrafe verboten, tschechische Banden nahmen ihnen zudem ihre Taschen ab. Und dann fielen sie russischen Soldaten in die Hände. Meine Großmutter war schon alt, so hatten sie an ihrem Körper zum Glück kein Interesse. Beide wurden aber genau gefilzt. Bei meinem Opa fanden die Soldaten eine silberne Uhr. Die nahmen sie ihm weg, das war noch das geringere Übel. Opa wurde festgenommen, dann verlieren sich die Spuren. Vielleicht erschossen sie ihn gleich, vielleicht schleppten sie ihn trotz seines Alters zur Arbeit nach Sibirien und dort kam er um. Meine Großmutter wartete viele Jahre vergeblich auf ihn. Dabei war mein Opa kein Nazi, sympathisierte sogar eher mit dem Kommunismus. Doch das half ihm nichts. Nur diese kleine Nadel aus Gablonz im Rocksaum meiner Großmutter haben die Russen übersehen. Längst ist das alles Vergangenheit und wir leben in Frieden mit unseren einstigen Feinden. Aber den Russen ist nie zu trauen. Und ihnen auch noch Geschenke zu machen, dafür sehe ich keinen Grund.“

Gahls Hände gleiten zurück auf die Ledertasche, während er wie ein Uhrwerk weiterspricht: „Und deshalb sagen wir: Gemach, gemach. Die Karten mögen überholt sein. Aber ihre Qualität und damit ihren Wert für den heutigen Bergbau zu beurteilen überlassen wir besser den Geologen im Landesamt für Umwelt. Wir haben da ganz hervorragende Leute, die sich das ansehen müssen. Ich stelle mir das so vor: Wir warten auf das Ergebnis dieser Expertise. Sobald es vorliegt, informiere ich Sie umgehend. Dann herrscht Klarheit, ob diese Karten tatsächlich musealen Charakter haben und Sie gerne darüber berichten dürfen oder ob sie Geheimnisse bergen und damit einen Marktwert besitzen, den der deutsche Staat erlösen kann bzw. die Russen uns für die Überlassung einen Gegenwert in irgendeiner Form sei dieser auch nur politischer Natur liefern. Wir könnten damit vielleicht die Freilassung eines kritischen Journalisten erreichen und das wäre doch sicher ganz in Ihrem Sinn. Und deshalb bitte ich Sie um Unterstützung.“

„Und wenn ich nicht kooperiere und dennoch berichte.“

„Das wäre töricht. Sie könnten dann eigentlich nur von einem Fund berichten. Mehr nicht. Keine staatliche Stelle wird Ihnen dazu eine Stellungnahme geben geschweige eine Beurteilung. Und unsere Reaktion wäre: abwiegeln. Vermutlich gäbe es dann eine offizielle Presseerklärung, derzufolge die Fundstücke ein zeitgeschichtliches Dokument sind und heute keine Relevanz mehr haben. Und wenn sich alles beruhigt hat, können wir in Ruhe darüber mit den Russen reden und austesten, was wir dafür bekommen. Aber vielleicht ist dieses Material ja tatsächlich überholt. In diesem Fall können Sie ohnehin darüber schreiben und bekommen von uns so viele Fotos, wie Sie haben wollen. Das gefährden Sie, wenn Sie jetzt eigenmächtig vorgehen und den Interessen des deutschen Staates schaden. Also überlegen Sie gut, was Sie machen werden.“

Meine rechte Gehirnhälfte ist empört und flüstert mir zu: „Lass diese Nähmaschine ins Leere laufen, schreib, was Du weißt und erwähne am besten auch gleich diese Methoden des Staatsschutzes." Aber die linke Gehirnhälfte schaltet sich ein und hält nüchtern fest: „Du hast außer zwei Fotos nichts in der Hand. Und wie es aussieht, wirst Du mit den 100 Euro, die Dir Dein Chef genehmigt hat, bei Marlis Weder nicht weit kommen. Der Staatsschutz dürfte ihr wesentlich mehr geboten haben." Meine Verhandlungsposition ist also eher suboptimal. Ich muss zusehen, erst einmal mehr zu erfahren.

„Wie ist es überhaupt zu dem Fund gekommen? Waren Sie schon bei Frau Weder?" frage ich Gahl.

„Das erzähle ich Ihnen gern. Fahren wir doch in den Klostergasthof, ich lade Sie ein. Dann können wir auch über die Kosten reden, die Ihnen bisher entstanden sind und die wir Ihnen gerne ersetzen, wie Ihnen mein Vorgesetzter, Herr Glober, schon mitgeteilt hat."

Auf dem Weg dorthin meldet sich mein Handy mit einer Botschaft: „Ich habe solche Sehnsucht, ich warte auf Deine Lippen, ich brauche einen Mann. Bist Du endlich mit der Arbeit fertig, ich kann in wenigen Minuten bei Dir sein."

Verdammt, immer diese Überschneidungen. Es hilft nicht, es geht einfach nicht, Nora muss noch warten. Also antworte ich: „Gedulde Dich bitte Mizzi. Freu mich schon auf Dich und grüße Mathe von mir."

Auch mir fällt es ja schwer, Geduld aufzubringen. Es ist ein für das Frühjahr schon sehr warmer Abend, die untergehende Sonne beschert dem Salzachtal auf der Fahrt ins Kloster intensive Farbspiele, das junge Laub an den Bäumen kündigt schon den Sommer an. Da wallen Gefühle auf, und ich würde nur zu gern Noras heißen Atem und ihre lüsternen Lippen spüren. Stattdessen gehe ich nun mit einer Nähmaschine essen. Immerhin bemüht sich die Nähmaschine sehr um mich, bestellt sogar eine Flasche Wein gehobener Qualität. Die Ledertasche hat sie mit dabei.

„Bevor ich Sie aufgesucht habe, war ich bei Frau Weder und habe das Material gesichert. In meiner Tasche ist es bestens aufgehoben. Frau Weder war sehr kooperativ, ich bin mit ihr schnell handelseinig geworden", sagt Gahl, während er mir zuprostet und sein Gesicht einen Ausdruck von Endsieg annimmt.

„Wie haben Sie überhaupt so schnell davon erfahren? Hat Frau Weder Sie informiert?“ will ich wissen.

„Ach wissen Sie, wir haben überall unsere Zuträger. Darüber sprechen wir nicht. Das verbindet mich übrigens mit Ihnen. Sie geben ja Ihre Informanten auch nicht preis. Ich sage nur so viel. Frau Weder war es nicht. Aber Sie wollten ja mehr über die Fundumstände erfahren. Wie Sie sicher wissen, hat die Stadt Burghausen das Gebäude und die Grundstücke ersteigert. Da ist es naheliegend, die vielen Zimmer der barocken Klosteranlage zu untersuchen und nach verborgenen Verstecken zu forschen. War doch das Kloster eines der reichsten in Deutschland. Bei der Säkularisation zu Napoleons Zeiten kassierte der Staat diesen Reichtum, der allerdings nicht so üppig ausfiel als erhofft. Es gab zwar eine größere Münzsammlung und eine umfangreiche Bibliothek, aber das war es dann schon. Denn der eigentliche Reichtum des Klosters beruhte ja auf den vielen Ländereien, die Adelige dem Kloster vermacht hatten und dafür fromme Gebete der Mönche fürs eigene Seelenheil erkauften.“

„Und mit dem Boden als Kapital lebten die Mönche bestens und schufen weiteren Reichtum, für den die dem Kloster gehörenden Bauern sich abrackern mussten“, werfe ich ein.

„Legen Sie Ihre neuzeitliche Brille ab, so war eben damals die gottgefügte Ordnung“, bemerkt Gahl trocken und fährt fort: „Die Karten vom Kaukasus steckten in einer Mauernische im Dach. Die Kamine dort laufen gerade und dann wieder schräg. An einem Knick, wo zwei Kamine zusammenstreben, gab es diese Nische und in ihr lagen die Papiere.“

„Wie sind sie dort hingekommen?“

„Das Kloster war im Krieg vollgestopft mit Kunst und Kulturgütern aus Museen.“

„War da auch Raubkunst dabei?“

„Davon gehe ich aus. Das ist aber schwer zu überprüfen. Die Amerikaner haben nach der Besetzung erst einmal alles beschlagnahmt und ausgeräumt. Was offensichtlich geraubt war, wurde zurückgegeben. Ein beträchtlicher Teil davon stammte aus Frankreich. Ansonsten wissen wir wenig, haben nur Kenntnisse darüber, was im Land blieb und deutschen Museen zurückerstattet wurde.“

„Haben Sie irgendwelche Hinweise, dass in dem Kloster auch Wertgegenstände aus früherer Zeit gelagert waren?“

Gahl blickt mich verständnislos an: „Die Kunstgegenstände stammten aus allen möglichen Jahrhunderten.“

„Nein, das meine ich nicht. Es geht mir darum, ob zu Zeiten der Mönche in dem Kloster Wertgegenstände verwahrt wurden?“

Gahl scheint diese Frage noch mehr zu irritieren. „Natürlich werden die einstigen Herren hier Wertvolles gelagert haben, das war doch in jedem Kloster so.“

„Aber Sie wissen nichts Konkretes. Oder hat Ihnen Frau Weder etwas verraten? Ist sie irgendwie fündig geworden?“

Gahl reißt die Augen auf: „Ach was reden Sie da. Wenn dem tatsächlich so sein sollte, wird sie mir das sicher nicht auf die Nase binden. Da fragen Sie die Dame doch besser selber.“

„Darin sehe ich nun wiederum wenig Sinn. Denn wie ich annehme, haben Sie Weder einiges für die Karten aus dem Kaukasus bezahlt. Dann wäre es doch naheliegend, dass Sie zuerst mit Ihnen spricht, sollte sie weitere Fundstücke haben und diese verkaufen wollen.“

Gahl wiegelt ab. „Da kann ich die Neugierde des Herrn Redakteurs leider nicht bedienen.“ Seine Hände greifen nach der Tasche, streichen einmal mehr darüber, sein Mund wird breit.

„Hier habe ich wichtige Dokumente, die für unseren Staat hoffentlich noch sehr nutzbringend sein werden. Das ist Realität, was Sie sagen oder vermuten, ist dagegen Fiktion. Die wäre zwar schön, aber ich halte mich lieber an das, was ich habe, die Fakten und die sind in dieser Tasche.“

Und schon schwenkt die Nähmaschine wieder zurück zu ihrem Lieblingsstoff – den Russen. „Der deutsche Staat muss auf seine Interessen achten, die anderen Staaten machen das auch, mit Gutmenschentum erreichen Sie nichts. Es herrscht ein Geben und Nehmen und wenn wir den Russen etwas geben, wollen wir etwas dafür. Alles andere wäre naiv. Wir werden das ausreizen.“ Es folgt ein kurzer Abriss der europäischen Geschichte. „Wir dürfen diese Geschichte nicht auf den von uns begonnenen Zweiten Weltkrieg beschränken. Schon 1914 war in St. Petersburg die Russifizierung Ostpreußens Kriegsziel. Denn die Russen können nie genug bekommen. Sie haben das größte

Land der Welt und wollen doch immer weitere Länder erobern und sich einverleiben. Am Ende des Zweiten Weltkriegs wurden diese Träume wahr, 14 Millionen Deutsche wurden brutal aus dem deutschen Osten vertrieben, mindestens eine Million kamen dabei ums Leben – mein Großvater gehörte dazu."

Mit dem Wein steigt Gahls Redseligkeit noch mehr und er textet mich regelrecht zu mit seiner verdrehten Sicht auf die Welt.

„Im Panslawismus wurden die Wurzeln für die Vertreibung der Deutschen gelegt, es bedurfte nur noch eines Grundes, und den lieferte das Dritte Reich mit seinem expansiven Wahn."

Längst habe ich aufgehört, dem Mann zu widersprechen. Denn wenn ich das tue, holt er noch weiter aus. Die Nähmaschine nimmt bereitwillig jeden Faden auf und nadelt dahin, emsig, routiniert und schier endlos. Ich muss los. Aber es dauert weitere Minuten, bis ich mich von Gahl losreißen kann. Der Wein hat ihn insofern milder gestimmt, als er nicht mehr von einem strikten Verbot der Berichterstattung spricht, sondern nur noch von einer Bitte. Und meine Auslagen soll ich ihm einfach mit meiner Kontonummer schicken, das werde dann beglichen. Ich bin schon aufgestanden, da nötigt er mir noch das Versprechen ab, ihn doch bitte vorab zu informieren, falls ich mich über die Vorgaben des Staatsschutzes hinwegsetze.

Nora ich komme. Auf dem Weg zum Auto rufe ich sie an. Doch sie geht nicht ans Handy, nur der Anrufbeantworter meldet sich. Auch egal. Die Fahrt zu Mathias Brass dauert nur wenige Minuten. Die werden noch immer über Kunst reden, aber ans Handy hätte sie schon gehen können. Ich läute an der Haustür. Nichts. Ich läute nochmals. Die Tür bleibt zu. Endlich öffnet sich oben ein Fenster, und ein Mann beugt sich raus.

„Mathe, mach doch bitte auf und sag Nora, ich bin jetzt da."

„Ach die Nora, weißt Du Tom, die ist schon lang wieder weg. Sie wollte zurück nach München fahren."

„Kann ich kurz rein?"

„Nein, ich bin müde und will schlafen. Ein ander Mal gern." Brass ist offensichtlich schon zu Bett gegangen, denn sein Oberkörper ist nackt.

„Ja dann schlaf gut."

So ein Mist. Der kleine Tom ist äußerst aufgebracht. „Du hörst Dir ewig diese Russenphobie an und ich langweile mich und häng eine Ewigkeit rum und jetzt diese Pleite. Denk auch mal an mich. Das ist für mich die absolute Härte, Du Doofkopf."

Die Kritik sitzt. Der Abend war in jeder Hinsicht ein Reinfall. Diese Nähmaschine hat zwar eifrig dahingenadelt, aber nichts ausgespuckt. Einzig interessanter Aspekt ist die Nutzung des Klosters in der Nazizeit. Darüber kann mir sicher Heiner Bliek mehr erzählen. Dafür hätte ich den Abend mit Nora nicht sausen lassen müssen. Telefonisch kann ich sie auch nicht erreichen, sie ist wohl sehr verärgert. Mir bleibt nur, ihr eine Mail zu schreiben.

„Liebe Mizzi, Du hast ja allen Grund, böse auf mich zu sein. Bitte verzeih mir. Auch mir ist es ja schwergefallen, Dich vertrösten zu müssen. Ich sehne mich so nach Dir, hätte Dich gern heute Nacht bei mir gehabt. Ich verstehe Deinen Ärger. Im Kloster Raitenhaslach sind geologische Karten aus der Kriegszeit gefunden worden. Ich möchte darüber schreiben. Der Staat will das verhindern, deswegen musste ich mit einem Beamten verhandeln. Ich konnte sein Angebot, das bei einem Glas Wein zu tun, nicht ausschlagen. In Gedanken drücke ich Dich jetzt ganz fest an mich. Bis zum Wochenende in München, da können wir das intensiv nachholen. Ich liebe Dich Cherie."

Am Abend darauf steht Frank vor meiner Tür, streckt mir Wein und Schokolade gleichzeitig entgegen. „Komm rein, Kröterich", sage ich und hole schon die Gläser.

„Hat Eva schon was rausgefunden", will Frank als erstes wissen.

„Ich denke, sie ist ein wenig eingeschnappt."

„Wie Frauen halt so sind", grinst Frank.

„Ach was, ich kann sie schon verstehen. Vielleicht spürt sie Dein Misstrauen. Es ärgert sie jedenfalls, dass wir ihr nicht alles gesagt haben."

Frank lässt sich auf einen Sessel fallen und beginnt die Gläser mit Wein zu füllen. Er reicht mir eins und sagt: „Ich glaube, es steckt noch ein wenig mehr dahinter. Habe beobachtet, wie Eva Dich anblickt. Sie scheint eine Schwäche für Dich zu haben. Weiß Sie von Nora?"

„Ja natürlich. Frank, jetzt bist Du auf dem Holzweg. Eva hat eine Schwäche für einen Mann, aber einen anderen, ausgerechnet für Malevsky, diesen Intriganten. Mit ihm trifft sie sich und das ist auch der Hauptgrund, warum ich ihr nicht alles anvertrauen will. Eva wird sich aber auf meine Bitte hin das Video vom Überfall ansehen. Vater hat den Täter wiedererkannt, der ihm sein Bild gestohlen hat. Es war der, der mich durchsucht hat, als ich bewusstlos am Boden lag. Und er trug glänzende Schuhe. Einen solchen Typ will Eva auch schon vor meiner Wohnung und in Rom gesehen haben. Ich bin mir fast schon sicher, dass Eva Plum den Mann ebenfalls als den erkennt, der uns beobachtet hat und sogar nach Rom nachgefahren ist. Woher aber wusste er, dass wir in der Ewigen Stadt waren. Hast Du davon irgendwem vorab erzählt?“

„Nicht dass ich wüsste, außer meiner Tante natürlich. Und Du?“

„Meine Arbeitskollegen wussten davon sowie Eva und natürlich auch Nora.“

„Dann müssen wir hier ansetzen“, meint Frank und schiebt sich ganz langsam ein Stück Schokolade in den Mund.

„Du denkst doch nicht, dass Nora damit etwas zu tun hat. Ich muss ihr gegenüber jetzt besonders einfühlsam sein, weil ich eine Liebesnacht mir ihr wegen einer Nähmaschine vermasselt habe.“

Frank blickt mich belustigt an. „Eine Nähmaschine, erzähl mal.“

Aufmerksam hört Frank mir zu, als ich vor ihm den Fund in Raitenhaslach, Marlis Weders Geschäftssinn und das Abendessen mit Gahl und dessen Vorurteile gegenüber Russen ausbreite.

„Dabei ist Gahl selbst wie eine Matroschka. In jeder seiner Geschichten steckt eine weitere, und am Ende ist alles doch wieder das Gleiche.“

Frank hebt sein Glas und blickt hindurch gegen das Licht. „Matroschkas, das sind doch diese russischen Puppen. Wenn man eine öffnet, kommt darin eine weitere zum Vorschein und so geht es dann weiter.“

„Ja genau“.

Franks Augen beginnen zu kreisen, er denkt nach und greift erneut nach der Schokolade. Das wiederholt sich zwei oder drei Mal, dann meint er abrupt: „Weißt Du, woran mich das erinnert?“

„Keine Ahnung“.

„An Benuit Mandelbrot und seine Fraktale.“

„Ist das dieser Mathematiker, der so schöne Bäume beschrieben hat.“ „Genau. Kreis, Kugel oder Quadrat sind einfache Dinge, die leicht zu berechnen sind. Und mathematische Funktionen sind dadurch gekennzeichnet, dass sich an jedem Punkt ihre Steigung berechnen lässt. Diese wohlgeordnete Welt wurde zwar bereits im 19. Jahrhundert erschüttert, als Guiseppe Peano mit seiner ‚raumfüllenden Kurve‘ Panik unter den Mathematikern auslöste. Stell Dir ein Blatt Papier vor, auf das Du eine s-förmige Linie zeichnest. Und nun machst Du darauf immer kleinere und mehr von diesen Figuren – bis ins Unendliche. Damit erreichst Du jeden Punkt auf der Fläche, die eindimensionale Linie wird identisch mit der zweidimensionalen Fläche. Nichts kann aber ein- und zweidimensional zugleich sein – ein mathematisches Ungeheuer ist entstanden.“

„Ungeheuer sehen für mich anders aus.“

„Weil Du nicht mathematisch denkst. Derlei Überlegungen wurden zunächst abgetan als Hirngespinste, die in der realen Welt nicht vorkommen. Doch dann kam Benoit Mandelbrot. Er war ein genialer Außenseiter. Die Aufnahmeprüfung ins französische Polytechnikum bestand er bestens, behauptete aber selbst, die algebraischen Rechnungen seien ihm zu kompliziert gewesen. Gelöst habe er die Aufgaben aber dadurch, dass er die Rechnungen im Geist in Bilder umgesetzt habe. Mandelbrot hat das Komplexe der Welt anerkannt und nicht nur das: Er zeigt mit seinen Fraktalen, wie sich Muster der Makrowelt im Kleinen wiederholen.“

„Welche Muster?“

„Nehmen wir einen Baum. Der hat Äste. Blickst Du auf einen solchen Ast, dann siehst Du das gleiche Muster. Wie dem Stamm Äste entspringen, so geht jeder Ast in Zweige über. Und die Zweige ihrerseits verzweigen sich weiter bis hin zu den Blättern. Für solche wiederkehrenden Muster hat Mandelbrot den Begriff Fraktale geschaffen. Die ganze Welt besteht aus solchen Fraktalen. Nimm die Blutbahnen des Menschen. Auch sie verzweigen sich von großen in immer kleinere Gefäße und sie alle sehen gleich aus. Nur der Maßstab ändert sich. Oder nimm einen Berg, der aus der Ferne aussieht wie ein einziger Brocken. Je näher Du kommst, umso mehr Einzelheiten siehst Du, erkennst immer kleinere Brocken. Selbst ein Sandkorn sieht bei entsprechender Vergrößerung aus wie ein Berg und bildet seinerseits gleiche Erhebungen aus. Oder versuch einmal eine Küstenlinie genau abzubilden. Alle Landkarten sind nur Näherungen, zeigen also nur eine grob vereinfachte Wirklichkeit. Je genauer Du bist, umso länger wird die Linie, die Zahl der Buchten wird unendlich."

„Und was bringen solche Erkenntnisse?"

„Ganz einfach – eine neue Sicht auf die Welt. Vorher schien alles geordnet, das Komplexe der Welt wurde als Überlagerung vieler einzelner Abläufe gedeutet. Es kam darauf an, aus diesem Rauschen einzelne Gesetzmäßigkeiten herauszufiltern. Jetzt aber verstehen Mathematiker die Welt anders. Scheinbar chaotische Muster entwickeln eine eigene Logik, wiederholen sich, bestimmen den Lauf der Welt. Und sie sind mit herkömmlichen Gleichungen nicht berechenbar."

„Wir leben also im Chaos?"

„Wenn Du so willst ja. Aber es hat eine innere Struktur und organisiert sich selbst."

Kapitel 26

Gedanken zweier Frauen

Heute greift Eva nicht zur Geige mit ihren Höhenflügen. Es sind vielmehr tiefe Töne, die so wunderbar weich und erdig klingen – aber eines ist unverändert: Natürlich ist es erneut Antonio Vivaldi, den ich von ihr zu hören bekomme. Meine einstige Praktikantin hat eine CD mit Cello-Sonaten des italienischen Meisters aufgelegt. Eine Allemande hat es ihr besonders angetan, ich werde diesen Tanz an dem Abend noch mehrfach hören einschließlich Evas musikalischer Erläuterungen. Aber deshalb sitze ich nicht in ihrer Wohnung bei einem Kaffee. Der duftet herrlich. Als sie mir die Tasse kredenzt, sehe ich geradezu die gerösteten Bohnen vor mir. Dazwischen mischen sich in meinem Kopf aber noch andere Brauntöne, von fast schwarzen Adern durchzogen. Es ist dieser schwere, angenehme Duft, der von Eva ausgeht. Mein Blick wandert zu ihrer Geige, fällt auf die dunklen Saitenwirbel aus Palisanderholz, und in diesem Moment verbindet sich der Geruch mit diesem so schön gemaserten Dunkelbraun. Meine rechte Gehirnhälfte sagt mir zudem: Sie ist eine attraktive junge Frau mit einer warmen weiblichen Ausstrahlung. Ihre Haut riecht sicher angenehm und wäre eine Erkundung wert.

„Nichts da", schaltet sich die linke Gehirnhälfte ein, „Du willst von Eva etwas wissen." Sie erwartet offenbar schon meine Fragen, lässt sich im Schneidersitz zwischen den Kissen ihrer Couch nieder und greift ganz gemächlich zur Kaffeetasse.

„Hast Du noch etwas über den Regensburger Pfarrer Michael Bräu herausfinden können?" frage ich sie.

Sie blickt an mir vorbei aus dem Fenster, so als müsse sie ihre Gedanken erst sammeln und sich dafür die nötige Inspiration in der Abenddämmerung sichern. Dann nimmt sie einen Schluck Kaffee.

„Über ihn selbst nicht mehr viel, aber umso mehr über interessante Verbindungen der Zisterzienser mit den Templern. Und dabei bin ich mehrfach auf einen René Debelli gestoßen. Er stand in Verbindung mit dem bayerischen Herzog und böhmischen Adligen. Vor mir entstand ein verwirrendes Muster. Die Urkunden lesen ist ja nur die eine Seite. Sie zu interpretieren und die richtigen Schlüsse daraus zu ziehen, das ist die eigentliche Schwierigkeit. Meine Sicht der Dinge ist so: Die großen Handelsströme liefen über Nürnberg und Regensburg, und hier spielte dieser Debelli eine bedeutende Rolle im Edelsteinhandel aus Böhmen. Dann stieß ich eher zufällig in einer Abrechnung auf den entscheidenden Punkt. Debelli war nur der bürgerliche Name des Mannes. Er war, zumindest über mehrere Jahre hin, auch Zisterziensermönch in Salzburg und trug hier den Namen Pater Irminbert. Ich hoffe, Du erinnerst Dich jetzt: Pater Irminbert war jener Mann, der im Auftrag des Herzogs beim Konzil von Trient Michael Bräu im Inquisitionsprozess verteidigte."

„Pater Irminbert, ja ich erinnere mich."

„Der logische Schluss: Bräu und Debelli waren Geschäftspartner und vermutlich auch freundschaftlich verbunden. Und über Debelli und seine Geschäfte insbesondere mit Venedig gibt es Unterlagen in den Archiven. Er handelte nicht nur mit Edelsteinen, sondern auch mit Gold und Silber."

Ich bin elektrisiert: „Können dabei auch die Inn-Salzachstädte mitgemischt haben?"

Eva nippt diesmal nur kurz an ihrem Kaffee. „Davon bin ich überzeugt. Schau mal. Norditalien war zwar nicht mehr der Nabel der Welt wie noch im Mittelalter, als die Salierkaiser das Land zwischen Alpen und Apennin beherrschten, das zu ihrer Zeit ein viermal höheres Steueraufkommen erwirtschaftete als England. Die Insel der Angelsachsen gewann erst in der Neuzeit an Bedeutung, weshalb sich die Engländer noch heute so wichtig nehmen. Im Mittelalter wurde Britannien völlig zu Recht als eher unbedeutendes Nebenland Europas gesehen. Auch im 16. Jahrhundert spielte die Musik noch in Italien. Dort war die Wirtschaft am höchsten entwickelt, dort gab es die besten Handwerker, gerade in der Fertigung von kostbarem Geschmeide. Der Handel wurde intensiver. Wie heute im Großen wurden schon damals Waren umhergekarrt, ein lukratives Geschäft für die Beteiligten. Edelsteine aus Böhmen wurden in Italien zu exquisiten Schmuckstücken verarbeitet. Diese kamen über die Alpen zurück, Käufer fanden sich überall. Abnehmer waren nicht mehr nur Kirche und Adel, auch in den Städten gab es mittlerweile wohlhabende Bürger, die Geld und Sinn für Geschmeide entwickelten. Du kannst Dir gar nicht ausdenken, welche Werte über Brenner und Tauernpass hin- und hergeschoben wurden."

Eva steht auf und legt erneut die Allemande auf. Ich überlege: „Mittendrin in diesem Handel waren dieser Pater Irminbert und Pfarrer Michael Bräu. Und Irminbert oder Debelli war Zisterzienser, er gehörte also zu dem Orden, der diese reiche Abtei in Raitenhaslach betrieb. Vielleicht basierte dieser Reichtum neben den Schenkungen des Adels auf einer weiteren Quelle, dem Handel."

Eva gibt mir noch etwas Kaffee, steht vor mir mit wachen, offenen Augen. Meine rechte Gehirnhälfte sieht ihre weichen Gesichtszüge, vertraut ihnen. Die linke erinnert mich zwar an Franks Warnung, aber sie unterliegt und ich beschließe, Eva gegenüber ebenfalls offen zu sein.

„Dass wir im Vatikan nach Hinweisen aus dem Inquisitionsprozess gegen Michael Bräu gesucht haben, kam nicht von ungefähr. Du erinnerst Dich doch an dieses Papier aus dem Bellmann-Haus, das Dein Prof für mich untersucht hat und dessen Original leider gestohlen ist. Ich bin überzeugt, dass Michael Bräu dieses Papier verfasst hat. Er lag in einem Geheimversteck in der Treppe des Gebäudes. Die Bellmanns, der Regensburger Pfarrer und die Zisterzienser verbindet etwas, das wir herausfinden müssen. Wie heißt es doch so schön in dem Papier: ‚Begehret und es wir Euch gegeben werden.´ Ich denke, das ist ein Code, den Bräu seinen Vertrauten hinterlassen hat."

„Wenn dem wirklich so ist, hättest Du besser auf dieses Schriftstück achtgeben müssen. Vielleicht wurde das Original präpariert, das heißt, hinter den erkennbaren Zeilen ist der eigentliche Code verborgen, mit einer Tinte geschrieben, die erst über der Wärme einer Kerze oder Befeuchten sichtbar wird. Die Kopie sagt uns da nichts mehr. Der Einbrecher in Deiner Wohnung hat dann nicht aus Versehen, sondern ganz bewusst dieses Stück eingesteckt. Die Schmierereien und der Rest waren Nebelkerzen, um Dich auf eine andere Spur zu bringen. Und das hat ja auch funktioniert. Du hattest von Anfang an Chris im Verdacht und bist damit auf den falschen Zug aufgesprungen. Tom, es tut mir leid, ich muss Dir das so sagen: Du hast es dem Einbrecher sehr leicht gemacht und bist ihm zudem auf den Leim gegangen. Das ist naiv."

Jetzt nervt mich Eva. „Als naiv würde ich eher Dich einstufen, Du sprichst von Malevsky als wäre er ein rosa Engel, dabei ist er eher ein roter Teufel. Er hat meine Personalakte frisiert, das ist kein schöner Charakterzug."

Ich fass mir an die Stirn, denn dahinter formt sich ein Gedanke. „Ja, doch ja, Eva, wenn Du mir hilfst, könnten wir ihn packen. Eitelkeit ist ein entscheidender Wesenszug Malevskys, er will vor anderen glänzen. Du musst ihm auf den Zahn fühlen, ihn aushorchen. Falls er doch den Einbruch begangen hat und vielleicht auch am Überfall beteiligt war, dann dürfte es nicht schwer sein, ihn zum Reden zu bringen. Du bist vertraut mit ihm, vielleicht auch mehr. Gerade Dir gegenüber wird er sich gern brüsten und zeigen, welch toller Hecht er ist. Ich will nur die Wahrheit wissen, ich versprech Dir, nichts gegen ihn zu unternehmen, vor allem nicht die Polizei auf ihn zu hetzen."

Eva bekommt einen roten Kopf, atmet heftig und tief. Bevor sie protestieren kann, füge ich deshalb noch schnell hinzu: „Eva bitte. So wie es jetzt aussieht, dürfte Malevsky ohnehin nicht der Täter sein."

„Sondern wer?" schneidet mir Eva das Wort ab.

„Ich kann es nicht sagen, tappe im Dunkeln. Wenn es tatsächlich um einen Schatz geht, dem wir auf der Spur sind, dann gibt es viele Interessenten. Dieser Jost Scharoth – das war der mit der Urkunde, die Dein Prof übersetzt hat – ist ein total zwielichtiger Typ. Ich traue ihm nicht über den Weg. Auf welche Weise auch immer: Er hat erfahren, dass wir in Rom waren und sich verplappert. Steht Malevsky irgendwie in Verbindung zu ihm? Das musst Du herausfinden Eva, das ist wichtig. Vielleicht hilft Dir folgender Gedanke, über Deinen Schatten zu springen: Es geht jetzt in erster Linie darum, die auszumustern, die ich falsch verdächtigte, damit ich gezielter andere Varianten verfolgen kann. Bitte hilf mir dabei."

Eva wendet den Blick von mir ab, sieht aus dem Fenster, als suche sie dort eine Antwort auf ihren inneren Zwiespalt. Dann steht sie auf und schenkt sich erst mal erneut Kaffee ein. Eine Antwort gibt sie mir nicht.

Aber etwas anderes spricht sie nun an. „Ich untersuche doch derzeit Beziehungen von Mönchsorden. Die Templer standen von Anbeginn in enger Verbindung zu den Zisterziensern. Beide Orden wurden im 12. Jahrhundert gegründet. Während die einen ihre Hauptaufgabe darin sahen, das Heilige Land für die Christenheit zu sichern, zogen die anderen ebenso wie die Deutschordensritter nach Osten und missionierten dort heidnische Völker. Es war sozusagen eine Aufgabenverteilung gemäß der Devise: Jeder macht das, was er am besten kann. Das Ziel war identisch: Beiden Orden ging es um die Ausbreitung des Christentums und die Bekämpfung der in ihren Augen Ungläubigen oder Falschgläubigen wie Juden und Moslems. Die Zisterzienser bekamen großen Zulauf. Um 1450 umfasste der Orden europaweit rund 1500 Männer- und Frauenklöster."

Jetzt unterbreche ich Eva: „Und warum, glaubst Du, ist das für mich und meine Recherche von Bedeutung?"

„Ganz einfach deshalb, weil die Zisterzienser und der Deutsche Orden mit ihrer beherrschenden Rolle zwischen Adria und Baltikum die Voraussetzungen für den Handel und die damit verbundenen Städtegründungen schufen. Michael Bräu war doch ebenso wie Debelli ein Mann dieses Handels, der Städte und Klöster reich machte."

„Und was haben die Tempelritter damit zu tun?"

„Die Templer waren der bedeutendste Orden der Kreuzritter im Heiligen Land. Von dort brachten sie neues Wissen nach Europa. In Sachen Körperpflege, Medizin und Pflanzenzucht war Europa gegenüber dem Orient noch Entwicklungsland. Dass Europa aufholen konnte, lag an den Templern wie auch an den zugewanderten Juden, die mehr Hygiene und bessere Körperpflege betrieben. Weil diese so bei Krankheiten und Seuchenzügen einen Überlebensvorteil hatten, sahen Christen die einzig mögliche Erklärung dafür in einer Verbindung mit dem Satan. Das heizte Verfolgungen zusätzlich an. Das alles ist in der Forschung bestens bekannt. In Vergessenheit geraten aber ist die Rolle der Templer bei der Unterwerfung der Slawen und der Christianisierung des deutschen Ostens. Beim zweiten Kreuzzug im Jahr 1146 machten die norddeutschen Templer nicht mit, gingen andere Wege. Sie hatten bereits mit mehreren Klöstern eine regelrechte Verteidigungslinie gegen slawische Überfälle eingerichtet. Statt ins Heilige Land zogen sie nun mit dem Welfenherzog Heinrich dem Löwen nach Osten und machten die Aufständischen nieder oder zu christlichen Untertanen. Die Kirche segnete das gern ab."

„Und heimste bei den Plünderungszügen vermutlich ihren Anteil ein."

„Das stimmt so nicht ganz. Es gab ja keine reichen Städte zu plündern, keine Schätze zu verteilen. Die Investition in den Krieg war vielmehr langfristig angelegt. Der Herrschaftsbereich Sachsens und des Reiches wuchs an und mit ihm die Zahl der Menschen, die von Adel und Kirche ausgepresst werden konnten."

Bei diesem letzten Satz gleitet ein feines Lächeln über Evas Gesicht, wobei sich zugleich ihre Augen verengen. Es ist ein bitteres Lächeln, spöttisch fügt sie hinzu: „Damit ist sich die Kirche bis heute treu geblieben. Wenn die Menschen ausbleiben, muss eben die Kirche zu ihnen gehen und kassieren. Es gibt immer einen Weg fürs gottgefällig gute Leben."

„Jetzt überziehst Du. Bleiben wir doch besser bei den Fakten. Ich erkenne noch immer nicht, was das für meine Recherche bringen soll. Gibt es Verbindungen der Templer zu Michael Bräu oder diesem Debelli?"

„Ich habe Dir das mit dem Wendenkreuzzug nicht ohne Grund erzählt. Du musst Deinen Blick weiten. Wenn Du nur einzelne Steine betrachtest, wirst Du das Mosaik nicht erkennen. Oder in Vivaldis Musik ausgedrückt: Die einzelnen Noten sind für sich allein nur einsame Töne. Erst die richtige Anordnung und das Zusammenwirken machen daraus ein ergreifendes Werk. Versetz Dich ein bisschen in Gedanken in einen Komponisten. Erst im Zusammenspiel ergibt sich ein logischer Schluss. Ich liefere Dir die Bausteine, komponieren musst Du."

„Ich erkenne aber noch keine Zusammenhänge, Eva, wo soll ich ansetzen?"

Eva lächelt erneut. Aber jetzt sind ihre Lippen weich, die Augen weit, nicht mehr verkrampft wie noch eben. Von bissiger Ironie ist nichts mehr zu erkennen.

„Die Tempelritter verlegten ihren Schwerpunkt ins Heilige Land. Nach dessen Eroberung begann ihre große Zeit. Immer wieder hatten Räuberbanden Pilger überfallen und ausgeraubt. Die Templer erschlugen viele dieser Wegelagerer und sicherten die Wege, so dass Pilger nun gefahrlos von der Küste zum Tempel von Jerusalem ziehen konnten. Die Ritter dienten dem Königreich Jerusalem, blieben aber immer eine eigene unabhängige Macht. Rund 150 Jahre lang konnten sie sich in Palästina halten. Zug um Zug wurden sie dann von den Muslimen vertrieben und zogen sich nach Zypern zurück. In den 150 Jahren im Heiligen Land war indes nicht alles kriegerisch. Der Orden forschte geschäftstüchtig auch nach den Wurzeln des Christentums, machte Ausgrabungen in Jerusalem, vor allem am Tempelberg und rund um die Hinrichtungsstätte Golgatha. Die Herren im schwarz-weißen Habit sammelten Funde und Schätze. Noch heute ranken sich Legenden um einen sagenhaften Reichtum dieses großen Ordens.

Ein Grund für die Legendenbildung liegt darin: Als der französische König die Ordensmitglieder verhaften ließ, hoffte er auf Geständnisse und Schätze. Deshalb hatte er die Brüder ja auch überfallartig festnehmen lassen. Sie sollten keine Möglichkeit bekommen, ihre Reichtümer in Sicherheit zu bringen. Doch in diesem Punkt hatte er sich verrechnet. Nur wenige Brüder wussten offensichtlich, wo die Kostbarkeiten gelagert waren. Diese Männer waren tot oder schwiegen auch unter der Folter. Bis heute rätseln deshalb Historiker und interessierte Laien, was die Tempelritter aus dem Boden Jerusalems und des Umlandes ans Tageslicht geholt haben. Dass es über die Gründungsphase hinaus engere Verbindungen zu den Zisterziensern gab, hat die Forschung erst in den letzten Jahren herausgefunden. Dabei spricht ja allein schon die Kleidung der Mönche Bände. Die Tracht beider Orden unterscheidet sich kaum. Und wenn jetzt in der Burghauser Burg dieses mittelalterliche Fresko mit einem Abbild von Tempelrittern entdeckt worden ist, könnte das ein Hinweis darauf sein, dass die Ritter tatsächlich hier gewesen sind und vielleicht sogar etwas versteckt haben. Nicht unbedingt in der Burg, Du musst auch das Umfeld und insbesondere das Kloster Raitenhaslach in Betracht ziehen."

„Du denkst also, die Zisterzienser könnten Schätze der Templer in Verwahrung genommen haben?"

„So etwas halte ich durchaus für logisch."

Endlich Wochenende, endlich kann ich Nora wieder treffen. Mein Herz pocht kräftig. Mit jedem Kilometer, den ich zurücklege, schlägt es schneller. Zumindest gewinne ich diesen Eindruck. Als ich die Klingel ihrer Wohnungstür drücke, steigert sich das erneut. Wie Stoßwellen fühlen sich nun die Pulsschläge an, durchströmen den gesamten Körper und heizen ihn auf für das, was der kleine Tom schon voller Vorfreude angekündigt hat: „Endlich Zeit für die Liebe, endlich komm ich wieder mal groß raus." Als sich die Tür öffnet, gehen meine Arme nahezu automatisch nach außen. Doch diese Bewegung macht keinen Sinn. Denn Nora kommt mir diesmal nicht schon an der Tür entgegen, um von mir in die Arme genommen zu werden. Ich höre ihre Stimme aus dem Wohnzimmer.

„Komm rein Tom, ich muss noch schnell eine Grafik fertig bearbeiten, damit sie für einen Flyer unserer Agentur genutzt werden kann. Hab's gleich. Mach es Dir doch inzwischen auf dem Sofa bequem."

Sofas sind geduldig, sie können warten. Wie sie am Rechner sitzt und voll konzentriert auf den Bildschirm blickt, das ist zwar nicht kokett oder sexy, aber das eröffnet mir eine weitere Sicht auf meine Geliebte: Sie ist eine kluge und strebsame Frau. Die Erkenntnis treibt das Blut in meinen Adern noch mehr an. Ich muss sie einfach umarmen, jetzt gleich. So reiße ich Nora aus ihren Gedanken über Linien und Strukturen ihrer Grafik. Mein Mund drängt sich an ihren, sucht diese weichen, sensiblen Lippen. Aber Nora ist mit dem Kopf noch bei der Arbeit. Natürlich erwidert sie meinen Kuss, aber es fehlt das impulsive Moment.

„Lass mich erst das zu Ende bringen", bittet sie mich.

Sie hat ja Recht. Ich mach es mir auf dem Sofa bequem, hol mir was zu trinken und bediene auch Nora, die ebenfalls Durst verspürt.

Sie ist flink. Nach einer halben Stunde ist sie fertig und kann den Rechner runterfahren. Endlich Zeit, die Gefühle hochzufahren. Doch vom langen Arbeitstag ist Nora müde und hat Hunger. Wir kochen uns also zuerst etwas Gutes. Gemeinsam schnipseln wir Gemüse in eine Bratpfanne. Ein Schuss Sahne, ein paar Krabben und einige Jakobsmuscheln, die Nora so wichtig sind – das geht sehr schnell. Den passenden Chablis entnehme ich ihrer neuen Errungenschaft, einem Klimaschrank, in dem Weine in der genau richtigen Temperatur gelagert werden können. Das läuft bei mir alles etwas trivialer. Männer sind viel plumper. Nora dagegen legt Wert auf Stil und Qualität. Als ich den Wein in die Gläser fülle, übermannt mich ein Gefühl der Zärtlichkeit. Meine Hände greifen nach Noras Kopf, streichen über ihre Wangen.

„Mizzi, ich muss Dir eines sagen: Du bist wunderschön, hast Esprit und bist gleichzeitig auch sexy. Ich wüsste nicht, was es an Dir noch zu verbessern gäbe, Du bist einfach eine Traumfrau."

Und schon küsse ich diese Traumfrau und spüre ihren heißen Atem, der mich immer so antörnt. Doch heute kommt meine Spontaneität nicht so gut rüber.

„Lass uns erst essen und ein wenig in Stimmung kommen", schiebt mich Nora sanft zur Seite und setzt sich an den Tisch. Sie hat bestens indisch gewürzt. Das Essen schmeckt herrlich.

„Wie bist Du mit Deiner Geschichte vorangekommen?"

Ich erzähle vom Staatsschutz, dem Besuch Gahls und ahme seine Sprechweise nach, was Nora zum Lachen bringt.

„Wegen dieser Type hast Du mich versetzt und ich musste auf Dich verzichten", wirft sie mir scheinbar entrüstet vor.

Aber Nora ist natürlich nicht, zumindest nicht mehr verärgert. Es ist eher ein Spiel, das sie mit mir treibt und das bisher immer einen Endpunkt hatte - das Bett.

„Diese Karten aus dem Kaukasus dürften doch längst überholt sein, im Kloster müsste es doch weit interessantere Dinge geben. Haben denn die Zisterzienser nichts hinterlassen?"

Ich zucke mit den Schultern. „Nur eine Münzsammlung und Bücher. Beides holte sich der bayerische Staat, als er das Kloster im Jahr 1803 auflöste und das Ordensvermögen einzog."

„Dann konnte der Orden also gar nichts beiseite schaffen? Die Zisterzienser hatten doch erhebliches Vermögen. Du hast doch herausgefunden, dass der Regensburger Pfarrer, ich glaub Bräu hieß er, mit Schmuck und Edelsteinen handelte. Der Bischof hat ihn töten lassen, um an sein Vermögen zu kommen. Aber das ist verschwunden. Was hältst Du von dem Gedanken, Bräu könnte Gold und Juwelen in einem Kloster versteckt haben?"

Während sie spricht, steht Nora von ihrem Stuhl auf, geht hinter mich und streicht mir ihren Händen über meine Brust. Während ihre Hände weiter nach unten gleiten, flötet sie mir ins Ohr: „Nimm Dir ein Beispiel an mir. Ich finde meinen Schatz immer."

Der kleine Tom hat bestens zugehört und strebt diesen verführerischen Händen entgegen, die bereits den Reißverschluss meiner Hose öffnen.

„Die Weder könnte Dir doch einen Tipp geben. Die kennt die Klosteranlage bestens. Da muss sie doch auf etwas gestoßen sein."

Meine linke Gehirnhälfte lässt einen Zwischenruf los: „Nicht zu viel reden, behalte die Geheimnisse für Dich."

„Halt's Maul, jetzt bin ich dran" bügelt der kleine Tom diesen rationalen Einwand aber sofort ab.

„Wo könnte Deiner Meinung nach der Schatz von Michael Bräu versteckt sein – in Regensburg, auf der Burghauser Burg, im Kloster Raitenhaslach oder ganz wo anders?"

„O Mizzi, Deine Lippen. Könnten wir nicht später darüber reden", antwortet meine rechte Gehirnhälfte, die jetzt völlig unter Hormoneinfluss Tom steht.

Nora ist inzwischen auf die Knie gegangen, blickt mich mit großen Augen von unten her an: „Ich mach Dir einen anderen Vorschlag. Wir führen erst unsere Unterhaltung zu Ende. Ich bin doch so neugierig, das musst Du verstehen. Die Belohnung gibt es hinterher."

In meinem Kopf feuern die Neuronen aus allen möglichen Richtungen, die Nervenbahnen glühen. Eine Abwägung in Ruhe ist nicht mehr möglich, die Entscheidung angesichts des Hormondrucks ohnehin längst gefallen.

„Ein Versteck in der Burg hat den Nachteil, dass der Herzog oder ein hoher Bediensteter Bescheid wissen müssten und ihren Anteil fordern würden. Außerdem sind einzelne Menschen unsichere Kandidaten. Eine verschworene Gemeinschaft wie ein Orden ist weit besser geeignet, Wertvolles sicher für den Eigentümer zu verwahren."

Die Tempelritter verschweige ich besser, geht es mir durch den Kopf. Nora scheint meine Gedanken zu erraten, hat vielleicht auch gemerkt, wie ich zuletzt ruhiger gesprochen habe. Sie blickt mich liebevoll an, fordert mich auf: „Erzähl mir alles."

Parallel zu den Bewegungen ihrer Zunge verflüchtigen sich Einwände in meinem Kopf und mein Mund beginnt ungesteuert zu lallen: „Wir haben weiteren Aspekt - Ritter des Tempels von Jerusalem kooperierten mit Zisterziensern - der französische König zerschlug Orden wollte sich der Ordensschätze bemächtigen – aber Templer nahmen Geheimnis mit ins Grab."

„Und Du glaubst, davon könnte es noch etwas geben?"

„Aber ja doch Mizzi."

Nach der Vorspeise geht es im Bett weiter. Hier wartet das Hauptgericht in Form eines lasziven Körpers, der sich mir beinahe schon wie gewohnt entgegenreckt. Und doch ist heute etwas anders. Vielleicht ist es, weil die erste Leidenschaft schon abgebaut ist, vielleicht bin ich abgespannter als ich dachte. Noras Haut, die sonst immer so verführerisch duftet, riecht heute nicht nach Veilchen und Vanille, sondern ganz banal nach Haut. Und bei Noras Bewegungen vermisse ich das impulsive Moment. Es ist eher so, als würden wir beide methodisch etwas abarbeiten, was gar nichts mit Arbeit zu tun hat, sondern Lust sein sollte.

„Die Mizzi ist heute nicht so ganz bei der Sache", meldet mir die rechte Gehirnhälfte. Willst Du etwas Wein haben Mizzi, ich bring Dir auch einige Trauben mit", sage ich und mach mich auf den Weg zum Tisch, wo die Reste des Abendessens noch auf ihre Bestimmung warten.

Nora genießt es, von mir verwöhnt zu werden. Lustvoll nimmt ihr Mund die Beeren auf. Wenn die roten Lippen danach greifen, zucke ich gern einen Moment zurück, dann schnappt sie zu. Es ist ein kleines Spiel, das wir zelebrieren.

„Saug an meinen Brüsten", fordert mich Nora abrupt auf. Natürlich gehorche ich meiner Geliebten. Ihr Atem wird schneller, sie kommt erneut in Fahrt und blickt mich sehnsüchtig an.

Aber bei mir herrscht Sendepause. „Bin müde", meldet der kleine Tom. „Reiß dich am Riemen, Dir kann doch sonst ein Menü nie genug der Gänge haben", antwortet ihm meine linke Gehirnhälfte und fordert entsprechendes Stehvermögen ein. Aber es ist wie verhext. Der kleine Tom hört nicht und geht in Liegestreik.

„Ich hatte einen harten Tag heute, bin etwas müde und mach uns besser einen Espresso", sage ich deshalb zu Nora und verlasse erneut das Bett Richtung Küche.

„Ich will heute keinen mehr, bring mir lieber noch ein Glas Wein" ruft sie mir hinterher. Nora hat sich aufgerichtet, lehnt jetzt mit dem Rücken an der Wand. Sie nimmt einen Schluck Wein.

Dann fragt sie: „Du erwähntest dieses Schriftstück von Bräu. Was steht auf ihm?"

„Nur unverständliches Zeug, das Original hat ohnehin der Einbrecher mitgenommen, der meine Wohnung verwüstet hat", antworte ich und nippe an meinem Espresso.

Dafür hat Nora eine Neuigkeit: „Ich habe Deinen Freund Mathe für unsere Galerie engagiert. Für die nächste Ausstellung in London ist es zwar schon zu spät. Aber wir planen dort eine weitere, da ist er mit dabei. Das dürfte seinen Marktwert enorm heben. Du solltest noch schnell ein Bild bei ihm kaufen."

Nora ist jetzt beim Thema Kunst gelandet. Trotz Espresso bin ich müde, vielleicht holt mich eine verspätete Grippe ein, geht es mir durch den Kopf. Nora spricht von Bildern und ihren Farbenmustern. Zunächst folgen ihr meine Gedanken noch gut, dann vermehren sich in meinem Gehirn die Muster und Motive der beschriebenen Bilder kaleidoskopartig und gehen nach und nach in ein herrliches Flimmern über. Neben Nora einzuschlafen, kann so selig sein.

Dann klingelt es plötzlich, schlaftrunken greife ich nach meinem Handy. Ich höre die Stimme von Eva. Sie wirkt nervös und aufgeregt.

„Was ist denn los, hat es nicht Zeit bis morgen?" frage ich.

„Ich hab mir bei der Polizei das Video des Überfalls angesehen. Ich hab ihn sofort erkannt. Der Mann, der Dich durchsucht hat, Du weißt schon, der mit den gelackten Schuhen. Der war auch in Rom und ich bin mir jetzt sicher: Das ist der gleiche Typ, der mich schon vorher beobachtet hat, als ich zu Deiner Wohnung gefahren bin. Ich hab mich an mein Wort gehalten und der Polizei noch nichts davon gesagt."

„Danke Eva für die Nachricht. Ich melde mich bei Dir."

Von dem Gespräch ist auch Nora wach geworden. „Wer war das?" fragt sie. „So eine nervige Person, die unbedingt will, dass ich ein Porträt über sie schreibe."

Kapitel 27

Am Kamin beim Führer-Benz

„Die Leute lieben halt das Makabre, den Grusel“, sagt Heiner Bliek und nimmt ein langes Schwert in die Hand, damit ich ihn mit der Klinge fotografieren kann. Hexenturm und Folterkammer der Burg sind frisch restauriert, das Gruselkabinett ist bei Besuchern sehr gefragt.

„Wir hoffen, mit dieser Auffrischung noch mehr Gäste zu bekommen“, sagt der Burgkastellan und lächelt in die Kamera. „Dieses Richtschwert ist eines der letzten, die hier benutzt wurden, darum ist es auch noch ziemlich gut erhalten“, erläutert der Herr über die einstigen Richtwerkzeuge und fügt hinzu: „Das traf eigentlich nur Verbrecher, an Hexen glaubten Georg der Reiche und seine Hedwig offenbar selbst nicht. Auch nach ihrem Tod blieb dieser Geist der Toleranz, Hexenprozesse waren hier die absolute Ausnahme.

Nach den Fotos und einem kurzen Interview bedeutet mir Heiner: „Ich muss Dir noch was zeigen“ und stapft los. Ich hinterher.

Neugierig frage ich sofort nach: „Weißt Du Neues über das Skelett in der Burg.“

„Ach das“, blickt er mich etwas verdutzt an, hat mit der Frage offenbar nicht gerechnet. Wir gehen in seine Wohnung, Heiner bedeutet mir Platz zu nehmen und verschwindet für einen Moment in einem Nebenraum. Mit einem gilbweißen Stück Stoff in der Hand kehrt er zurück.

„Das ist der Stoff, der neben dem Skelett lag. Ich hab mir das Tuch noch einmal genau angesehen, die Fasern unter einem Mikroskop betrachtet. Nimm das Stück in die Hand, aber sei vorsichtig, die Fasern sind altersbedingt sehr brüchig“, fordert mich Bliek auf. Ich greife vorsichtig danach, streiche mit den Fingern darüber. „Nimm das Tuch zwischen zwei Finger.“ Ich mache das. „Fällt Dir was auf?“ fragt Bliek.

„Das ist kein feines Tuch“, antworte ich.

„Eben“, meint Bliek und macht ein enttäuschtes Gesicht. „Ich war schon sicher, die Sage mit dem eingemauerten Koch hat einen realen Hintergrund und wir sind auf das Skelett des Liebhabers der Herzogin gestoßen. Nun bin ich kein Fachmann, aber eines erscheint mir schon klar. Aus so einem Stoff schneidert man keine Kochhaube. Die müsste aus feinerem, leichteren Gewebe sein.“

„Was kann es dann Deiner Ansicht nach sein?“ will ich wissen.

Bliek hebt beide Hände hoch, rudert etwas durch die Luft.

„Ich weiß es nicht. Es könnte Teil des Obergewands oder der Mantel eines Ritters sein.“

„Eines Zisterziensers oder eines Tempelritters?“

„Möglich aber doch eher unwahrscheinlich. Die Zisterzienser trugen eigentlich schwarze Kleidung, weiße Mäntel waren den Ordensoberen vorbehalten. Gleiches gilt für Ordensritter und Templer. Vor allem hatten diese schwarze oder rote Kreuze auf ihrer Kleidung. Davon ist nichts zu erkennen. Und ich frage mich: Warum lag bei dem Skelett nur dieser Teil. Ein Mantel wäre größer, das gesamte Ordensgewand noch um einiges mehr. Wir sollten besser nicht zu viel hineininterpretieren. Es gibt viele andere Möglichkeiten. Vielleicht wurde die Leiche einfach nur mit einem Tuch bedeckt.“

„Dann wäre der Stoff aber durch die Verwesung zumindest verfärbt oder gar zersetzt. Das sieht aber nicht danach aus“, entgegne ich.

„Da hast Du Recht“, meint Bliek, kratzt sich am Ohr und gesteht: „Ich kann es mir nicht erklären, ich hatte doch so gehofft, eine Bestätigung für die Sage des eingemauerten Kochs zu finden. Aber danach sieht es eher nicht aus.“

„Heiner, was denkst Du: Kann es auf der Burg noch weitere verborgene Räume geben, sagen wir eine Art Versteck?“

Mit der Frage habe ich Bliek erneut überrascht. Er antwortet nicht sofort, steht von seinem Stuhl auf, geht ein paar Schritte, denkt nach und meint dann:

„Denkbar ist das schon, die Burg ist groß. Aber ich halte das für unwahrscheinlich. Der Bereich, in dem wir das Skelett gefunden haben, ist meines Wissens der einzige unberührte Teil der Burg. Deshalb haben wir ja genau dort nachgesehen und auch etwas gefunden. Die übrigen Räume wurden im Lauf der letzten Jahrhunderte immer wieder verändert. Im 19. Jahrhundert war hier eine Garnison bayerischer Soldaten einquartiert. Die haben hier ganz schön umgebaut. Rücksichtnahme auf historische Gegebenheiten oder gar Denkmalschutz waren damals noch kein Thema, es wurde gemacht was nützlich und zweckmäßig war. Bei diesen Umbauarbeiten wären verborgene Zimmer oder anderweitige Verstecke auf jeden Fall entdeckt worden."

Für Heiner Bliek scheint damit der Punkt abgearbeitet. Jedenfalls hört er auf, nervös rumzulaufen und setzt sich wieder auf seinen Stuhl.

„Willst ein Bier", fragt er mich abrupt und macht sich schon auf den Weg ohne eine Antwort abzuwarten.

„Nur einen Schluck, ich muss ja noch einiges schreiben", antworte ich.

Aber das hört Heiner nicht mehr. Er kehrt mit zwei Flaschen zurück, köpft sie und drückt mir eine in die Hand. „Du hast mich ein wenig überfahren mit Deinen Fragen nach dem Skelett und dem Tuch", sagt er dann und fährt fort: „Ich möchte Dir etwas ganz anderes zeigen."

„Und was ist das?"

Bliek antwortet zunächst nicht darauf, will es offenbar spannend machen. Dann zieht er eine Speicherkarte aus seiner Hosentasche und legt sie ganz bedächtig auf den Tisch.

„Was ist da drauf?" frage ich.

„Jetzt nimmt Blieks Gesicht einen triumphierenden Ausdruck an, strahlt diese Form von Überlegenheit aus, die dem anderen signalisieren soll – ich bin von uns beiden der Schlauere. Um diesen Moment auskosten zu können, holt Bliek erst einmal aus und kommt nach und nach erst zum entscheidenden Punkt.

„Du erinnerst Dich doch an die Karten aus dem Kaukasus, die im Kamin des Prälatenstocks lagen. Marlis Weder hat sie mir ausgehändigt, weil sie einmal mein Urteil über deren Bedeutung haben wollte und zum anderen gab sie mir den Auftrag auszulosten, ob dafür jemand etwas bezahlen würde. Dabei dachte sie in erster Linie an Dich. Dass diese Unterlagen für die heutige Zeit noch von Relevanz sein könnten, kam ihr nicht in den Sinn."

Bliek macht erneut eine Pause, genießt es derjenige zu sein der bestimmt, wie es weitergeht.

„Der Staatsschutz hat Weder die Unterlagen abgekauft. 2000 Euro hat sie dafür bekommen, das ist doch viel für so vergilbte Blätter", verrät Bliek und fährt mit einem Lächeln fort.

„In ihrem Auftrag habe ich die Karten abfotografiert und ihr die Fotos überlassen. Sie hat sich wohl gedacht, mit dem Material vielleicht weitere Interessenten gewinnbringend bedienen zu können."

„Und was ist dann auf diesem Chip?" will ich wissen.

„Natürlich hab ich mir selbst davon ebenfalls Kopien gemacht und eine davon sollst Du haben. Das ist sozusagen ein Dienst in alter Freundschaft. Ich will von Dir kein Geld dafür. Vielleicht brauche ich anderweitig einmal Hilfe. Dann wäre es gut, Deine Unterstützung zu bekommen. Und eines muss auch klar sein. Du gibst mir Dein Ehrenwort, die Bilder nicht für einen Verkauf oder anderweitig gewinnbringend zu nutzen. Ich selbst werde das auch nicht tun, das sollten wir Marlis Weder überlassen. Doch Du kannst eine Geschichte daraus machen. Dass ich Dir die Bilder geliefert habe, muss dabei unser Geheimnis bleiben. Offiziell will ich damit nichts zu tun haben."

Ich bin erst einmal sprachlos. Wer nahezu immer nur mit Menschen zu tun hat, denen es um ein Geschäft oder einen sonstigen Vorteil geht, vergisst leicht, dass es auch noch andere gibt, die große schweigende Mehrheit, die Menschen, die sich bei ihrem Handeln noch von Moral und Gewissen leiten lassen.

„Heiner ich danke Dir und verspreche Dir gern, dass ich die Bilder nicht für irgendein Geschäft verwenden werde. Wenn Du wieder mal eine Mauer aufbrechen willst, kannst Du ebenfalls auf mich zählen. Vielleicht liegt ja noch irgendwo ein Skelett in der Burg."

Bliek grinst für einen Moment, so dass sein Goldzahn zum Vorschein kommt.

Im nächsten Moment aber ist er wieder ernst und meint: „Du solltest wegen des Kartenfundes auf alle Fälle noch einmal mit Marlis Weder sprechen. Ich kann das gern vermitteln. Möglicherweise erzählt sie Dir doch noch einiges, jetzt wo sie ja bereits Geld für die Karten bekommen hat."

Einige Tage später ist dieser Termin. Einige Stunden zuvor bekomme ich in der Redaktion einen Anruf aus Berlin. An der anderen Leitung ist ein Herr Dimitri. Er sei Geschäftsmann und habe von einem Fund alter Karten aus dem Kaukasus erfahren. Daran sei er sehr interessiert und auch bereit, dafür etwas zu bezahlen.

„Ich bin Journalist und handle nicht mit Informationen, ich nutze sie, um zu informieren“, antworte ich diesem Dimitri.

Er spricht höflich, langsam und in sehr gutem Deutsch. „Nennen Sie mir einen Preis“, fordert er mich auf.

„Ich handle nicht, es gibt keinen Preis.“

„Schade, dass wir nicht ins Geschäft kommen. Vielleicht melde ich mich wieder. Sie können sich das ja nochmals in Ruhe überlegen.“

Marlis Weder hat den schweren Eichentisch mit einer blütenweißen Tischdecke versehen. Sie muss Heiner wohl sehr schätzen. In einer Schale liegt Gebäck, Marlis Weder serviert uns dazu Schwarztee, dem sie mit Ingwerstücken eine ganz eigene Note gibt. Die schweren Vorhänge und die Stuckdecke verleihen dem Raum etwas Majestätisches. An den Wänden hängen Gemälde aus der Barockzeit. Daneben befinden sich große Glasvitrinen, in denen verschiedenes Porzellan lagert.

„Eine kleine Brauerei wie diese kann mit den Großen der Branche nicht mehr mithalten. Die Braufamilie hat die Produktion schon vor Jahren eingestellt. Brauereien waren einmal das Rückgrat der bayerischen Wirtschaft. Heute dagegen kann ein kleines Unternehmen nicht mehr rentabel arbeiten“, leitet Marlis Weder das Gespräch ein.

Sie hat ihre Haare penibel zu einer Steckfrisur gebunden, trägt ein wärmendes Nerz-Bolero. Sie schenkt mir Tee ein. Obwohl es schon frühsommerlich warm ist, dringt von dieser Wärme kaum etwas durch die mächtigen Mauern des Gebäudes. Der steinerne Kachelofen im Raum ist nicht beheizt, es ist kalt hier drinnen. Ich friere ein wenig, trinke umso lieber den heißen Tee.

Wir haben verabredet: Weil Heiner den besseren Draht zu der Dame hat, soll vor allem er sprechen. Bei mir würde Weder sicher gleich abblocken. Dann das Unerwartete. Sie selbst spricht ohne Umschweife gleich die Karten aus dem Kaukasus an.

„Ausgerechnet im Dachstuhl etwas zu finden, damit hatte ich überhaupt nicht gerechnet. Meine Herren, Sie müssen wissen: Dieses Klostergebäude war im Zweiten Weltkrieg voll mit Kunstschätzen und Dokumenten. Um Wertvolles vor der Zerstörung durch die Bomber der Engländer und Amerikaner zu schützen, wurden die Museen in den Städten leergeräumt. Die kostbare Fracht landete zum Teil in Bunkern und alten Bergwerken wie in Berchtesgaden. Vieles Weitere wurde auf Gebäude wie dieses hier verteilt, die der Reichsregierung als sicher erschienen, weil sie weitab lagen und keinerlei strategische Bedeutung besaßen. Die SS hatte während des Krieges hier das Sagen. Räume wurden beschlagnahmt und mit Kisten vollgestellt. Und es gab hier auch eine Wachmannschaft, die das Eingelagerte hütete. Dabei ging es um Räume vor allem im Erdgeschoss, wie auch darüber. Aber den Dachstuhl hat die SS freigehalten, der blieb für die Bewohner frei zugänglich. Deshalb verwundert es mich, dass wir gerade dort fündig geworden sind."

Heiner unterbricht Marlis Weder, leider: „Das mit den Einlagerungen wusste ich schon, aber dass das in so großem Umfang erfolgte, war mir nicht bekannt. Das wär doch auch einmal eine Geschichte für die Zeitung", sagt Heiner und wechselt den Blick von Marlis Weder zu mir.

„Dieses Plappermaul", denkt meine linke Gehirnhälfte und die rechte ergänzt: „Die Frau hat ja ein Bedürfnis zu reden, was muss da Heiner störend dazwischenfunken." Ich versuche, ein möglichst liebenswürdiges Gesicht zu machen und wende mich Marlis Weder zu.

„Lassen Sie mich erst einmal eines sagen – Ihr Tee ist ein Gedicht. Ich hoffe, Sie verraten mir die Zubereitung." Ein Lächeln gleitet über das Gesicht der alten Dame und ich fahre fort: „Ich bitte Sie zugleich um ein offenes Gespräch und versichere Ihnen, eine eventuelle Veröffentlichung mit Ihnen abzusprechen. Ohne Ihr Einverständnis dringt nichts von dem, was wir hier sprechen, aus diesem Raum. Haben Sie Vertrauen zu mir."

„Sie wollen offen reden", nimmt Marlis Weder meine Worte auf. „Ich bin gerne offen und sage Ihnen auch: Ich kann Ihnen die im Kamin gefundenen Karten aus dem Kaukasus nicht mehr geben. Die sind jetzt in der Obhut des deutschen Staates und ich habe den Beamten versprochen, mein Wissen in dieser Sache nicht preiszugeben. An dieses Wort fühle ich mich gebunden. Aber ich kann natürlich auch Sie verstehen. Sie sind Journalist und von Berufs wegen neugierig. Was die Karten betrifft, so stehe ich im Wort. Aber Sie sind mir sympathisch, ich möchte Sie gern ein bisschen entschädigen. Es gibt vieles Weitere in diesem Haus, das für Sie von Interesse sein könnte und darüber kann ich reden."

Ich nehme einen Schluck Tee, setze ein Lächeln auf und antworte Marlis Weder.

„Ich bitte Sie darum." Dann wende ich mich kurz Heiner zu und blicke ihn scharf an, worauf er kurz mit den Augen zuckt. Ich hoffe, er hat verstanden.

Marlis Weder scheint das Gespräch zu genießen. Sie lehnt sich in ihrem Sessel zurück und holt aus: „In diesen Räumen lebt noch immer der Geist der Zisterzienser. Ein gottgefälliges Leben war ihr Ziel. Dazu bedurfte es des Glaubens und der Arbeit. Die Mönche waren fleißig und immer der Überzeugung, das Richtige zu tun. Die Brauereifamilie als Nachfolger hat diese Philosophie übernommen und fast 200 Jahre hier Bier gebraut in dem Bewusstsein, dem Land und seinen Menschen zu dienen. Dann setzte der Verdrängungswettbewerb ein, eine einst bestens laufende Branche wurde niedergemacht. Controller übernahmen das Ruder unserer Wirtschaft, Menschen sind zu Zahlen geworden in Bilanzen, deren Gewinne immer höher werden müssen. Lassen Sie es mich mit einem Bild beschreiben. Es gab bisher viele Haufen mit Reichtum im Land. Diese Haufen werden nun immer weniger. Dafür werden die verbliebenen immer größer. Und am Ende wird es dann gewaltig krachen."

Heiner will etwas sagen, öffnet schon seinen Mund. Ich blicke ihn streng an und tatsächlich – er schweigt.

Zum Glück, denn Marlis Weder macht den erwarteten Schwenker. „Meine Herren, ich will sie nicht länger langweilen mit meiner Sichtweise, Sie wollen ja mehr über das Gebäude und seine Funktion erfahren. Als die Amerikaner bei Kriegsende einmarschierten, verließen die Wachmannschaften fluchtartig das Gebäude und machten sich auf den Weg zur Alpenfestung in der wahnwitzigen Vorstellung, das Dritte Reich hätte tatsächlich eine Festung in den Bergen eingerichtet, die den Amis hätte standhalten können. Fast alle eingelagerten Kunstschätze ließ die SS zurück. Der alte Bräu ging den Panzern der Amis entgegen, mit einem Kasten Bier in den Händen. Die GI's freuten sich über diese feuchtfröhliche Begrüßung. Den Kampftruppen folgten weitere Soldaten, die sich dann auch um die eingelagerte Kunst kümmerten. Dass sie penibel alles einpackten und abtransportierten, das will ich gar nicht kritisieren. Sie waren die Sieger und sie entschieden nun über die Wertgegenstände. Aber die Amerikaner unterschieden nicht immer zwischen dem Eingelagerten und dem Eigentum der Bewohner. Kurz und knapp auf einen Nenner gebracht: Sie klauten wie die Raben. Keine der alten Uhren in diesem Gebäude war sicher vor ihnen, und auch Bilder und sogar Möbel nahmen sie weg. Die Befreiung von den Nazis hatten sich die Deutschen anders vorgestellt. Vom Besatzer zum Beschützer wurden die Amis erst, als der Kalte Krieg heraufzog und sie uns Deutsche als Verbündete brauchten."

Marlis Weder wendet sich mir zu und spricht weiter: „Nebenbei bemerkt: Was Sie als Journalist besonders interessieren dürfte. Auch eines von Hitlers Autos verschwand in diesen Wirren der ersten Nachkriegstage spurlos. Der schwarze Benz stand in der inzwischen abgerissenen Hütte hinter der Gaststätte immer in Bereitschaft. Denn der Diktator reiste öfter mit dem Flieger hierher und ließ sich dann mit dem Wagen zu seiner Privatresidenz auf den Obersalzberg fahren."

Plötzlich ein schriller Ton. Ein Telefon läutet. Jetzt sehe ich es. Es steht auf einem Nebentisch, ein Gerät aus grünem Kunststoff, das so gar nicht in dieses altehrwürdige Ambiente passen will. Marlis Weder wirkt etwas irritiert.

„Entschuldigen Sie, wir haben hier leider nur Festnetz. Ich hüte keine Geheimnisse, Sie können ruhig sitzen bleiben, während ich rangehe." Weder nimmt den Hörer ab.

„Meine Tochter Renate ist dran. Was ein Gespräch aus Berlin, das Du weiterleitest."

Kleine Pause.

„Wie? Wer sind Sie? Warten Sie. Ich schreib es mir auf. Also Dimitri Rotmistrow. Und was wollen Sie von mir, Herr Rotmistrow. Ach ich verstehe. Sie wollen diese Karten. Da sind Sie nicht allein. Ich habe die Karten nicht mehr. Die sind in den Händen des deutschen Staates."

Kleine Pause.

„Ob ich Ihnen trotzdem helfen kann. Ich habe leider nichts mehr und werde auch zu den Umständen des Fundes nichts sagen. Da stehe ich im Wort. Nein, es hat wenig Sinn, wenn Sie mich besuchen. Aber ich gebe Ihnen gerne eine Telefonnummer. Der Herr heißt Gahl. Reiner Gahl. Er wird Ihnen sicher weiterhelfen. Mehr kann ich leider nicht für Sie tun. Auf Wiederhören, Herr Rotmistrow."

Dieser blöde Dimitri, geht es mir durch den Kopf. Marlis Weder war in so schöner Erzähllaune, alles lief bestens und dann funkt dieser Anruf dazwischen. Es dauert auch geraume Zeit, bis Marlis Weder wieder zur Ruhe gekommen ist. Der Anruf hat sie offenbar mehr verunsichert, als sie zugeben will.

„Ich bin doch eine Patriotin", sagt sie in einem Ton, als müsse sie sich für ihre Entscheidung rechtfertigen.

Deshalb lenke ich das Thema zurück auf das einstige Kloster, spreche über die Zisterzienser und ihre Teichwirtschaft, mit der sie den Grundstein für Fischzucht legten. Und damit gelingt es mir tatsächlich, Marlis Weder wieder in die richtige Spur zu hieven und das Gespräch in die von mir gewünschte Richtung zu drehen.

„Die Klosterteiche sind noch heute in Betrieb, die Fische daraus schmecken exzellent", nimmt sie diesen Faden auf und leitet dann über zum Prälatenstock, in dessen Rotem Salon wir gerade sitzen. „Die Stadt wird hier einiges Geld investieren müssen. Die Substanz des Gebäudes ist noch immer hervorragend, das Gebäude ist weit mehr wert als bei der Versteigerung erzielt worden ist."

Hier hake ich ein: „Es ist in der Tat riesig. Was ist mit den vielen unbewohnten Räumen? Könnte es in diesen noch weitere Verstecke geben? Und darf ich gleich noch eine Bitte anfügen. Zeigen Sie uns im Anschluss an unser Gespräch den Fundort im Kamin?"

Marlis Weder lehnt sich in ihrem Sessel zurück, atmet ruhig durch. Sie scheint diesen Moment zu genießen, dieses Gefühl, wichtig zu sein und gebraucht zu werden.

„Als vor 200 Jahren der Staat den Orden enteignete, wurde ja bereits alles detailliert geprüft. Der Staat transportierte die Münzsammlung, Bücher und einige herausragende Kunstwerke ab. Darunter waren wertvolle mit Granaten und Smaragden geschmückte Messgewänder. Der Rest und damit auch das gesamte Mobiliar wurde an einen Bierbrauer verkauft – mit einer Einschränkung: Der letzte Abt des Klosters war Ausanias Detterle. Als der Staat 1803 das Kloster auflöste, war das für ihn ein tiefer Schlag. Während die wenigen übrigen Mönche auf andere Klöster verteilt wurden oder zu Ortspfarrern mutierten, wollte Ausanias unbedingt an dem von ihm so geliebten Ort bleiben. Er hatte trotz Armutsgelübde offensichtlich auch persönlich Geld und kaufte dem Staat einen kleinen Teil, das Abteistöckl, ab, in dem er dann seinen Lebensabend verbrachte. Vermutlich hoffte Detterle inständig, die Zeiten könnten sich wieder ändern und der Orden sein Vermögen und damit das Kloster zurückerhalten. Doch daraus wurde nichts. 16 Jahre später starb der letzte Abt an einem Schlaganfall."

Erneut schiebe ich meine Frage nach möglichen Verstecken ein. Marlis Weder blickt mich ganz gelassen an.

„Beim Auszug haben die bisherigen Eigentümer mit Sicherheit alles durchforstet. In den von ihnen bewohnten Zimmern wie auch in den großen weiteren Räumen rechne ich mit keinerlei Funden mehr. Anders könnte das im Erdgeschoss sein. Die Mönche haben einst eine Art Entwässerungssystem eingebaut. Das wird im Zusammenhang mit der Restaurierung und einem später möglichen Umbau sicher detailliert untersucht. Gleiches gilt für die übrigen Bereiche. Etwaige Verstecke kommen spätestens dann mit Sicherheit ans Tageslicht. Warten wir ab, dann wissen wir mehr. Aber ich muss Ihnen jetzt unbedingt die Kamine zeigen."

Wir verlassen den Roten Salon und folgen Marlis Weder nach oben. Eine gigantische Balkenkonstruktion überspannt hier das Mauerwerk. Von außen sieht man nichts davon, da treten nur die Kaminaufbauten aus dem Dach in Augenschein. Unter den Dachziegeln aber liegt ein Gewirr an Quer- und Längsbalken und dazwischen immer wieder Mauerwerk, das in alle möglichen Richtungen und scheinbar chaotisch verläuft.

Doch Marlis Weder erläutert: „Dahinter verbirgt sich praktische Genialität. Die Mönche konnten durch solche Mauerzüge überall dort Öfen platzieren, wo es ihnen beliebte, das erhöhte die Lebensqualität enorm. Und zugleich konnte damit der Anspruch gewahrt werden, ein in der Außensicht harmonisches und symmetrisches Gebäude zu schaffen. Sie stehen hier vor einer technischen Meisterleistung des Barock."

Schon führt uns Weder zur Fundstelle. Die sieht unscheinbar aus. Die Öffnung ist vom Boden aus nicht zu sehen. Erst als ich eine Leiter nehme und hochsteige, kann ich das Loch im Mauerwerk erkennen und hineingreifen. Marlis Weder hat nichts dagegen, dass ich meine Kamera auspacke und einige Bilder vom Fundort mache. Viel sagen sie allerdings nicht aus. Es ist im Grunde nur ein schwarzes Loch. Und schon muss ich an meinen Freund Frank Kreiker denken, für den diese Fundstelle wieder Anstoß zu einem weiteren seiner geistigen Höhenflüge wäre – oder doch nicht: Die schwarzen Löcher im Kosmos kennt er ja bestens. Doch dieses Gewirr an Balken und ihre aufwändigen Verzapfungen könnte Inspiration sein, das menschliche Gehirn zu analysieren – mit seinen Abermilliarden Nervenzellen und ihren ebenso vielen Verbindungen, die zusammen Schaltmöglichkeiten ergeben, gegen deren Komplexität das Weltall zu einer überschaubaren Größe wird.

Heiner Bliek reißt mich aus meinen Gedanken: „Komm runter von der Leiter, ich will mir das auch noch einmal ansehen."

Kapitel 28

Das Gerüst für den Krimi

Schon wieder diese Klosteranlage. Ich fahre bei durchwachsenem Wetter mit gemischten Gefühlen die paar Kilometer von der Stadt nach Raitenhaslach hinaus. Ganz kurzfristig hat sich ein Filmteam angekündigt und noch kurzfristiger mir, also der Tagespresse, Bescheid gegeben in der Erwartung, dass ich ganz schnell eine Reportage über den Dreh schreibe und damit dazu beitrage, den Film bekannt zu machen. Zum Glück scheint die Sonne nicht, so werden die Fotos dank gleichmäßigem Licht besser. Hab das Skript kurz überflogen und dann rein ins Auto. Eigentlich sind solche Themen dem journalistischen Nachwuchs vorbehalten. Die schreiben sich schnell und einfach, da leicht zu recherchieren, und falsch machen kann man dabei eh nichts. Doch der Volontär ist in Urlaub, und so muss ich eben selbst ran. Also schon wieder der Prälatenstock, und auch Marlis Weder sehe ich nur zwei Tage nach unserem Treffen im Roten Salon wieder, diesmal aber nur aus der Distanz. Sie spricht mit einem Mann vom Film, offenbar dem Regisseur, klärt mit ihm vermutlich ab, wo und wie gedreht werden kann. Als Weder mich wahrnimmt, winkt sie mir kurz zu. Zu mehr hat sie ganz offensichtlich nicht Zeit. Kameraleute, Beleuchter und viele andere wollen mit der Hausverwalterin Fragen abklären.

Da muss ich nicht auch noch hin. Noch dazu, als ich in diesem Augenblick die Schauspielerin Merle Corten entdecke, die es sich in der momentanen Drehpause auf einem Stuhl gemütlich gemacht hat. Corten hat eine Hauptrolle in diesem Krimi übernommen. Sie spielt die junge Ordensschwester Serena. Ein junger Mann liebt sie. Serena steht im Zwiespalt, entscheidet sich am Ende aber für die Liebe. Und damit für den Tod. Denn die Ordensoberin will sie nicht ziehen lassen, aus einem ganz triftigen Grund. Die junge Frau ist Erbin eines

Vermögens, das bei einer Eheschließung für den Orden verloren wäre. Da sei es doch gottgefälliger, wenn die junge Schwester Serena stirbt, bestärken sich die Oberin und ihre rechte Hand – denn dann fällt das Erbe der Ordensgemeinschaft zu und löst ihre Finanzprobleme. Unter einem Vorwand locken sie die junge Frau auf ein Baugerüst und stoßen sie in die Tiefe, wo Serena beim Aufschlagen auf den Boden stirbt.

Noch aber sitzt Merle Corten ganz bequem auf dem Stuhl über diesem Boden und trinkt ein Glas Saft. Ich gehe zu ihr, stelle mich vor und bitte sie um ein paar persönliche Worte. Corten ist offenbar in bester Laune. Bereitwillig gibt sie mir Auskunft, lacht zwischendurch einmal laut auf, als ich ihr einen Schnappschuss zeige, bei dem sie in schwarzer Ordenstracht gerade mutwillig die Augen verdreht.

„Nein, das werde ich nicht drucken", verspreche ich hoch und heilig.

„Dann löschen Sie das Bild gleich", fordert mich Corten auf.

Aber ich schick es Ihnen vorher noch. Vielleicht haben Sie Freunde, die Sie erschrecken wollen", blödle ich.

Wir unterhalten uns bestens, Merle Corten erzählt mir einiges über den Film und warum sie die Rolle übernommen hat. Wir verstehen uns, schwingen sozusagen auf einer Wellenlänge. Schon beginnen die Dreharbeiten. Die paar Fotos, die ich brauche, sind schnell gemacht. Aber ich bleibe noch etwas, sehe zu, wie Merle Corten alias Schwester Serena nach dem Unfalltod ihrer Familie eine neue Gemeinschaft und Halt im Kloster findet. Gleich gibt es eine weitere Drehpause, die ich noch abwarte, weil mich meine rechte Gehirnhälfte auf einen Gedanken gebracht hat.

„Was machen Sie eigentlich nach dem Dreh?" frage ich Merle Corten. Erneut verdreht sie ihre Augen, die einen so weichen Honigton haben und Herzlichkeit ausstrahlen. Aber sie geht tatsächlich auf meinen Vorschlag ein, wir könnten am Abend in Ruhe weiterplaudern über den Film, über die Schauspielerei und alles, was die Welt bewegt.

„Ich hol Sie um 19 Uhr ab und freu mich auf den Abend mit Ihnen." Mit diesen Worten verabschiede ich mich vorerst von dieser charmanten Frau im Nonnengewand.

Der Abend wird sehr schön. Merle Corten ist jetzt völlig ungeschminkt. So gefällt sie mir noch besser, und erst jetzt erkenne ich ihr kräftiges dunkles Haar, das beim Dreh ja unter dem Schleier verborgen war. Beim Inder besteht sie trotz meiner Einladung auf getrennte Rechnung und erzählt mir viel aus dem Innenleben eines Filmteams.

„Stellen Sie sich einen Haufen von Egomanen vor. Aus diesen vielen Steinen ein Mosaik zu machen, das ist die Kunst des Regisseurs. Er muss vor allem ein guter Psychologe sein. Für mich ist diese Arbeit gerade deshalb so aufregend und erfüllend. Denn Du brauchst all diese Selbstdarsteller, um Spannung aufzubauen, Spannung zwischen den Menschen, die sie zur Höchstleistung bringt. Nur so entsteht ein guter Film, wir brauchen dieses kreative Chaos."

Merle Corten ist zudem begeistert von diesem Drehort.

„Frau Weder hat uns durch das Gebäude geführt. Das war schon beeindruckend. Vor allem die Deckenfresken im großen Saal finde ich faszinierend. Die vier Elemente Erde, Wasser, Feuer und Licht sind hier mit einer bildhaften Eindringlichkeit gezeigt, wie es nur das Barock hervorgebracht hat. In drei Tagen wird außen an der Ostseite das Gerüst aufgebaut, von dem Serena - also ich - in die Tiefe gestoßen wird. Aber ich selbst muss nicht springen, das übernimmt ein Stunt – übrigens ein Mann in Nonnentracht. Unser Produzent hat das bestens arrangiert. Denn das Gerüst bleibt hinterher gleich stehen für die dann anlaufende Restaurierung des Gebäudetrakts. So bekommen wir diese Requisite umsonst. Ist doch pfiffig."

Wir reden über die Zisterziensermönche, die einst hier gelebt haben, über das, was Menschen glauben und dann über Religion allgemein. Merle Corten gesteht mir nach dem zweiten Glas Wein und dem Wechsel vom Sie zum Du, keiner Religion anzugehören, aber gleichzeitig ein sehr religiöser Mensch zu sein. Und dann sagt sie abrupt: „Mir gehen die vier Elemente des Deckenfreskos nicht aus dem Kopf. Es ist kurios und eigentlich widersinnig. Aber mich verfolgt das Gefühl, dieser Saal birgt ein für mich schicksalhaftes Geheimnis."

Nach dem Essen beschließen wir, noch ein paar Schritte zu gehen und ich begleite ich Merle Corten die kurze Strecke zu ihrem Hotel. Die am Tage dominierenden Wolken haben sich mittlerweile aufgelöst, die Sterne und ein fast halber Mond erhellen die Nacht.

„Siehst Du dort das Sternbild", sage ich zu Merle und deute mit dem Finger nach Westen. „Das ist der Orionjäger, der den Winter über am Himmel dominiert und nun zunehmend verschwindet und das Zepter an die Sommersternbilder abgibt." Schon zeige ich in die andere Richtung auf das Sternbild Schwan und sage: „Dieser Stern ist einer der größten und zum Glück irr weit weg. In seiner Nähe wird es sehr ungemütlich. Er gibt rund 200000 mal mehr Licht ab als unsere Sonne."

„Ach das wäre doch gar nicht so schlecht, dann bräuchte ich mir keine Gedanken mehr über das Heizen meiner Wohnung zu machen", schmunzelt Merle und ihre Augen strahlen. Am Hoteleingang angekommen verabreden wir, in Kontakt zu bleiben und tauschen Telefonnummern aus.

Zugleich ist mir an dem Abend klar geworden – ich muss unbedingt wieder Nora sehen. Seit Tagen schon versuche ich, sie zu erreichen. Ich weiß ja, dass sie im Moment sehr viel Arbeit hat und unter Stress steht. Ich hab ihr schon halbe Romane auf den Anrufbeantworter gesprochen.

Endlich meldet sie sich: „Hallo, Du hast so viel Liebes in Deinen Anrufen hinterlassen. Aber sei mir nicht böse, bei mir kommt es momentan ganz dicke. Ich muss Dich weiter vertrösten. Ich melde mich, sobald ich wieder etwas freie Luft zum Atmen bekomme. Eine Kollegin ist ausgefallen, und ich muss ihren Part mit übernehmen. Das Blöde daran: Wir machen ja eigentlich nur zeitgenössische Kunst. Aber unsere Chefin hat sich breitschlagen lassen und einer Ausnahme zugestimmt, um eine Ausstellung der Industrie zu ermöglichen. Deren Thema ist religiöse Kunst am Übergang vom Mittelalter zur Neuzeit. Die Kollegin war darin ganz firm. Doch sie hat gekündigt. Und ich muss mich jetzt hier mühsam einarbeiten und die Verträge mit Museen über Leihgaben vorbereiten."

„Ach Mizzi, wenn ich Dir nur irgendwie helfen könnte."

„Das machst Du doch ohnehin. Recherchiere weiter über Deinen Regensburger Pfarrer und melde Dich, wenn es Neues gibt. Auch wenn mir das bei der Ausstellung der Industrie nicht hilft, es interessiert mich. Ich habe Dich lieb. Alle meine Lippen freuen sich schon wieder auf eine Begegnung. Bis bald."

Also wieder einsame Abende. Und Frank ist im Moment schwer beschäftigt, Schokolade und Rotwein bleiben folglich im Schrank. Es kommen auch wieder bessere Zeiten, redet mir die rechte Gehirnhälfte ein und freut sich spontan über eine Botschaft von Merle Corten.

„Natürlich können wir uns nochmals treffen" schreibe ich ihr zurück. So sitzen wir zwei Tage später erneut in einem Lokal. Als sie ihre Jacke ablegt, kommt ein figurbetontes türkisfarbenes Kleid zum Vorschein. Ihr Körper wirkt grazil, sie hat schlanke, feine Hände. Ihre dunklen Locken fallen weich auf ihre Schultern. Als wir zu essen beginnen, kommt sie erneut auf die Klosteranlage zu sprechen.

„Hast Du gewusst, dass dieser herrliche Saal in den vergangenen Jahren vor allem zum Trocknen von Wäsche genutzt wurde? Wenn ich mir vorstelle, die Sicht auf die Fresken war von Hemden und Unterhosen auf einer Wäscheleine verdeckt, dann verstehe ich die Welt nicht mehr", sagt Merle Corten.

„Das ist hier kein Geheimnis", antworte ich „und das war auch gut so. Der Saal wurde nicht wirklich genutzt und vor allem nicht geheizt. Den Fresken des Barockmalers Martin Heigl hat das gut getan. Sie sind noch in sehr gutem Zustand, gerade weil hier über Jahrzehnte nichts geschehen ist, die Bilder im Dornröschenschlaf ruhten."

„In dem Saal hängen aber auch Gemälde. Ich bin in einer Drehpause reingegangen und hab sie mir genauer angesehen. Es sind eigentlich keine religiösen Werke, wie ich zunächst vermutete, sondern Zeugnisse der Selbstinszenierung. Da blicken Bischöfe und Kardinäle einen von oben an, gerade so als müssten sie über den Besucher urteilen."

Merle Corten trinkt keinen Wein, hat sich frisch gepressten Saft kommen lassen. An dem nippt sie, und im gleichen Augenblick geht ein kleiner Ruck durch ihren Körper. Sie stellt das Glas ab.

„Ich muss Dir noch etwas sagen, denn das war eine komische Begegnung. Als ich versonnen in dem Saal stand, trat unvermittelt Marlis Weder ein. Ich war etwas erschrocken, hätte sie wohl besser um Erlaubnis zum Betreten des Saales fragen sollen. Sie warf mir auch sofort einen bösen Blick zu, verkniff sich allerdings eine Bemerkung.

Denn an ihrer Seite war ein elegant gekleideter Herr in ähnlichem Alter wie sie, dem sie ganz offensichtlich zu imponieren suchte. Was mir sofort auffiel – dieser Herr hatte schauspielerisches Geschick. Aber nicht genug für einen Profi wie mich. Ich durchschaute ihn sofort. Seine stahlblauen Augen musterten mich wie ein Scanner und das passte nun überhaupt nicht zu dem gönnerhaften Lächeln, das er mir schenkte. Er wirkte auf mich geradezu unheimlich, verströmte eine kalte Aura. Es ist natürlich ein blöder Vergleich. Aber ich sah mich in diesem Moment wie die Titanic, die geradewegs auf den Eisberg zusteuert."

„Kannst Du den Mann näher beschreiben" frage ich Merle, weil ich bereits einen bösen Verdacht hege. „Er war groß und elegant, dabei aber lässig gekleidet, hatte Stil, sah aus wie ein Geschäftsmann, vielleicht ein Versicherungsmakler oder Mitarbeiter einer Bank."

Jetzt will ich sicher gehen und hole mein Handy raus. Aber verdammt, es ist kein Bild von ihm drauf.

„Merle, ich werde Dir morgen aus der Redaktion ein Foto schicken. Bitte lass mich so schnell wie möglich wissen, ob Du ihn kennst und ob das der Typ ist, der mit Marlis Weder im Klostergebäude war."

„Warum ist das so wichtig für Dich" fragt mich Merle Corten.

Ich blicke in diese warmherzigen Augen. Meine rechte Gehirnhälfte vertraut ihnen und die linke steuert die Erkenntnis bei: Vielleicht kann Dir die Schauspielerin bei der Recherche behilflich sein.

Deshalb antworte ich ihr: „Merle, im Dachboden des Gebäudes wurden eben erst Unterlagen über Bodenschätze im Kaukasus gefunden, die zur Zeit der deutschen Besetzung im Zweiten Weltkrieg angefertigt worden sind. Der Herr könnte daran Interesse haben. Denn wenn es der ist, den ich in Verdacht habe, dann war sein Großvater Kreisleiter der Nazipartei, und in der Klosteranlage wurden Berge von Kunstwerken eingelagert. Die Karten aus dem Kaukasus sind ein Relikt dieser Zeit. Es könnte aber weiteres auftauchen. Die Amerikaner haben vielleicht noch mehr als diese Karten übersehen, als sie nach ihrem Einmarsch das Kloster leerräumten. Der Kreisleiter war mit Sicherheit eingebunden in die Einlagerungen der Kunstwerke, wusste vermutlich sogar detailliert Bescheid. Vielleicht hat er seiner Familie Listen und Hinweise auf besondere Verstecke hinterlassen. Wenn sein Enkel nun bei der Hausverwalterin auftaucht und dieses Gebäude begutachtet, schrillen bei mir die Alarmglocken."

Merle Corten macht große Augen: „Das hört sich ja total spannend an. Leider habe ich ja fast nichts von dem verstanden, was die beiden sprachen. Ich habe nur gehört, wie Frau Weder zu dem Herrn gesagt hat, sie wolle keine Informationen weitergeben. Der sagte dazu nichts. Ich hatte eher den Eindruck, er sei mehr an den Fresken und Gemälden des Saals interessiert. Jedenfalls fragte er nach den Mönchen, ihrem Leben hier und ob es noch Unterlagen zu dem nicht mehr vorhandenen Refektorium gebe. Mehr verstand ich nicht mehr, weil ich den Saal verließ."

Ich kann es nicht glauben.

„Der Mann hat tatsächlich nach den Mönchen gefragt?"

„Ja da bin ich mir ganz sicher", antwortet sie und schüttelt leicht den Kopf, um eine ins Gesicht gefallene Locke wieder in ihre ursprüngliche Position zu bringen.

„Ich bitte Dich noch um eines. Ihr dreht ja den ganzen Tag hier. Wenn Du in den Pausen Zeit und Lust hast, sieh Dich etwas um."

Sie blickt mich fragend auffordernd an. Ich komm nicht umhin, muss ihr wohl oder übel mehr erklären.

„Ich will nicht nur eine Geschichte über die Karten vom Kaukasus schreiben, sondern bin noch an einem anderen Thema dran, das hoch interessant zu werden verspricht. Die Zisterzienser haben bei ihrer Auflösung durch den Staat vor 200 Jahren diesem vielleicht nicht all ihre Kostbarkeiten ausgehändigt. Es könnte noch etwas vorhanden und eventuell im Klostergebäude versteckt sein. Und der feine Herr, der mit Marlis Weder gesprochen hat, könnte ebenso denken. Der Unterschied zwischen uns ist: Ich will einen solchen Fund der Allgemeinheit zur Verfügung stellen und damit zudem unser geschichtliches Wissen erweitern. Dieser Herr dagegen will persönlich abkassieren, sonst nichts. Und das will ich verhindern. Ich erzähle Dir das alles, weil ich hoffe, Du kannst mich unterstützen."

Merle Cortens Augen scheinen noch größer geworden zu sein. Aber sie schmunzelt auch, glaubt vermutlich nicht so recht meinen Worten.

„Das ist ja eine richtige Räubergeschichte, in die ich da hineingerate. Und Du spielst hier den edlen Ritter, der keinerlei Eigeninteresse verfolgt?"

Jetzt beginne auch ich zu schmunzeln: „Nicht ganz. Denn ich hoffe, meinen Lesern einen richtigen Knüller bieten zu können. Und wenn dem so ist, geht die Geschichte dann gewiss durch ganz Deutschland. Und danach hab ich bessere Karten, wenn ich beim Verlag eine Gehaltserhöhung heraushandeln möchte."

„Ach und ich dachte schon, Du bist der selbstlose weiße Ritter im Kampf für Recht und Gerechtigkeit", frotzelt Merle Corten.

Instinktiv frotzle ich zurück, auch im Bewusstsein, dass ich noch einen Trumpf habe.

„Du kennst doch uns Journalisten. Wir sind fast allesamt üble Nassauer. Etwas muss immer rausspringen, so unsere Devise. Und deshalb frage ich Dich: Was bist Du bereit zu geben, wenn ich Dir schon heute den Artikel aushändige, der morgen in der Zeitung steht. Du weißt schon, der über Euren Dreh mit Dir als Schwester Serena." Gleichzeitig greife ich in meine Gesäßtasche, ziehe den zusammengefalteten Ausdruck des Artikels heraus und wedle damit vor ihrer Nase.

„Du willst wohl einen Kuss heraushandeln" kokettiert Merle, fängt zu lachen an und lässt mich wissen: „Nichts da, ich geb Dir höchstens ein Bier aus, mehr nicht."

„Und ich geb Dir den Ausdruck natürlich auch so. Dass ich dafür etwas haben will, war nur ein Scherz.

„Das war mir doch eh klar. Tom Du musst noch einiges lernen. Deine Gesten sind unbeholfen und so offen, Du bist leicht zu durchschauen. Ein bisschen Schauspielunterricht hätte Dir sicher nicht geschadet. Mir fällt da der frühere US-Präsident Ronald Reagan ein, der vorher Schauspieler war und auf die Frage, ob ein Schauspieler als Präsident geeignet sei, trocken konterte, gerade weil er Schauspieler sei, habe er die besten Voraussetzungen für das Weiße Haus.

„Aber Merle, ich will doch anderen Leuten gar nichts vormachen, ich bin wie ich bin."

Kapitel 29

Herrschaftliche Anweisungen

Es läuft gut. Cora hat mir heute vieles von dem lästigen Kleinzeug vom Hals gehalten. Ich konnte zwei Stunden völlig ungestört schreiben und nun ist sie fertig – meine Geschichte über den Kartenfund im Kamin des Prälatenstocks der Klosteranlage. Staatsschutz hin oder her - so etwas muss die Öffentlichkeit einfach erfahren, habe ich mir gesagt. Doch ich stehe gegenüber der Nähmaschine auch im Wort, obwohl ich dem Staatsschutz natürlich keine Spesenrechnung geschickt habe. Mich so billig kaufen zu wollen, das war nicht nur eine Frechheit, sondern es war obendrein auch dumm. Dennoch werde ich Reiner Gahl nun anrufen und ihn wissen lassen, dass ich die Geschichte über die Bodenschätze im Kaukasus mit den im Kamin versteckten Karten bringen werde. Aber es kommt etwas anders. Cora stellt mir ein Gespräch durch und gestikuliert mit den Händen, weil ich ihr ja aufgetragen habe, mich nicht zu stören. Es muss folglich etwas Wichtiges sein.

„Spreche ich mit Herrn Tom Raumoser“, fragt mich eine Männerstimme. „Ja und mit wem habe ich das Vergnügen?“, frage ich zurück.

„Ein Vergnügen wird es für Sie nicht sein. Hier ist Hans Glober im Namen der Bundesregierung. Sie unterlaufen die Bemühungen des deutschen Staates. Was um alles in der Welt hat Sie bewogen, Fotos von den Karten weiterzugeben?“

Ich bin perplex. „Ich habe nichts weitergegeben, aber es ist gut, dass Sie anrufen. Ich habe mich entschlossen, über den Fund zu berichten. Die Geschichte ist fertig. Das teile ich Ihnen auch nur deshalb mit, weil ich Ihrem Mitarbeiter Herrn Gahl versprochen habe, ihn vor einer Veröffentlichung zu informieren.“

Ich kann nicht weitersprechen, Glober fällt mir ins Wort und seine Stimme wird lauter: „Das haben Sie sich ja schlau einfallen lassen.

Ausgerechnet den Russen dieses Material zu überlassen. Wie viel hat Ihnen die russische Botschaft bezahlt? Was fällt Ihnen ein, die Interessen des deutschen Staates so zu durchkreuzen. Wir werden für diese Karten jetzt nichts mehr bekommen. Aber eines verspreche ich Dir Freundchen, das wird Dich teuer zu stehen kommen."

Als Glober so lospoltert, löst das bei mir eine Art Déjà-vue-Erlebnis aus. Genau wie unser Chef Schuster, denke ich mir. Der duzt auch gern Mitarbeiter, um sie niederzumachen. Die Chefs sind zwar nicht überall die gleichen, aber ihre Methoden gleichen sich. Deshalb falle ich diesem Mann ins Wort.

„Herr Glober, können wir vernünftig miteinander umgehen und lassen Sie dieses herrschaftliche Duzen und falls es anders gedacht war: Meine Freunde suche ich mir gern selber aus."

Ruhe in der Leitung. So was hat der Mann offenbar noch nicht oder schon lange nicht mehr gehört. Die gespenstische Stille dauert allenfalls zwei oder drei Sekunden. Dann hat sich mein Gegenüber wieder gefangen, reduziert seine Lautstärke.

„Herr Gahl hat Sie doch explizit wissen lassen, dass der deutsche Staat dieses Material für Verhandlungen mit Russland benutzen will. Die Russen haben großes Interesse, ein Mitglied der Botschaft hat sich schon bei Herrn Gahl gemeldet. Und nun diese Pleite. Ich nenne ja sonst keine Namen. Aber über Frau Weder wissen Sie ja ohnehin Bescheid. Die Frau hat mir versichert, nichts weitergegeben zu haben. Und wissen Sie was. Ich glaube ihr. Bleiben folglich nur noch Sie übrig. Ich weiß zwar nicht, wie Sie zu den Fotos gekommen sind. Aber eines ist logisch: Nur Sie können die Russen damit bedient haben."

Ich widerspreche: „Ich war es aber nicht. Aber wenn es stimmt, was sie sagen und die Russen nun das Material ohnehin haben, hat das auch einen guten Nebeneffekt. Ihre Bedenken gegen eine Veröffentlichung fallen jetzt weg. Ich werde die Geschichte also bringen. Und was ich gerne wüsste. Wieso ist hier das Innenministerium tätig? Gehört Russland schon zu Ihrem Aufgabengebiet?"

Jetzt wird Glober wieder lauter: „Freundchen, pass gut auf, was Du treibst."

Dann ein Klicken, Glober hat aufgelegt.

Das war noch nicht alles, da wird noch was nachkommen, sagt mir die Erfahrung. Und tatsächlich: Nur zwei Stunden später meldet sich Rosa Fuchs aus der Chefredaktion.

„Hallo Herr Raumoser, der Chef möchte sie gern sprechen, einen Moment ich verbinde." Leichtes Hüsteln.

„Sind sie ein Staatsfeind?" fragt mich abrupt Franz Schuster.

Nur zur Genüge kenne ich diese Methode, den anderen durch eine unerwartet provozierende Frage unsicher zu machen.

„Ich verstehe Ihre Frage nicht?" antworte ich deshalb, weil in diesem Fall eine Beantwortung, egal ob ja oder nein, immer negativ gegen mich ausgelegt würde.

„Jetzt pass mal gut auf, was ich Dir sage. Wir sind eine der Region verpflichtete Zeitung, die das Tagesgeschehen begleitet, darüber berichtet und auch kommentiert. Aber wir machen keine Politik. Merk Dir das gut Raumoser."

„Da unterscheiden wir uns auch nicht. Das sehe ich ebenso", werfe ich ein.

„Und warum meldet sich dann bei mir der Staatsschutz. Ich hatte soeben ein aufschlussreiches Gespräch mit einem sehr netten und verständnisvollen Mann. Doktor Glober hat mich bestens über Ihre Eskapaden informiert."

„Was heißt hier Eskapaden", protestiere ich.

Aber Schuster fährt mir über den Mund: „Du bist jetzt ruhig. Und pass genau auf, was ich Dir sage. Die Geschichte über die Kartenfunde in dem Klosterkamin geht direkt an mich. Du wirst das ohne meine Erlaubnis nicht bringen. Das möchte ich vorher sehen. Danach entscheiden wir."

Ich kann nichts mehr sagen, der Alte hat aufgelegt.

In solchen Momenten ist es gut, einen Freund an der Seite zu wissen. Frank hat derzeit zwar viel um die Ohren. Aber auf meine Bitte hin hat er umdisponiert und sich den Abend freigeschaufelt. Diesmal komme ich mit Schokolade zu ihm. Im Flur seiner Wohnung empfängt mich der in Rom erstandene Diener. In den Schalen der Figur liegt bereits genügend dunkle Schokolade für eine Woche. Ich habe meine Tafel mitgebracht für den Fall, dass Frank das vergessen könnte – schäme mich im nächsten Moment dafür. Frank Schokolade vergessen, das ist einfach unmöglich. Ich als sein Freund müsste das wissen. Natürlich nehme ich eine seiner Tafeln und lege die mitgebrachte Schokolade zu den anderen auf dem Handteller des Dieners.

„Komm rein, Maulwurf“, ruft Frank. Er hat es sich bereits auf einem seiner schweren Sessel bequem gemacht, vor ihm eine schon geköpfte Flasche Rotwein, ausnahmsweise kein Europäer, sondern ein Cabernet aus Südafrika.

„Genießen wir die Weite der Welt, eng genug ist es bei uns eh schon“, kommentiert Frank, als er die Gläser füllt. Dann belehrt er mich: „Ich hab die Flasche schon vor zwei Stunden geöffnet, damit Sauerstoff ran kann und sich das Aroma entwickelt, die Temperatur stimmt.“

Der erste Schluck schmeckt mir dennoch nicht.

„Der ist 20 Jahre alt, Du musst Dich erst eintrinken. Gibt es was Neues zum Knochenmann in der Burg?“ will er von mir wissen.

„Der Stoff könnte Teil eines Kreuzrittermantels sein, aber es gibt auch Zweifel. Wir tappen im Ungewissen, wer der Tote zu Lebzeiten war. Da gibt es eine Sage von einem eingemauerten Koch, einem Liebhaber der Herzogin, der für seinen Frevel büßen musste. Aber ich glaube eher nicht daran.“

„Ist das alles, was Du in den Tagen seit unserer letzten Begegnung herausgefunden hast?“ will Frank wissen und bricht sich ein Stück Schokolade ab.

„Was den Knochenmann betrifft schon. Dafür gibt es andere überraschende Dinge. Wir hatten noch keine Gelegenheit zu einem ausführlichen Gespräch, deshalb fasse ich für Dich nochmals zusammen: Eva hat bei der Polizei den Mann, der mich in München überfallen hat, wiedererkannt - an seinem Schnauzbart und den auffälligen Lackschuhen. Er ist uns offensichtlich auch nach Rom gefolgt, steht für mich ganz oben bei der Frage, wer die Aufzeichnungen aus unserem Hotelzimmer gestohlen hat. Dann bricht er bei meinem Vater ein und klaut das alte Ritterbild aus dem Bellmann-Haus. Wer ist dieser Mann, wonach sucht er? Frank, ich bin sicher: Wir sind auf der richtigen Spur. Michael Bräu hat der Nachwelt etwas hinterlassen, was noch irgendwo in der Versenkung ruht. Wir müssen es finden, bevor es diese Gauner in die Hände bekommen. Eva hat zudem herausgefunden: Die Zisterzienser haben enger mit den Tempelrittern kooperiert, als der Forschung bisher bekannt war. Der Salzburger Zisterzienserpater Irminbert, der Michael Bräu beim Konzil in Trient verteidigte, war auch sein Geschäftspartner. Die beiden mischten im Juwelenhandel über die Alpen mit. Und Eva hat noch eine weitere Vermutung. Die Klosteranlage in Raitenhaslach könnte in diesem Handel über die Alpen dank ihrer günstigen Lage eine besondere Rolle gespielt haben. Und, wie um uns zu verwirren, kommt noch etwas hinzu Frank, und das auf einer ganz anderen Wellenlänge: Dieses Kloster wurde in der NS-Zeit auch dafür genutzt, Kunstgegenstände einzulagern. Nach dem Krieg wurde alles ausgeräumt, aber die Amerikaner haben dort zumindest eines übersehen. Im Mauerloch eines Kamins lagen Karten aus dem von der Wehrmacht besetzten Kaukasus, in denen Bodenschätze vermerkt sind. Vermutlich haben von den Russen unterdrückte Völkerschaften wie die Tataren der Wehrmacht dazu wertvolle Hinweise geliefert nach dem Grundsatz: Der Feind meines Feindes ist mein Freund. Und stell Dir vor: Jetzt kommt der Staatsschutz daher, ruft mich, den kleinen Lokalredakteur an und verbietet mir, über den Fund zu berichten. Die Karten könnten noch immer von Bedeutung sein, die Russen sollen Informationen allenfalls gegen Bezahlung erhalten. Dabei hat ihnen schon irgendwer das Material verkauft. Wer das war? Da bleibt nur Marlis Weder selbst, Heiner Bliek oder was ich eher glaube, der Staatsschutz hat selbst eine undichte Stelle."

Frank hat mir aufmerksam zugehört, lässt ein weiteres Stück Schokolade im Mund zergehen und fasst sich an die Stirn: „Das klingt für mich sehr merkwürdig. Glaubst Du, es könnte einen Zusammenhang geben, also dass der Staat auch von Michael Bräu und dessen Geschäften weiß und hier ebenfalls tätig ist."

Ich mache eine abwehrende Handbewegung, nehme einen Schluck Wein.

„Ach was, das kann ich mir nicht vorstellen. Ich habe diesem Reiner Gahl eigens dazu auf den Zahn gefühlt und hatte nicht den Eindruck, dass er mir nur etwas vorgespielt hat. Von der früheren Historie haben die keine Ahnung. Der Staatsschutz ist nur an der

Kriegszeit interessiert, sonst nichts. Vielleicht glauben die Beamten, es könnte noch weitere Funde aus dieser Zeit geben. Denn ich hab herausgefunden: Diese Klosteranlage spielte im Machtapparat der Nazis logistisch eine größere Rolle. Permanent stand in einer Hütte ein Wagen Hitlers bereit. Da könnte es gut sein, dass an diesem Ort auch geheime Unterlagen oder Wertsachen aus dem unmittelbaren Machtbereich Hitlers verwahrt wurden."

Frank nimmt sein Weinglas, hält es gegen das Licht, geradeso als suche er beim Blick durch das dunkle Rot eine Antwort. Dann sagt er unvermittelt: „Du solltest Dir diesen Jost Scharoth näher ansehen. Dessen Großvater und einstiger NS-Kreisleiter hat sich bei Kriegsende selbst umgebracht. Dieser Mann wusste alles, hat aber sicher nicht all seine Geheimnisse mit ins Grab genommen. Seine Familie wird er in einigen Punkten unterrichtet haben, gerade was versteckte Wertgegenstände betrifft."

Frank spricht damit genau das aus, was auch mir durch den Kopf geht.

„Ich habe Merle Corten heute ein Foto von Scharoth geschickt. Noch hat sie sich nicht gemeldet. Aber wenn dieser Geschäftsmann tatsächlich mit Marlis Weder über etwas verhandelt hat, dann bestätigt das unsere Vermutungen. Vielleicht war es auch Scharoth, der die Fotos an die Russen verkauft hat."

Frank hebt sein Glas, öffnet den Mund etwas um zu trinken. Aber dann setzt er wieder ab und sagt ganz langsam.

„Ich weiß noch etwas, was Dich interessieren wird, aber davon später. Erst genießen wir den Wein. Denn wir dürfen uns nicht vorschnell auf etwas festlegen, müssen das große Ganze im Auge behalten. Es geht darum, alle unsere Informationen zusammenzuführen und erst dann ergibt sich ein aussagekräftiges Bild. Sonst besteht die Gefahr, sich zu verrennen."

Frank blickt erneut durch den Wein im Glas und beginnt zu sinnieren.

„Man sagt doch: Wenn die Beine ruhen, ruht auch der Geist. Will sagen, Bewegung liefert Anregungen und Impulse. Ich möchte das noch um einen mir wesentlich erscheinenden Punkt erweitern. Um sich nicht in eine Sache zu verrennen, müssen wir unser Gehirn mit scheinbar ganz anderen Dingen füttern. Das schult die Wahrnehmung. Lassen wir den Geist in die Weite schweifen, erschließen ihm die Dimensionen der Welt."

„O je, fängst Du schon wieder damit an?"

Frank überhört meinen Einwand.

„Wir sprachen zuletzt doch über Mandelbrotbäume und wie sich Strukturen im Kleinen und Großen gleichen. Vielleicht hilft es uns, die Zusammenhänge besser zu erkennen, wenn wir einen Blick in den Kosmos und seine Weiten werfen. Das Weltall ist so riesig, dass es unserer Vorstellungskraft trotzt. 300 000 Kilometer legt Licht in der Sekunde zurück. Das sind gut sieben Erdumrundungen – und das in jeder Sekunde. Und wir erkennen Objekte, die so weit weg sind, dass dieses Licht über zehn Milliarden Jahre unterwegs war, um uns hier auf der Erde zu erreichen. Andererseits, wenn Photonen, also Lichtteilchen, empfinden könnten, hätten sie aus ihrer Sicht für diese lange Reise nur eine Zeit benötigt, die gegen null geht."

„Das geht aber in meinem Kopf nicht zusammen", unterbreche ich Frank und blicke ihn offenbar entgeistert an.

Er scheint das zu genießen, blickt erneut auf den rubinroten Wein im Glas.

„Das hatten wir doch schon, das ist Relativitätstheorie. Und das ist doch gar nicht so schwer zu verstehen. Bei Lichtgeschwindigkeit gibt es keine Zeit mehr. Ich hab gerade erst eine ganz neue und noch viel abwegiger klingende Überlegung von Physikern gelesen. Die geht so: Wir kennen ja nur den Teil des Universums, aus dem Licht zu uns gelangen kann. Der so genannte Urknall, als der Beginn unserer Welt, war vor rund 14 Milliarden Jahren. Weiter können wir prinzipiell nicht blicken, selbst wenn wir Fernrohre hätten, die heutige Geräte als Spielzeug erscheinen lassen. Aber dieser Urknall ereignete sich möglicherweise nur in einem Teilbereich des gesamten und noch viel größeren Universums. Demnach könnte der gesamte Raum so groß sein, dass unser jetziges so unvorstellbar großes Universum im Vergleich dazu auf Atomkerngröße reduziert wird. Das gibt der Überlegung Raum, ein Urknall könnte sich immer dann ereignen, wenn solche ‚Kerne´ aneinandergeraten und Energien austauschen. Das könnte auch der Grund dafür sein, warum Quantenmechanik und Relativitätstheorie sich nicht auf einen Nenner bringen lassen. Sie stammen aus zwei Welten, die ineinandergerutscht sind. Die Relativität kommt auch anderweitig ins Spiel: Denn so ein Ereignis passiert aus Sicht des Gesamtuniversums zwar häufig, aber aus Sicht eines solchen ‚Kerns´ extrem selten. Nach unseren Zeitmaßstäben gerechnet vielleicht alle 10 hoch hundert Jahre, das ist eine zehn mit hundert Nullen. Damit Du Dir das besser vorstellen und Du wieder so entgeistert schauen kannst: Das sind rund eine Quintillion mehr Jahre als es Atome in dem uns bekannten Teil des Universums gibt."

„Das glaube ich nicht, bleib bei der Realität. Wenn ein Problem nicht lösbar ist, weichst Du einfach aus auf die nächsthöhere Ebene aus und wenn es da nicht läuft, dann halt noch ein paar Dimensionen weiter. Das erspart Dir, etwas belegen zu müssen, das alles ist doch reine Fantasterei."

„Ach Maulwurf, komm raus aus Deinem Loch, die Welt ist so wunderbar groß und fantastisch, da musst Du nicht immer nur Erdklümpchen bewegen. Wir haben uns doch letztes Mal über Matroschkas unterhalten, diese russischen Puppen, die ineinander geschachtelt sind. In jeder Puppe steckt eine weitere. Dem Menschen sind dabei technische Grenzen gesetzt, der Natur nicht. Das heißt für mich: Vermutlich gibt es weder Grenzen im Kleinen noch im Großen. Wenn einer also groß genug wäre, könnte er unsere Welt locker in der Hosentasche tragen. Das wäre im Übrigen eine Überlegung, mit der sich religiöse Menschen anfreunden könnten. Ein Gott trägt seine Welt in der Hosentasche spazieren, lässt sie weitgehend in Ruhe, aber wenn er alle heiligen Zeiten in die Tasche greift, dann ist was los."

Dieser Gedanke gefällt mir, ich unterbreche Frank. „Etwa so wie Du in Rom mit den Rasierklingen, nur andersrum in der Wirkung. Nicht Gott verletzt sich, sondern Sterne und Planeten werden durchgeschüttelt. Das Ganze als Religion wäre zudem eine gute Sache. Dann bräuchten die ganzen Verrückten nicht immer ihren Gott zu verteidigen wenn sie glauben, er würde von anderen beleidigt. Das kann dieser Gott selbst viel besser, dazu braucht er keine Fanatiker. Fundamentalisten stempeln ihren Gott doch als unfähig ab, sich selbst zu wehren. Sie machen ihn damit impotent oder noch drastischer gesagt: sie verleugnen seine Existenz. Ihr Tun ist gemäß ihrer eigenen Logik Gotteslästerung in reinster Form."

„Du ziehst schon wieder mal alles ins Lächerliche. Wie kannst du bei Fanatikern nur an Logik denken. Das eine schließt das andere aus. Also beenden wir besser die gedankliche Reise in die Welt der Möglichkeiten und reden über konkrete Erfahrungen unserer Sinne. Ich sprach doch eingangs von einer Neuigkeit, die Dich interessieren dürfte. Zudem gilt, ein bisschen Tratsch hat ja noch nie geschadet. Vor zwei Tagen habe ich Deine Freundin gesehen."

Jetzt bin ich elektrisiert. Frank macht es besonders spannend, bricht erst eines der letzten Stücke Schokolade ab und verspeist es genüsslich.

„Jetzt spann mich nicht auf die Folter, warst Du etwa in München?" frage ich Frank.

„Iwo, sie war hier in der Stadt, da bin ich ganz sicher. Ich sah sie in Begleitung eines Mannes, dieses Künstlers, Brass heißt er. Ich denke, Du kennst ihn gut."

Jetzt bin ich erleichtert. „Ja, das ist möglich. Nora stellt eine neue Ausstellung zusammen, in der sie Mathe mit einigen Werken einbaut. Das könnte seiner Karriere als Maler guttun."

Aber sie hätte mich auch besuchen oder zumindest informieren können, melden meine beiden Gehirnhälften gleichzeitig.

Frank stellt sein inzwischen leeres Glas ab, blickt mich an wie ein Trainer seinen Zögling und sagt: „Dann pass besser gut auf, dass dieser Brass nicht auch anderweitig Karriere macht und Dir die Freundin ausspannt. Die beiden wirkten auf mich sehr vertraut."

Meine linke Gehirnhälfte steuert als Entwarnung die Erkenntnis bei: Der Mathe ist doch mit Gigi bestens bedient. Die braucht er allein schon, um seinen Alltag in den Griff zu bekommen. Aber der rechte Teil meines Denkapparats mahnt mich: Der Mathe sieht attraktiv aus und die Beziehung mit Gigi scheint ein bisschen eingerostet zu sein. Ich muss mich mehr um Nora kümmern, lautet die gemeinsame Schlussfolgerung der logisch orientierten wie auch der emotional verhafteten grauen Zellen.

Frank ist noch nicht fertig. „Ich sah die beiden zu Fuß in der Stadt unterwegs. Danach stieg Nora in ein protziges Auto. Der Mann, der damit fuhr, stieg aus und öffnete ihr wie ein Chauffeur die Wagentür. Aber er sah nicht aus wie ein Chauffeur, eher wie ein Bodybuilder. Was verbindet einen solchen Macho mit einer in der Kunstszene tätigen Frau. Diese Frage solltest Du Dir stellen, mein lieber Tom."

Am nächsten Tag schicke ich wohl oder übel dem Alten die Daten für meine Seite, auf der ich die Geschichte über den Kartenfund zusammengebaut habe in der Hoffnung, dass sich die Chefredaktion umgehend melden wird. Doch Schuster lässt mich erst einmal zappeln. Dann erreicht mich eine Mail von Merle Corten, auf deren Nachricht ich schon so sehr warte. Sie schreibt: „Hallo Tom, vielen Dank für das Foto. Ich hab den Mann ja nur kurz gesehen. Er wandte sich mir auch nicht zu. Aber als Schauspielerin bin ich geschult, genau hinzusehen. Ich bin mir zu 90 Prozent sicher, das war der Mann, der mit Marlis Weder in dem Prunksaal der Klosteranlage war. Und noch etwas Tom. Ich glaube, dieser Mann war ein weiteres Mal hier, stieg auch auf das Gerüst, das gerade aufgestellt worden ist. Was er dort oben wollte, ich habe keine Ahnung. Bin selber schon mal raufgeklettert, mir ist aber nichts aufgefallen außer: Man hat von dort oben einen anderen Blick durch die Fenster in den Saal hinein, sieht vor allem die Mauerteile, die von der auskragenden Stuckatur verdeckt sind. Auf dem dadurch gebildeten Sims steht allerhand Zeugs. Ich konnte aber nichts Auffälliges oder Außergewöhnliches sehen, vielleicht auch deshalb, weil es schon dämmerte und die Sicht in den Saal hinein ohnehin durch das spiegelnde Glas der Fenster eingeschränkt ist. Das werde ich mir mal genauer ansehen. Bis bald, ich melde mich wieder."

Kapitel 30

Ein unerwartetes Fundstück

„In dieser riesigen Aufmachung interessiert das kein Schwein. Wir machen da eine kleine feine Geschichte draus", lässt mich Franz Schuster wissen, nachdem er mich zwei Tage hat warten lassen.

„So einen Kartenfund gibt es nicht alle Tage. Ich bin schon der Meinung, dass wir das größer bringen sollten", widerspreche ich meinem Chefredakteur.

„Ach Raumoser, ich versteh ja, dass Du damit glänzen willst. Aber wir müssen hier auch unserer staatsbürgerlichen Pflicht nachkommen. Da tragen wir Verantwortung. Doktor Glober war so nett und entgegenkommend zu mir, ich will ihm nicht in den Rücken fallen."

„Was wollen Sie denn alles streichen", frage ich Schuster.

„Ich gar nichts", antwortet er umgehend und fügt hinzu: „Das wirst Du schon selbst machen Raumoser. Du streichst vor allem die Passagen, aus denen hervorgeht, wo genau deutsche Geologen in der Kriegszeit fündig geworden sind und auf welche Erze sie im Kaukasus gestoßen sind. Und was ich auch nicht haben will – das sind diese verdeckten Anspielungen zwischen den Zeilen. Du spekulierst über die Bedeutung der Funde für die heutige Zeit. Das lässt Du weg, und noch eins – den Staatsschutz erwähnst Du mit keinem Wort. Hast Du verstanden."

„Ich hab schon kapiert, was Sie wollen: eine Geschichte, wie sie Glober gern haben möchte."

„Das ist Ihre Interpretation Raumoser, meine lautet: Wir lassen uns von niemandem dreinreden, auch nicht vom Staatsschutz. Du änderst jetzt die Geschichte wie vereinbart und schickst sie mir erneut. Erst mit meiner Erlaubnis wirst Du sie in Druck geben. Haben wir uns verstanden. Und noch eins, Raumoser. Ich habe ja Verständnis für Dich und Deine Enttäuschung, bin schließlich kein Unmensch.

Du darfst noch zwei Fotos mehr dazustellen. Doktor Glober hat sie mir überlassen. Frau Fuchs schickt Sie. In zwei Minuten sind sie bei Ihnen in der Redaktion. Nun denn Raumoser: Ans Werk."

Da kommt Freude auf. Am meisten ärgert mich Schusters Bemerkung, wir, sprich er, würde sich von niemandem dreinreden lassen. Dabei tanzt er doch genau nach der Pfeife des Staatsschutzes. Ehrlicher wäre es gewesen, das auch einzugestehen anstatt so verlogen zu argumentieren. Aber was bleibt mir anders: Ich schreibe den Artikel um. Allerdings streiche ich nicht alle Passagen, die Schuster gern verschwiegen hätte. Denn erstens muss man immer ausloten, wie weit die Freiheit reicht und zweitens kenne ich den Chef nur zu gut. Ein weiteres Mal wird er die Geschichte nicht mehr genau lesen, da kann ich ihm schon was unterjubeln. Und drittens macht mir genau das Spaß. Diese Rechnung geht auf. Tatsächlich bekomme ich zwei Tage später die Erlaubnis, natürlich nicht von Schuster selbst. Mit derlei Petitessen gibt sich der Alte nicht ab. Vielmehr lässt er mir das durch seine Sekretärin Rosa Fuchs mitteilen. Klar ist für mich: Er hat den geänderten Text allenfalls kurz überflogen. So kommt nun der Staatsschutz namentlich nicht mehr vor. Aber dafür erwähne ich nun das Innenministerium, das in Verhandlungen mit der russischen Botschaft steht. Eine kleine Genugtuung für mich.

Tags darauf ist die Geschichte im Blatt und Tagesgespräch weit über die Stadt hinaus. Das löst Reaktionen und Leserzuschriften aus. Nicht aber bei den Betroffenen. Von Glober kommt überhaupt nichts und Marlis Weder fragt mich lediglich, woher ich die Fotos bekommen habe.

„Vom Staatsschutz" antworte ich, weil es keinen Grund gibt, das zu verschweigen. Dass dabei auch zwei Fotos waren, die ich von Heiner Bliek bekam, braucht sie ja nicht zu wissen.

Dabei trommle ich mit den Fingern schon beinah so auf die Tischplatte, wie es der Kripomann Jakob Bender gern tut, wenn er Leute nervös machen will. Ein Gedanke geht mir durch den Kopf und ich finde keine Lösung. Vielleicht hätte ich Jost Scharoth bei unserer letzten Zusammenkunft doch nicht derart provozieren sollen. Damit konnte ich ihn zwar aus der Reserve locken und erfahren – er wusste, dass wir in Rom waren. Aber nun dürfte es sehr schwer werden, mit ihm nochmals zu reden. Aber ich muss wissen, was er bei Marlis Weder wollte. Mit der muss ich auch reden.

„Ich fahre morgen ohnehin in die Stadt, da komme ich bei Ihnen vorbei“, lässt mich Weder auf meine Bitte um ein Gespräch wissen.

Wir treffen uns in der Mittagszeit in einem kleinen Lokal. Da sind wir ungestört, können in Ruhe reden. Es läuft gut an, Marlis Weder scheint bester Laune zu sein, beginnt von sich aus zu reden.

„Da hat mich doch tatsächlich ein Herr Glober angerufen und wollte wissen, ob ich Fotos von den Karten angefertigt hätte. Die machen ein Trara um die alten Karten. Sie sind Journalist und kennen sich mit solchen Dingen vielleicht mehr aus als ich. Sind diese Karten heute wirklich noch von Bedeutung?“

Ich zucke mit den Achseln. „Ehrlich gesagt, kann ich mir das nicht vorstellen. Die Wehrmacht hatte das Gebiet ja nur wenige Monate unter Kontrolle. In dieser kurzen Zeit mehr über Bodenschätze herauszufinden als die Sowjets, die dazu über Jahrzehnte forschen und neuere Methoden einsetzen konnten, das halte ich für abwegig. Die Qualität der Funde kenne ich nicht. Ich konnte die Karten ja nur ansatzweise sehen, als Sie Herrn Bliek beauftragten, mir das Material kurz zu zeigen. Nebenbei bemerkt: Ich hätte Ihnen nicht viel zahlen können, die Chefredaktion wollte allenfalls 100 Euro rausrücken. Geschätzte Frau Weder: Es bleibt ja unter uns, ich maße mir auch kein Urteil über Sie an, aber ich muss es wissen: Haben Sie Fotos der Karten am Ende doch den Russen überlassen. Als Heiner Bliek und ich bei Ihnen waren, hat doch dieser Dimitri Rotmistrow angerufen. Vielleicht sind Sie doch noch schwach geworden und haben ihm zumindest das eine oder andere Foto von den Karten verkauft.“

Marlis Weder blickt mich scharf an, ihre Augen verengen sich zu Schlitzen, sie atmet hörbar, ihre Stimme wird lauter: „Das ist doch Quatsch. Sie haben ja selbst mit angehört, dass ich mit den Russen nichts zu tun haben will.“

Sie nippt an ihrem Espresso. Im Gegensatz zu mir hat sie auf Kuchen verzichtet. Ihre Atmung wird wieder ruhiger, der Ton gemäßigt, als sie sagt: „Ich habe in der Tat einige Fotos anfertigen lassen. Aber sie dienen mir ausschließlich als Erinnerung und werden auch einmal in der Heimatforschung verwendet werden, aber erst dann, wenn Herr Glober grünes Licht dafür gibt. Das ist alles bestens abgesprochen."

„Wirklich?" frage ich vielleicht eine Spur zu zynisch.

Ihre Stimme wird erneut lauter.

„Ich habe nichts Verwerfliches getan."

„Was stufen Sie als verwerflich ein?" hake ich nach.

Jetzt bekommt Weder einen roten Kopf. Übertreib es nicht, sonst sagt sie nichts mehr, mahnt mich meine linke Hirnhälfte. Aber Marlis Weder fängt sich schnell.

„Werden Sie nicht unverschämt. Ich lasse mich nicht von Ihnen verhören. Doch eines sage ich nun ein letztes Mal: Ich habe diesem Dimitri keine Fotos geschickt, dafür bin ich zu sehr Patriotin."

Im Bemühen, mir die Frau gewogen zu halten, sage ich versöhnlich: „Frau Weder, ich glaube Ihnen ja. Aber woher haben die Russen dann die Fotos bekommen? Haben Sie vielleicht noch jemandem anderen davon erzählt?"

Marlis Weder senkt ihren Blick und schluckt hörbar.

„Ach was wollen Sie nur. Ich habe ein gutes Gewissen."

„Sie kennen doch sicher den Geschäftsmann Jost Scharoth. Der könnte sich meines Wissens nach dafür interessieren und ein Geschäft damit machen wollen?"

Als ich den Namen Scharoth nenne, zuckt Weder zusammen.

„Herr Scharoth ist ein Ehrenmann. Ich kenne ihn von einem früheren Grundstücksgeschäft her. Er hat sich mir gegenüber stets ehrenhaft verhalten, ich vertraue ihm."

„Aber er würde auch ganz sicher Fotos der geologischen Karten verkaufen, wenn er dazu Gelegenheit hätte. Gewinne zu machen ist sein Geschäft."

„Das sagen Sie. Ich glaube das nicht. Herr Scharoth ist Grundstücksmakler und kein fliegender Händler. Er ist vor allem auch an Geschichte und Vergangenheit sehr interessiert."

„Sie wissen aber schon von seiner Vergangenheit oder vielmehr der seiner Familie in der Nazizeit."

„Aber natürlich. Herr Raumoser, jetzt enttäuschen Sie mich. Ich schätze Sie und Ihre Artikel, kenne Sie als kritischen Zeitgenossen. Und dann graben Sie diese uralten Dinge aus. Für die Sünden seiner

Vorfahren können Sie doch Herrn Scharoth nicht verantwortlich machen. Oder wollen Sie hier der Sippenhaft das Wort reden und damit genau jene Nazimethoden anwenden, die Sie sonst zu Recht kritisieren?"

„Frau Weder, es geht nicht um Sippenhaft. Aber Scharoths Großvater hat von den Einlagerungen der Kunstgegenstände im Klostergebäude während des Kriegs nicht nur gewusst, sondern diese vermutlich mit organisiert. Sollte es noch irgendwo versteckte Kulturgüter und Wertsachen in dem Gebäude geben, könnte das Wissen darum im Familienkreis weitergegeben worden sein. Jost Scharoth wüsste dann davon."

„Dann fragen Sie ihn am besten selbst."

„Das werde ich auch noch tun. Aber um die richtigen Fragen stellen zu können, baue ich auf Ihre Mithilfe. Hat sich Herr Scharoth schon einmal mit der Bitte an Sie gewandt, sich die Klosteranlage am besten allein ansehen zu dürfen. Und haben Sie ihm Fotos der Kartenfunde überlassen?"

Marlis Weder greift ruckartig zur Kaffeetasse, trinkt dann aber langsam. Es wirkt, als wolle sie sich daran festhalten und Zeit gewinnen.

„Bitte geben Sie mir eine Antwort!" schiebe ich deshalb hinterher.

Sie blickt mich erhobenen Hauptes an.

„Herr Scharoth war schon des öfteren in dem Klostergebäude, als Fachmann für Immobilen hat er der Stadt beim Erwerb sehr geholfen und eine kleine Expertise angefertigt, ohne dafür Geld zu nehmen. So konnte die Stadt der Versteigerung mit ruhigem Gefühl entgegensehen und wusste, wie weit sie mit ihrem Gebot gehen durfte. Er hätte wohl auch gern selbst ein Gebot abgegeben, scheute aber offenbar das Aufsehen, das er damit ausgelöst hätte. Denn solch eine Anlage kauft kein der Wirtschaftlichkeit verpflichtetes Unternehmen. Die Restaurierung kostet viele Millionen."

„Woher wissen Sie von seinem Interesse an der Anlage?"

„Das hat er mir selbst einmal gesagt."

„Das ist ja interessant. Und jetzt noch einmal: Haben Sie ihm Fotos der Karten gegeben."

Jetzt wendet sich Marlis Weder wieder von mir ab, blickt zu Boden.

„Ich sagte Ihnen doch bereits, dass ich den Russen keine Fotos gegeben habe. Das muss Ihnen genügen. Mehr sage ich dazu nicht."

„Geschätzte Frau Weder, ich danke Ihnen für dieses Gespräch und bitte Sie zugleich, mich über alles zu informieren, was Ihnen in der Klosteranlage auffällt. Selbst wenn es unwichtig erscheint, es könnte wichtig sein. Weder blickt mir intensiv in die Augen, sagt dann jedoch nichts.

„Tom wir müssen reden." Leider ist es nicht Nora, die mir diese Botschaft aufs Smartphone sendet. Widersprüchliche Gefühle ringen in mir, suchen nach einer Antwort auf Fragen. Warum nur hat Nora nicht erzählt, dass sie in der Stadt war und Mathe getroffen hat. Wir hätten uns sehen können. Vielleicht hatte sie ja Gründe, aber die könnte oder vielmehr müsste sie mir doch sagen. Und das silberne Medaillon, mein Geschenk, hab ich nur ein einziges Mal an ihrem Hals gesehen. Ich weiß ja: Sie bevorzugt edleres Material. Aber hier geht es doch nicht um eine Wertanlage, sondern um etwas Ideelles. Mich plagen viele Fragen, die ich Nora stellen möchte.

Die Botschaft auf meinem Handy stammt aber nicht von ihr, sondern von Eva. Eva will mich noch diesen Abend aufsuchen, „um mir etwas zu zeigen". Schon eine halbe Stunde, nachdem ich von Marlis Weder zurück in meiner Wohnung bin, läutet es an der Tür.

„Ein bisschen gaga seid ihr Männer doch allesamt", ist das erste, was ich von Eva zu hören bekomme, als sie eintritt. An ihrer rechten Hand baumelt ein kleiner Lederrucksack, den sie beim Eintreten abnimmt.

„Hast Du was zu trinken, ich habe Durst?" ist das Nächste, was ich von ihr höre.

Ich kann nur den Kopf schütteln. „Was bist Du heute so anders als sonst?" frage ich.

Aber Eva geht darauf gar nicht ein, macht nur eine abweisende Handbewegung und lässt sich auf einen Stuhl fallen.

„Aber bitte keinen Alkohol", sagt sie noch.

Ich bringe ihr Wasser und Saft zur Auswahl. Sie mischt beides, entledigt sich ihrer Schuhe und macht es sich auf dem Sessel bequem.

„Hast Du was Neues über die Tempelritter herausgefunden?", will ich wissen.

Sie lächelt mich an wie eine Sphinx und sagt nur „ach die Tempelritter", wobei sie jede einzelne Silbe in die Länge zieht. Dann macht sie eine kleine Pause, um meine Neugier zu wecken und sagt kurz und knapp: „Ich habe das Papier."

Jetzt bin ich elektrisiert. „Welches Papier, redest Du von dem, das ich Dir zum Entziffern mitgegeben habe. Was soll daran besonders sein? Das war doch nur eine Kopie."

Eva blickt mich an, ihre Augen nehmen einen triumphierenden Ausdruck an.

„Tom, ich habe das Original, das Dir gestohlen worden ist."

Ich fasse mir an die Stirn.

„Was? Wie kann das sein? Wie kommst Du dazu? Wer hat es Dir gegeben?"

Eva nimmt einen Schluck Saft und meint lapidar: „So viele Fragen auf einmal, mein Guter. Wo bleibt da die Methodik. Du hast mich doch im Praktikum gelehrt, immer eins nach dem anzugehen. Nicht alles auf einmal."

Ich schüttle den Kopf: „Erzähl einfach, ich will, nein ich muss es wissen."

„Erst schwörst Du mir bei allem, was Dir heilig ist, dass Du nicht gegen den Dieb vorgehen wirst, ihn vor allem nicht anzeigst oder anderweitig belangst. Denn das habe ich versprochen und nur deshalb war es mir überhaupt möglich, dieses Papier zurückzubekommen. Also los schwöre, es ist mir Ernst."

Eva liebt Rituale. Ich muss aufstehen, meine linke Hand auf ihren Rucksack legen und mit der erhobenen Rechten nachsprechen, was Eva mir vorgibt.

„Ich verspreche, bei Gott und allem, was mir heilig ist, den Dieb, der das Papier aus meiner Wohnung genommen hat, nicht zu belangen oder mich anderweitig an ihm zu rächen oder ihm zu schaden. So wahr mir Gott helfe. Verstoße ich dagegen, soll Jahwe mich jagen und strafen."

Eva nickt zufrieden: „Damit wäre das Schwerste geschafft." Sie öffnet den Rucksack und nimmt eine steife Mappe heraus. Der wiederum entnimmt sie eine Klarsichtfolie. Dann streift sie sich feine Handschuhe über und nimmt ganz vorsichtig das darin geschützte Papier heraus. Es sieht noch ein Stück vergilbter aus, als ich es in Erinnerung habe. Eva legt es auf den Tisch und drückt mir eine Lupe in die Hand.

„Schau es Dir genau an. Ist es dieses Papier, das Dir gestohlen wurde?"

Als ich es in die Hand nehmen will, mahnt sie mich: „Nicht anfassen, Fett, Säuren und die Keimflora an Deinen Händen schaden dem Papier, das - falls es tatsächlich von Bräu stammt - fast 500 Jahre alt ist."

Eva hat an alles gedacht. Sie nimmt ein weiteres Paar Baumwollhandschuhe aus ihrem Rucksack und reicht es mir. „Wenn Du es schon anfassen musst, dann bitte nur so." Ich streife die Handschuhe über, nehme das Blatt in die Hand und bin mir schon in diesem Augenblick sicher – es ist das Original. Dann nehme ich die Lupe zur Hand, suche einzelne Stellen, die sich in mein Gedächtnis eingeprägt haben und sehe meine Vermutung bestätigt.

„Eva ich bin mir sehr sicher: Das ist das Papier, das aus meiner Wohnung gestohlen wurde. Woher hast Du das?"

„Wollen wir nicht erst der wichtigeren Spur nachgehen, ob und was uns dieses Original mehr sagt als die Kopie?"

„Da werden wir nicht viel erkennen können? Ich bin Laie, und Du noch lange nicht so versiert wie Dein Prof. Dem müssten wir es zeigen."

„Pah," wischt Eva meinen Einwand beiseite. „Ich hab mir diese Schrift natürlich bereits genau angesehen und schon noch etwas herausgefunden. Es war auch nicht so schwer. Dazu musste ich das Papier nur vor eine Lampe halten. So wurden Teile der verblassten Schrift erkennbar, die beim Kopiervorgang verloren gegangen sind."

Eva nimmt einen Stift zur Hand und deutet damit in den mittleren Bereich.

„Hier sind weitere Anmerkungen in Latein, die ich so entziffert bzw. nicht mehr Lesbares ergänzt habe: Orationi instati, vigilantes in ea in gratiarum actione. Der Satz wird dem Apostel Paulus zugeschrieben und so übersetzt: Haltet Euch an das Gebet und wachet in demselben in Danksagung."

Das hätte ich meiner einstigen Praktikantin nicht zugetraut.

„Eva, Du überraschst mich."

„Das ist noch nicht alles."

Sie holt eine kleine Taschenlampe aus ihrem Rucksack und leuchtet damit von der Seite auf den unteren Teil des Papiers. „Siehst Du, hier ist leider nicht mehr viel zu erkennen. Ich sah mir das ebenfalls unter idealen Bedingungen mit Licht von hinten an. Dieser Schluss ist nicht in Latein geschrieben, sondern auf Deutsch. Aber auch das scheint ein religiöser Text zu sein. Ich konnte leider nicht viel entziffern, weil die Schrift schon zu sehr verblasst ist."

Eva deutet mit einem Stift auf diese Stelle und danach weiter ans Ende. „Der Schluss mit der Signatur von Michael Bräu ist dagegen wieder klar erkennbar."

„Und was denkst Du?" will ich wissen.

„Ich habe lange über den verblassten Stellen gesessen. Einzelne lesbare Worte ergeben keinen Sinn. Hier steht einmal das Wort ‚Wasser' und gleich zu Beginn heißt es ‚dürstet'. Eine Bedeutung erschließt sich mir nicht."

„Eva vielleicht ist das eine Anweisung. Wir könnten das Papier an einer Stelle mit Wasser anfeuchten. Möglicherweise wird so etwas bisher Verborgenes erkennbar."

Eva blickt erstaunt auf. „An so etwas habe ich noch nicht gedacht. Wir könnten es versuchen. Wasser trocknet wieder, da geht nichts kaputt."

Schon habe ich eine Tasse Wasser und ein weiches Stück Stoff geholt.

„Lass mich das machen, ich kenn mich mit Urkunden besser aus als Du", sagt Eva und nimmt mir den Stoff aus der Hand. Sie kramt in ihrem Rucksack, holt eine kleine Schatulle heraus. Darin ist Schminkzeug mit einem feinen Pinsel. Den nimmt sie und bittet mich zudem um ein paar Blatt weißes Papier. Darauf legt sie nun den Zettel und feuchtet ihn an einer beschriebenen Stelle mit dem in Wasser getauchten Pinsel an. Gebannt starren wir auf den nassen Fleck. Nichts tut sich. Ich nehme die Taschenlampe und leuchte darauf. Aber auch jetzt: Fehlanzeige.

Nach einigen Minuten vergeblichen Wartens meint Eva: „Das bringt nichts. So kommen wir nicht weiter."

Sie hat Recht und deshalb nutze ich die Gelegenheit, jetzt endlich das anzusprechen, was mich bewegt.

„Aber wir kommen mit Sicherheit weiter, wenn Du mir endlich sagst, von wem Du dieses Original hast. Wer war es, der meine Wohnung verwüstet und den Zettel mitgenommen hat?"

Eva druckst ein wenig herum, all ihre Gesten zeigen eines, diese Frage würde sie am liebsten nicht beantworten.

„Ich hab es Dir versprochen und sogar geschworen, dass ich gegen den Täter nichts unternehmen werde. Also raus mit der Sprache Mädchen. Ich muss es wissen."

Eva atmet tief durch: „Sagen wir es einmal so: Es war der Streich eines dummen Jungen, der von unserer Suche nach dem Vermächtnis von Michael Bräu keine Ahnung hat. Das Papier hat er aus einer Laune heraus mitgenommen, sozusagen als Souvenir seiner Tat. Er konnte mit dem Teil auch nichts anfangen. Deshalb hat er es mir auch auf meine Bitte hin gegeben. Weder Bräu, noch die Burg und Herzöge oder die Zisterzienser und ihre Klöster, geschweige die Templer interessieren ihn."

Ich unterbreche Eva: „Da bleibt nur Malevsky." Sie senkt den Blick, sagt nichts. Aber auch das ist eine Antwort.

„Was ist mit den übrigen Wertsachen?" hake ich nach.

„Dazu wollte er mir nichts sagen. Ich glaube, er hat den Ring, die Manschetten und die Goldmünze bereits verkauft, die Sachen wirst Du abschreiben müssen. Aber Chris – Du hast ja den Namen bereits erwähnt – bereut inzwischen sein Tun. Er wisse nicht, welcher Teufel ihn geritten habe. Ich habe ihm übrigens zugesagt, Dir nichts von seiner Täterschaft zu sagen. Diese Zusage habe ich gebrochen, ich war im Zwiespalt. Und deshalb ließ ich Dich auch schwören. Tom, Du darfst allein schon deshalb Chris nicht wissen lassen, dass ich Dir das anvertraut habe, weil ich sonst Chris nicht mehr in die Augen blicken könnte. Und auch zwischen uns wäre dann das Tischtuch zerschnitten. Das muss Dir klar sein."

Wir sitzen stumm einige Minuten nebeneinander - sie innerlich zerrissen von widersprüchlichen Loyalitäten, ich im Bemühen, das eben Erfahrene zu verarbeiten und einzuordnen. Dann hat mein Kopf entschieden. Ich gehe auf Eva zu, nehme ihre rechte Hand zwischen meine beiden.

„Ich danke Dir für Deine Ehrlichkeit und Geradlinigkeit und Du darfst sicher sein: Auch wenn ich Malevsky nicht ausstehen kann, ich werde meinen Mund halten und selbst ihm gegenüber keinerlei Andeutungen machen, obwohl ich ihn schon gern um Hilfe bitten würde, wenn ich mal wieder meine Wohnung streichen muss."

Eva seufzt erleichtert: „So hatte ich das auch erwartet."

„Malevsky hat also bei mir eingebrochen, aber was ist mit dem Überfall auf mich. Er war an dem Tag des Überfalls in München, das weiß ich. Hat er mit den beiden Tätern etwas zu tun, steckt er mit ihnen gar unter einer Decke? Hast Du Deinen Chris das auch gefragt?

Einmal mehr atmet Eva tief durch. Ihre Tonlage wechselt. Sie spricht höher und schneller.

„Ich sagte doch bereits eingangs, dass Chris nur Dich im Visier hatte und keine Ahnung hat, welcher Geschichte wir auf der Spur sind. Es hätte ihm sicher Freude gemacht, Dir eine Story abzujagen. Selbst das würde er jetzt aber nicht mehr wollen, denn nach dem Einbruch hat ihn das schlechte Gewissen gepackt. Kurz und knapp: Er hat mit dem Überfall auf Dich nichts zu tun. Und selbst wenn er mich da belogen hätte, was ich nicht glaube, so bleibt immer noch das ungeklärte Verschwinden der Vatikan-Kopien aus Eurem Hotelzimmer in Rom. Chris war definitiv nicht in Rom, das weiß ich. Du musst Einbruch und Überfall voneinander trennen. Das eine hat mit dem anderen nichts zu tun. Aber Rom und der Überfall auf Dich, diese beiden Dinge gehören zusammen. Schon zweimal hat mich dieser Typ mit den gelackten Schuhen beobachtet, wenn ich in Deiner Nähe war. Und genau dieser Mann hat Dich mit einem Komplizen überfallen, durchsucht und ausgeraubt. Tom, Du solltest der Polizei ein bisschen mehr anvertrauen. Die Polizisten sind doch nicht Deine Gegner. Nur sie können Dir helfen, diese Leute zu überführen. Ich jedenfalls traue diesen Typen noch mehr zu. Für Geld tun die alles. Wer Menschen überfällt, bringt sie auch um."

Eva hat mich nachdenklich werden lassen.

„Ich werde es mir überlegen." Doch schon im nächsten Moment muss ich das einschränken. „Aber dann besteht die Gefahr, dass übereifrige Beamte alles aufscheuchen und wir nichts mehr herausfinden, weil keiner mehr etwas sagen wird."

Kapitel 31

Eine Kontur zeichnet sich ab

„Herr Raumoser, Sie können ja doch was. Der Artikel hat mir sehr gut gefallen. Ich würde gern mit Ihnen darüber sprechen, lade Sie zum Essen ein. Dann können wir in Ruhe plaudern."

Dieses Lob kommt nicht von der Chefredaktion, sondern trifft mich völlig unerwartet. Denn kein anderer als Jost Scharoth ist es, der mich deshalb anruft. Hat er vergessen, wie dreist ich ihn zuletzt angegriffen habe? Egal, was immer er damit bezweckt. Ich will wissen, was er in Raitenhaslach wollte und ob er die Russen beliefert hat und befürchtete schon, bei ihm zu Kreuze kriechen zu müssen, um überhaupt in den Genuss einer Audienz kommen zu können. Und nun das. Wir verabreden uns gleich für den nächsten Tag. Scharoth hat ein gutes Lokal ausgewählt. Er ist absolut seriös gekleidet, aber nicht übertrieben, trägt zum Leinen-Jackett mit klassischem Hemd plus Krawatte eine eher legere Hose. Als ich eintrete, sitzt er bereits am Tisch, und der Ober stellt soeben zwei Aperitifs ab. Aber überschwänglich ist der Empfang nicht, unser letzter Disput doch nicht ganz vergessen. Scharoth hält es nicht für nötig aufzustehen und mich zu begrüßen.

„Schön Sie wieder mal zu sehen, nehmen Sie doch bitte Platz", sagt er und bedeutet mir mit einer Handbewegung, mich zu setzen. „Sie haben ein Stück Vergangenheit wieder in unser Bewusstsein geholt", sagt er dann und beginnt von sich aus über die Bedeutung der Klosteranlage in der NS-Zeit zu sprechen.

„Gebäude wie dieses Kloster waren im Krieg ein Segen nicht nur für uns Deutsche, sondern für ganz Europa. Was alles wäre wohl ohne solche Gebäude unwiederbringlich verloren gegangen. Die wertvollsten Kunstwerke konnten wir in Bergwerken vor den Bombern der Engländer und Amis schützen. Aber viele weitere Zeugnisse unserer Kultur wären verloren gewesen, wenn nicht solche Refugien zur Verfügung gestanden hätten."

„Aber mit den Bombardierungen haben wir Deutsche begonnen und auch den Krieg vom Zaun gebrochen", unterbreche ich Scharoth.

„Ach was", winkt er ab. „Wir Deutsche haben im 20. Jahrhundert nur das gemacht, was uns über Jahrhunderte unsere Nachbarn vorexerziert haben. Nur fanden die Kriege jetzt nicht mehr in Deutschland statt, auch die Nachbarländer wurden nun direkt betroffen. Das war für sie neu. Gerade die Engländer haben immer irgendwo Krieg in der Welt geführt und Leute versklavt. Auf einmal waren sie selbst mitten drin und Bomben fielen auf London. Das konnten sie nicht verdauen."

Glaubt der Mann wirklich, was er sagt, geht es mir durch den Kopf oder will er mich nur provozieren? Am besten gar nicht auf solchen Schmu eingehen.

„Was wurde denn in Raitenhaslach alles eingelagert, haben Sie da Einblick", lenke ich deshalb das Gespräch in die von mir gewünschte Richtung. Eingedenk der Hinweise Merle Cortens richte ich meine Aufmerksamkeit zugleich auf Gestik und Mimik des Mannes und bemerke, wie er für den Bruchteil einer Sekunde zuckt. Scharoth fängt sich aber sofort wieder, überlegt nur einen Augenblick.

„Dieses Kloster war deshalb so gut geeignet, weil es abseits steht. Eine logistische Drehscheibe im NS-Staat und damit ein mögliches Bomberziel war es nur in der Vorkriegszeit, als Hitler in seiner Residenz am Obersalzberg war. Im Krieg verlor es diese Bedeutung. Hitler kommandierte von seinen Hauptquartieren aus, verkroch sich zunehmend in seiner Wolfsschanze in Ostpreußen. Für die Klosteranlage war dies eine glückliche Fügung, sonst wäre sie sicher bombardiert und zerstört worden."

Ich unterbreche Scharoth: „Die Kriegsgeschichte kenn ich. Was hier gelagert wurde, das möchte ich von Ihnen wissen."

„Eingelagert wurden hier nur zum geringeren Teil Exponate aus deutschen Museen. Der Großteil stammte aus besetzten Gebieten, insbesondere aus Frankreich. Verwahrt wurde hier alles Mögliche, darunter sogar viele Kisten mit beschlagnahmtem Champagner. Die

SS ließ hier mindestens zweimal die Korken richtig knallen. Aber auch bei Kriegsende waren noch Kisten vorhanden. Die Amis haben sie nicht zurückgeschickt. Es hat ein großes Besäufnis unter den Soldaten gegeben. Ansonsten räumten die Amis alles leer, brachten viele Museumsstücke aus Süd- und Ostfrankreich zurück in ihre Ursprungsorte."

„Was wissen Sie über die nun gefundenen Karten?"

„Da weiß ich lediglich, dass auch einige Beutestücke der dann in Stalingrad untergegangenen sechsten Armee hier verwahrt wurden. Dazu zählten offenbar auch die Karten aus dem Kaukasus. Warum sie im Kamin versteckt waren, ist mir allerdings ein Rätsel. Können Sie mir denn eine Antwort darauf geben?"

Scharoth blickt mich bei dieser Frage liebenswürdig an, aber in seinen Augen flackert etwas Unheimliches.

Vorsichtig antworte ich: „Ich habe keine Ahnung. Vielleicht hat sich ein deutscher Offizier gedacht, das nach dem Krieg verkaufen zu können. Oder ein Amerikaner hat sie gefunden und hier deponiert, weil er die Russen nicht mochte und verhindern wollte, dass die Karten ihnen übergeben werden. Es ist müßig, darüber zu spekulieren."

Nach Fasanenbrust und einigen Gläsern Wein scheint mir die Atmosphäre günstig genug, noch ein wenig tiefer zu bohren.

„Wie beurteilen Sie eigentlich den Festsaal der Klosteranlage, die Fresken Martin Heigls erscheinen mir phänomenal. Kunstexperten sollten sich das endlich genauer ansehen." Jetzt zuckt Jost Scharoth erneut und ich hake gleich nach: „Sie waren doch vor kurzem im Saal und konnten sich selbst von der Qualität der Malerei überzeugen.

Scharoth öffnet den Mund, aber es dauert, bis er etwas ausspuckt und seine Worte kommen unbeholfen.

„Ja, ja, da haben Sie völlig Recht, das müsste mal untersucht werden." Dann, nach einem Moment des Nachdenkens fügt er in alter Selbstsicherheit hinzu: „Das hat aber keine große Eile. Die Fresken sind am besten geschützt, wenn wir sie in Ruhe lassen. Deshalb hoffe ich, die Kunstexperten rücken nicht zu schnell an und an Sie richte ich zugleich die Bitte, hier zurückhaltend zu agieren und diese Kunstfachleute nicht erst auf den Plan zu rufen."

Nach einem weiteren Glas Wein frage ich Scharoth: „Haben Sie Fotos von den Karten aus dem Kaukasus den Russen verkauft?"

Völlig ungerührt nimmt Scharoth diese Frage hin, setzt ein Siegerlächeln auf.

„Wenn es so wäre, was fänden Sie daran schlimm?"

„Ich wenig, aber was sagt Marlis Weder dazu, wenn Sie ihr Vertrauen derart missbrauchen?"

Auch diese Frage pariert Scharoth erstaunlich gelassen.

„Frau Weder ist eine Frau, die noch die guten alten deutschen Werte verkörpert. Aber die Welt hat sich gewandelt, Geschäfte laufen heute anders. Die Pax Americana ist vorbei, Chinesen, Inder und bald auch Brasilianer und Afrikaner mischen im globalen Geschehen entscheidend mit. Jeder belauert jeden. Da müssen Sie als Geschäftsmann zusehen, wie Sie zu Ihrem Geld und nicht unter die Räder kommen. Frau Weder wäre hier überfordert. Dann ist es doch besser, wenn Sie sich an jemanden wendet, zu dem sie Vertrauen hat."

„Und was haben Ihnen die Russen bezahlt?" frage ich, als die Nachspeise serviert wird. Jetzt lacht Scharoth laut auf.

„Herr Raumoser, nun enttäuschen Sie mich aber. Sie sind vielleicht nicht der Allercleverste und mit dem Geschehen der Wirtschaft nicht so vertraut. Aber selbst Sie wissen, dass kein Geschäftsmann seine Einnahmen ausposaunt."

Ist es Vorfreude oder Sehnsucht oder bin ich nur aufgeregt? Egal. Mein Herz schlägt schneller, und der Grund dafür ist München. Endlich hat Nora Zeit für mich. Ich habe so viele Fragen an sie, muss wissen, wie es mit uns weitergehen soll. Und vor allem will ich erfahren, wer der Muskelprotz war, zu dem sie ins Auto gestiegen ist. Außerdem soll sie mir nun bitte genau erklären, weshalb sie genügend Zeit fand, Mathe Brass aufzusuchen, aber keine Zeit für mich erübrigen konnte, als sie ohnehin in der Stadt war. In meiner rechten Jackentasche befindet sich ein kleines Schmuckstück, eine schlichte Brosche. Keine unnötigen Verzierungen, klare Formen, nur eine geschwungene Linie. Dafür 900er Gold. In die linke Tasche habe ich ein Foto gesteckt, das Nora und mich mit der Burg als Hintergrund zeigt. Ich hoffe, nicht auf dieses Bild zugreifen zu müssen.

Als ich vor ihrer Wohnungstür stehe, warte ich einen Moment vor der angelehnten Tür, damit sich mein Atmen wieder beruhigen kann. Als ich gegen die Tür drücke, kommt mir Nora entgegen. Sie ist heute schlicht gekleidet, trägt Jeans und einen dunkelgrünen Pullover, sicher aus Kaschmirwolle. Sie umarmt mich. Aber ich spüre schon, es fehlt das Begehrende. Sie drückt mich an sich, wie man es eben mit einem lieben Menschen macht. Und als ich meinerseits ihren Körper kräftig an mich pressen will, schiebt sie ihre Hände gegen meine Brust. Auch küssen kann ich Nora nicht. Sie drückt mir nur schnell einen Schmatz auf die Wange, löst sich dann von mir mit der Bemerkung „Tom lass uns erst reden“.

Mit einer Handbewegung fordert sie mich auf mitzukommen. Auf dem Tisch ausgebreitet liegen eine Reihe Fotodrucke. Es sind keine modernen Werke, sondern Reproduktionen alter Gemälde. Als mein Blick darauf fällt, meint Nora mit einem Achselzucken, das etwas von der entschuldigenden Geste eines Schulmädchens hat: „Lach nicht darüber, Du weißt, das ist nicht mein Geschmack. Das ist Arbeit. Ich muss doch diese Ausstellung religiöser Werke des ausgehenden Mittelalters organisieren und schreib dafür gerade die Begleittexte. Das kann ich am besten, wenn ich das Bild direkt vor mir sehe. Und wie geht es Dir bei Deiner Recherche? Hast Du über die Templer noch mehr herausgefunden? Gibt es nun ein Versteck in Raitenhaslach oder nicht?“

Ein schaler Geschmack macht sich in meinem Mund breit, die linke Gehirnhälfte liefert dafür auch gleich die Erklärung. Warum nur will Nora das alles wissen? Der Rausch der Verliebtheit hat mich in der Vergangenheit daran gehindert, dieser Frage nachzugehen. Interesse für die Arbeit des Partners ist ja in Ordnung. Aber diese Neugier. „Es gibt nichts Neues“, lautet meine knappe Antwort. Nora gibt sich damit zufrieden, fragt nicht weiter nach. Sie nimmt einen der Drucke vom Tisch und hält ihn mir unter die Nase.

„Sieh Tom, mit was ich mich abrackern muss.“

Es ist ein klassisches religiöses Bild und zeigt Jesus am Kreuz. Auf der linken Seite und damit zur Rechten Jesu knien seine Mutter Maria und Maria Magdalena.

„Das Besondere an diesem Bild ist diese Person" sagt Nora und deutet auf einen Mann auf der anderen Seite des Kreuzes. Er hält einen Stab in der Hand, an dessen Ende etwas aufgespießt erscheint und das hält er dem Gekreuzigten ans Gesicht.

„Der Überlieferung nach ist das ein römischer Soldat namens Stephaton. Das Bild zeigt, wie er dem Gemarterten einen mit Essig getränkten Schwamm an den Mund hält, nachdem dieser mit den Worten ‚mich dürstet' um Flüssigkeit gebeten hatte. Das Bild stammt aus dem 15. Jahrhundert und ist Florentiner Schule. Kunst diente damals der religiösen Belehrung, zeigte den Menschen bildlich, was als Wahrheit galt und was sie zu denken hatten.

„Warum Essig?" will ich wissen. „Essig löst Reaktionen aus, wirkt wie Alkohol betäubend und berauschend. Das wussten die Menschen der Renaissance."

Auch mich dürstet, aber im übertragenen Sinn. Ich packe Nora an den Schultern, so dass sie nicht ausweichen kann und mich ansehen muss und frage direkt: „Was ist passiert, Mizzi? Du weichst mir aus, Du findest keine Zeit, mich zu sehen, obwohl Du in der Stadt warst. Dennoch bleibt Dir Zeit, Mathe und seine Bilder zu begutachten. Du bist mir eine Antwort schuldig".

„Hör auf damit, lass mich", sagt sie nun sehr bestimmt und schiebt meine Hände weg. „Du hättest mich nicht so lange mit Mathe allein lassen dürfen. Aber Du musstest ja unbedingt mit diesem Galle oder wie er hieß beisammen sein. An diesem Abend hat es zwischen Mathe und mir gefunkt, verstehst Du."

Das ist Klartext. Vor meinem geistigen Auge sehe ich Mathe, wie er scheinbar verschlafen mit nacktem Oberkörper aus seinem Fenster zu mir auf die Straße blickt und mich wissen lässt, Nora sei längst aufgebrochen.

„Warst Du noch bei ihm, als ich vor dem Fenster gestanden bin und nach Dir gefragt habe?" will ich wissen. Nora wendet sich von mir ab, sagt nichts.

„Du warst noch bei ihm, Ihr habt gerade eine heiße Nummer abgezogen und ich Idiot glaubte, Du seist tatsächlich schon nach München zurück", antworte ich an ihrer Stelle.

Dann ist Stille. Wir sitzen nebeneinander, schweigen uns an. Das geht einige Minuten so, in denen in meinem Kopf viele schöne Momente mit Nora wie ein Film ablaufen. Ich sehe, wie Nora auf der Vernissage mir das Glas wegschnappt, sehe uns als verliebtes Paar auf die Altstadt mit ihren sich auflösenden Nebelschwaden blicken und rieche den verführerischen Duft ihrer Haut, denke wehmütig an durchliebte Nächte auf Wolke sieben.

Zurück in der Gegenwart, beginnen sich Gedanken neu zu ordnen und ich frage: „Gibst Du uns und unserer Beziehung noch eine Chance oder war es das nun?"

„Was bist Du gleich so theatralisch, mach es mir doch nicht so schwer", antwortet Nora und fügt hinzu: „Auch ich hatte Gefühle und empfinde noch immer für Dich. Aber jetzt steht bei mir eben etwas anderes obenan. Wir bleiben nach wie vor in Kontakt und wer weiß, was sich in Zukunft alles ergibt. Die Nächte mit Dir waren wirklich gut, wenn ich Bedarf habe, melde ich mich gern einmal. Aber etwas Dauerhaftes wäre das mit uns doch nie geworden. Tom ich bitte Dich. Du spürst dem Leben in einer Kleinstadt nach. Ich habe andere Pläne, will die Welt sehen und nicht in der Provinz versanden."

Jetzt greife ich in meine Jackentasche und hole heraus, was ich Nora eigentlich nicht geben wollte. Denn es ist nicht die Brosche aus der rechten Seite, die für eine gemeinsame Zukunft stehen sollte, sondern das Foto aus der linken, das uns beide vor der Burg zeigt.

„Dann nimm bitte dieses Bild als Erinnerung und denk manchmal an mich. Mit Dir zu schlafen war traumhaft schön, aber glaube mir, die heißen Nächte gehörten mit dazu, aber die Hauptsache warst immer Du."

„Aber Tom, die Wirklichkeit ist anders und wir leben in der Wirklichkeit und nicht in einer Traumwelt. Bevor wir auseinandergehen, möchte ich Dir deshalb noch etwas sagen oder vielmehr einen Rat geben. Hüte Dich vor diesem Scharoth, er ist ein gewissenloser Mann und kennt keine Skrupel, wenn es ums Geschäft geht. Und noch eins, Tom. Der Mann ist gefährlich."

Jetzt bin ich baff.

„Woher kennst Du Scharoth?“ „Wir hatten geschäftlich miteinander zu tun und ich verbinde keine guten Erinnerungen damit“, antwortet Nora.

„Was war das? Los erzähl!“ Aber Nora wendet sich ab von mir. „Ich will und werde nicht darüber sprechen. Aber im Bewusstsein der schönen Momente, die uns beide verbindet, möchte ich Dich warnen vor diesem Mann und seinen Kreisen.“

„Hat er mit dem Überfall auf mich zu tun“, will ich wissen. „Ich habe keine Ahnung“, antwortet Nora und fügt mit eindringlicher Stimme hinzu: „Vorstellen könnte ich es mir schon. Pass auf Dich auf. Bitte beherzige meine Worte und jetzt bitte geh!“

Als ich wieder im Zug nach Hause sitze, verfolgen meine Augen durch das Zugfenster Wolken, die sich wie zu einem verspäteten Aprilschauer auftürmen, um wenig später vom Wind wieder auseinandergetrieben zu werden. Die Sonne schafft sich für einen Augenblick Raum, und im nächsten Moment beginnt das Spiel von neuem. Gedanken springen durch meinen Kopf, wechseln einander in hektischer Folge. Noras Gesicht scheint auf und verschwindet wieder in der Versenkung. Ihre Worte hallen nach, dringen auf mich ein. Sollte Scharoth tatsächlich den Überfall geplant haben? Dann hätte er den Mann mit dem Schnauzbart engagiert und auch den Einbruch bei Vater veranlasst. Warum interessiert ihn dieses Bild mit den Tempelrittern, wonach sucht Scharoth? Mögliche Verbindungen formen sich in meinem Kopf zu kaleidoskopartigen Gebilden, zerfließen wieder, gruppieren sich neu zu bunten Mustern. Aber es sind nur einzelne Gebilde, ein vollständiges Mosaik will daraus noch nicht werden, immer wieder verschwimmen die Konturen. Das große Ganze erschließt sich mir nicht.

Ich denke an Nora, wie sie vor ihrem Tisch mit den religiösen Bildern sitzt und die Beschriftungen für die Ausstellung zusammenstellt. Ich sehe den Gekreuzigten, die Heiligen mit der sie umgebenden Corona und den römischen Soldaten, der dem am Kreuz Hängenden mit einer Lanze den Essigschwamm an den Mund drückt. Wie sagte Nora doch gleich dazu. ‚Mich dürstet‘ sagte sie. Mit diesen Worten soll Jesus am Kreuz um den mit Essig getränkten Schwamm gebeten haben. Jetzt fällt mir wieder das Papier aus dem

Bellmann-Haus ein. Eva konnte inmitten des vergilbten Papiers das Wort „dürstet“ lesen. In diesem Moment hat gerade einmal mehr die Sonne die Wolkenfetzen durchdrungen und scheint direkt in mein Gesicht. Ich atme tief durch. Zugleich schält sich aus den bunten Mustern meiner Gedankenwelt eine feste Kontur heraus. Ich weiß nun, was zu tun ist.

Gleich am nächsten Tag lege ich los – und sitze wie auf heißen Kohlen. Denn ich kann weder Frank noch Eva erreichen. Dafür teilt mir Chefsekretärin Rosa Fuchs mit schönem Gruß von Schuster mit, ich bekäme ein Sonderhonorar, weil der Verlag meine Geschichte über den Fund der Karten im Kamin der Klosteranlage gut weiterverkaufen konnte und ich natürlich auch einen kleinen Teil davon abbekommen soll. Das ist eigentlich eine gute Nachricht, aber die paar Kröten interessieren mich im Moment nicht die Bohne. Ich brauche fachliche Unterstützung, am liebsten von beiden. Denn Frank kennt sich mit chemischen Reaktionen aus und Eva ist unbedingt erforderlich, falls das Experiment gelingen sollte.

Frank meldet sich erst am späten Nachmittag. „Nein, heute kann ich nicht mehr.“

„Und morgen?“

„Ja morgen komm ich schon um vier aus der Klinik. Bin um 5 Uhr bei Dir.“

Kurz nach acht Uhr abends meldet sich dann auch Eva – endlich. „Ich hatte einen langen Tag, komme gerade von Uni, was gibt es so Wichtiges“, fragt sie.

„Kannst Du morgen um fünf Uhr nachmittags zu mir kommen? Es ist wichtig.“ Ich höre, wie Eva heftig atmet.

„Mensch Tom, das ist ganz blöd, ich sollte auch morgen unbedingt an der Uni sein. Da ist nachmittags ein wichtiges Seminar über mittelalterliche Heraldik. Einmal habe ich schon krankheitsbedingt gefehlt. Dieses Seminar ist für mich wichtig.“

„Dann geh zu Deinem Seminar und komm hinterher. Wann kannst Du da sein?“

„So wie heute, also frühestens um 8 Uhr abends.“

„Danke Eva, ich freu mich, dass Du kommst.“

„Um was geht es denn eigentlich?"
„Lass Dich überraschen. Es geht um einen Versuch, bei dem Du dabei sein musst."

Die Nacht wird lang. Nach ein paar Stunden schlechtem Schlaf folgt ein seltsamer Traum. Ich hab mich mit dem Auto verfahren, die Straße wird unpassierbar. Ich gehe zu Fuß weiter, gelange an eine Baustelle, wo ich erfahre, dass mein Auto gerade abgeschleppt worden sei, weil es die Arbeiten behindere. Der Wecker holt mich zurück in die Wirklichkeit. Ich rappele mich auf, dann eine Tasse Tee und dazu ein paar ungesunde Kalorien, Hunger habe ich eh keinen. Quälend langsam verstreichen die Stunden in der Redaktion. Ich kann mich nur schwer konzentrieren auf meine eigentliche Arbeit. Deshalb überlasse ich der Kollegin die Aufmachergeschichte, mache das Layout, redigiere die Texte freier Mitarbeiter und schreibe selbst nur ein paar lapidare Meldungen.

In der Mittagszeit stehe ich an der Uferschutzmauer der Salzach und blicke auf den Fluss. Der Wasserstand ist höher als gewöhnlich, der ansonsten grüne Fluss ist jetzt dank dem Schmelzwasser der Alpengletscher braun. Trotz der schmutzigen Farbe glitzert die Oberfläche immer wieder auf, die Sonne treibt ihr Spiel mit dem schnell fließenden Wasser, das sich ständig verändert. Aber der Fluss bleibt immer derselbe. Oder doch nicht? Das Leben fließt darin zwar seit Jahrtausenden, das Wasser bringt wie eh und je Gestein aus den Bergen, zermahlt es zu Sand. Über die Zeit hat der Fluss sich immer tiefer in die Landschaft gegraben und sein Bett verändert. Wie ich dem Spiel der Strömung so zusehe wird mir bewusst: Alles ist in Veränderung, es gibt nichts Bleibendes. Nur wir Menschen brauchen feste Größen, Haltepunkte im Leben. Die Natur hat noch nie vor irgendetwas halt gemacht, schon gar nicht vor Grenzen, die wir Menschen gezogen haben. Ihr Rad dreht sich beständig, ob wir wollen oder nicht.

Zurück am Arbeitsplatz blicke ich nun mit anderen Augen auf die Zeiger der Uhr. Auch sie drehen sich, obwohl mir das heute so langsam erscheint. Sonst ist Zeit meist knapp, heut mag sie nicht vergehen. Kollegin Martina übernimmt einmal mehr den Spätdienst und bleibt länger da, so kann ich kurz nach vier schon los. Auf dem Heimweg merke ich, dass es gar nicht so einfach ist, Essig mit ohne allem, also ohne jegliche Zusätze zu kaufen. Zur Sicherheit nehme ich auch noch eine kleine Flasche Essigessenz mit. Zu Hause bereite ich dann alles vor. Schokolade und Rotwein sind ohnehin da, Frank kann kommen. Ich bestelle zudem beim Lieferdienst ausreichend Pizza für drei hungrige Mäuler und sehe dabei, Eva hat mir eine Nachricht hinterlassen.

„Prof ist krank geworden, Seminar fällt aus, kann eher kommen." Frank ist wie immer pünktlich, und schon wenig später trudelt auch Eva fast gleichzeitig mit dem Pizzaboten ein. Meine Gäste sind hungrig, und ich gebe gern zwei Stück meiner „Vier Jahreszeiten" ab und lege sie auf Evas „Margherita" und Franks „Capricciosa" drauf. Schließlich sollen sie heute für mich arbeiten.

„Nein, wir diskutieren heute nicht über das Wesen Welt" sage ich zu Frank gewandt, als ich ihm auf seinen Wunsch hin ein Gläschen Rotwein eingieße. Eva bleibt wie ich beim Wasser, nimmt dazu noch etwas Traubensaft.

„Esst erst mal in Ruhe" wehre ich vorschnelle Fragen nach dem Grund unserer Zusammenkunft ab, ebenso wie Franks Wunsch nach einem zweiten Glas Wein. Denn ich brauche seine ungeschmälerte Urteilskraft. So gestärkt können wir ans Werk gehen. Beide blicken mich mit großen Augen an und harren der Dinge, die da kommen mögen. Ich breite geheimnisvoll erst ein sauberes Tuch aus und lege darauf das in Klarsichtfolie geschützte Stück Papier aus dem Bellmann-Haus. Dann hole ich Wasser, Wattebauschen und lege Handschuhe und den mitgebrachten Essig daneben ab.

Eva nimmt die Essigflasche in die Hand und fragt: „Was hast Du vor?"

„Mich dürstet nach Erkenntnis", antworte ich grinsend. Eva beginnt zu lachen.

Doch ich unterbreche sie: „Hab ganz bewusst so formuliert. Du hast doch zusätzliche Worte auf diesem Papierstück erkannt und eines davon war ‚dürstet'. Dieses Wort kommt in den Evangelien vor. Ein Soldat drückte Jesus am Kreuz einen Essigschwamm an den Mund, nachdem dieser ihn mit den Worten ‚mich dürstet' darum gebeten hatte. Wir sind dem Papier mit Wasser zu Leibe gerückt, ohne Ergebnis. Verwandeln wir doch das Wasser in Wein oder besser in Essig. Ich glaube, damit könnten wir eine Reaktion auslösen und eine geheime Botschaft auf diesem Stück Papier entziffern", sage ich und wende mich an Frank: „Was denkst Du? Sollen wir das wagen oder könnte das Papier damit zerstört werden?"

Frank verdreht bei meinen Worten die Augen. Er starrt die gegenüberliegende Wand an, während sich seine Lippen eifrig bewegen. Er denkt nach. Dann sagt er: „Das halte ich für keine gute Idee. Essig enthält Säuren, die Papier schädigen. Habt Ihr es schon mit Wärme versucht. Viele geheime Schriften werden beim Erwärmen sichtbar. Was meinst Du Eva, können wir dem alten Papier das Erwärmen auf einer Herdplatte zumuten?"

Evas Gesicht drückt Zweifel aus und analog dazu sagt sie: „Ich würde das nicht machen. Erhitzen wir zu stark, wird das Papier braun. Ich glaube auch nicht, dass Michael Bräu ein solches Verfahren verwendet hat, das bei Anwendung die Zerstörung des Papiers auslösen könnte."

Frank unterbricht sie: „Wir könnten es allenfalls mit geringer dosierter Erwärmung versuchen und prüfen, ob sich dabei überhaupt etwas tut. Bring mir Deine Taschenlampe", fordert mich Frank auf. Ich hole sie und gebe sie ihm. Frank schaltet sie ein, zieht sich Handschuhe über, holt das Papier aus der Folie und legt es auf das Tuch. Dann zieht er die Handschuhe mit den Worten „so hab ich mehr Gefühl" wieder aus und geht auf wenige Zentimeter mit der Lampe an das Papier. Immer wieder berührt er mit dem Zeigefinger der freien Hand das Papier, um die Temperatur zu fühlen. Es tut sich – nichts. Absolut nichts.

„Ich glaube, so kommen wir nicht weiter" bemerkt Eva trocken. Aus dem Ton ihrer Stimme glaube ich Kritik heraushören zu können und zwar dergestalt: Wegen Deiner skurrilen Idee hätte ich beinahe mein Seminar sausen lassen. Aber Eva verkneift sich eine entsprechende Bemerkung. Frank nimmt sein Smartphone und recherchiert ein wenig.

Dann meint er: „Es gibt einfache Tinten, die mit Substanzen aus Essig, Zitrone oder Milch geschrieben und beim Erwärmen sichtbar werden. Das wusste ich ohnehin. Zudem gibt es alles Mögliche, was selbst heute noch Geheimdienste nutzen. Diese Substanzen waren aber vor 500 Jahren unbekannt."

Eva stupst Frank an und macht mit zynischem Zungenschlag den Vorschlag: „Vielleicht solltest Du diesen Wein nicht trinken, sondern es damit versuchen. Das wäre auch theologisch sehr elegant. In der Bibel strotzt es doch nur so von Vergleichen mit Weinstöcken, Reben, und machte nicht auch Jesus aus Wasser Wein."

„Bitte bleib ernsthaft" unterbreche ich Eva und sage zu Frank gewandt: „Wir versuchen es mit Essig. Was schlägst Du vor, wie gehen wir vor?"

Wieder überlegt der Freund einen Moment, schnappt sich eine meiner Tafeln Schokolade, reißt sie auf und bricht sich ein Stück ab. Dann gibt Frank Anweisungen.

„Ich brauche eine Porzellanschale und Wasser und schalte Deinen Backofen auf 80 Grad."

Er nimmt die Essigessenz, schüttet eine kleine Menge in das Schälchen, gibt gut das Doppelte an Wasser hinzu und stellt das Porzellan in den Backofen. Mit der Erwärmung macht sich Essiggeruch in der Küche breit. Als die Schale gerade so heiß ist, dass man sie mit bloßen Fingern nicht mehr anfassen kann, nimmt Frank sie mit einem Topflappen wieder aus dem Ofen und stellt sie auf dem Tisch ab. Gespannt verfolgen Eva und ich, was er macht. Ich deute auf den Wattebausch. Aber Frank wehrt ab. „Ich sagte Euch doch schon: Flüssiger Essig schadet dem Papier sehr. Es muss anders funktionieren. Michael Bräu hätte nie auf ein Essigbad abgezielt."

Frank zieht jetzt Handschuhe über, nimmt das Papier in die Hände und hält es etwa einen Zentimeter über die Schale. „Wir nutzen nur die Dämpfe, so bleibt das Papier unbeschädigt", erläutert er. Es dauert keine halbe Minute, als sich auf dem Papier dunkle Konturen abzeichnen. Tatsächlich da sind Schriftzeichen zu erkennen, die wie aus dem Nichts Realität werden. Gebannt starren wir auf das Papier.

„Eva jetzt bist Du dran", sage ich aufgeregt. Ihr Gesichtsausdruck hat sich total verändert. Nichts mehr ist von den zusammengepressten Lippen mit den spitzen Mundwinkeln zu erkennen, jeglicher Anflug von Zynismus verschwunden.

„Bring mir eine Lupe“, ruft Eva. Ihre Stimme klingt aufgeregt. Sie streift sich ebenfalls Handschuhe über und greift nach dem Papier.

„Kannst Du was lesen?“ frage ich und reiche ihr das Vergrößerungsglas.

„Ja, ich seh was.“

„Nimm Stift und Papier und schreib mit, was Eva vorliest. Die Schrift dürfte bald wieder verblassen“, fordert mich Frank auf.

Eva beginnt zu lesen, langsam, Wort für Wort. Sie muss Pausen einlegen und die Lupe zu Hilfe nehmen. Aber nach und nach formt sie die Wörter zu Sätzen. Am Ende habe ich Folgendes aufgeschrieben: Aurum Mundi sub tabulis in tabulato secundo ad Monasterium Zisterziensorum. Item illic Gloria Dei et septem stellae propter Catharinam. Deo gratias.

„Und was heißt das nun?“ will ich wissen. Gemeinsam beginnen wir zu übersetzen. Das klingt in etwa so: Das Gold der Welt ist unter den Brettern im zweiten Stockwerk des Zisterzienserklosters. Auch der Ruhm Gottes und die sieben Sterne sind dort neben Katharina. Dank sei Gott. Wir sitzen da und überlegen. „Ich bin begeistert, die Botschaft ist ganz klar: Wir müssen im Kloster unter den Bodenbrettern nachsehen. Darunter muss etwas versteckt sein“, sagt Frank.

Eva meint: „Das sehe ich auch so. Du musst Deine Kontakte spielen lassen, damit wir dort nachsehen können. Mensch, das ist aufregend.“

Irgendetwas stört mich an dieser Euphorie und im nächsten Moment wird mir klar was.

„Dieses Schriftstück ist unserer Überzeugung nach von Michael Bräu und somit im 16. Jahrhundert geschrieben. Die Klosteranlage wurde aber in der Barockzeit, also erst im 18. Jahrhundert, neu gebaut. Der Prälatenstock mit dem Festsaal stammt aus dieser Zeit. Da werden wir unter den Brettern nicht viel finden.“

Kapitel 32

Heilung an den vier Elementen

„Tom, mir ist etwas aufgefallen, oben auf dem Gerüst. Das musst Du sehen. Wann kannst Du kommen?“ Merle Corten hat mir diese Botschaft geschickt, als Eva und Frank bei mir waren und ich das Handy ausgeschaltet hatte, um nicht gestört zu werden.

„Komme morgen nach Redaktionsschluss ins Kloster“ antworte ich ihr und lege mich schlafen.

Es wird eine unruhige Nacht, ein Traumbild jagt das andere. Erst gehe ich in das Kloster und steige hoch in die zweite Etage des Prälatenstocks. Dort steht plötzlich der Mann mit den Hochglanzschuhen vor mir. Ein dreckiges Lachen kommt aus seinem Mund, derweil sein Schnauzbart fantastische Formen annimmt. Zunächst dehnt er sich nach beiden Seiten zu einem imposanten Schnurrbart aus, der Dunkelhaarige zwirbelt die schwarzen Spitzen mit seinen Fingern. Er hebt ein Brett hoch und nimmt goldene Ringe aus dem Raum darunter. Die hängt er an die nach oben gebogenen Enden seines Schnurrbarts. Wenn der Mann seinen Kopf bewegt, überträgt sich das auf die Bartspitzen, die im gleichen Rhythmus mitschwingen und die Ringe auf und ab tanzen lassen. Danach sprießt der Bart überall in seinem Gesicht. Und auch das Kopfhaar schießt in die Länge, sieht aus wie schwarzer Schnittlauch. Der Mann wird zum Struwwelpeter, denn auch die Fingernägel wachsen über die Fingerkuppen hinaus. Mit denen greift er nach unten und streicht sanft, ja geradezu liebevoll über den Lack seiner Schuhe. Aus dieser Hocke heraus springt mich dieses Zauberwesen plötzlich an, fingert mit seinen langen Nägeln in meinem Jackett und zieht daraus zwei weitere goldene Ringe. Ich kann nichts dagegen machen, bin wie gelähmt, unfähig mich zu wehren. Endlich gelingt es mir, einen Arm zu bewegen und den Unhold am Hals zu packen. Aber da tritt plötzlich

Malevsky hinzu, reißt an meinem Arm. Mein Griff löst sich, der Unhold kann mit den Ringen weglaufen.

„Du neigst zu Gewalttätigkeiten", schreit mich Malevsky an, „das werde ich in Deine Personalakte eintragen."

Schweißgebadet wache ich auf. Schon bald schlafe ich wieder ein, aber zur Ruhe finde ich nicht.

„Warum misstraust Du der Polizei?", redet mir Eva ins Gewissen und ihre Stimme wird tief wie die eines Mannes. Ihre Frage wird von einer Wand zur anderen geworfen, hallt lange nach.

„Du musst die Bretter öffnen und das Mosaik zusammensetzen", schreit sie mich plötzlich an. Bis ich etwas sagen kann, ist Eva schon wieder außer Reichweite.

Dann erscheint Franks Kopf. Sein Gesicht leuchtet rot und er sagt mit tonloser Stimme wie Gahl die Nähmaschine: „Es gibt keine Grenzen, weder im Großen noch im Kleinen. Und es gibt auch nicht die eine Wahrheit, sondern es gibt viele Wahrheiten, je nachdem welche Frage Du stellst. Und je mehr Du fragst, umso mehr Antworten wirst Du erhalten."

Und zuletzt erscheint in meinen Träumen Merle Corten. Ihr Gesicht ist eigenartig dunkel verfärbt, die Augen haben ihren Glanz eingebüßt. Sie legt sich den Nonnenschleier über und steigt auf das am Prälatenstock des Klosters aufgebaute Gerüst. Sie klettert schnell, ist in wenigen Sekunden oben und beginnt zu turnen.

„Pass auf, das ist gefährlich", rufe ich ihr zu.

Sie lacht laut auf. Es ist ein durchdringendes Lachen und es hört nicht mehr auf. Schließlich verändert es seinen Klang, wird immer mehr zu einem Klingeln. Der Wecker. Ich stöhne auf und drücke mit der Hand die Taste. Jetzt hat das Klingeln aufgehört.

Gerädert von den belastenden Traumbildern brauche ich einige Zeit, um aus den Federn zu kommen. Was dieser Tag wohl bringen mag? Zunächst wenig. Die übliche Routine: Seitenplanung, Aufmacher und weitere Themen festlegen, erste Telefonate führen. Cora hält mir die Nervensägen vom Leib, von denen es immer zu viele gibt. Bis Mittag stehen die Geschichten, jetzt geht es ans Schreiben und Füllen der Seiten. Und plötzlich ertönt das Martinshorn. Ein Blick aus dem Fenster zeigt: Polizei und Feuerwehr sind unterwegs. Ich rufe in der Inspektion an und erfahre: „Es hat einen Unfall bei den Dreharbeiten gegeben. Eine Frau ist von einem Gerüst gestürzt."

Ich setz mich ins Auto und rase los. In wenigen Minuten bin ich an der Klosteranlage. Menschen rennen hektisch hin und her, ein Sankawagen steht auf der Wiese vor dem Prälatenstock mit dem Prunksaal und dem Gerüst davor. Eine Person liegt am Boden, umringt von Sanitätern und Notarzt. Die hier am Boden liegt, trägt einen schwarzen Schleier. Mir wird himmelangst, ich muss es wissen. Ich trete näher und bin fassungslos. Es ist tatsächlich Merle Corten, die hier liegt. Hoffentlich war sie nicht ganz oben, geht es mir durch den Kopf. Denn das Gerüst schätze ich auf fast zehn Meter Höhe.

Und was ist das? Die Sanitäter werden immer langsamer in ihrem Tun, wo doch Eile geboten wäre. Einer tritt jetzt sogar ein paar Schritte zur Seite. Ich kenne ihn und will wissen: „Wie geht es Merle Corten?"

Der Angesprochene reagiert kaum, schaut mich nur traurig an: „Der können wir nicht mehr helfen."

Ich bin schockiert, mache die paar Schritte hin zu der Frau am Boden. Meine Augen werden nass, mir wird schlecht, obwohl ich schon so viele Unfalltote gesehen habe. Aber das waren mir Unbekannte. Hier ist es anders, Merle war mir sympathisch geworden, ja noch mehr: Schon ein Gefühl von Vertrautheit verband uns beide. Jetzt ist der warme Ton aus ihrem Gesicht verschwunden, es hat einen fahlen Schimmer angenommen. Äußerlich sehe ich keinerlei Verletzungen.

„Sie hat viele Knochenbrüche erlitten und dazu innere Verletzungen, die tödlich waren. Wir konnten ihr Herz nicht mehr zum Schlagen bringen", sagt neben mir der Sani mit gebrochener Stimme.

Ich trete wieder zurück, mechanisch dirigiert berufliche Routine mein weiteres Handeln. Erst mache ich Fotos von dem Gerüst mit dem Prälatenstock dahinter. Dann eile ich zum Filmteam und will wissen, wie das passieren konnte.

„Ich war mit ihr oben", fängt ein Kameramann zu sprechen an. Er blickt mich völlig verstört an, sein Gesicht ist kreidebleich. Der Mann stammelt: „Auf einmal ist mir Merle aus dem Focus geraten, ich ziehe mit der Kamera nach und finde sie nicht mehr. Dann dieser durchdringende Schrei. Ehe ich begreife, was passiert ist, höre ich einen dumpfen Schlag. Was ist jetzt mit Merle, was sagen die Ärzte?" will der Mann von mir wissen.

Er hat offenbar mitbekommen, dass ich mit dem Sani gesprochen habe. Als ich antworte, klingt meine Stimme eigenartig metallisch, so als würde ein Außerirdischer von einer fernen Welt eine Botschaft zur Erde senden. Meine Augen werden nass.

„Die Ärzte können Merle Corten nicht mehr helfen. Sie hat uns verlassen, sie kommt nicht mehr zurück, sie ist tot."

Der Kameramann reißt seinen Mund weit auf, Tränen treten in seine Augen, er wendet den Blick ab von mir und redet mit sich selbst: „Ach Merle, was machst Du nur für blöde Sachen. Du solltest doch nicht springen. Wir drehten doch den ersten Teil. Der Stuntman war gar nicht oben, die Szene mit ihm wollten wir doch erst morgen drehen. Du solltest doch nur an den Geländerrand treten, nicht mehr."

Der Schock über Merles tödlichen Sturz hat mein Denken kurzzeitig gelähmt. Aber als der Kameramann so vor sich hinbrabbelt, weil er der Geschehene nicht verstehen kann, reißt er mich aus dieser Lethargie. Instinktiv blicke ich nach oben und sehe: Das Geländer auf der oberen Plattform ist defekt. Eine Stange ist nur ein einer Seite befestigt, an der anderen liegt sie unten auf dem Boden der Plattform.

„Habt Ihr für die Dreharbeiten da oben etwas verändert, sollte vielleicht die Sicherungsstange nicht erkennbar sein?" frage ich den Kameramann. Er hört mir nicht zu. Ich packe ihn an der Schulter und zeige nach oben. „Da schau hin, habt Ihr die Stange gelöst. War Euch die Sicherung beim Dreh im Weg?"

Der Mann blickt nach oben und starrt mich dann fassungslos an: „Aber nein, wir haben dort nichts verändert. Das fertige Baugerüst passte genau in den Dreh. Erst vor ein paar Tagen ist es überprüft und für uns freigegeben worden. Dann konnten wir mit den Aufnahmen beginnen. Wie kann sich eine Stange lösen?"

Genau diese Frage stelle ich mir auch. Ich muss hinauf und mir das selbst ansehen, bevor die Polizei eintrifft und alles absperrt. „Ich schau mir das mal an", sage ich zu dem Kameramann, und schon bin ich am Gerüst und steige die eisernen Trittstufen hoch. Eine Ebene, die nächste, noch eine und noch eine und schon bin ich oben. Feuchter Dreck liegt auf den hölzernen Einlagebrettern. Das ist normal. Schauspieler und Technikleute haben ihre Trittspuren hinterlassen. Da ist nichts Auffälliges. Schon bin ich an dem defekten Geländer, dort wo sich eine Querstange auf einer Seite gelöst hat und nach unten auf das Trittbrett gefallen ist. Ich sehe mir zuerst die intakte linke Seite an. Die Stange ist hier mittels einer Kralle mit dem senkrecht verlaufenden Stahlteil verbunden, ein Bolzen sichert ihren Halt. Auf der rechten Seite liegt die Stange am Boden auf, die Kralle ist abgefallen und liegt daneben. Von einem Bolzen aber ist nichts zu erkennen. Ich sehe genau hin, suche alles ab, einen Bolzen gibt es nicht.

„Kommen Sie sofort da runter", schreit ein Mann in Uniform zu mir herauf. Es ist ein Polizist, der zudem wild mit den Armen fuchtelt.

„Ja, ich komm schon", rufe ich hinunter und steig langsam hinab. Auf jeder Ebene halte ich genau Ausschau, einen Sicherungsbolzen sehe ich nicht. Als ich unten ankomme, suche ich auch dort den Boden ab. So ein Eisenteil fällt wegen seines Gewichts ziemlich direkt nach unten, es muss im engeren Umkreis des Gerüsts liegen.

Der Polizist kommt auf mich zu und fragt in barschem Ton: „Was haben Sie da oben gemacht?"

„Nachgesehen."

„Nun werden Sie nicht frech, können Sie sich überhaupt ausweisen?"

Ich halte ihm meinen Presseausweis unter die Nase. Das gefällt ihm offenbar gar nicht. „Sie brauchen hier nicht rumzuschnüffeln. Wir geben am Ende eine Pressemitteilung raus, da bekommen Sie alles, was Sie brauchen."

Ich spüre, wie in mir Hitze hochsteigt. Merle ist tot, von diesem Gerüst gefallen und der Typ tut so, als wäre bei einem Auffahrunfall ein Kotflügel beschädigt worden. Das nervt. Der Polizist blickt mich böse an. Meine Gefühle kochen.

Meine Stimme wird laut: „Bevor Sie hier Leute von der Arbeit abhalten, machen Sie sich erst einmal selbst kundig. Die Absturzsicherung dort oben ist mit einer Kralle befestigt und mit einem Bolzen gesichert. Auf der rechten Seite fehlt dieser Bolzen. Den sollten sie suchen. Ich jedenfalls habe ihn noch nicht gefunden."

„Was wollen Sie damit sagen?" fragt ein weiterer Polizist, der an die Seite seines Kollegen getreten ist und die letzten Worte mitbekommen hat.

„Ist doch ganz einfach. Merle Corten ist herabgefallen, weil die Halterung weggeklappt ist, als sie sich dagegen lehnte. Der Sicherungsbolzen war offensichtlich nicht eingeschoben. Warum das so war, das müssen Sie klären, meine Herren. Es könnte Schlamperei gewesen sein oder noch viel schlimmer Sabotage und damit Absicht. Ich freu mich schon auf Ihren Pressebericht."

Während die Beamten beginnen, die Leute vom Film zu befragen, gehe ich nochmals hin zu Merle, die inzwischen mit einer Plane bedeckt worden ist.

„Ich stand ihr persönlich nahe und möchte von ihr Abschied nehmen", bitte ich einen der Sanitäter. Seine Handbewegung signalisiert Zustimmung. Ich hebe die Plane an. Merles Gesicht ist jetzt ganz weiß geworden. Ich streiche mit der Hand liebevoll über ihre Wange, spüre noch einen Rest von Körperwärme. Die Tränen kehren zurück, ich beginne zu reden: „Merle, Du hättest da nicht raufsteigen dürfen. Ich hätte Dich warnen müssen. Jetzt liegst Du tot vor mir und ich fühle mich schuldig."

Wohl einige Minuten sind es, die ich kniend neben ihr bin und mit dem Schicksal hadere. Dann drängen mich Feuerwehrleute beiseite, schaffen Platz für ein schwarzes Auto, das eben eingetroffen ist. Zwei Männer entsteigen ihm, öffnen die Heckklappe und holen einen Sarg heraus. Luft, ich brauche Luft. Ich bin traurig und wütend zugleich. Wirre Gedanken schießen mir durch den Kopf.

Doch allmählich setzt sich die linke Hirnhälfte wieder durch und mahnt mich: „Du musst den Boden noch genauer absuchen." Also zurück zum Gerüst. Aufmerksam mustere ich jedes Fleckchen unter der Unfallstelle. Nichts ist zu finden. Ich frage auch noch den Kameramann, Feuerwehrleute und am Ende sogar die Polizei. Den Metallbolzen hat keiner gefunden. Dann fahre ich zurück in die Redaktion.

„Wir bauen die erste Seite um, es gibt eine Tote und damit einen neuen Aufmacher“, informiere ich die Kollegen und setz mich sofort an den Computer. Noch immer geschockt von dem Geschehen schreibe ich wie ein Besessener und mir damit zugleich einen Teil der schweren Last von der Seele. Hier gibt es nichts zu beschönigen oder Worte abzuwägen. Ich schreibe einfach, was passiert ist und stell die Nachricht auch sofort ins Netz. Für die Printausgabe kommt noch der gesamte Hintergrund mit den Details der Dreharbeiten rund um den Film hinzu. Und ich baue auch eine Passage meines bereits veröffentlichten Artikels ein, dass in der Klosteranlage vor kurzem geologische Karten über Bodenschätze im Kaukasus aus der Zeit des Zweiten Weltkriegs gefunden worden sind. Ebenso erwähne ich den fehlenden Bolzen in der Sicherungskralle des Gerüsts als vermutliche Unfallursache. Zum Schluss halte ich fest: „Aufgabe der Polizei ist es jetzt zu untersuchen, weshalb dieser Bolzen nicht eingeschoben war oder ob ihn jemand herausgezogen hat, um die Dreharbeiten zu sabotieren.“

Das ist natürlich ein schwerwiegender Verdacht, den ich öffentlich mache. Aber das ist das Mindeste, was ich noch für Merle tun kann. Auf dem Heimweg nach der Arbeit geht mir das Bild von Merle und ihrem vom Tod gezeichneten blassen Gesicht durch den Kopf. Eigenartig, ihre Züge waren gar nicht verzerrt, fällt mir ein. Als ob das noch eine Rolle spielen würde. Dann erinnere ich mich wehmütig an das herzhafte und so unbeschwerte Lachen von Merle Corten in ihren letzten Lebenstagen. Aber es ist kein Trost, das macht mich eher noch trauriger.

Gut wenn man in solchen Momenten einen Freund hat und noch besser, wenn er dann auch für einen da ist. Tatsächlich kann ich Frank erreichen, erzähle ihm alles.

„Frank, ich fühle mich mitschuldig an ihrem Tod, habe ich sie doch gebeten, für mich die Augen offen zu halten. Sie hat sich dann auch in der Klosteranlage umgesehen und ist offenbar auf etwas gestoßen.“

Als ich das Frank sage, trifft mich die Erinnerung wie ein Schlag ins Gesicht. Ich berichte dem Freund: „Mensch Frank, Merle erzählte, ihr sei etwas aufgefallen, was ich sehen müsse. Frank, ich muss unbedingt noch einmal auf dieses Gerüst und danach forschen, was es gewesen sein könnte. Auch das bin ich Merle schuldig."

Frank unterbricht mich: „Da gehst Du aber nicht allein hin, ich begleite Dich. Vier Augen erkennen mehr als zwei. Zudem ist Deine kritische Urteilsfähigkeit nach dem Schock über den Tod dieser Schauspielerin eingeschränkt."

Während Frank spricht, kommt mir noch ein Umstand in den Sinn und ich frage den Freund und Mediziner: „Frank, glaubst Du, dass Menschen Dinge erahnen können? Merle sprach zu mir einmal davon, sie habe das Gefühl, der Saal sei für sie ein schicksalhafter Ort."

Frank überlegt lange, bis er Antwort gibt.

„Ich weiß nur eines: Unser Wissen und unsere Wahrnehmung sind begrenzt. Die Logik ist ein schmales Band. Daneben liegen noch viele Bereiche, die uns verschlossen sind. Aber ich denke schon, es gibt Menschen, die dafür einen Schlüssel haben und sozusagen wahrnehmen, was in der Luft liegt."

Nach einer kleinen Pause fährt Frank fort: „Ich kann das nicht, habe keinen Schlüssel dafür, aber eines kann auch ich trotz meiner begrenzten Sicht vorhersagen: Wir müssen uns beeilen. Die Polizei wird das Gerüst und den Unfallort absperren. Bis es wieder zugänglich ist, dürften alle Spuren verwischt sein. Dann macht es keinen Sinn mehr, dort oben nach etwas zu suchen."

„Frank Du hast Recht, aber jetzt ist es finster." „So steigen wir gleich morgen früh bei Tagesanbruch mit dem ersten Sonnenlicht rauf. Wir müssen früh raus. Denn dann schlafen auch die Filmleute noch, das ist die beste Zeit. Ich hol Dich ab. Bin um 4 Uhr morgens bei Dir."

Als wir aufbrechen, zeichnet sich ein kräftiges Morgenrot am Himmel ab, die Dämmerung setzt ein. Bei der Ankunft in Raitenhaslach wird es schon deutlich heller. Wir stellen das Auto etwas abseits ab und gehen die letzten Meter zu Fuß. Rund um das Gerüst hat die Polizei ein Absperrband anbringen und ein Schild mit der Aufschrift „Betreten verboten" aufstellen lassen. Wir schlüpfen durch und bemühen uns, so leise wie möglich vorzugehen. Leider hat Frank dafür nicht ganz die richtigen Schuhe. Seine harten Ledersohlen verursachen auf den Holzbrettern des Gerüsts ein Geräusch. Aber laut ist es nicht, und wenn alle schlafen, hört uns eh kein Mensch. Um Geräusche so gering wie möglich zu halten, steigen wir sehr bedächtig nach oben. Erst jetzt wird mir die Höhe des Gerüsts richtig bewusst. Von oben sieht alles noch viel höher aus.

Und noch eines erkenne ich zu meiner Freude und ich raune Frank zu: „Wir haben den Zeitpunkt bestens gewählt." Denn das Gerüst liegt jetzt zwischen der Sonne im Osten und dem Festsaal. Auf dem Gerüst haben wir damit das Licht im Rücken, wenn wir in den Saal blicken. Meter für Meter rastern meine Augen die gegenüberliegende Wand ab, danach die beiden Seitenwände und auch den Boden. Frank nimmt sich vor allem die Decke mit den Fresken vor, deren Malereien von hier oben ganz anders aussehen und verzerrt wirken. Zudem ist die Sicht darauf begrenzt.

„Fällt Dir was auf?" fragt mich Frank.

„Bisher nicht."

Ich denke nach. Es muss etwas sein, was man von unten nicht oder nicht gut erkennen kann.

„Es kann eigentlich nur dieses Bild sein", sage ich zu Frank und deute mit dem Zeigefinger auf ein Ölgemälde gegenüber von uns, das nicht an der Wand hängt, sondern auf dem Sims darüber steht. Weil der Sims weit nach vorne ragt, ist das Gemälde von unten kaum zu sehen. Und weil es zudem schräg an der Wand lehnt und deshalb nach oben zeigt, ist nur von hier oben das Motiv auszumachen. Und auch das nicht gut, denn das Gemälde ist in einem schlechten Zustand. Doch zum Glück ist das Licht für uns jetzt günstig. Eines ist auf Anhieb zu erkennen: Es ist ein religiöses Bild. Hier steht in der Mitte Jesus und hebt seine rechte Hand segnend über einem Mann mit einer Binde, die er von den Augen abgenommen hat.

„Das ist die Heilung eines Blinden" ist Frank überzeugt. Eigenartig daran ist die Kleidung dieses Blinden. Denn es ist nicht die übliche, die man in Europa seit dem Mittelalter mit dem Heiligen Land verband. Dieser Mann ist in einen weißen Mantel gehüllt, auf dem sich ein rotes Kreuz befindet. Neben ihm am Boden liegt zudem ein Helm, den der Mann offenbar kurz davor noch getragen und nun abgelegt hat. „Das ist ein eindeutig ein Tempelritter“, raune ich Frank zu.

Er schüttelt den Kopf: „Dann ist da zeitlich aber etwas durcheinandergeraten. Wie soll Jesus einen blinden Ritter heilen, der Jahrhunderte nach ihm angetreten ist, das Christentum zu verbreiten?“

„Wir dürfen hier nicht logisch denken, es geht um eine theologische Aussage und vielleicht auch um Mystik“, antworte ich und füge hinzu: „Siehst Du links davon die Mönche, wie sie im Halbkreis die Heilung verfolgen? Sie sind schwarz und weiß gekleidet und ich bin sicher: Das sind Zisterzienser, die dieses Geschehen wohlwollend betrachten. Genau das ist der Punkt, glaube ich. Die Malerei bringt zum Ausdruck, dass die beiden Orden kooperieren. Und jetzt blick nach rechts. Da steht ein erhabenes Bauwerk, daneben eine Frau. Aber das ist nicht die Mutter Gottes, eher eine Heilige. Sie hält ein Kreuz mit einem Palmzweig in der Hand, an ihr lehnt ein Rad. Das ganze Bauwerk wirkt orientalisch, die Bäume im Hintergrund sollen wohl Palmen darstellen. Das muss der Tempel von Jerusalem sein.“

„Woran willst Du das erkennen?“, fragt Frank. „Die Tempelritter sahen sich doch als Beschützer des Tempels von Jerusalem und sieh genau hin. In der Mitte dieses Tempels steht ein großer Leuchter. Im Tempel Salomons gab es doch so einen Leuchter.“

„Was war das?“ unterbricht mich Frank.

„Ich hab nichts bemerkt.“

„Sei still.“

Wir lauschen und hören nun beide ein leichtes Knacksen. Frank blickt mich fragend an.

„Besser wir verschwinden jetzt, bevor uns hier jemand sieht. Ich werde Eva hinzuziehen. Sie ist mit den Templern und dem jüdischen Glauben besser vertraut als ich.“

Vorsichtig steigen wir Schritt für Schritt die Gerüststufen wieder nach unten. Noch einmal höre ich ein leichtes Geräusch, es kommt es mir vor wie das Knarzen einer Tür. Endlich sind wir unten, gehen zum Auto und fahren los. Kein Mensch hat uns bemerkt.

Noch am gleichen Tag telefoniere ich mit Eva und bitte sie um Hilfe.

„Wir haben ein seltsames Gemälde entdeckt. Es zeigt, wie Jesus einem blinden Ritter, ich denke es ist ein Templer, wieder zum Sehen verhilft. Andere Mönche in schwarz-weißen Gewändern verfolgen das Geschehen. Das dürften Zisterzienser sein. Schon dieses Motiv ist völlig ungewöhnlich, keine biblische Geschichte, sondern Jesus wird ins Mittelalter geholt. Das alles spielt sich vor dem Tempel von Jerusalem ab. Hinzu kommt: Dieses Gemälde hängt nicht wie die übrigen an der Wand des Festsaals, sondern steht drüber auf einem Mauersims und ist von unten kaum zu sehen. Ich frage mich: Wer hat das Bild da hinaufgestellt und warum?"

„Das klingt in der Tat seltsam. Ich müsste mir das näher ansehen. Am besten wäre es, das Bild herunterzuholen und zu untersuchen. Vielleicht trägt es eine Signatur, aus der das Alter hervorgeht oder auf der Rückseite sind Notizen vermerkt. Das kommt öfter vor. Vielleicht gehe ich mal hin und spreche mit Frau Weder."

„Das wirst Du nicht tun", falle ich Eva ins Wort.

„Warum nicht?"

„Wirf einen Blick in die heutige Zeitung, dann weißt Du es. Eine erste Information steht seit gestern schon im Netz. Eine Schauspielerin ist vom Gerüst gefallen und tot. Das war ein Anschlag. Jemand hat die Gerüstsicherung entfernt. Die Schauspielerin hat mir zuvor noch die Botschaft geschickt, sie habe etwas entdeckt. Ich glaube, das stand im Zusammenhang mit diesem Bild. Du wirst also nicht dort hingehen, zumindest nicht allein."

Abrupt beende ich das Gespräch, denn ich bekomme überraschend Besuch. Ein Mann steht in der Tür zu meinem Büro. Doch die Aufregung war umsonst. Es ist kein Polizist oder einer vom Filmteam. Vor mir steht Heiner Bliek und gestikuliert wild mit seinen Händen.

„Das ist doch unglaublich. Ich musste den Artikel über den Tod der Schauspielerin zweimal lesen, sonst hätte ich das nicht geglaubt. Wie kann es so etwas geben, hier mitten in unserer heilen Welt? Und Du hast ja auch die Fundstücke aus dem Kaukasus mit erwähnt. Glaubst Du tatsächlich, es gibt da einen Zusammenhang?"

Als Heiner so hilflos vor mir steht und mit großen Augen auf eine Antwort wartet, kommt mir eine Idee und ich sage zu ihm: „Mensch Heiner, Du kommst wie gerufen. Ich denke schon, da gibt es noch einiges zu klären. Du hast doch einen so guten Draht zu Marlis Weder. Bitte rufe sie am besten gleich von hier aus an und vereinbare einen Termin. Sage ihr, Du möchtest Dir noch einiges im Kloster ansehen, vor allem den Festsaal. Mich erwähnst Du besser gar nicht. Ich bin dann einfach als Dein Begleiter mit dabei. Wir brauchen auch eine ausziehbare Leiter, mit der wir den Sims im Festsaal erreichen können."

Wohl oder übel muss ich Heiner einiges erklären, beschränke mich aber auf das Nötigste. Das Bild erwähne ich bewusst noch nicht. Tatsächlich bekommt Heiner Marlis Weder sofort an die Strippe. „Also heute geht es nicht mehr, aber morgen Nachmittag das klappt. Das ist gut Frau Weder. Ich danke Ihnen. Bis morgen." Und was die Leiter betrifft, so weiß Heiner: „Das ist kein Thema. Eine solche Leiter ist im Gebäude. Angesichts der hohen Räume ist das unerlässlich."

Gerade noch rechtzeitig kann ich am Tag darauf Heiner abholen. Denn ich werde aufgehalten, bekomme überraschenden Besuch in der Redaktion. Ich höre Schritte, schwere Schritte. Bedächtig nähern sie sich meiner Tür, wie ein Uhrwerk, das nicht aufzuhalten ist. Eine Ahnung befällt mich. Und tatsächlich - es ist Jakob Bender. Der Kriminalbeamte will gar nicht erst wissen, ob ich Zeit für ihn habe. Das scheint ihm egal zu sein. Er tritt einfach ein, schiebt einen Besucherstuhl vor meinen Schreibtisch und lässt sich darauf fallen, ohne ein Wort zu sagen. Dann nehmen mich diese kleinen Augen hinter der dicken Brille ins Visier. Noch immer sagt Bender nichts. Er legt seine schweren Hände auf der Tischplatte ab. Seine Rechte schlägt einen Takt an, die Linke reiht sich ein und liefert ergänzend die Rhythmik dazwischen. Heraus kommt ein Trommelfeuer mit dem Ziel mich einzuschüchtern und vielleicht mit dem Gedanken, so meinen Kopf gefügiger zu machen. Nur jetzt nichts sagen, er will schließlich was, dann soll auch er zuerst den Mund aufmachen. Als Zeichen guten Willens gehe ich aber zum Schrank, nehme ein Glas heraus, fülle es mit Sprudel und stelle es Bender vor die Nase.

Endlich beginnt Bender zu sprechen.

„Erst ein Einbruch, dann ein Überfall und nun eine Tote - Sie scheinen Verbrechen wie ein Magnet anzuziehen und da frage ich mich: Was ist der Grund dafür?"

„Das weiß ich nicht, Sie sind doch der Ermittler, Ihnen stehen ganz andere Möglichkeiten zur Verfügung als mir, dem kleinen Lokalreporter. Was haben Ihnen denn Ihre Mitarbeiter berichtet?"

„Das ist intern, das geht Sie nichts an. Ich will endlich von Ihnen wissen, woran sie arbeiten, welche Informationen Sie haben. An welcher Geschichte sind Sie dran?"

„Ich sagte Ihnen doch bereits einmal, dass ich nicht über meine Recherchen spreche."

„Andere Frage: Was hatten Sie auf dem Gerüst zu suchen?"

„Ja was wohl. Ich sah von unten, dass die Sicherungsstange auf einer Seite auf den Boden gefallen war und ich wollte wissen, warum. Ist der Sicherungsbolzen noch aufgetaucht?"

„Wir haben ein solches Teil gefunden, aber an ganz anderer Stelle und zwar an den Parkplätzen neben einer Hecke. Wir untersuchen es derzeit nach Fingerabdrücken. Könnten die Ihren auch drauf sein?"

„Ausgeschlossen."

„Dann kommen Sie doch bitte morgen Vormittag in die Inspektion, damit wir zum Vergleich Ihre Fingerabdrücke nehmen können. Sagen wir um 9 Uhr. Passt Ihnen das?"

Erneut ärgere ich mich, halte das aber zurück und antworte so freundlich wie möglich:

„Wenn es denn der Sache dient. Ich glaube aber, wenn der Bolzen tatsächlich der vom Gerüst oben ist und absichtlich entfernt wurde, so werden sie allenfalls alte Abdrücke von Bauarbeitern finden. Der ihn herausgezogen und am Parkplatz abgelegt hat, war sicher nicht so dumm, quasi seine Visitenkarte zu hinterlassen. Trotzdem dürfen Sie gern meine Fingerabdrücke haben."

Bender hat mich ausreden lassen. Jetzt scheinen seine Augen hinter den dicken Gläsern noch kleiner zu werden und er fragt mich mit ganz ruhiger Stimme: „Ich kann mir keinen Reim darauf machen. Wer sollte diese Dreharbeiten torpedieren wollen und aus welchen Gründen? Gibt es Eifersüchteleien unter den Schauspielern? Ist Ihnen irgendetwas in dieser Richtung bekannt? Was glauben Sie? Sie haben das Filmteam doch bereits interviewt. Sie kennen die Leute. Wo würden Sie ansetzen, wenn Sie an meiner Stelle wären?"

In meinem Gehirn laufen die Drähte heiß. Ich kann doch Bender nicht auf eine falsche Fährte locken. Andererseits widerstrebt es mir, ihn in meine Recherchen einzuweihen und das Bild anzusprechen, das Merle vermutlich entdeckt hatte. Bender würde es sofort beschlagnahmen. Erst möchte ich es mir mit Eva ansehen und untersuchen. Deshalb antworte ich zurückhaltend.

„Herr Bender, ich glaube nicht an einen Anschlag aus dem Drehteam. Merle Corten hatte in dem Team keine Feinde. In der Klosteranlage wurden doch eben erst Karten über Bodenschätze im Kaukasus gefunden."

Bender unterbricht mich: „Sie berichteten darüber. Das hab ich gelesen."

„In der Kriegszeit waren zudem viele Kunstschätze in dem Gebäude eingelagert. Sprechen Sie doch mit Frau Weder. Sie kann ihnen Details dazu sagen. Und vielleicht ergibt sich daraus ein Grund. Aber ich warne Sie. Denn Sie könnten schnell ausgebremst werden. Der Staatsschutz hat die Hand drauf und den können Sie nicht so befragen wie mich. Der wird Ihnen nicht antworten."

Benders Augen nehmen mich erneut ins Visier. „Das weiß ich selbst, und genau deshalb bin ich bei Ihnen. Sie können, nein Sie müssen mir weiterhelfen. War das Bild, das Ihrem Vater gestohlen wurde, auch einmal hier eingelagert?"

Der Mann kann einem ja fast leid tun und ich ziehe schon in Erwägung, dem Kripomann auf die Sprünge zu helfen.

Doch als ich nicht gleich antworte, schwenkt Bender um und fährt in eisigem Ton fort.

„Herr Raumoser, sie sind für mich eine hoch dubiose Figur und zudem verdächtig, etwas mit dem Tod der Schauspielerin zu tun zu haben. Der Mann, der das Ritterbild ihres Vaters gestohlen und sie überfallen hat, könnte Salvatore Faccine sein. Wir wissen wenig über ihn, nur so viel: Er stammt aus Süditalien und steht im Verdacht, der Mafia anzugehören. Was macht Sie, den Lokalreporter interessant für die Mafia?"

Bender und ich starren uns einen Moment lang an. Dann fährt er mit schneidender Stimme fort: „Ich verspreche Ihnen eines: Ich werde Ihnen genau auf die Finger sehen. Und wenn ich nur einen

Hauch von Grund finde, lasse ich sie festnehmen. Glauben Sie mir: Unsere Verhörmethoden sind effizient. Wir bekommen raus, was wir wissen wollen. Besser also, Sie kooperieren. Also auf ein Wiedersehen Herr Raumoser, dann vielleicht bei uns in einer Arrestzelle."

Als Bender weg ist, warte ich noch einen Moment, obwohl ich längst bei Heiner sein sollte. Ich gehe dann auch nicht über die Straße, sondern nutze den hausinternen direkten Weg in die Tiefgarage. Beim Rausfahren mustere ich das Umfeld genau, von Bender ist zum Glück nichts zu sehen. Auf der Fahrt achte ich zudem auf mir nachfolgende Autos, kann aber nichts Verdächtiges feststellen.

„Wo bleibst Du denn so lange?", macht mir ein genervter Heiner Bliek Vorhaltungen und kommt mir auf dem Fußweg zu seiner Wohnung schon entgegen.

„Tut mir leid Heiner, wurde aufgehalten, die Polizei wollte noch etwas zu dem Unfall von Merle wissen. Ein Beamter war bei mir in der Redaktion und wollte einfach nicht gehen."

„Ja, wenn das so ist, ich funke am besten Frau Weder an und bitte sie um Geduld. Denn diese Frau liebt Pünktlichkeit mindestens so sehr wie Genauigkeit."

Als sie ans Telefon geht, säuselt Heiner mit hoher Stimme. Er macht das bestens.

„Sie ist nicht verärgert", sagt als er sein Handy wieder einsteckt.

„Wir müssen im Festsaal ein Bild von einem Mauersims herunterholen. Ich möchte es mir genauer ansehen", erkläre ich Heiner auf der Fahrt.

„Ah, deshalb brauchen wir die Leiter. Das dürfte kein Problem sein", meint er.

Wenige Minuten später sind wir am Kloster. Es ist ein warmer Tag. Marlis Weder wartet bereits auf uns, hat das kalte Klostergemäuer mit dem sonnigen Freien getauscht. Sie hat einen Stuhl ins Freie gestellt. Der Klostergarten ist erfüllt ist vom Gezwitscher der Vögel, die zwischen Blumen und Bäumen hier ihr kleines Paradies haben. Es ist schön hier. Aber Weder verkürzt sich die Zeit des Wartens nicht mit Naturbeobachtungen, die ihr vermutlich längst alltäglich geworden sind. Sie sitzt auf dem Stuhl und blickt nach unten in ein Buch, das sie in den Händen hält. Gerade als wir das Auto verlassen haben, schaut sie kurz auf und bemerkt uns. Sie klappt ihr Buch zu, steht auf und geht uns entgegen.

„Sie haben es ja doch noch geschafft", sagt sie und mustert mich. „Herr Bliek, Sie haben ja denselben Begleiter an der Seite wie letztes Mal."

Dann wendet sich Weder mir zu: „Es freut mich, Sie wieder zu sehen. Sie sind doch der Herr von der Zeitung. Wie war gleich Ihr Name?"

Meine linke Hirnhälfte signalisiert mir: Die weiß genau, wer Du bist. Sie hat immerhin Heiner mit dem Kartenfund zu Dir geschickt, um den Preis für den Fund auszuloten.

Ich mach ein möglichst freundliches Gesicht und sage mit kreideweicher Stimme: „Entschuldigen Sie bitte die Verspätung. Mein Name ist Raumoser und ich bin vor allem heute der Chauffeur von Herrn Bliek. Die Polizei hatte noch einige Fragen zu dem Unfall hier und deshalb konnte ich nicht pünktlich losfahren."

„O ja dieser Sturz. Das ist eine schlimme Sache. Die Frau tut mir so leid. Die Polizei hat mich auch bereits gelöchert. Ich konnte den Beamten aber fast nichts sagen. Ich war ja nicht dabei, musste das zum Glück nicht mitansehen."

Während Weder spricht, blicke ich Heiner an und schiebe die Augenbrauen nach oben. Er versteht und übernimmt.

„Werte Frau Weder, uns verbindet doch die Liebe zur Heimatgeschichte. Deshalb bin ich heute zu Ihnen gekommen und bitte um Ihre Unterstützung. Herrn Raumoser habe ich mitgebracht, weil ich erstens einen Helfer benötige und es zweitens eine Erkenntnis geben könnte, die vielleicht auch für die Öffentlichkeit interessant ist."

Marlis Weder hat zu Beginn offenbar nur halb zugehört. Aber bei Heiners letzten Worten streckt sie ihren Rücken durch, wendet sich von mir ab und blickt meinen Begleiter mit den Worten „was meinen Sie damit?" neugierig an.

„Wir möchten gern in den Festsaal und uns dort etwas ansehen", sagt Heiner und fügt hinzu: „Es geht um die Malerei an der Decke und den Mauersims. Wir wollen hochsteigen und brauchen dafür eine Leiter. Ich weiß ja, wo sie ist und hol sie gern."

„Warum nur wollen auf einmal alle in diesen Festsaal?", sagt Marlis Weder mehr zu sich selbst als zu uns und sieht ein wenig verwirrt aus. Ihre Augen kreisen umher, finden aber offensichtlich nirgendwo Halt. Das dauert aber allenfalls drei Sekunden. Dann hat sie sich wieder gefangen und lässt uns wissen: „Ja gern, aber ich komm natürlich mit. Will doch sehen, was Sie dort treiben."

Erneut werfe ich Heiner einen Blick mit hochgezogenen Brauen zu. Es wäre mir lieber gewesen, ohne die fürsorgliche Begleitung dieser Dame den Saal in Augenschein nehmen zu können. Heiner scheint das auch zu verstehen. Er blickt mich ein wenig hilflos an, sagt laut „komm mit, wir holen gemeinsam die Ausziehleiter" und raunt mir auf dem Weg zu: „Ich weiß, es ist blöd, wenn sie mitkommt. Aber was soll ich machen, sie ist hier die Hausherrin. Besser so als gar nicht."

Über einen langen Flur gelangen wir zu einer großen hölzernen Treppe. Über uns an der Decke blickt das Leben auf uns. Ein Mann mit einem Stock und weiterer mit einer Axt gehen hier ihrer Arbeit nach, während daneben geschützt unter einem Baum ein weiterer Mann mit drei Engeln spricht, beobachtet von einer neugierigen Frau.

„Gefallen Ihnen die Fresken?" fragt mich Marlis Weder, die uns auf dem Weg nach oben eingeholt hat. Ohne eine Antwort abzuwarten, fügt sie hinzu: „Im Barock ging es darum, Bilder so eindringlich wie möglich zu malen. Aufgabe der Kunst war es, die Leute vom Glauben zu überzeugen, die Macht der Bilder war Mittel zum Zweck. Die Auftraggeber verlangten deshalb Bilder voller Lebenskraft."

„Komm weiter" mahnt mich Heiner, als ich einen Moment verharre und die Fresken betrachte. Im Flur des Obergeschosses liegt an der Wand eine lange ausziehbare Leiter. Wir heben sie hoch und folgen Weder, die uns nun vorausgegangen ist und die Tür zum Festsaal öffnet. Wir treten ein und ich bin überwältigt. Der Raum ist riesig. Die weißen Wände sind unterteilt mit marmorfarbenen Pilastern, am Boden wechseln rötliche und helle Steine und schaffen eine bestechende geometrische Form. Allein die Wände sind gut sechs Meter hoch, darüber spannt sich noch eine Kuppel mit Fresken. Weg mit der Leiter. Ich drehe mich im Kreis, kann nicht genug von dieser Malerei auf der Decke bekommen.

Als ich so gebannt nach oben blicke, tritt Marlis Weder an meine Seite und sagt: „Diese Fresken sind rund 250 Jahre alt und noch im

Originalzustand erhalten. Hier wurde zum Glück nie herumgepfuscht, Martin Heigls Werk blieb davon verschont."

Frauen, Männer, Luft- und Wasserwesen tummeln sich über mir, während Weder mit dem Finger nach oben deutet und erklärt: „Die Mönche haben hier die Elemente Erde, Wasser, Feuer und Luft abbilden lassen. Sie sehen hier auf einer Seite einen bäuerlichen Erntewagen mit Bergen im Hintergrund, daneben weiden Tiere. Ein Stück weiter wandelt sich das Land zum Meer. Menschen stehen an der Küste, andere fahren mit Booten auf dem Wasser. Gerade zum Wasser hatten Zisterzienser einen besonderen Bezug. Sie waren Pioniere in der Nutzung der Wasserkraft aus der die Europäer ihre Überlegenheit und die Energie für die Kolonisierung der Welt gewannen. Gegenüber finden sie einen Schmied, der am Feuer Eisen bearbeitet und die Herren davor damit versorgt. Und schließlich blicken am Ende des Kreises Menschen auf Luftgeister und Vögel am Himmel."

Inmitten des tiefen Eindrucks, den die plastischen Bilder bei mir hinterlassen, meldet sich dezent die linke Hirnhälfte mit dem Hinweis, die Gunst des Augenblicks zu nutzen und am besten Weder gleich selbst das fragen, was eigentlich Heiner hätte tun sollen.

„Frau Weder, Sie wunderten sich bei unserer Ankunft, warum derzeit alle in den Festsaal wollen. Ich kann jetzt nach diesen Eindrücken schon verstehen, dass das so ist. Aber wen meinten Sie, als sie davon sprachen, alle würden sich derzeit für diesen Saal interessieren?"

Ihre Augen blitzen kurz auf, dann wendet Marlis Weder den Blick von mir wieder ab.

„Was heißt alle. Es kommen halt immer wieder Leute, die diesen Saal sehen wollen. In den letzten Tagen waren es etwas mehr als sonst. Und sogar die Polizeibeamten sind hier drin gewesen."

Ich denke an Merle Cortens Hinweis, weniger darauf zu achten, was die Leute sagen, sondern wie sie es sagen und mir wird klar: Ich werde gerade angelogen. Am besten jetzt gleich das tun, weshalb wir hier sind. Ich winke Heiner zu und deute auf eine Stelle an der Wand.

„Hier bitte."

Heiner stellt die Leiter auf und zieht an dem Seil. Allein schafft er es aber nicht ganz, denn wir müssen ja über den auskragenden Stuck und deshalb kann er nicht einfach das bewegliche Leiterteil an der

Wand entlang nach oben rutschen lassen. Gemeinsam heben wir die Leiter ein wenig an und nun kann Heiner das Ende über den Sims schieben und daran anlehnen.

Dann steigt er nach oben und kommt mit leeren Händen und der Frage zurück:

„Was willst Du? Dort oben steht kein Bild."

Ich kann es nicht glauben, steige nun selbst noch oben und finde – nichts. Ich blicke einmal im Kreis umher. Nirgendwo ist hier oben auch nur die Spur eines Bildes zu sehen. Nur wo die Leiter am Stuck anliegt, sehe ich einen kleinen Abrieb. Ich kann es immer noch nicht glauben. Aber es ändert sich nichts. Enttäuscht steige ich nach unten.

„Haben Sie nicht gefunden, was Sie suchen?" scheint Marlis Weder meine Gedanken erraten zu haben.

„Da stand ein Bild auf diesem Sims, das wollte sich Heiner näher ansehen. Wo ist dieses Bild jetzt?"

Marlis Weder reißt den Kopf hoch, atmet heftig durch, sagt zunächst nichts und steigt ebenfalls auf die Leiter. Als sie wieder unten bei uns ankommt, ist sie entrüstet.

„Das kann doch nicht sein. Wer nimmt denn so ein Bild weg. Es ist in einem sehr schlechten Zustand zu uns gekommen. Sie wissen doch, das Gebäude gehört jetzt der Stadt. Und das Nonnenkloster in unserer Stadt hat einst Gemälde aus diesem Saal nach dem Tod des letzten Abtes erworben. Der bayerische Staat bereicherte sich nach der Säkularisation mit diesem Verkauf noch einmal, ließ die Nonnen teuer dafür bezahlen. Sie haben uns damit einen Kulturschatz erhalten und fast 200 Jahre treu verwahrt. Nun verhandeln wir mit dem Orden über eine Rückgabe der Gemälde, auf denen Salzburger Erzbischöfe und Heilige abgebildet sind. Damit können wir den Saal wieder in der alten originalen Pracht ausstatten. Die Gemälde sind aber noch nicht hier. Unsere Verhandlungen mit dem Orden haben aber auch eine alteingesessene Familie auf den Plan gerufen. Denn es gibt noch ein weiteres kleineres Bild, das die Heilung eines Blinden zeigt. Das ist stark beschädigt und stand seit Generationen im Haus dieser Familie. Auch das wurde offensichtlich bei der Säkularisation vom Staat verkauft, aber es gibt darüber keine Unterlagen mehr. Die jungen Leute im Haus wollten dieses Bild ohnehin nicht mehr haben.

Die Familie hat es daraufhin im Rathaus abgegeben und der Stadt geschenkt. Damit es bei den nun ständigen Untersuchungen nicht im Wege steht, haben wir dieses Gemälde kurzerhand auf diesen Sims gestellt. Das sollte zugleich einem Diebstahl vorbeugen. Aber nun ist es trotzdem weg. Meine Herren, ich muss der Sache sofort nachgehen. Haben Sie einen Verdacht? Sie sind doch wegen dieses Bildes gekommen, was wissen Sie, was können Sie mir und der Polizei sagen?"

„Verdammt" zische ich leise und für Weder kaum hörbar durch die Lippen.

Wie ein Blitz durchfährt mich die Erinnerung an die nächtliche Beobachtung mit Frank, als wir außen auf dem Gerüst standen und das Bild noch da war, wir dann aber nach einem Knarzen und der Angst bemerkt zu werden, das Weite suchten. Vermutlich hat uns gerade da der Dieb das Bild vor der Nase weggeschnappt. Und ich habe auch einen Verdacht, wer dahinterstecken könnte. War doch nur einige Tage zuvor Jost Scharoth in diesem Saal und sah sich die Malereien an. Marlis Weder hat bereits den Saal verlassen. Ich eile ihr nach in den Roten Salon, in dem das Festnetztelefon des Hauses steht und Weder gerade mit der Polizei spricht. Sie winkt mich zu sich.

Als sie den Hörer aufgelegt hat, frage ich sie ganz direkt: „Herr Scharoth war vor einigen Tagen hier. Sie haben ihm den Saal gezeigt. Fragte er dabei auch nach diesem Bild? Wusste er, dass es dort oben stand?" Marlis Weder sieht mich aufgelöst an, ihre so sicher gefügte Welt scheint sich gerade unkontrolliert in Bewegung zu setzen. Oder doch nicht?

„Herr Scharoth ist ein ehrenwerter Mann. Er hätte mich doch nur fragen müssen, um sich das Bild ansehen zu können. Und vor allem: Welches Interesse sollte er an diesem alten Schinken haben?"

Kapitel 33

In der Villa des Löwen

Jetzt sitz ich bereits eine Viertelstunde im Vernehmungsraum der Polizei, ohne dass etwas geschieht. Beamte wuseln an der Zimmertür vorbei, keiner scheint sich für mich zu interessieren. Das ist ärgerlich, denn ich hätte Wichtigeres zu tun, als hier Däumchen zu drehen. Ich sollte längst in der Redaktion sein. Die Zeitungsseiten füllen sich schließlich nicht von selbst, Arbeit gibt es stets mehr als man Zeit hat. Da heißt es Prioritäten setzen, weniger Wichtiges sollte liegen bleiben, bis dafür Zeit ist. Auf meiner Liste ganz unten steht dieser Besuch bei der Polizei. Aber die Polizei sieht das anders, und sie bestimmt hier. Nach weiteren zehn Minuten betritt endlich eine junge Polizistin den Raum. Sie grüßt höflich, hält eine Art längliches Notebook in der Hand, das sie vor mich hinlegt. „Ich nehme jetzt Ihre Fingerabdrücke“, sagt sie, fasst nach meiner rechten Hand und drückt Daumen und zwei weitere Finger auf die Unterlage. Das Ganze dauert höchstens eine Minute. „Danke, Sie können wieder gehen“, lässt sie mich danach wissen und geleitet mich zum Ausgang der Inspektion. Endlich.

„Zwei Stadträte sollst Du bitte sofort zurückrufen“, lässt mich Cora gleich beim Eintreten in die Redaktion wissen. Und mehrere Mails mit Texten freier Mitarbeiter sollte ich auch schon längst gelesen haben. Kann nicht mehr als arbeiten, denke ich mir und erledige gleich mal die Anrufe. Denn die Texte laufen nicht davon, die beiden Stadträte könnten es dagegen schon tun, und ich brauche sie dringend. Denn sie prüfen intern Rechnungen der Stadtverwaltung und ich habe Wind von einer eher privaten Reise eines wichtigen Stadtmitarbeiters bekommen, die aus der Stadtkasse bezahlt worden sein soll. Darüber möchte ich gern mehr wissen, das dürfte eine heiße Geschichte werden. Zumindest eine der beiden Räte kann ich noch erreichen, der andere will mich später zurückrufen. Die Frau wiegelt zwar insofern ab, das sei alles im Kostenumfang viel geringer als die Summe, die ich ihr nenne. Aber im Grundsatz bestätigt sie meine Anfrage, dass öffentliches Geld für eine „annehmliche Erholungsreise" verwendet worden sei. Die Information sei natürlich vertraulich, zitieren dürfe ich sie nicht. Aber nun weiß ich ganz genau, was ich den Bürgermeister fragen muss, und der kann sich nicht herauswinden, den werde ich in jedem Fall zitieren. Aber damit warte ich am besten noch. Denn ich brauch jetzt nichts so sehr wie einen guten Draht zu Marlis Weder. Und der Bürgermeister ist ihr Chef. Die übrige Arbeit läuft heute bestens, und nach zwei Stunden sehe ich wieder Land. Am Nachmittag kann ich mir sogar Zeit nehmen für das, was mich noch weit mehr interessiert als die öffentlich geförderte Sommerfrische eines einflussreichen Bürgers.

Marlis Weder habe ich bei unserem Besuch im Festsaal offenbar davon überzeugt, dass Heiner Bliek und ich vertrauenswürdig und wohl auch die besseren Partner sind als Jost Scharoth, wenn es darum geht, Geheimnisse der Klosteranlage zu lüften. Beim Besuch mit Heiner habe ich sie auch gefragt, ob sie irgendetwas über beschriebene Bretter wisse. Sie hat nicht gleich geantwortet, im Nachgang aber Heiner anvertraut, dass es solch beschriebene Bretter im Kloster gebe. Deshalb haben wir mit ihr bereits in zwei Tagen einen weiteren Termin vereinbart, bei dem ich aber auch gern Frank und Eva mit dabeihaben möchte. Das allein schon deshalb, um dem Eindruck zu begegnen, Heiner und ich wollten auf eigene Rechnung handeln oder gar Kasse machen. Je mehr Leute dabei sind, umso öffentlicher. Eva hat mir den Termin auch bereits bestätigt. Allmählich habe ich Ihr Curriculum ohnehin schon im Kopf und plane entsprechend. Und eben in dem Moment schickt mir Frank die Botschaft, er wolle unbedingt dabei sein, müsse zwar mit einem Kollegen Dienst tauschen, aber das sei bereits so gut wie in trockenen Tüchern.

Ich lege das Handy weg und greife klassisch zum Telefonhörer, weil das Kloster ja im Funkloch liegt. Tatsächlich meldet sich Marlis Weder und ich sage ihr: „Geschätzte Frau Weder, wir haben ein gemeinsames Ziel: Wir wollen doch beide der Öffentlichkeit die Bedeutung dieser herrlichen Klosteranlage vermitteln, welche Rolle sie in ihrer tausendjährigen Geschichte spielte. Ich danke Ihnen, dass Sie uns in diesem gemeinsamen Bemühen unterstützen und freue mich schon auf unsere nächste Zusammenkunft."

Weder scheinen meine Worte ebenso zu freuen. Plötzlich klingt ihre Stimme leidenschaftlich.

„Mein Ziel ist es, eine Dokumentation zusammenzustellen. Dabei geht es einmal um eine Sammlung der Urkunden und Materialien aus Archiven und zum anderen um die Baugeschichte, die wir nun mit der geplanten Restaurierung erschließen können. Da kann ich jeden Unterstützer gebrauchen, und die Presse ist mir dabei sehr wichtig. Sie können dieses mein Bemühen entscheidend mit voranbringen Herr Raumoser."

„Das werde ich gern tun, geschätzte Frau Weder. Aber im Moment brauche ich vor allem Ihre Unterstützung. Die Polizei war ja bereits bei Ihnen und hat Sie zum Tod der Schauspielerin Merle Corten befragt. Der Diebstahl des Bildes aus dem Festsaal und damit an gleicher Stelle wo dieser Unfall geschah wird die Polizei deshalb interessieren. Die Beamten werden sich fragen, ob es einen Zusammenhang gibt. Damit Sie mich richtig verstehen: Dieser Tod war tragisch, und die Polizei soll alles wissen und tun, um die Umstände aufzuklären, die diesen Unfall auslösten. Auch der Diebstahl des Bildes muss aufgeklärt werden."

Erneut unterbricht mich Marlis Weder: „Das will ich hoffen und ich bin jetzt auch optimistisch. Denn die Polizei hat sofort reagiert. Auf meine Anzeige hin hat sich ein Kommissar Bender bei mir gemeldet. Er war ganz interessiert, wollte alles Mögliche wissen. Morgen will er persönlich kommen und sich den Tatort ansehen. Die Polizei hakt den Fall nicht als unwichtig ab, nimmt den Diebstahl ernst. Vermutlich nur deshalb, weil es dieses Unglück mit der Schauspielerin gegeben hat."

„Dann bitte ich Sie um eines: Sagen Sie dem Kommissar alles was Sie wissen in Bezug auf den Unfall und das Bild. Aber bitte verraten Sie ihm nicht, dass wir in der Klosteranlage nach Spuren der Vergangenheit suchen. Sagen Sie ihm nichts von den beschriebenen Brettern, zumindest so lange nicht, bis wir sie untersucht haben. Heiner Bliek und ich kommen ja mit Experten zu Ihnen, um ein Stück Heimatgeschichte zu erforschen. Kommissar Bender würde die Bretter sicher beschlagnahmen, weil er erstens übergründlich ist und zweitens in allem Zusammenhänge vermutet. Dann könnten wir unsere Recherchen bis auf Weiteres vergessen. Bitte Frau Weder unterstützen Sie uns."

Für einen Moment herrscht Schweigen, Weder überlegt.

Dann sagt sie mit fester Stimme: „Ich kenn Herrn Bliek schon lange als aufrechten und zuverlässigen Menschen. Und auch bei Ihnen habe ich den Eindruck, dass ich Ihnen vertrauen kann. Ich werde deshalb Ihre Bitte erfüllen. Und das mache ich, obwohl mir Ihre Befürchtungen als unbegründet erscheinen. Denn die Bretter sind fest im Dachstuhl verbaut, die kann man nicht einfach beschlagnahmen oder gar mitnehmen. Und ich vertraue Ihnen noch etwas an, das Sie bitte für sich behalten. Ich werde nun auch Herrn Bender darüber informieren, dass Herr Scharoth Interesse am Festsaal zeigte und ich ihm die Besonderheiten erklärte. Bevor Sie nachfragen: Das Bild auf dem Sims erwähnte ich bei dieser Besichtigung gar nicht, Herr Scharoth fragte auch nicht danach."

Also noch zwei Tage, um mit Eva und Frank die ominösen Bretter zu begutachten. Leider. Am liebsten würde ich sofort ins Kloster gehen und mir die Hölzer anschauen. Denn die Zeit arbeitet gegen uns. Dabei denke ich vor allem an Kommissar Bender. Seine Spürnase könnte uns in die Quere kommen. Mit dem Tod von Merle Corten ist diese Nase besonders geschärft. Ich kann nur hoffen, dass Marlis Weder sich nicht verplappert und diese Nase doch noch auf die Hölzer stößt. Auch wenn Bender die Bretter nicht einfach mitnehmen kann, er könnte die Räume versiegeln und damit wären sie für uns unerreichbar, zumindest vorübergehend. Und am Ende würde sich vielleicht sogar der Staatsschutz einschalten und alles noch komplizierter machen. Meine Recherchen lägen in jedem Fall für längere Zeit auf Eis.

Noch mehr als Bender fürchte ich Jost Scharoth. Ich bin nun überzeugt, er ist für den Diebstahl von Vaters Ritterbild wie auch für den des Bildes aus dem Festsaal verantwortlich und schreckt auch nicht vor einem weiteren Diebstahl zurück. Marlis Weder hat auf meinen

Rat hin zwar Vorsichtsmaßnahmen getroffen und Schlösser ausgetauscht. Aber ob Scharoth das wirklich aufhalten kann, da bin ich mir nicht so sicher. So fasse ich spontan einen Entschluss.

Am nächsten Tag baue ich meine Seiten so schnell wie möglich zusammen und schaffe mir so Freiraum für einen kleinen Ausflug, den ich ganz bewusst ohne Anmeldung unternehme. Es dauert keine halbe Stunde, bis ich mit dem Auto die Nachbarstadt erreicht habe. Scharoths Büroräume liegen etwas abseits vom Zentrum. Überall geschäftiges Treiben, aber wer nicht da ist, ist Scharoth. Eine Frau blinzelt mich durch ihre Brille hindurch aufmerksam an, blickt dann auf ihren Terminkalender und fragt mich: „Wie ist Ihr Name und für wann haben Sie einen Termin?" Sie ist offensichtlich eine Vertretung, kennt mich jedenfalls nicht. Das werde ich ausnutzen. Ich versuche, möglichst liebenswürdig zu lächeln.

„Ich heiße Sackheimer, interessiere mich für eine Immobilie am Tegernsee und habe mit Herrn Scharoth vor einigen Tagen nur mündlich ein Gespräch vereinbart. Offensichtlich hat er vergessen, Sie davon in Kenntnis zu setzen."

„Ach das tut mir aber leid für Sie. Der Chef war heute nur vormittags kurz da und ist dann nach Hause gefahren. Kann ich etwas notieren oder Ihnen anderweitig helfen?"

„Nein danke, ich hab ja seine private Handynummer. Kann ihn ja wegen der Immobilie selbst anrufen", lüge ich der freundlichen Dame ins Gesicht.

„Wie Sie meinen."

Sie mustert mich von Kopf bis Fuß, sucht wohl vergeblich nach Attributen des Reichtums. Bevor sie ihre Zweifel in Worte fassen und nachfragen kann, bin ich weg. Ich setz mich wieder ins Auto und fahre zu Scharoths Villa am Stadtrand. Etwa hundert Meter davor bleibe ich stehen und warte erst einmal ab. Sollte die Sekretärin Scharoth anrufen und ich kreuze im nächsten Moment bei ihm auf, würde er mich sofort als den ihm unbekannten Sackheimer enttarnen und sich fragen, weshalb ich eine andere Identität angenommen habe und ein Interesse für teure Immobilien entwickle, wo ich doch nur als armer Schlucker gelten kann. Es ist ein sonniger Spätnachmittag und so beschließe ich, aus dem Auto auszusteigen und das Umfeld zu erkunden. Bald erreiche ich die Thujenhecke, die Scharoths Villa so gut gegen die Straße abschirmt. Aber am Eingangstor kann ich einen Blick auf das Gebäude werfen. Davor sehe ich seinen Benz stehen, Scharoth ist offenbar zu Hause. Das trifft sich gut. Ich werde noch ein wenig warten, gehe ein Stück weiter. Fast 50 Meter sind es zur nächsten Einfahrt, hinter der ebenfalls eine Villa zu sehen ist. Zwei Türmchen, einige Erker und dazu ein mit Kupfer überzogenes Walmdach, hier demonstriert ein Mensch mit viel Geld wie wenig Geschmack er hat. Der Garten davor ist mit wuchtigem Mauerwerk wenig gegliedert, ein paar Bäume und Sträucher sind mehr oder weniger zufällig über den Rasen verteilt, eine gärtnerische Handschrift ist nicht zu erkennen. Einige Rhododendren sind unter den Sträuchern. Sie blühen gerade wunderschön und ziehen meine Aufmerksamkeit auf sich. Die Palette reicht von hellem Rosa bis zu dunklen Rottönen. Ich denke an Nepal und den Himalaya, in dem es regelrechte Wälder dieser Pflanze gibt. Sie in der Blütezeit zu durchwandern ist ein unvergessliches Erlebnis, an das mich dieser kleine Abklatsch mit einer Spur Wehmut erinnert. Alles was schön ist, zerfließt immer so schnell, nichts lässt sich festhalten. Blüten welken und gehen wie alles Irdische dahin. Was bleibt, ist die Erinnerung und im Fall der Blüten das beruhigende Wissen: in einem Jahr sind wie wieder da.

Als ich so in Überlegungen über die Vergänglichkeit des Seins versunken bin, holt mich ein Geräusch wieder zurück in die Welt der Dinge, der wir gemeinhin unsere Aufmerksamkeit schenken. Vermutlich ist es der Auspuff, der ein Loch zu haben scheint und deshalb den Motor etwas lauter werden lässt, als er eigentlich sein sollte. Und das in dieser noblen Gegend. Ich wende meinen Kopf vorsichtig, so dass mein Gesicht nicht gleich zu erkennen ist und sehe: Ein dunkelblauer Audi steht mit laufendem Motor vor Scharoths Einfahrt. Der Fahrer steigt aus, ein muskulöser Mann mit blondem, kurzgeschnittenem Haar. Er fuchtelt mit den Händen in der Luft, offensichtlich scheint ihn etwas zu stören. Aber schon beginnt sich das Tor zu öffnen, und der Mann steigt wieder ein. Langsam gehe ich die paar Meter zurück. Als ich an Scharoths Tor angelangt bin, steht der Audi in der Zufahrt zum Haus. Der Muskelmann ist erneut ausgestiegen, geht Richtung Haus. Ich mustere ihn erneut und bin mir nun sicher. Das ist dieser zwielichtige Typ, den ich schon einmal bei Scharoth gesehen habe, als ich nach unserem Rombesuch bei ihm war. Wie hieß er gleich? Ich glaube Nikita. Der Muskelmann ist zudem nicht allein, hat einen Beifahrer, der nun gemeinsam mit ihm zum Haus geht. Ich fixiere auch diesen Mann. Irgendwo habe ich auch den schon mal gesehen. Der etwas schlaksig unbeholfene Gang fällt mir auf. Ich sehe sein dunkles Haar auf dem Kopf, und da schießt mir eine Erinnerung ins Gehirn. Das ist der Mann, der mich in München niedergeschlagen hat. Die Aufzeichnung der Videokamera hab ich mir ja bei der Polizei bis zum Abwinken angesehen. Dieser linkische Gang ist genau der gleiche wie auf dem Video. Wenig später öffnet sich einer der beiden Türflügel und die beiden verschwinden im Haus. Ich gehe zurück zum Auto und mach es mir so bequem wie möglich. Wohlweislich habe ich zwei Wurstsemmeln und eine Wasserflasche in den Wagen gepackt. Ich esse eine Semmel, trinke ein wenig.

Zum Warten verdammt, erschließt sich mir nach den Rhododendronblüten eine weitere Welt. Denn ich habe das Fenster der Fahrertür geöffnet und merke vor allem eines: Es ist so still und beschaulich hier draußen in diesem vornehmen Viertel. Mit einer Ausnahme. Die Bäume um mich herum sind voller Leben. Die Vögel geben ein wunderschönes Konzert. Spatzen, Amseln und Meisen teilen sich jede Menge Neues mit, im Hintergrund hämmert ein Specht, und aus der Ferne ist gar ein Kuckuck zu hören. Die hier leben können sind zweifellos privilegiert, meldet meine linke Gehirnhälfte. Aber sie lauschen diesem Gesang der Vögel vermutlich nie, kontert trocken die rechte Hirnhälfte und wirft zugleich die Frage auf, ob wohl Nora einen Sinn dafür hätte. Nach kurzer Diskussion meiner beiden Denkhälften endet die Frage unentschieden, das heißt ich weiß keine Antwort darauf.

Schon reißt mich das aktuelle Geschehen aus derlei Gedanken. Das Tor öffnet sich erneut, der blaue Audi fährt wieder heraus. Ich sehe genau hin und bin erleichtert. Der Muskelmann sitzt am Steuer, und auch der Platz daneben ist besetzt, mit einem südländisch wirkenden Typen. Ich warte noch ein wenig, gehe dann ans Tor und drücke den Klingelknopf. Eine Frauenstimme meldet sich mit den Worten „Sie haben geläutet" über die Sprechanlage.

„Guten Tag, mein Name ist Raumoser, ich bin ein Bekannter von Herrn Scharoth und wegen einer anderen Geschichte gerade in der Gegend. So sagte ich mir, könntest doch spontan Herrn Scharoth einen Besuch abstatten, natürlich nur, wenn es gelegen ist."

„Warten Sie bitte einen Moment", antwortet die etwas kieksende und jung wirkende Stimme. Ich rechne bereits mit einer Absage, muss ein wenig warten. Dann geschieht das Überraschende. Die Sprechanlage bleibt stumm, dafür ertönt ein Summen, der Schließzylinder des Tors öffnet sich, ich kann eintreten. Im gleichen Moment öffnet sich die Haustür. Jost Scharoth selbst ist es, der heraustritt und mir zuwinkt, ich solle nähertreten. Wie immer ist er lässig gekleidet, untypisch für ihn ist das oben offene Hemd, und auch seine Haare stehen etwas wirr in die Luft. Hinter ihm sehe ich im Flur eine junge Frau an ihrem Rock herumzupfen. Als sie ins Freie tritt, schließt sie noch schnell die oberen Knöpfe ihrer leuchtend roten Bluse.

„Was verschlägt den Herrn Redakteur in meine bescheidenen Gefilde?" ruft mir Scharoth auf meinem Weg zum Haus zu. Ich antworte nicht sofort, gehe erst die letzten Meter zu ihm hin. Die Frau neben ihm ist vielleicht 25 Jahre alt. Ihr Lippenstift ist etwas verschmiert, die Frisur ihrer rotblonden Haare ein wenig in Unordnung geraten. Sie trägt keinen BH, ihre Brüste zeichnen sich ganz deutlich durch die dünne Seidenbluse hindurch ab.

„Hatte gerade ein interessantes Gespräch mit einem Kommunalpolitiker dieser Stadt. Die morgige Zeitung ist bereits fertig, also habe ich etwas Muße und sagte mir, schaust auf gut Glück bei Herrn Scharoth vorbei. Vielleicht kann er Dir zusätzliche Informationen zu dem tragischen Unfall in der Klosteranlage geben. Sie erinnern sich doch an den Tod der Schauspielerin?"

Scharoths Augen zucken kurz. Aber er hat sich sofort wieder im Griff, streicht mit der linken Hand über seinen Kopf und bringt das Haar in Form. Derweil holt seine Rechte aus und bewegt sich in einem Bogen zur Eingangspforte. „Es ist zwar ein schöner Tag, aber drinnen lässt es sich besser reden. Kommen Sie doch auf einen Sprung rein."

Wir gehen durch den Eingangsbereich. Scharoth geleitet mich zu dem mir bereits bekannten Empfangszimmer mit den Bildern.

„Lizzy, mach uns bitte einen Drink", sagt er zu seiner Begleiterin und bedeutet mir, auf einem der Stühle Platz zu nehmen, wobei er sich nicht die Bemerkung verkneifen kann: „Das ist original französisches Empire, genießen Sie es, Sie werden nicht oft so edel Platz nehmen können."

Ich bemühe mich um ein Lächeln. Die junge Frau verschwindet und mir ist, als ob sie im Flur mit einer weiteren Person tuscheln würde. Aber sicher bin ich mir nicht. Doch ich entscheide mich zur Vorsicht, richte meine Augen auf Scharoths Gesicht und sage: „Sie kennen die Klosteranlage, wissen von dem Fund der Kaukasus-Karten und vermutlich noch viel mehr über Einlagerungen in der Kriegszeit. Nun ist die Schauspielerin Merle Corten tot. Ich bin überzeugt, es war ein Anschlag. Warum musste sie sterben? Was denken Sie?"

Scharoths Blick weicht mir aus, seine Augen fixieren ein imaginäres fernes Ziel. Langsam öffnet sich sein Mund, bedächtig fallen die Worte, er scheint jedes Wort abzuwägen.

„Sie müssen mir glauben. Der Tod der Schauspielerin schmerzt mich sehr. Das war ein bedauerlicher Unfall, der nicht hätte passieren dürfen. Aber wenn Sie mich schon nach meinen Gedanken fragen: Ich glaube, diese Frau war etwas leichtfertig. Sie hätte sich besser auf die Schauspielerei konzentrieren sollen."

In diesem Moment tritt Scharoths junge Gespielin in den Raum mit einem silbernen Teller, auf dem zwei Gläser mit einem bläulichen Getränk und überzuckerter Zitrone obenauf stehen, sowie eine Flasche Wasser mit dazugehörigen Gläsern. Sie setzt mir einen der beiden Blaumänner vor die Nase, kredenzt ihrem „Juppi" den zweiten und schenkt sich selbst Wasser in ein Glas.

„Seien Sie mir bitte nicht böse, aber ich muss heute noch arbeiten", sage ich zu Scharoth, greife nach der Wasserflasche, die seine Begleiterin gerade wieder abgestellt hat und schenke mir daraus Wasser in ein leeres Glas ein.

Scharoth selbst sagt nichts dazu, seine Begleiterin wirkt aber etwas irritiert.

„Ich habe eigens für Sie diesen Drink gemacht, er schmeckt exzellent, Sie sollten ihn unbedingt kosten," meint sie und ist offenbar aufgeregt, denn ihre ohnehin kieksende Stimme überschlägt sich mehr als einmal.

„Ein ander Mal gern, aber heute bitte nicht. Ich hab den Drink noch nicht angerührt, er ist noch jungfräulich. Sie können ihn gern selbst trinken."

Die junge Frau bekommt einen roten Kopf, will etwas sagen, kommt aber nicht mehr dazu. Denn Scharoth schaltet sich ein. „Lizzy, das wird Dir sicher zu viel. Wir wollen doch heute Abend noch eine Flasche Margaux köpfen. Am besten, Du lässt uns jetzt allein und bereitest schon alles für eine stimmungsvolle Serenade vor.

„Ja das ist gut", flötet die rotblonde Dame.

„Und nimm Herrn Raumosers Drink gleich mit" fordert Scharoth mit sonorer Stimme die junge Frau auf.

„Ja das wird wohl das Beste sein", kiekst sie erneut, nimmt ganz schnell das Glas und verschwindet.

Schon beim Betreten des Raums ist mir eine Veränderung aufgefallen, die ich zunächst nicht definieren konnte. Ich merkte nur: Etwas ist anders. Und nun sehe ich es oder vielmehr nicht mehr. An der Stelle, an der bei meinem ersten Besuch in diesem Raum das Frauenbildnis des Wiener Malers Hans Makart hing, klafft eine Lücke. Ich deute mit dem Finger darauf.

„Wo ist dieses Bild mit den Damen in weißen Kleidern hingekommen. Es hat mich bei meinem ersten Besuch hier bei Ihnen fasziniert, es ist wunderbar. Sie werden es doch nicht weggegeben haben?"

Scharoth lacht auf: „Nein, nein, es ist nur ausgeliehen, sozusagen im Interesse der Kunst. Zusammen mit einigen weiteren Bildern habe ich es einer Bekannten überlassen, die damit eine Ausstellung mit Werken des 19. Jahrhunderts bestückt."

„Wer ist diese Bekannte und wo macht sie diese Ausstellung? Ich würde sie mir gern ansehen?"

„Das können Sie gern tun. Die Ausstellung soll in drei Monaten in München eröffnet werden. Meine Bekannte, also die Kuratorin, kennen Sie sicher nicht. Aber kommen Sie doch zur Vernissage, dann lernen Sie sie kennen."

„Und wie heißt Sie?"

„Nun seien Sie nicht so neugierig. Das darf ich Ihnen nicht sagen, das wird erst einige Wochen vor Eröffnung zusammen mit dem Katalog der Objekte freigegeben."

„Ich freu mich drauf, wir könnten doch gemeinsam zur Vernissage gehen."

„Wie Sie meinen", antwortet Scharoth mit einem gequälten Lächeln, das mir zugleich Mahnung ist, den Bogen nicht zu überspannen.

„Jedenfalls danke ich Ihnen, Herr Scharoth, dass Sie mich trotz meines spontanen Besuchs so freundlich aufgenommen haben. Aber jetzt muss ich wirklich gehen. Ich möchte heute noch ein wenig arbeiten – deshalb ja der Alkoholverzicht."

Scharoth geleitet mich zur Tür und verabschiedet mich mit den Worten: „Dann wünsch ich Ihnen viel Glück bei ihrer Arbeit. Und wenn ich Ihnen einen Rat geben darf: Denken Sie an die Schauspielerin und halten Sie Ihre Neugier im Zaum."

Als ich draußen das Eingangstor passiert habe, wende ich mich noch einmal um, blicke auf das Haus. Hinter einem Fenster im Obergeschoss hat mich offensichtlich eine Person beobachtet. Denn ruckartig und wenig geschmeidig tritt sie jetzt vom Fenster zurück, verschwindet im Dunkel des Raums. Es ist ein Mann mit dunklen Haaren. Obwohl die Bewegung sehr schnell ist, bin ich sicher: Das ist der Mann, der im Auto mit Nikita zu Scharoth gekommen ist. Wer aber saß dann auf dem Beifahrersitz des Wagens, als der Muskelmann wieder losgefahren ist

Kapitel 34

Kelche und sonderbare Zeichen

Die Brosche aus 900er Gold liegt in meiner Linken. Ich sitze in meiner Wohnung, habe mir für heute frei genommen und warte auf die Freunde, mit denen ich die sprechenden Bretter erforschen möchte. Zärtlich streiche ich mit der Rechten über diese Brosche, denke an Nora und ärgere mich. Nicht über sie, sondern über mich und meine Einfalt. Frank hatte von Anfang an Recht. Diese Frau will nach oben, will nicht in einer Kleinstadt enden und schon gar nicht an der Seite eines kleinen Provinzredakteurs. Dennoch werde ich Nora noch einmal treffen müssen. Ich will von ihr Antworten auf Fragen, die meine linke Gehirnhälfte schon immer gestellt hat, dabei aber von den Gefühlen der rechten Seite stets überstimmt worden ist. Den letzten Anstoß hat Jost Scharoth gegeben. Wenn er in München Bilder ausstellt und sie einer Kuratorin übergeben hat, die er mir nicht nennen will, muss das einen Grund haben. Ich will wissen, wer das ist.

„Ich werde das Mosaik zusammenfügen", sage ich laut zu mir selbst und drücke die Brosche in meiner Hand zusammen. Gerade als ich das Gefühl habe, soeben weitere Steine des Rätsels in meinem Kopf aneinandergereiht zu haben, läutet es an der Tür. Draußen steht Heiner Bliek mit einem Handwerkerkoffer in der Rechten.

„Du musst Dir was Wärmeres anziehen, im Kloster mit den dicken Mauern ist es schweinekalt", sagt er beim Eintreten und fragt: „Wo sind Deine Begleiter?"

„Werden jeden Moment kommen."

„Pünktlichkeit ist nicht gerade ihre Stärke", kommentiert Heiner trocken und reißt mich endgültig aus den Gedanken an Nora.

„Setz Dich doch, willst was trinken?" frage ich.

Aber Heiner macht eine abwehrende Handbewegung.

„Ich gebe Dir noch zehn Minuten. Dann ziehen wir los. Wir haben Marlis Weder schon einmal warten lassen. Noch einmal geht das gar nicht. Wir wollen, dass sie uns die Hölzer zeigt, also tanzen wir bei ihr ohne Verspätung an. Kapiert."

„Ja doch."

„Wir brechen jetzt auf", sagt Heiner wenig später und öffnet meine Wohnungstür.

Im gleichen Moment stürmt Eva herein, heftig atmend.

„Ich musste einen Umweg nehmen" stößt sie mit gepresster Stimme hervor.

„Komm, wir haben keine Zeit mehr, müssen gleich los", antworte ich, lege einen Arm um ihre Schultern und drehe die gerade Hereingestürmte wieder in die andere Richtung und damit nach draußen.

Gerade als wir die Türen von Heiners Auto öffnen, kommt endlich auch Frank. Keine Spur von Eile, er schlendert gemächlich auf uns zu.

„Hast Dein Pausenbrot dabei" rufe ich ihm zu. Er wird nicht schneller. So werde ich deutlicher: „He Du Langweiler. Beweg endlich Deinen Hintern ein bisschen hochtouriger, wir müssen los!"

Frank verstaut erst noch eine Ledertasche im Kofferraum des Autos und lässt sich dann gemächlich neben mir im Fahrzeugheck nieder. Schon läuft der Motor, Heiner gibt Gas. Er fährt etwas schneller als erlaubt.

„Sie fahren zu schnell, auf die Minute, die wir damit einsparen, kommt es auch nicht an," kommentiert denn auch umgehend Eva auf dem Beifahrersitz. Heiners Gesichtszüge wirken angespannt.

„Musste meine Sachen noch zusammensuchen", meint Frank auf meine Frage nach seiner Unpünktlichkeit.

Gerade weil ich ihn kenne, habe ich ganz bewusst unsere Zusammenkunft etwas früher angesetzt. Wir werden also noch pünktlich bei Marlis Weder sein. Das weiß auch Heiner. Warum er dennoch so in Eile ist, keine Ahnung. Die Fahrt dauert ohnehin nur rund zehn Minuten. Schon biegen wir über die Kurve auf den Parkplatz vor der Klosteranlage ein. Heiner fährt bis ganz vorne hin, stellt den Motor ab und springt aus dem Auto.

„Bin schon so gespannt auf die Bretter", ruft er und kann es gar nicht erwarten, zur Eingangstür unter dem Torbogen zu gelangen.

Bis wir Übrigen an der Tür angelangt sind, öffnet sich diese bereits, und Marlis Weder tritt uns entgegen.

„Da kommt ja ein ganzes Komitee" sagt sie mit etwas erhobener Stimme, die am Satzende wie bei einer Frage noch höher und damit ironisch wird. Dann fällt diese Stimme aber wieder zurück auf die vertraute Ebene der Sachlichkeit: „Meine Dame, meine Herren, wenn Sie mir bitte folgen. Ich führe Sie zu den beschrifteten Brettern."

Durch den langen Flur steigen wir über die mir schon bekannte prunkvolle Treppe zwei Stockwerke nach oben. Ich denke an Michael Bräus Papier mit dem Hinweis, dass das Gold dieser Welt unter den Brettern im zweiten Stock der Klosteranlage liegen soll und werfe Eva einen fragenden Blick zu. Die zuckt nur kurz mit den Schultern.

Frank raunt mir zu: „Wir wissen doch, dass dieses Gebäude erst im 18. Jahrhundert errichtet worden ist. Sollte in dem Vorgängergebäude hier etwas unter Brettern versteckt worden sein, kann es nicht mehr da sein. Nur die Bretter wurden offensichtlich wieder verwendet."

Das ist mir natürlich auch klar, aber ich hatte insgeheim gehofft, wir könnten doch noch im zweiten Stockwerk etwas finden. Aber Marlis Weder geht zielstrebig weiter und führt uns zu einer weiteren kleineren Treppe und über diese in den Dachraum, in dem ich mit Heiner bereits war und das Versteck im Kamin für die Karten aus dem Kaukasus begutachtete. Marlis Weder geht an dieser Fundstelle wortlos vorüber und geleitet uns in den hinteren Teil des Dachstuhls. Ganz am Ende zur westlichen Außenmauer hin macht sie halt, schaltet eine Taschenlampe ein und leuchtet damit auf ein Brett am Boden. Sofort kniet Heiner daneben und streicht mit der Hand über das Brett, auf dem Buchstaben und einige kleine Bildnisse zu erkennen sind, bei deren Anblick mir spontan Emoticons des 21. Jahrhunderts einfallen. Zeichen und Buchstaben sind nicht aufgemalt, sondern mit einem Eisen in das Holz gestochen. Es sind klare Formen, die mit wenigen Schlägen entstanden sind. Man sieht betende Menschen, stehend und kniend, ein Dreieck als Symbol der göttlichen Dreifaltigkeit und Mauern, die wohl Kirchen und Tempel wiedergeben.

Frank öffnet seine Ledertasche. Er hat selbst eine Taschenlampe dabei, leuchtet nun seinerseits den Boden ab. Zudem nimmt er Papier und Stift aus einer Tasche und reicht beides Eva mit den Worten: „Du bist die Schriftkundige. Wir müssen aufschreiben, was auf diesen Brettern steht."

„Sie brauchen mich hier ja nicht, ich lasse Ihnen auch meine Lampe da, wenn Sie hier fertig sind, finden Sie mich im Roten Salon", sagt Marlis Weder und verlässt uns.

„Wir bilden zwei Teams", schlage ich vor.

Während nun Frank mit Eva Schritt für Schritt den Boden im Umfeld absucht, bleibe ich mit Heiner an der Stelle, auf die uns Marlis Weder gestoßen hat. Vor uns sind drei beschriftete Eichenbretter. Zwei von ihnen liegen parallel nebeneinander, dann gibt es eine Unterbrechung. Zwei ganz normale Bretter finden sich dazwischen und erst danach das dritte wiederum beschriftete.

„Warum diese Unterbrechung?", frage ich Heiner.

Der zuckt nur die Achseln und meint: „Darauf kann ich mir keinen Reim machen."

Ich beginne damit, Wörter zu entziffern und aufzuschreiben. Das ist gar nicht so einfach. Denn Staub und die über viele Jahre erfolgte Verfärbung des Eichenholzes lassen die Buchstaben kaum erkennen. Ich muss mit dem Zeigefinger die Einschnitte abtasten, um so die Buchstaben nachzuzeichnen und erkennen zu können. Das dauert.

Als ich mit dem ersten Brett fertig bin, stehen Eva und Frank wieder neben uns.

„Das hier scheint wirklich alles zu sein, wir konnten keine weiteren Schriftzeichen erkennen", sagt Frank.

Eva nimmt meine Aufzeichnungen und beginnt zu lesen. „Hier steht gleich dreimal das Wort Calix", sagt sie, stutzt einen Moment und meint dann: „Das erscheint mir wie eine Aufzählung. Calix heißt Kelch. Und dann steht hier noch Crux für Kreuz und hier hast Du wohl ein ‚s' vergessen und das Wort heißt richtig Ostensorium, was Monstranz bedeutet."

Sofort schaltet sich Frank ein. „Könnte das eine Art Inventarverzeichnis sein, also ein Register davon, was die Mönche in ihren Mauern verwahrt haben?"

„Denkbar ist das", meint Eva und löst mich beim weiteren Entziffern der Schrift auf dem zweiten Brett ab. Sie hat dieselben Schwierigkeiten wie ich, muss die Worte ebenso mit den Fingern erst ertasten.

Jetzt hat uns alle die Neugier gepackt. Deshalb mache ich mich mit Heiner an das dritte etwas abseits liegende Brett, während Eva die Inschrift auf dem zweiten entziffert. Dieses dritte Brett ähnelt dem ersten. Auch hier ist die Rede von Calix also Kelch, außerdem steht hier Augustali und dahinter die Ziffer 3. Ich bin sogar eher fertig als Eva und schaue mir die Bretter noch einmal genau an. Eines fällt mir dabei auf. Die drei beschriebenen Bretter wirken etwas heller als die übrigen.

Während ich nach dem Grund dafür suche, wird auch Eva fertig und erläutert: „Hier steht ein religiöser Text. Es geht um Jeschua mi-Natzrath. Dieser hebräische Ausdruck für Jesus von Nazareth findet sich in dem sonst lateinischen Text. Warum das so ist, ich weiß es nicht."

Während Eva weiterspricht und theologische Aspekte der Inschrift erläutert, schaltet meine linke Gehirnhälfte den Empfang ab, weil sich eine Frage aufwirft, die nach einer Antwort sucht. Warum gibt es diese Bretter, warum sind sie hier im Dachgeschoss und weshalb gibt es nur diese drei? Ich spiele verschiedene Möglichkeiten der Analyse durch, die Fragezeichen werden aber nicht weniger, eher noch mehr. Wie in Trance knie ich vor den eingeritzten Zeichen im Holz, um mich schwirren Evas Erklärungen durch die Luft, vermischt mit den Meinungen der anderen. Ihre Stimmen verschmelzen zu einem Gemurmel, das mich einhüllt, ja geradezu einlullt. Diese Aura hat etwas Reinigendes, mein Gehirn filtert nun Unwichtiges aus, konzentriert sich auf das Wesentliche. Ich sehe mir nun genau die Nägel an, mit denen die Bretter auf die Balken darunter genagelt sind. Es sind einfache Eisennägel mit einem runden Kopf und damit die gleichen wie auf den unbeschrifteten Brettern dazwischen. Ich richte die Taschenlampe auf das Umfeld und mein Blick gleitet dorthin. Hier sehen die Nägel anders aus, sie haben eckige Köpfe, die im Holz flachgeschlagen sind. Und warum sind die geritzten Hölzer heller? Zunächst weiß ich keine Antwort, nehme nur das Gemurmel der Begleiter wahr. Monoton dringt es auf mich ein, lässt mich ganz ruhig werden. Und dann plötzlich schießt wie aus dem Nichts meine rechte Hirnhälfte einen Blitz in mein Bewusstsein.

Jetzt unterbreche ich das Gemurmel meiner Begleiter: „Heiner, Du hast doch Werkzeug mitgebracht. Wir müssen die beiden leeren Bretter zwischen den beschrifteten losmachen, um zu sehen, was darunter ist."

„Warum das jetzt? Das wird Frau Weder aber nicht gefallen", meint Frank mit bedenklicher Miene. Ich wende mich Heiner zu, der alles andere als begeistert wirkt.

„Sieh Dir die Nägel an diesen Brettern an und vergleiche sie mit denen des übrigen Dachbodens. Bemerkst Du was?"

Heiner kratzt sich am Ohr, schaut genau hin und meint dann: „Wenn Du mich so fragst, die sehen unterschiedlich aus."

„Genau, die beschrifteten Bretter und auch diese beiden dazwischen sind mit neuen industriell gefertigten Nägeln am Boden befestigt. Schaut Euch die anderen an. Deren Köpfe haben eine eckige Form, sind also handgeschmiedet und damit deutlich älter. Die beschrifteten Bretter wurden folglich erst in jüngster Zeit befestigt. Ich bin mir sogar ziemlich sicher, wann das war, nämlich in der Kriegszeit, als die SS im Kloster Kunstwerke einlagerte. Und sorgt Euch nicht um Frau Weder. Sie kann gar nichts dagegen haben, wenn wir nachsehen, was darunter liegt. Es entsteht ja keinerlei Schaden an der historischen Bausubstanz. Wir entfernen nur neue Industrienägel, nehmen sozusagen ein Stück Restaurierung schon vorweg. Du kannst es also machen, Heiner, ich übernehme die Verantwortung."

Weil der Mensch Sicherheit sucht, ist es immer beruhigend zu wissen, ein anderer ist verantwortlich. Bei Heiner entfalten meine Worte tatsächlich die beabsichtigte Wirkung. Er öffnet seinen Handwerkerkoffer und nimmt einen Schraubendreher und eine Beißzange heraus. Sogar ein Nageleisen hat er mitgebracht.

„Wir beginnen an diesem Brett", gebe ich gleich das Kommando und deute auf ein Holz zwischen den geritzten.

Heiner versucht zunächst, mit dem Schraubendreher die Nägel etwas zu lockern. Dabei wird auch das umliegende Holz ein wenig beschädigt. Doch er kann die Nägel nicht wirklich lockern. Kurz entschlossen zwickt er mit der Zange die Köpfe ab. Dann setzt er an der Stirnseite des Brettes das Nageleisen an, rutscht ab, wiederholt das zwei oder drei Mal, und kann endlich das Brett vom Untergrund lösen.

„Die Unterseite wird nicht nur heller sein", sage ich nun zu den Freunden gewandt, „sondern - wenn ich mit meiner Vermutung richtig liege - ebenso mit eingeritzten Zeichen beschriftet sein. Aller Augen sind auf das Brett gerichtet, das Heiner hochnimmt und umdreht. Und in der Tat. Auf der Rückseite sind Zeichen zu erkennen.

Ganz schnell drückt sich Eva zwischen mich und Heiner. Die Neugier hat sie gepackt. Sie kann diese Zeichen auch ohne Zuhilfenahme ihrer Hände entziffern. „Hier geht es um Augustali, die hatten wir doch schon mal. Außerdem steht hier etwas von Tari und ich glaube, das Wort darunter heißt Hyperpyron. Und seht ihr: Hinter den Begriffen stehen wiederum Zahlen, hinter Augustali heißt es 4, hinter Tari steht 18 und beim Hyperpyron 32. Und dann steht da noch Gemme 42."

„Und was heißt das jetzt?" fragt Frank.

„Ich glaube, das könnten Namen von Münzen sein", antwortet Heiner spontan.

Eva nickt und überlegt einen Moment. Dann sagt sie: „Gut, dass ich mich mit Mittelalter und Kreuzzügen beschäftige. Augustali, das waren Goldmünzen, die Kaiser Friedrich II in Sizilien prägen ließ, die nur sporadisch über die Alpen gelangten und heute extrem rar sind. Tari gab es schon zuvor, sie sind kleiner und von den Sarazenen eingeführt und dann in Süditalien auch von den Normannen übernommen worden. Das Hyperpyron ist eine Goldmünze aus Byzanz, die es weit häufiger gibt, deshalb auch die größere Zahl dahinter. Und Gemme steht wohl für Edelsteine."

„Mach auch das zweite Brett weg", fordere ich Heiner auf.

Der lässt sich das nicht zweimal sagen, die Neugier hat auch ihn gepackt, er geht mit ungemeiner Schnelligkeit ans Werk und ebenso vor wie beim ersten Brett. Diesmal geht es zudem leichter. Er muss nur einmal das Nageleisen ansetzen, und schon kann er das Brett aushebeln. Er nimmt es in die Hand und dreht es um. Alle Blicke richten sich gebannt auf die Rückseite. Auf den ersten Blick kann ich nichts erkennen. Den anderen geht es nicht anders, sie blicken mich enttäuscht an.

Frank kniet nieder, streicht mit der Hand über die Oberfläche und meint dann: „Hier steht nichts. Aber nach allem was wir gesehen haben, bin ich überzeugt, die Bretter hier im Dachboden wurden in der Nazizeit entdeckt und dann mit neuen Nägeln wieder befestigt, die Amerikaner haben damit ebenso wenig zu tun wie die letzten Eigentümer."

„Aber dann verstehe ich eines nicht", wirft Heiner ein und nimmt vorweg, was auch ich gerade sagen wollte. „Warum haben sie die Bretter nicht wieder so aufgenagelt wie sie waren, das heißt mit den Zeichen und Buchstaben nach unten. Warum wurden einige umgedreht und zeigen nun mit der beschrifteten Seite nach oben?"

„Das könnte absichtlich so erfolgt sein, dann wäre auch damit eine Botschaft verbunden", wirft Eva in die Runde.

Ich schüttle den Kopf. Aber auch ich habe keine bessere Erklärung. Auch die anderen müssen passen. Bis auf einen. Frank streicht erneut mit den Fingern über die Schriftzeichen, hin und her. Er wirkt ganz ruhig, nur seine Finger bewegen sich. Das geht einige Zeit.

Dann sagt er mit ruhiger Stimme. „Ich habe eine andere Theorie. Jeder vernünftige Mensch hätte die Bretter wieder so aufgesetzt wie sie waren. Es müssen also besondere Umstände geherrscht haben, dass das nicht geschehen ist. Und dafür sehe ich nur eine Möglichkeit. Wer immer die Bretter entfernt und wieder aufgenagelt hat, muss das in großer Eile getan haben und zudem vermutlich unter schlechten Lichtverhältnissen. Das wiederum bedeutet, dass hier offensichtlich jemand heimlich gehandelt hat. Damit scheiden für mich Nazis wie auch Amerikaner aus."

„Aber wer war es dann?" wirft Eva aufgebracht ein.

Ich spreche in die Runde: „Die Bewohnerfamilie scheidet ebenfalls aus. Die hätte das vor und nach dem Krieg in aller Ruhe machen können. Der Zeitdruck, unter dem die Bretter verändert worden sind, spricht eindeutig für die Kriegszeit. Ich stell mir das so vor. Unter den Nazis gab es sicher welche, denen der eigene Vorteil wichtiger als die Ideologie war. Einer von ihnen muss von den Brettern erfahren haben und dann in Eigenregie und auf eigene Kasse tätig geworden sein. Theoretisch könnte das natürlich auch ein GI gewesen sein, aber nur dann, wenn er einen deutschen Zuträger hatte. Woher sollte ein US-Soldat sonst von beschrifteten Hölzern wissen."

Jetzt meldet sich Heiner zu Wort: „Ich war bereits im Stadtarchiv und blätterte durch alte Zeitungen und in alten Unterlagen. Gefunden habe ich - nichts" sagt er, blickt verschmitzt in die Runde und macht eine Pause, um die Spannung zu steigern und sich der Aufmerksamkeit aller sicher zu sein. Dann fährt er mit etwas erhobener Stimme fort: „Wenn ich nichts sage, meine ich damit die Amerikaner. Die haben zwar das Kloster leergeräumt. Darüber gibt es natürlich keine Aufzeichnungen, das weiß ich nur von Frau Weder und Erinnerungen von Zeitzeugen."

Erneut macht Heiner eine kleine Pause, um die Spannung zu steigern. Alle Augen sind auf ihn gerichtet. Jetzt fährt er fort: „Tom, Deine Worte bringen mich auf etwas, was ich zunächst kaum beachtete. Es gab eine Meldung in der Burghauser Zeitung im Oktober 1944 und damit gegen Ende der Naziherrschaft. Da ging es um einen Vorfall im Klosterumfeld. Unbekannte hatten sich offenbar nachts dem Schuppen genähert, in dem Hitlers Benz stand. Die Wachmannschaften schossen in die Luft, sahen noch zwei Männer weglaufen, eilten ihnen nach, verloren sie aber in der Dunkelheit aus den Augen. In der Zeitung stand die Vermutung, das könnten entlaufene Sträflinge gewesen sein. Die Bevölkerung wurde gebeten, vorsichtig zu sein und verdächtige Beobachtungen sofort der Polizei zu melden. Und zwei Tage später gab es eine Ergänzung in der Zeitung. Kreisleiter Peter Steger habe sich persönlich in die Angelegenheit eingeschaltet und Nachforschungen in Raitenhaslach angeordnet, die er selbst leiten werde. Dass ein Wagen Hitlers im Klosterbereich stand, durfte natürlich nicht geschrieben werden. Auch wenn das alle wussten."

„Verdammt", zischt es spontan aus meinem Mund, denn mir ist bei Heiners Worten eines klar geworden: „Wenn ich mehr über diesen Vorfall und Peter Stegers Reaktion wissen will, muss ich ausgerechnet noch einmal mit Scharoth sprechen. Er ist schließlich sein Enkel. Ausgerechnet diesem Kotzbrocken muss ich noch einmal auf den Zahn fühlen."

Was ich nicht sage: Ich bin bestürzt von der Kaltschnäuzigkeit Scharoths und denke einmal mehr an Merle, die seine Kreise gestört hat und mit dem Leben dafür bezahlen musste. Während ich trüben

Gedanken nachhänge, nehmen Frank und Eva noch einmal die Schriftzeichen in Augenschein, notieren Details. Zum Glück haben wir Heiner an der Seite, einen Mann der Tat. Während unsere Köpfe Szenarien entfalten, leuchtet er mit der Taschenlampe die freigelegten Hohlräume unter den Brettern aus. So ganz hohl sind sie indes nicht. Eine ganze Reihe von Kieselsteinen liegt zwischen den Balken. Heiner holt einen Teil heraus, die anderen schiebt er zur Seite. Dann greift er mit der Hand hinein und tastet Stück für Stück den Zwischenboden darunter ab. Plötzlich entfährt ihm ein „Ah!" Alle Augen richten sich an die Stelle von Heiners Hand im Boden. Er zieht sie aber wieder gemächlich zurück, greift sich einen Schraubendreher und beginnt, damit in der Tiefe zu hantieren.

„Ich hab vielleicht was gefunden, das leg ich jetzt frei" sagt er mit aufgeregter Stimme, drückt mit dem Werkzeug in einen Spalt neben einem Balken. Nach und nach gewinnt ein Gegenstand Konturen, den er Stück für Stück aus dem Untergrund heraushebelt. Und schon kann er das Teil mit der Hand packen und herausziehen. Alle blicken gebannt auf das Fundstück. Heiner nimmt es in die Hand und beginnt ganz behutsam, mit der anderen Hand daran zu fummeln.

„Das ist ein Holzkistchen", erkenne ich.

„Vielleicht kannst Du es öffnen", ruft Eva aufgeregt.

Heiner dreht das Teil, das rund 15 Zentimeter lang, acht Zentimeter breit und vielleicht sechs hoch ist. An einer Seite sind Scharniere zu erkennen, das Teil hat also Boden und Deckel. Als er den Staub abwischt, kommt dunkelbraunes Holz zum Vorschein. Heiner zieht an der den Scharnieren gegenüberliegenden Seite. Es gibt ein kaum hörbares Klicken und schon geht der Deckel nach oben. Alle starren auf den Inhalt. Der schimmert uns dunkelgrün entgegen.

„Wow, das sind ja Edelsteine", ruft Heiner. Mir kommen die teils ins Schwarze und teils ins Gelbe changierenden Steine bekannt vor, erinnere mich, bei Mathe schon einmal einen solchen Stein gesehen zu haben. „Das dürften Moldavite sein, Edelsteine aus Böhmen", kläre ich die Freunde auf. „In früheren Jahrhunderten waren diese sehr begehrt und teuer. Doch seit Menschen auch grünes Glas in allen Schattierungen herstellen können, wurden sie oft gefälscht und sind in Vergessenheit geraten. Damit ist auch ihr Wert deutlich gesunken.

Wir haben damit einen klaren Hinweis darauf, dass das Kloster in dem Handel mit Edelsteinen aus Böhmen ebenso involviert dabei war."

Heiner kramt in dem Kistchen. Neben den Moldaviten findet er auch einige dunkelrote Steine, auf den ersten Blick Granate sowie gelbliche und einen grüngrauen Stein, deren Identität uns unklar ist.

Ich mache Fotos davon, und dann stellt Frank die nun wichtigste Frage: „Was machen wir damit?"

„Ich würde die Steine noch gern näher begutachten lassen. Aber danach werden wir sie Frau Weder und damit der Stadt übergeben. So ein Fund ist wichtig für die Stadtgeschichte", stelle ich klar.

„Bin ganz Deiner Meinung" pflichtet mir Heiner bei und ergänzt: „Ich schlage sogar vor, wir übergeben das Kistchen gleich Frau Weder. Sie wird uns ohnehin erlauben, eine Begutachtung zu machen, wann immer wir wollen." Das erscheint mir zwar voreilig, aber ich widerspreche nicht.

Meine Aufmerksamkeit richtet sich auf einen anderen Umstand und ich sage: „Sollten die Steine tatsächlich aus der Zeit von Michael Bräu stammen, wofür einiges spricht, dann haben die Mönche sie nach dem Neubau des Prälatenstocks im 18. Jahrhundert hier versteckt. Trifft das zu, dann gehe ich davon aus, sie haben hier auch weitere Wertgegenstände verwahrt. Vermutlich haben sie die Dinge, die im alten Kloster unter den Brettern des zweiten Stockwerks eingelagert waren, nach dem Neubau nun im Dachboden verwahrt. Auf den Unterseiten der Bretter listeten sie auf, was sie gelagert hatten. Damit lieferten sie ihren Nachfolgern die Informationen, die sonst mit dem Tod verloren gehen. Die Mönche dachten weit über ein Menschenleben hinaus."

Sofort hakt Frank ein: „Bleibt die Frage, warum die Mönche nach ihrer Vertreibung diese Schätze nicht mitgenommen haben."

Ich überlege nur einen Augenblick, dann erscheint mir klar: „Vermutlich haben sie befürchtet, sie könnten Gold, Silber und Edelsteine nicht vor dem Staat verbergen. Bayern war nun zwar Königreich, aber der neue Machthaber König Maximilian verhielt sich gegenüber der Kirche wenig königlich. Der vom König eingesetzte Landrichter Freyer von Armansperg war in diesen Fragen unerbittlich. Der letzte

Abt des Klosters, Ausanias Detterle, musste von der klösterlichen Münzsammlung bis hin zur Einrichtung alles herausrücken, was dem Staat wertvoll erschien. Entschädigung Pustekuchen. Hinzu kommt: Detterle blieb bis an sein Lebensende in Raitenhaslach, versuchte vergeblich, wenn schon nicht das ganze Kloster, so zumindest den Prälatenstock zurückzukaufen. Das ist für mich ein klares Indiz: Er wusste von den versteckten Schätzen."

Während ich den Freunden meine Überlegungen mitteile, legt Heiner die Kiesel wieder in den Hohlraum zurück, nimmt die beiden losgemachten Bretter und befestigt sie wieder mit den Schriftzeichen nach unten. Die alten Nägel stecken ja noch im Balken, er drückt einfach die Bretter drauf, setzt noch ein, zweimal einen kleinen Hammerschlag drauf, dann sind sie zumindest auf den ersten Blick wieder fest. Nur die Köpfe fehlen, aber das ist kaum zu erkennen. Dann verlässt uns Heiner, im Roten Salon wartet ja Marlis Weder. Wenig später eilen beide die Treppe herauf in den Dachboden.

„Ich muss unbedingt sehen, wo Sie dieses Kistchen gefunden haben", ruft sie schon auf dem Weg zu uns. Die Frau ist aufgeregt. Heiner muss sogar noch einmal das Brett lösen, die Kieselsteine herausnehmen und ihr zeigen, wo die kleine Holzkiste verborgen war.

„Das ist ja fantastisch, hätte nie geglaubt, dass hier noch etwas herumliegt. Bin schon gespannt, welch weitere Überraschungen wir erleben, wenn die Restaurierung der Klosteranlage beginnt."

Immer mehr wird mir bewusst: Ich hätte Heiner bremsen müssen, das Kistchen hätten wir auch später übergeben können. Es gilt jetzt zu retten, was zu retten ist. Deshalb sage ich: „Verehrte Frau Weder. Bitte behalten sie diesen Fund vorerst für sich, erzählen niemandem davon. Wissen Sie: Diese Moldavite sind wie ein Stück Fleisch, das in der afrikanischen Savanne liegt. Da sind die Hyänen schnell zur Stelle."

Weder blickt mich etwas verwundert an, verspricht aber, Stillschweigen zu wahren. Als ich später mit Frank allein bin, spreche ich noch einen weiteren Aspekt an.

„Ich vermute einen weiteren Grund, warum die Mönche diese Schätze nicht gehoben haben. Die Zisterzienser waren fromme Menschen, die ihr Leben als Pflicht für das Seelenheil ansahen. Obwohl sie reich waren, bedeutete ihnen Reichtum nicht viel. Nun hat schon nach dem Tod von Michael Bräu der Regensburger Bischof vergeblich nach dem Schatz seines Finanzmeisters gesucht. Er ist bis heute nicht aufgetaucht und wahrscheinlich deshalb, weil Bräu diesen nicht in Regensburg oder anderen dem Bischof zugänglichen Stellen verwahrte, sondern die Zisterzienser bat, diesen in Obhut zu nehmen. Was die Mönche im Dachboden des Prälatenstocks verwahrten, könnte dieses Erbe Michael Bräus gewesen sein. Und auch aus diesem Grund hatte ihr letzter Abt Ausanias wohl Skrupel, diesen Schatz mitzunehmen. Er gehörte ihm ja nicht, der Orden war lediglich Treuhänder und Sachwalter."

„Aber eines ist auch klar", entgegnet Frank nach einigen Minuten des Überlegens. „Wenn hier im Dachboden Goldmünzen und wertvolle Kirchenschätze versteckt waren, so sind die weg und vermutlich für immer verloren."

Kapitel 35

Beichte ohne Schuldgefühle

„Nein, tagsüber kann ich derzeit leider nicht weg. Es gibt so viel Arbeit, ich bring meine Seiten sonst nicht bis Redaktionsschluss fertig. Könnten wir uns nicht besser danach in den Abendstunden treffen", schlage ich Jost Scharoth vor, als er mir vormittags einen Gesprächstermin bei sich im Büro anbietet. Das geht gar nicht. Seine neue Sekretärin würde mich sofort als den ominösen Herrn Sackheimer erkennen, der gern ein Seegrundstück kaufen möchte. Dann käme ich in Teufels Küche und Scharoths Misstrauen würde uferlos. Dabei will ich ihn doch aushorchen, was sein Großvater über das Kloster und die hier verwahrten Schätze wusste. Redselig muss er deshalb sein, am besten nach einer Flasche Wein bei sich zu Hause. Doch Scharoth lädt mich diesmal nicht in seine Villa ein.

„Wir können uns in der Redaktion oder auch in meiner Wohnung treffen", schlage ich vor. Für Scharoth sind das keine Optionen.

„Das ist mir nicht vertraulich genug. Ich könnte gesehen werden und für meinen Ruf als Immobilienhändler ist es nicht gerade förderlich, in die Nähe von Journalisten gebracht zu werden."

Weil ich beim Termin stur bleibe, sagt er am Ende zwar einem Treffen in den Abendstunden zu, aber nicht in seinem Heim, sondern in seinem Büro in der Stadt. Und überraschend geht das auch sehr schnell. Schon in zwei Tagen will er mich sehen. Sei vorsichtig mahnt mich meine rechte Hirnhälfte, der Mann will ganz sicher auch von Dir etwas, sonst würde er sich nicht mit dir treffen oder dich zumindest länger warten lassen. Der Zeitpunkt 19 Uhr ist ganz nach meinem Geschmack. Da wird die Sekretärin nicht mehr arbeiten. Für alle Fälle weihe ich Frank ein und beauftrage ihn mit meiner Lebensversicherung: „Ich melde mich am Besuchsabend um 22 Uhr bei Dir. Tue ich das nicht, dann verständigst Du die Polizei, um sie zu Scharoths Büro in Marsch zu setzen."

Die beiden Tage bis zum Gespräch nutze ich zudem, um in den Archiven von Burghausen, Altötting und Mühldorf möglichst viel über den NS-Kreisleiter Peter Steger herauszufinden. Das wird mühsam und ist zudem wenig ergiebig. Abgesehen von der Meldung über „vermutlich entlaufene Sträflinge", die Heiner schon gefunden hat, stoße ich auf nichts von Belang. Lauter Lobhudeleien, je mehr Bombardierungen es gibt, umso mehr nimmt die Glorifizierung deutscher Heldentaten zu. Über allem thront die Hoffnung auf neue Geheimwaffen und den Endsieg, an den zu der Zeit kein Mensch mehr glaubte. Im Chaos der letzten Kriegstage erschien dann die Zeitung nicht mehr. Mir ist klar: Große Erkenntnisse werde ich hier nicht mehr gewinnen. Die Zeit kann ich besser nutzen.

Eben hat mich Vater angerufen und gefragt, ob ich noch mit der hübschen Frau zusammen sei.

„Nein?", fragt er ganz erstaunt, als ich ihm sage: „Nora hat mich verlassen".

„So eine Frau darfst Du nicht ziehen lassen, das musst Du mir genauer erklären" meint er daraufhin. Dazu habe ich natürlich keine Lust. Aber das sage ich Vater nicht, verabrede mich im Gegenteil mit ihm, denn vielleicht gibt es ja noch etwas über Peter Steger, das er mir noch nicht verraten hat. Irgendetwas, in seinem Unterbewusstsein Verstecktes, was er vergessen hat, weil er es nie als wichtig erachtete.

„Bin heute Abend bei Dir, dann können wir in Ruhe sprechen. Denk bis dahin über Peter Steger nach", sage ich.

Als er mir dann abends die Tür öffnet, steht er mit griesgrämiger Miene da. Aber nicht wegen der Erinnerungen an diesen Nazi, wie er gleich zu Beginn deutlich macht.

„Seit dem Tod Deiner Mutter bin ich sehr einsam. Umso mehr würde es mich freuen, endlich ein Enkelkind in den Arm nehmen zu können. Aber Du trägst ja gar nichts dazu bei, mir diesen Wunsch zu erfüllen. Kommst mit einer so bezaubernden Frau bei mir angetanzt. Aber anstatt sie und das Glück festzuhalten, lässt Du Nora ziehen. Ich hatte schon so gehofft, Dich endlich in einer festen Beziehung zu sehen. Dein Leben würde mehr geordnet, und natürlich könntest Du auf mich bei der Betreuung eines Kindes zählen. Großeltern sind eh die besseren Eltern."

Vater nervt, aber das behalte ich für mich.

„Ist ja gut Vater. Irgendwann findet sich schon die Frau, die mit einem Chaoten wie mir klarkommt. Aber müssen wir alles an der Haustür abhandeln? Kann ich jetzt reinkommen?"

„Ja, ja, natürlich", stammelt er und winkt mich mit der Hand ins Innere. Dort hat er ganz liebevoll den Tisch gedeckt, sogar das alte Porzellan mit den handbemalten Goldeinfassungen plus Silberbesteck und Elsässer Gläser aufgelegt, und in einem Sektkübel steht eine mit Eiswürfeln gekühlte Flasche fränkischer Silvaner.

„Heute nehmen sie den Wein einfach aus dem Kühlschrank, aber das hat keinen Stil?" sagt er, verschwindet einen Moment und kehrt dann mit einer Platte zurück, auf der sich Bündner Fleisch, Krabben, Schälchen mit Pasten aus Kichererbsen und Avocado sowie mehrere Käse befinden. „Damit Du wenigstens einmal am Tag etwas bekommst, was mehr ist als Kalorienzufuhr. Esskultur ist so wichtig, mein Sohn, im Alter wird mir das erst richtig bewusst."

Diese Art Belehrung gefällt mir. Denn ich habe ordentlich Hunger und komme der Aufforderung zum Essen ganz schnell nach.

„Hat sich die Polizei noch einmal wegen des Ritterbildes gemeldet?" frage ich, als Vater die Weinflasche öffnet und die Gläser füllt.

„Pah, die Polizei", stöhnt er und macht eine abfällige Handbewegung. „Nichts bringen die heraus, dabei hab ich doch den Täter erkannt. Die Videoaufzeichnung des Überfalls auf Dich ist zwar etwas verschwommen, aber ich bin mir sicher, es handelt sich um die gleiche Person, die mir das Bild gestohlen hat. Jetzt haben sie sogar ein Bild vom Täter und können ihn doch nicht fassen. Das ist wieder mal typisch. Ich glaube, die Beamten wollen den Fall gar nicht aufklären. Der Aufwand dafür ist ihnen zu hoch. Für den Bürger ist die Polizei nicht da. Aber wenn irgendwo Politiker beisammensitzen und Steuergelder verprassen, dann müssen ganze Heerscharen von Huschelmännern auffahren, um die Sicherheit der Haute volée zu garantieren."

„Vater, Du verzerrst die Realität."

„Ach was, das ist noch wohlwollend gesagt. Die Realität ist noch schlimmer. Ich bin überzeugt. Von sich aus haben die Polizisten noch gar nichts unternommen. Zweimal habe ich nun schon nachgefragt und mich nach dem Stand der Ermittlungen erkundigt. Weißt Du, was die Antwort war, nachdem ich mich mühsam durch die Instanzen gefragt habe? Wir ermitteln. Ja wir ermitteln. Das war alles. Mehr konnten sie nicht sagen."

Ich breche ein Stück Weißbrot ab, nehme dazu etwas von dem Käse, der beim Schneiden schon in kleinere Teile zerbricht, dafür köstlich schmeckt.

„Der hat acht Monate in einer Höhle gelegen um zu reifen", klärt mich Vater auf. Als dann die ersten Schluck Wein getrunken sind, scheint der Ärger über das gestohlene Bild und die in seinen Augen lahme Polizei ganz vergessen.

Ich erzähle Vater von den beschrifteten Brettern und frage ihn: „Was meinst Du, wer könnte in der Kriegszeit diese Beschriftungen entdeckt haben?"

„Das hört sich ja an wie ein Wunder", ruft Vater aus und springt hoch. Es dauert einige Minuten, bis er wieder zur Ruhe findet. Dann setzt er sich wieder, nimmt einen Käsewürfel in den Mund und beginnt zu kauen, ganz bedächtig, gerade so als wolle er beim Zerkleinern die Antwort finden. Er schließt die Augen, ist einige Minuten nicht ansprechbar. Die nutze ich zum Schlemmen, beginne beim hauchdünn geschnittenen Fleisch und esse mich danach quer durch alle Käsesorten. Vater überlegt lange, aber Langeweile kann an diesem reich gedeckten Tisch nicht aufkommen. Endlich beginnt er zu sprechen.

„Meine Schlussfolgerung lautet so: Die Bretter waren ursprünglich allesamt mit der Beschriftung nach unten angebracht. Darunter befanden sich ganz offensichtlich Wertsachen, die von den Zisterziensern den neugierigen Augen der Welt vorenthalten wurden. Sicher ist eines: Die Bretter wurden erst in jüngster Zeit entfernt und neu aufgenagelt. Hätten die Mönche das noch selbst gemacht oder veranlasst, wären die Bretter wieder mit handgeschmiedeten Nägeln festgemacht worden und zudem mit Sicherheit wieder richtig mit der Schrift nach unten. Die entscheidende Frage ist deshalb: Wie kommt ein Mensch im 20. Jahrhundert auf die Idee, Bretter in einem Dachboden loszumachen, weil er darunter einen Schatz vermutet? So etwas macht keiner spontan. Das wird er nur tun, wenn er einen Hinweis darauf hat. Es muss also irgendeine Quelle geben. Eine solche ist mir aber nicht bekannt. Wer immer hier nachgesehen hat, der muss umfassend Bescheid gewusst haben, er brauchte dafür geschichtliches Wissen und Zugang zu Archiven oder anderen Aufzeichnungen des Ordens. Für mich scheidet damit die These aus, Sträflinge oder Wachmannschaften der SS oder sogar amerikanische Soldaten hätten die Bretter losgemacht. Nein, mein Sohn, hier war eine Person am Werk, die genau wusste, was sie tat."

„Könnte diese Person Peter Steger gewesen sein?" Erneut schließt Vater die Augen, denkt lange nach und sagt dann: „Ich weiß es nicht. Als Kreisleiter standen ihm einerseits alle Türen offen, aber zugleich hätte er kaum selbst handeln können. Sich nachts in ein Kloster schleichen, das ging angesichts seiner Position nicht. Er hätte allenfalls Vertraute mit dem Diebstahl beauftragen können."

Zwei Tage später sitze ich dem Mann gegenüber, der sicher mehr weiß als Vater. Wenn ich nur Gedanken lesen könnte, stöhnt meine rechte Gehirnhälfte, worauf die linke lapidar antwortet: Lass diesen Quatsch. Rede selbst nur Belangloses, gib Deinem Gegenüber ein Gefühl von Überlegenheit, vielleicht verplappert er sich und vor allem: achte auf seine Gesten. Jost Scharoth macht einen etwas müden Eindruck. Er hat offensichtlich einen langen Arbeitstag hinter sich. Wir sitzen in seinem Büro, er am Schreibtisch, ich auf dem Stuhl davor. Eigentlich hatte ich erwartet, wir wechseln wie sonst üblich an den Besprechungstisch in einer Ecke vor der Fensterfront. Aber Scharoth will heute diese lockere Form des Umgangs offensichtlich nicht, lässt mich wie einen Bittsteller vor seinem mächtigen Schreibtisch sitzen. Nur eine Flasche Wasser hat er hier aufgestellt, dazu zwei Gläser, für jeden eins. Und gleich zu Beginn musste ich mein Handy auf den Tisch legen, und er überzeugte sich, dass es ausgeschaltet ist. Zu allem Überfluss nahm er zudem den Akku heraus. Wie in seiner Villa hängen auch hier im Büro Bilder, aber alles ist hier funktionaler, nicht diese Üppigkeit, die er bei sich zu Hause pflegt. Die Werke an den

Wänden sind zeitgenössisch, abstrakt und von einer flächigen Farbigkeit, die an Mark Rothko erinnern.

Als meine Augen bei einem dieser Bilder verweilen, macht Scharoth eine gönnerhafte Handbewegung und lässt mich wissen: „Das sind keine großen Maler, ich unterstütze aber hin und wieder lokale Künstler, und diese Bilder vermitteln dem Raum eine angenehme Atmosphäre."

„Und solch ein Umfeld ist natürlich auch geschäftsfördernd" bemerke ich süffisant und nehme einen Schluck.

„Ich weiß nicht, wie Sie privat hausen, aber in Ihrer Redaktion könnte ich nichts zuwege bringen. Da ist doch rein gar nichts Inspirierendes, nichts, was den grauen Zellen eine Motivation liefern würde, die Trampelpfade zu verlassen und Neues zu erkunden. Wir leben in verschiedenen Welten. Sie schreiben täglich viel, ich dagegen mache im Schnitt jeden Tag höchstens ein Geschäft, aber das reicht halt für mein bescheidenes Leben. Sie dagegen müssen viel mehr ackern. Doch mit Ackern kommen Sie nicht weit, davon werden Sie nur müde. Wenn Sie klug sind, ändern Sie Ihr Leben, begraben den Ackergaul und werden einer, der die Zügel in der Hand hält."

Meine Augen suchen Kontakt zu denen Scharoths, aber er weicht aus, sein glasiger Blick fokussiert das Nichts.

„Aber ich arbeite nun mal gern, das Ackern macht mir Freude und gibt mir zudem ein Gefühl von Zufriedenheit. Sie sagen, Ihre Geschäfte ermöglichen ein bescheidenes Leben. Das gilt für mein Ackern auch. Dabei räume ich ein, unsere Definition von Bescheidenheit dürfte unterschiedlicher Natur sein."

„Treffend formuliert!" lacht Scharoth nun lauthals auf und ein Hauch von Triumph schwingt in diesem Lachen mit.

Das ist gut so, flüstert meine rechte Gehirnhälfte und erlaubt der linken mit der Befragung zu beginnen.

„Sie fragen sich sicher, warum ich Sie aufsuche und was ich von Ihnen wissen will. Sehen Sie, unsere Heimat hat eine so reiche Geschichte. Und nun sind doch in Raitenhaslach diese Karten aus dem Kaukasus aufgetaucht, die Aufschluss über Bodenschätze geben. Allein das ist spannend genug. Aber ich frage Sie jetzt ganz direkt: Könnte es in der Klosteranlage noch weitere Überraschungen geben. In der Kriegszeit wurden doch dort geraubte Kunstschätze eingelagert. Kommt da noch Weiteres ans Tageslicht? Was glauben Sie?"

Scharoth dreht langsam den Kopf hin und her, füllt mit gönnerhafter Geste mein halb ausgetrunkenes Wasserglas nach und streicht dann sanft mit der rechten Hand über seine präzise glattrasierten Wangen.

„Die unselige Vergangenheit, sie holt uns wohl immer wieder ein. Sie fragen, was ich glaube. Nun ich glaube, die im Kamin versteckten Karten vom Kaukasus sind eine Singularität. Ich rechne jedenfalls nicht damit, dass es weitere Funde gibt."

„Warum sehen Sie das so?"

„Nun, die Amis haben gründlich ausgeräumt. Die haben ganz gezielt nach eingelagerten Wertsachen gesucht, die Bewohner ausgefragt und Offiziere und andere Gefangene drangsaliert und aus ihnen herausgepresst, was sie wissen wollten."

„Aber die amerikanischen Soldaten haben doch die Kunstschätze gesichert und den rechtmäßigen Eigentümern das zurückgegeben, was ihnen vorher das Naziregime weggenommen hatte."

„Wollen Sie ein Schnäpschen?" fragt mich Scharoth unvermittelt.

Er wartet auch gar nicht meine Reaktion ab, sondern geht die paar Schritte zum Schrank und kommt mit zwei Cognacschwenkern und einer Flasche zurück. Das läuft ja bestens, meldet meine rechte Hirnhälfte und die linke ergänzt: Alkohol löst die Zunge, Scharoth könnte etwas preisgeben. Zur Sicherheit achte ich darauf, wie Scharoth einschenkt. Die Gläser sehen absolut sauber aus. Also Entwarnung.

Langsam lässt er den Cognac in die Gläser laufen, deutet mit der freien Hand auf die Flüssigkeit und lässt mich gönnerhaft wissen: „Genießen Sie ruhig. Dieser Cognac ist 20 Jahre lang gereift. So einen bekommen Sie nicht alle Tage." Scharoth schiebt mir eines der beiden Gläser auf der Tischplatte entgegen. Das andere nimmt er sogleich selbst in die Hand, lässt den dunkel bernsteinfarbenen Cognac kreisen und nimmt einen kleinen Schluck. Ich tue desgleichen. Der Alkohol fließt über meine Zunge. Weich und mild abgerundet melden die Nervenzellen. Erst als ich sehe, wie sich Scharoths Kehlkopf bewegt, schlucke auch ich.

Dann hake ich nach: „Die GI's haben vielleicht doch nicht alles gefunden. Es gab ja in ganz Deutschland viele Verstecke mit geraubter Kunst, und die Suche musste schnell erfolgen, weil die Gefahr bestand, dass die Werke Plünderern in die Hände fallen könnten."

Scharoths Blick nimmt wieder diesen glasig in die Ferne gerichteten Ausdruck an. Zugleich macht er eine abfällige Handbewegung. „Die Amis haben uns Deutschen übel mitgespielt. Sie sind noch ein junger Mann, kennen nur die jüngste Vergangenheit. Aber um zu verstehen, müssen Sie weiter zurückgehen. Vor dem Ersten Weltkrieg gab es zwei aufstrebende Wirtschaftsmächte, das Deutsche Kaiserreich und Amerika, während die Weltmacht England bereits ihren Zenit überschritten hatte und zurückfiel. Beide konkurrierten um Märkte. Den folgenden Krieg gegen das Kaiserreich hielten England und Frankreich nur deshalb durch, weil ihnen die Amerikaner bereitwillig Waren auf Pump lieferten. Als 1917 die Russen ihre Revolution machten, somit ein Patt herrschte und alle Kriegsparteien eigentlich am Ende waren, wurden die Amerikaner aktiv. England und Frankreich brauchten in ihren Augen unbedingt einen Sieg, weil diese beiden Staaten bei einem Frieden ohne Gewinne bankrott gewesen wären."

„Das Kaiserreich hat auch alles unternommen, um sich die Amerikaner zum Feind zu machen. Es waren nicht nur die U-Boote. Das Kaiserreich hatte vor dem Krieg auch Pläne für eine Landung der Marine an der amerikanischen Ostküste ausarbeiten lassen. So was schafft keine Freunde."

„Nun lenken Sie nicht ab. Pläne haben Generalstäbe immer schon gern gefertigt. Das sind doch nur Sandkastenspiele. Beim Kriegsende ging es um Geld. Der Versailler Vertrag war ja deshalb so hart, weil die Deutschen nicht nur für die eigenen Kriegsanleihen aufkamen, sondern zudem die Schulden zurückzahlen mussten, die England und Frankreich gegenüber Amerika angehäuft hatten. Die amerikanischen Banken kannten da kein Pardon, die Deutschen wurden rücksichtslos zur Ader gelassen. Die Zahlungen pressten das Reich aus, ebneten der Idee den Weg, an einem Revanchekrieg führe kein Weg vorbei. Aus amerikanischer Sicht war diese Politik schlau. Sie haben sich erst militärisch eingemischt, als die Deutschen am Boden lagen. Und erst dann sind sie bei geringstem eigenen Risiko uns mit dem Fuß auf den Kopf getreten und haben ihren wirtschaftlichen Hauptkonkurrenten niedergemacht."

Meine rechte Hirnhälfte ist empört über diese Form von Geschichtsklitterung, möchte gern etwas erwidern, aber die linke Seite mahnt: Nicht widersprechen, lass ihn einfach reden.

Schon fährt Scharoth fort.

„Eigentlich ist es ja ein Treppenwitz. Die Amerikaner sorgten durch ihre Geldeintreiberei in Verbindung mit der Vernichtung deutschen Vermögens maßgeblich dafür, dass Hitler an die Macht gelangte. Vielleicht war so etwas schon beim Versailler Vertrag eine Überlegung. Ein durch diese Unterdrückung ausgelöster neuer Krieg versprach wieder enorme Gewinne. Die Welt war aufgeteilt, unsere Gegner hatten uns ausgeplündert und wollten uns dauerhaft am Boden sehen. Der Widerstand dagegen war nicht nur legitim, sondern wurde als Pflicht am Vaterland verstanden. So schlitterten wir in die Diktatur hinein. Hitler begann diesen neuen noch verheerenderen Krieg, weil er das Reich in einem unvermeidlichen Überlebenskampf sah. Für ihn gab es nur Sieg oder Untergang.

Wieder wurden die Amerikaner Hauptfeinde der Deutschen. Das war fatal für uns. Vielleicht wäre die Sowjetunion ohne amerikanische Hilfslieferungen zusammengebrochen und der Krieg wäre 1942 mit einem deutschen Sieg am Ural zu Ende gewesen. Amerika und seine Ressourcen waren kriegsentscheidend. Sie versetzten uns den Todesstoß. Den Rest kennen sie ja, er ist bitter genug: Millionen Deutsche wurden brutal aus dem Osten vertrieben, alle Deutschen wurden zu Freiwild, viele wurden niedergemetzelt, die Besatzungstruppen nahmen sich, was sie haben wollten. Die Russen vergewaltigten jede Frau, die sie fanden, die Engländer behandelten uns mit kolonialer Hochnäsigkeit, die Amerikaner sackten unsere besten Ingenieure und Patente ein und die Franzosen zeigten bei der Eroberung von Freudenstadt, was sie unter Befreiung verstehen - eine Befreiung vom Leben. Das alles wurde nach dem Krieg unter den Teppich gekehrt."

Gleich nach Kriegsende brach die Rivalität zwischen Ost und West aus, zu unserem Glück. Stalin wollte vier Millionen deutsche Arbeiter entführen und versklaven, um sie Russland aufbauen zu lassen, und die Amerikaner hätten am liebsten unsere Wirtschaft mit dem Morgenthau-Plan zerschmettert und Millionen Deutsche verhungern lassen. Wie gesagt, zum Glück kam der kalte Krieg, und wir Deutsche wurden wieder gebraucht. Das hat uns gerettet."

Scharoths Augen haben alles Glasige verloren, mit stechender Schärfe blickt er mich jetzt an. Glaubt er wirklich, was er mir da auftischen will. Meine rechte Gehirnhälfte ist aufgeladen: Wir Deutsche sind bereitwillig dem Rassenwahn der Nazis gefolgt, haben Millionen Juden umgebracht und mit dem Eroberungskrieg Europa verwüstet, da waren wir eindeutig Täter. Aber ich sage das Scharoth nicht ins Gesicht, auch wenn mir das äußerst schwerfällt. Meine linke Gehirnhälfte behält die Oberhand mit der Überlegung: Mit dem Mann darüber reden ist Unsinn. Er ist unbelehrbar. Du verärgerst ihn nur und erfährst dann nichts mehr.

Mein Schweigen deutet Scharoth offenbar als Zustimmung, zumindest aber als Bestätigung, dass es salonfähig ist, was er da so von sich gibt. Mit der rechten Hand fasst er einmal mehr nach dem Cognacglas, streicht zuerst sanft darüber, nimmt es dann in die Hand und lässt den Alkohol langsam darin kreisen. Die Augen hat er darauf gerichtet, gerade so, als würde er wie ein Wahrsager aus der sich bewegenden bernsteinbraunen Soße etwas herauslesen wollen. Er konzentriert sich auf das Glas und lacht unvermittelt herzhaft auf.

„Was ist so lustig?", will ich wissen.

Erneut fixieren mich jetzt Scharoths stahlblaue Augen. „Die Amerikaner haben sich viel genommen, aber in Raitenhaslach haben sie zum Glück nicht alles bekommen. Das freut mich eben."

„Was meinen Sie damit, ist in diesen Klostermauern noch immer etwas verborgen, bergen sie ein Geheimnis?" Ein kurzes Zucken geht über Scharoths Gesicht, dann nehmen seine Augen wieder diesen glasigen in die Ferne gerichteten Ausdruck an.

„Es hat in diesem Kloster sehr schöne Dinge gegeben, aber von denen ist nichts mehr da. Verstehen Sie – nichts."

„Die barocke Einrichtung und die herrlichen Fresken sind nach wie vor vorhanden", entgegne ich.

Scharoth geht nicht sofort auf meinen Einwand ein, nimmt erst einen Schluck Cognac, lässt ihn im Mund so kreisen wie zuvor im Glas. Dann stellt er bedächtig den Schwenker ab, verschränkt die Hände und sagt: „Ich muss offensichtlich noch deutlicher werden, damit Sie verstehen. Während des Krieges wurden im Rahmen der Einlagerungen auch Wertgegenstände gefunden, die einst die Mönche hier versteckt hatten. Und diese Funde bekamen die Amerikaner nicht, sie wurden bereits vorher geborgen und damit den Deutschen erhalten."

Scharoths Blick wechselt erneut, er sucht wieder Augenkontakt und spricht wie ein Lehrer zu seinem Schüler.

„Ich habe doch längst bemerkt, dass Sie einem Phantom hinterherjagen. Sie suchen nach einem verborgenen Schatz und vergeuden dabei unnötig Energie. Denn eines weiß ich ganz klar: Es hat so etwas wie einen Schatz durchaus gegeben. Aber der ist im Krieg gehoben worden und deshalb nicht mehr da. Ich sage Ihnen das deshalb, weil ich es eben weiß und Sie davor bewahren möchte, weiter zu recherchieren und am Ende frustriert feststellen zu müssen – da ist nichts mehr, rein gar nichts mehr."

Meine linke Gehirnhälfte wird bei diesen Worten hellwach und flüstert mir ein: Scharoth kennt das Versteck im Dachboden des Klosters, das kann er nur aus dem Vermächtnis seines Großvaters wissen. Du kannst ihn offen nach den sprechenden Brettern fragen. Aber frag nicht wie ein Bittsteller, hau ihm das um die Ohren, Du musst ihn emotional treffen, damit er mehr preisgibt als er will, ergänzt die rechte Hirnhälfte. Also fixiere ich Scharoths Augen, hebe den Cognacschwenker, unterbreche damit unseren Blickkontakt. Dann lache ich laut auf, stelle das Glas wieder ab und pruste los.

„Ach Sie meinen die ollen Bretter im Dachboden des Klosters. Unter denen befindet sich tatsächlich nichts mehr. Davon hab ich mich selbst überzeugt. Hat Ihr Großvater die Goldmünzen, Kelche und Monstranzen herausgeholt? Dann würde mich nur eines interessieren. Wie hat er von dem Schatz erfahren?"

Scharoth presst die Lippen heftig aufeinander, schlägt mit der Faust auf den Tisch.

„Chapeau mon ami, hätte Ihnen nicht zugetraut, das so schnell herauszufinden. Wenn Sie ohnehin dieses Versteck kennen, kann ich ja ganz offen sein." Scharoth lehnt sich in seinem Stuhl zurück, seine Augen wandern erneut ins Nirgendwo ab: „In der Vergangenheit gab es eine Schnittlinie unserer Familien, das wissen Sie sicher. Mein Großvater bewahrte Ihren Urgroßvater vor dem Konzentrationslager."

So kann man das auch sehen, denke ich, atme ruhig durch, um nicht die Kontrolle zu verlieren: „Sie spielen auf den Räucherschinken an, den der Ortsgruppenleiter bei einer Kontrolle in der Dachkammer meiner Vorfahren fand. Es war doch eher so: Ihr Großvater erpresste meinen Urgroßvater und ließ ihn nur unter der Bedingung laufen, dass er ihm den Zugang zur Seitenkapelle in der Altöttinger Stiftskirche verschaffte."

Scharoth winkt ab: „Das sehen Sie völlig falsch. Mein Großvater half immer gern anderen Menschen aus der Patsche. Es freute ihn, wenn er andern die Schlinge vom Hals nehmen konnte. Und nun seien Sie doch nicht so kleinkariert. Natürlich nutzte er die Chance, auch für sich selbst etwas herausholen zu können. Mit mutigen unkonventionellen Entscheidungen riskierte er schließlich auch selbst etwas. Das verlangte nach Belohnung. Im Altar der Seitenkapelle befand sich ein Kelch und in dem steckten Aufzeichnungen, in denen wiederum ein Versteck im Dachboden des Klosters vermerkt war. Darunter befanden sich Zahlen, aus denen mein Großvater zunächst nicht schlau wurde. Aber dann hatte er die geniale Eingebung. Die Zahlen bedeuteten eine Nummerierung der Bretter. Er musste folglich nicht mühsam danach suchen, sondern konnte ganz gezielt die richtigen Bretter wegnehmen. Das hat er dann auch gemacht und ist fündig geworden."

„Er selbst hat das Versteck ausgeräumt?" frage ich nach.

Ein stolzes Lächeln gleitet über Scharoths Gesicht. „Da staunen Sie, was. Mein Großvater war ein schlauer und mutiger Mann. Das sind eben unsere Gene, mit denen wir Deutschen der Welt so viel hätten geben können."

„Und wie hat er das geschafft", nutze ich die Redseligkeit meines Gegenübers, der in diesem Moment die Brust protzig nach vorne schiebt und mich triumphierend anblickt.

„Er hat zunächst Kontakt zu den Eigentümern aufgenommen und sie gebeten, im Dachgeschoss einige private Kisten abstellen zu dürfen. Er wolle im abgelegenen Kloster einige Vermögenswerte sicher vor Bombardierungen verwahrt wissen, erklärte mein Großvater den Bewohnern. Die Bitte des Kreisleiters konnten die natürlich nicht abschlagen. Einige Kisten wurden angeliefert und in den Dachboden gebracht. Die offiziellen Einlagerungen des Staates gab es ja nur in den unteren Stockwerken, den Dachboden nutzten weiter die Bewohner. Der Clou dabei war: In den Kisten befanden sich lediglich Steine. Dann beauftragte mein Großvater zwei Männer der SS damit, die Wachmannschaften der Klosteranlage zu testen, weil ihm zu Ohren gekommen sei, dort werde nachlässig Wache geschoben. Die Männer führten den Auftrag aus, meldeten in ihrem Bericht, dass die Wache wider Erwarten sehr aufmerksam war. Mein Großvater informierte die Polizei, dass sie nicht ermitteln müsse, weil das Ganze nur ein interner Test gewesen sei. Er bat zugleich um Vertraulichkeit und übernahm selbst die gar nicht nötigen, aber aufgrund des Aufsehens erforderlichen Ermittlungen."

„Ich kann mir in etwa denken, wie es weitergeht", sage ich ruhig zu Scharoth gewandt. Dabei bin ich innerlich total aufgebracht, ein übler Geschmack steigt von Scharoths Cognac aus meinem Magen auf. Mein Gegenüber nimmt einen ordentlichen Schluck von diesem Cognac, lässt ihn langsam durch die Kehle rinnen. Dann erzählt er mit strahlender Miene.

„Ja jetzt kommt das Beste. Mein Großvater wandte sich erneut an die Bewohner und äußerte die Befürchtung, zwei entlaufene Sträflinge hätten im Kloster nach Wertgegenständen gesucht. Er sei besorgt um die von ihm im Dachboden eingelagerten Kisten und wolle nachsehen, ob noch alles vorhanden sei. Nach einer ersten Begutachtung erklärte er, an den Kisten habe sich offenbar jemand zu schaffen gemacht. Er wolle sie öffnen und nachsehen, ob etwas fehlt. Dazu bat er, ihn im Dachboden allein zu lassen und ihn einzuschließen, denn es gehe ja um vertrauliche Wertsachen, die andere nichts angingen. Wenn er fertig sei, werde er laut rufen. Nur beim Öffnen und Schließen der Kisten werde es ein wenig Lärm geben. Ansonsten gebe es keine Unannehmlichkeiten. Er sei nach wie vor den Bewohnern dankbar für ihre Unterstützung bei der Einlagerung. Ein bisschen ungläubig schauten ihn die Bewohner dann schon an. Aber mein Großvater trat so überzeugend auf, dass niemand Verdacht schöpfte, und er war ja auch schließlich der Kreisleiter. In den Kisten hatte er neben den Steinen Werkzeug lagern. Damit ging dann alles ganz schnell. Er musste sich ja beeilen, um keinen Verdacht zu erregen. Erst öffnete er die Kisten. Schwieriger war es, die Bretter vom Boden zu lösen. Dazu brauchte er schwere Hebeleisen, die er zum Glück in den Kisten hatte. Er habe noch nie so geschwitzt wie damals, erzählte er später, dabei war es Herbst und im Dachboden kalt. Er konnte den Schatz der Zisterzienser bergen, und das bei schlechtesten Lichtverhältnissen. Er war noch nicht ganz fertig, als draußen die Frau des Hausherrn fragte, ob sie helfen könne oder eine kleine Brotzeit bringen dürfe. ‚Nur keine Mühe' antwortete mein Großvater, ich bin gleich fertig, komme dann und würde mich freuen, mit Ihnen zusammen eine kleine Stärkung zu genießen. ‚Vermissen Sie etwas' fragte die Hausherrin weiter. ‚So wie es aussieht, ist noch alles vorhanden' antwortete mein Großvater geistesgegenwärtig.

Später erzählte er, er habe enorme Schwierigkeiten gehabt, ruhig zu antworten, denn von der Anstrengung sei er ordentlich außer Puste geraten. Jedenfalls ging alles gut, er konnte die gefundenen Münzen, Kelche und Edelsteine in die Kisten bringen. Dann kamen die Steine an ihre Stelle, schnell die Bretter festnageln und fertig. So einfach war das, ein Beispiel für den Triumph des Willens, den wir Deutsche damals noch verkörperten und damit unsere Größe zeigten."

Triumph des Willens geht mir durch den Kopf, so kann man eine Gaunerei auch nennen. Aber das sage ich besser nicht.

„Und wie ging es weiter?" frage ich Scharoth.

„Ach der Rest ist einfach und banal. Einige Wochen später ging mein Großvater erneut auf die Bewohner zu, bedankte sich nochmals überschwänglich für die Lagerung seiner Kisten. Er habe jetzt einen vor Bomben sicheren Keller bei Mühldorf gefunden und wolle die Bewohner der Klosteranlage nicht mehr weiter mit seinen Habseligkeiten belästigen. Er werde schon morgen einen Transport veranlassen, der die Kisten dorthin bringen werde."

„Und was wurde dann aus diesem Schatz?“

Scharoth schenkt sich Cognac nach und blickt mich etwas irritiert an.

„Ja was soll schon daraus geworden sein? Die alten Münzen konnten wir verkaufen, die hatten einen guten Preis. Ebenso die Edelsteine. Das übrige Gold von Kelchen und Monstranzen mussten wir natürlich einschmelzen lassen. Sonst wäre es unverkäuflich gewesen.“

„Hatten Sie denn keine Skrupel, die sakralen Kunstgegenstände damit zu vernichten?“

„Soll das jetzt ein Appell an die Moral werden oder was? Ich sage Ihnen eines: Moral predigen immer die Mächtigen für die Ohnmächtigen, die sich gefälligst daran zu halten haben. Aber wer Macht hat, den kümmert Moral einen Dreck. Unsere Familie hat in der unseligen Nachkriegszeit wegen ihrer Treue zum Führer viel leiden müssen. Da war es doch nur gerecht, einen Ausgleich zu bekommen, der noch dazu nicht geschenkt war, sondern hart verdient durch Cleverness und mutiges Handeln.“

Meine emotionale rechte Hirnhälfte steht kurz vor der Explosion. Die rationale linke Seite will noch abwiegeln, aber das Ungleichgewicht ist zu groß. Es geht einfach nicht mehr.

„Das ist doch eine bodenlose Frechheit und Verdrehung von Tatsachen, die Sie hier von sich geben“, poltert es aus mir heraus. Ihr Großvater plündert ein Vermächtnis der Zisterzienser, um sich persönlich zu bereichern. Der Orden hat die Gegenstände über Jahrhunderte gehütet und bewahrt und dann wird das einfach aus ganz egoistischen Gründen eingeschmolzen. Ich fass es nicht. Eigentlich sollte ich das der Polizei melden, selbst wenn die Straftat inzwischen verjährt ist. Haben Sie jemals an Wiedergutmachung für diese Frevel der Vergangenheit gedacht?“

Scharoth bleibt äußerlich erstaunlich ruhig, aber seine Gesichtsfarbe wechselt in einen leicht rötlichen Ton.

„Sie sind und bleiben ein Knallkopf“, fährt er mich an. „Sie haben keinen Beweis und selbst wenn Sie heimlich eine Aufzeichnung unseres Gesprächs gemacht hätten, würde Ihnen das wenig nutzen. Es könnte auch sein, dass ich Ihnen hier nur eine frei erfundene Geschichte auftische. Denn Sie wissen ja: Sicher ist nur eines – dass nichts sicher ist."

Ich kann nur den Kopf schütteln über diese Dreistheit. Mein Cognacschwenker ist noch immer gut gefüllt. Der Cognac schmeckt exzellent, aber er widert mich an. Ich stelle das Glas am Tisch ab, will nichts mehr trinken, nichts von diesem Mann annehmen.

„Seien Sie ein Mann", schleudert mir unvermittelt Scharoth entgegen. „Befreien Sie sich von Ihren Vorurteilen mir gegenüber, denn ich bin einer der wenigen, die es gut mit Ihnen meinen. Ich habe Ihnen das alles doch nur erzählt, weil ich Sie davor bewahren will, weiter ein Phantom zu jagen. Es gibt keinen Schatz mehr, merken Sie sich das. Wenn Sie weiter suchen, werden Sie nichts finden. Also hören Sie auf mit diesem Blödsinn."

„Warum musste dann Merle Corten sterben?"

„Was fragen Sie das mich? Ich sagte Ihnen doch bereits, ich bedaure diesen Unfall sehr. Damit habe ich nichts zu tun. Vielleicht war die Frau einfach unvorsichtig, hatte Feinde im Filmteam, ich weiß es nicht. Da müssen Sie sich an die Polizei wenden, ich kann Ihnen hier nicht weiterhelfen."

Jetzt bin ich aufgebracht. „Und ich werde überfallen, in meiner Wohnung wird eingebrochen, ich werde beschattet, haben Sie damit auch nichts zu tun?"

Scharoths Gesicht ist nun leuchtend rot angelaufen, er atmet heftig: „Da fragen Sie am besten mal die Nutte, von der ich hoffte, mehr über Sie erfahren zu können. Die Frau hat mich nur ausgenommen, ich habe ihr wertvolle Bilder für eine Ausstellung überlassen und jetzt treibt mich die Sorge um, ich könnte sie nicht mehr zurückbekommen. Diese Frau ist der Abschaum."

„Sprechen Sie am Ende von Nora Busse? Haben Sie ihr das Bild von Hans Makart mit den weiß gekleideten Damen im Grünen gegeben."

„Ja Busse, ich denke so hieß sie. Und ja, dieses und weitere Bilder hat sie von mir bekommen, um damit eine Ausstellung zu bestücken. Sie ist ein durchtriebenes Stück, nur auf ihren Vorteil bedacht, aber sie hat Köpfchen. Leider habe ich mich von ihren preiswürdigen Möpsen einlullen lassen und sie unterschätzt. Sie haben doch einen guten Draht zu ihr. Reden Sie mit ihr und machen ihr die Hölle heiß. Nur unter Druck wird sie einknicken, mit Charme kommen sie bei der nicht weiter. Drohen Sie ihr mit Enthüllungen gegenüber ihrem Arbeitgeber. Ich liefere Ihnen gern Material für einen Presseartikel. Sagen Sie ihr eines: Sie muss mir die Bilder zurückgeben, am besten sofort. Die Ausstellung interessiert mich nicht mehr."

Kapitel 36

Wiedersehen am Bache

„Frank, ich muss mit Dir reden, ich brauche Deinen Rat."

Länger als erwartet bin ich in Scharoths Büro gesessen, höchste Zeit den Freund anzurufen. Es ist schon kurz vor 22 Uhr, unserem verabredeten Termin. Sein Telefon ist besetzt, endlich komme ich durch.

„Ach bin ich jetzt aber erleichtert" schreit er aufgebracht. „Du hättest ja auch eher anrufen können, Du Doofmann, hab eben schon die Polizei vorgewarnt, es könnte einen Notfall geben."

„Das Gespräch hat länger gedauert, ich konnte Dir nicht früher Bescheid geben. Ruf bitte sofort nochmal die Polizei an und sage denen, alles habe sich erledigt. Lass Dir irgendeinen glaubhaften Grund für Deine Aufgeregtheit einfallen, sag einfach, Du seist mit den Nerven am Ende. So was wird immer geglaubt. Ich bin jetzt im Auto vor Scharoths Büro und fahre los. Spätestens in einer halben Stunde bin ich bei Dir."

„Das auch noch. Kann das nicht bis morgen warten, mein Körper meldet nach dieser Aufregung ein erhöhtes Schlafbedürfnis."

„Nein Frank, morgen erwartet mich in der Redaktion das sprichwörtliche Hamsterrad. Jetzt habe ich noch die frischen Eindrücke eines aufregenden Gesprächs und dazu brauche ich unbedingt eine neutrale Meinung – und diese Meinung bist Du."

Als ich dann in seine Wohnung trete, hat er es sich bereits in einem Sessel bequem gemacht, vor sich eine aufgerissene Tafel Schokolade, von der bereits die Hälfte fehlt. Ausführlich erzähle ich Frank das soeben Erlebte, enthalte mich aber jeglicher Kommentierung. Natürlich habe ich eine Meinung zu dem, was Scharoth mir aufgetischt hat, aber ich will Franks eigene Schlussfolgerungen hören. Zwischendurch öffnet Frank eine weitere Tafel Schokolade, nachdem die erste schnell weg war. Er futtert ein Stück nach dem anderen, als ich ihm erzähle, wie Scharoths Großvater sich den Schatz im Kloster angeeignet hat. In den Pausen dazwischen steht bisweilen sein Mund offen, er fragt mehrmals nach.

„Der ist ja ein unverbesserlicher Nazi", kommentiert Frank und setzt gleich mit einem Gedanken nach: „Die Frage ist doch, warum er Dir das alles so freimütig erzählt. Das muss einen Grund haben."

„Ähnliches habe ich mir auch bereits gedacht."

Frank schüttelt den Kopf: „Ich werde nicht ganz schlau daraus. Also gehen wir der Reihe nach vor: „Der Mann erzählt Dir eine Räubergeschichte, die seinen Großvater in ein schlechtes Licht rückt und dann bittet er Dich, ihm bei der Beschaffung von Bildern zu helfen, die er Nora Busse überlassen hat."

Frank schließt die Augen, denkt nach. Minuten vergehen. Von Aufregung ist danach nichts mehr zu erkennen.

Klar und bestimmt sagt er: „Der Mann hat Dich angelogen. Das mit den Bildern kann sein oder auch nicht. Ich halte das für ein Ablenkungsmanöver. Er will, dass Du Dich darauf konzentrierst, er weiß mit Sicherheit von Deiner Liaison mit Nora. Damit kann er Dich emotional treffen, glaubt, Du wirst jetzt an nichts anderes mehr denken als daran. Wollte er Nora unter Druck setzen, so wäre es doch weit zweckmäßiger, seine Gorillas in Marsch zu setzen, die auch Dich überfallen haben. Und die Geschichte mit seinem Großvater hat er Dir vor allem aus einem Grund erzählt: Er will Dich überzeugen, dass das Kloster leer ist, dass es dort nichts mehr zu holen gibt – also keine Schätze mehr. Das wiederum kommt mir höchst verdächtig vor. Ich hatte stets Zweifel, aber jetzt bin ich überzeugt: Es muss noch ein verborgener Schatz in der Klosteranlage existieren. Scharoth weiß davon, kennt aber offensichtlich das genaue Versteck ebenso wenig wie wir. Warum sonst war er bei Frau Weder im Steinernen Saal, warum sonst ist dort das Gemälde mit der Heilung des blinden Tempelritters verschwunden? Und warum wurdest Du in München überfallen und durchsucht, nachdem Du im Staatsarchiv nachgeforscht hast? Und denk an Rom und die verschwundenen Kopien der Urkunden. Einen Fehler hat Scharoth zudem begangen: Er hat Dich wissen lassen, Nora Busse auf Dich angesetzt zu haben. Damit wollte er

Dich bewusst verletzen. Vielleicht hat er in diesem Punkt sogar gelogen. Aber dumm war es in jedem Fall. Denn wenn es stimmt, ist das ein weiterer Grund, der für die Existenz eines Schatzes spricht."

Frank schließt erneut die Augen, konzentriert sich. Dann sagt er: „Du musst noch einmal mit Nora Kontakt aufnehmen, Scharoth muss glauben, Du gingst ihm auf den Leim. Er soll sich in Sicherheit wiegen. Derweilen müssen wir herausfinden, wo sich der übrige Schatz befinden könnte. Dafür müssen wir in aller Stille vorgehen und zusehen, dass wir neben Scharoth nicht noch weitere Störenfriede aufscheuchen."

Frank hat im Grunde das konkret ausgesprochen, was mir im Kopf umgegangen ist. Meine Gedanken waren aber noch verschwommen, Frank dagegen hat sie zu einer logischen Linie verbunden. Auch ich bin überzeugt, Scharoth will nur, dass wir die Schatzsuche endlich aufgeben. Dem hat er alles andere untergeordnet. Genau das werden wir nicht tun. Allerdings liegt mir eines schwer im Magen: Ich soll erneut mit Nora sprechen und nicht nur das, ich muss mich verstellen, sie anlügen und aushorchen. Wenn ich dabei daran denke, wie ich noch vor kurzem Haut an Haut mit ihr in Ekstase verbunden war, wird mir übel. Und wenn Nora mich tatsächlich nur benutzt hat, um mich auszuhorchen und das Scharoth zugetragen hat, dann will ich sie eigentlich auch nicht sehen.

Mizzi, was bist Du nur für ein Mensch?, geht es mir durch den Kopf und ich frage Frank: „Was glaubst Du, hat der Mensch einen freien Willen oder ist das alles nur Illusion? Vielleicht sind unsere Gedanken weniger durch logische Überlegungen als durch tief im Unterbewusstsein eingebrannte Verhaltensmechanismen bestimmt, die unseren Vorfahren das Überleben in der rauen Wirklichkeit ermöglichten. Ich kenne ältere, schon todkranke Menschen, deren Denken sich vor allem darum dreht, wie sie ihren Reichtum vermehren können. Das ist doch absurd. Ober denk an all die mächtigen Männer, angefangen bei den Pharaonen bis zu Mao, Putin oder Berlusconi. Macht half einem Mann einst, möglichst viele Frauen begatten zu können und Nachwuchs zu zeugen. Die mächtigen Herren der Gegenwart sind dafür aber meist zu alt, der Körper spielt nicht mehr mit. Wofür also die Macht? Es gibt keinen logischen Sinn, und dennoch können sie von der Macht nicht lassen. Eigentlich alles Fälle für den Psychiater."

Frank grinst.

„Bist wohl etwas neidisch auf ihren Harem?"

„Ach Quatsch Frank, ich frage mich nur, ob der Mensch wirklich die Krone der Schöpfung oder eher eine krasse Fehlkonstruktion ist. Sieh Dir diesen Scharoth nur an. Er hat genug, um in Saus und Braus zu leben. Und dennoch treibt ihn die Sorge um, wir könnten den Schatz im Kloster vor ihm finden, für die Öffentlichkeit sichern und ihm damit etwas wegschnappen, was für ihn noch mehr Reichtum und Macht bedeutet. Was will er denn damit? Das ist einfach nur krank im Kopf."

Frank wiegelt ab: „Jeder Mensch ist Egoist. Auch der Selbstlose ist nur deshalb selbstlos, weil ihm das ein gutes Gefühl vermittelt und dann sein Gehirn einen Kick, also einen geistigen Orgasmus, bekommt. Ich hab auch nichts gegen Egoisten. Sie sind halt ehrlich. Ein gutes Zusammenleben ist auch gegeben, wenn alle Egoisten sind. Das funktioniert allerdings nur dann, wenn es klare Spielregeln gibt, an die sich alle halten müssen."

„Genau hier liegt die Grenze zwischen Demokratie und Diktatur", nehme ich diesen Gedanken auf und sage: „In einer guten Demokratie hat jeder Bürger die Möglichkeit, seine Fähigkeiten zu entfalten. Jeder muss sich an die Gesetze halten, die Macht ist auf mehrere Köpfe verteilt und zeitlich begrenzt. Ein Präsident kann abgewählt werden. In Diktaturen geht das nicht. Da gelten zwar auch Gesetze, aber nur fürs Volk, nicht für die Mächtigen. Es ist schon ein erstaunliches Phänomen. Alle Diktatoren haben eine psychopatische Veranlagung und drangsalieren ihre Mitmenschen. Und die lassen sich das nicht nur gefallen, viele jubeln ihrem Führer sogar zu."

„Ja Tom, das ist es, was mich manchmal resignieren lässt. Menschen werden zwar perfide manipuliert, aber die Wahrheit wäre immer zu erkennen, wenn man nur wollte. Doch die Leute lassen sich das alles gefallen, obwohl jeder denken und die Lügengebäude der selbsternannten Erlöser erkennen kann, ja erkennen muss. Aber der Mensch will es nicht. Das Leben ist so halt bequemer. Insofern lautet meine Antwort: Der Mensch hat die Steinzeit gut bewältigt.

Für eine solche Welt ist er körperlich und mental geschaffen. Aber mit den Herausforderungen der Gegenwart kommt er nicht zurecht. Der Mensch ist somit eine Fehlkonstruktion der Natur."

„Aber es hat auch immer wieder große Geister und Vorbilder gegeben, die das Gute im Menschen angesprochen haben, um so eine bessere Welt zu ermöglichen? Ich denke an Religionsgründer wie Jesus und Buddha, die haben doch etwas bewirkt."

„Zweifellos, aber was ist daraus geworden? Gerade am uns vertrauten Christentum wird deutlich, wie eine gute Idee durch ihre Institutionalisierung, also die Gründung einer Kirche, ins Gegenteil verkehrt wird. Jesus predigte die Armut, geißelte die Gier und dann häufte die sich auf ihn berufende Kirche Reichtümer in riesigen Mengen an und rechtfertigte das noch mit der aberwitzig perfiden Begründung: dieser Reichtum sei nicht für die Menschen, sondern diene der Ehre Gottes. Das ist absurd. Selbst wenn es Gott gäbe – er bräuchte keinen Reichtum, schon gar nicht den der Menschen. Gott braucht auch keine Opfer und Gott kann man zudem nicht beleidigen, das ist alles Unsinn. Ansonsten würde das doch bedeuten, der Allmächtige ist zu schwach, sich selbst zu verteidigen."

„Frank, ich denke, all die Religionsfanatiker sind im Grunde ängstliche Menschen. Sie verdammen die Freiheit, zwängen sich lieber in ein starres Schema und fürchten sich vor den eigenen Gedanken. Denn wer denkt, stellt in Frage und dann geraten alle vermeintlichen Wahrheiten ins Rutschen."

Frank reißt eine weitere Tafel Schokolade auf und nimmt gleich zwei Stück auf einmal.

„Mir fällt da noch ein Widerspruch ein, der alle Religionen kennzeichnet. Gott wird ja fast immer als unfehlbar und mehr oder weniger allmächtig dargestellt, obwohl natürlich auch ein Allmächtiger der Logik unterliegen muss und folglich gar keinen Stein erschaffen kann, der so schwer ist, dass er ihn selbst nicht mehr heben kann. Allmacht ist also ein Paradoxon, das heißt, sie ist logisch unmöglich. Und wenn Gott den Menschen in seiner unendlichen Weisheit so geschaffen hat wie er ist, warum bedarf es dann Männer wie Jesus oder Mohammed, um den Menschen den richtigen Weg zu weisen? Wenn es Gott geben sollte, muss man ihn machen lassen und keiner sollte sich berufen fühlen, etwas am göttlichen Willen verändern zu wollen. Nur wenn es keinen solchen allmächtigen Gott gibt, besteht Grund, sich über den Weg der Menschheit und den Sinn des Lebens Gedanken zu machen und die Welt verändern zu wollen. Dann aber bitte mit philosophischen Ansätzen auf ethischer Grundlage und ohne Berufung auf Gott."

Es ist inzwischen 2 Uhr morgens und ich stehe vor einem harten Arbeitstag. Dennoch: Die Worte des Freundes haben mich weggebracht von düsteren Gedanken über Nora und wie sie mich ganz offensichtlich benutzt hat. Nach dem Gespräch mit Frank geht es mir besser. Auf der Heimfahrt denke ich: Jetzt haben wir lange über Gott und die Welt gesprochen. Aber diese elementaren Fragen des Seins belasten mich in keinster Weise, es sind die kleinen Dinge, die das Leben vermiesen oder schön machen. Franks Probleme mit dem großen Ganzen, dem Allmächtigen, machen mir weit weniger aus als die begründete Befürchtung, dass mich Nora nur benutzt hat. Bei aller Größe, die wir denken können, müssen wir erst einmal mit den Niederungen des Alltags fertig werden. Wir Menschen sind halt doch nur arme kleine Würstchen.

Der nächste Tag verläuft etwas anders, als ich mir das vorgestellt hatte. Die Arbeit in der Redaktion ist viel, damit hatte ich gerechnet. Aber zu allem Überfluss meldet sich auch noch der Alte. Chefsekretärin Rosa Fuchs lässt mir von Franz Schuster ausrichten, wir sollten mehr Porträts schreiben, er vermisse die persönliche Note im Blatt. Plötzlich bricht die Stimme von Rosa Fuchs ab, ein kleines Klacken und Schuster ist selbst in der Leitung.

„Pass auf Raumoser, Du turnst mir zu viel in der Gegend rum, hast wohl nichts zu tun. Es gibt bei Euch doch so viele interessante Leute. Über die möchte ich mehr Geschichten lesen. Die Leser wollen Persönliches, nicht solche Leichenfledderei alter Kartenfunde. Und Raumoser, wälz das jetzt nicht auf Deine Mitarbeiter ab. Ich möchte von Dir selbst zwei Porträts noch in dieser Woche im Blatt sehen und freu mich schon, sie zu lesen. Also viel Erfolg, der Herr Redakteur."

Bevor ich etwas sagen kann, hat Schuster aufgelegt und Rosa Fuchs meldet sich wieder: „Ich glaube wir waren unterbrochen."

„Das kann man so sagen, der Chef hat sich eingeschaltet", antworte ich.

„Ach deshalb zeigte die Leitung belegt. Tut mir leid für Sie. War's schlimm? Herr Schuster ist derzeit nicht in bester Laune, ich hoffe, er hat Sie das nicht spüren lassen."

„Seien Sie beruhigt, Frau Fuchs, es ist mir immer ein Vergnügen, mit Herrn Schuster persönlich sprechen zu können. Er hat so eine direkte Art, sich mitzuteilen, das ist erfrischend und motiviert einen ungemein bei der Arbeit."

„O je, ich kann es mir schon denken. Sie sollten auf der Hut sein. Wegen Ihnen haben eben erst Leute von der Regierung hier angerufen. Und vor Tagen schon hat auch ein Unternehmer aus ihrem Gebiet, ein gewisser Herr Scharoth, mit dem Chef gesprochen. Auch da ging es um Sie. Sie sind ja offensichtlich an einer diffizilen Geschichte dran."

„Das kann man so sagen. Danke für die Information Frau Fuchs, jetzt wird mir einiges klar. Einige Leute wollen halt nicht, dass ich Ihre Kreise störe."

„Und der Chef gibt Ihnen doch Rückendeckung oder?"

„Ach Frau Fuchs, ich würde das eher nicht als Rückendeckung bezeichnen. Das kommt schon eher einem Dolchstoß von hinten gleich. Aber danke für Ihr Mitgefühl. Ich komm schon zurecht. Tschüs."

Meine Kollegin Martina Schönlein ist bei diesem Gespräch ganz hellhörig geworden. Sie kommt sofort auf mich zu und bietet ihre Hilfe an. „Ich habe letzte Woche mit einem Jazzmusiker ein Gespräch vereinbart. Das kannst Du gern übernehmen, dann hast Du eine Geschichte wie Schuster sie haben will."

„Danke Martina, das ist sehr lieb von Dir. Ich kann aber auch etwas über Bob, den neuen Footballspieler beim Sportverein machen. Der ist als Kind mit seinen Eltern in die USA gezogen und vor einem halben Jahr wieder zurück in seine alte Heimat. Eigentlich wollte ich ja diese Geschichte unserem Volo Uli machen lassen. Aber nun muss ich eben selbst ran."

„Wir helfen Dir natürlich, wo immer es geht, brauchst keine Seiten zu bauen, das übernehmen wir", sagt Martina spontan. Bei all dem

Ärger, den Schusters Anruf bei mir ausgelöst hat, kommt ein Gefühl der Freude auf, der Freude über die Hilfsbereitschaft meiner Mitarbeiterinnen. Denn auch Cora ist herbeigeeilt, um ihre Solidarität zu bekunden.

„Ich sehe zu, dass ich unsere freien Mitarbeiter zusätzlich motivieren kann. Je mehr sie liefern, umso mehr Luft bleibt uns."

Am späten Nachmittag schon haben wir die Seiten fertig, und ich fahre auf den Sportplatz, um mich mit dem neuen Quarterback der Footballer zu treffen. Er ist ein humorvoller Typ, erzählt mir mehr als ich eigentlich wissen will. Als wir mit dem eigentlichen Interview weitgehend fertig sind, gewährt mir Bob ungefragt einen Einblick in sein Seelenleben. Er hätte so gern eine Freundin, aber mit den Mädels hier gebe es immer wieder Probleme. Alle hätten sich nach kurzer Zeit wieder von ihm getrennt. Ob ich ihm nicht einen Tipp geben könnte, damit ihm die deutschen Frauen nicht wieder weglaufen.

„Das musst Du schon selbst hinkriegen, vielleicht waren es einfach nur die falschen Bekanntschaften", antworte ich ein wenig konsterniert über derlei Offenheit, die ich fast schon peinlich finde. Und jetzt läutet auch noch mein Handy. Eine aufgeregte Frauenstimme überschüttet mich mit Worten. Ich versteh kaum etwas, weil sich die Stimme immer wieder überschlägt. Es dauert auch, bis mir klar wird, es ist Eva ist, die da in der Leitung ist. Sie ist offenbar sehr angespannt, deshalb klingt ihre Stimme heute so anders.

Nach und nach wird sie ruhiger und wiederholt nochmals, was ich zunächst nicht richtig verstehen konnte.

„Tom, ich weiß jetzt, was septem stellae bedeutet. Nun stell Dich nicht so begriffsstutzig an. Du erinnerst Dich doch an das Papier von Michael Bräu aus dem Bellmann-Haus, bei dem wir mit Essigdämpfen verborgene Schriftzeichen lesbar gemacht haben. Septem stellae stand darauf und das ist nichts anderes als die im Judentum gebräuchliche Bezeichnung für den siebenarmigen Leuchter, der einst im Tempel von Jerusalem stand. Verstehst Du, was das bedeuten kann?" schreit Eva ins Telefon.

„Der Leuchter ist neben der verschollenen Bundeslade das Heiligste, was wir Juden haben. Die Wissenschaft glaubt, dass ihn die Römer nach der Plünderung Jerusalems irgendwann eingeschmolzen haben. Er soll ja aus zwei Talenten purem Gold gefertigt worden sein. Aber sicher ist diese Vernichtung nicht. Es gibt auch Quellen, die die Vermutung nahelegen, dieses Heiligtum sei später wieder nach Jerusalem zurückgebracht worden. So könnte der Leuchter im Mittelalter in die Hand der Tempelritter gekommen sein und von denen zu den Zisterziensern. Tom wir müssen diesen Leuchter finden. Ich bin in zwei Stunden bei Dir. Dann besprechen wir, was wir tun müssen."

Aufgelegt. Keine Frage, ob ich Zeit habe, ich bin ja gar nicht zu Wort gekommen. Eva hat ein Anliegen, das ihr enorm wichtig ist. Mir auch. Denn der siebenarmige Leuchter aus dem Tempel des Herodes ist auch mir ein Begriff. Aber kann der wirklich in Raitenhaslach gelandet sein. Das klingt fantastisch, zu weit hergeholt. Bis Eva kommt, geht mir einiges durch den Kopf. Eigentlich wollte ich ja die Zeit nutzen und gleich das Porträt über Bob in meinen Computer zu Hause klopfen und dann im Vorgriff auf morgen in die Redaktion mailen. Aber dafür habe ich nun keinen Kopf. Im Internet suche ich zusammen, was ich an Informationen über diesen siebenarmigen Leuchter finden kann.

Wenig später steht Eva in meiner Wohnungstür. Sie wirkt fahrig, angespannt. Sofort stürmt sie herein und lässt sich auf einen Sessel fallen. Ich frage erst gar nicht, ob sie etwas trinken will, denn sie ergreift das Wort. Ich stelle ihr ein Glas Wasser hin.

Sie nimmt einen Schluck und legt los.

„In der Antike waren noch nicht alle heutigen Planeten bekannt. Bei Saturn endete das damalige Weltbild. Es gab also nur die inneren Planeten Merkur und Venus sowie Mars, Jupiter und Saturn. Auch Sonne und Mond wurden in der damaligen Mythologie hinzugezählt, und so ergaben sich sieben Planeten und damit ruhte die Welt in sich, da die Zahl sieben ja zugleich als eine heilige angesehen wurde. Wie es in der Bibel heißt, wurde Moses von Gott auf dem Berg Sinai beauftragt, einen sechsarmigen goldenen Leuchter mit einer mittleren siebten Spitze zu fertigen. Für diese Menora sollte Moses nach heutigem Maß die Menge von 50 Kilo Gold verwenden. Dem Volk Israel sollte dieser Leuchter bei seinen Wanderungen den rechten Weg aufzeigen. Er wurde nach der Ankunft im Gelobten Land in den Tempel Salomons aufgenommen. Bei der Zerstörung Jerusalems durch die Babylonier unter Nebukadnezar wurde der Leuchter geraubt und ging verloren. Auch die Menora des danach gebauten zweiten Tempels ging verloren. So wurde schließlich der dritte Leuchter angefertigt. Als im Jahr 70 nach Christus der römische Kaiser Titus Jerusalem eroberte, wurde auch dieser Leuchter geraubt und als Trophäe nach Rom gebracht. Der jüdische Priester und Geschichtsschreiber Flavius Josephus hat ihn detailliert beschrieben und auch seine Bedeutung überliefert. Demnach steht die Menora für die sieben Planeten, ist also ein astrales Heiligtum. Die sieben Lampen bilden die damals bekannten Planeten am Himmel ab."

Eva macht eine kleine Pause, trinkt einen Schluck Wasser. Die Pause nutze ich für eine Bemerkung.

„Mir fällt noch etwas ein. In dem Papier wird doch auch der Begriff „Septem secret" genannt. Den verband ich bisher mit dem Siebenergeheimnis der Feldgeschworenen, dachte an Grundstücksgeschäfte. Aber da müssen wir vermutlich umdenken. Dieser Hinweis im lesbaren Textteil könnte sich auf die in der Geheimschrift genannten septem stellae beziehen."

Aufgeregt fährt Eva fort.

„Michael Bräus Papier nennt ‚septem stellae propter Catharinam'. Septem stellae bedeutet die sieben Planeten und ist nichts anderes als ein früher benutzter Begriff für die Menora, den heiligen Leuchter. Stell Dir vor, wir sind vielleicht auf der Spur dieser legendären Menora. Das ist doch der reine Wahnsinn. Jetzt ist Dir hoffentlich klar, warum ich so aufgeregt bin?"

Ohne eine Antwort abzuwarten, redet Eva weiter:

„Ich hab mich kundig gemacht. Die Menora wurde von den Römern zunächst sorgsam bewahrt. Selbst die Plünderungen in der Völkerwanderungszeit durch Goten und Wandalen überstand dieser sakrale Schatz. Denn der Geschichtsschreiber Prokopius berichtet im sechsten Jahrhundert, dass die Schätze der Juden vom oströmischen Feldherrn Belisar aus Rom nach Konstantinopel gebracht wurden. Ein Mitglied der jüdischen Gemeinde sei dann beim Kaiser Justinian vorstellig geworden und habe ihn veranlasst, diese Schätze wieder an ihren rechtmäßigen Ort nach Jerusalem zurückzubringen. Das war nicht so abwegig, denn Jerusalem war ja damals Teil des oströmischen Reiches. Begründet wurde das mit einer magischen Wirkung. Der Leuchter habe den Römern die Niederlagen gegenüber den Barbaren aus dem Norden gebracht. Auch Konstantinopel könnte gegenüber Barbaren verloren gehen, wenn die Heiligtümer weiter in der Stadt blieben. Deshalb müssten sie unbedingt die Stadtmauern verlassen. Und laut Überlieferung von Prokopius seien die Tempelheiligtümer dann tatsächlich nach Jerusalem gebracht worden. Das ist alles, was wir aus Quellen wissen. Ab hier beginnt die Spekulation."

Erneut unterbricht Eva ihren Redefluss, trinkt wieder einen Schluck und sagt mit eindringlicher Stimme.

„Tom, wir haben eine Spur auf etwas ganz Großes. Auch wenn ich selbst Zweifel habe, dass diese Menora ausgerechnet hier in Bayern gelandet sein könnte, wir müssen das klären. Das wäre eine Sensation. Ein Stück jüdischer Identität wäre gefunden, das würde die gesamte Welt bewegen."

Evas Augen sind weit aufgerissen, sie fragt mich direkt: „Tom, was glaubst Du? Kannst Du Dir vorstellen, dass die Menora und vielleicht noch mehr im Kloster Raitenhaslach versteckt ist? Wir müssen schnellstens herausfinden, was Bräu mit der Bezeichnung ‚propter Catharinam' gemeint haben kann. Ich verstehe das so, dass die Menora neben einer Katharina liegt."

„Also Eva, ehrlich gesagt, klingt mir das zu fantastisch. Wir haben nur diesen einen Wortlaut der sieben Gestirne bei einer Katharina im Nachlass von Michael Bräu. Er kann ja damit auch etwas ganz anderes gemeint haben. Vielleicht ist es sogar bloß ein religiöser Aspekt mit dem Ziel, die Eintracht unter den Mönchen zu fördern."

Evas Augen sind noch immer weit geöffnet, ich glaube, sie hat mir nur halb zugehört, in ihrem Kopf kreist alles um diesen legendären siebenarmigen Leuchter und die Frage, ob diese fantastisch anmutende Theorie Wirklichkeit sein könnte. Nach einem Moment der Stille zieht sie ihre Füße auf die Sitzfläche des Sessels, knetet ihre Fußsohlen und ergreift erneut das Wort.

„Spielen wir doch die Möglichkeiten durch. Ich kann mir gut folgendes Szenario vorstellen: Die Menora und weitere Heiligtümer aus dem Tempel sind in Jerusalem. Als wenig später die Araber den Nahen Osten überrennen und den Islam mitbringen, werden Schätze versteckt und vergraben, vermutlich am Tempelberg, weil das ja der Ort ist, wo sie hingehören. Dort bleiben sie verborgen, bis einige Jahrhunderte später die Kreuzritter kommen, die Stadt erobern und das Königreich Jerusalem gründen. Sie sehen sich als Diener von Salomons Tempel und nennen sich fortan auch Tempelritter. Sie interessieren sich sehr für den Tempelberg, es ist verbürgt, dass sie dort auch Grabungen vorgenommen haben. Nun ist zwar nichts davon überliefert, dass sie dort die Menora gefunden hätten. Aber Tom überleg mal. Sie stoßen auf diesen massiven Goldschatz und wissen um die Gier der Menschen. Sie könnten sich ganz bewusst dafür entschieden haben, Stillschweigen zu bewahren. Als die Tempelritter dann Jerusalem wieder räumen mussten, haben sie sicher diesen Schatz mitgenommen. Ein bisschen etwas von der Wahrheit könnte danach durchaus nach außen gedrungen sein, vielleicht gab es ja geschwätzige Mönche. Jedenfalls wurde den Templern nachgesagt, im Heiligen Land sagenhafte Schätze erworben zu haben.

Das wiederum war der Hauptgrund, warum der französische König Philipp der Schöne den Orden entmachtete und die sich dessen Reichtümer unter den Nagel riss. Zumindest wollte er das. Denn große Schätze wurden wider Erwarten nicht gefunden. Die Tempelritter hatten vielleicht ihre Schätze vorher in Sicherheit bringen können oder nach der Zerschlagung wandten sich Überlebende an andere Orden mit der Bitte um Aufnahme. Und die Schätze brachten sie mit. Auf diese Weise könnte die Menora von den Tempelrittern zu den Zisterziensern gewandert sein. Ich forsche doch in dieser Materie und habe vieles gefunden, was eine enge Zusammenarbeit der Orden untermauert. Das wäre also durchaus logisch. Nebenbei bemerkt: Wenn es so war, erfüllte sich auch für sie die Prophezeiung, dass diese Menora Unglück bringt, wenn sie außerhalb von Jerusalem ist – die Templer wurden vernichtet, die Zisterzienser vom Königreich Bayern ausgeraubt."

Nach einem Moment des Nachdenkens sagt Eva: „Nur eines verstehe ich nicht."

„Was?" will ich wissen.

„Der Templerorden wurde Anfang des 14. Jahrhunderts gemeuchelt, das Kloster in Raitenhaslach in der jetzigen Form aber erst in der Barockzeit gebaut. Wo befand sich dann der Schatz in der Zwischenzeit?"

„Du hast schon vorher eine Antwort auf diese Frage gegeben", antworte ich Eva und erkläre auf ihren fragenden Blick hin: „Du sagtest, wir müssen herausfinden, was Michael Bräu mit ‚propter Catharinam' gemeint haben könnte. Denk doch an die Münzen und weiteren Wertgegenstände. Die befanden sich einst in dem von Michael Bräu genannten Versteck in der alten Klosteranlage, und wurden beim Bau des Prälatenstocks in der Barockzeit im Dachboden neu eingelagert und später von Scharoths Großvater geplündert. Nehmen wir einmal an, bei den ‚septem stellae' handelt es sich tatsächlich um die Menora, so könnte ‚propter Catharinam' eine Ortsbezeichnung sein, eine Lagebeschreibung, an der diese Menora einst von den Mönchen versteckt worden ist."

Eva schlägt sich mit der Hand auf die Stirn: „Das könnte der Schlüssel sein. Tom, wir müssen rausfinden, ob es im Kloster ein Bild oder eine Figur hl. Katharina gibt. Kann ich mal Deinen Rechner kurz nutzen?"

„Aber klar."

Schon ist sie bei Wikipedia fündig geworden und sagt: „Die hl. Katharina ist eine Märtyrerin, die der Legende nach für ihren Glauben gestorben ist. Sie ist vermutlich eine reine Fantasiegestalt, hat also nicht wirklich gelebt, wurde aber als eines der drei bayerischen Madl sehr verehrt. Abgebildet wird sie mit ihren Marterinstrumenten, einem Rad, einem Kreuz, einem Palmzweig und einem Schwert, mit dem sie am Ende enthauptet wurde. Aber unter Raitenhaslach kann ich nichts über eine hl. Katharina finden."

Am nächsten Tag überschlagen sich die Ereignisse. Mühsam quetsche ich mir das Porträt über den American Footballer aus den Fingern. Meine Gedanken sind bei einem ganz anderen Thema, umso schwerer fällt es mir, mich auf die Offense und die Defense und die Aufgaben eines Quarterbacks als verbindendes Element dazwischen zu konzentrieren. Gleich am Morgen habe ich Heiner Bliek angerufen und ihn gebeten, mir so schnell wie möglich einen weiteren Gesprächstermin mit Marlis Weder zu verschaffen. Wenn eine weiß, ob es eine hl. Katharina im Kloster gibt oder gegeben hat, dann ist sie es.

Jetzt meldet sich Heiner und teilt mir mit, er habe für den nächsten Tag machmittags ein Gespräch mit Weder vereinbart. Sie lasse gerade die Edelsteine aus dem Dachboden prüfen. „Morgen Vormittag bekommt sie das Ergebnis der Expertise, dann will sie uns am Nachmittag gleich sagen, was es mit diesen Steinen auf sich hat", erklärt mir Heiner.

Kaum ist das Gespräch zu Ende, meldet sich Kommissar Bender. Wie immer klingt seine Stimme eintönig und seltsam emotionslos. Aber von Schärfe ist diesmal nichts zu erkennen, seine Worte hören sich ganz im Gegenteil freundlich an.

„Ich schlage Ihnen ein vertrauliches Gespräch unter vier Augen vor, am besten in einer Kneipe oder irgendwo sonst. Es sollte jedenfalls ein Ort sein, an dem wir ungestört sind", sagt Bender und meint sibyllinisch: „Mir ist doch längst klar, dass Sie an einer wichtigen Geschichte dran sind. Wenn sich schon der Bundesnachrichtendienst einschaltet. Der macht mir übrigens das Leben ähnlich schwer wie Ihnen Ihr Chefredakteur. Da haben wir beide etwas, was uns verbindet. Und deshalb schlage ich vor, wir sollten in aller Ruhe einmal darüber sprechen. Was halten Sie von morgen am späten Nachmittag?"

Sei vorsichtig, mahnt mich meine rechte Hirnhälfte. Wenn Menschen plötzlich freundlich werden und etwas wollen, meldet sie stets Bedenken an. Ich will Bender jedoch nicht verprellen, vielleicht kann er mir sogar Informationen liefern. Doch ich will mich auch nicht unter Zeitdruck setzen, wenn ich am Nachmittag mit Heiner bei Marlis Weder bin.

„Sagen wir besser abends um 19 Uhr, eher geht es bei mir leider nicht", antworte ich deshalb dem Kripomann.

Dann mache ich endlich das Porträt über den Footballer Bob fertig. Es wird eine in meinen Augen ziemlich zusammengeschusterte

Geschichte. Am folgenden Tag wird sie jedoch Franz Schuster veranlassen, mir eine persönliche Mail zu schreiben, um mir zu dieser „großartigen journalistischen Leistung“ zu gratulieren. Der restliche Tag verläuft dann relativ ruhig. Entsprechend ruhig bin ich deshalb auch am nächsten Morgen, obwohl ja an diesem Tag die Gespräche mit Weder und Bender im Terminplan stehen und ich eigentlich aufgeregt sein sollte. Doch nichts davon. Ich habe bestens geschlafen, genehmige mir zum Frühstück frisch gepressten Saft und ein Ei und fahre bester Dinge in die Redaktion.

Kaum bin ich da, meldet sich ein Feuerwehrmann. Er zählt zu dem Freundeskreis meines Netzwerks, das ein Redakteur braucht, um wichtige Informationen zuverlässig und schnell zu erfahren.

„Tom ich kann nicht lange sprechen. Wir bergen gerade eine Leiche, männlich etwa 60 Jahre. Der Mann kommt mir irgendwie bekannt vor.“

Ich frage nur: „Wo?“

„Am Aubach in der Biegung beim Steg, dort wo die große Eiche steht.“

„Danke, ich komm sofort.“

Eine seltsame Ahnung erfasst mich, als ich mich auf den Weg mache. Es dauert keine 15 Minuten, bis ich am Bach in der Nachbargemeinde bin. Ein Polizeiwagen und zwei Feuerwehrautos stehen nahe am Bachufer. Ich halte dahinter und eile los. Soeben ziehen Feuerwehrleute einen mit einem Anzug bekleideten Mann aus einer wie mir erscheint seichten Stelle des Baches. Ich trete näher, die zwei Polizisten kenne ich bestens, sie gewähren mir auch sofort Zutritt. Einer von Ihnen sagt lediglich: „Keine Fotos.“ Das Gesicht der Leiche ist aufgedunsen und erschreckend blass, der Tote sieht aus wie sein eigenes Gespenst. Aber ich erkenne ihn doch gut. Es ist Jost Scharoth, der hier tot vor mir liegt. Offensichtlich ertrunken in dem kleinen Bach.

Kapitel 37

Auf der Spur einer Heiligen

„Sehr geehrter Herr Schuster, ich bitte um Verständnis, es bei nunmehr einem Porträt für diese Woche belassen zu müssen. Ein prominenter Unternehmer ist soeben tot aufgefunden worden. Ich muss mich jetzt um dessen Nachruf kümmern – ist ja im Grunde auch so etwas Ähnliches wie ein Porträt. Sobald ich danach wieder Luft habe, werde ich das von Ihnen angeforderte zweite Porträt gerne liefern. Besten Dank für Ihr Verständnis, Tom Raumoser."

Diese Mail an den Chefredakteur ist die erste Arbeit, die ich nach Ankunft in der Redaktion mache. Dann beginne ich gleich mit der Recherche über Scharoth und stelle fest: Ich kann den Mann zwar gut charakterisieren. Aber mir fehlen doch einige grundlegende Daten aus seiner Vita. Scharoth war zweimal verheiratet, lebte aber schon viele Jahre allein als alternder Junggeselle, über seine erste Frau weiß ich wenig, seine zweite ist irgendwo in Spanien, Kinder hatte er meines Wissens nicht. Es gibt nur einen Weg, mehr zu erfahren und der führt in sein Büro.

„Guten Morgen, Herr Sackheimer", begrüßt mich dort Scharoths Sekretärin mit einem Lächeln, das mir zeigt, die Nachricht vom Tod ihres Chefs hat sie noch nicht erreicht. Jetzt bin ich auch noch der Überbringer schlechter Nachrichten und das gleich mehrfach.

„Wissen Sie", beginne ich deshalb, „ich habe eigentlich zwei Identitäten. Die eine ist der Herr Sackheimer, der ein lauschiges Plätzchen am Tegernsee sucht, die andere heißt schlicht Tom Raumoser, ist Redakteur hier beim Tagblatt und benötigt heute Ihre Hilfe."

Sie blickt mich ungläubig an, also lege ich noch Presseausweis und meine Visitenkarte des Verlags vor, damit sie mir glaubt.

„Ich nehme an, die Polizei hat sich noch nicht bei Ihnen gemeldet."

Bei diesen Worten werden die Augen der jungen Frau ganz groß. „Was soll das, was will die Polizei von mir?"

„Von Ihnen gar nichts, aber Sie sollten als Angestellte in Jost Scharoths Büro eigentlich schon informiert worden sein."

„Worüber?"

„Ihr Chef ist heute Morgen tot aufgefunden worden. Nein, ich mache keine Witze", sage ich, als sie mich ungläubig anblickt. Also berichte ich ihr von der Bergung Scharoths am Morgen und reiche ihr ein Taschentuch, als sie nasse Augen bekommt. Ich kann die Frau schon verstehen. Unabhängig von der Frage, wie sie selbst ihren Chef sah, ob sie also tatsächlich um ihn trauert, kommen in jedem Fall erhebliche Probleme auf sie zu. Vermutlich wird sie ihren Arbeitsplatz verlieren und ihr Leben neu organisieren müssen.

„Woran ist Herr Scharoth gestorben?"

„Diese Frage stelle ich mir auch." Ich gebe ihr Auskunft so gut ich kann und bitte sie meinerseits, mir bei meinem Nachruf weiterzuhelfen. Die Frau tippt kurz am Computer, druckt dann die Daten zur Vita Scharoths aus und gibt sie mir.

„Hier haben Sie chronologisch seinen Werdegang drauf, Moment ich schreib Ihnen auch die Nummer meiner Vorgängerin dazu. Ich bin ja erst seit kurzem hier, meine Vorgängerin kann Ihnen sicher mehr sagen. Hier sehe ich auch eine Mailadresse seiner Ex-Frau, die gebe ich Ihnen auch, falls Sie sie kontaktieren wollen."

Die Frau zittert leicht, sitzt in sich versunken da. Nach einer Pause fragt sie: „Jetzt wollen Sie sicher wissen, was für ein Mensch Scharoth ist, pardon, es bring es kaum über die Lippen, es muss ja jetzt heißen was für ein Mensch er war? Also er verlangte viel, legte Wert auf Präzision um nicht zu sagen Perfektion. Zeitdruck machte er dagegen eigentlich nie. Aber die Arbeit musste fehlerfrei sein. Ich kam ganz gut mit ihm zurecht. Er war immer großzügig. Aber etwas war eigen an ihm. Mir fehlen dafür im Moment die Worte. Am besten trifft es vielleicht das: Stellen Sie sich einen Ritter in Rüstung vor. Herr Scharoth pflegte immer Distanz, hatte immer eine Art Schutzschicht um sich. Was er sagte und was er wirklich dachte, waren zweierlei Dinge. Ich wurde manchmal nicht schlau aus ihm. Er hatte viele Bekannte, aber wohl nur ganz wenige echte Freunde."

„Danke, Sie haben mir sehr geholfen, die Polizei wird sich sicher bald bei Ihnen melden. Noch eine kleine Frage. Sagt Ihnen der Name Salvatore Faccine etwas?"

Die Frau überlegt einen Moment, macht einen Seufzer:

„Faccine, nein, sagt mir nichts. Aber ein anderer italienischer Name fällt mir ein, Moment, sich seh kurz in meinen Computer, Mortelle, ja Giovanni Mortelle, der war in den letzten Tagen zwei oder dreimal hier und hat mit dem Chef gesprochen."

„War das ein Freund Scharoths?"

„Freund trifft es nicht, ich würde eher sagen ein Bekannter."

„Ist Ihnen an dem Mann etwas aufgefallen?" „Eigentlich nicht, er war mir unsympathisch, wirkte nicht sehr seriös."

„Was war das für ein Mann, wie bewegte er sich? Könnte es sein, dass er ein wenig hinkt?"

„Jetzt wo Sie das sagen, wird mir das auch bewusst. Ich habe das nicht wirklich registriert. Wie gesagt, der Mann erweckte keinen seriösen Eindruck, ich war froh, wenn er wieder ging."

Ich hake nach: „Ich frage mich, was hatte eine Persönlichkeit wie Scharoth mit so einer Type zu tun. Er musste doch als Immobilienmakler seinen guten Ruf pflegen. Warum gab er sich dann – ich sage es einmal überspitzt – mit solch einer zwielichtigen Person ab?"

Die Frau macht einen weiteren Seufzer: „Ich weiß es auch nicht. Ich glaube, der Chef hatte ein großes Herz und half manchmal Menschen, die vom Schicksal gebeutelt und auf die schiefe Bahn geraten waren. Da gab es ja noch so einen, der ihm manchmal als Chauffeur diente."

„Das ist interessant", sage ich und will nach Aussehen und Namen fragen.

Aber die Sekretärin kommt mir zuvor. „Den Namen kenne ich nicht. Aber dieser Mann ist nicht zu übersehen. Er ist sehr kräftig gebaut, so ein Bodybuilder-Typ. Herr Scharoth achtete jedenfalls sehr darauf, dass diese Leute möglichst nicht auffielen. Aber warum fragen Sie nach diesen Männern. Vergessen Sie die am besten. Sie können in Ihrem Nachruf allenfalls erwähnen, dass er sich auch für Menschen am Rande der Gesellschaft eingesetzt und dafür gesorgt hat, wieder auf die Beine zu kommen. Mehr bitte ich Sie nicht darüber zu verlieren."

„Da können Sie beruhigt sein. Mein Interesse an diesen Personen hat nicht direkt mit Herrn Scharoth und meinem Nachruf über ihn zu tun. Das ist eine andere Geschichte. Aber ich will Ihre Zeit und Geduld nicht überstrapazieren, danke Ihnen für Ihre Hilfe."

Als ich mich umdrehe um zu gehen, mustert mich die Frau nochmals auffällig.

„Was ist jetzt mit dem Herrn Sackheimer, braucht der noch seine Villa am Tegernsee?"

„Entschuldigen Sie bitte meine Dreistheit, den Herrn Sackheimer können Sie getrost vergessen. Er ist lediglich ein mittelklassiger Aufschneider, der nur ein einziges Mal am Tegernsee war und mehrere Gewässer kennt, die sich zum Baden weit besser eignen."

Trotz der traurigen Situation beginnt die Frau zu lächeln.

„Ich hab ja die Visitenkarte von Tom Raumoser. Wenn mir noch was einfällt, rufe ich eben den an. Meine Nummer haben Sie ja. Aber ich werde wohl nicht mehr lange hier sein. Deshalb gebe ich Ihnen auch meine private Handnummer."

Schnell schreibt sie Zahlen auf einen Zettel und steckt ihn mir zu.

Eigentlich reichen die Infos für den Nachruf, aber damit gebe ich mich jetzt nicht zufrieden. Neugier treibt mich an einen weiteren Ort. Es ist zwar sinnlos, aber ich kann nicht anders. Wenn Du nicht hinfährst, bereust Du das vielleicht, drängt mich meine rechte Hirnhälfte. Wenig später biege ich in die Seitenstraße ein, in der Scharoths Haus steht. Wie immer ist es ruhig, kein Mensch geht auf der Straße, Reichtum hat so etwas Beschauliches. Ich fahre an Scharoths Tor vorbei, sehe seinen Benz in der Einfahrt stehen. Das erscheint mir seltsam. Seine Leiche wurde fast 30 Kilometer entfernt von hier gefunden. Ohne Fahrzeug kann er nicht dorthin gelangt sein. Ich fahre noch ein Stück weiter und stelle meinen Wagen am Straßenrand ab. Zurück am Tor sehe ich, es ist nicht geschlossen. Ich läute. Keine Reaktion. Ich schlüpfe durch die Toröffnung und gehe zum Haus. Als ich Scharoths Benz passiere, lege ich die Hand auf die Motorhaube und greife zur Sicherheit auch noch unter den Wagen. Alles kalt. Der Wagen ist abgeschlossen. Weiter zur Haustür. Erst als ich direkt davorstehe, bemerke ich: Die Tür ist nicht geschlossen, ein kleiner Spalt ist zu erkennen. Vorsichtig drücke ich gegen die Tür, schiebe sie auf und rufe laut: „Hallo, ist hier jemand?“ Keine Reaktion, nichts. Ich blicke um mich, kein Mensch ist zu sehen, der mich beobachten könnte. Schnell rein. Den Weg zum Arbeitszimmer kenne ich ja. Deshalb gehe ich zunächst dort hinein. Alles sieht geordnet aus, der Schreibtisch ist aufgeräumt, das Bild von Hans Makart fehlt noch immer. Nicht nur das. Zwei weitere Gemälde sind entfernt worden. Wo sie hingen, ist die Wand einen Deut dunkler. Der Schreibtisch ist verschlossen. Zurück im Flur werfe ich einen Blick in Küche und Speisezimmer. Ein paar leere Weingläser stehen auf einer Anrichte, daneben eine geöffnete Flasche Rotwein, in der sich noch ein kleiner Rest befindet. Das kommt mir merkwürdig vor. Scharoth kann nicht allein von Wein leben, er hat sicher auch etwas gegessen. So etwas hinterlässt Spuren. Und allein kann er den Wein auch nicht getrunken habe, sonst gäbe es nur ein benutztes Glas. Sollte die Haushälterin inzwischen im Haus gewesen sein, hätte sie sicher auch die Gläser gewaschen, die Weinflasche verschlossen und weggeräumt und vor allem: Eine Haushälterin ist zuverlässig und lässt nicht die Haustür offen.

Vorsichtig gehe ich nach oben. Das erste Zimmer, das ich betrete, ist offensichtlich für Gäste. Es sieht unaufgeräumt aus. Die Bettdecke hängt weit über den Bettrand, berührt den Boden. Schranktüren stehen offen, ein Bademantel und einige Pullover liegen darin, die für Scharoth zu klein und vor allem zu grell sind. Bei einer Kommode daneben stehen die Schubladen offen. Sie ist offenbar hastig ausgeräumt worden. Auch der Schrank ist leer. Auf einer Konsole neben dem Bett steht ein Glas, daneben liegt eine angebrochene Packung Aspirin. Durch eine weitere Tür geht es in ein Bad. Einige Handtücher liegen über einem Handtuchwärmer, ein Bademantel hängt an der Wand. Neben dem großen Spiegel befindet sich ein kleiner Schminkspiegel. Die Ablage darunter ist ganz leicht verfärbt, ich erkenne Reste von Rouge und Wimperntusche sowie einige rotblonde Haare. Ich erinnere mich an Lizzy, diese junge Frau und mutmaßliche Liebhaberin des Hausherrn. Sie muss hier gewesen sein.

Ich öffne die zweiflügelige Tür am Ende des Flurs, befinde mich in Scharoths ganz persönlichem Reich und sehe auf den ersten Blick eines: Hier hat jemand herumgesucht. Bücher aus einem Regal liegen verstreut am Boden, ebenso einige Kleidungsstücke. Auch Bilder wurden von der Wand abgenommen, ein Teil wieder aufgehängt, aber hastig, denn einige hängen schief. An einer Stelle, an der ein Kunstwerk hing, glänzt polierter Stahl eines Wandtresors. Die Tür ist unbeschädigt und verschlossen. An der linken Seite schließt sich ein kleinerer Raum an, in dem auf Regalen Kleidung liegt und Anzüge fein säuberlich auf Bügeln aneinandergereiht hängen. Hier sieht alles sehr ordentlich aus.

Gegenüber liegt das Bad des Hausherrn. Im Zentrum steht ein großes Becken mit einer Reihe von Düsen. Einige Wassertropfen sind auf der Oberfläche zu erkennen, dieser Pool ist erst vor kurzem noch benutzt worden. Zwei Duschen und eine herkömmliche Badewanne stehen daneben, sehen unbenutzt aus. Anders eines der beiden Waschbecken. Wasserreste sind auf der Keramik. Ich greife nach dem Handtuch unmittelbar daneben, es ist noch feucht. Auf der Abrichte liegen Kosmetika und übliche Dinge wie Pinsel und Bürsten. Ich verlasse das Bad und gehe geradeaus weiter ins Schlafzimmer Scharoths. Es ist für meine Begriffe riesig. Vor mir liegt ein wunderschöner orientalischer Teppich nicht in dem üblichen warmen Rotton, sondern in einem zauberhaften Spiel von grünlichen und blauen Mustern, anregend, aber nicht beruhigend, wie es sonst in Schlafzimmern üblich ist. Das Bett dahinter hat eine kreisrunde Form mit fast drei Metern Durchmesser. Mehrere Lampen befinden sich im Umfeld. Mein Blick geht nach oben zur Decke. Dort gibt es keine Lampe, dafür aber einen riesigen Spiegel genau über dem Bett. Und auch an den Wänden sind mehrere Spiegel angebracht. Der Raum eignet sich weniger, um selig in Morpheus Armen zu versinken, er gleicht eher einer Lustgrotte, in der sich der Hausherr mit seinen Nymphen vergnügte. Schon habe ich das Bild Lizzys vor mir, die mir bei meinem letzten Aufenthalt in diesem Haus so gern einen Drink offeriert hätte. Ein solches Cocktail-Glas steht auf einer Ablage neben dem Bett. Ich trete an die Bettkante und blicke genauer hin. Tatsächlich finde ich einige Haare, die von dieser rotblonden Dame stammen könnten. Ich sehe sie vor mir, wie sie bei meinem überraschenden Besuch ihre halb offene rote Seidenbluse zuknöpfte und wie unsicher sie wurde, als ich den Drink verschmähte und lediglich ein Glas Wasser zu mir nahm. Und schon schleicht sich ein Gedanke in mein Bewusstsein: Könnte es Scharoth ähnlich ergangen sein, wurde er am Ende mit seinen eigenen Waffen geschlagen. Ich sehe mir das Cocktailglas genauer an. Es ist benutzt, am Glasrand befinden sich rote Spuren, die offensichtlich von einem Lippenstift stammen. Daraus hat also eine Frau getrunken, Scharoth vermutlich aber nicht. Ein leicht angetrockneter Rest ist am Boden des Glases zurückgeblieben. Ich nehme ein Papiertaschentusch, greife damit nach dem Glas und stecke es in meine Jackentasche. Du musst Dir auch die Weingläser noch ansehen, fordert mich die logische Hälfte meines Gehirns auf.

Zuvor will ich aber noch etwas anderes erkunden. Ich gehe zurück zum Flur und trete in das Zimmer, von dem aus ich einen Blick auf die Einfahrt habe. Schon beim Betreten ist mir sofort eines aufgefallen: Hier ist von der Ordnungsliebe des Hausherrn wenig zu sehen. Kreuz und quer liegen Bücher, Ordner und Papiere am Boden verstreut. Hier hat jemand nach etwas gesucht, Unterlagen aus Schränken und Regalen genommen und dann großteils einfach auf den Boden geworfen. Das will ich mir noch genauer ansehen. In dem Regal steht auch ein braunes Arzneifläschchen mit Pillen darin. Es fällt mir deshalb auf, weil jemand ein Stück Papier aufgeklebt und mit roter Tinte draufgeschrieben hat: Benzodiazepin. Ich trete ans Fenster, blicke zur Einfahrt hinunter und bin mir sicher: Hier war es, wo der dunkelhaarige Mann stand, der mich beobachtete, als ich nach meinem letzten Besuch Scharoths Haus verließ. Und dieser Mann, dieser Giovanni Mortelli stand hier und war mir wegen seines holprigen Gangs aufgefallen. Er hatte mich in München niedergeschlagen.

Gerade als ich mich vom Fenster schon halb abgewendet habe, sehe ich unten auf der Straße ein Auto kommen. Es ist ein Polizeifahrzeug. Mist. Ich muss sofort weg. Wenn mich Polizisten in diesem Haus sehen, könnte es sehr unangenehm werden. Scharoths Leiche landet sicher in der Gerichtsmedizin. Wenn sie dort, wie ich vermute, Drogen in seinem Körper finden, wird die Kripo zu ermitteln beginnen. Kommissar Bender hat mich ohnehin schon im Visier, wenn ich hier aufgegriffen werde, gerate ich in Verdacht. Ich schnappe mir noch das Arzneifläschchen, eile die Treppe nach unten, so schnell wie möglich und so leise wie nötig.

In diesem Moment höre ich die Polizisten an der Eingangstür. „Ach sieh mal einer an, hier hat die Putzfrau vergessen die Tür zu schließen", sagt eine Frauenstimme.

„Wenn es denn die Putzfrau war", antwortet ein Mann.

Dann läutet die Glocke. Das Geräusch nutze ich, um den Weg zur Terrassentür zurückzulegen, die ich mir schon beim Betreten des Hauses als Fluchtweg ausgesucht und geöffnet habe. Ich höre die beiden noch etwas sagen, kann die Worte aber wegen der Entfernung nicht mehr verstehen. Dann gibt es Geräusche im Flur. Die Polizisten haben offenbar das Haus betreten. Schon höre ich laute Hallo-Rufe. Das ist gut. In dem Moment schlüpfe ich durch die Tür nach draußen. Schnell weiter zu einem kleinen Gebüsch. Dahinter kann ich mich bestens verbergen. Nur drei Schritte weiter und ich bin an einem Pavillon, hinter dem sich weitere Hecken befinden. Von dort aus gelange ich an die Grundstücksgrenze. Etwas mühsam muss ich mich hier durch die dichte Thujenhecke kämpfen und sehe die Straße. Sie ist leer. Es dauert keine zwei Sekunden, bis ich über den Zaun bin. Dann gehe ich gemächlich zum Auto und fahre in die Redaktion.

Die frühere Sekretärin Scharoths kann ich zum Glück auf Anhieb am Handy erreichen. Ihre Nachfolgerin hatte sie bereits über den Tod Scharoths informiert, mein Anruf kommt für sie somit nicht unvorbereitet.

„Der Chef war auch eine wichtige Person im Kunsthandel", erfahre ich von ihr und weiter: „Er hat sich sehr verdient gemacht um Ausgrabungen im Nahen und Mittleren Osten und wissenschaftliche Projekte dort finanziell unterstützt."

„Hat er auch selbst mit Exponaten gehandelt?" frage ich nach. Die Frau antwortet nicht sofort, sagt dann aber nur: „Das entzieht sich meiner Kenntnis."

Natürlich kann und will sie ihren einstigen Chef nicht anschwärzen und schon gar nicht will sie darüber mit einem Journalisten sprechen, noch dazu am Telefon.

„Kann ich mit Ihnen bei einer Tasse Kaffee, zu der ich Sie gern einlade, darüber sprechen. Ich möchte gern mehr über Jost Scharoth wissen?" schlage ich vor und hole mir einen Korb.

„Ich wüsste nicht, was es noch zu sagen gäbe. Was für den Nachruf und die Würdigung seiner Person wichtig ist, wissen Sie ja. Das muss reichen. Und nebenbei bemerkt: Ich finde es degoutant, wie Sie im Leben meines langjährigen Chefs herumbohren wollen in der Hoffnung, Verfehlungen zu finden. Davon lassen Sie mal die Finger. Ich sehe unser Gespräch jetzt beendet."

Mein Kopf sagt mir: Die weiß viel mehr, aber ihre Loyalität zu ihrem einstigen Chef ist ungebrochen. Vielleicht war sie sogar selbst in dubiose Geschäfte verwickelt. Wie auch immer, ich muss jetzt arbeiten. Der Nachruf für Jost Scharoth ist schnell geschrieben. Seine unselige Abstammung streife ich lediglich, erwähne aber schon seine politische Einstellung. Ansonsten geht es in dem Porträt vor allem um seine Bedeutung als Unternehmer und Sponsor von Vereinigungen und gemeinnützigen Einrichtungen. Den Kunsthändler lasse ich bewusst im Hintergrund. Ich bin zwar überzeugt, er hat auch hier weniger die Wissenschaft gefördert als in erster Linie zwielichtige Geschäfte mit illegalen Ausgrabungsfunden betrieben. Aber belegen kann ich das nicht. Und noch eins: Wer für den Tod Scharoths verantwortlich ist, soll nicht aufgeschreckt werden. Sonst könnten Spuren verwischt werden.

Ein Blick auf die Uhr zeigt, ich muss mich beeilen. Marlis Weder mag keine unpünktlichen Menschen. Die Nachmittagssonne lässt den Prälatenstock der Klosteranlage noch ein Stück wuchtiger und prächtiger erscheinen. In diesem kräftigen Licht kommen die Mauervorsprünge über den Fenstern und die Kamine auf dem riesigen Dach bestens zur Wirkung und verstärken den Ausdruck von Erhabenheit. So ein Bauwerk hat eine Wirkung auf jeden Betrachter und noch mehr auf seine Bewohner und das war sicher Absicht. Die Mönche bauten für Gott und die Ewigkeit, dachten nicht im Traum daran, einmal hier ausziehen zu müssen. Und doch geschah genau das. Die alte Ordnung brach zusammen, der Grundbesitz der Kirche wurde enteignet, für die Zisterzienser war das eine Form von Weltuntergang. Solche Gedanken gehen mir durch den Kopf, als ich auf den Durchgang zum Eingang gehe und die Klingel drücke. Dann passiert erst einmal nichts. Ich drück die Klingel noch einmal. Endlich höre ich Geräusche im Innern. Jemand nähert sich der Tür.

Eine junge Frau öffnet und fragt: „Sind Sie Herr Raumoser?"

„Ja."

„Dann kommen Sie mit. Frau Weder erwartet Sie im Roten Salon. Sie hat sich den Fuß verknackst und vermeidet unnötiges Gehen." Ich folge der Frau durch den langen Flur zum Treppenhaus und dann hinauf in den Salon, von dem mir Cembaloklänge entgegentönen. Marlis Weders Finger gleiten über die Tasten dieses alten Instruments, das mir hier noch gar nicht aufgefallen ist, weil es mit einem Stoffschutz bedeckt in einer Ecke stand. Jetzt sind die Hüllen gefallen, zu sehen ist ein Instrument mit wunderschön gemasertem Holz.

„Das stammt noch aus der Zeit der Mönche, klingt das nicht wunderbar?" sagt Weder und gibt sich gleich selbst die Antwort oder vielmehr ihren Fingern, die mit neuer Energie über die Tasten tanzen.

„Wusste nicht, dass Sie auch eine gute Pianistin sind", sage ich, als sie mit einem heftigen Staccato ihr Spiel beendet.

„Ja die Finger machen noch gut, was ich will. Aber mein Fuß hat mir einen Streich gespielt, ich werde halt langsam alt und unaufmerksam. Hab zum Glück eine junge Hilfe hier", betont Weder und greift nach den Krücken, die neben ihr am Boden liegen.

Sie nimmt sie, richtet sich auf und humpelt die paar Meter zum Tisch hin, wo sie sich wieder auf einen Stuhl mehr oder weniger fallen lässt. Vor ihr auf dem Tisch liegt die kleine Schatulle, die mir bekannt vorkommt, aber jetzt doch so anders aussieht. Was vorher ein stumpfes Graubraun war, hat nun eine edle Patina bekommen. Das Grau ist gewichen, beinahe schokoladenbraun mit einem leichten Stich ins Lila sieht das alte Kistchen nun wunderschön aus.

„Ich habe das Holz von einem Restaurator reinigen lassen. Es ist Birnbaum, der nun besser zur Geltung kommt", sagt sie und öffnet den Deckel. Vom Fenster her fällt seitlich Licht ein, die Edelsteine in dem Kistchen leuchten wunderschön auf.

„Sie hatten Recht", sagt Marlis Weder und nimmt einen der grünen Steine heraus. „Es sind Moldavite, herrliche Exemplare. Bin eigens 50 Kilometer zu einem mir empfohlenen Mineralogen gefahren. Steine dieser Güte habe er bisher noch nicht gesehen, sagte er mir und fügte gleich die Einschränkung hinzu, dass Moldavite heute leider nicht gefragt seien und ihr Wert deshalb nicht mit früheren Zeiten verglichen werden könne."

Weder legt den Stein wieder zurück, holt andere heraus.

„Diese wunderschön roten Kristalle sind böhmische Granate und die wertvollsten Edelsteine in diesem Kistchen. Grundsätzlich sind Granate zwar nicht teuer. Aber die hier sind von außergewöhnlicher Größe und damit sehr selten."

„Und die Moldavite, stammen die auch aus Böhmen?" will ich wissen.

„Gemach, gemach, junger Mann, lassen Sie mich erst die Präsentation zu Ende bringen", antwortet Weder und greift erneut in das Kistchen.

„Diese gelblichen Steine hier gefallen mir persönlich am besten. Sehen Sie, wenn ich sie im Licht drehe, kommt die ins Orange gehende Tönung so schön zur Wirkung. Das sind Spessartine. Den Namen gab es früher aber noch nicht, Spessartine wurden erst im 19. Jahrhundert als eigene Edelsteine klassifiziert. Wir wissen nicht, wie diese Steine vor 500 Jahren genannt wurden. Vermutlich wurden sie als gelbe Granate gehandelt. Und das hier" - Weder holt einen weiteren Stein heraus - „das hier ist ein Andradit oder grauer Granat. Andradite sind nichts Besonderes, der aber schon. Denn er hat einen Glanz, wie ihn der Mineraloge noch nicht gesehen hat. Es dauerte deshalb auch am längsten, bis er diesen Stein bestimmen konnte und dafür sogar eine chemische Analyse vornahm. Und natürlich habe ich auch gefragt, woher diese Steine stammen. Die Granate sind sicher aus Böhmen, die Moldavite mit Sicherheit auch, weil Vorkommen in Übersee erst in den letzten 200 Jahren entdeckt wurden. Was die Spessartine und den Adradit betrifft, glaubt der Fachmann eher an eine Herkunft aus Deutschland. Eine detaillierte Untersuchung würde Aufschluss darüber geben. Aber so etwas ist teuer. Dabei wird die genaue Isotopenzahl der enthaltenen Elemente bestimmt und mit Daten aus den jeweiligen Ländern abgeglichen. Ich habe dazu bereits mit dem Bürgermeister gesprochen. Wir werden das aus Kostengründen nicht machen."

„Hat der Mineraloge auch etwas über den Wert gesagt?" frage ich nach. Jetzt beginnt Marlis Weder zu lächeln. „Das ist schwer zu sagen. Mehr als ein gutes Pfund Gold bekommen sie vermutlich nicht dafür, hat er mich wissen lassen. Aber bei besonderen Steinen sei das immer so eine Sache. Ein Liebhaber würde sicher das Drei- oder Vierfache bezahlen. Den materiellen Wert halte ich ohnehin für nachrangig. Entscheidend ist doch der geschichtliche Aspekt. Wir haben im Kloster Wertgegenstände aus der Zeit der Mönche gefunden, die somit mindestens 200 Jahre alt sind. Das ist der Punkt."

Marlis Weder hat den Kopf in den Nacken geworfen, sieht mich voller Stolz an. Jetzt muss ich ein wenig schmunzeln, was Weder fälschlicherweise als zusätzliches Kompliment versteht.

Das ist gut so, weil ich ihr Wissen brauche.

„Frau Weder, ich bin noch auf etwas gestoßen, was ich noch nicht so recht einordnen kann. Gibt es in der Klosteranlage ein Bild der hl. Katharina oder ist Ihnen sonst irgendetwas bekannt, wie diese Heilige in Verbindung mit dem Kloster gebracht werden kann?"

Weder blickt mich ein wenig irritiert an.

„Katharina, Katharina", sagt sie.

„Das ist eine der 14 Nothelfer, der Legende nach eine ägyptische Märtyrerin, die wegen ihres christlichen Glaubens mit Rad und Schwert vom Leben in den Tod befördert worden ist. Sie wird deshalb immer mit einem Rad und einem Schwert zumeist auch mit Kreuz und Krone dargestellt. In Bayern wurde sie als eine der drei heiligen Jungfrauen verehrt, altes heidnisches Brauchtum, das dann vom Christentum vereinnahmt worden ist."

„Ah jetzt fällt der Groschen bei mir da gibt es doch den Spruch: Margareta mit dem Wurm, Barbara mit dem Turm, Katharina mit dem Radl, das sind die drei heiligen Madl."

„Und, gibt es im Kloster ein Bild von ihr oder sogar eine Stelle, die dieser Katharina gewidmet ist?"

Weder zuckt mit den Achseln. „Jetzt überfahren Sie mich ein wenig. Ich muss überlegen. Das Kloster ist groß."

„Ja bitte überlegen Sie, das ist wichtig", sage ich eindringlich.

Marlis Weder nimmt einen der Moldavite aus dem Kästchen und starrt ihn an, geradeso als wollte sie aus dem Stein die Antwort lesen.

Während sie nachdenkt, trete ich ans Fenster und blicke auf den Klostergarten hinüber zu den einstigen Wirtschaftsgebäuden. Majestätisch sehen sie noch immer aus, wenngleich nur noch ein kleiner Teil der einstigen Größe vorhanden ist. Ich stelle mir die Mönche vor, wie sie die von ihnen abhängigen Bauern und Arbeiter dirigierten, zum Teil auch selbst Hand anlegten. Wer so wirtschaftet, denkt groß.

Nach ein oder zwei Minuten legt Marlis Weder den Stein wieder zurück und bedauert: „Ich muss Sie leider enttäuschen, mir fällt partout nichts zu Katharina ein."

„Denken Sie bitte an die gesamte Anlage, auch an die Kirche, gibt es etwa dort ein Bild oder sogar eine Stelle der Verehrung dieser Heiligen?"

„Das habe ich bereits bedacht. Wir haben in der Kirche lediglich einen Altar, an dem die 14 Nothelfer insgesamt verehrt werden. Sonst ist mir nicht bekannt. Aber Moment mal, jetzt fällt mir etwas ein."

Mein Kopf ist elektrisiert. „Was?" frage ich sofort nach.

Marlis Weder scheint meine Anspannung nicht zu erkennen. Sie spricht weiter ruhig und gelassen, als würde sie Touristen einen Vortrag halten.

„Was mir einfällt, ist etwas ganz anderes und es erscheint mir eher banal. Nur eine Kleinigkeit. Sie erinnern sich doch an das Bild, das aus dem Festsaal gestohlen worden ist. Auf dem ist neben den Mönchen und der Szene mit der Heilung des blinden Ritters auch der Tempel von Jerusalem abgebildet. Neben dem Tempel steht eine Heilige mit einem Schwert und einem Rad an ihrer Seite."

Weders Worte treffen mich wie der Blitz. Natürlich, warum habe ich nur daran nicht gedacht. Ich versuche, mich möglichst genau daran zu erinnern, was ich gesehen habe, als ich mit Frank aufs Gerüst gestiegen bin und wir das Bild auf dem Mauersims entdeckten. Ich schließe meine Augen, sehe nun die Heilige vor mir, sehe in der einen Hand das Schwert, in der anderen einen Palmzweig. Aber mehr war nicht zu erkennen. Wir waren einfach zu weit weg, um Einzelheiten wahrnehmen zu können.

Deshalb bohre ich nun bei Weder nach: „Sie haben das Gemälde doch sicher näher betrachtet, bevor sie es auf den Sims haben stellen lassen. Ist Ihnen dabei irgendetwas aufgefallen, gerade in bezug auf diese Heilige? Und vor allem: Wissen Sie, wo dieses Bild einst hing? Wo war es, als die Mönche noch hier lebten?"

Weder blickt mich ein wenig irritiert an.

„Keine Ahnung. Das Bild war ja 200 Jahre in Privatbesitz. Wo es einst im Kloster hing, darüber gibt es meines Wissens nach keinerlei Aufzeichnungen. Und zu Ihrer ersten Frage: Was soll mir an dem Bild schon aufgefallen sein? Wie üblich bei derlei Darstellungen ist der Blick der Heiligen weltentrückt-verklärt, aber mehr ist dazu nicht zu sagen."

„Gibt es sonst noch irgendetwas über das Bild? Überlegen Sie. Es ist ja gestohlen worden, weil es vielleicht eine wichtige Information enthält."

Marlis Weders Schultern zucken erneut, sie blickt mich etwas hilflos an und überlegt.

„Ich bin in Gedanken die Malerei noch einmal durchgegangen. Soweit ich mich erinnern kann, nichts Außergewöhnliches. Aber mir fällt etwas anderes ein. Auf der Rückseite des Gemäldes war die Leinwand mit einem Stift beschrieben. Das war schon auffällig, so was kannte ich bisher nicht. Die Schrift war allerdings schwer zu lesen, ich wollte das in Ruhe später einmal entziffern und dazu auch einen Sachverständigen hinzuziehen. Mir erschien das auch nicht wichtig, weil nur wenige Schriftzeichen zu erkennen waren, dafür aber eine Reihe von Zahlen. Das könnte die Auflistung eines Handwerkers oder sogar eine Rechnung über die Kosten für Farben und Material des Bildes sein, war mein erster Gedanke."

Sofort muss ich an das Gespräch mit Jost Scharoth denken und an die Aufzeichnungen im Kelch, die seinem Großvater bei dem Raubzug in der Altöttinger Stiftskirche in die Hände gefallen waren. Auch da gab es Ziffernfolgen, mit denen festgehalten war, unter welchen Brettern die Goldmünzen, Monstranzen und weiß Gott noch was versteckt waren. Könnte das bei dem Bild auch der Fall sein? Ich weiß es nicht, aber eines weiß ich – ich muss Marlis Weder über den Tod von Scharoth informieren. Würde Sie das erst morgen aus meinem Zeitungsbericht erfahren, wäre das ein unverzeihlicher Fehler, der mir ihr dauerhaftes Misstrauen einbringen würde.

So lasse ich sie wissen: „Dieses Gemälde scheint Unglück zu verbreiten. Die Schauspielerin Merle Corten hat es gesehen und ist dann vom Gerüst gestürzt und gestorben, und heute Morgen ist der Unternehmer Jost Scharoth tot aufgefunden worden. Wie es aussieht, ist er in einem seichten Bach ertrunken. Ob mehr dahintersteckt, muss die Polizei herausfinden. Sie kennen Scharoth doch. Er war erst vor kurzem bei Ihnen im Festsaal, laut Ihren Worten zwar nicht an dem Bild interessiert, aber das glaube ich nicht."

Weder starrt mich mit aufgerissenen Augen an.

„Das, das, das ist ist ja furchtbar." Dann fängt sie sich wieder, aber ihre Stimme zittert noch immer: „Herr Scharoth, so ein stattlicher Mann. Er wirkte auf mich vertrauenswürdig, er hat den Saal zwar genauestens angesehen, aber wie ich schon sagte, nicht nach dem Bild gefragt."

Ich schüttle den Kopf: „Das hat der schlaue Fuchs doch ganz bewusst nicht gemacht. Er wollte Sie in Sicherheit wiegen. Ich sage Ihnen eines: Scharoth war hier, um den Saal und das Umfeld auszukundschaften. Danach hat er seine Lakaien losgeschickt, um das Bild zu stehlen."

Weder blickt mich an, als käme ich aus einer anderen Welt. Sie atmet tief durch, ihre Worte kommen nicht mehr in eleganten Sätzen, sie spricht holprig und abgehackt.

„Bin erschüttert. Dieser Mann wusste sich zu benehmen, er hatte so gute Manieren. Und jetzt ist er tot. Ertrunken sagen Sie. Ein tragischer Unfall. Hatte mit dem Diebstahl des Bildes sicher nichts zu tun. War doch so vertrauenswürdig. Und Sie behaupten, er hat mich hintergangen und ausgehorcht und dieses Bild gestohlen. Ich kann es einfach nicht glauben. So ein Mann stiehlt nicht. Er war ja auch sehr großzügig, was die Kartenfunde aus dem Kaukasus betrifft."

Weder ist emotional bewegt und spricht einfach aus, wie es ihr in den Sinn kommt ohne weiter nachzudenken. Denn damit hat sie meine Vermutung bestätigt: Sie hat Scharoth die gespeicherten Fotos von den Funden überlassen, das aber nie zugegeben. Schonungslos demontiere ich nun weiter das Bild, das sie sich von diesem Mann machte und sage ihr ins Gesicht. „Scharoth konnte Ihnen leicht mehr Geld bezahlen, er hat dann ja die Dateien von den Funden im Kaukasus mit sattem Gewinn an die Russen weiterverkauft. Sie selbst hatten Skrupel, als sich dieser Rotmistrow bei Ihnen meldete. Sie dachten, Scharoth sei ebenso Patriot wie sie. Patriot würde ich ihn nicht nennen, Nazi trifft es besser. Aber in jedem Fall war er einer, dem ein gutes Geschäft über alles und auch über eigene Überzeugungen geht. Die Russen mochte er ganz sicher nicht, aber ihr Geld nahm er trotzdem gern."

Marlis Weder wendet sich ab von mir, nimmt beide Hände vors Gesicht. Es ist offenbar ein bisschen viel, was ich ihr gerade zumute. Da ist eine Welt ins Wanken geraten. Ich lass sie jetzt am besten alleine. Auf dem Weg zurück in die Redaktion komme ich aus dem Funkloch, und schon klingelt mein Handy.

„Endlich kann ich Sie erreichen", sagt eine sonore Stimme und dann weiter: „Ich muss Ihnen leider für heute absagen, wir haben einen ominösen Todesfall. Sie werden verstehen. Da muss ich einiges organisieren. Aber gerade auch darüber will ich mit ihnen sprechen und das möglichst bald. Sagen wir morgen um die gleiche Zeit. Geht das?"

„Das geht schon klar", antworte ich und wundere mich über diesen ganz neuen Ton. Kein anderer als Jakob Bender hat mich soeben angerufen. Hat der tatsächlich Kreide gefressen oder ist das nur ein mieser Trick, geht es mir durch den Kopf. Also werde ich erst morgen den Kriminalkommissar treffen. Mal schauen, was er wirklich will.

Nun habe ich den Abend überraschend frei und funke Frank an. „Ich hab auch gerade meinen Dienst getauscht, folglich Zeit," lässt mich der Freund wissen. Eine Stunde später sitzen wir in meiner Wohnung. Frank hat dunkle Schokolade und diesmal einen leichten Rotwein im Gepäck, eine Flasche Domina aus Franken. Er sieht abgekämpft aus, lässt sich gleich auf einen Sessel fallen und ereifert sich.

„Los bring Gläser! Endlich wieder einmal abschalten und ein vernünftiges Gespräch führen. Hab in den letzten Tagen wenig geschlafen. War eh schon reichlich mit Nachtdiensten eingedeckt. Dann hat sich vor zwei Wochen eine Kollegin krank gemeldet und weil Frank gutmütig und deshalb ein Idiot ist, hat er fast alle ihre Nachtdienste übernommen. Inzwischen nervt mich das."

„Dann pass jetzt gut auf, Kröterich, ich habe interessante Neuigkeiten."

„Was!" ruft er laut aus, als ich ihn über Scharoths Tod informiere. Der Mund steht ihm offen und das weniger deshalb, um darin ein Stück Schokolade verschwinden zu lassen.

„Das ist aber noch nicht alles" füge ich hinzu: „Eva hat herausgefunden, der Begriff „septem stellae" ist im Judentum die gebräuchliche Bezeichnung für den siebenarmigen Leuchter, der vor 2000 Jahren im Tempel in Jerusalem stand. Dieser Leuchter aus massivem Gold wurde von Römern geraubt, Jahrhunderte später nach Konstantinopel gebracht und von dort offensichtlich wieder zurück nach Jerusalem. Dafür gibt es laut Eva Quellenhinweise. Sie ist überzeugt, die Templer fanden bei Ausgrabungen im Mittelalter diesen Leuchter und weitere Schätze, und Eva glaubt weiter, all das sei beim Untergang des Ordens den Zisterziensern zur Verwahrung anvertraut worden. Unser Problem: Wir wissen nicht, wo wir suchen sollten, im Kloster gibt es keinen Hinweis auf die hl. Katharina, neben der sich laut den Aufzeichnungen von Michael Bräu dieses Siebengestirn befinden soll. Du erinnererst Dich doch an die Geheimschrift mit dem Satz ‚septem stellae propter Katharinam'. Die Heilige war allerdings auf dem Gemälde mit abgebildet, das wir bei unserem frühmorgendlichen Ausflug nach Raitenhaslach oben auf dem Sims des Saals gesehen haben. Dieses Bild wurde ja gestohlen, vermutlich war Scharoth der Auftraggeber. Auf der Rückseite des Bildes sind Zahlen vermerkt, die vielleicht die Information enthalten, wo sich der Schatz befindet. Und jetzt ist Scharoth tot."

Frank hat während meiner Worte einen Schluck Wein genommen und danach den Mund wieder brav geschlossen. Nichts mehr von Überraschung ist an ihm zu erkennen, er blickt mich aufmerksam an, während in seinem Kopf ein Räderwerk auf Touren kommt.

„Gemach, gemach", mahnt er zur Vorsicht. „Dass der jüdische Leuchter hier gelandet sein könnte, halte ich für eine sehr gewagte These. Da gibt es für mich noch viele Unwägbarkeiten. Hast Du rausfinden können, wo das Bild einst im Kloster gehangen hat? Dort müssten wir als erstes nachforschen."

„Leider nein. Dieses Wissen ist verloren gegangen."

„Das hätte ich mir denken können", sagt Frank und fährt in seinen Überlegungen fort: „Der Tod Scharoths liefert uns jedenfalls einen deutlichen Hinweis darauf, dass etwas Großes im Spiel ist, es tatsächlich einen Schatz gibt, der vermutlich in der Nähe eines Bildes oder einer Figur der hl. Katharina verborgen war und vielleicht noch ist. Dabei geht es ganz offensichtlich um mehr als nur ein paar Goldmünzen, sonst würde Scharoth noch leben. Was denkst Du, wer hat ihn umgebracht?"

„Ich tippe auf das alte Spiel unter Ganoven: Innerhalb Scharoths ehrenwerter Gesellschaft wollen Konkurrenten nicht teilen, und Tote verlangen keinen Anteil mehr. Ja so muss es sein, nur so gibt das Sinn."

Frank fasst sich mit der Hand an die Stirn.

„Aber wenn das so ist, dann haben seine Kumpane bereits die nötigen Hinweise, um den Schatz zu heben. Scharoth hat sie darauf gestoßen, er ist für sie nun unnütz geworden und musste deshalb sterben. Wir müssen uns beeilen, vielleicht doch die Polizei einschalten. Sonst laufen wir Gefahr, dass wir das Nachsehen haben und der Schatz auf Nimmerwiedersehen verschwindet und der Geldgier von Gaunern zum Opfer fällt. Denk dran, wenn Du morgen mit dem Kriminalkommissar sprichst. Die Polizei könnte das Kloster überwachen."

Ich schüttle den Kopf: „Ich weiß nicht so recht, glaube nicht, dass es der Polizei gelingt, so einen Diebstahl zu verhindern. Die stellen im besten Fall zwei Kräfte zur Überwachung ab oder beauftragen vielleicht nur einen Wachdienst. Ein Verbrechersyndikat werden sie damit nicht abhalten, uns dagegen schon. Dass bedeutet: Wir werden dann nicht mehr frei agieren können, vielleicht gar nicht mehr ins Kloster gelassen."

Frank streckt sich. Das sieht recht eigenartig aus. Denn angesichts seiner Größe reicht sein Körper weit über die Stuhllehne hinaus, und die Oberschenkel finden auf dem Polster keinen Platz mehr. Aber er scheint diese unnatürliche Haltung zu genießen.

Dann sagt er: „Wir müssen jetzt auf alles achten, also auch Augen haben für das scheinbar Nebensächliche. Ich denke gerade an die Theorie der verschränkten Teilchen."

„Was soll uns die jetzt weiterhelfen Frank?“, sage ich gähnend, denn mittlerweile ist es Mitternacht und ich bin müde. Doch der Freund nimmt meinen Einwand nicht zur Kenntnis.

„Die Quantenmechanik lehrt uns, den Blick zu weiten, Gewissheiten in Frage zu stellen und auch scheinbar Unlogisches richtig einzuordnen. Ich erklär es Dir: Du schickst einen Laserstrahl durch einen Kristall mit bestimmten Eigenschaften. Der Laser fächert sich dann auf. An der Stelle, wo sich die entstehenden Lichtgebilde überlappen, entstehen Teilchen, die Hochzeit feiern und ein Paar bilden. Die Physiker sagen dazu, sie seien miteinander verschränkt. Wenn diese Teilchen danach getrennt werden, geht ihre Beziehung nicht verloren. Das bedeutet, wenn Du eines der Teilchen veränderst, verändert sich automatisch auch das andere und das selbst dann, wenn sie Lichtjahre voneinander getrennt sind. Das Verrückte daran ist, sie tun das gleichzeitig, der Impuls erfolgt also selbst über Lichtjahre hinweg ohne jegliche Zeitverzögerung. Das ist natürlich selbst unter Physikern umstritten, denn es widerspricht Einsteins Relativitätstheorie, derzufolge sich nichts schneller als das Licht bewegen kann, also auch keine Information. Aber zugleich beschreibt die Quantenmechanik perfekt die Welt im Kleinen. So verwenden Physiker für die Welt im Großen die mit ihr übereinstimmende Relativitätstheorie und für alle Vorgänge im subatomaren Bereich die Quantenmechanik. Das ist natürlich unbefriedigend. Aber alle Versuche, diese beiden großen Ideen zum Verständnis unserer Welt in einer einzigen Theorie zu vereinen, sind gnadenlos gescheitert.“

Ich schüttle den Kopf: „Frank, löse Deine Verschränkungen. Was kann uns Deine Hirnakrobatik helfen, den Schatz in der Klosteranlage zu finden?“

„Eine direkte Hilfe ist das natürlich nicht, aber ich habe Dir von den verschränkten Teilchen schon mit einer gewissen Intention erzählt. Blick einfach ein bisschen über den Tellerrand hinaus. Wir müssen logisch vorgehen, dürfen uns auch nicht verrennen. Zu dem Schatz führt uns keine Einbahnstraße. Scharoths Tod wird auch an anderen Stellen etwas bewegen und uns Hinweise liefern.“

„Und wo?“

„Das weiß ich nicht.“

„Dann hab ich vielleicht einen Ansatz für Dich" sage ich zu dem Freund und schnappe mir ein Papiertaschentuch.

Frank blickt mich irritiert an.

„Was willst Du mit dem?"

Ohne ihm eine Antwort zu geben, gehe ich in den Flur, ziehe mit dem Papier an der Hand vorsichtig das Arzneifläschchen aus Scharoths Haus aus meiner Jackentasche und stelle es vor Frank auf den Tisch.

„Nicht anfassen", mahne ich ihn, als er danach greifen will.

„Das Fläschchen ist aus Scharoths Haus und mir sagt mein Instinkt, es könnte etwas mit seinem Tod zu tun haben. Ich hab das Glas zwar schon angefasst, als ich es eingepackt habe, aber wir sollten nicht noch weitere Fingerabdrücke darauf hinterlassen. Hier steht Benzodiazepin drauf. Was ist das? Du bist doch Arzt, kennst Dich mit so was aus."

Frank greift nach meiner Packung Taschentücher, zieht zwei heraus, nimmt mit einer Hand das Fläschchen und öffnet es mit der zweiten ebenfalls durch Papier geschützten Hand. Dann holt er eine Pille heraus und schnuppert daran.

„Ich kann nichts riechen, das würde passen", sagt er und leckt an der Pille. Zunächst bleibt sein Gesicht unverändert, dann presst er seine Lippen zusammen.

„Die Pille ist geruchlos, hat aber einen bitteren Nachgeschmack. Das ist typisch für Benzodiazepin. Ich gehe davon aus, dass der Inhalt mit der Aufschrift übereinstimmt. Benzodiazepin ist eine Droge, ein Beruhigungsmittel, das schnell süchtig macht. Kann es sein, dass Scharoth drogensüchtig war? Ist Dir an ihm etwas aufgefallen? Wie war seine Aufmerksamkeit? War er immer gleich konzentriert oder ging sein Blick manchmal ins Leere?"

„Ich hatte mitunter den Eindruck, er fixiert einen fernen Punkt, wenn er mit mir sprach, so als wolle er durch mich hindurchsehen. Ich hielt das aber eher für eine bewusste Masche, um sein Gegenüber, also mich, zu verunsichern. Scharoth sah dabei nicht wie ein Süchtiger aus, eher wie ein passionierter Pokerspieler, der seine Gedanken verbergen will."

„Das eine schließt das andere nicht aus, Drogen haben verschiedene Wirkungen. Sie beruhigen, aber erhöhen auch die Konzentrationsfähigkeit."

Frank steckt die herausgenommene Pille in seine Hosentasche. „Ich werde das für Dich analysieren lassen. Dann wissen wir, ob es tatsächlich nur Benzodiazepin ist. Und für Dich, alter Maulwurf, habe ich auch einen Rat."

„Was meinst Du damit?"

„Du solltest nochmals mir Nora sprechen und zwar bald."

Kapitel 38

Offene Worte am Sportlertisch

Ich sitze im Zug. Ganz allein bin ich in dem Abteil, ein kleiner gelber Rucksack liegt neben mir auf dem Sitz. Ein Blick durch das Fenster zeigt mir – die Landschaft zieht ganz ordentlich vorbei, also scheinbar alles in Ordnung. Mitnichten. Was soll ich mit dem Rucksack. Er gehört mir nicht, Nora hatte einen solchen. Aber der ihre war neu und chic, dieser hier ist an allen Seiten abgestoßen, die Riemen sind speckig und abgegriffen. Das Teil sieht aus, als würde ein Clochard darin seinen bescheidenen Hausstand verwalten. Und genau in diesem Moment tritt eine attraktive Dame ins Abteil, setzt sich auf den Platz mir gegenüber. Sie nimmt mich ins Visier, danach gleitet ein verächtlicher Blick über das gelbe Beiwerk an meiner Seite. Ich will etwas sagen, aber kein Wort kommt über meine Lippen. Es ist wie verhext, aber ich kann nicht sprechen und die Frau darüber informieren, wie das mit dem Rucksack zugegangen ist. So ganz genau weiß ich das allerdings selbst nicht. Er war auf einmal da, ich bemerkte seine Anwesenheit, als ich es mir auf dem Sitz bequem machte, dazu beide Arme ausstreckte und dann mit der rechten Hand gegen den Beutel stieß. Den muss wohl ein Fahrgast vergessen haben. Die Frau gegenüber wendet ihren Blick von mir wieder ab, nimmt ein Buch aus ihrer Handtasche und beginnt zu lesen. Die Gelegenheit nutze ich, um nun meinerseits diese Frau zu betrachten. Eigentlich will ich das gar nicht. Aber ich kann mich nicht dagegen wehren. Sofort fällt mir diese Ähnlichkeit auf. Ihr Haar hat denselben goldenen Schimmer, diese grünblauen Augen kenne ich nur zu gut. Das könnte Noras Schwester sein. Dabei hat sie doch gar keine. Und jetzt hebt die Frau den Kopf, blicken mich diese grünen Augen an. Ich werde unsicher. Die Frau beginnt zu lächeln und knöpft ihre Kaschmir-Jacke auf. Darunter kommt eine rote

Seidenbluse zum Vorschein. Ganz langsam gleiten die Finger der Dame zu den Knöpfen ihrer Bluse, öffnen sie mit geradezu lasziver Geschmeidigkeit. Ihre Augen blicken mich auffordernd an, zugleich beginnt ihre Zunge ein impertinentes Spiel mit ihren Lippen. Ich spüre Hitze in mir hochsteigen. Schon sehe ich tief in den Spalt zwischen ihren Brüsten. Die Bluse öffnet sich immer mehr, gleich werden die Symbole ihrer Weiblichkeit herausquellen und mich um den Verstand bringen. Aber nichts davon geschieht. Ein durchdringender Ton, und die Zugfahrt ist zu Ende. Ich bin nicht um den Verstand gebracht, aber der elendig schrillende Wecker hat mich soeben aus dem Schlaf gerissen, den ich noch so sehr gebraucht hätte. Denn eines weiß ich: diese Nacht war kurz und der heutige Tag dürfte hart werden und meine volle Konzentration erfordern. Da sollte man ausgeschlafen sein.

Aber wenn die Zeit halt nicht dafür reicht, muss es auch so gehen. Also raus aus dem Bett und ab in die Dusche. Am Ende drehe ich das Wasser auf kalt und stell mich eine Minute drunter. Jetzt bin ich schon ziemlich wach. Was danach noch an Schlafbedürfnis übriggeblieben ist, vertreibt der Kaffee, den ich als erstes nach meiner Ankunft in der Redaktion zu mir nehme. Eigentlich frühstücke ich wenn möglich ausgiebig zu Hause. Doch heute ist dafür keine Zeit. So hab ich mir unterwegs eine Wurstsemmel und ein Brioche besorgt. Das ist zwar nicht gesund, aber effektiv. Gesund leben werde ich, wenn ich mal in Rente bin, ganz sicher. Die Nachricht von Scharoths Tod ist unser heutiger Aufmacher.

„Das hast Du gut geschrieben, Du kanntest den Mann ja auch am besten von uns", lobt Kollegin Martina.

„Das wird der Alte nicht so sehen. Würde mich nicht wundern, wenn er anrufen und nach dem zweiten Porträt fragen lässt, das er mir aufs Auge gedrückt hat, damit ich weniger Zeit habe, auf Gerüsten herumzuturnen."

Martina beginnt zu lachen. „Du reizt ihn ja auch immer, lässt ihn gern wissen, wie sehr Du seine Kompetenz anzweifelst. Das mögen Chefs nicht, und ein Egomane wie Schuster schon gar nicht."

„Ich kann Euch beruhigen", sage ich zu Martina und Cora, „werde gleich mit der Recherche für das zweite Porträt beginnen, dann haben wir erstens eine Geschichte, zweitens Schuster seinen Frieden und drittens wir hoffentlich wieder unsere Ruhe."

Dafür habe ich mir eine Bassistin ausgesucht. Eine Frau, die Kontrabass spielt, ist ja schon was Besonders. Denn dafür braucht es Kraft in den Händen. Es gibt viele Männer, die beim Spielen Probleme mit ihren Fingersehnen bekommen. Für eine Frau mit feinerer Muskulatur ist dieses Instrument deshalb eine Herausforderung. Und diese Frau spielt den Bass schon seit Jahren und das exzellent. In einer Stunde bin ich bei ihr und werde sie interviewen. Weil wir heute zu zweit plus Volo in der Redaktion sind, kann ich mir Zeit nehmen. Geschrieben ist die Geschichte danach ja schnell, Jakob Bender treffe ich erst am Abend, da habe ich viel Luft. Denke ich zumindest.

Bei der Musikerin läuft alles glatt. Sie ist liebenswürdig, hat so feine Hände. „Woher nehmen Sie die Kraft, stundenlag diese dicken Saiten gegen das Griffbrett zu drücken ohne zu ermüden?", will ich von ihr wissen.

„Das ist Übung und Routine. Du darfst Dich nur nicht überanstrengen, musst immer locker bleiben. Die Hand lernt das nach und nach und dann strengt Dich das Spiel auch nicht mehr an. Die Gefahr liegt im Verkrampfen, Du musst locker bleiben, das ist alles, worauf es ankommt."

Ich spreche mit der Musikerin über ihre liebsten Stücke und dann geht es weit übers Musikalische hinaus in den persönlichen Bereich. Denn ein Porträt soll ja die ganze Person vorstellen und sie nicht nur auf eine besondere Fähigkeit reduzieren. Wir reden über Essen und welche Weine sie gern trinkt, sie erzählt aus ihrer Jugend, in der sie als Tangotänzerin an Turnieren teilnahm. Nach zwei Stunden und einer weiteren Tasse Kaffee habe ich genügend erfahren, ich weiß nun: die Geschichte wird rund. Ich verspreche ihr noch, zu ihrem nächsten Heimkonzert in der Stadt in zwei Monaten zu kommen und die Kritik darüber zu schreiben. Natürlich habe ich auch Bilder gemacht, obwohl sich die Musikerin am liebsten mit einem Agenturfoto in der Zeitung gesehen hätte. Aber das war mir zu gekünstelt und das sagte ich ihr auch.

„Ich will ein Bild mit mehr Poesie", habe sie gebeten, dafür das Stück „Round midnight" zu spielen, das so wunderbar weich die Tiefen der Seele berührt. Dafür hat sie eine CD aufgelegt, bei der die übrigen Stimmen zugeschaltet sind und sie selbst den Bass dazuspielt. Die Frau schließt ihre Augen, hebt ab in eine Welt der Träume, sie spielt herzergreifend schön und sieht in diesem Moment auch so aus. Diesen Moment halte ich auf dem Foto fest, spiele dabei ein wenig mit Licht und Schatten, um den Ausdruck noch zu verstärken. Es wird ein schönes Bild. Ich zeige es der Musikerin, sie ist hoch zufrieden und ich muss versprechen, ihr dieses Bild zu mailen.

Schon bin ich auf dem Rückweg in die Redaktion, um den Text in den Computer zu tippen und das beste Foto auszuwählen. Es läuft hervorragend. In der Redaktion angekommen, mache ich mir noch einen Cappuccino, um Müdigkeit aus der verträumten Nacht erst gar nicht aufkommen zu lassen. Während ich den Kaffee zubereite, läuft in meinem Kopf schon der Film ab. Ja es sind regelrechte Momentaufnahmen, die ich mir von dieser Musikerin zurechtlege. Ich sehe, wie sie den Bogen in ihre Rechte nimmt, mit der linken Hand gefühlvoll, man könnte durchaus sagen zärtlich vom Wirbelkasten her über das Griffbrett streicht, gerade so, als wolle sie den Bass animieren, sein Bestes zu geben. Dann schließt sie die Augen, ein Moment der Ruhe und absoluten Konzentration. Schon erklingen die ersten Töne, weich, einfühlsam und voller Poesie. Nach wenigen Takten ist sie voll aufgegangen in dieser Musik. Instrument, Interpretin und die zu interpretierende Hintergrundmusik werden eins, verschmelzen zu einer wunderschönen Interpretation. Zugleich greifen in meinem Kopf die entstehenden Bilder ineinander, vermengen sich mit der Lebensgeschichte der Musikerin zu einem bunten Mosaik. Parallel dazu füllt sich das Drehbuch für die Geschichte, gewinnt der Artikel bereits Struktur, ohne dass mir das bewusst wird. Als ich mich wenige Minuten später an den Computer setze und die Finger auf die Tasten fallen lasse, ist das Porträt fertig. Die Hände führen nur noch aus, was im Kopf bereits entstanden ist. Ich muss nur noch die Sätze eintippen. Dazu Schluck für Schluck den Kaffee – so macht Arbeiten Freude. Nach gut einer Stunde ist das Porträt im System, liegt bereit, um in den nächsten Tagen ins Blatt gehoben zu werden und Schusters Impertinenz etwas entgegensetzen zu können.

Es ist ein beruhigendes Gefühl, ausreichend Geschichten in der Hinterhand zu haben, um damit Seiten füllen zu können. Gerade in den nächsten Tagen werde ich Freiraum bitter nötig haben. Im Moment geht es aber erst einmal darum, die Tagesproduktion zu schaffen. Die Kollegen sind schon gut vorangekommen. Volo Uli hat den Aufmacher geschrieben, Martina bereits eine Seite komplett gebaut. Wir liegen gut in der Zeit. Ich schnappe mir die zweite Seite, mach das Layout und fülle die Spalten. Artikel kürzen ist kein Problem, verlängern aber schon. Mitunter muss das sein, stets mit einem etwas flauen Gefühl. Denn wir machen schließlich Zeitung und kein Märchenheft. Vertieft in die Arbeit, werkle ich so dahin und merk es nicht gleich. Eine Person ist im Raum. Erst als sie an meine Seite tritt, sehe oder vielmehr spüre ich die Anwesenheit. Es ist eine Frau, aber weder Cora noch Martina. Sie schaut mir bei der Arbeit zu. Nein das kann nicht sein. Ich reiße den Kopf zur Seite und starre gebannt in zwei Augen, die mich aufmerksam mustern. Die Augen sind blaugrün.

„Ein bisschen mehr Aufmerksamkeit hatte ich mir schon erhofft", sagt sie, lächelt mich an und streicht mit ihrer Rechten etwas unbeholfen wie ein Teenager ihr im Licht der Deckenlampe hellblond aufschimmerndes Haar zurecht. In der Linken hält sie einen Karton. Das Paket scheint nicht schwer zu sein, sie nimmt es locker mit der einen Hand hoch und legt es auf meinem Schreibtisch ab.

„Tom, ich hab etwas für Dich" sagt sie und hebt dabei am Satzende die Stimme wie eine sibyllische Wahrsagerin.

Das alles nimmt meine linke Gehirnhälfte methodisch funktionierend wahr, aber die rechte Seite ist in Aufruhr und wehrt sich gegen diesen Mix aus Leidenschaft, Wut und Enttäuschung. Ich bin perplex. Mit vielem hatte ich gerechnet, aber dass Nora plötzlich in der Redaktion stehen würde, das war nun wirklich nicht absehbar. Ich starre sie an, brauche einige Sekunden, bis ich die Fassung zurückgewinne.

Nora scheint meine Unsicherheit zu spüren, sie kommt mir entgegen, streift ihre Jacke ab und fragt mit hoher Stimme: „Muss ich hier stehen bleiben, oder darf ich mich irgendwo setzen?"

Das reißt mich aus meiner Lethargie. Ich springe auf, nehme einen Stuhl, stelle ihn vor Nora und bitte sie Platz zu nehmen.

„Du musst entschuldigen“, höre ich mich sagen, „Dein Besuch überrascht mich voll. Natürlich freut es mich, Dich zu sehen.“

Nora legt ihre Jacke locker über die Lehne des Stuhls, setzt sich und beginnt zu lachen.

„Tom, Du bist wirklich süß, aber Du bist ein Träumer. Wach auf, erkenne die Realität, Du musst die Welt so nehmen wie sie ist. Dann wirst Du Erfolg haben.“

„Auf solchen Erfolg kann ich verzichten“, erwidere ich, gewinne mit diesem Wortwechsel wieder ein Stück Sicherheit zurück. „Ist das für mich?“ frage ich und deute auf den Karton an meinem Schreibtisch.

Nora antwortet nicht sofort, wendet den Blick von mir ab, scheint den Moment zu genießen, mich auf die Antwort warten zu lassen. Dann spricht sie langsam mit ruhiger Stimme fast wie eine huldvolle Monarchin, die sich an ihr Volk wendet. Nichts mehr scheint übrig zu sein von der einstigen Leidenschaft, die uns vor kurzem noch so fest verbunden hat.

„Ja ich habe Dir etwas mitgebracht“, sagt sie „und Du solltest mir dankbar dafür sein. Ich hätte mich auch an die Polizei wenden können. Doch ich schätze es, den direkten Weg zu gehen, gerade wenn es einen Mann betrifft, mit dem ich mehr als nur Worte getauscht habe.“

„Ist da ein Bild drin?“ unterbreche ich Nora. „Nicht ein Bild, sondern das Bild“, sagt sie mit einem Unterton, der ein wenig nach Triumphzug klingt. In meinem Kopf jagen Gedanken umher. Es erscheint mir wie ein Traum – so irreal ist diese Situation. Da bringt mir die Frau, die mich vor wenigen Tagen abserviert hat, ein Bild – ja welches. Sie hätte mich auch anfunken oder eine Kurznachricht schreiben können. Aber nein, Nora kommt selbst, opfert viel Zeit, um mir persönlich etwas zu bringen, was ich auch bei ihr hätte abholen können. Es muss ihr wichtig sein, sonst hätte sie das nicht gemacht. Vielleicht fühlt sie noch immer für Dich, meldet sich die romantische Schublade aus der rechten Hirnhälfte. Sei ruhig, lass sie einfach erst einmal die Karten aufdecken, antwortet die linke. Aus meinem Mund kommt der Satz heraus: „Jetzt bin ich aber neugierig.“

„Deine Kollegen müssen nicht mitbekommen, was ich Dir mitbringe“, sagt Nora und schließt die Tür meines Büros. Ich nehme den

Karton, aber Nora kommt auf mich zu und nimmt ihn mir wieder aus der Hand.

„Du musst vorsichtig damit umgehen, lass mich das besser machen. Ich habe es prüfen lassen, es ist ein wertvolles Bild, zwar nicht exzellent gemalt, aber frühes 15. Jahrhundert und so etwas ist selten. Solche Werke gibt es nicht so viele. Da bekommt jedes sozusagen seinen eigenen Namen."

Nora öffnet den Karton. Styropor ist zu erkennen - als schützende Umhüllung. Nora hebt den Deckel ab. Darunter liegt das Bild, nochmals von einer gepolsterten Folie geschützt. Sie nimmt es heraus und streift die Folie ab. Jetzt sehe ich es deutlich: Zwei Ritter sitzen auf einem Pferd. Es ist das Bild aus dem Haus meines Vaters.

„Wie kommst Du zu diesem Gemälde?", will ich fragen.

Aber Nora lässt mich nicht ganz aussprechen, unterbricht mich: „Keine Fragen. Ich erzähle Dir, was ich weiß und gebe Dir dieses Bild für Deinen Vater zurück. Im Gegenzug erwarte ich von Dir, dass Du die Polizei informierst, dieses Gemälde sei wieder aufgetaucht. Und Du hältst mich heraus, erwähnst der Polizei gegenüber auf keinen Fall meinen Namen. In so einen Diebstahl verwickelt zu sein, wäre gefährlich für meinen Arbeitsplatz, ja das könnte meine gesamte berufliche Karriere ruinieren."

„Wie stellst Du Dir das vor, die Polizei wird Fragen stellen und wissen wollen, woher ich das Bild habe?"

Nora lacht: „Ach Tom, das kann doch kein Problem sein. Lass Dir was einfallen etwa in der Art, der Dieb habe sich gemeldet und gegen ein Lösegeld das Gemälde zurückgegeben. Er habe erkannt, dass so ein Werk auf dem Kunstmarkt nicht einfach zu vermarkten sei. Das bisschen Fantasie wirst Du doch aufbringen können."

„Meine Fantasie kreist derzeit mehr um die Frage, wie dieses Bild in Deine Hände geraten konnte."

Noras Miene verfinstert sich: „Ich sagte doch ‚keine Fragen'. Aber ich verstehe auch Deine Neugier. Deshalb dazu so viel: Der Dieb hat das Gemälde einem mir vertrauten Händler übergeben. Der wiederum hat mich damit beauftragt, es auf Provenienz und Alter zu prüfen, um seinen Wert bestimmen zu können. Ich habe für den Mann gelegentlich solche Arbeiten übernommen. Du weißt, die

Kunstbranche ist hart, mein Gehalt nicht so üppig, ein Nebeneinkommen da sehr hilfreich. Und der Mann hat mich bestens bezahlt. Und jetzt ist ihm die Sache offenbar zu heiß geworden, er will das Bild nicht mehr zurück, hat es mir sozusagen geschenkt."

Mich so anzulügen ist mehr als dreist. Ich mache einen Schritt auf Nora zu, lege meine Hände um ihre Oberarme, halte sie fest und sage ihr ins Gesicht: „Es ist doch eher so: Der Mann kann das Bild nicht mehr wollen, weil er tot ist. Und wenn Du zur Polizei gehst, fliegt Dein ganzer Nebenhandel auf und Deine Karriere wäre dahin. Die Beamten würden vielleicht sogar gegen Dich ermitteln, in jedem Fall aber käme die Steuerfahndung wegen des illegal verdienten Schwarzgeldes auf Dich zu."

„Lass mich los", schreit mich Nora an. Meine Hände gleiten ab von ihr.

„Bleib ruhig, die Kollegen draußen sind sicher schon hellhörig geworden", fordere ich sie auf.

Nora antwortet in trotzigem Ton: „Ich habe gesagt, was zu sagen ist, mehr erfährst Du von mir nicht. Willst Du nun das Bild haben oder soll ich es wieder mitnehmen?"

„Welche Frage. Natürlich will ich es haben, Vater wird einen Luftsprung tun, altersbedingt zwar etwas eingeschränkt, aber emotional olympiaverdächtig. Natürlich bin ich Dir dankbar, dass Du mir das zurückgibst."

„Dann gilt also die Abmachung, Du bekommst das Bild und lässt meinen Namen raus."

Mein Kopf arbeitet. Ich will dieses Bild. Nicht nur wegen Vater. Vielleicht enthält es eine geheime Botschaft.

„Gut Nora, der Handel gilt."

Nora nimmt ihre Jacke von der Stuhllehne, sagt mit eindringlicher Stimme: „Ich verlass mich auf Dich".

Mein Kopf ist verwirrt, aber noch klar genug um nachzufragen: „Ist Dir irgendetwas an dem Gemälde aufgefallen. Ich meine weniger das Künstlerische. Gibt es vielleicht so etwas wie Zeichen, eine verborgene Inschrift oder dergleichen.

Jetzt lacht Nora wieder, wendet sich schon zur Tür.

„Ach der Fantast meldet sich zu Wort. Ich habe tatsächlich so etwas gefunden. Auf der Rückseite gibt es am Holz einige Einritzungen. Sie sind schwer zu erkennen, vermutlich wurde schon vor Jahrhunderten das Holz hier nachgeschliffen. Etwas Sinnvolles konnte ich nicht herauslesen." Und schon ist sie weg und lässt mich konsterniert zurück.

In die Realität zurück bringt mich der Gedanke an Jakob Bender. Mit dem Kripomann habe ich ja für diesen Abend ein Treffen in der Sportkneipe vereinbart. Bis dahin gibt es noch einiges zu tun. Aber erst mal bin ich neugierig, drehe das auf meinem Schreibtisch liegende Ritterbild um und betrachte aufmerksam die Rückseite. Ich sehe – nichts. Irgendwo muss doch hier eine Lupe sein. Ich kram sie aus einer Schublade und schnappe mir zudem eine Taschenlampe, leuchte mit ihr auf das Holz. Tatsächlich kann ich nun die nahezu verschwundenen Einritzungen sehen, aber sind es überhaupt solche, oder lediglich im Lauf der Jahrhunderte entstandene Beschädigungen? Egal, dem werden wir noch nachgehen. Schriftzeichen kann ich jedenfalls nicht erkennen, auch keine Zahlen.

Zwei Stunden später: Ganz bewusst habe ich einen Platz am Rand gewählt. Es ist ein schöner Abend und angenehm warm. Darum habe ich mich für einen Tisch im Freien entschieden. Hier finden sich gewöhnlich nur Sportler ein, die nach dem Training noch bei ein oder zwei Getränken den Tag ausklingen lassen. Noch sind die meisten Tische nicht besetzt, wir werden also ungestört sein. Und Bender ist pünktlich. Als er an meinen Tisch tritt, nimmt er erst mich genau ins Visier, mustert dann das Umfeld. Der Platz scheint ihm zu gefallen. Er hat nur einen Einwand, den er mich auch gleich wissen lässt.

„Wir werden hier ungestört reden können, aber gesehen werden wir schon. Die Stadt ist klein, ich hoffe, es spricht sich nicht herum, wenn ich mit ihnen hier in einem Lokal zusammensitze?"

„Das glaube ich nicht, die Gäste hier reden gern über Sport und alles drumherum. Aber für die sind Sie unbekannt und sollte tatsächlich jemand wissen wollen, mit wem der Stadtredakteur da gerade spricht, kann ich Sie gern als einen Kollegen vom Journalistenverband vorstellen, mit dem ich eine Kampagne für mehr Pressefreiheit starten möchte. Spätestens dann haben wir unsere Ruhe.

Bender beginnt zu lachen. „Das würde Ihnen gefallen."

„Aber sicher."

Die Bedienung kommt. „Ich nehm eine Apfelschorle", sagt Bender.

„Da schließe ich mich an und ich hätte noch gern einen Salat", ergänze ich und Bender fügt hinzu: „Den Salat bringen Sie mir bitte auch."

„Dann wären wir ja ganz einer Meinung", kommentiere ich.

„Schön wär's, wenn ich ein wenig mehr von Ihrer Meinung wüsste", entgegnet Bender, und schon beginnen Zeige- und Mittelfinger seiner auf dem Tisch liegenden rechten Hand das mir bereits bekannte Trommelspiel.

„Hören Sie auf damit, das nervt", blaffe ich ihn an.

Augenblicklich stoppt er.

„Herr Raumoser, ich will ganz offen sein, meine Ermittlungen kommen nicht voran, ich dreh mich im Kreis. Der Tod dieser Schauspielerin ist mir unverständlich, da passt nichts zusammen. Helfen Sie mir, und im Gegenzug könnte ich Ihnen sicher auch den ein oder anderen Tipp geben."

Ich fixiere seine sich hinter der Brille zu verlieren scheinenden Augen.

„Nennen Sie mir einen Grund, warum ich Ihnen trauen soll?"

„Das kann ich nicht, Sie haben nur mein Wort. Bedenken Sie aber auch mein Risiko. Sollten Sie Dreck am Stecken haben, riskiere ich meine Polizeikarriere."

Die Getränke kommen. Wir stoßen an, jeder nimmt einen Schluck. Nach einer Weile des Schweigens beginnt Bender erneut: „Merle Corten hat mit Ihnen am Abend vor ihrem Tod telefoniert. Worum ging es da?"

„Sie hatte etwas entdeckt und wollte es mir am nächsten Tag zeigen. Das konnte sie nicht mehr, weil sie vom Gerüst gestürzt ist."

Bender sinniert: „Vielleicht war ihr Tod gar nicht beabsichtigt, jemand wollte ihr nur Angst machen, ihr eine Warnung zukommen lassen etwa dergestalt: Halt Dich hier raus, sonst kommt es dicke."

„Da könnten Sie richtig liegen", antworte ich.

Darauf Bender: „Also wissen Sie, dieses Vorgehen deutet für mich irgendwie ganz in Richtung Mafia. Wir haben zudem Hinweise, dass sich Salvatore Faccine hier aufhält. Er steht zumindest der Mafia nahe." Bender hebt seinen Kopf, nimmt mein Gesicht ins Visier.

„Faccine ist der Mann, der Sie zusammen mit einem Helfer in München überfallen und ausgeraubt hat. Jetzt sind Sie mir eine Antwort schuldig."

Ich nehme nun meinerseits Benders Gesicht ins Visier.

„Der Helfer war Giovanni Mortelle, er hat eine leichte Gehbehinderung und er war es, der mich niedergeschlagen hat. Faccine hat mir Aufzeichnungen abgenommen, die ich im Staatsarchiv gemacht habe. War nichts Besonderes, nur Kopien von Urkunden."

„Was will die Mafia denn damit?", fragt Bender und notiert sich den Namen Mortelle.

„Das wird auch mir erst jetzt allmählich klar. Denken Sie weniger an die Mafia. Ich bin überzeugt, Faccine handelte im Auftrag des Unternehmers Jost Scharoth, der nun ertrunken im Aubach gefunden worden ist. Scharoth war Immobilienhändler und hat zwielichtige Geschäfte mit illegalen Ausgrabungen im Nahen und Mittleren Osten betrieben."

„Und was wollte er in Raitenhaslach?"

„Sein Großvater war ein Nazifunktionär und hat dort im Krieg Beute gemacht. Scharoth war offenbar überzeugt, es gebe dort noch mehr zu holen."

„Er war also auf der Spur eines Schatzes? Da müssen Sie mir mehr erzählen", hakt Bender nach.

„Da bitte ich um Geduld. Bis jetzt habe immer nur ich geredet, nun sind erst einmal Sie an der Reihe", mache ich klar.

„Nun gut", sagt Bender: „Wir haben die Villa Scharoths nach Spuren untersucht, und dort tatsächlich Faccines Fingerabdrücke finden können. Dazu die DNA weiterer Personen, die wir leider nicht in unserer Datenbank haben. Faccines DNA haben wir zwar auch nicht, zum Glück aber seine Fingerabdrücke."

Ich unterbreche: „In der Villa gab es doch auch einen Tresor. Was war darin?"

„Sie wissen ja mehr als ich dachte", stöhnt Bender. „Scharoth war reich, das wissen auch Sie. Auf seinen Konten liegen einige Millionen. Im Safe fanden wir 220000 Euro, 30000 Dollar und 25000 Schweizer Franken Bargeld sowie 12 Kilo kleinere Goldbarren. Aber nichts, was auf illegale Geschäfte hinweisen würde, weder gestohlene Preziosen noch antike Ausgrabungsstücke."

„Wer bekommt den Zaster?" „Scharoth hat eine Tochter. Wir haben sie in der Schweiz ausfindig gemacht. Sie ist wohl die alleinige Erbin, sofern nicht noch ein Testament auftaucht. In Scharoths Haus sind auch einige Bilder abgenommen worden. Ich frage mich, weshalb die weg sind, der Safe mit Geld und Gold aber unbehelligt geblieben ist."

„Das weiß ich auch nicht" antworte ich, „da kann ich nur spekulieren. Vermutlich standen Faccine und Co unter Zeitdruck, als sie das Haus verlassen haben. Der Tod Scharoths hat sie aufgescheucht. Da blieb keine Zeit mehr, den Safe aufzubrechen. Wie haben Sie im Übrigen so schnell den Safe öffnen können?"

Jetzt beginnt Bender zu lächeln: „Sie halten uns wohl noch immer für Schlafmützen, aber so schlecht sind wir nicht, auch bei uns gibt es Leute mit wachem Geist und besonderen Fähigkeiten."

„Dann haben sie also einen Spezialisten aufgetrieben, der diese dicke Stahltür öffnen konnte?" frage ich nach.

Noch immer lächelt Bender: „Ich freue mich natürlich, dass Sie unseren Leuten das zutrauen, aber ganz so war es dann doch nicht."

„Wie dann?"

„Als Scharoths Tochter von seinem Tod erfuhr, ist sie umgehend in das Haus gefahren. Sie muss sich ja auch um die Bestattung kümmern – will ihren Vater einäschern lassen. Und sie kannte die Zahlenkombination für den Safe, war im Übrigen auch sehr kooperativ und hilfsbereit. Und bevor Sie weiterfragen, ich denke, sie hat ihren Vater wirklich gemocht. Dass sie mit an seinem Tod beteiligt war, um schneller ans Erbe zu kommen, halte ich für abwegig. Sie macht eher einen sehr traurigen Eindruck. Faccine und seine Helfer halte ich dagegen für sehr verdächtig. Warum sind sie so schnell verschwunden? Die Klosteranlage Raitenhaslach könnte ein Geheimnis beherbergen, von dem die Mafia Wind bekommen und deshalb Scharoth ausgeschaltet hat" spinnt Bender den Faden weiter.

„Ihnen ist schon klar, was Sie damit andeuten?" hake ich ein.

„Was?"

„Dass Scharoth ermordet worden ist, nachdem die von ihm Beauftragten so viel herausgefunden hatten, dass sie ihn nicht mehr brauchten und allein Kasse machen wollten oder vielleicht schon gemacht haben."

„Davon gehe ich aus, das klingt für mich logisch. Jetzt sagen sie mir bitte noch eines. Sie haben vorher angedeutet, Scharoths Großvater habe im Kloster etwas Wertvolles gefunden. Was war das?"

„Schalten wir besser einen Gang zurück, Herr Bender, ich denke, für heute reicht es, was ich Ihnen gesagt habe."

Der Kripomann starrt mich an, dann bricht es aus ihm heraus: „Wissen Sie, warum wir hier überhaupt sitzen?"

Ich zucke mit den Achseln.

„Ihr Chef, ein gewisser Herr Schuster, hat mich angerufen und ganz vertraulich gebeten, ein Auge auf Sie zu werfen, um Ihren Ermittlungseifer zu dämpfen. Und zwei Tage vorher bin ich vom Staatsschutz aufgefordert worden, Ihnen auf die Finger zu sehen. Den Leuten vom Staatsschutz habe ich noch nie getraut, aber was in aller Welt bewegt einen Chefredakteur dazu, so vor dem Staat zu kuschen und seine Mitarbeiter ausbremsen zu wollen. Darauf hätte ich gern von Ihnen eine Antwort."

Jetzt starre ich Bender an.

„Der Staatsschutz" stammle ich wie einer der lesen lernt. Im nächsten Moment habe ich wieder die Fassung gewonnen.

„Im Kloster wurden jüngst Aufzeichnungen der Wehrmacht über Bodenschätze im Kaukasus gefunden, die in der Zeit der Besetzung Russlands im Zweiten Weltkrieg angefertigt worden sind. Die Wehrmacht hat dort offenbar Lagerstätten entdeckt, die wieder in Vergessenheit geraten sind. Ich berichtete darüber, vielleicht haben sie das gelesen."

Bender nickt, ich fahre fort: „Der Staatsschutz interessierte sich dafür und kassierte die Unterlagen. Scharoth kam aber auf welche Weise auch immer in den Besitz einer Kopie und hat diese Unterlagen den Russen verkauft und damit ein gutes Geschäft gemacht. Der Staatsschutz ist verärgert, dass die Russen das bekommen haben. Er hat wohl auch mich im Verdacht, geliefert zu haben, tatsächlich abgesahnt hat hier aber Scharoth."

Benders Kopf geht auf und ab: „Das erklärt natürlich einiges. Trotzdem verstehe ich nicht alles. Warum diese Geheimniskrämerei. Der Staatsschutz hätte mich über die gefundenen Aufzeichnungen und den Verdacht gegen Sie doch informieren können. Das ist nicht geschehen. Da herrscht entweder Inkompetenz oder die kochen ein ganz eigenes Süppchen. Am Ende – ich mag den Faden gar nicht zu Ende spinnen – ist der Staatsschutz in Scharoths Tod und womöglich auch in den von Merle Corten involviert. Das würde auch erklären, warum mir immer wieder Steine in den Weg geworfen werden."

Meine linke Hirnhälfte will bremsen, aber in der rechten gewinnt das Mitleid mit dem Kripomann immer mehr an Gewicht. Zeige- und Mittelfinger meiner linken Hand beginnen das Spiel, das Bender so gut beherrscht, erst ganz leise, dann zunehmend schnell trommeln sie auf die Tischplatte. Bender starrt mich entgeistert an.

„Gemach, gemach", höre ich mich sagen und beende wieder das Fingerspiel, „Sie scheinen sich gerade in eine völlig falsche Richtung zu bewegen. Ich gebe Ihnen einen Tipp, was ich denke: Die Aufzeichnungen aus dem Kaukasus und das Interesse des Staatsschutzes daran sind eine eigene Geschichte. Bei der anderen geht es darum, dass Scharoth in der Klosteranlage verborgene Wertgegenstände vermutet und dafür die Dienste von zweifelhaften Individuen, sie sprechen von Mafia – genutzt hat. Dabei hat sich Scharoth offensichtlich verhoben und ist von diesen Leuten aus dem Weg geräumt worden, als sie ihn nicht mehr brauchten. Die Schauspielerin Merle Corten wiederum musste sterben, weil sie wohl etwas entdeckt hat. Ich stimme Ihnen zu, dass ihr Tod nicht beabsichtigt war. Die Leute wollten ihr eine Warnung zukommen lassen. Jedenfalls hat Scharoth kurz vor seinem Tod mir gegenüber eine solche Andeutung gemacht."

Als ich das Wort „Wertgegenstände" fallen lasse, blitzen die Augen Benders kurz auf. O je, er ist neugierig geworden, geht es mir durch den Kopf.

„Sie meinen, in dem Kloster gibt es was zu holen", fragt er mich auch gleich ganz direkt.

Ich überlege einen Moment. Den Fund der Edelsteine wird die Stadt ohnehin öffentlich machen. Ich erzähle also Bender davon. Er will natürlich wissen, wie ich auf die Spur dieser Steine gekommen bin und ich entschließe mich, ihn nun auch über Scharoths Beichte und den Raubzug dessen Großvaters während des Krieges zu informieren. Allerdings wandle ich die Geschichte ein bisschen um. Bender soll glauben, Scharoths Großvater habe vor allem im Krieg eingelagerte Wertgegenstände gestohlen. Denn ich möchte den Kripomann nicht mit der Nase auf unsere Recherchen über die Zisterzienser stoßen weil ich fürchte: Wenn hier erst einmal Polizei und in der Folge die Staatsanwaltschaft mitmischen, kommen wir überhaupt nicht mehr weiter, dann steckt alles fest. Außerdem ist mir Bender nun noch etwas schuldig und deshalb hake ich nach.

„Was wissen Sie über diesen Faccine und was verbindet ihn oder besser verband ihn mit Scharoth?"

Bender atmet tief durch.

„Da muss ich mich aber gewaltig aus dem Fenster lehnen. Ihnen ist schon klar, was ich riskiere, wenn ich über interne Ermittlungsergebnisse spreche, noch dazu mit einem Journalisten?"

„Ich habe Ihnen Infos gegeben, erwarte das in gleichem Umfang von Ihnen", antworte ich trocken.

„Nun gut", sagt Bender. „Salvatore Faccine ist gute 40 Jahre alt, ein genaues Alter haben wir leider nicht. Er stammt aus einem Dorf bei Neapel und wir sind überzeugt, dass er der dortigen Mafia angehört. Aber Faccine ist kein plumper Killer. Er tritt ausgesprochen charmant auf, hat beste Umgangsformen und pflegt neben seinem Äußeren Verbindungen zur Politik, soll sogar Freunde in Ministerien in Rom haben. Der Mann ist ambivalent, angeblich philosophiert er gern, ist aber gleichzeitig absolut skrupellos bei der Durchsetzung seiner Ziele und der Wahl der Mittel. Was mich am meisten wundert, er war bei dem Überfall auf Sie mit dabei, was die Überwachungskamera festgehalten hat. Das war äußerst dumm von ihm, offensichtlich war ihm das mit den Kameras dort nicht bewusst. Denn Faccine achtet auf seinen Ruf. Er selbst macht sich nicht leichtfertig die Hände schmutzig, gehört sozusagen dem Denkerkreis der Mafia an und bestimmt, was andere dann ausführen müssen. Er steht in der Hierarchie also weit oben."

„Wo ist Faccine jetzt“, werfe ich ein.

„Wir wissen es nicht“, antwortet Bender.

„Und was wissen Sie über Verbindungen Scharoths zu diesem kriminellen Milieu?“

„Auch da muss ich passen“, antwortet Bender und fasst sich ans Ohr.

„Sie wissen mehr“, fahre ich ihn an. Doch Bender blockt ab.

So fahre ich fort: „Ich stell mir das so vor: Scharoth verfügte über ein exzellentes Netzwerk. Auf der einen Seite machte er Geld in Zusammenarbeit mit kriminellen Strukturen, vermarktete historisch wertvolle Objekte aus Diebstählen und Ausgrabungen. Um das abzusichern, hatte er auf der anderen Seite beste Verbindungen in die Politik, vielleicht auch zur Staatsanwaltschaft. Unterm Strich ein ähnliches Leben wie Faccine, nur auf einer höheren Ebene mit entsprechend größeren Einsätzen. Über das Netzwerk in die Politik hinein werden Sie als Polizeibeamter nichts erfahren, da werden Sie schneller ausgebremst als Sie fragen können. Vielleicht hat Ihnen der Staatsschutz schon gute Ratschläge erteilt, damit Sie auch wirklich wissen, was Sie tun und vor allem was Sie bleiben lassen sollen.“

Bei meinen letzten Worten hat Benders Gesicht eine leicht rötliche Farbe angenommen. Aber er sagt nichts, doch seine oberen Schneidezähne bohren sich in seine Unterlippe.

„Gibt es schon ein Ergebnis der Obduktion, woran Scharoth gestorben ist“, lenke ich nun das Gespräch in eine Richtung, die für Bender erträglicher sein dürfte.

Er blickt mich nachdenklich an und sagt: „Die ersten Untersuchungen haben nichts ergeben. Demnach ist Scharoth ertrunken. In seiner Lunge war jedenfalls Wasser.“

„Und wenn er vorher betäubt worden ist, dann hätte er weiter geatmet, wäre ertrunken und alles sieht nach einer normalen Todesursache aus.“

„Das ist nicht auszuschließen. Die Leiche wies jedenfalls keine äußeren Verletzungen auf, rohe Gewalt war folglich nicht im Spiel.“

„Irgendwelche Hinweise auf Drogen haben Sie nicht?“ Bender schüttelt den Kopf. „Bisher wissen wir nichts. Wir haben auch nicht explizit danach gesucht. Der Tote war eine angesehene Person, ein

Drogenmissbrauch erschien eher unwahrscheinlich. Da ist nur das normale Routineprogramm gelaufen."

Ich stehe von meinem Stuhl auf und sage zu Bender: „Warten Sie hier, ich bin in 15 Minuten zurück."

Er schaut mich verdutzt an. Doch bevor er nachfragen kann, bin ich weg. Spontan aus der Situation heraus habe ich mich entschieden, dem Kripomann etwas anzuvertrauen. Als ich wieder zurück bin, sitzt Bender in sich versunken da, auf der Stirn zeichnen sich Furchen ab, er hat die Zeit meiner Abwesenheit offensichtlich genutzt, um nachzudenken. Noch im Stehen ziehe ich das Fläschchen mit den Pillen und der Aufschrift Benzodiazepin heraus und stelle es auf den Tisch vor Benders Nase.

„Meine Fingerabrücke sind auch drauf, aber vielleicht finden sie auch die von Faccine." „Was ist das und wo haben Sie das her?" will Bender wissen.

„Benzodiazepin ist eine Droge, die entweder Scharoth selbst genommen hat oder die ihm in ein Getränk gemischt worden ist. Vielleicht wurde er auf diese Weise betäubt. Das Glas mit den Pillen stammt aus Scharoths Villa."

„Wie es das in Ihre Hände gelangt?" will der Kripomann wissen.

„Ich war dort und habe es mitgenommen" antworte ich ganz ruhig und blicke Bender treuherzig an.

Die sonst hinter der Brille so unscheinbar wirkenden Augen werden auf einmal groß, der Mann starrt mich regelrecht an: „Ihnen ist schon klar, was Sie da gerade sagen. Ein Mann ist möglicherweise einem Verbrechen zum Opfer gefallen und Sie stöbern in seinem Haus herum. Das macht Sie doch verdächtig. Eigentlich müsste ich Sie jetzt zur Vernehmung einbestellen, wenn nicht noch mehr."

Ich mache eine abwehrende Handbewegung: „Das lassen Sie besser bleiben. Oder wollen Sie die Quelle, die Sie sich gerade erschlossen haben, gleich wieder zuschütten. Ich halte mich vielleicht nicht immer genau an Recht und Gesetz, wenn mich das bei der Arbeit behindert. Aber für wirkliche Gaunereien oder gar Verbrechen bin ich nicht zu haben. Da müssen Sie auch mir vertrauen. Apropos, was ich Ihnen noch anvertraue, Sie werden es ohnehin herausfinden, denn Sie haben ja meine Fingerabdrücke. Die werden Sie auch in Scharoths

Haus entdecken. Ich war dort im Übrigen schon mehrere Male zu Gesprächen mit dem Hausherrn. Damit will ich Ihnen gleich mal die Arbeit erleichtern. Denn so können Sie eine Spur – meine Fingerabdrücke – gleich wieder vergessen und jagen nicht unnötig einer falschen Fährte hinterher."

Kapitel 39

Der Chef lädt zu den Damen

Eigentlich ist es ja widersinnig: Der Tag war aufregend und hat völlig unerwartete Neuigkeiten gebracht und trotzdem schlafe ich bestens. Nach dem Gespräch mit Bender gehen mir zunächst noch viele Gedanken durch den Kopf. Der wichtigste: Faccine scheint untergetaucht zu sein. Aber er muss zurückkehren, um seinen Raubzug zu vollenden, er muss ins Kloster kommen. Und weil ich nun einen guten Draht zu Jakob Bender habe, könnte ihn die Polizei dort schnappen. Dann holt mich die Müdigkeit ein. Ich lege die CD auf, die mir die Bassistin im Anschluss an unser Gespräch geschenkt hat, und schon bin ich in einer anderen Welt, in einer Welt der Töne, die meine Seele berühren. Ich fühle mich wie auf einem kleinen Boot in den Weiten des Meeres, getragen von den Wellen, die unter dem Boot durchrauschen und dabei aufschimmern und Emotionen auslösen. Danach schlafe ich lange und tief wie ein Stein – den Wecker habe ich bewusst ausgeschaltet.

Am Morgen erinnere ich mich nur an einen einzigen Traum. Ich habe meine Arme ausgebreitet und bin geflogen wie ein Vogel. Sogar einen Berg habe ich dabei überwunden. Genüsslich strecke ich mich im Bett aus, spüre die Entspannung der Muskeln und nehme ihr Signal gern auf: Wir sind zu allem bereit. Also jogge ich erst mal eine Runde, freue mich umso mehr auf die Dusche danach. Zum Frühstücken lasse ich mir Zeit, esse auch Joghurt und Obst. Für die Fitness muss das reichen. Wenn es tatsächlich darum geht, über einen Berg zu kommen, brauche ich aber auch Kraft. Deshalb schneide ich mir ein dickes Stück von dem fetten Bergkäse ab. Ein Blick auf die Uhr zeigt: So eilig ist es noch gar nicht. Obwohl die Kollegen wissen, dass ich heute später komme, werde ich voraussichtlich noch rechtzeitig zur Themenplanung in der Redaktion sein. Ich zieh mir eine Jacke über, schlüpfe in die Schuhe und mache mich gemächlich auf den Weg. Es ist ein schöner Tag und weil ich heute zu Fuß unterwegs bin, nehme ich auch die kleinen Dinge wahr, die das Leben bereithält und die wir doch so oft übersehen. Überall Vogelstimmen, dazu blühende Sträucher und Blumen. Meine Laune ist bestens, als sich in der Redaktion ankomme.

Kaum bin ich drin, winkt mir schon Cora aufgeregt und stürmt auf mich zu: „Du sollst bitte gleich die Chefsekretärin Frau Fuchs zurückrufen."

„Hat sie gesagt, worum es geht" frage ich. „Nein, nur so viel: Herr Schuster will Dich sprechen."

„Was will denn der Alte schon wieder", kommt es mir über die Lippen. Dann gebe ich Martina ein Zeichen: „Wir konferieren erst einmal, so wichtig kann das nicht sein, als dass wir uns den Tagesrhythmus von Schuster versauen lassen. Der Alte soll gefälligst warten."

Martina eröffnet die Runde mit einer kurzen Zusammenfassung der eingegangenen Meldungen und fügt hinzu: „Im Stadtrat ist gestern noch einmal über den Burgaufzug diskutiert worden, das sollte unser Aufmacher werden."

„Gibt es was Neues dazu?" frage ich nach.

Martina schüttelt den Kopf. Nichts von Belang. Der Punkt stand auch nicht auf der Tagesordnung. Aber der Bürgermeister informierte, dass er in eine der nächsten Sitzungen ein Ingenieurbüro einladen werde, das dann grundsätzliche Überlegungen präsentieren wolle. Erst danach soll eine Planung ausgearbeitet werden. Aber so ein Thema bewegt die Leute. Beschlossen wurde natürlich nichts. Geredet dafür umso mehr. Jeder hatte etwas zu sagen, bei einigen stößt so ein Aufzug vom Stadtplatz in die Burg hinauf auf Widerspruch. Aber unterm Strich gab es nicht viel neue Argumente, Altbekanntes wurde wiederholt nach dem alten Grundsatz: Auch wenn schon alles gesagt ist, so doch noch nicht von jedem."

Ich nicke Martina zu: „Das Thema interessiert die Leute, das wird natürlich der Aufmacher." Danach legen wir die weitere Arbeit für diesen Tag fest, und erst dann melde ich mich bei Rosa Fuchs.

„Ach endlich hab ich Sie an der Strippe, Herr Schuster möchte ganz dringend mit Ihnen sprechen, Herr Raumoser. Bleiben Sie bitte dran, ich frag nach, ob ich Sie durchstellen kann".

Keine zehn Sekunden später meldet sich die Chefsekretärin erneut. „Herr Raumoser, ich stell Sie jetzt durch zu Herrn Schuster."

„Ja der gute alte Raumoser, wie geht es denn da draußen bei Euch. Macht eine gute Arbeit, bin sehr zufrieden."

Gerade kann ich noch „Guten Morgen" einschieben. Mehr lässt Schuster nicht zu. Er spricht und das in einem Tonfall der zeigt, er macht das gern. Lob ist gefährlich, geht es mir durch den Kopf, der will was. Also halte ich mich zurück, antworte nur knapp und möglichst unverbindlich auf seine Fragen. Unter anderem will er wissen, wie wir derzeit besetzt sind.

Dann wechselt er den Ton: „Ach Raumoser, jetzt sei doch nicht so verbohrt. Du hast Dich da in eine Sache festgefressen, das ist nicht gut. Nicht gut ist auch, dass wir derzeit hier in der Zentrale einige Ausfälle haben und nicht mehr wissen, wie wir rundum kommen. Das, lieber Raumoser, hat mich auf eine geniale Idee gebracht: Du kommst ein paar Tage zu uns und hilfst uns mit Deinen sprühenden Ideen. Damit Ihr Eure begonnenen Planungen zu Ende bringen könnt, sagen wir ab kommendem Montag arbeitest Du eine Woche bei uns. Damit wir uns klar verstehen: Das ist kein Vorschlag, sondern eine Anordnung, Montag bist Du hier. Fahrtkosten und Tagessatz bekommst Du natürlich bezahlt. Und das Beste: Ich hab schon eine ganz tolle Geschichte für Dich. Wir haben hier in der Stadt einen so engagierten Kreis älterer Damen, auch die Frau des Bürgermeisters gehört dazu. Die machen tolle gemeinnützige Sachen. Darüber müssen wir unbedingt eine große Reportage machen und – mein Freund - der beste Mann dafür bist Du."

Durch meinen Kopf geistert eine ganze Horde übler Schimpfworte. Um nicht zu explodieren und sie meinem Gesprächspartner entgegenzuschleudern und meine Kündigung zu riskieren mache ich geistesgegenwärtig das Beste – beende das Gespräch abrupt und grußlos und lasse erst danach die Suada an Kraftausdrücken heraus. Davon aufgeschreckt, starrt mich Cora mit aufgerissenen Augen an.

„Nächste Woche müsst ihr ohne mich auskommen", rufe ich ihr zu.

Im nächsten Moment läutet das Telefon. Bevor Cora rangeht herrsche ich sie an: „Das dürfte nochmals Schuster oder die Fuchs sein.

Ich will nicht mit ihm reden, sonst platzt mir am Ende doch der Kragen. Sag Ihnen, ich sei schon weg auf Reportage und habe mein Handy ausgeschaltet."

„Es ist Schuster selbst", flüstert mir Cora zu. Hut ab, wie sie mit dem Chef spricht. Selbstsicher und charmant präsentiert sie ihrem Gesprächspartner meine Abwesenheit. Was und vor allem wie sie es sagt, das klingt durchaus glaubwürdig.

Als sie wieder auflegt, berichtet sie: „Du sollst Schuster zurückrufen, sobald Du wieder erreichbar bist, er möchte Dir noch einen schönen Tag wünschen".

„Und ich wünsch ihm den Teufel an den Hals" knurre ich. Dann erläutere ich den Kollegen: „Werde am Montag in die Zentrale müssen und dort eine Woche bleiben. Haben ja einige Geschichten auf Lager. Ich denke, Ihr kommt ganz gut zurecht. Müsst Euch auch nicht deswegen besonders in die Seile hängen, man darf und soll auch merken, dass es Auswirkungen hat, wenn Schuster von heute auf morgen Leute abzieht."

Meine gute Laune ist dahin. Ich mach noch ein wenig Kleinkram, schreib Liegengebliebenes fertig.

„Nachdem ich offiziell eh nicht da bin, kann ich auch inoffiziell verschwinden. Den Rest schafft Ihr auch allein locker", sage ich zu Martina und verlasse die Redaktion. Runter den Weg zur Salzach und dann gehen, gehen, gehen. Nicht nur die Beine bewegen sich, auch in meinem Kopf gehen die Gedanken spazieren. Längst weiß ich ja, dass Schuster in der Verlagsspitze nicht unumstritten ist und wohl deshalb umso mehr den starken Maxe herauskehrt. Aber warum macht er sich zum Büttel der Staatsschützer? Vielleicht sind auch die an einer kürzeren Leine als ich dachte, an einer Leine von Leuten, die ein politisches Amt dazu missbrauchen, ihre ganz eigenen Geschäfte zu machen. Scharoth hatte ein ganzes Netz von Beziehungen. Jetzt ist er tot, die Geschäftsverbindungen werden eingestellt. Nun will keiner mehr jemals was mit diesem Mann zu tun gehabt haben. Ein lästiger Reporter, der in Scharoths Geschäften herumschnüffelt und am Ende den Ruf von ehrenwerten Leuten in Misskredit bringen würde, den braucht keiner. Also muss dieser Reporter gestoppt werden. Und dann ruft der ehrenwerte Herr halt seinen Spezl vom Staatsschutz an, damit der die Dinge ins rechte Lot bringt.

Du lässt Dich von Emotionen leiten, bleib bei den Fakten, kritisiert meine linke Hirnhälfte, worauf die rechte kontert: Ohne Emotionen und Fantasie wüsstest Du doch gar nicht, nach welchen Fakten Du suchen sollst. Mein Handy läutet. Eva ist dran. Das kommt wie gerufen.

„Ich hab heute früher Schluss gemacht, kannst Du kommen? Ich brauche Deine Hilfe bei einem Bild", frage ich sie.

„Ja, das passt gut, kann in einer Stunde bei Dir sein. Aber wie soll ich Dir denn bei einem Bild helfen, ich habe mit Kunst nichts am Hut, bin Historikerin, aber keine Sachverständige für Maltechniken oder sonst was."

„Eva, darum geht es auch nicht."

„Worum dann?"

„Um eine nicht mehr lesbare Beschriftung auf dem Rahmen, aber das erkläre ich Dir besser, wenn Du da bist. Bin gerade unterwegs, komm doch in zwei Stunden, bis dahin bin ich sicher zu Hause."

„Jetzt hast Du mich aber neugierig gemacht, also in zwei Stunden."

Keine zehn Minuten später ein erneuter Anruf. Es ist Frank.

„Hallo Maulwurf, was treibst Du gerade?", will er wissen.

„Ich bohr mich gerade durch richtig fette Erde. Frank hier stinkt es gewaltig, überall lauern Maulwurfsjäger und die verbreiten diesen üblen Geruch von Korruption, Geldgier und Vertuschung."

„Dann bist Du ja in Deinem Element", antwortet Frank mit spöttischem Unterton, wechselt dann die Tonlage: „Ich hab eine Information für Dich. Es ist tatsächlich Benzodiazepin – Du weißt schon, die Pille aus dem Glas in Scharoths Haus, die Du mir mitgegeben hast. Beste Qualität, keine Beimengungen. Benzodiazepine wirken beruhigend, machen schnell abhängig. Wenn Scharoth sie genommen hat, dann wird das bei der Obduktion sicher festgestellt werden können. Denn die Droge wird nur langsam über die Leber abgebaut, da müssten noch Reste zu finden sein. Übrigens Scharoth hat doch gern Alkohol getrunken. Der verstärkt die Wirkung erheblich, bei hoher Dosierung kann das bis zum Koma führen."

„Das könnte vielleicht die Erklärung für seinen Tod sein. Er könnte bewusstlos geworden sein", sage ich Frank und schränke gleich wieder ein: „Aber ich glaube nicht, dass er dann von allein in den Bach gefallen ist. Da dürfte jemand nachgeholfen haben."

Eva sieht etwas abgekämpft aus.

„Willst Du was trinken?" frage ich als erstes. Sie schüttelt zuerst den Kopf, dann überlegt sie einen Moment und fragt: „Hast Du vielleicht ein Glas Milch?"

„Aber sicher, ich könnte Dir auch einen Kakao bereiten, habe wie immer exzellente Schokolade im Haus." Evas verspannte Gesichtszüge werden lockerer.

„Ja gerne", ruft sie und lässt sich auf den Sessel fallen, auf dem sich vor wenigen Tagen Frank in die Länge gestreckt und mich in die Geheimnisse verschränkter Teilchen eingeweiht hat. Als ich mit der Tasse Kakao aus der Küche zurückkomme, hat sie sich regelrecht in den Sessel geschmiegt. Bei ihr sieht das ganz anders aus als beim Kröterich. Der war ein Fremdkörper auf diesem Stuhl, Eva dagegen bildet mit ihm eine Einheit, die beiden scheinen füreinander bestimmt. Und als sie einige Schluck von dem heißen Getränk genommen hat, scheint jegliche Anspannung aus ihrem Gesicht verschwunden. Genüsslich streckt sie die Arme aus, gähnt erst einmal, richtet sich wieder im Sessel auf und fragt dann abrupt: „Du wolltest mir ein Bild zeigen, verbirgt sich das da im Eck unter der Folie?" Dabei deutet sie mit dem Zeigefinger danach.

Ich gehe die zwei Schritte hin, nehme es in die Hand und streife vorsichtig die Folie ab, so wie Nora es mir gezeigt hat.

„Ja hier ist es Eva. Ich habe schon selbst versucht, etwas zu erkennen, bin aber nicht weit gekommen. Wirf Du einen Blick drauf, vielleicht habe ich etwas übersehen."

Ich lege das Bild mit der Rückseite noch oben auf den Tisch. Sofort dreht Eva es um und betrachtet das Gemälde.

„Ist das tatsächlich so alt wie es suggeriert, oder doch nur Neuzeit?", will sie als erstes wissen.

„Ja es ist tatsächlich alt, wird auf frühes 15. Jahrhundert geschätzt", sage ich und erkläre den nötigen Hintergrund.

„Und wie bist Du wieder an dieses Bild gekommen? Zurückgekauft wirst Du es kaum haben, wie ich Deine finanziellen Möglichkeiten einstufe, also hast Du Faccine vielleicht überfallen, sozusagen als Revanche?"

„Die Wege des Herrn sind unergründlich", antworte ich, was Eva natürlich nicht zufriedenstellt.

Also ergänze ich: „Vielleicht habe ich es bei Scharoth gefunden, vielleicht ist es mir zugespielt worden. Eva ich kann nicht darüber sprechen, habe mein Wort gegeben, nichts darüber zu sagen. Das war die Bedingung, um es überhaupt zu bekommen."

Die schokoladige Entspannung weicht mit meinen Worten wieder aus Evas Gesicht.

„Du hast kein Vertrauen zu mir, aber Hilfe willst Du schon. Ich komme mir ausgenutzt vor", ereifert sie sich und blickt trotzig zu Boden.

Ich hebe das Bild vom Tisch, halte es ihr vor die Augen.

„Bitte schau Dir das Bild an. Ich kann Deinen Unmut zwar nachvollziehen, aber Du musst auch mich verstehen, ich habe mein Wort gegeben und daran halte ich mich. Ich habe es ja auch gehalten, als ich Dir zugesagt habe, nicht gegen Malewsky vorzugehen. Du kannst Dich auf mich verlassen, ich bin ehrlich zu Dir. Oder hätte ich Dir irgendeine Fantasiegeschichte auftischen sollen, etwa dass ich das Bild in Scharoths Haus gefunden habe. Dort dürfte es zwar einmal gewesen sein, aber meine Quelle war eine andere."

Evas Mund bewegt sich, sie schluckt mehrmals, dann greift sie zur Tasse und nimmt einen großen Schluck Kakao. Schon wirkt sie ruhiger, sie wiegt das Bild in ihren Händen und betrachtet es genauer. Ihre Neugier ist geweckt.

„Wenn das tatsächlich frühes 15. Jahrhundert ist, dann könnte dieses Bild ein erstrangiges historisches Dokument sein. Du sagst, es hing über Jahrhunderte im Bellmann-Haus. Wir müssen versuchen, mehr darüber in Erfahrung zu bringen, ich muss unbedingt mit Deinem Vater darüber sprechen."

„Bitte warte damit noch. Vater weiß noch nicht, dass ich das Bild wieder habe."

„Dann sag es ihm schnell."

„Gerade damit möchte ich noch etwas warten".

Eva ist aufgebracht: „Aber Dir ist schon klar, was ich hier in den Händen halte. Das ist ein Bild, das dem Siegel der Templer entspricht und damit ein Beleg für eine Verbindung dieses Ritterordens mit der Gegend hier. Vielleicht gab es einmal sogar eine kleine Ordensgemeinschaft und wenn dem so wäre, dann untermauert das doch unsere Überlegungen. Mensch Tom, es wird für mich immer klarer, dass wir richtig liegen. Die Templer waren tatsächlich hier, haben den Zisterziensern Schätze anvertraut."

„Genau danach suchen wir. Michael Bräu schreibt von Septem Secret, nennt dann in Geheimschrift die ‚Septem Stellae', die Du mit dem Siebenarmigen Leuchter gleichsetzt."

„Ja Tom, in der Tat könnte es um die Menora gehen. Wenn die wieder auftauchen würde, dann wäre das eine Weltsensation. Und nicht nur das. Der Anspruch der Juden auf das Land Israel würde damit geschichtlich mitbegründet, nicht Israeli, sondern die Palästinenser wären die Okkupanten, die hier eingedrungen sind und am besten zurück in ihre arabische Urheimat zurückkehren sollten."

„Eva, das sind doch abwegige Gedanken, die Realität ist doch längst eine andere und die zählt, nicht was geschichtlich überliefert ist. Wenn wir danach gehen würden, wäre die ganze Welt im Krieg."

„Tom, Du weißt ja: Auch ich habe jüdisches Blut in den Adern und ich sehe es anders. Die Juden wurden über Jahrhunderte verfolgt, bedrängt und vertrieben, Muslime haben sich in Palästina breitgemacht. Die Menora wieder zu bekommen, wäre für die gesamte jüdische Welt eine ungeheure Stärkung ihrer Moral. Wir müssen alles unternehmen, was wir können, um zu helfen. Also los, worauf warten wir?"

„Ach Eva, lass Deine Emotionen beiseite, wir müssen mit Verstand vorgehen. Wir wissen einfach nicht, wo wir ansetzen sollen. Alles was wir haben, ist: Die ‚Septem Stellae' sollen in der Nähe einer Katharina sein. Es gibt aber in der gesamten Klosteranlage keine Figur oder ein Bild dieser Heiligen mit einer kleinen Ausnahme."

Ich erzähle Eva von dem Gemälde der Blindenheilung und dem Interesse Scharoths und nun Faccines daran.

„Überleg mal: Dieses Bild war in Privatbesitz, ist erst jüngst wieder zurückgekehrt, niemand weiß, wo es einst in der Klosteranlage hing. Und noch ein Gedanke treibt mich um: Das Kloster wurde doch in der Barockzeit ausgebaut. Spätestens dann wären die Schätze entdeckt worden. Ich glaube nicht, dass sich ein Fund des berühmten Siebenarmigen Leuchters hätte verschweigen lassen. Das wäre auch im 18. Jahrhundert bereits einer Sensation gleichgekommen. Das ist ein anderes Kaliber als die Goldstücke und Edelsteine, die im Dachboden nach dem Neubau des Klosters erneut hier versteckt worden sind und von denen wir den kläglichen Rest gefunden haben."

Eva macht eine abwehrende Handbewegung: „Vermutlich hast Du recht. Aber ich bin mir nicht sicher. Was sich in den Köpfen der Mönche abgespielt hat, darüber kann man spekulieren, aber wir wissen nichts. Warum hätten sie hinausposaunen sollen, wenn sie so ein wertvolles Teil haben. Im Gegenteil: Sie wussten nur zu gut, wie übel der französische König den Templern mitgespielt hatte. Der staatlichen Macht war nicht zu trauen, die Angst vor einer Enteignung saß den Ordensleuten im Nacken. Wie dann die Säkularisation zeigte, war diese Angst ganz berechtigt."

„Das mag sein. Aber unter einem Haufen Leute gibt es immer ein Plappermaul", gebe ich zu bedenken.

Doch Eva widerspricht. „Ich glaube, dieses Geheimnis kannten nur einige wenige Mönche. Nur der Abt und einige Vertraute wussten Bescheid. Auch die Goldstücke und Edelsteine waren nur wenigen bekannt. Darum sind sie ja in Vergessenheit geraten. Da fällt mir ein: Der letzte Abt des Klosters, Ausanias Detterle, hat sich vergeblich darum bemüht, den Prälatenstock vom Staat zurückzukaufen. Die einfachen Brüder waren in Unkenntnis. Doch der Abt wusste um dieses Geheimnis, das er dann wohl ins Grab mitgenommen hat. Darum hat er nicht lockergelassen und bis zu seinem Ende versucht, den Prälatenstock zurückzubekommen."

Ich schüttle den Kopf: „Warum hat er dann nicht einfach die Schätze mitgenommen, als die Ordensbrüder das Kloster räumen mussten."

Eva wischt auch diesen Einwand zur Seite.

„Die Mönche wurden enteignet. Sie mussten eine genaue Auflistung etwa der Münzsammlung erstellen und alles dem Staat abtreten. Die Mönche haben vielleicht die ein oder andere Münze oder vielleicht auch einen goldenen Kelch beiseitegeschafft, aber so ein Schatz wäre sofort aufgefallen. Den hätten sie niemals vor dem Staat verbergen können. Abt Ausanias handelte ganz richtig, alles einfach an seiner Stelle zu belassen und zu versuchen, das Gebäude wieder erwerben zu können."

Eva streckt sich, leert die Tasse mit dem Kakao, überlegt einen Moment und fordert mich dann auf: „Tom, Du musst alles unternehmen um herauszufinden, was es mit dieser hl. Katharina auf sich hat. Ich selbst werde im Diözesanarchiv nachforschen. Werde gleich morgen loslegen. Jetzt bin ich richtig neugierig geworden. Sobald ich was weiß, melde ich mich."

„Sehen wir uns doch besser erst einmal das Naheliegende an und ich hoffe, Deine Neugier auch hier wecken zu können", lenke ich das Gespräch wieder zurück auf den Grund, warum ich Eva hergebeten habe. Vorsichtig hebe ich das Ritterbild an und drehe es noch einmal um, so dass der rückseitige Rahmen nun oben liegt. Dann deute ich auf die Stelle im linken oberen Drittel.

„Eva, sieh Dir das bitte genau an. Ich konnte nichts lesen, aber es könnte sein, dass hier einmal etwas vermerkt worden ist. Kannst Du etwas erkennen, wenn schon keine Buchstaben, dann vielleicht Zahlen oder irgendeine Symbolik?"

Eva nimmt die von mir gereichte Lupe, ich leuchte mit einer Laserlampe auf die Stelle, damit Vertiefungen besser zur Geltung kommen. Ganz nah sind jetzt Evas Augen an dem Holz, ich reiche ihr eine Nadel, mit der sie versucht, Konturen, die so gut wie nicht mehr sichtbar sind, zu ertasten und wo das nicht mehr möglich ist zu erahnen. Fast eine ganze Stunde nimmt sie sich Zeit.

„Also Zahlen erkenne ich hier nicht, ich glaube auch nicht, dass solche hier jemals eingeritzt waren. Ich denke, einen Schriftzug erkennen zu können. Hier könnte einmal das Wort ‚outremer' gestanden haben. So nannten die Templer ihre Besitzungen im Heiligen Land. Das hilft uns aber leider überhaupt nicht weiter. Es könnte lediglich ein Hinweis sein, dass sich dieses Bild einmal im Königreich Jerusalem befunden hat. Aber dem steht die Einschätzung entgegen, dass es aus dem frühen 15. Jahrhundert stammt. Da waren die

Templer schon Geschichte und ausgelöscht, das Königreich Jerusalem zudem dem Islam zum Opfer gefallen."

Eva denkt eine Weile nach, dann starrt sie mich an.

„Das bringt alles nichts. Ich muss unbedingt ins Archiv. Hier verplempere ich nur Zeit."

Am nächsten Tag passiert wenig, aber die Arbeit macht mir mehr Freude als sonst. Denn schmerzlich wird mir bewusst, welche Freiheiten ich hier habe, weit weg von der Zentrale und Schusters Spielchen. Wenn ich nur dran denke, wie ich nächste Woche nach seiner Pfeife tanzen soll, beginne ich innerlich zu kochen. Natürlich habe ich ihn nicht zurückgerufen. Er hat wohl auch nicht damit gerechnet, dass ich das tun würde. Aber einfach seine Anordnung zu ignorieren und nicht in die Zentrale zu kommen, das kann ich mir nicht erlauben. Dann wär ich meinen Job los. Schuster selbst lässt auch nichts von sich hören. Dieses Schlitzohr weiß ganz genau, wie aufgebracht ich innerlich bin. Aus diesem Grund hat er mir auch die Frist bis Anfang nächster Woche gegeben. Er sagt sich wohl, bis dahin kann ich abdampfen. Einen Eklat will selbst er nicht haben. Wenn er mich rauswirft, dann gäbe das innerbetrieblich einen großen Wirbel, aus dem ich arbeitslos, aber auch er nicht als Sieger hervorgehen würde, sondern manch unangenehme Fragen beantworten müsste. Ich werde ihm jedenfalls keinerlei Fragen beantworten. Es reicht, unter seiner Regie Reportagen zu schreiben - das allein schon kann heiter werden. Ich werde so wenig wie möglich in der Redaktion sein und so viel wie möglich recherchieren. Dann muss ich mir wenigstens sein Gesicht nicht ständig anschauen.

Am Freitagabend treffe ich mich noch einmal mit Bender in der Sportgaststätte. Er macht ein ernstes Gesicht.

„Faccine ist untergetaucht. Wir haben Hinweise darauf, dass er Deutschland den Rücken gekehrt hat und vermutlich in seine Heimat abgereist ist. Möglicherweise ist er auch in Malta."

„Was will er dort?"

„Das sage ich Ihnen später noch – vielleicht. Jedenfalls werden wir ihn nicht so schnell wiedersehen und verhören können."

Benders Worte erfreuen mich insgeheim. Er scheint das zu bemerken.

„Dieser Typ hat möglicherweise Scharoth auf dem Gewissen und Sie ausgeraubt. Sie müssten doch größtes Interesse daran haben, dass wir ihn in die Finger kriegen."

Was ich Bender nicht sagen kann: Wenn Faccine tatsächlich das Weite gesucht hat, dann haben wir mehr Zeit bei der Suche nach Katharina und dem, was die Mönche in ihrer Nähe versteckt haben. Dieser Mafiosi wird uns nicht in die Quere kommen. Das ist die erfreuliche Seite seiner Abreise oder besser gesagt Flucht. Doch zugleich schleicht ein übler Gedanke durch mein Gehirn. Der Gedanke, Faccine könnte bereits fündig geworden sein und deshalb nun mit der Beute das Weite gesucht haben. Aber wo hätte er dann den Schatz gefunden. Im Kloster scheint alles unverändert zu sein.

Die linke Gehirnhälfte mahnt mich: Keine Spekulationen, stell Bender konkrete Fragen.

„Weiß die Gerichtsmedizin schon Näheres über Scharoths Todesumstände. War er betäubt oder stand er unter Drogen? Was wurde in seinem Blut gefunden?"

Bender wirkt auf diese Fragen hin beinah hilflos, zuckt mit den Schultern.

„Das Benzodiazepin hätten wir auch ohne Ihre Mithilfe gefunden. Es ist ja leicht nachweisbar. Aber die Konzentration im Blut war nicht sehr hoch. Selbst wenn Scharoth dazu Alkohol getrunken hätte, wäre das kein Cocktail, der seine kognitiven Fähigkeiten und seine Orientierung so erkennbar eingeschränkt hätte, dass er deshalb in einen Bach fällt und ertrinkt. Wir haben zudem keinen Restalkohol im Blut finden können."

„Scharoth stand also nicht unter Drogen. Aber wie ist er dann ertrunken?" werfe ich ein.

Wieder blickt mich Bender hilflos an.

„Wir wissen es nicht. Seine Organe waren gesund, einen plötzlichen Herztod oder eine Embolie schließt der Pathologie aus. Es könnte natürlich ein Ultragift im Spiel sein, aber so was ist eher unwahrscheinlich. Vermutlich ist die Erklärung für Scharoths Tod simpel und ich habe einen bösen Verdacht, aber keinen Beweis und den werde ich auch nicht erbringen können. Sie haben doch sicher schon von K.o.-Tropfen gehört?"

„Das ist doch das Zeug, bei dem man für kurze Zeit einen Blackout bekommt?"

„Genau. K.o.-Tropfen sind weit verbreitet, werden vor allem von Ganoven benutzt, die ihre Opfer ausrauben sowie von Sexualstraftätern. Schon manche Frau ist auf solche Weise wehrlos gemacht und dann vergewaltigt worden. Für Faccine wäre es ein Leichtes, sich dieses Zeug zu verschaffen."

„Haben Sie Reste davon in der Leiche gefunden?" will ich wissen.

Bender winkt ab. „Diese Tropfen sind in der Tat ein Teufelszeug, auch für uns Fahnder. Sie werden ganz schnell wieder abgebaut, selbst in einer Leiche. Wir haben Scharoth einfach zu spät gefunden und leider auch nicht sofort danach gesucht. Was ich damit sagen will: Ich bin nahezu überzeugt, Scharoth ist durch K.o.-Tropfen bewusstlos gemacht und dann in den Bach gestoßen worden, wo er jämmerlich ertrunken ist. Denn was suchte er da draußen, warum sollte er zu dem Bach gehen? An Scharoths Kleidung könnten wir zwar DNA-Spuren Faccines finden, aber damit nur belegen, dass Faccine mit Scharoth in Kontakt stand, was wir ja ohnehin wissen. Für eine Mordanklage reicht das nicht. – Aber mir wird im Moment auch klar – ich rede zu viel. Unser Gespräch ist auf Gegenseitigkeit ausgelegt. Was können Sie mir Neues anbieten?"

Ich warte einen Moment, um Benders Neugierde zu steigern, dann sage ich. „Eher nichts Neues, sondern was ganz Altes, genau besehen mit fast 600 Jahren auf dem Buckel."

Bender unterbricht mich: „Reden Sie nicht in Rätseln, sondern spucken Sie aus, was Sie wissen."

„Faccine hat doch ein Ritterbild aus dem Haus meines Vaters gestohlen. Das ist wieder aufgetaucht".

„Wie aufgetaucht?" Du darfst Nora nicht verraten, geht es mir durch den Kopf.

„Aufgetaucht ist ein recht guter Begriff dafür, denn das Bild lag vor zwei Tagen überraschend vor meiner Wohnungstür. Ich weiß nicht, wer es dort abgelegt hat, wäre fast selbst drübergestolpert, als ich am Morgen in der üblichen Eile die Wohnung verließ, um in die Arbeit zu hasten."

Benders Augen scheinen mich durchbohren zu wollen. Nicht aus der Ruhe bringen lassen, mahnt mich meine rechte Hirnhälfte und ich erzähle ganz ruhig weiter.

„Dass es das Bild ist, sah ich erst später. Es war ordentlich verpackt und gut in gepolsterte Folie gewickelt, um es vor Stößen zu schützen. Ich kann mir auch keinen Reim darauf machen. Vielleicht hat Faccine kalte Füße bekommen und gefürchtet, mit dem Diebesgut erwischt zu werden. Ich glaube zudem: Vermutlich ist dieses Bild, obwohl sehr alt, doch nicht so viel wert wie er dachte. Sie sind im Übrigen der erste, dem ich davon erzähle. Ich weiß, ich hätte das gleich der örtlichen Polizeidienststelle melden müssen. Aber ich wollte abwarten, weil ich auch Vater dann sofort hätte informieren müssen. Damit habe ich ganz bewusst gewartet. Wenn ich es ihm bringe, wird er vor Freude ganz außer sich sein und Dinge tun, die Ihnen und mir schaden. Denn ich fürchte, er wird sofort seinen Freundeskreis informieren, selbst wenn ich ihn bitte, das nicht zu tun. Und dann weiß es die ganze Stadt, und unsere Arbeit wird noch schwieriger. Meine, weil mir dann die Chefredaktion noch mehr zusetzen dürfte und die Ihre, weil das nach all den Vorkommnissen den Staatsschutz interessieren dürfte und er ihnen bei Ihren Ermittlungen im Nacken sitzt."

Bender wiegt den Kopf leicht hin und her. „Dann wäre Faccine noch vor zwei Tagen hier gewesen", folgert er.

„Vermutlich", sage ich. Bevor er zu grübeln beginnt, füge ich hinzu: „Ein Mafiosi ist nie allein, er könnte jemand beauftragt haben, das Paket vor meine Tür zu legen."

Irgendetwas scheint ihn zu stören an meiner Erzählung. Er blickt mich etwas unschlüssig an wie in Erwartung neuer Dinge. Den Moment nutze ich, um das Thema zu wechseln und frage Bender: „Sie sprachen davon, Faccine sei zurück in seine Heimat oder auch nach Malta geflüchtet. Was will er denn dort?"

Bender war in Gedanken mittlerweile ganz wo anders. Dann fasst er sich an den Kopf.

„Zunächst dachten wir, er sei nach Kampanien in seine Heimat. Aber wir haben in Scharoths Haus auch Hinweise auf eine Firma in Malta gefunden, besser gesagt eine Briefkastenfirma. Sie wissen ja,

Malta ist ein Steuerparadies und bei Reichen vor allem deshalb sehr beliebt, weil sie dort mit ihren Yachten unter ihresgleichen sind und keiner prüft, woher das Geld für die teuren Luxusschiffe stammt."

Bender macht eine kleine Pause, blickt mir direkt in die Augen und fährt fort: „Ich sag Ihnen jetzt was, das Sie erstens nicht verwenden dürfen und zweitens auch niemandem erzählen, sonst steht das Polizeipräsidium noch mehr Kopf als es eh schon der Fall ist. Es ist ein Malheur passiert: Von Scharoths Konto sind am Tag seines Todes zwei Millionen Euro nach Malta auf ein dortiges Konto von ihm transferiert worden. Dieses Konto in Malta ist danach abgeräumt worden, und ich habe den bösen Verdacht, Faccine könnte dahinterstecken, auch wenn sein Name nirgends auftaucht. Die Bank hat uns zwar einen Namen genannt, aber von einer Person, die es nicht gibt. Und glauben Sie mir: Ich kenne erfolgversprechendere Dinge, als mit einer Bank in Malta über ihre Geschäftspraktiken zu sprechen und erfahren zu wollen, wer in dem Geldhaus so ein- und ausgeht."

„Das ist ja mehr als nur ein schönes Sümmchen und die Polizei steht bedröppelt da," kommentiere ich und will wissen: „Sie erzählten, Scharoth habe eine Tochter. Was sagt die dazu, dass sie auf einen Schlag um zwei Millionen Euro ärmer geworden ist."

„Ach die ist noch das geringste Problem. Sie müsse sich erst eine Übersicht schaffen, vielleicht sei diese Zahlung auch gerechtfertigt und habe einen realen Grund. Für die Bank in Malta hat die junge Dame keine Vollmacht, sie wird sich die Auskunft erst mit dem Erbschein in der Hand erkämpfen müssen. Das wird noch dauern, derweil stochern wir alle im Nebel. Wofür dieses Geld geflossen ist und an wen – wir wissen es nicht. Das ist kein Aushängeschild für unsere Polizei."

Sonntagabend: Höchste Zeit, endlich ein bisschen klar Schiff zu machen. Morgen muss ich ja in die Zentrale, und bei mir zu Hause stapeln sich noch jede Menge Unterlagen zu Themen, die erst reifen müssen, die jetzt noch nicht geschrieben werden können. Die Aufnahmefähigkeit meines Schreibtisches in der Redaktion ist begrenzt, deshalb habe ich auch Dinge zu Hause gelagert, die nicht in der nächsten Zeit umsetzbar sind. Aber es ist auch einiges darunter, das sich erledigt hat, was ich ganz sicher nie mehr brauchen werde. Und weil ich morgen unter Schusters direkter Fuchtel stehe, sehe ich einen guten Zeitpunkt, mich von dem unnützen Kram zu trennen. Ich bin schon gut vorangekommen, der Papierkorb füllt sich zusehends, als es an der Wohnungstür läutet. Die Haare zerzaust, in uralter Jeans und abgegriffener Jacke steht Mathe Brass vor mir.

„Muss mit Dir reden", sagt er grußlos und drängt herein - ohne sich mit Kleinigkeiten aufzuhalten, etwa der Frage, ob er überhaupt reinkommen dürfe. Ich kenn ihn ja lange genug und deshalb wundert mich dieses Verhalten nicht. Mathe ist ganz Künstler, bezieht alles immer auf sich, lebt im Mittelpunkt eines Kreises, in dem alles mit Kunst, mit ihm selbst oder beidem zu tun hat. Was außerhalb des Kreises liegt, interessiert ihn nicht. Ihn als Egoisten zu bezeichnen, liegt nahe, geht aber an der Sache vorbei. Mathe zeigt durchaus Empathie, hat Mitleid mit allen, die das Schicksal beutelt. Aber deshalb zu handeln steht ihm fern, er kann mit der Welt außerhalb seines Dunstkreises einfach nichts anfangen. Dieser Mann gedeiht bestens in seiner künstlerischen Blase, doch außerhalb fehlt ihm die Luft zum Atmen.

„Hast Du Nora betrogen?", will er jetzt wissen, schnappt sich einen Stuhl und setzt sich drauf. „Und ein Bier wär auch nicht schlecht", fügt er hinzu.

„Erst mal der Reihe nach. Du stürmst hier in meine Wohnung, fragst nach meiner Beziehung zu Nora. Du hast sie mir weggenommen, nicht umgekehrt. Also wäre ich an der Reihe zu fragen und nicht Du. Aber ich will das jetzt nicht vertiefen. Die Frage nach dem Bier war in Ordnung. Damit fangen wir an."

Ich hole eine Flasche, mach sie auf und reiche sie Mathe: „Trink erst mal einen Schluck und ordne Deine Gedanken. Dann reden wir weiter."

Dabei wird mein Gehirn gerade selbst von Gedanken überschüttet. Was bildet sich der Kerl ein. Spannt mir die Freundin aus, schneit dann aus heiterem Himmel bei mir rein und will wissen, wie mein Intimleben mit dieser Frau ausgesehen hat. Spinnt der? Ich komme nicht dazu, weiter darüber nachzudenken, denn Mathe beginnt gleich wieder zu reden.

„Weißt Du Tom, für mich wäre es schon wichtig zu erfahren, ob Du Nora treu warst." Mit fast weinerlicher Stimme fährt er fort: „Nora hat auch mich verlassen und zwar wegen Gigi. Sie sagt, sie könne nicht mit einem Mann zusammen sein, der eine feste Beziehung mit einer anderen Frau pflege. Dabei muss sie doch wissen und Du weißt es ja auch, dass ich ohne Gigi hilflos wäre. Die Kunstwelt ist rau, Gigi organisiert Ausstellungen für mich, sie ist sozusagen nicht nur meine Partnerin, sondern auch meine Geschäftsführerin. Ich kann Gigi nicht aufgeben, das muss Nora doch einsehen."

„Tja Mathe, so ist das und deshalb musst auch Du etwas einsehen!"

„Und das wäre?"

„Dass Nora nicht in einer Dreierbeziehung leben will und Dich abserviert hat."

„Und Du hoffst nun wohl, dass sie wieder zu Dir zurückfindet."

„Mathe, Du darfst das nicht nur aus Deiner Sicht betrachten, musst versuchen, auch Nora zu verstehen, und was sagt überhaupt Gigi zu all dem?"

Jetzt durchzuckt es Mathe: „Gigi weiß natürlich nichts davon und so soll es auch bleiben. Sie toleriert zwar gelegentliche Eskapaden, aber mit Nora war es schon mehr."

„Wie hätte das weitergehen sollen? Dass Männer mehrere Frauen haben, das geht nur in Gesellschaften, in denen Frauen nichts zu sagen haben. Unter gleichberechtigten Partnern wird es auf Dauer keine Dreierbeziehung geben. Sei froh, dass Nora den Schlussstrich gezogen hat. Hätte im anderen Fall Gigi das mit Dir getan, käme zu Deiner jetzigen kleinen emotionalen Krise eine handfeste materielle hinzu und Du müsstest zusehen, wie Du Dein Leben wieder in den Griff bekommst."

Mathe hat nasse Augen bekommen.

„Gigi und Nora sind so verschieden, aber eines haben sie gemeinsam: Ihnen geht es gut, sie werden nicht von diesen Seelenschmerzen geplagt wie ich. Ich glaube sowieso, dass wir Männer unter Beziehungen viel mehr leiden müssen. Die Frauen weinen zwar immer heftig und machen Szenen, aber das ist nur äußerlich. Innerlich schütteln sie sich und der ganze Kummer fällt von ihnen ab. Und gerade deshalb, Tom wäre es wichtig für mich zu wissen, ob Du Nora treu warst."

Jetzt steigt meine innere Betriebstemperatur. Ich schlag mit der Hand auf den Tisch und herrsche Mathe an:

„Deine Frage ist erstens unpassend um nicht zu sagen unverschämt, zweitens geht Dich meine Beziehung zu Nora nichts an und drittens, warum willst Du das überhaupt wissen?"

Mathe sitzt in sich zusammengesunken auf dem Stuhl, einem Häufchen Elend nicht unähnlich.

„Warum willst Du das wissen?" wiederhole ich meine Frage.

„Wenn Du Nora treu warst, dann wäre mir jetzt wohler ums Herz."

Meine Schultern bewegen sich auf und ab, und mein Gesicht wirkt offensichtlich ebenso verständnislos auf Mathe. Deshalb schiebt er hinterher: „Mensch überleg doch. Falls Du Nora untreu warst, ist sie vielleicht nur deshalb zu mir geflüchtet. Aber wenn nicht, dann ist sie vor allem deshalb zu mir gekommen, weil sie mich vermutlich attraktiver, in jedem Fall aber interessanter findet als Dich. Wenn Du mir das bestätigen könntest, wäre das einmal eine Genugtuung für mich als Mann und das würde zudem meinen derzeitigen Seelenschmerz erheblich lindern. Als los sprich, sag was los ist oder vielmehr, was genau zwischen Dir und Nora war. Ich muss das wissen. Du weißt, meine Künstlerseele leidet mehr als andere."

Ich gehe auf Mathe zu, packe seinen linken Arm, zieh ihn vom Stuhl hoch mit den Worten: „Ich hab morgen viel Arbeit und einen weiten Weg. Sei mir nicht böse, Mathe, aber Du musst jetzt gehen. Ich muss noch einiges vorbereiten und bedarf dann der Ruhe."

Der Künstler blickt mich verdattert an. Einen Moment später schiebe ich ihn zur Wohnungstür hinaus. Mathes Seele muss weiter leiden. Eine Antwort wird er nie bekommen.

Kapitel 40

Die hl. Kathatrina lässt grüßen

„Ich freue mich sehr, Sie in unserem Kreis begrüßen zu dürfen. Sie haben sicher schon viel von uns und unserem Wirken gehört. Grüßen Sie auch ganz besonders Herrn Schuster von mir und übermitteln ihm meinen Dank, dass er Sie heute zu uns geschickt hat."

Eine vielleicht 60-jährige Frau mit kupfergefärbtem Haar sitzt vor mir an einem großen Tisch, auf dem sie ihre Unterarme sorgsam in paralleler Linie abgelegt hat. Dazwischen liegen Blätter fein säuberlich aufeinander. Sie trägt ein schlichtes, aber elegantes Kleid in auffallend stahlblauem Farbton. Um sie herum scharen sich im Kreis zwei Dutzend weiterer Damen in fortgeschrittenem Alter, die bei diesen Worten ihre Blicke auf mich richten. Ein leicht süßlicher Duft liegt über der Runde, vermischt sich mit herberen Noten, die sich aus den Parfums der Anwesenden speisen. Alle sind stilvoll gekleidet – es überwiegen rosa und blaue Farben - und perfekt geschminkt. Ich stell mich kurz vor, und nun erhebt sich die Sprecherin von ihrem Stuhl, geht auf mich zu, reicht mir die Hand und weist mir einen Platz am Ende des Tisches zu, wo zwischen zwei brünetten Hochfrisuren ein weiteres Gedeck aufgetragen ist – für mich, den Gast in dieser Welt der wohlhabenden und wohlwollenden Damen.

Die Vorsitzende nimmt wieder Platz, verliest die Tagesordnung, die von den Damen einstimmig abgenickt wird und beginnt mit ihrer Rückschau. Dabei hebt sie die Stimme kurz an, blickt vom Manuskript vor ihr auf und wendet ihre Augen mir zu, wobei ihre linke Hand eine aufmunternde Drehung vollführt.

„Jetzt heißt es aufpassen, damit Sie nichts überhören, junger Mann", lässt mich die Dame wissen und fügt gönnerhaft hinzu: „Ich geb Ihnen hinterher mein Manuskript. Sollten Sie etwas nicht mitbekommen, können Sie es hinterher nachlesen. Nun – wir haben viel geschafft in diesem Jahr. Ganz besonders möchte ich hier meinen Stellvertreterinnen in der Vorstandschaft danken, die mich so eifrig unterstützt haben. Ein grandioser Erfolg war unsere Charity-Party im März für Kinder in der Sahelzone. Unsere Spendenbox wurde so reichlich gefüllt, dass wir damit Hunderte Kinder vor dem Hungertod bewahren konnten. Das war eine totale Win-win-Veranstaltung. Wir hatten einen höchstvergnüglichen Abend, das Buffet war vom Feinsten – ich denke noch immer an die köstlichen Lachsröllchen, von denen Du, Friederike, so geschwärmt hast – ein Blick geht zu einer platinblonden Dame an der mir gegenüberliegenden Tischseite – und am Ende waren sage und schreibe 12 000 Euro in unserer Box. Wie Ihr wisst, war das Essen gesponsert, die Stadt überließ uns kostenfrei den Saal. Die 12 000 Euro bleiben damit komplett als Reinerlös. Darauf müssen wir ein Tröpfchen trinken."

Die Vorsitzende nimmt ihre Sektflöte zur Hand, die anderen Damen tun es ihr gleich, sie prosten einander zu und genehmigen sich einen Schluck Schampus. Dann bemerkt sie, dass mein Glas noch leer ist und fordert die brünett Gelockte rechts neben mir auf, auch mein Glas zu füllen, damit ich mich der allgemeinen Freude anschließen könne.

Als der Schampus darin perlt, kann ich es mir nicht verkneifen zu sagen: „Danke für die Einladung und die zuvorkommende Aufnahme in ihren illustren Kreis. Da haben Sie ja ordentlich was geleistet. Lassen Sie mich deshalb einen Toast auf die Kinder aussprechen, denen Lachsröllchen und Co. zugute gekommen sind. Wenn diese Kleinen nun das Brot zum Leben erhalten, werden sie mit Gewissheit die Herzenswärme spüren, mit der sie ihnen helfen."

Die Vorsitzende kneift ihre Augen zusammen, schlüpft in die Rolle einer Gouvernante und maßregelt mich.

„Der junge Herr muss noch viel lernen, einen Toast spricht bei uns nur die Vorsitzende also ich aus. Weil Sie aber unser Gast und neu hier sind, sehe ich darüber hinweg. Aber es freut uns natürlich, wenn Sie die Bedeutung unseres Wirkens erkennen. Am besten fahre ich fort in der Bilanz unserer Arbeit, wir haben noch jede Menge davon und es freut uns natürlich ganz besonders, wenn Sie das alles in einem schönen Bericht wiedergeben."

Der Verstand sagt mir – Mund halten, aber ich schaff es einfach nicht.

„Lassen Sie sich überraschen", lasse ich die Damen wissen.

Die Vorsitzende wirkt irritiert und räuspert sich. Ich werte das als Zeichen dafür, dass sie wohl den Alten anrufen wird, um ihm klarzumachen, den Bericht vor Abdruck unbedingt lesen zu müssen. Dann fährt die Lady in ihrem Rückblick fort, zählt zwei weitere Benefizveranstaltungen auf, bei denen gespendete Preise meistbietend versteigert wurden, und der Erlös an Bedürftige ging. Schließlich gibt sie noch einen Ausblick auf die Zukunft.

„Das Benefizessen hat so gut eingeschlagen, dazu werden wir im nächsten Jahr erneut einladen und dafür freue sich mich schon jetzt auf Ihre Unterstützung bei der Organisation. In der Vorstandssitzung haben wir entschieden, nach Afrika nun Kinder in Südostasien zu unterstützen. Hoffen wir auf eine erneut große Beteiligung. Schlemmen für die gute Sache, was kann es Besseres geben in einer Welt, in der Kriege und Katastrophen leider die Tagesordnung bestimmen. Wir setzen hier ganz bewusst einen Gegenpunkt. Gutes tun kann so einfach sein, lassen Sie uns mit frischer Energie die nächsten Veranstaltungen planen."

Die Vorsitzende macht eine kleine Pause. Dann schlägt sie leicht mit einer Gabel gegen ihr Glas, verschafft sich erneut die Aufmerksamkeit der Runde.

„Bevor wir mit dem Abendessen starten, erlauben Sie mir noch eine kleine Anekdote, die so wunderschön verdeutlicht, was mit Ideen und Herzensgüte möglich ist. Es sind nämlich gerade die kleinen unscheinbaren Geschehnisse, die dem Guten dienen, die nirgends erwähnt werden und die doch so wichtig sind für ein gedeihliches Miteinander, für das, was unsere Zivilisation ausmacht – das Gute tun und damit Licht zu entzünden für eine bessere Welt. Sie alle kennen doch unsere Mathilda Gutbier. Es beginnt mit einer eigentlich traurigen Nachricht. Ein Unternehmen, das mit der Ausstattung für Tiere sein Geld verdient hat, musste Konkurs anmelden. Wie viele andere bedauerte Mathilda Gutbier das sehr. Aber im Gegensatz zu anderen beließ sie es nicht dabei, wurde aktiv, handelte und stellte der Zahlungsunfähigkeit einen wenn auch kleinen, so nicht minder positiven Aspekt gegenüber. Mathilda Gutbier kannte den Insolvenzverwalter bestens, er ist im Übrigen auch regelmäßiger Gast bei unseren Benefizveranstaltungen. Die gute Mathilda hat sich dann spontan entschlossen, aus der Insolvenzmasse 200 Hundeleibchen und 50 Pferdedecken zu übernehmen. Ist das nicht fein?

Sofort nahm sie dann Gespräche mit Tierschutzeinrichtungen auf in der Hoffnung, bei ihnen große Freude auszulösen. Die hielt sich wider Erwarten in Grenzen, sie hätte die Wärmespender für die Tiere komplett verschenken müssen. Das wollte Mathilda Gutbier aber nicht, denn es ging ihr darum, noch etwas mehr im Interesse unserer gemeinsamen guten Werke herauszuholen. Schließlich fand Mathilda Gutbier ein Unternehmen, das ihr den Großteil der Ware abkaufte und dazu noch einen Vertrieb nach Rumänien organisierte. Dort wurden die wärmenden Teile an Tierschutzeinrichtungen verschenkt. So gibt es wiederum nur Gewinner. Das Unternehmen kann die Aufwendungen von der Steuer absetzen, Mathilda Gutbier selbst sind keine Kosten entstanden, sie hat lediglich Zeit und Energie investieren müssen. Unser Verein hat einen erfreulichen Erlös erzielen können und in Rumänien werden einige Hunde und Pferde die kalten Wintertage nun besser bewältigen – sie müssen nicht mehr frieren. Also alles bestens gelaufen."

Die Damen rundum beginnen zu klatschen. Die Vorsitzende goutiert das mit einem wohlwollenden Nicken und fährt fort.

„Warum ich das auch erzählt habe: Meine Damen, Sie sehen an diesem lobenswerten Beispiel einmal mehr, wenn man die richtigen Leute kennt, dann kann man etwas bewirken. Und deshalb ist es auch so wichtig, dass wir hier beisammensitzen, uns austauschen und gegenseitig helfen und anspornen, die Welt ein bisschen lebenswerter zu machen. Ich möchte deshalb nun einen Toast auf uns alle und unsere segensreiche Arbeit aussprechen."

Die Vorsitzende erhebt ihr Glas, die anderen tun es ihr gleich, und auch ich komme nicht umhin, den Erfolg der Damen mit zu zelebrieren.

Auf einen Wink der Vorsitzenden wird nun das Menü eröffnet, die Bedienungen tragen Hummerschaumsüppchen mit honiggebackener Roter Bete auf.

„Erst die Zugabe von Cognac, Weißwein und Ingwer machen diese Suppe so köstlich“, klärt mich meine rechtssitzende Hochfrisur auf. Einige Damen verzichten dennoch auf die Suppe, sie sind Veganerinnen, wie ich erfahre. Für sie gibt es danach eine Komposition aus Avocadotörtchen, im Kokossahne-Topf gratinierten Sesambratlingen und Spargelspitzen an Leindotteröl. Die Übrigen werden beglückt mit Kalbsmedaillons auf Sauce Béarnaise und peruanischen Kartoffelecken.

„Sie können unbesorgt essen, alles ist glutenfrei, Sie werden keinen Blähbauch bekommen“, klärt mich eine der Hochfrisuren auf. Dazu werden Grüner Veltliner aus der Wachau und italienischer Barolo gereicht.

Meine beiden Tischdamen sind auf meinen Besuch vorbereitet, erläutern mir weitere Aktionen des Vereins aus den Vorjahren, führen mich ein in die Besonderheiten und Feinheiten kulinarischer Benefizveranstaltungen, schütten mich regelrecht zu mit allem, was den Verein in positivem Licht erstrahlen lässt.

„Damit sie ausreichend Material zum Schreiben haben“, kommentiert die linke Hochfrisur mit nonchalantem Lächeln. Darauf könnte ich verzichten. Denn ich erfahre wenig oder besser nichts darüber, wer die Mäzene des Vereins sind, wofür die eingenommenen Gelder genau verwendet werden. Alles bleibt hier unverbindlich, einen konkreten Einblick geben mir die Damen nicht, vielleicht haben sie ihn auch gar nicht. Ich wende mich deshalb an die Vorsitzende, sie vertröstet mich und wir vereinbaren, diese „technischen Fragen“ tags darauf bei einem Telefongespräch zu klären.

„Sie müssen sich jetzt auf die Nachspeise konzentrieren“, würgt die Vorsitzende weitere Nachfragen ab und lässt mich wissen: „Eine bessere Mousse au Chocolat bekommen sie nirgendwo.“

Die Veganerinnen der Runde und zwei weitere Damen mit selbsterklärter Laktose-Intoleranz können diesen Vergleich ohnehin nicht anstellen. Für sie gibt es die Nachspeise mit Kokosmilch, Agavendicksaft und veganem Cremepudding. Gegen Mitternacht werde ich endlich von der Runde entlassen, darf nicht gehen ohne eine Flasche Dom Pérignon einzustecken, damit ich die Damen in guter Erinnerung behalten möge. Über diese illustre Welt könnte man wirklich einen guten Artikel schreiben, geht es mir durch den Kopf. Aber das wird der Alte zu verhindern wissen. Was ich nicht verstehe: Warum schickt er ausgerechnet mich zu so einem Termin. Dafür gäbe es geeignetere Kollegen.

Wohl oder übel sitze ich nächsten Tag in der Zentralredaktion unter dem traulichen Baldachin Schusters und gebe mir beste Mühe, eine halbwegs brauchbare Reportage über den Damenverein zusammenzuzimmern. Jeder Satz zieht sich, mir fehlen die Worte, die Zeit rinnt dahin, der Text wird und wird nicht fertig. Und das, obwohl ich noch ausgiebig mit der Vorsitzenden gesprochen habe. Aber sie ist geschickt meinen Nachfragen ausgewichen, hat mich vollgesülzt mit Nebensächlichkeiten. Zitate über die „wunderbare Arbeit" dieses Vereins habe ich mehr als genug, aber es fehlt die inhaltliche Substanz und so etwas schreibt sich selbst beim besten Willen schwer. Der Kopf ist gefordert, ich quäle mich durch die Zeilen und merke erst die Person hinter mir, als ich eine Hand auf meiner Schulter spüre. Instinktiv wende ich den Kopf, was aber unnötig war, weil die Person im gleichen Moment zu sprechen beginnt und ich diese Stimme bestens kenne.

„Na wie geht's Ihnen mit der Geschichte über unseren Damenverein? Sie hatten doch sicher einen schönen Abend?", fragt mich Franz Schuster.

„Dafür jetzt einen schweren Tag. Ich denke, für diesen Termin war ich eine Fehlbesetzung. Das gäbe sicher eine tolle Geschichte für ein Lifestyle-Magazin. Aber für unsere Tageszeitung - das wird schwierig. Zudem ist das nun gar nicht mein Metier und das wissen Sie."

Schuster winkt ab: „Nun hab Dich nicht so. Bin sicher, Du kannst das hervorragend schreiben und diesen so ehrenwerten Verein ins rechte Licht rücken."

Scheinbar wohlwollend klopft er mir auf den Rücken und spricht in väterlichem Tonfall weiter.

„Und wenn Du schon unsicher bist, dann lass mich einen Blick darauf werfen. Ich kenne den Verein gut, kann eventuelle Lücken füllen, damit die Geschichte wirklich rund wird."

Mit erhobenem Zeigefinger und schärferem Ton fügt er hinzu: „Damit wir uns klar verstehen: Du legst mir die Story auf den Schreibtisch, bevor sie in Druck geht."

Es wird Nachmittag, bis ich endlich mit dem Text fertig bin, mit schalem Gefühl im Bauch – sicher nicht wegen der Hummersuppe. Schuster könnte die Geschichte ganz einfach im Redaktionssystem lesen, aber das wäre zu einfach für einen Chef seines Kalibers. Also drucke ich sie aus und bringe die Blätter zu Frau Fuchs, die sie mit den Worten entgegennimmt: „Ein bisschen tun Sie mir schon leid, der Termin gestern Abend war sicher nicht ganz nach Ihrem Geschmack.

„Ach Frau Fuchs, der Geschmack des Essens war schon gut, nur das Drumrum hatte ein weniger gutes Aroma, roch ein bisschen nach Heuchelei und doppelter Moral."

Dann verlasse ich die Redaktion, schau mir ein wenig die Stadt an und gehe in einen Biergarten. Auf das Hummersüppchen hin wird mir der Wert von deftiger bayerischer Kost mehr denn je bewusst. Dazu scheint heute die Sonne, es ist gemütlich warm, die Farben dieser Welt werden in meiner Wahrnehmung wieder heller. Dann meldet sich mein Handy. Bender ist dran und fragt: „Können wir uns heute nach Feierabend treffen. Ich hab was für Sie?"

„Was ist es?" will ich wissen.

„Das besprechen wir nicht am Telefon. Sagen wir um 19 Uhr an üblicher Stelle."

„Ja das geht klar."

Zurück in der Redaktion muss ich nur noch Kleinkram erledigen. Schuster hatte mich ja schon vorab wissen lassen, ich könne heute früher los als Ausgleich für den „anspruchsvollen" Abendtermin tags zuvor. Die Reportage hat er ohnehin erst für die nächsten Tage eingeplant.

„Da machen wir keinen Schnellschuss, das muss eine gute Geschichte werden, deshalb keinen Termindruck", hat er mich bereits wissen lassen. Der beiden nächsten Tage seien ihm besonders wichtig. Da brauche er mich dringend in der Redaktion für die Betreuung von zwei Schülerklassen.

Als ich am Abend zur Sportgaststätte komme, sehe ich Bender schon an einem Tisch sitzen. Er hat ganz bewusst diesen Platz im Freien gewählt um sicher zu gehen, dass wir ungestört sind. Die Sonne ist längst untergegangen, von der Wärme des Tages ist nicht mehr viel zu spüren. Also lasse ich meine Jacke an, als ich mich zu ihm setze. Schon beginnt seine linke Hand das mir inzwischen vertraute Fingerspiel. Bender sieht abgekämpft aus, sein Körper wirkt wie ein Luftballon, dem die Luft abhandenkommt. Aber als er mich begrüßt, geht ein Blitzen durch seine Augen – auch wenn der Körper müde wirkt, der Geist ist offenbar wach.

„Was haben Sie Neues für mich", frage ich den Kripomann ganz direkt, nachdem wir Getränke und Essen bestellt haben.

Bender schweift zunächst etwas ab, spricht über die Klosteranlage und wie er sich das Leben der Mönche vorstellt. Dann wird er konkret und geht auf den Tod Merle Cortens ein.

„Das wird wohl ein Fall für die Bauaufsicht und die Versicherungen der Filmleute werden. Das Gerüst war nicht betriebssicher. Wir können eine bewusste Sabotage, also das absichtliche Entfernen des Sicherungsbolzens, zwar nicht ausschließen, aber auch nicht beweisen. Die Ermittlungen werden wohl im Sand verlaufen. Gerade auch deshalb, weil sich ja, wie ich Ihnen bereits gesagt habe, nach Scharoths Tod der Staatsschutz eingeschaltet hat. Mir sind folglich die Hände gebunden. Ich werde ausgebremst. Das spricht im Übrigen für Ihre Theorie zu Verbindungen Scharoths mit Mandatsträgern und einflussreichen Beamten in Ministerien. Die fürchten nichts so sehr wie öffentliches Aufsehen. Ein Polizeibeamter, der seine Aufgabe ernst nimmt und die Wahrheit herausfinden will, der stört."

Bei diesen Worten erhebe ich mein Glas.

„Willkommen an Bord Herr Bender, wir sitzen ganz offenbar im selben Boot. Der Staatsschutz macht Ihnen das Leben schwer, die Chefredaktion mir. In beiden Fällen dürften dieselben Leute dahinterstecken – das Netzwerk Jost Scharoths, all jene im politischen Betrieb, die beste Geschäfte mit ihm gemacht haben, vermutlich geschmiert worden sind und nun befürchten, das könnte im Zuge der Ermittlungen ans Licht kommen."

Bender sagt zunächst nichts darauf, sein Gesichtsausdruck gleicht aber einem Fragezeichen. Er gibt mir wohl im Stillen Recht, scheut sich aber als Staatsbeamter, das Thema Bestechung so klar zu benennen wie ich das tun kann. Dafür beginnt er zu sinnieren.

„Ja, ja, die Welt ist nicht einfach und anständig zu bleiben, das schafft nicht jeder."

Ein zwei Minuten vergehen, jeder von uns beiden hängt seinen Gedanken nach. Wir schweigen uns an, irgendwie einig aber doch unfähig, das weiter zu thematisieren. Dann ergreift Bender erneut das Wort.

„Ich sprach vorhin von Merle Corten. Sie erzählten mir doch, sie wollte kurz vor ihrem Tod mit Ihnen reden, weil ihr etwas aufgefallen war."

Ich nicke und Bender fährt fort: „Könnte das vielleicht in Verbindung stehen mit einem Bild, einem Gemälde, das aus dem Festsaal des Klosters gestohlen worden ist?"

Elektrisiert von diesen Worten stelle ich sofort eine Gegenfrage: „Ja, ja – was wissen Sie darüber?" Bender lehnt sich zurück, trinkt erst einen Schluck, um meine Neugierde noch mehr zu steigern und sagt dann ganz langsam und mit ruhiger Stimme.

„Wir haben dieses Bild gefunden – es lag in Scharoths Haus. Wir können damit wenig anfangen, werden es wohl bald Frau Weder bzw. der Stadt als Eigentümer zurückgeben. Es sei denn, Sie wollen einmal einen Blick auf dieses Bild werfen. Sie wissen vielleicht mehr und könnten mir dann einen Tipp geben. Falls das nichts bringt, kann ich ja Frau Weder immer noch fragen, ob sie mir weiterhelfen kann."

Und ob ich das will. In meinem Gehirn laufen die Synapsen der Nervenzellen heiß, rechte und linke Hirnhälfte schießen sich einander Botschaften zu, ein ganzes Bündel an Überlegungen.

Ich höre Bender noch sagen: „Die Nachricht überrascht Sie offensichtlich. Sie machen einen etwas irritierten Eindruck."

Ich versuche, mir so wenig wie möglich von der inneren Anspannung anmerken zu lassen, atme dreimal ganz langsam und möglichst unauffällig durch und spreche so ruhig wie es mir nur möglich ist.

„Es geht doch um dieses Bild der Blindenheilung, das auf dem Sims im Festsaal stand und dort verschwunden ist?"

„Ich kenn mich mit Heiligen und solchen Bildern nicht aus. Aber als Frau Weder den Verlust gemeldet und Anzeige erstattet hat, sprach sie in der Tat von einer Blindenheilung und danach sieht mir das Bild trotz meiner mangelhaften religiösen Kenntnisse aus."

„Da würde ich in der Tat gern mal einen Blick drauf werfen, vielleicht kann ich Ihnen danach sagen, weshalb sich Scharoth dafür interessiert hat und wahrscheinlicher Auftraggeber des Diebstahls war. Wo ist das Bild jetzt, in der Polizeidienststelle oder direkt in Ihren Händen bei der Kripo?"

„Weder noch", antwortet Bender.

„Nun machen Sie kein so enttäuschtes Gesicht. Der Staatsschutz hat sich nämlich bereits erkundigt, Herr Gahl möchte das Bild ebenfalls in Augenschein nehmen. Er will morgen kommen und ich fürchte, er könnte das Gemälde aus irgendwelchen Gründen beschlagnahmen."

„Das ist ja ganz toll und was machen wir jetzt?", antworte ich enttäuscht.

Jetzt gleitet ein Lächeln über Benders Gesicht: „Wir Kripoleute müssen unseren Grips anstrengen, wenn es der Sache dient, weiche ich schon mal von Vorschriften ab."

„Wie meinen Sie das?" frage ich nach.

„Ganz einfach, ich habe das Bild im Auto und kann es holen, um Ihnen zu ermöglichen, einen Blick darauf zu werfen."

Mein Puls beschleunigt wie ein Sprinter am Startblock.

„Ja tun Sie das bitte", fordere ich Bender auf.

Der spürt mein Interesse und kontert kühl: „Was bekomme ich dafür von Ihnen?"

Ich überlege einen Moment, sage dann: „Ich hab noch ein Cocktailglas aus Scharoths Haus, aus dem unmittelbar vor seinem Tod getrunken worden ist."

Wohlweislich erwähne ich den Lippenstift am Rand nicht, der von einer Frau, vermutlich von Lizzy stammt. Bender ist gleich ganz hellhörig, will das Glas auf Reste eines Betäubungsmittels untersuchen, das Scharoth verabreicht worden sein könnte.

Er fordert mich auf: „Beim Benzodiazepin haben Sie nur zehn Minuten gebraucht. Als los, bringen Sie mir das Glas, danach hole ich das Bild aus dem Auto."

Ich hätte mir zwar das Bild am liebsten sofort angesehen, dring damit aber bei Bender nicht durch. Die rechte Gehirnhälfte sagt mir: Er wird Dir das Bild in jedem Fall zeigen, warum sonst hätte er sich mit dir heute erneut treffen sollen, und weil auch die linke Hirnhälfte nichts gegen diese Einschätzung einwenden kann, stehe ich auf, um nach Hause zu fahren und das Glas zu holen. Wenn das nur alles glatt geht, ich bin so neugierig auf das Bild. Ich fahre etwas zu schnell durch eine 30er- Zone und werde geblitzt. Egal. Zuhause nehme ich das Glas mit dem eingetrockneten Rest eines Drinks und den roten Spuren eines Lippenstiftes vorsichtig mit einem Papiertaschentuch und wickle es in eine Küchenrolle. Schon sitze ich wieder im Auto auf dem Weg zurück zur Sportgaststätte. Als ich zu unserem Tisch zurückkehre, sehe ich: Bender ist weg. Ein Schreck durchzuckt mich. Wo kann der bloß hin sein. Überwacht der Staatsschutz nun schon auch ihn, oder noch schlimmer, hat am Ende Faccine Wind bekommen und beschattet die Kripo oder gar mich. Wirre Gedanken schießen durch meinen Kopf, die Logik findet keine Antwort, und auch das Bauchgefühl hilft mir jetzt nicht weiter. Ich renne ins Gebäude, suche die Bedienung, um eine Antwort auf den Verbleib Benders zu bekommen. Vergeblich. Fahrig, beinahe zittrig vor Aufregung gehe ich zurück zu unserem Tisch im Freien und glaube meinen Augen nicht trauen zu dürfen. Ganz gemächlich stolziert Bender aus Richtung Parkplatz daher. In den Händen hält er ein Paket, ja es könnte das mit einer Hülle umwickelte Bild sein. Es ist größer als ich es in Erinnerung habe. Als Bender den Tisch erreicht, stellt er dieses Paket mit einem heftigen Atemzug am Boden ab.

„Was ist?“ fragt er, als er meine ganz sicher verdatterte Gesichtsmiene sieht und liefert gleich selbst die Antwort: „Ich habe in der Zwischenzeit das Bild aus dem Auto geholt und erkenne ganz nebenbei aus ihrem Gesichtsausdruck, wie wichtig es Ihnen ist, darauf einen Blick werfen zu können.“

Dieser schlaue Fuchs, denke ich. Er hat das ganz bewusst gemacht, vermutlich im Auto gewartet, bis ich wieder ins Lokal gegangen bin, um mir einen Schrecken zu versetzen und mein Interesse an diesem Bild zu testen.

„Erst das Glas“, fordert er mich nun auf.

Vorsichtig wickle ich die Küchenrolle ab, greife erneut zum Taschentuch und stelle das Glas vor Bender ab.

„Ich hoffe, Sie haben nicht zu viel daran herumgefummelt, aber Ihre Finderabdrücke haben wir ja und können sie aussortieren. Da sind ja rote Spuren, offenbar von einem Lippenstift", sagt er. „Daraus dürfte Scharoth eher nicht getrunken haben, das hat eine Frau benutzt."

„Aber es war noch frisch, als ich es nach seinem Tod in der Villa eingepackt habe. Inzwischen sind die Getränkereste ganz eingetrocknet, damals waren sie noch feucht."

„Das hätten Sie mir gleich geben müssen, das könnte Beweismaterial sein", sagt Bender vorwurfsvoll, zieht eine kleine Plastiktüte aus seiner Jacke und steckt das Glas hinein. Erwartungsvoll blicke ich ihn an.

„Ach ja das Bild, auf das Sie so sehnsüchtig warten."

Bender hebt das Paket vom Boden, legt es auf den Tisch, blickt einmal in die Runde. Wir sind allein, kein Mensch sitzt sonst hier draußen, alle haben die wärmeren Innenräume einem Aufenthalt im Freien vorgezogen. Jetzt nimmt Bender das Packpapier und darunter eine Umhüllung aus Filz ab. Das Licht hier draußen ist nicht besonders gut. Aber ich kann klar erkennen: Das ist das Gemälde, die ich mit Frank vom Gerüst aus auf dem Sims des Festsaals im Kloster gesehen habe. Es scheint mir auch nicht besonders gut gemalt zu sein. Aus der Nähe betrachtet, erkenne ich zudem viele Fehlstellen, an denen die Farbe bereits abgeblättert ist. Das Gemälde ist in einem noch schlechteren Zustand, als vom Gerüst aus zu erkennen war. Detailliert betrachte ich dennoch die Motive darauf. Ich sehe diesen Mann mit dem weißen Mantel und dem aufgenähten roten Kreuz, den abgelegten Helm neben sich, die abgenommene Augenbinde noch in der rechten Hand. Sein wiedergewonnener Blick richtet sich auf Jesus, der direkt vor ihm steht und den Mann segnet. Die weiße Farbe am Mantel ist an vielen Stellen nur noch schwer zu erkennen, aber eines ist noch immer sehr klar zu sehen. Der Geheilte blickt seinen Heiland ganz verklärt an, gerade so, als sei ihm ein Blick ins Jenseits vergönnt. Ehrfürchtig kniet er vor seinem Helfer und Gott. Die umstehenden Mönche schauen allesamt auf den Ritter, goutieren als klerikales Beiwerk dieses Wunder.

Eingehend betrachte ich nun das Bauwerk daneben mit der Frau. Ja es ist eindeutig die hl. Katharina, die Symbolik ist unverkennbar. Das Kreuz und einen Palmzweig in der Hand steht sie da und blickt nicht wie die Mönche auf den von Blindheit geheilten Ritter, sondern direkt nach vorn in Richtung des Betrachters. Sie wirkt auf mich wie die Mittlerin, sie überbringt dem Betrachter des Bildes dessen Botschaft, verkündet sozusagen der Welt die Nachricht von der Wunderheilung. Neben Katharina steht dieser runde fast turmartige Bau mit Palmen im Hintergrund. Und in der Mitte dieses Tempels steht ein Leuchter mit sieben Kerzen. Von oben fällt göttliches Licht auf die Szenerie, hell erscheinen insbesondere Jesus und der Ritter, aber ein weiterer Lichtstrahl trifft auch die hl. Katharina und den Tempel, bringt den Leuchter darin besonders zur Geltung.

„Das Bild scheint ihnen zu gefallen", kommentiert Bender. „Es ist sicher einige Jahrhunderte alt, und ich habe von Kunst wenig Ahnung. Aber so viel erkenne ich schon – es ist in einem schlechten Zustand und sein Wert erscheint mir nicht so hoch, dass ein Mann wie Scharoth deshalb einen Diebstahl riskieren würde. Warum in aller Welt ist dieses Gemälde in Jost Scharoths Haus gelandet? Warum hat ihn dieses Bild interessiert?"

„Vielleicht gar nicht ihn selbst. Er handelte ja mit Kunst. Es könnte also auch sein, ein anderer wollte dieses Gemälde und hat Scharoth viel Geld geboten, um es zu bekommen?", werfe ich ein.

Bender wiegelt ab.

„Das glaube ich nicht. Das Bild war doch ewig lang in Privatbesitz, ist bei Kunstsammlern folglich gar nicht bekannt. Wenn es einen Interessenten gibt, so müsste der aus dem Umkreis sein, weil nur hier die Wiederentdeckung dieses Werks bekannt ist."

„Wir sollten das Bild von allen Seiten betrachten", sage ich und sehe den Zeitpunkt gekommen, es umzudrehen, um dort nach Spuren oder Zeichen zu suchen. Das mache ich möglichst unspektakulär, Bender soll ja nicht merken, wie wichtig mir gerade die Rückseite des Bildes ist.

„Auch ich habe mir die Rückseite schon angesehen" erwidert Bender, „da finden sich an einer Stelle seltsame Zeichen und Ziffern. Ich kann damit nichts anfangen. Vielleicht haben Sie eine Erklärung dafür?"

Bei diesen Worten geht ein Blitz durch mich hindurch. Was weiß Bender noch, kann er meine Gedanken erraten? Ich versuche, ganz ruhig zu bleiben und beuge mich möglichst unaufgeregt über die vor mir liegende Rückseite des Bildes. Auf den ersten Blick kann ich so gut wie nichts erkennen. Denn hier draußen ist nur wenig Licht. Bender scheint auch darauf vorbereitet zu sein, zieht eine Taschenlampe aus seiner Jackentasche und leuchtet damit auf eine Stelle der Leinwand auf der linken Seite am Ende des oberen Drittels.

Jetzt seh ich es auch und beginne zu lesen: „sept st E2r3h". Ich zucke mit den Schultern. „Weiß nicht, was das bedeuten soll, könnte ein Code sein, oder doch nur Bestandteil eines Verzeichnisses von Einrichtungsteilen im Kloster."

„Ich hatte gehofft, Sie könnten mir mehr sagen", kommentiert Bender. „Wir sollten dem nicht allzu viel Beachtung schenken, ich denke, die Vorderseite des Bildes ist maßgeblich für den Diebstahl. Zudem frage ich mich: Sollte Scharoth tatsächlich ermordet worden sein und spielt das Bild dabei eine Rolle, weshalb haben seine Mörder das Kunstwerk dann nicht mitgenommen. Es lag zwar nicht gerade zum Einpacken bereit im Haus, aber hätten die Täter danach gesucht, hätten sie es in jedem Fall gefunden."

Während Bender spricht, schreibe ich die Inschrift auf meinen Block, greife dann zur Sicherheit zu meiner Kamera, meinem täglichen Begleiter und fotografiere die Zeichen. Dann drehe ich das Bild wieder um und fotografiere auch noch die Vorderseite. Während ich das mache, geht ein Pärchen an uns vorbei, grußlos und das ist eher auffällig in dieser kleinen Stadt. Der Mann hat einen Hut tief ins Gesicht gezogen, das nicht zu erkennen ist. Mir fällt lediglich auf – dieser Mann bewegt sich elegant und sehr gleichförmig, fast wie eine Maschine. Aber egal. Bender packt das Bild wieder ein. Wir bleiben noch eine halbe Stunde hier und reden über Scharoth und seine Geschäfte. Dann wird es empfindlich kühl und wir brechen auf.

Ich muss unbedingt mit Frank sprechen. Auf dem Weg nach Hause rufe ich ihn an, kann ihn tatsächlich erreichen. Hat aber heute leider keine Zeit mehr. Wir vereinbaren, uns am nächsten Abend zusammenzusetzen.

„Wir müssen über eine Zahlenkombination nachdenken. Dazu brauche ich Deine Logik", lasse ich den Freund wissen.

Noch in Gedanken über die Inschrift versunken gehe ich ins Bett. Aber ich schlafe schlecht in dieser Nacht. Aus den Tiefen des Unterbewusstseins steigt erneut dieser unheimliche Diener Belial empor. Nur sitze ich diesmal nicht mit Jost Scharoth im Bellmann-Haus, um beim Watten meine Dukaten an ihn zu verlieren. Nein, diesmal stehe ich mit Frank vor dem Kloster Raitenhaslach, wo uns ein Mann in Soutane vom Eingangstor her zuwinkt. Wie von magischer Hand angezogen, gehen wir ihm hin.

„Ich bin der Diener des Universums", stellt er sich uns vor und fordert uns auf ihm zu folgen. Der dunkle Gang zum Treppenaufgang verändert mit jedem Schritt vorwärts sein Aussehen. An den Wänden tauchen Schatten auf, Spiegelungen, Umrisse von Menschen und Tieren. Alles fließt ineinander, nichts bleibt beständig, die Figuren verändern permanent ihr Aussehen und ihren Charakter. Da blickt mich eine Maid liebevoll innig an. Schon wird ihr Blick starrer, ihr Gesicht bösartig. Sie wandelt sich zur Hexe und kurz darauf zu einem Krokodil, das mich verschlingen will. Erkennbar werden diese Figuren in dem Dunkel, weil ein lilafarbenes Licht den Raum füllt, dessen Intensität rapide zunimmt und das wie ein Projektor Bilder an die Wände wirft. Selbst Belials schwarze Soutane bekommt davon einen feinen und dennoch unheimlichen Stich ins Lila.

Als wir an der Treppe ankommen, bleibt uns nur der Weg vorwärts. Ich bin gerade noch dem Krokodil entkommen, aber eine Schlange hat Franks Bein gepackt und will ihn wegzerren. Ich reiche Frank eine Hand, versuche ihn zu mir herzuziehen. Aber meine Kraft reicht nicht. Da dreht sich der uns vorangehende Belial um, ein blaues Licht entfährt seiner Stirn und trifft die Schlange. Augenblicklich lässt sie los und verschwindet mit einem Zischen im Meer der Wandfiguren.

„Folgt mir", fordert uns nun Belial mit schneidender Stimme auf und steigt die ersten Treppenstufen empor. Drei Stufen hat er bereits erklommen und das Eigenartige ist: Er steht jetzt tiefer als wir es sind. Nicht auf die Stufen treten, sagt mir eine innere Stimme, aber die Warnung ist vergeblich. Ich bin hilflos, wie fremdbestimmt setze ich meinen Fuß auf die erste Stufe und folge Belial. Als ich mich umdrehe, erkenne ich Frank ein Stück über uns. Aber auch er kann sich der Magie dieser Treppe nicht entziehen und folgt uns. Ob wir wollen oder nicht – mit jeder Treppenstufe, die wir hochsteigen, geraten wir ein Stück tiefer. Eindeutig - es geht nach unten. Die Stärke des Lichts lässt nun nach, und auch die Farbe verändert sich, das Umfeld wird bläulicher. Als wir die oberste Treppenstufe erreicht haben, eröffnet sich der Blick auf eine weite Welt vor uns. Wir sehen eine Ebene, begrenzt von Bäumen am Horizont. In der Mitte liegt ein zentrales rundes Bauwerk mit einer mächtigen Kuppel. Sie leuchtet strahlend gelb inmitten des allgegenwärtigen bläulichen Lichts. Das Dach besteht offenbar aus purem Gold. Es ist ein Tempel, ein Heiligtum. Scharen von Menschen strömen dorthin und wieder zurück, um sich dann in den Bäumen am Horizont zu verlieren. Wir nähern uns rasend schnell diesem Tempel. Jetzt sehe ich: Schwer beladen gehen die Menschen dorthin, einige ziehen sogar kleine Wagen mit, auf denen sie Opfergaben mitbringen. Ziel dieser Pilgerkarawanen ist ein großer runder Brunnen im Zentrum des Tempels. Aber es ist kein Wasser darin. Es ist auch kein richtiger Brunnen, eher ein Loch. Aus dessen Tiefen steigt Rauch auf, der die Sicht nach unten nimmt. Die Menschen werfen ihre mitgebrachten Gaben über ein Geländer in die Tiefe. Das Unheimliche darin ist die Geräuschlosigkeit. Egal was die Menschen über die Brüstung werfen, es ist nichts hören. Selbst Diamanten, Ringe oder Goldbarren verschluckt dieser Schlund ohne jegliche Reaktion. Kein Aufprall, kein Klimpern ist zu hören. Die Pilger scheint das nicht zu stören, im Gegenteil. Sie wetteifern darum, möglichst schnell möglichst viel von ihrem Hab und Gut in dieses Loch zu werfen.

Nach kurzer Zeit bestimmt Belial: „Kommt mit". Wir gehen zu einer etwas abseits gelegenen Säule, und wieder schießt ein Licht aus Belials Stirn, diesmal in Rot. Da öffnet sich in der Säule ein Spalt, der breit genug ist, dass wir durchgehen können. Dahinter liegt eine Wendeltreppe und jetzt geht es unverkennbar nach unten. Der Weg ist lang, mir wird ganz schwindlig. Frank ergeht es ebenso, er greift hin und wieder nach mir, um sich festzuhalten und eine Stütze zu finden in diesem Karussell, das uns in die Tiefe führt. Endlich kommen wir unten an, sind halb benommen von der schier endlosen Kreislauferei.

Ganz langsam und mit tiefer Stimme lässt uns Belial wissen: „Nur wenigen ist der Einblick in dieses Geheimnis vergönnt. Hier liegt der Sinn allen Schaffens, der Ursprung des Seins, öffnet Eure Augen und Ihr werdet sehen."

Alles was ich zunächst erkennen kann, ist ein aggressives rotes Licht, das alles in Beschlag zu nehmen scheint. Ein Blick auf meine Beine und Frank zeigt – alles leuchtet rot. Nur Belials Soutane widersteht, bekommt zwar einen ins Rötliche gehenden Schimmer, bleibt aber schwarz. Wir gehen einige Schritte voran. Dabei öffnet sich der Raum vor uns, um sich im Gegenzug hinter uns wieder zu schließen. Eine rote Wand umgibt uns wie eine Blase, die mit unseren Bewegungen mitwandert. Wie aus dem Nichts taucht es plötzlich vor mir auf – ein Ungetüm, ein Drache mit feurig funkelnden Augen und einem riesigen Maul. Das hat dieses Monster weit aufgerissen. Hinein fallen all die Gaben, die von oben eingeworfen werden, das Untier verschlingt alles. Als wir etwas nähertreten, beginne ich zu zweifeln. Ist das überhaupt ein Tier? Je mehr ich mich anstrenge, Details zu erkennen, umso mehr verschwimmen vor meinen Augen die Konturen.

„Das ist ein schwarzes Loch", höre ich Frank hinter mir sagen. „Es zieht alles an und nichts kann ihm entweichen." Dabei bemerke ich, wie wir diesem unersättlichen Maul immer näherkommen und je mehr wir in seinen Bann geraten, umso mehr lösen sich sämtliche Formen auf. Auch das Rot haben wir bereits hinter uns. Vor uns liegt nur noch ein schwarzes Nichts.

„Ihr wolltet es unbedingt sehen", höre ich Belial sagen. Er ist zurückgeblieben, nur Frank und ich rutschen immer mehr nach vorn, dem unersättlichen Schlund entgegen. Schon kribbeln meine Beine, eine Schwingung scheint sie erfasst zu haben. Meine Gliedmaßen ziehen sich in die Länge, streben dem Abgrund zu, mein Körper sträubt sich noch dagegen. Frank scheint es ebenso zu ergehen. Er sieht urkomisch aus, seine Gesichtszüge sind verzerrt, Ohren und Nase in die Länge gezogen, die Stirn flieht nach hinten weg.

„Was könnt Ihr geben?" fragt wie aus einer fernen Welt Belials Stimme.

„Wir haben keine Opfer dabei!“ höre ich Frank schreien.

„Dann müsst Ihr Eure Seelen opfern“, antwortet Belial kalt.

Und schon zerren die unheimlichen Kräfte nicht mehr nur an den Gliedmaßen, sondern auch am Körper. Ein mächtiges Rauschen ertönt, ein Sturm reißt uns mit und direkt hinein ins Inferno. Der Orkan wird immer lauter, er brüllt in meinen Ohren. Etwas schlägt gegen meinen Kopf – und ich werde wach. Ich bin gegen die Bettkante geschlagen, draußen regnet es und es ist etwas stürmisch. Erleichtert atme ich durch. Ich lebe, bin diesem Sturz ins Bodenlose entkommen.

Frank offensichtlich auch. Denn schon am frühen Morgen schickt er mir eine Botschaft aufs Handy: „Wir sehen uns heute Abend, ich habe in den kommenden Tagen Zeit, um mit Dir im Kloster nachzuforschen.“

Kapitel 41

Sechs Arme in Ellen gemessen

„Wir müssen Kindern Zeitung schmackhaft machen. Das ist eine ganz wichtige Aufgabe, denn sonst hat unsere Branche keine Zukunft."

Franz Schuster erklärt mir gerade, wie wichtig es sei, Schulklassen in die Redaktion einzuladen, um so die Leser von morgen zu generieren. Dabei verfolgt mich an diesem Morgen noch immer Belial, dieser ungute Geist der Nacht, und mein Interesse an pädagogischer Medienarbeit hält sich – zurückhaltend ausgedrückt - in Grenzen. Du musst da durch, mahnt mich meine logische Gehirnhälfte, aber die emotionale andere Hälfte schreit: Ich will nicht. Der Aufschrei jedoch hilft nicht. Denn Schuster hat mich nicht nur vollgesülzt, sondern auch klar und deutlich wissen lassen: „Das müssen Sie machen. Genau dafür brauch ich Sie!"

Deshalb sitz ich ja an diesem Morgen nicht im Großraumbüro mit Kollegen, sondern in einem eigenen kleineren Raum zusammen mit einem Mediengestalter und zwei Computern. Aber wir sind hier nicht allein. 24 Pubertierende und ihre Lehrerin haben sich zwischen den Bildschirmen für zwei Schulstunden häuslich eingerichtet. Aufgeteilt in zwei Gruppen, können sie zuschauen, wie Zeitung gemacht wird. Ich lege eine fiktive Seite für den morgigen Tag an, stelle ein paar Artikel drauf und zeige den Kindern, wie man das Layout verändern kann und worauf man achten muss, damit am Ende alles passt. Aber das Erklären fällt mir heute schwer. Also am besten die Kinder beschäftigen. Jede Gruppe soll einen Bericht über den heutigen Besuch in der Redaktion verfassen, danach wird wechselseitig korrigiert und redigiert. Voller Elan hacken sie in die Tasten. Erfahrungsgemäß dauert das aber doch, denn nichts bleibt so wie zunächst von einigen vorgedacht.

Und natürlich haben die Kinder Fragen mitgebracht: „Verwenden Sie künstliche Intelligenz?" „Bekommen Sie vom Verlag zusätzlich eine eigene Internetseite, damit Sie auch als Blogger erfolgreich sein können?" „Wie viel verdient ein Redakteur?"

Kinder sind eben ein Spiegelbild der Erwachsenenwelt, geht es mir durch den Kopf. Geld und Ansehen sind ihnen genauso wichtig wie ihren Eltern. Franz Schuster hätte ihnen sicher bessere Antworten geben können. Ich erlebe mich einmal mehr im falschen Film.

Kurz bevor die Klasse uns wieder verlässt, kommt Schuster noch auf einen Sprung vorbei.

„Wir sind hier am Puls der Zeit, kämpfen für die Wahrheit und halten die Politik in Schwung, damit unser Staat funktioniert und Recht auch Recht bleibt", spricht er belehrend wie ein Priester von der Kanzel zu den Kindern. Das hebt die Stimmung, ohne dass Schuster das bewusst wird. Er sagt mir hinterher lediglich: „Sie sollen hier ja nicht nur technische Dinge vermittelt bekommen, sondern gerade auch die richtige ethische Einstellung." Dass die Kinder glucksend, einige gar feixend den Raum verlassen und sein Auftritt der Auslöser dafür war, auf einen solchen Zusammenhang käme Schuster nie im Leben.

Eine halbe Stunde später läutet mein Handy. Eva ist dran. „Mensch Tom, ich bin fündig geworden", sagt sie mit aufgeregter Stimme. „Du hast also was im Archiv entdeckt, einen Hinweis auf Katharina?" frage ich nach und merke, wie mein Puls schneller wird.

„Ja Tom, es ist mehr als ein Hinweis. Denn es hat früher einen eigenen Katharinenaltar in der Klosterkirche gegeben. Das war zwar nur ein kleiner Seitenaltar in der rechten Chorapside, der Ende des 16. Jahrhunderts verlegt und später ganz abgebaut worden ist. Ob es dort eine Statue oder ein Altarbild gab, ist nicht bekannt. Aber wir wissen nun genau, wo der Altar zu der Zeit stand, als die Templer einen Teil ihrer Schätze den Zisterziensern zur Aufbewahrung anvertrauten. Und an dieser Stelle ist das Mauerwerk auch nie verändert worden, selbst nicht bei dem großen Umbau der Kirche von der romanischen zu ihrer heutigen barocken Ausstattung."

„Jetzt wird es heiß", höre ich mich sagen. „Eva Du musst unbedingt am Abend zu mir kommen. Auch Frank wird da sein. Wir müssen überlegen, wie wir vorgehen."

„Da sind wir ganz einer Meinung", antwortet Eva und fragt: „Kannst Du früher los. Ich hätte noch einen weiteren Punkt mit Dir zu besprechen."

„Sofern mich Schuster weglässt, aber mir fällt schon was ein."

„Sagen wir 16 Uhr", schlägt Eva vor. „Falls das nicht klappt, melde Dich bitte nochmal in der nächsten Stunde. Danach bin ich nicht erreichbar."

„Alles klar".

Ich überlege einen Moment, dann gibt es nur einen Weg – zu Schuster. Aber ich komme nur bis zum Vorzimmer. Chefsekretärin Fuchs lässt mich wissen: „Herr Schuster hat gerade Besuch, darf nicht gestört werden."

„Wenn das so ist, richten Sie ihm bitte aus, ich bin mit meiner Tagesarbeit fertig. Er hat mich doch letztens zu diesem Damenkränzchen geschickt, Sie erinnern sich." Rosa Fuchs nickt bestätigend und ich fahre fort: „Dort habe ich eine nette Dame getroffen, deren Sohn in Brasilien eine Sambaschule eröffnet hat, um deutsche Leichtigkeit in den Samba zu bringen und den Südamerikanern zu zeigen, wo es tänzerisch langgeht. Ich fahr jetzt zu ihr und mache eine Reportage über ihren Sohn."

„Ist gut, ich werd's Herrn Schuster ausrichten, also dann bis morgen (sie zwinkert mit den Augen und lacht) in neuer Sambafrische." Sie hat ganz offensichtlich den ironischen Unterton zur deutschen Leichtigkeit schon verstanden. Auch ich lache und frage: „Wer ist denn grad bei Schuster, dass er partout nicht gestört werden will?"

„Das ist so ein komischer Typ, akkurat vom Scheitel bis zur Sohle, er redet wie eine Nähmaschine. Der Mann heißt Gahl und ist Regierungsbeamter. Keine Ahnung, was der mit unserem Chef zu besprechen hat. Aber er ist nicht zum ersten Mal hier."

Als der Name Gahl fällt, habe ich augenblicklich diese streng gescheitelte Kurzhaarfrisur mit dem akkurat rasierten Gesicht vor mir. Und nun glaube ich sogar die monotone Stimme des Staatsschutzbeamten durch die Tür zu hören. Leider kann ich kein Wort verstehen. Ich kann nichts weiter machen als gehen.

„Also bis morgen Frau Fuchs."

Auf dem Heimweg bereite ich schon den Abend vor, organisiere ein paar Happen zu essen sowie dunkle Schokolade und zwei Flaschen Chateau Neuf du Pape. Schokolade habe ich besonders viel gekauft, vielleicht auch wegen eines unguten Gefühls, das Gahls Besuch bei Schuster ausgelöst hat. Denn ich bin mir sicher, ich war ein wichtiger Punkt bei dem Chefgespräch. Aber trübe Gedanken bringen mich nicht weiter. So habe ich ausgiebig über die Inschrift auf der Rückseite des Bildes nachgedacht. „sept st" könnte in der Tat für „Septem Stellae" stehen und damit für eine Bezeichnung des siebenarmigen Leuchters. Aber habe ich die Schrift überhaupt richtig gelesen? Die Zeichen sind zwar relativ gut erhalten, aber die Schreibweise war vor Jahrhunderten natürlich anders als heute, und ich könnte den Fehler gemacht haben, nur das zu erkennen, was ich gerne lesen wollte.

Als Eva in meine Wohnung kommt und mir gleich die im Diözesanarchiv gefundenen Textstellen über die Altäre in Raitenhaslach zeigen will, winke ich ab.

„Das machen wir später, am besten zusammen mit Frank. Ich zeig Dir etwas anderes, das Frank zwar auch noch nicht kennt. Aber ich möchte von jedem von Euch erst eine Meinung haben, die frei ist von Einflüssen des anderen. Gemeinsam darüber sprechen können wir danach immer noch."

So lege ich den Chip der Kamera in den Computer, um die Inschrift entsprechend vergrößern zu können, und nur diese zeige ich zunächst Eva. Sie weiß also nicht, dass es um das Bild der Blindenheilung geht.

„Was ist das für eine Inschrift?" fragt Eva auch sofort.

„Später, lies erst. Du hast Ahnung mit alten Schriften. Was siehst Du?"

„Da stehen einige Buchstaben, Moment ich zieh das noch ein bisschen größer."

„Das sieht aus wie gotische Minuskeln, das Geschriebene ist sehr alt, mindestens 500 Jahre. Ich lese zunächst ‚sept st'. Danach folgt aus mir unverständlichen Gründen eine Majuskel, also der Großbuchstabe ‚E'. dahinter stehen Zahlen und wiederum Kleinbuchstaben."

„Du liest also ebenso wie ich ‚sept st'" frage ich nochmals nach.

„Ja, das scheint mir eindeutig zu sein."

„Danke Eva, für diese Bestätigung. Diese Schrift habe ich auf der Rückseite des Bildes von der Blindenheilung gefunden und auf diesem Bild ist auch die hl. Katharina abgebildet. Es hing einst im Kloster."

Jetzt zeige ich Eva auch die Vorderseite des Gemäldes und frage: „Könnte das einmal das Altarbild dieses Katharinenaltars gewesen sein?"

Eva reißt die erste Tafel Schokolade auf.

„Das ist ja der Hammer." Nun muss ich notgedrungen einiges erklären. Danach folgert sie: „Altarbilder sind eigentlich deutlich größer. Aber der Katharinenaltar war ja nur ein kleines Seitenheiligtum innerhalb der Kirche. Ich hab mich doch kundig gemacht. Zu besten Zeiten gab es sogar 26 Altäre in dieser Kirche. Da wird nicht jeder mit einem großen Altarbild ausgestattet gewesen sein. Das könnte also hingehen mit dem Altarbild. Was denkst Du bedeuten die Zahlen und Buchstaben dahinter?" will sie von mir wissen.

„Darüber hab ich mir auch schon den Kopf zerbrochen. Falls die Annahme stimmt, dass der legendäre Leuchter aus dem Tempel in Jerusalem tatsächlich bei den Zisterziensern in diesem Kloster gelandet ist, halte ich das für einen Hinweis darauf, wo sich dieses Heiligtum befindet. Aber mit den Buchstaben und Zahlen kann ich nichts anfangen. Es gibt in der Klosterkirche keine Bretter wie im Dachgeschoss des Prälatenstocks, die man durchzählen könnte."

Eva denkt einige Minuten nach.

Dann sagt sie: „Die Mauerwerk der alten romanischen Kirche war nicht verputzt. Der Putz ist erst beim Umbau und der Barockisierung aufgebracht worden. Mit den Zahlen könnten durchaus die einst sichtbaren Mauersteine der Kirche gemeint sein."

„Auf die haben wir aber keinen Blick mehr und vor allem – wo sollten wir dann mit dem Zählen beginnen?"

„Ich würde sagen an der Stelle der Chorapside, wo einst der Altar stand. Die kenne ich zwar, aber nicht ganz genau, ein oder zwei Meter hin oder her sind schon möglich."

„Die Pfarrei wird uns sicher nicht erlauben, die Mauer aufzustemmen“.

Eva schüttelt den Kopf: „Für die Suche gibt es feinere Methoden, seismische Messungen oder ganz einfach Metalldetektoren, wie sie archäologische Schatzsucher zum Leidwesen der Fachwelt erfolgreich einsetzen. Eine solche Sonde könnten auch wir verwenden.“

„Wie wir vorgehen, besprechen wir am besten zusammen mit Frank. Der wird ohnehin bald hier sein. Aber Du bist doch deshalb früher gekommen, weil Du ein weiteres Anliegen hast. Was ist das?“

Eva hebt ihren rechten Arm und fährt langsam mit den Fingern durch ihre Haare. Zugleich wendet sie ihren Blick zum Fenster, geradeso als würde sie in der beginnenden Abenddämmerung Hilfe suchen für das, was sie sagen will.

„Ich habe Angst“, sagt sie und fügt nach einer kleinen Pause hinzu: „Nicht um mich und auch nicht um uns. Aber ich fürchte, wir haben ein Netzwerk gegen uns, das uns noch gehörig in die Suppe spucken könnte. Scharoth war eine gewichtige Spinne in diesem Netz und ist jetzt tot. Aber einer Hydra wachsen immer neue Köpfe nach.“

„Das sehe ich ähnlich, aber ich bin optimistischer als Du. Nach Informationen der Polizei ist Faccine nicht mehr in Deutschland, kann uns folglich bei der Suche nicht in die Quere kommen“, entgegne ich.

„Es gibt noch andere Gefahren und ich fürchte, Du erkennst manche Zusammenhänge nicht.“

„Welche zum Beispiel?“ „Scharoth hatte doch diese Nora Busse auf Dich angesetzt.“

„Wie kommst Du darauf?“ unterbreche ich Eva, während sich meine Nackenhaare aufstellen.

„Ich habe meine Quellen. Und ich habe die Sorge, dass Du Dich erneut mehr von Emotionen als von logischer Schlussfolgerung leiten lässt. Die Mafia ist zudem nur ein Problem. Denn es gibt ein weiteres – die ganz legalen Institutionen. Kurzum: Ich traue weder Deinem Chef noch dem deutschen Staat und seinen Beamten. Denk nur, wie Sie mit den Kartenfunden über die Bodenschätze im Kaukasus umgegangen sind. Und jetzt stelle ich mir vor – wir finden tatsächlich die Menora, dieses neben der Bundeslade wertvollste Heiligtum der jüdischen Religion. Wollen sie die dann an den Meistbietenden verhökern oder den Fund gleich ganz unterschlagen, weil damit eine unkontrollierbare Dynamik in Bewegung gesetzt werden könnte. Ich traue dem Staat alles Mögliche zu und wir müssen uns dagegen wappnen."

Evas Gedankengänge scheinen mir überzogen, wenngleich Gahls Besuch bei Schuster ein Alarmzeichen ist. Ich sag ihr davon besser nichts, sonst wird sie noch unerbittlicher.

„Ich traue dem deutschen Staat schon mehr als der Mafia", stelle ich klar. „Aber ich stimme Dir zu, wir sollten vorsichtig sein."

„Genau" hakt Eva ein und meint: „Sobald wir sicher sind, dass die Menora in Raitenhaslach ist, müssen wir den israelischen Botschafter einschalten. Wenn die Menora geborgen wird, müssen Vertreter Israels und des Zentralrats der Juden mit dabei sein. Gehen wir so vor, kann keine deutsche Behörde mehr dieses Kunstwerk verschwinden lassen. Denn ich befürchte, die Menora könnte zum großen Störfaktor für Deutschlands Wirtschaft und damit für mächtige Kreise werden."

„Was hat denn die Menora mit Wirtschaft zu tun. Da geht es um ein Kulturgut ersten Ranges. Die Wirtschaft wird da zweitrangig", entgegne ich.

„Dann stelle Dir einmal vor, was im Nahen Osten passiert, sollte die Menora nach Jerusalem zurückkehren. Eine solche Heimkehr könnte arabische Länder veranlassen, den Ölhahn nach Deutschland zuzudrehen."

„Ich denke, Du überzeichnest die Situation", entgegne ich.

„Hoffentlich ist es, wie Du sagst, aber Du sollst wissen, ich werde vor einer Bergung der Menora den israelischen Staat einschalten."

„Wenn Dir das so wichtig ist, dann tu es", stöhne ich und greife nun meinerseits zum ersten Stück Schokolade.

Endlich ist Frank da. Wir essen zunächst Antipasti mit Weißbrot und Pecorino. Davor habe ich Frank ebenfalls die Signatur auf dem Bild gezeigt und die Umstände erläutert, damit er sich schon während des Essens Gedanken über ihre Bedeutung machen kann.

Danach gibt er zu verstehen: „Ich denke, die Zeichen stehen im Zusammenhang mit dem Versteck im Dachgeschoss des Klosters und gehen auf den gleichen Urheber zurück – auf Michael Bräu. Insofern halte ich Evas Gedanken für nahliegend, die Zahlen könnten für die Mauersteine stehen. Es heißt doch 2r3h. Denken wir ganz einfach. Wenn wir zwei Steine vom Standort des Altars nach rechts zählen und drei Steine in die Höhe, dann könnte uns das zu dem vermutlich eingemauerten Versteck führen."

Eva nickt zustimmend und mir erscheint diese Logik ebenso nachvollziehbar.

„Aber", sage ich unvermittelt.

„Was aber?" fragt Eva und ich erkläre: „Irgendwie habe ich das Gefühl, das ist zu einfach, zu glatt. Dieses große ‚E' vor den Zahlen ist mir ein Rätsel. Was bedeutet es und warum ist der Buchstabe im Gegensatz zu allen anderen groß geschrieben?"

Wir denken nach. Keinem fällt etwas ein – zunächst.

„Energie wird es wohl nicht heißen", witzelt Frank nach einer kleinen Weile.

„Vielleicht steht dieses E für eine Maßeinheit so wie Liter oder Meter", werfe ich ein.

Frank trinkt einen Schluck Wein, nimmt ein Stück vom Pecorino und schließt die Augen. Er meditiert zwei oder drei Minuten. Dann sagt er unvermittelt: „Ich bin im Kopf mir bekannte Maßeinheiten durchgegangen, hab alles abgerastert. Zum E fällt mir nur eine Möglichkeit ein, ein Maß, das früher gang und gäbe war, heute aber nicht mehr genutzt wird – die Elle. Das E könnte also für Ellen stehen."

Schon sitz ich am Computer und lese vor: „Die antike Elle war 44,4 Zentimeter lang. Im Heiligen Römischen Reich gab es verschiedene Ellenmaße, so die Augsburger Elle mit 58 Zentimetern, die Braunschweiger Elle mit 57 Zentimetern. Doch die können wir vergessen. Denn es gab auch eine bayerische Elle, die hier wohl am ehesten in Betracht kommt und die maß sage und schreibe 83,3 Zentimeter. Allerdings hatte auch Regensburg eine eigene Elle, die ebenso gemeint sein könnte. Die war 81,1 Zentimeter lang, hatte damit eine ähnliche Größe."

Mein Handy läutet, und weil ich mich freue, dem Sinn der Inschrift näher gekommen zu sein, bin ich unvorsichtig und melde mich, obwohl es sich um eine mir nicht bekannte Nummer handelt.

„Hervorragend dass ich Sie erreichen kann. Ich verfolge ja sonst meine Mitarbeiter nicht bis in ihre Küche, aber verzeihen Sie, dass ich das nun in Ihrem Fall mache, denn es ist dringend."

Als ich die mir wohl bekannte Stimme vernehme, verdoppelt sich mein Puls und ich unterbreche den Mann verärgert.

„Was ist los. Machen Sie es kurz, hab grad wenig Zeit."

„Also kurz und bündig. Kannste haben, Raumoser. Du bist morgen eine halbe Stunde früher da, kannst Dich schon vorbereiten auf die zweite Schulklasse, die etwas früher kommt und für die ich Dich brauche. Musst auch nicht gleich pampig sein, dass ich Dich noch spät anrufe. Aber die Schulklasse morgen ist ganz wichtig, da erwarte ich Dein volles Engagement. Damit wir uns klar verstehen, Raumoser. Du bist morgen pünktlich da!"

Weiter kommt Franz Schuster nicht mehr, weil ich das Gespräch abgebrochen habe.

„Verflucht noch mal", blaffe ich Eva und Frank an, die mich angesichts meines Wutausbruchs völlig entgeistert betrachten.

„Das war Schuster", sagt Eva, die den Chefredakteur noch aus der Zeit des Praktikums bei mir kennt. Ich nicke.

Frank nimmt das nicht so ernst.

„Den solltet Ihr mal auf ein Schulungsseminar schicken, in dem er den richtigen Umgang mit Mitarbeitern lernt."

„Mist, Mist Mist!" höre ich mich und sage mit lauter Stimme: „Dieser Gahl vom Verfassungsschutz war heute bei Schuster. Ich denke, der steckt dahinter, und ich traue ihm nicht über den Weg." Und dann zu Eva gewandt füge ich hinzu: „Du hast vielleicht wirklich Recht mit Deinen Sorgen. Die dürfen uns nicht zuvorkommen. Deshalb wollte ich Euch eben noch vorschlagen, wir sondieren gleich morgen das Gelände und sehen uns die Stelle an der Kirche an, die als Versteck in Frage kommt."

„Da sehe ich gar kein Problem" beruhigt mich Frank. Ich habe ja jetzt zwei Tage frei und Zeit, der Spur nachzugehen."

„Ich komm natürlich mit", die zwei Vorlesungen morgen lass ich sausen, die sind nicht so wichtig. Ich bin jetzt neugierig, muss mir unbedingt selbst ein Bild machen. Ich will die Stelle sehen, an der der Katharinenaltar stand", macht Eva klar und fügt an mich gewandt hinzu: „Wir brauchen Dich nicht, das schaffen wir auch allein.“

Dann sinniert sie: „Also der Verfassungsschutz war bereits beim Chefredakteur. Jetzt müssen wir doppelt vorsichtig und vor allem schnell sein.“

Jetzt zeigt uns Eva die im Diözesanarchiv in Passau gefundenen Unterlagen zur Klosterkirche und ihren Altären. Aber ich höre nur halb hin. Schuster hat mir die Laune verdorben, warum nur bin ich leichtfertig ans klingelnde Handy gegangen? Ich hadere mit mir selbst. Die beiden versuchen mich zu trösten. Eine Stunde später hat sich meine Wut wieder gelegt, meine Gehirnhälften arbeiten wieder im gewohnten Takt.

So stelle ich die Frage: „Angenommen unsere Überlegungen stimmen, wo ist der Bezugspunkt, wo genau setzen wir den Hebel an? Wir müssen also vom Standort des Altars zwei Ellen nach rechts gehen und dann drei Ellen nach oben. Ein Altar beginnt am Boden und reicht in die Höhe. Messen wir vom Boden oder von der geschätzten Ebene des Altartisches aus? Außerdem hat auch ein kleiner Altar eine gewisse Breite. Auch hier fehlt mir der konkrete Ausgangspunkt. Im Übrigen gehe ich schon davon aus, dass die Beschreibung aus der Perspektive von innen gilt. Aber ganz ausschließen sollten wir nicht – die Beschreibung könnte auch für außen gelten.“

Frank und Eva haben aufmerksam zugehört, aber inzwischen auch die Flasche Rotwein geleert und sind deshalb nur noch bedingt kritischen Einwänden zugänglich.

Frank meint lediglich: „Der Altar stand doch nicht draußen, sondern in der Kirche. Dann muss es auch innen sein.“

Eva misst meinen Worten noch weniger bei: „Egal, wir sehen uns das morgen einfach mal an, klopfen die Mauern ab. Du weißt doch, an Hohlstellen gibt das einen dumpfen Ton. Das ist auch nur der erste Schritt. Bestätigt sich der Verdacht, organisiere ich eine Sonde. Gerade Gegenstände aus Gold lassen sich damit leicht finden. Dann sehen wir weiter, und dann bist Du ja auch wieder mit dabei, Tom. Also sei jetzt nicht traurig.“

Wie kommt die Zeitung zum Leser? Statt bayrische Ellen an der Raitenhaslacher Kirche auszumessen, genieße ich am folgenden Tag das Vergnügen, mir schon sattsam bekannte Sachverhalte einer Kinderschar zu vermitteln, die das erstens nicht interessiert, die zweitens nur hier ist, weil sie muss und die drittens glaubt, eine Zeitung sei nur was für Großeltern. Sogar Franz Schuster hat es sich nicht nehmen lassen, heute eine halbe Stunde früher zu kommen, um die Schulklasse zu begrüßen und mich gönnerhaft wissen zu lassen: „Na dann machen Sie mal." Ich mache das ohne jegliche innere Anteilnahme, spule ein routiniertes Programm ab und erfülle meine Pflicht. Mehr nicht.

Als die Kinder wieder aufbrechen, mit Stiften, Blöcken und der Gewissheit, wenigstens einen cooleren Vormittag verbracht zu haben als in der Schule, ist Schuster erneut zur Stelle, jetzt die Freundlichkeit in Person.

„Sie haben sicher nichts dagegen, wenn ich Sie heute zum Mittagessen einlade. Dabei könnten wir auch darüber sprechen, was Sie weiter machen, nicht nur heute. Sie sind ein guter Mann, Sie könnten es bei uns noch zu mehr bringen. Um es klar zu sagen: Ich möchte Ihrem Erfolg nicht im Wege stehen, im Gegenteil, ich will ihre Karriere fördern. Und nebenbei bemerkt. Sie haben ein völlig falsches Bild von mir. Ich bin nicht gegen Sie, hab Sie und Ihre Arbeit immer unterstützt, vielleicht auch deshalb, weil ich ein weiches Herz habe."

Bei diesen Worten wird mir innerlich ganz gruselig. Aber dem Chef einen Korb geben, das geht nicht. Also muss ich wohl oder übel mit ihm mittags in ein Restaurant. Er wählt ein Lokal mit bestem Ruf in der Altstadt. Da sitze ich nun mit ihm und diversen Häppchen, die in meinem Fall wirklich welche sind. Denn ich habe meine Kost so einfach wie möglich gewählt, während mein Begleiter ein Freund aufwendiger Gerichte ist, zumal er das Ganze als geschäftlich bedingtes Essen sieht und am Ende bewusst die Rechnung einsteckt, um sie als Spesen dem Verlag aufzubürden.

Während wir im Lokal sind, hat Frank zweimal versucht mich anzurufen. Aber ich habe vorab bewusst auf die Mailbox umgeleitet, Schuster muss nichts von diesen Gesprächen mitbekommen. Ich gehe in die Toilette und wähle Franks Nummer. Er geht nicht ran. Mist. Endlich fahren wir zurück ins Verlagsgebäude. Ich seile mich kurz ab und versuch erneut, Frank zu erreichen. Geht aber nicht. Also wähle ich die Nummer von Eva. Ich lass lange läuten.

Endlich bekomme ich sie an die Strippe. Aber sie redet wirres Zeug, wirkt völlig aufgelöst und ruft: „Tom Du musst sofort kommen, alles geht drunter und drüber, wir wurden angegriffen, Frank niedergeschlagen und es gibt einen Toten an der Klosterkirche."

„Was, wen? schrei ich ins Handy.

Eva stammelt: „Ist ein Mann, kenn ihn nicht. Aber es soll angeblich ein Beamter sein."

„Ich komme sofort, warte am Kloster auf mich."

Jetzt gibt es nichts mehr zu fackeln, ich muss handeln, bereue zutiefst, Schusters Anordnung überhaupt befolgt zu haben. Ich sag nicht einmal mehr Rosa Fuchs Bescheid, sondern renn einfach zum Auto und brause los. Aber es dauert fast eine Stunde, bis ich nach Raitenhaslach komme. Eine Stunde ist unendlich lang, wenn einem tausend Gedanken durch den Kopf schießen. Wer ist der Tote? Ist es am Ende Bender und wenn nicht, ist er schon am Tatort? Warum wurde Frank niedergeschlagen? Wer sind die Täter? Warum waren sie an der Klosterkirche?

Als ich den Platz vor dem Kloster erreiche, sehe ich schon Absperrungen der Polizei. Auch die Feuerwehr ist da. Am Rande der Absperrung sitzt eine junge Frau im Gras – Eva. Sofort bin ich bei ihr und will wissen: „Was ist passiert?"

„Endlich bist Du da", herrscht sie mich als erstes ungeduldig an.

„Was ist mit Frank?" will ich wissen.

„Nicht schlimm, er hat eine Beule und sicher eine Gehirnerschütterung, ist jetzt in der Klinik, wo er zwei oder drei Tage bleiben wird."

„Wo ist der Tote? Ist es ein Polizist?" frage ich als nächstes.

„Ich kenne den Mann nicht."

„Kommissar Bender?" hake ich nach.

„Nein der ist es nicht. Es ist ein Mann mittleren Alters, trug Anzug und Krawatte."

„Die Leiche werd' ich mir gleich ansehen, sofern mich die Polizei lässt, jetzt sag mir erst mal: Was ist passiert?"

Eva beginnt zu erzählen: „Frank und ich sind am späten Vormittag hergefahren. Wir sind bester Dinge, steigen aus dem Auto, wollen zunächst in den Klostergarten, um an der Außenseite der Kirche die Stelle zu suchen, an dessen Innenseite früher der Katharinenaltar stand. Unsere Überlegung ist, erst außen die Mauer abzumessen und sie auf Hohlstellen abzuklopfen, um uns dann die Innenseite vorzunehmen. Es ist schon eigenartig. Irgendwie liegt eine gespenstische Ruhe über der Anlage, aber dann hören wir kratzende Geräusche, die wir nicht einordnen können. Als wir den Durchgang rechts am Prälatenstock passiert und den hinteren Klostergarten erreicht haben, macht Frank plötzlich einen Sprung, reißt entgeistert die Arme hoch und schreit mich an: „Schau da - an der Kirchenmauer ist ein Loch!"

Jetzt sehe ich es auch. Wir rennen los und sind in Nullkommanix an der Mauer. Eine Leiter lehnt dort an der Kirchenwand, ist eben noch benutzt worden. Zweieinhalb Meter über dem Boden sehen wir ein tiefes Loch in der Mauer mit einem Durchmesser von etwa einem Meter. Das Loch reicht aber nicht durch bis nach innen. Sofort steige ich auf die Leiter nach oben. Und dann sehe ich es: Offensichtlich waren hier dünnere Außensteine vermauert worden, so dass es einen Hohlraum gibt. Diese Steine sind jetzt entfernt. Tom, hier war tatsächlich die Menora verborgen. Wenn Du es nicht glaubst, geh selbst hin, dann siehst Du noch die Spuren. Denn um dieses Heiligtum beim Einmauern nicht zu beschädigen, war es mit Tüchern umwickelt. Die sind inzwischen nahezu verrottet, aber in dem nun offenen Mauerstück ist noch ganz deutlich in den Stoffresten ein Abdruck dieses Leuchters zu erkennen. Sogar der goldene Zierrat aus Kugeln und Lilien hat sich im Abdruck noch erhalten. Aber die Menora selbst ist weg. Die Polizei muss schnell sein, sie muss dieses Heiligtum wieder finden. Es darf nicht sein, dass dieses Symbol des Glaubens zwei Jahrtausende überdauert hat, um dann der Habsucht heutiger Ganoven zum Opfer zu fallen."

Bei diesen Worten rollen Eva Tränen über die Wangen, sie wirkt niedergeschlagen und zerbrechlich.

„Was ist dann geschehen, wer hat Frank niedergeschlagen", will ich wissen.

„Ach ja, das auch noch. Ich bin so erschüttert, die Menora lag vor uns, nun ist sie weg, mein Kopf fährt Achterbahn, alles ist so schlimm, ich kann keinen klaren Gedanken mehr fassen."

„Was ist dann geschehen?" frage ich deshalb ein zweites Mal.

„Wir haben uns kurz umgesehen, zunächst nichts bemerkt und uns entschlossen, sofort die Polizei zu verständigen, um die Diebe und vor allem die Beute möglichst noch schnappen zu können. Doch mit dem Handy ging es nicht, Du weißt ja der Empfang hier ist katastrophal schlecht. ‚Wir müssen ins Pfarrbüro oder in die Gaststätte, um dort vom Festnetz die Polizei zu alarmieren', stößt mich Frank an.

Als wir fast am Durchgang zurück zum vorderen Garten ankommen, schreit Frank auf: ‚Da liegt einer'. Dann sehe ich ihn auch. Zehn Meter schräg vor uns an der Mauer zur Schwemme der Klosteranlage liegt ein Mann bäuchlings auf dem Boden. Sofort ist Frank bei ihm, er ist doch Arzt. Er dreht ihn um, versucht zu helfen, fühlt den Puls und untersucht den Mann. Dann sagt er: ‚Ich bemerke keine Lebenszeichen mehr. Werde versuchen, doch noch zu helfen. Verständige Du die Polizei und auf alle Fälle auch noch die Rettung. Vielleicht kann der Mann ja noch wiederbelebt werden. Damit er überhaupt eine Chance hat, werde ich ihn beatmen und versuchen, sein Herz wieder zum Schlagen zu bringen.'

Dann bin ich allein weiter. Das Pfarrbüro war nicht besetzt. Aber im Gasthaus waren Leute. Ich frage nach einem Festnetztelefon. Alle sind sehr hilfsbereit – und neugierig. Mein Gespräch mit der Polizei dauert. Denn nach einem Leuchter zu suchen, ist für den Polizeibeamten am anderen Ende der Leitung kein Grund zur Eile. Mir dagegen erscheint dieser Leuchter viel wichtiger als der Tote am Boden im Klostergarten. Erst als ich den erwähne, wird mein Gegenüber hellhörig. Leider auch ein Gast, der so nahe am Telefon sitzt, dass er das Gespräch mitbekommt. Der Mann rennt los, von Neugierde oder sonst was getrieben. Es dauert noch mehrere Sekunden, bis ich das Gespräch beenden kann.

Dann bin ich wieder los, um nach Frank und dem Mann am Boden zu sehen. Doch als ich an die Stelle komme, liegen dort plötzlich zwei – und einer davon ist Frank. Ich beuge mich über ihn und spüre ein Stück Stoff auf meiner Nase und einen scharfen Geruch. Dann ist Sendepause. Aber lang war ich sicher nicht bewusstlos. Denn als es vor meinen Augen wieder dämmert, ist nichts verändert, ich habe weiter das schreckliche Bild vor mir. Neben mir liegen Frank und der Fremde im Gras. Ich rapple mich hoch und untersuche Frank. Meine Hände zittern, aber ich zwinge mich und gewinne die Kontrolle über sie. Frank blutet leicht am Kopf, als ich die Stelle abtaste, spüre ich eine deutliche Anschwellung, er hat eine ordentliche Beule, vermutlich von einem Schlag, der ihm verpasst worden ist. Ich tätschle seine Wangen und tatsächlich gelingt es mir, Frank wieder wachzukriegen. Er starrt mich irritiert an, kann sich nicht orientieren und stammelt nur: ‚Was ist los?' In dem Moment kommen auch schon die Sanitäter. Ich muss tausend Dinge erklären, auch den wenig später kommenden Polizisten und dann läutet auch noch mein Handy – das war Dein Anruf. Ich musste hundert Meter weit gehen, um überhaupt einen Empfang zu bekommen. Tom ich bin fertig, kann nicht mehr, brauch Ruhe. Rede bitte jetzt Du mit den Polizisten, dass sie der Menora nachjagen. Sie müssen Straßen sperren, sofort die Verfolgung aufnehmen. Auf mich hören sie nicht."

Sofort wende ich mit an einen der Beamten. Doch der fragt mich erst mal nach meinem Namen und warum ich hier sei.

„Wir haben einen Toten hier, darauf konzentrieren wir unsere Arbeit. Ein Kunstwerk interessiert uns da erstmal nur zweitrangig", lässt mich der Polizist wissen.

„Die mit dem Kunstwerk geflohen sind, haben aber auch den Toten auf dem Gewissen, sie sollten schleunigst nach ihnen suchen", antworte ich und sage dann noch: „Sie haben jetzt alles abgesperrt. Lassen Sie mich einen Blick auf den Toten werfen, vielleicht kann ich ihn identifizieren."

Doch der Polizist lässt mich abblitzen: „Ausgerechnet Sie, ein neugieriger Journalist. Dafür ist mir die Sache zu ernst."

Ich setz mich neben Eva, muss zusehen, wie dieser Fall mit einer Routine behandelt wird, die zum Himmel schreit – und dort erhört wird. Zumindest ein bisschen. Denn nun sehe ich, wie ein ziviles Einsatzfahrzeug vorfährt, aus dem Jakob Bender steigt. Sofort bin ich bei ihm und erkläre ihm kurz und knapp die wesentlichen Fakten.

Als ich von einem goldenen siebenarmigen Leuchter spreche, den die Täter mitgenommen haben, reißt Bender seine sonst so klein wirkenden Augen auf, wie ich es noch nie gesehen habe.

„Ein jüdisches Kunstwerk, stammt das aus der Nazizeit?" fragt er.

„Nicht ganz, es ist deutlich älter", antworte ich.

Bender schüttelt den Kopf: „Das kann ich nicht glauben!"

Aber er lässt sofort eine Ringfahndung anlaufen, schränkt aber gleich ein: „Ich befürchte, es ist schon zu spät dafür, die Täter sind schon weit weg oder untergetaucht. Kommen Sie mit mir mit", sagt er dann und geht mit mir als erstes schnurstracks zu dem Toten. Allerdings liegt der nun auf dem Rücken.

„Er war ursprünglich in Bauchlage. Mein Freund Frank Kreiker ist Arzt und hat ihn umgedreht und eine Wiederbelebung versucht", erläutere ich Bender und nicke mit dem Kopf als er mich fragt, ob ich den Toten kenne.

„Der Mann heißt Gahl, Reiner Gahl und ist, das heißt er war beim Staatsschutz tätig. Er hat mich einmal besucht, als es um den Kartenfund im Kloster zu den Bodenschätzen im Kaukasus ging. Er befürchtete wohl, ich hätte mehr Kenntnisse von den Fundstücken und könnte dieses Wissen den Russen verkaufen. Sein Chef ist ein gewisser Dr. Glober, der mich ebenfalls angerufen und versucht hat mich einzuschüchtern. Und Gahl war noch gestern bei meinem Chef und hat vermutlich dafür gesorgt, dass ich Frank und Eva heute nicht begleiten konnte. Dann wäre sicher alles anders gelaufen."

„Und warum liegt er hier und ist tot?", fragt Bender.

„Ich habe keine Ahnung, kann nur spekulieren. Vielleicht hatte auch der Staatsschutz den Verdacht, dass hier ein Schatz verborgen sein könnte, vielleicht hat Gahl die Täter überrascht und ist von ihnen ausgeschaltet worden. Als mein Freund Frank Kreiker und Eva Plum kamen, waren die Täter noch hier. Sie haben ja auch Frank niedergeschlagen und Frau Plum mit einem Narkotikum betäubt."

Bender weist die Sanitäter an, den toten Gahl in die Rechtsmedizin zu bringen, um die Umstände seines Todes aufzuklären. Dann gehen wir gemeinsam zu dem Loch an der Kirchenmauer und ich erkläre Bender nun genau, welch wertvoller Schatz hier gelagert war.

„Das ist ja ein Wunder. Ich kann das nicht glauben. Dieser berühmte Leuchter, das Symbol für den jüdischen Glauben, soll hier über Jahrhunderte in der Mauer gesteckt haben?"

„Dann steigen wir auf die Leiter", fordere ich den Kripomann auf.

„Die haben die Spurensucher noch nicht freigegeben", höre ich ihn sagen.

Aber das ist mir egal. Wer weiß, was passiert, bis ich mit einer neuen Leiter zurück an der Kirchenmauer bin. Ich zieh meine Jacke über die Hände, um keine Fingerabdrücke zu hinterlassen und steige hoch. Bender lässt mich gewähren. Deutlich sehe ich die Spuren, von denen Eva gesprochen hat. Der Abdruck eines großen Leuchters mit einem Mittelstück und je drei Armen auf beiden Seiten ist eindeutig in den grauen Stoffresten an der Wand eingeprägt. Ich sehe zudem weitere Einprägungen. Hier waren noch weitere Schmuckstücke verborgen. So erkenne ich die Abdrücke zweier Monstranzen und dreier Kelche sowie mehrerer Kistchen, in denen weiß Gott was verwahrt war. Nach mir steigt auch Bender selbst auf die Leiter und sieht sich die Fundstelle an. Inzwischen richte ich meinen Blick auf den Boden. Das Gras ist stark niedergedrückt. Meine Augen gleiten weiter zum Mauersockel. Ich suche nach einem Zeichen und finde es auch tatsächlich. Der Sockel ist nicht ganz eben, hat kleine Ausbuchtungen, denen man ohne Kenntnis der Hintergründe keine Bedeutung zumessen würde. So aber erkenne ich den Buchstaben E am Sockelboden. Vermutlich waren hier einige Steine so versetzt angeordnet, dass dieses E einst deutlich zu sehen war. Als die Mauer später verputzt wurde, verschwand der Buchstabe nicht ganz, war aber nur noch schwer zu erkennen. Das muss ich festhalten. In der Eile habe ich leider die Kamera im Auto gelassen, auch Bender hat keine dabei.

Als er wieder zurück am Boden ist, trennen sich unsere Wege. Bender muss die Ermittlungen der Polizei organisieren und ich muss unbedingt noch einmal nach Eva sehen. Sie ist von der Polizei vernommen worden, hat ihren Rucksack ins Auto gebracht und sich eine andere Jacke geholt und ist dann in die warme Gaststube gegangen.

„Mich fröstelte, ich hatte wohl einen Schock", sagt sie, als ich sie dort wieder aufsuche.

Sie ist niedergeschlagen und klagt: „Die Menora ist weg. Was soll ich kleines Mensch angesichts eines solchen Schlamassels Hilfe brauchen?“

Ich bleibe trotzdem eine kleine Weile bei Eva und sage am Ende zu ihr: „Ich muss jetzt unbedingt Fotos machen, um wenigstens die Fundstelle zu dokumentieren. Danach können wir hier nichts mehr tun, wir sollten zu Frank in die Klinik fahren, nachsehen wie es ihm geht, und vielleicht kann er sich noch an was erinnern.“

Also hole ich meine Kamera aus dem Auto und will wieder durch die Absperrung. Aber ein Polizist verwehrt mir den Weg. Da kommt Bender von hinten auf mich zu und blickt mich ernst an: „Ich habe hier leider nichts mehr zu bestimmen, der Staatsschutz ist da und hat den Fall übernommen.“

„Wer ist dann zuständig?“ frage ich.

„Abteilungsleiter Dr. Glober ist persönlich anwesend. Er ist der Vorgesetzte des getöteten Reiner Gahl, war vielleicht noch von ihm verständigt worden. Denn wie sonst ist es zu erklären, dass er so schnell vor Ort sein kann.“

Bender winkt bei diesen Worten einem Mann zu, der in diesem Moment vom hinteren Klostergarten her in unser Sichtfeld tritt. Dieser Mann nimmt zunächst kaum Notiz von uns, kommt dann aber doch gemächlich auf uns zu und fragt Bender: „Was wollen Sie noch?“

Bender deutet auf mich und bittet: „Herr Dr. Glober, lassen Sie bitte diesen Mann durch, ich kann ihn auch begleiten und bürge für ihn.“

Glober mustert mich neugierig und sagt dann: „Der Mann hat ja eine Kamera, am Ende macht er Fotos und reicht sie der Presse weiter. Nein ausgeschlossen, dieser Mann kommt hier nicht rein.“

„Und wenn ich die Kamera nehme und Fotos für uns mache“, hakt Bender nach. Jetzt nimmt das Gesicht dieses Herrn Glober einen überheblichen Ausdruck an.

„Herr Bender, Sie haben offenbar noch nicht ganz verstanden. Ich habe Sie doch wissen lassen, wir vom Staatsschutz übernehmen die weiteren Ermittlungen. Und wir werden alles Erforderliche veranlassen, wir befragen Leute und machen Fotos, die wir für notwendig und sinnvoll erachten. Es ist schlimm genug, dass einer meiner besten Männer hier den Tod gefunden hat. Umso mehr ist es mein persönliches Anliegen, der Sache nachzugehen und die Mörder zu finden. Wir setzen uns nach der ersten Spurensicherung zusammen, dann können Sie mir in Ruhe alles weitere erzählen, damit ich noch mehr in mögliche Zusammenhänge eingeweiht werde. Aber jetzt ist dieser Tatort für Fremde tabu. Ich danke für Ihr Verständnis", lässt uns Glober noch wissen und wendet sich von uns ab, um wieder zurückzugehen – ja wohin eigentlich, zur Leiche oder zur Kirchenmauer. Darauf kann mir auch Bender keine Antwort geben.

Er schüttelt nur den Kopf und gesteht mir vertraulich: „Was der hier macht, die ganze Vorgehensweise, ich bin ganz und gar nicht damit einverstanden."

Insgeheim fasse ich einen Plan.

„Ich lasse meine Augen geschlossen. Denn Wenn ich Euch ansehe, muss ich mich anstrengen, sonst verschwimmt das Bild und mein Kopf schmerzt umso mehr", lässt uns Frank als erstes wissen, als wir an seinem Bett sitzen.

Er bekommt nur leichte Schmerzmittel, weil die Ärzte befürchten, sonst eine lebensgefährliche Hirnblutung übersehen zu können. Bis jetzt gibt es keine Anzeichen dafür, und Frank selbst ist guter Dinge, bald wieder auf dem Damm zu sein. Seine Erinnerung scheint schon jetzt vollständig zurückgekehrt.

„Ich habe mich um den Mann am Boden gekümmert. Ich konnte zwar keinen Herzschlag mehr feststellen, aber ein Blick in die Pupillen sagte mir, da ist noch eine Chance. Also habe ich versucht, das Herz wieder zum Schlagen zu bringen. Musste mich voll konzentrieren. Plötzlich spüre ich einen Schlag und mir wird schwarz vor den Augen. Wie lang ich weg war, weiß Eva sicher besser, weil meine erste Erinnerung an die Zeit danach ihr Gesicht vor meinen Augen ist."

„Hast Du davor irgendeine Person gesehen, irgend etwas Auffälliges?" frage ich.

„Da war nur so ein komisches Geräusch, so ein Kratzen, wie wenn man etwas Metallisches über ein Pflaster oder einen Stein schiebt. Und ja, was mir erst jetzt klar wird, ich glaube auch, einen Schatten von der Kirchenmauer weghuschen gesehen zu haben. Das ging so schnell. Als ich es sah, dachte ich an eine Sinnestäuschung, sagte deshalb nichts zu Eva. Außerdem sahen wir in dem Moment das Loch in der Wand, und den Rest wisst Ihr ja."

Zuhause angekommen, sehe ich Schusters Telefonnummer auf meinem Anrufbeantworter. Ich höre mir seine Nachricht nicht an, versuche mich auszuruhen, um am Abend fit zu sein. Als es dunkel wird, steige ich ins Auto und fahre nach Raitenhaslach. Die Kamera ist dabei. Ihre Lichtempfindlichkeit ist groß genug, auch im Dunkeln ohne Blitzlicht brauchbare Bilder anfertigen zu können. Ich parke das Auto etwas abseits und gehe möglichst unauffällig weiter. Die Absperrung ist noch immer da und gut erkennbar. Zu meinem Schreck sehe ich auch noch einen Polizisten und ein Einsatzfahrzeug, in dem mindestens eine weitere Person sitzt. Ich muss warten, bis es ganz dunkel geworden ist. Dann gehe ich zurück, nähere mich dem Kloster von der anderen Seite her, wo einige Fischweiher sind und der Weg von dort zur Kirchenvorderseite viel kürzer ist. Hoffentlich haben die keine Nachtsichtgeräte dabei, warnt meine linke Gehirnhälfte und will meinem Tatendrang Grenzen setzen. Aber die rechte setzt sich mit der Argumentation durch – es muss sein und was soll schon passieren.

Tatsächlich gelingt es mir, unbemerkt an die Stelle vorzudringen, wo die Menora in der Mauer verborgen war. Ich will das Loch fotografieren, möglichst noch eine Nahaufnahme von den Abdrücken in den Stoffresten schießen. Aber wo ist das Loch? Ich sehe zwar noch deutlich die Stelle, aber nichts mehr von einem Loch. Das ist zugemauert, der Mörtel zwar noch frisch, aber schon so fest, dass ich Gewalt anwenden müsste, um die eingefügten Steine wieder zu lösen. Das wäre mit Geräusch verbunden und ich würde sofort auffallen. Ich muss unterrichteter Dinge wieder zurückschleichen. Das muss der Staatsschutz veranlasst haben, geht es mir durch den Kopf. Ich verstehe die Welt nicht mehr. Hier gab es ein Verbrechen und einer der bedeutendsten Schätze dieser Welt lag hier verborgen und ist gestohlen worden – und was macht der deutsche Staat: Er beseitigt alles Spuren.

Kapitel 42

München und New York

Zwei Tage später sitze ich in der Chefredaktion, vorgeladen von Franz Schuster höchstpersönlich.

„Was fällt Ihnen ein, ohne Erlaubnis einfach abzuhauen und meine Anordnungen zu missachten", sagt er mit belfernder Stimme, als ich sein Büro betrete.

Keine Begrüßung, keine Aufforderung mich zu setzen, einfach erst mal versuchen mich einzuschüchtern. Das Ganze gipfelt dann in der Drohung, mich dauerhaft in die Zentrale zu holen, damit ich mich unter seiner direkten Beobachtung neu bewähren könne. Aber ich habe beschlossen, mir seine Bosheiten nicht mehr gefallen zu lassen. Zunächst dachte ich an Kündigung, aber ich hatte an diesem Morgen ein Gespräch, von dem Schuster noch nichts weiß. Den Mord an der Kirchenmauer in Raitenhaslach habe ich natürlich groß in der Zeitung gebracht und dabei auch jede Menge meines reichen Hintergrundwissens mit einfließen lassen. Scharoth und Faccine kamen darin vor, leider nicht die Menora. Denn dafür habe ich ja keinen Beweis mehr oder vielmehr noch nicht. Und heute Morgen hat mich der Verleger angerufen und mir zu meiner Arbeit gratuliert.

„Da haben Sie einen hervorragenden Bericht geschrieben, machen Sie weiter so", hat mich er mich wissen lassen. Und jetzt will mich sein Chefredakteur strafversetzen, weil ich unerlaubt losgedüst sei.

„Herr Schuster, es reicht", sage ich ganz ruhig und langsam. Schuster reißt die Augen auf, so einen Ton ist er nicht gewohnt. Das macht ihn sprachlos. Dafür rede ich weiter, ganz ruhig und gerade das scheint ihn höchst zu verwirren.

„Wäre ich nicht losgedüst und hätte Sie erst umständlich um Erlaubnis gefragt, die Sie mir vermutlich nicht gegeben hätten, wäre eine Topgeschichte nicht zustande gekommen. Sie lassen mich hier

Schüler betreuen, während in meinem Verantwortungsbereich die Hütte brennt. Sie selbst mögen das anders sehen. Aber unser Verleger sieht es wie ich. Er hat mir heute ausdrücklich zu meiner Geschichte über den Getöteten in Raitenhaslach gratuliert und er dürfte kein Verständnis dafür haben, dass Sie mich deswegen unter Ihre Aufsicht stellen wollen. Ich komme also nicht und ich würde an Ihrer Stelle den Plan einer Strafversetzung ganz schnell vergessen. Dann werde ich das ebenso tun, es sei denn, der Verleger bittet mich in die Zentrale zu wechseln, um Ihnen auf die Finger zu sehen. Dann komme ich gerne und dann dürfte es für Sie hier ungemütlich werden. So viel kann ich Ihnen schon jetzt versprechen." Meine Versetzung ist nach diesem Gespräch vom Tisch.

Eine andere Versetzung gibt es aber schon. Eine Woche später erfahre ich davon, als ich mich mit Jakob Bender ein weiteres Mal in der Sportgaststätte verabrede. Er kann mir einiges berichten. So war Franks Bemühen um das Leben von Reiner Gahl von Anfang an vergebens.

„Gahl wurde niedergeschlagen, aber danach ganz gezielt mit einer Spritze Schlangengift getötet, er hätte allenfalls gerettet werden können, wenn sofort ein entsprechendes Gegenmittel verabreicht worden wäre."

„Hat das die Obduktion ergeben", will ich wissen.

„Ja. Wir wissen auch, welches Gift es war. Es handelt sich um Gift der Schwarzen Mamba, einer der gefährlichsten Schlangen. Es enthält mehrere Neurotoxine, die das Nervensystem angreifen, die Atmung blockieren und einen Herzstillstand herbeiführen."

„Diese Schlange lebt doch in Afrika. Wie kommt denn solches Gift nach Bayern?"

„Das ist gar nicht so abwegig, wie es auf den ersten Blick scheint. Die Mamba ist eine häufige Schlange, in Schlangenstationen werden die Tiere gemolken, das heißt ihr Gift wird durch einen ausgelösten Biss auf eine Glasplatte gewonnen. Daraus werden dann Gegenmittel gewonnen. Frisches Schlangengift hält nicht lang, zersetzt sich schnell. Aber es lässt sich vakuumtrocknen und ist dann über Jahrzehnte haltbar. Die Schlangenfarmen arbeiten mit solchem Trockenpulver, es ist in diesem Zustand ein Handelsgut. Wird dieses Pulver wieder in Wasser gelöst, entsteht wieder das komplexe und hochpotente Gift."

„Wie kam dieses Gift in den Körper Gahls?"

„Es wurde ihm mit einer Spritze verabreicht. Gahl hatte eine Einstichstelle am Rücken. Wir haben zudem die Spritze gefunden. Die Täter haben sei einfach weggeworfen. Sie hatten es offensichtlich sehr eilig."

„Um die Menora und den übrigen Schatz abzutransportieren", sage ich vor mich hin, verstehe eines immer noch nicht und frage Bender: „Aber wie kommt so ein Ultragift hierher nach Bayern?"

„Ich sagte Ihnen ja, gefriergetrocknet ist es ein Handelsgut, wenn auch ein rares und eigentlich nur einem begrenzten Kreis zugängliches. Aber wir wissen schon seit einigen Jahren von unseren italienischen Kollegen, dass Mafiaclans solche Gifte einsetzen. Dass Gahl mit dem Gift der Schwarzen Mamba getötet wurde, deutet für mich ganz klar in Richtung Mafia.

„Also Faccine und Co", werfe ich ein.

„Ich komme gleich auf die Täter. Wollte Ihnen vorher aber noch eine Überlegung sagen. Wenn Schlangengift im Spiel ist, richtet sich unser Verdacht auf die Mafia. Das weiß auch diese ehrenwerte Gesellschaft und hat trotzdem dieses Gift verwendet."

„Die Täter wussten also genau, wenn sie Schlangengift einsetzen, dass dann auch der Verdacht auf sie fällt."

„Genau."

„Aber dann war das doch dumm."

„Nicht unbedingt. Es könnte auch eine Botschaft damit verbunden sein."

„Welche?"

„Na Sie wollen uns wissen lassen: Sie fühlen sich sicher, haben keine Angst vor uns Fahndern. Nun zu den Tätern: Wir fahnden nach einem gewissen Giovanni Mortelle und einer Elisabeth Haberger, die seine Geliebte sein dürfte. Sie haben mir doch ein mit Lippenstift beschmiertes Glas gegeben. Aus dem hat Elisabeth Haberger getrunken. Sie ist Tochter eines Marokkaners und einer österreichischen Prostituierten. Diesen Mortelle kennen Sie ebenfalls. Er hinkt leicht und war derjenige, der Sie zusammen mit Faccine in München überfallen hat.

„Warum nehmen Sie die beiden nicht fest? Und was ist mit Faccine?"

„Dazu müssten wir sie erst haben. Sie sind untergetaucht. Wir haben keine Ahnung, wo sie sind, mit einer Ausnahme. Salvatore Faccine denke ich haben wir bekommen, aber anders als erhofft. Die italienische Polizei hat vor einer Woche in einem Waldstück bei Benevent eine mit Säure übergossene Leiche gefunden und ist überzeugt, dass es sich um Faccine handelt."

Bender macht eine Pause. Doch er weiß noch mehr und wirkt, als müsse er dieses sein Wissen unbedingt loswerden, mit jemandem teilen.

So fährt er fort: „Ich bin jetzt gut in dem Fall drin und sage Ihnen meine Schlussfolgerung, weil mir selbst die Hände gebunden sind. Jost Scharoth hat sich aus welchen Gründen auch immer mit der italienischen Mafia aus Kampanien zusammengetan. Er ging davon aus, die Männer für seine Zwecke einspannen und so die Schätze im Kloster leichter erbeuten zu können. Dabei hat er sich ordentlich verhoben. Scharoth wurde von den Mafiosi umgebracht, vermutlich von Faccine. Dieser wiederum unterschätzte die Gier seines Kompagnons Mortelle. Mortelle kann zwar nicht auf einflussreiche Freunde zählen, er bewegt sich in einem anderen Milieu, in dem der Killer. Einen solchen hat er beauftragt, Faccine beiseite zu schaffen. Denn so braucht er die Beute nicht mehr mit ihm zu teilen. Die Überweisung der zwei Millionen Euro aus Scharoths Vermögen nach dessen Tod hat Faccine noch veranlasst. Er hat das Geld in Malta abgeräumt und ist dann in seine Heimat. Aber dort wartete der Killer auf ihn und das Geld. Das Schlimme: Selbst wenn wir Mortelle in die Finger bekommen – wir können ihm nichts nachweisen. Bleibt nur der Überfall auf Sie und da dürfte er mit einer Geldstrafe davonkommen."

Angesichts dieser Informationen atme ich erst einmal tief durch. „Sie müssen unbedingt versuchen, Mortelle ausfindig zu machen. Ich hoffe, der Leuchter ist noch nicht eingeschmolzen und kann der Welt erhalten bleiben. Bitte unternehmen Sie alles, was möglich ist", fordere ich Bender auf.

Doch Bender ist jetzt ein anderer. Er sitzt zusammengesunken vor mir, blickt mich traurig an.

„Warum glauben Sie, dass ich Ihnen, einem Journalisten das alles erzähle?“ Dann gibt er selbst die Antwort: „Ich mache das, weil ich hoffe, dass Sie den Fall publik machen können und alles aufdecken. Wie gesagt ich kann es nicht.“

„Warum das?“ will ich wissen. Bender stützt seine Hände auf den Knien ab und sagt resigniert: „Sie haben doch selbst erlebt, wie mich dieser Dr. Glober vom Staatsschutz ausgebremst hat. Er hat nicht nur den Fall komplett an sich gezogen, sondern ist auch im Polizeipräsidium vorstellig geworden. Daraufhin hat mir der Polizeipräsident ausdrücklich verboten, in diesem Fall weiter zu ermitteln. Ich fühle mich wie ein Fisch im Trockenen.

Jetzt sage ich Ihnen noch etwas, wofür ich zwar keine konkreten Fakten habe, aber mein Bauchgefühl sagt mir, es könnte so sein. Reiner Gahl, dieser getötete Mitarbeiter vom Verfassungsschutz, hatte ein Doppelleben. Er war spielsüchtig und erheblich verschuldet. Ich glaube, er wollte selbst mit absahnen bei der Bergung des Schatzes und hat ebenfalls wie Faccine nicht damit gerechnet, wie brutal Mortelle vorgehen würde, um allein die Beute zu bekommen und Konkurrenten oder vielmehr Teilhaber auszuschalten. Gerade deshalb beharrt ja Glober so sehr darauf, alles in der Hand zu behalten. Er will unbedingt vermeiden, dass Gahls Verfehlungen ans Licht kommen. Denn das würde ein schlechtes Licht auch auf ihn und seine ganze Abteilung werfen. Glober geht es folglich nicht um die Aufklärung des Falles, sondern um Vertuschung. Seine Ermittlungen werden am Ende ergeben: Gahl, dieser wertvolle Mitarbeiter, sowie Scharoth, ein ehrenwerter Unternehmer, wurden von italienischen Verbrechern ermordet. Die verschwundenen zwei Millionen Euro werden im Zentrum dieser Verbrechen und den Bemühungen um Aufklärung stehen. Die Menora im Kloster aber ist ein Störfaktor, der ausgeblendet werden muss. Ja und was ich Ihnen auch noch sagen wollte: Ich werde versetzt und München verlassen und künftig für Niederbayern tätig sein. Formal werde ich befördert, klettere eine Karrierestufe hoch. Aber ich selbst empfinde das als Degradierung. Sie schieben mich ab, damit ich nicht mehr störe. Dieser Glober hat einen langen Arm.“

Ich überlege einen Moment.

„Wir müssen unbedingt verhindern, dass Glober alles vertuschen kann. Sorgen Sie unbedingt dafür, dass dieses Gemälde mit der Blindenheilung nicht in seine Hände gerät, das könnte ein wichtiges Beweismittel werden."

Bender blickt mich bei diesen Worten traurig an: „Daran habe ich auch schon gedacht. Ich hätte dieses Bild entgegen allen Vorschriften an mich nehmen müssen. Aber es lag in unserer Asservatenkammer und Glober hat es dort umgehend beschlagnahmen lassen, weil es seinen Worten nach beim Staatsschutz sicherer verwahrt werden könne. Ich fürchte, dieses Gemälde sehen wir nie mehr wieder und falls doch, wird die Rückseite so bearbeitet worden sein, dass von Zahlen darauf nichts mehr erkennbar bleibt."

Als ich nach diesem Gespräch zu Hause alles noch einmal überlege, um eine Handlungsoption zu finden, bin ich frustriert. Ich sehe keinen Weg. Doch unerwartet tut sich ein Hoffnungsschimmer auf.

Frank ist noch krankgeschrieben aber schon zu Hause in seiner Wohnung. Gemeinsam mit Eva besuche ich den Freund und informiere die beiden über das, was mir Bender gesteckt hat. Frank ist wenig verwundert über das Treiben der Staatsschützer, Eva dagegen schon.

„Wir leben doch in einer Demokratie und nicht in einer Diktatur, wo alles abgewürgt wird, was den Herrschenden nicht in den Kram passt. Aber wir haben noch einen Trumpf im Ärmel" sagt sie, und ihre Augen beginnen zu leuchten. „Ich wollte doch die israelische Botschaft einschalten, sobald wir einen Beweis für die Existenz der Menora haben. Ich habe ihre Abdrücke in den Stoffresten in der Mauer gesehen und auch Du Tom kannst das bezeugen. Und ich habe zudem den Beweis, dass ein Schatz in der Kirchenwand versteckt war."

Eva macht eine kleine Pause, druckst ein bisschen herum, dann gesteht sie: „Ich habe Euch etwas verschwiegen. Nachdem ich in der Klostergaststätte die Polizei verständigt hatte, bin ich von dort nicht gleich zu Frank zurück, sondern habe den Weg entlang der Klostergebäude im Innern der Anlage genommen, um schneller nochmals an die Außenmauer der Kirche zu gelangen. Ich bin erneut die Leiter hochgestiegen und hab mir alles nochmals und mit mehr Ruhe angeschaut. Ich fasse in das Loch, und dann spüre ich es – die Diebe haben in der Eile etwas vergessen. Ich ziehe es heraus, und ich halte einen goldenen Kelch in den Händen. Den habe ich in meinen Rucksack gepackt und damit gesichert."

„Du bist ein Teufelsweib" entfährt es Frank.

„Uns wo ist dieser Kelch jetzt. Hast Du den noch immer zu Hause und am Ende heute sogar mitgebracht?" will ich wissen.

„Nein, ich habe diesen Kelch fotografiert und alle Daten festgehalten und ihn dann dem israelischen Generalkonsulat in München zusammen mit dem Hinweis übergeben, wo dieser Kelch herstammt und dass an der gleichen Stelle die Menora verborgen war. Damit lässt sich der Fund nun auch vom deutschen Staatsschutz nicht mehr verschweigen."

Mit diesem Wissen im Rücken sitze ich zwei Tage später Dr. Hans Glober in München gegenüber.

„In der Mauer der Georgskirche in Raitenhaslach war der berühmte Siebenarmige Leuchter der Juden versteckt, den die Templer einst in Jerusalem gefunden und ihn mit anderen Schätzen den Zisterziensern dieses Klosters anvertraut hatten, um ihn vor der Gier des französischen Königs zu sichern. Sie sollten die Fahndung nach den Dieben forcieren, gleichzeitig versuchen mit ihnen zu verhandeln, um dieses einmalige Kunstwerk zu sichern, bevor es am Ende eingeschmolzen wird. Aber ich habe den Eindruck, sie torpedieren die Ermittlungen mehr als dass sie sie fördern."

Das sitzt. Glober hat bei meinen Worten einen hochroten Kopf bekommen. Aber der Mann ist zugleich ein Profi, hat sich schnell gefangen. Er entgegnet erst einmal nichts auf meine Worte, sucht Zeit nachzudenken und weicht auf Belanglosigkeiten aus, fragt was ich trinken möchte und spricht dann davon, dass er mich ja bereits kenne, ich sei doch mit Jakob Bender am Tatort in Raitenhaslach gewesen.

„Ich will Antworten von Ihnen, keine Ausflüchte", insistiere ich.

Glober haben zwei oder drei Minuten des Nachdenkens genügt.

Er setzt ein berufsmäßig geschultes Lächeln auf und sagt dann mit schneidender Stimme: „Wie ich jetzt Ihre Persönlichkeit einschätze, macht es schon Sinn, dass Sie vorab Ihr Handy abgeben mussten und wir Sie zudem auf weitere Aufzeichnungsgeräte hin gefilzt haben. Wir können also durchaus offen sprechen, aber merken Sie sich: Dieses Gespräch hat offiziell nie stattgefunden. Und nun zum Wesentlichen, zu den Fakten. Es mag schon sein, dass dieser berühmte jüdische Leuchter in der Kirchenmauer verborgen war. Dort war er auch sehr gut aufgehoben und hätte am besten nie gefunden werden dürfen. Sie sind doch politisch soweit bewandert, dass Ihnen klar sein muss, welche Lawine die Wiederentdeckung dieses Heiligtums auslösen würde. Wir müssten diesen Leuchter dem Staat Israel übergeben und damit eine Bürde, die die gesamte moslemische Welt gegen Israel aufbringen würde. Wo sollte die Menora hin, am Ende gar in einen wiedererrichteten Tempel Salomons am Tempelberg in Jerusalem. Soll Israel zu diesem Zweck die Al-Aqsa-Moschee darüber abreißen und einen Kulturkrieg unerhörten Ausmaßes anzetteln? Sie selbst kennen die Antwort. Kein Mensch will das. Und aus diesem Grund will kein Mensch die Menora haben. Verstehen Sie mich: Dieses Heiligtum darf nicht gefunden werden, sonst brennt der gesamte Orient."

Globers Worte bringen mich auf die Palme.

„Ist es nicht eher so, dass Sie den Fund deshalb unterschlagen wollen, weil sonst für Sie unangenehme Dinge mit auf dem Tisch serviert würden. Wie loyal war Ihr ermordeter Mitarbeiter Gahl? Ich denke, er spielte bei dem Diebstahl der Menora eine - nennen wir es einmal - unrühmliche Rolle oder im Klartext: er hatte seine Finger mit im Spiel."

Glober macht eine abwertende Handbewegung.

„Das müssen Sie erst einmal belegen. Ich schätzte Herrn Gahl als äußerst gewissenhaften und zuverlässigen Mitarbeiter und werde seinen Ruf in Ehren halten, ich lasse seinen Namen nicht beschmutzen. Merken Sie sich das gut. Wenn Sie hier irgendetwas behaupten sollten und nicht alles bis ins Kleinste belegen können, werden Sie eisigen Gegenwind im Gesicht verspüren, und für Ihre Sicherheit kann ich dann auch nichts mehr tun."

Globers Worte entfachen in meiner rechten Gehirnhälfte ein loderndes Feuer. Ich spreche lauter.

„Jetzt werden Sie nicht grotesk. Sie haben noch nie etwas für meine Sicherheit getan und auch nichts für die Sicherheit von Menschen, die wegen dieser Menora schon sterben mussten. Da ist die Schauspielerin Merle Corten, der Unternehmer Jost Scharoth, Ihr Mitarbeiter Gahl, und von getöteten Mafiosi will ich erst gar nicht reden."

Doch an Glober prallen meine Worte ab.

„Meine Aufgabe ist es, den deutschen Staat und seine Bürger in ihrer Gesamtheit zu schützen. Einzelne Personen spielen da nur eine untergeordnete Rolle. Mir geht es um das große Ganze."

„Gerade deshalb sollten Sie schleunigst nach der Menora suchen" - ich mache eine dramaturgische Pause – „sonst könnte der eisige Gegenwind nicht mir, sondern Ihnen ins Gesicht blasen."

Glober blickt mich ungläubig an. Also setze ich nach.

„Sie haben die Kirchenmauer vorschnell zumauern lassen. Aber der Fund der Menora wird sich nicht verheimlichen lassen. Denn die Diebe haben ein kleines goldenes Kunstwerk vergessen, das zusammen mit dem Heiligtum eingemauert war. Das liegt bereits im israelischen Konsulat. Sie werden sich also erklären und unangenehme Fragen beantworten müssen."

Glober blickt mich an als sei ich der Leibhaftige. Er springt von seinem Stuhl auf, gestikuliert wild, ist völlig von der Rolle. Ganz klar: Ich habe diesen Mann aus dem Konzept gebracht. Er spürt die Bedrohung, die von mir ausgeht, die Bedrohung für sein Lügengebäude und damit auch für seine Karriere, wenn das sorgfältig errichtete Kartenhaus in sich zusammenfällt. Aber noch gibt er sich nicht geschlagen. Um sich und seine Welt zu retten braucht er Informationen und er ist Profi genug, sich schnell wieder zu fangen.

„Was haben Sie denn gefunden?" will er als erstes wissen.

„Das werden Sie bei Gelegenheit erfahren", lasse ich ihn im Unwissen.

Das ärgert ihn.

„Denken Sie dann bitte auch daran, wir könnten Sie deswegen vor Gericht stellen. Ein Fundstück in ein ausländisches Konsulat zu bringen, erscheint mir als Versuch, am deutschen Staat vorbei Kasse zu machen. So was müssen Sie hier der Polizei melden und nicht Sie, sondern der deutsche Staat entscheidet dann, ob ein wertvolles Objekt im Rahmen einer Rückführung einem anderen Staat in diesem Fall Israel überlassen wird."

Lass dir diese Unverschämtheiten nicht bieten, fordert mich meine rechte Gehirnhälfte auf und die linke setzt das in Worte um.

„Und was ist? Werden Sie die von der Menora hinterlassenen Spuren, also die Abdrücke in dem sie schützenden Stoff, dem israelischen Staat übergeben? Wenn die Juden schon nicht Ihr Heiligtum zurückbekommen, sollen Sie wenigstens mit der Umhüllung getröstet werden."

Glober blickt mich abweisend an.

„Es gibt keine Menora und deshalb kann es auch keine wie sagen Sie Umhüllung geben. Wir haben nichts dergleichen gefunden und bewusst dieses Loch in der Kirchenmauer so schnell wie möglich verschlossen. Die Gerüchteküche brodelt schnell. Sie nicht zusätzlich anzuheizen, sondern wieder für Ruhe zu sorgen, das war und ist unsere Aufgabe."

Glober wendet sich von mir ab, öffnet einen Schrank und zieht eine Flasche mit den Worten heraus: „Das Gespräch mit Ihnen ist beendet." Ein drahtiger Mann betritt den Raum.

„Bringen Sie bitte diesen Mann zum Ausgang" sagt Glober zu ihm.

Geduld ist gefragt. Die Sicherheitsvorschriften im israelischen Konsulat sind streng. Aber die Mitarbeiter sind freundlich und bemühen sich sehr um Eva und mich. Für unser heutiges Gespräch hat die Botschaft Israels eine eigene Mitarbeiterin aus Berlin ins Konsulat nach München beordert. Es ist eine Frau mit weichen Zügen, mittleren Alters und drahtiger Figur, zu der wir in einen abhörsicheren Raum gebracht werden. Jedenfalls ist der Hinweis auf die Abhörsicherheit das erste, was diese Frau uns mitteilt und bei mir ein ungutes Gefühl auslöst. Unwillkürlich denke ich an Glober und meinen Besuch bei ihm in dieser Stadt. Da waren wir auch abhörsicher von der Welt getrennt, und das Ergebnis war ernüchternd. Aber ich darf mich nicht kirre machen lassen, jetzt sind wir an einem anderen Ort, und Israel muss ein Interesse an der Menora haben.

Die Beauftragte der Berliner Botschaft richtet zunächst ihr Wort an Eva.

„Ich danke Ihnen sehr für Ihr Engagement und bin Ihnen auch sehr verbunden für die Überlassung des Fundstücks."

Eva hakt auch gleich ein.

„Dieser Kelch ist auch nur Beweis dafür, dass in der Mauer der Klosterkirche tatsächlich ein Schatz versteckt war. Mein Begleiter und ich, wir beide haben das mit eigenen Augen gesehen: Hier war mehr verborgen, hier war der Leuchter aus dem Tempel Herodes verwahrt, den die Römer im Jahr 3830 nach Erschaffung der Welt bei ihrer Eroberung Jerusalems erbeutet haben. Dieser Leuchter, die Menora, ist über Konstantinopel wieder nach Jerusalem zurückgekehrt, dort vermutlich vergraben und von Tempelrittern im Mittelalter gefunden worden. Wir haben den Abdruck dieses Leuchters in Stoffresten gefunden, die schützend dieses Heiligtum umhüllten. Aber was rede ich lang. Ich habe Ihnen ja die Details in einem Begleitschreiben zum Kelch ohnehin genannt. Jetzt muss es darum gehen, die Menora zu finden und diesen Schatz nicht nur für Juden, sondern für die gesamte Menschheit zu retten. Sie müssen mit der Mafia verhandeln. Bieten Sie Geld, spannen Sie am besten ein internationales Konsortium zur Finanzierung ein."

Die Botschaftsmitarbeiterin hat Eva reden lassen ohne sie zu unterbrechen, ein gutes Zeichen und so unterstreiche auch ich den Ernst der Lage.

„Der deutsche Staatsschutz wird nichts unternehmen, um die Menora zu finden. Deshalb müssen Sie tätig werden, sonst wird dieses unersetzbare kulturelle Zeugnis eingeschmolzen und für immer verloren sein."

Auf diesen meinen Appell folgt zunächst die banale Frage eines zu uns stoßenden Konsulatmitarbeiters.

„Sie sind unsere Gäste. „Was darf ich Ihnen zu trinken anbieten?"
Eva blickt den Mann irritiert an. In ihrem Kopf spielen Gedanken an Getränke im Moment eine eher untergeordnete Rolle.

Geistesgegenwärtig antworte deshalb ich: „Egal, vielleicht ein

Wasser oder einen Fruchtsaft, dann aber bitte unbedingt koscher." Der Mann versteht meine Ironie nicht und antwortet im Brustton der Überzeugung: „Bei uns ist alles koscher."

„Dann ist ja alles bestens."

Als wir den ersten Schluck Saft trinken, ist natürlich nicht mehr alles bestens. Die Botschaftsmitarbeiterin lässt uns wissen:

„Woher sollen wir wissen, ob Sie uns nicht eine erfundene Geschichte auftischen, um sich wichtig zu machen oder aus Beweggründen, die wir noch nicht kennen. Sie bringen uns einen christlichen Kelch, von dem wir nichts wissen, weder wie alt er ist, noch woher er stammt. Ob das mit dem Versteck in der Kirchenmauer zutrifft, können wir glauben oder auch nicht. Wir wissen nicht, ob es stimmt. Wir haben deshalb Kontakt mit den deutschen Behörden aufgenommen. Die wissen von nichts. Und glauben Sie mir: Dass die für unser Volk so wichtige Menora ausgerechnet in einem bayerischen Kloster auftauchen sollte, das klingt einfach zu fantastisch. Ich war mir von Anfang an sicher. Das kann nicht stimmen."

Ich bemerke, wie unruhig Eva wird. Sie fährt sich mit der Hand durchs Haar, beschwört die Botschaftsmitarbeiterin.

„Es stimmt aber, und ich bitte Sie im Namen aller Juden, dieses Symbol unseres Glaubens und unserer Geschichte zu retten."

„Als wenn das so einfach wäre", stöhnt die Israelin auf und wendet den Blick ab von uns, starrt auf den Boden. Sie denkt eine Weile nach, sagt dann: „Ich habe Anweisung, den von Ihnen gebrachten Kelch bis auf Weiteres hier im Konsulat unter Verschluss zu verwahren. Über seinen endgültigen Verbleib wird eine zwischenstaatliche Kommission entscheiden. Ich gehe davon aus, dass dieser Kelch Teil einer Sammlung in Deutschland wird. Der Staat Israel hat kein Interesse an einem christlichen Kultgefäß. Sie werden mit einem Finderlohn bedacht, sofern Ihre Angaben stimmen und Sie nicht auf eine wie auch immer geartete kriminelle Weise in den Besitz dieses Kelchs gekommen sind."

Die Frau macht eine kleine Pause und fügt dann hinzu: „Zusätzlich zu meinem Auftrag, Ihnen das mitzuteilen werde ich mich dafür einsetzen, dass nach der Menora gesucht wird. Aber das wird im Stillen erfolgen. Sie müssen ja auch bedenken, welche politischen Folgen es haben kann, wenn Israel die Menora zurückerhält und diese einen ihr gebührenden Platz in Jerusalem erhalten soll."

„Sie reden ja genauso wie der deutsche Staatsschutz", falle ich der Frau ins Wort.

Sofort relativiert sie: „Bitte verstehen Sie mich nicht falsch. Wir haben höchstes Interesse an diesem Heiligtum. Werden also auch danach suchen. Aber Ihre Geschichte glauben wir nicht. Da verlassen wir uns schon mehr auf Informationen der deutschen Behörden."

Als wir das Konsulat wieder verlassen, sage ich zu Eva.

„Es ist erschütternd, und Glober hat leider in einem Punkt Recht: Die Menora will keiner haben, nicht einmal die Israelis selbst wollen sie. Sie haben alle Angst vor den Problemen, die der Fund dieses Kunstwerks aufwerfen würde. Am liebsten ist ihnen, wenn dieser Leuchter eingeschmolzen wird."

Eva blickt mich ungläubig an. Ihre Augen sind nass. Sie wirkt vollkommen hilflos.

Zwei Tage später habe ich den Artikel über den Schatz im Kloster fertig, in dem ich mich so weit aus dem Fenster lehne wie nur möglich. Natürlich muss ich einräumen, keine Beweise zu haben, aber Vermutungen kann ich schon anstellen. Der Artikel wird der lokale Aufmacher der nächsten Ausgabe und steht groß auf meiner ersten Seite. Mal schauen, was passiert. Ich rechne fest damit, dass diese Geschichte einschlägt, ja einschlagen muss. Doch als ich am nächsten Morgen in der Redaktion die Zeitung aufschlage, steht an Stelle meiner heißen Geschichte eine Reportage über einen auswärtigen Schäfer im Blatt, der seit 20 Jahren durch die Lande zieht, den ganzen Sommer über mit seinen Tieren beisammen ist und in seiner Schäferhütte auf Rädern wie ein Eremit lebt und dabei eine Lebensphilosophie entwickelt hat, die dem Leser wie ein verlorenes Paradies präsentiert wird. Das kann doch nicht wahr sein. Schon greife ich mit einem bösen Verdacht zum Handy, denn das kann nur Schuster gewesen sein.

Im gleichen Moment lässt mich Cora wissen: „Herr Schuster hat Dir gestern Abend noch eine Mail geschrieben. Schau sie Dir bitte gleich an."

Ich lege das Handy erst mal beiseite und öffne am Computerbildschirm die Mail der Chefredaktion.

Franz Schuster schreibt mir: „Sehr geehrter Herr Raumoser, was haben Sie sich eigentlich dabei gedacht, unseren Leserinnen und Lesern eine solch fantastische Räubergeschichte aufzutischen? Wir sind eine Tageszeitung und orientieren uns an Fakten. Aber das brauche ich Ihnen eigentlich nicht zu erklären. Sie sind lange genug Redakteur und zudem in verantwortlicher Position für unser Haus tätig. Gerade deshalb ist es mir völlig unverständlich, wie Sie sich dazu haben hinreißen lassen, einen riesigen Artikel zu verfassen, in dem es nur so strotzt von Vermutungen und Behauptungen, die Sie nicht belegen und die – sagen wir es einmal so – einfach zu abenteuerlich sind, als dass sie wahr sein könnten. Der antike Siebenarmige Leuchter der Juden in einem oberbayerischen Kloster versteckt. Sind Sie wahnsinnig, so etwas behaupten zu wollen, ohne einen vernünftigen Beweis vorlegen zu können, geschweige ein Foto von dem Kunstwerk zu haben. Ich kann mir Ihr unverzeihliches Verhalten nur als einen vollständigen Blackout erklären.

Um Schaden von unserem Haus fernzuhalten, sah ich mich gezwungen, dieses unjournalistische Gebilde aus dem Blatt zu nehmen. Sie haben uns allen durch Ihr eigenmächtiges und nicht mit der Chefredaktion abgestimmtes Vorgehen ein ganz dickes Ei gelegt und neben vermeidbarem Ärger vor allem eines produziert: zusätzliche Kosten. Es war nicht einfach, in der Kürze der Zeit einen Ersatz zu finden und die Seite neu zu bauen. Wir mussten deshalb sogar die Andruckzeiten ändern, andere Ausgaben vorziehen und den Vertrieb entsprechend umstellen.

Ich ermahne Sie deshalb hiermit strengstens, künftig auf derlei Eigenmächtigkeiten zu verzichten. Sie wissen doch genau, dass Sie sich im Zweifelsfall immer vertraulich an mich wenden können. Ich habe im Übrigen über diese Ihre Eskapade auch bereits mit dem Verleger gesprochen, mit dem ich in dieser Frage einer Meinung bin."

Eine Woche danach kommt Heiner Bliek zu mir in die Redaktion. Der Burgkastellan ist etwas schlanker geworden.

„Mir geht es sehr gut, ich treibe jeden zweiten Tag Sport, habe nach dem Winter begonnen, jede Woche insgesamt 40 Kilometer zu laufen. Seither fühle ich mich bestens."

„Das freut mich für Dich, ich sollte mich auch mehr bewegen, aber komme im Moment leider nicht dazu."

„Bist Du noch immer auf der Suche in Raitenhaslach, wo wir im Dachboden die Edelsteine gefunden haben?" fragt Heiner. Ich nicke.

„Und hast Du noch was gefunden?"

„Leider nicht mehr, denn Diebe sind uns zuvorgekommen."

„Das auch noch. Ich wollte Dir nur sagen, ich bin aus der Sache raus, ich habe Familie, mir wird das alles zu heiß."

„Wieso das?" frage ich nach.

„Ach stell Dir vor Tom, bei mir haben sich sogar schon Beamte des Staatsschutzes gemeldet und mich ausgefragt. Vor allem haben die mich unmissverständlich aufgefordert, über mein Wissen Stillschweigen zu bewahren und sich mit warnendem Unterton erkundigt, wie wichtig mir meine Arbeit sei? Das wollte ich Dir sagen, aber bitte unter dem Siegel der Verschwiegenheit. Noch etwas kann ich Dir mitteilen, der Staatsschutz war zugleich auch sehr entgegenkommend und hat den Stoff prüfen lassen. Du weißt schon, das Tuch, das wir bei dem Gerippe in der Burg gefunden haben. Die Sage vom eingemauerten Koch stimmt definitiv nicht. Es war mit höchster Wahrscheinlichkeit der Mantelteil eines Ritters, könnte ein Templer gewesen sein."

Drei Tage später bekomme ich erneut Besuch. Es ist Evelyn Lahn, Scharoths Sekretärin.

„Wenn Sie mich schon nicht anrufen, muss ich Sie eben selbst aufsuchen", sagt Sie, als sie die Redaktion betritt. „Wollen Sie mir immer noch eine Luxuswohnung am Tegernsee verkaufen?" frage ich scherzhaft und sehe ihr Lachen. Evelyn Lahn ist hübsch und verströmt ein Flair der Sympathie. Vielleicht ist es auch nur das feine Parfum mit einer frischen Note nach Zitrone, das ich rieche. In jedem Fall wirkt sie auf mich sympathisch und so frage ich nicht nur der Form halber: „Was kann ich für Sie tun?"

„Es dauert ein bisschen und ich hoffe, Sie können sich die nötige Zeit nehmen", antwortet Evelyn Lahn, nimmt Platz und gern den von mir angebotenen Kaffee an.

„Ich brauche Ihre Hilfe", kommt sie dann direkt auf den Grund ihres Besuchs und erläutert weiter: „Ich weiß nicht, ob Ihnen bekannt ist, mein verstorbener Chef Jost Scharoth hat eine Tochter. Sie heißt Alina und ich komme mit ihr wunderbar klar. Alina Scharoth wird zwar die Geschäfte ihres Vaters nur zum Teil übernehmen. Aber sie hat mich gebeten zu bleiben, will mich auf Dauer weiter beschäftigen. Jetzt schickt mich Alina Scharoth mit einer ganz besonderen Bitte zu Ihnen: Ein Gemälde in der Villa der Familie ist ihr seit der Kindheit ans Herz gewachsen. Es geht um ein Bild des Wiener Malers Hans Makart und zeigt eine Gartenidylle mit zwei Damen, die in weißen Kleidern den Sommer in ihrem Garten genießen. Dieses Bild ist leider weg und Alina Scharoth kann sich nicht vorstellen, dass ihr Vater das Gemälde verkauft hat. Die Polizei weiß nichts zum Verbleib, aber Alina Scharoth hat eine Vermutung, wo es sein könnte."

„So, so, was glaubt sie denn, wo das Bild ist?"

„Jost Scharoth hat für künstlerische Gutachten und Bewertungen gelegentlich eine Frau namens Busse beauftragt. Und meine Chefin hat herausgefunden, dass Sie mit ihr gut bekannt sind. Deshalb meine konkrete Bitte: Sprechen Sie mit dieser Frau Busse. Wir sind überzeugt, sie kann uns einen Hinweis darauf geben, wo sich dieses Bild jetzt befindet. Oder es könnte auch sein, sie hat es selbst, weil es ihr Herr Scharoth aus uns nicht bekannten Gründen kurzzeitig überlassen hat – vielleicht für eine Prüfung oder für eine Ausstellung. Frau Scharoth will dieses Bild zurückhaben und Sie müssen uns dabei helfen. Reden Sie mit Frau Busse, machen Sie ihr klar, sie muss dieses Gemälde herausgeben. Andernfalls hätte das nicht absehbare Folgen."

„Welche zum Beispiel?" frage ich nach.

„Sagen Sie Frau Busse einfach, Alina Scharoth sei es gewohnt sich durchzusetzen und bei ihr könne sie nicht mit der bisher gewohnten Großzügigkeit und Milde des Vaters rechnen."

Auch das noch. Nach diesen Worten komme ich nicht darum herum, Nora noch einmal einen Besuch abzustatten. Ich will nicht einfach so bei ihr vorstellig werden – gerade wegen der Vergangenheit, die uns verbindet. Deshalb schreibe ich ihr erst mal eine Mail. Zunächst antwortet sie nicht. Dann schreibe ich erneut und erwähne auch die Drohungen der Eigentümerin. Daraufhin hat sie sich schnell gemeldet und einem Treffen zugestimmt.

Als ich mich ihrer Wohnung nähere, steigt der Blutdruck, mein Herz schlägt schneller. Kann ich so unbefangen mit ihr geschäftliche Dinge besprechen? Ich muss, also muss es auch gehen. Als sie die Tür öffnet und ich in ihr Gesicht blicke, fallen meine ersten Worte noch zögerlich. Aber Nora überspielt das, bittet mich mit professioneller oder zur Schau getragener Gelassenheit in die Wohnung und Platz zu nehmen. Nichts mehr in ihren Augen erinnert mich an einstige Gefühle, sie fixiert mich mit kaltem beinahe starrem Blick.

„Weshalb bis Du hier?“

Diese kühle Geschäftsmäßigkeit wiederum kommt mir entgegen, ich fühle mich nun freier, kann unbefangener sprechen und meine Stimme wird sicher.

„Du weißt, ich komme im Auftrag von Alina Scharoth, der Tochter und Erbin des ermordeten Jost Scharoth. Die Frau will ein Bild zurück, das sie bei Dir glaubt.“

Nora wendet sich von mir ab, macht eine abwertende Handbewegung.

„Ich habe keine Bilder, die mir nicht zustehen.“

Ich setze nach: „Nora, das ist kein Spiel. Das ist Ernst. Der Frau geht es auch nicht generell um Bilder, die Dir ihr Vater gegeben hat, sondern nur um ein einziges Werk, das Gemälde von Hans Makart mit den zwei Frauen im Garten, das in Scharoths Arbeitszimmer hing. Denn zu diesem Bild hat seine Tochter offensichtlich eine emotionale Beziehung. Sie wird alles unternehmen, es wieder zu erhalten. Sie wird Dich zumüllen mit gerichtlichen Klagen, könnte durchaus auch handgreifliche Alternativen mit Bodybuildern in Betracht ziehen, vor denen Du Dich kaum schützen kannst und vor allem: Sie wird Deinen Ruf am Kunstmarkt ruinieren.“

Bei meinem letzten Satz ändert sich Noras Miene, weicht die Starre aus ihrem Gesicht.

„Wer gibt mir die Sicherheit, dass dann Schluss ist und nicht weitere Forderungen kommen?“ fragt sie mich.

„Die gebe ich Dir. Du musst mir vertrauen.“

Nora überlegt einen Moment.

„Also gut, dann soll sie dieses Gemälde haben.“

Ich bin erstaunt, wie schnell sie zusagt. Wir legen die Modalitäten für eine Übergabe fest, vereinbaren eine Abholung des Werks durch Evelyn Lahn in drei Tagen.

Nora holt eine Flasche Champagner, füllt zwei Gläser und meint: „Darauf müssen wir anstoßen. Mein guter Ruf ist mir heilig und Voraussetzung für ein erfolgreiches Leben.“

„Was wirst Du denn künftig machen, Mathe hat mir erzählt, es sei aus zwischen Euch?“

Meine Frage scheint Nora zu erheitern. Sie nippt kurz am Champagner.

„Ach Tom, Mathe ist ein Träumer wie Du, ich will aber einen Mann, der mit beiden Beinen auf dem Boden steht, der mich schützen und tragen kann.“

Meine Gehirnhälften wollen Informationen austauschen, müssen aber die Kommunikation unterbrechen, weil Nora weiterspricht und ihre Stimme einen stolzen Klang annimmt.

„Tom ich denke, nun diesen Mann fürs Leben gefunden zu haben. Du weißt doch, wie sehr ich den angloamerikanischen Markt mag. Und da fügt es sich wunderbar – ich habe einen New Yorker Investmentbanker kennengelernt. Er ist klug und äußerst erfolgreich, besitzt eine Reihe wertvoller Immobilien und hat beste Verbindungen zur amerikanischen Oberschicht. Und er wird mir behilflich sein, meine eigene Galerie in New York zu eröffnen. Ich freue mich so darauf. In drei Wochen bin ich weg und beginne ein neues Leben. Ich hoffe, Du wünscht mir den Erfolg, den ich verdiene. Denn ich habe hart für diese Karriere gearbeitet.

Epilog

An der Nulllinie des Seins

Alles hängt mit allem zusammen, ist austauschbar, kann von einem Zustand in einen anderen überführt werden. Wenn zum Beispiel ein Stück Holz verbrennt, geht nichts verloren. Das Holz ist zwar danach weg, aber alle Atome bleiben erhalten, haben sich nur anders verbunden. In der Asche und im Rauchgas ist das Holz weiterhin in der Welt präsent, nur in anderer Form. Und Bäume nehmen wieder Kohlendioxid auf und wandeln es mit Hilfe des Sonnenlichts erneut in Holz um. So entsteht ein Kreislauf. Das gilt auch auf einer Ebene höher. Die Sonne liefert Energie, in dem sie Wasserstoff in Helium umwandelt. Nur ein sehr kleiner Teil der Materie wird in Licht und damit in Energie verwandelt. Von dieser Umwandlung lebt die Natur, sie ist der Antrieb für physikalische und chemische Vorgänge, sie bewirkt die Evolution und ist maßgeblich dafür, dass wir Menschen zu einer Realität geworden sind. Und auch hier kann Licht auch wieder zu Materie werden.

Wir sehen: Alles was in der Welt ist bleibt, lässt sich nicht eliminieren, sondern nur umwandeln. Denken wir nun an die Chaostheorie und ihre Ausblühungen, die Fraktale. Im Kleinen haben wir die gleichen Muster wie im Großen. Übertragen auf die menschliche Welt bedeutet das: Unsere Gedanken, unsere Handlungen, alles was lebende Wesen tun und denken, ist reale Welt. Erfindungen lassen sich nicht mehr rückgängig machen. Einmal in der Welt, bleiben sie, sei es das Rad und leider auch die Atombombe.

Alles in der Welt lässt sich erklären, nur eines nicht: Warum gibt es überhaupt etwas und nicht nichts. Wenn nichts ist, ist nichts. Und die Erfahrung sagt uns: Aus nichts wird nichts. Aber vielleicht stimmt das nur in unserer Wahrnehmung, nicht aber kosmologisch.

Das Nichts ist nämlich ein weit größeres Mysterium als das Etwas, die Welt, in der wir leben. Das Nichts ist unvorstellbar. Unsere gebräuchliche Vorstellung vom Nichts hat ja mit dem wirklichen Nichts nichts zu tun. Wenn wir uns ein Nichts vorstellen, denken wir an eine Leere, an Dunkelheit. Aber das ist falsch. Denn Leere und Dunkelheit können wir uns vorstellen, sie sind etwas und nicht nichts. Das Nichts sich vorzustellen, gelingt unserem Gehirn nicht. Warum nun gibt es aber etwas und nicht nichts? Ein möglicher Denkansatz könnte sein: Weil wir uns das Sein vorstellen können, nicht aber das Nichts. Und was man nicht denken kann, kann auch nicht sein. Das ist ein vielleicht naiver Ansatz, der aber etwas Bestechendes hat. Was nicht denkbar ist, kann auch nicht sein.

Die große Frage ist: Könnte es auch sein, dass aus dem Nichts ein Etwas wird. Das klingt irgendwie verrückt und könnte gerade deshalb richtig sein. Vergleichen wir das Nichts mit einer Nulllinie. Darüber gibt es positive, darunter negative Werte. Vielleicht schwankt auch das Nichts, eiert sozusagen etwas herum. Und löst damit das Entstehen positiver Werte aus, die ihrerseits die gleichen negativen Werte bedingen, damit die Gleichung wieder null ergibt und das Nichts an sich erhalten bleibt. Auf diese Weise könnte durchaus aus dem Nichts ein Etwas werden. Unsere Welt wäre dann Teil einer positiven oder auch negativen Ausbuchtung, die auf der anderen Seite der Nulllinie einen entsprechenden Antagonisten hat. Die Welt entstünde damit aus dem Nichts, organisiert sich selbst immer wieder neu und entwickelt sich auf immer neuen und höheren Ebenen.

Wir werden nie eine Antwort darauf finden. Aber darüber nachdenken können wir schon. Und das sollten wir auch. Denn wir stehen aufgrund unserer Intelligenz in der Pflicht gegenüber dieser Natur. Es reicht nicht, Verantwortung an politische Führer oder religiös motiviert an ein höheres Wesen abzugeben. Der Mensch ist verantwortlich für das, was er macht. Und jede Handlung, sei sie auch noch so klein, ist und bleibt in der Welt, verändert sie ein Stück. Das ist doch ein schöner Gedanke, für den es sich zu leben lohnt.